Die Erstausgabe erschien 2002 im Eichborn Verlag, Berlin.

Bei der vorliegenden Neuausgabe handelt es sich um die erste vollständige, exakt den Intentionen des Autors folgende Fassung – den »Writer's Cut« also. Sämtliche Kürzungen und andersgearteten Eingriffe in das Manuskript, die dem Erstdruck vorausgingen, wurden rückgängig gemacht. Der gesamte Text wurde in enger Zusammenarbeit mit dem Autor durchgesehen.

© 2013 by Tobias O. Meißner
Mit freundlicher Genehmigung des Autors
© dieser Ausgabe 2013 by Golkonda Verlag GmbH
Alle Rechte vorbehalten

Lektorat: Hannes Riffel
Korrektorat: Catherine Beck
Technische Unterstützung: Robert Schröder
Gestaltung: s.BENeš [www.benswerk.de]
Satz: Hardy Kettlitz
Druck: Schaltungsdienst Lange, Berlin

Golkonda Verlag
Charlottenstraße 36 | 12683 Berlin
golkonda@gmx.de | www.golkonda-verlag.de

ISBN: 978-3-942396-54-7

»Ich selbst spiele in dieser Geschichte noch keine Rolle.«

Die Stimme eines Kindes, wie von weit her.
Es ist mitten in der Nacht, und das Theater ist menschenleer.

»Zumindest nicht im ersten Buch. Im zweiten tauche ich zum ersten Mal auf, wenn auch nur als Traum. Wirklich in Erscheinung trete ich wahrscheinlich erst im vierten oder fünften Band, mit Sicherheit kann jedoch niemand das wissen.«

Es ist ein kleines Theater, in einem Hinterhof gelegen. Ein rätselhaftes Stück mit Namen »Königin der Teilbarkeit« wird hier gegeben, und von den fünfzig Sitzen sind höchstens zehn besetzt.

Zu dieser Stunde gibt es hier nur das Mädchen und das eigenartige, wabernde Licht, das durch drei hohe Fenster hereinweht, von den Leuchtschriftzügen einiger Lokale und dem regelmäßigen An- und Ausgehen der Zimmerlichter des Hauses.

»Schon bald werdet ihr euch fragen: Was soll das alles? Was ist der Grund für eine Erzählung mit so viel Gewalt, so viel Entsetzlichkeit und Not? Ich kann das noch nicht erklären, nicht gleich zu Beginn. Nicht einmal die Hauptfiguren wissen zu Beginn, was sie eigentlich tun und warum. Aber sie

lernen. Sie sind unter Schmerzen dabei, sinnliche und übersinnliche Erfahrungen zu sammeln. Und genau so wird es euch ergehen. ›Lohnt sich das?‹ werdet ihr fragen. Ich kann nur antworten: nicht für jeden.«

Das Mädchen steht alleine auf der dunklen Bühne.

Es sieht aus, als wäre es zehn oder elf Jahre alt, mit langen braunen Haaren und großen Augen. Seine Kleidung ist anders als das, was man in diesem Jahrhundert trägt, in diesem Land zu dieser Jahreszeit.

Einen Vorhang gibt es nicht. Ein paar Requisiten stehen oder liegen noch auf der Bühne herum, unter anderem ein großer bunter Ball und verschiedene schwarze Stühle.

»Vieles von dem, was hier verhandelt wird, ist wahr, ist zumindest bezeugt worden, und was nicht direkt wahr ist, wurde in Albträumen durchlebt. Niemand würde sich so etwas einfach nur ausdenken. Niemand, der noch nicht verloren ist.«

In den tiefen Schatten zwischen den Sitzreihen bildet sich undeutlich ein unruhiges Publikum heraus. Menschen. Tiere. Tiermenschen. Ein fünfundzwanzigjähriger Mann in der Maske eines Fünfundsiebzigjährigen. Eine Frau, die viele

Frauen ist, aber alle sind sie schön, und viele von ihnen waren Schauspielerinnen in der Frühzeit der Filmgeschichte. Hinter ihr ein Mann oder ein Ungeheuer mit einer Krone oder Hörnern. Und seitlich, abseits von den anderen, ein blasser, fiebernder Zauberkünstler, mit Farbe beschmiert und Blut.

Die Schatten überlagern sich, löschen sich gegenseitig aus.

Das Mädchen lächelt.

»Ansonsten kann ich euch nichts mit auf den Weg geben. Es darf nicht zu einfach werden, das würde der Natur des Geschehens widersprechen. Ihr werdet verletzt werden, aber die meisten Verletzungen werden heilen. Ihr werdet herausgefordert werden und in dieser Herausforderung ein Spiel sehen können oder ein lebenslanges Ringen. Ihr werdet lernen müssen zu lachen, über Dinge, die eigentlich nicht zum Lachen sind. Ich empfinde Mitgefühl für euch, aber ich beneide euch auch, nun, da ihr alles noch vor euch habt.«

Sie legt ihre Handflächen über ihre Augen und tritt so weit nach vorne an den Bühnenrand, dass ihre Zehen keinen Halt mehr haben.

> »Hier spielt man ein Spiel um die Seele der Welt,
> wo Gott ist der Teufel, ein Irrer der Held.
> Prinzessinnen werden ermordet und morden,
> das Böse und Gute sind taumelnde Horden.
> Gewalt und Gewalten umgarnen sich gierig,
> den Sieger zu finden erweist sich als schwierig.
> Es gibt einen Sinn hier und auch ein System,
> und beides zu finden ist niemals bequem.
> So lasst uns denn schaudern, mit Mut delirieren,
> die Zeit unsres Lebens in Wahn investieren,
> lasst staunen uns, kichern, erschrecken und weinen
> und weiter noch wollen auf zittrigen Beinen,
> lasst Märchen uns trinken wie Schweiß und wie Tränen
> und unsere Sicherheit trügerisch wähnen,
> lasst Wandlung und Vielfalt uns werden zum Ziel
> – denn dergestalt tut sich uns kund Hiobs Spiel.«

Das Mädchen verbeugt sich tief und springt
hinab ins Dunkel des Raums.

Es gibt keinen Applaus.

Prognostikon

Der begrabene Zirkus

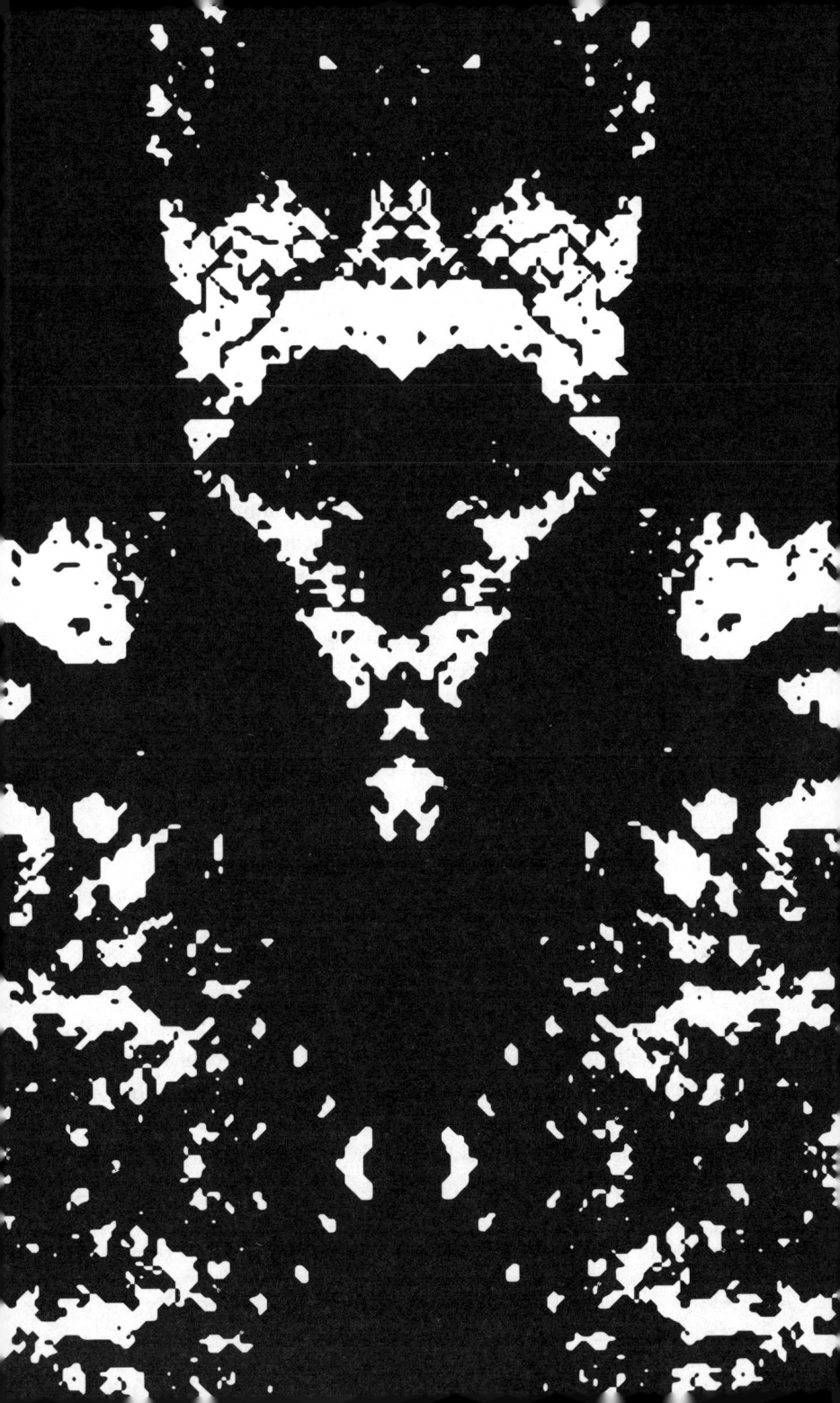

a) Einsatz

> Irgendein Priester wird lachen.
> Wenn ich komme, um zu beichten.
> (Hiob M.)

Der Arzt hieß Facundo. Facundo oder so ähnlich.

Er hatte kein freundliches Gesicht, eigentlich überhaupt kein Gesicht, aber er war so dick und violett und ädrig, und die Gummischlaufe an der Kehle war so hart, dass der mongoloide Junge ihn in den Mund nehmen musste und lutschen und saugen, während der Zwiebelpfleger dem Jungen roh den Klistierschlauch einführte. Walzer blecht im hellentt Hintergrund.

Facundo grunzte und bewegte seine schlaffen Hüften, bis er den Rachen des Jungen ganz erstickte und dieser durch die Nase kaum noch Luft bekam, was herrlich anzuschauen und zu hören war. Er strich dem Jungen tauber werdend durch das volle Haar, und als Facundos Augen hinter den dicken Brillengläsern zuquollen, gab er dem Pfleger einen Wink. Der öffnete feixend den Hahn, und der Junge füllte sich innen mit sengenden Flammen, brüllte und riss sich zuckend aus den Schläuchen los. Am nassen, kalten Boden schlenkerte er und quoll auf, bis seine Haut fettrosa wurde wie eine Wurst und Risse bekam. Der Pfleger lachte seinen Zwiebelatem umher und drehte an der Einlaufdüse das kochende Öl ab. Ein Tenor belfert wie rückwärts durch die dicken tauben Steine.

Facundo war noch nicht gekommen, er war unzufrieden, wurde schrumpelig und schlaff. »Guillermo«, keuchte er dem Pfleger zu, der sehr viel Spaß hatte und bleckend lachte. »Lass uns in die Zelle da drüben gehen und diesmal richtig liederlich sein.«

Der Zwiebelpfleger nickte, packte die Schläuche unter den Wagen und schob ihn quietschend zur nächsten Tür. Ein Blick durch die Luke verriet die beiden Kinder, die dort im Unrat schliefen. Mädchen. Zwei Mädchen. Der Geruch ihrer Exkremente war berauschend. Facundo schwoll wieder an, und die beiden Onkels betraten nebeneinander den Ort, wo alles erlaubt war, und schlossen schwitzend hinter sich ab.

Facundo konnte wahnsinnig sein. Er bellte und jaulte wie ein Köter, zerriss sich den fleckigen Arztkittel und schmierte sein Gesicht mit Scheiße ein. Der Sänger walzert hängend immer wieder wieder wieder. Es ist Carneval Joselito.

Der Mongoloide lebte noch, in einer Pfütze aus geschmolzenem Fleisch. Er träumte von den Heiligen. Vom Karneval. Wieder. Wieder. Wied.

Hinter der dicken tauben Backsteinmauer des Krankenhauses Moabit begann ein routinierter Montag. Draußen war Januar, schneelos, die Sonne stach hinterlistig zwischen grauen Wolkenfetzen hervor, und hinter den aseptischen Glasschiebetüren wallte der monotone Straßenlärm heran. Der junge Mann, der am Donnerstag ohne Papiere in der Nazarethkirche mit apoplektischen Symptomen zusammengebrochen war, hatte am Sonnabend einer Aushilfsschwester den qualligen Kartoffelbrei ins Gesicht gedrückt und seinen asthmatischen Bettnachbarn mitsamt der Matratze aus dem Bett geworfen, um seine Gesundheit zu demonstrieren und seine Entlassung zu beschleunigen. Die Untersuchung durch den Ordnungsdienst am Sonntagmorgen ließ er nervös und fahrig über sich ergehen, gab seinen Namen einmal mit »Lutz Diddrich« und einmal mit »Richard Heilhecker« an, schenkte einem schnurrbärtigen jungen Uniformpolizisten seine baumwollene, blaukarierte Holzfällerjacke und konnte gehen.

Die Sonne warf ihn mit winterlicher Wucht fast wieder in die sich schließende automatische Tür zurück, aber mit dem linken Arm vorm Gesicht kam er am Pförtner vorbei, ohne allzu viel Aufsehen zu erregen. Er rannte die Birkenstraße hinunter, schlüpfte an streitenden jugendlichen Türken vorbei in die U-Bahnstation, kurz bevor es draußen kalt zu regnen begann, fuhr drei Stationen schwarz bis zum Leopoldplatz, schaute dort kurz, ob die Linie nach Alt-Tegel gerade einlief, was aber nicht der Fall war, sprintete durch karstadttütenbehängte Wintermantelmütter hindurch die Treppen hinauf und rannte im gallert-öligen Platzregen an der pumpend immer noch vibrierenden Nazarethkirche vorbei die Müllerstraße bis zur Amsterdamer Straße hinauf, wo er sich schlüssellos gegen die Tür von Nummer 9 warf, bis sie aufknackte, und zu seiner Wohnung im Quergebäude hochlief. Mit nach chemischer Krankenhausseife riechendem Schweiß in den Augen trat er seine eigene unbezeichnete Wohnungstür ein und kam gerade noch rechtzeitig, um der felllos fleischigen Katze, die an seinem Fernseher hing, mit einem splinterigen Baseballschläger das Gehirn über die Mattscheibe zu dreschen und den röchelnden Kadaver an den Stromkreis der Modelleisenbahn anzuschließen, bis das Ding mit der Stimme von Kathleen Byron zu reden anfing.

»Guten Montag, guter Montag, mein hübscher Lieb-Haber«, schnarrte der rosafarbene, nackte Leib, »spielst du noch immer mit Weiß? Brauchst du ein Brett?«

Der junge Mann ließ sich nach hinten aufs ungemachte Bett fallen, strich sich durchs nasse Haar und gönnte sich die ersten Sekunden der Entspannung seit fünf oder sechs Tagen. »Ist dir nach Plaudern zumute, Widder? Du willst doch nur von der Tatsache ablenken, dass ich dich erwischt habe. Was wolltest du vom Fernseher? Kulenkampffs knistrige Seele rauslutschen?«

Das pulsierende Katzenaas lachte, bis ein paar offen liegende Schenkelsehnen rissen. Die Stimme wurde tiefer. »Ich wollte Porno-Kabel sehen. Hast du Porno-Kabel?«

»Denkst du, ich könnte mir das leisten? Niemand bezahlt mich.«

»Du und ich, wir könnten wieder Porno-Kabel werden. Würdest du wollen?«

Der Mann richtete sich auf die Ellenbogen auf. »Komm jetzt, Widder. Gib mir meine Karten.«

»Wie du willst, du süßer Scheißer. Versuch es in Barranquilla. Dort ist Carneval Joselito, o Mama, da ficken die Leute ü-ber-all!«

»Kolumbien? Eine Drogengeschichte?«

Die Katze lachte schmatzend. »Nein. Eine Gruselgeschichte. Sie schlachten dort Menschen und werfen sie weg, und man soll nie wegwerfen, was man noch brauchen könnte.«

»Shit.«

»Ja, genau. Bleib mir treu, mein Kleiner. Du weißt genau, dass nur ich dich wirklich glücklich machen kann.«

Mit der schmierigen Imitation eines Hundebellens wich alle Bewegung aus der Katze, und der junge Mann riss das Ding von den Schienen, wickelte es mitsamt ein paar übrigen Schafgarbenzweigen in Alufolie und presste es tief in den Mülleimer. Er löste vier orange-sprudelnde Vitamintabletten in einem einzigen gesprungenen Glas Wasser, kippte das künstliche Gesöff hinunter, dachte kurz nach, holte sein Kampfmesser unter dem toten Kohleofen hervor, pustete die Staubmäuse weg und stürmte aus der Wohnung zwei Etagen weiter nach oben.

Sie zog sich völlig aus und warf ihr dunkelblaues Spitzenhöschen von C&A verächtlich in den Bioabfallkanister zu den schimmelnden Orangen- und Bananenschalen.

Sie setzte sich nackt, mit weit gespreizten Beinen, auf den dunkelroten Alu-Stuhl mit Plastiksitzfläche und beobachtete sich selbst interessiert im Spiegel dabei, wie sie ihre Augen schwarz umrandete, die Wimpern mit Nacht verstärkte und die Lippen in weicher Implosion hellrot aufglühen ließ.

Sie vertuschte mit hautfarbenem Pickelpuder einen kleinen Mitesser unter ihrer linken Brust.

Sie war ein hübsches Mädchen mit hübschem, dunkelblonden Lockenhaar, sie onanierte jetzt ein wenig, aber nicht zu viel.

Sie stand auf, um den frischen Schweiß von ihren sorgsam rasierten Achselhöhlen und dem Schlüsselbein zu waschen. Sie benutzte dazu zusätzlich einen Deo-Roll-Stift, ein bisschen FCKW-freies Spray und jede Menge süßes Parfum mit leichter Moschus-Note.

Sie ging zur unauffällig unifarbenen Plastiktüte vom Wichser-Shop und holte das mattrote Bustier mit dem schwarzen Spitzenbesatz heraus und legte es sich an. Das Polyamid raschelte schmeichelnd an ihren Brustwarzen, die wie elektrisiert waren, sensitiv, atemlos erwartend.

Sie zwängte sich ohne Höschen, quietschend und schmatzend in den roten Lack-Mini aus der Plastiktüte und hockte sich in verschiedenen Posen darin hin, um den hautengen, saugenden Sitz zu gewährleisten.

Sie zog sich ihre alten, abgewetzten, kniehohen, dunkelbraunen Wildlederstiefel an und die schwarze Lederjacke mit den aufgesprungenen Schultern. Sie steckte sich ihr ganzes weniges Geld und ihr Flugticket in die Innentasche mit dem defekten Reißverschluss.

Sie drehte und wand sich vor dem Spiegel und schmollte und leckte sich selbst zu.

Sie sah aus und roch wie die billigste Nutte der Potsdamer Straße, eine total heruntergekommene, vielleicht sogar drogensüchtige Pollackin oder so, eine, die dich für einen Zwanziger ohne Gummi alles machen lässt, eine, die jeder haben kann und der es sogar noch Spaß macht.

Sie war zufrieden.

Wenn sie schon verrecken musste, dann mit viel, viel Stil.

Im Treppenhaus aufwärts roch es kalt nach Rouladen von gestern. Der junge Mann kam ungesehen zwei Stockwerke höher an und klingelte dann an der Wohnung von Ilse Rosenmacher. Es war nicht eigentlich ein Klingeln, mehr ein elektrisches Grinden, aber es erfüllte seinen Zweck. Nach dem siebten Mal ohne Antwort oder sonstige Reaktion von drinnen klemmte und splitterte der Mann mit seinem bulligen Messer das lächerliche Türschloss auf, schmiegte sich – schon wieder Schweißtropfen auf der Stirn – in den berosentapeteten Flur dahinter und drückte die Tür gerade noch rechtzeitig wieder zu, bevor das von oben die Treppen herabpolternde Kindergerenne und -gekreische die Rosenmacher-Wohnung passierte.

Es war klamm im Flur, fensterlos dunkel, irgendwie abgestanden und verbraucht, und irgendwie war da auch ein seltsames, bittersüßes Aroma. Der junge Mann tastete sich an einem nächtlichen Goldrahmenspiegel vorbei bis zur frontalen Hauptzimmertür und drückte sie gegen einen zähen Widerstand hin auf. Hier, im bürgerlich biederen und um den gängigen Seifenopernaltar herumdrapierten Wohnzimmer einer mindestens siebzig Jahre alten, allein lebenden Frau, die der junge Mann ab und zu im Treppenhaus sah, um ihr beim Wuchten von flaschenklirrenden Einkaufstüten oder beim Passieren der schwergängigen Quergebäudetür zu helfen, wollte er fleddern und schlitzen, bis er die greisen Ersparnisse gefunden hatte, die seiner Meinung nach jedes alte Weib irgendwo verborgen hielt, um beim mürrischen Hinunterfahren in der Kiste entweder vorher gleichgültigen Enkeln, irgendeiner dubiosen Wohlfahrtsorganisation oder einer an Fellausfall leidenden sterilisierten Hündin ein letztes Trinkgeld vermachen zu können. Womit der junge Mann nun wirklich nicht gerechnet hatte, war, dass Ilse Rosenmacher hinter der Tür auf dem hässlichen Woolworthteppich lag, nackt, halb wahnsinnig vor Hunger, Durst und Entkräftung und mit einem aus der Hüfte gesprungenen gebrochenen Bein.

Das Rambomesser in der Hand, ließ der junge Mann sich ächzend auf einen schmatzenden hellbraunen Ledersessel fallen und starrte auf das schrumpelige und schlaffe, vulgär ausgebreitete Bündel Greisenfleisch zu seinen Füßen, das sich jetzt, schmerzhaft zur Seite geschabt durch die geöffnete Tür, mit saugenden Atemzügen wieder zu rühren begann. Die Parallelen zur Hybridenkatze aus dem Wiedenfließ nervten ihn.

»Frau Rosenmacher – wo haben Sie Ihr Geld versteckt?«

»Um Gottes willen ... helfen Sie mir bitte ... ich halte das nicht mehr ... Wasser ... bitte, Herr Meinrad ... bitte ...«

»Je schneller Sie mir verraten, wo das Geld ist, desto schneller gebe ich Ihnen etwas zu trinken und desto schneller rufe ich einen Notarzt, das verspreche ich Ihnen.«

Frau Rosenmacher schloss mit feist werdenden Wangen wie ein Baby die Augen, und für einen Augenblick fürchtete der junge Mann, dass ihm das alte Mädchen aus reiner Scham wegsterben würde. Also rannte er in die fertiggerichtplastikdominierte Küche, pumpte ranziges Wasser aus dem wackligen Hahn in ein bereits benutztes Glas und flößte es halb der Rosenmacher, halb dem Teppich ein, der in seinem Dasein schon ganz anderes aufgesaugt hatte und Kummer gewöhnt schien.

Die Rosenmacher gluckste dröhnend, und ihr loses Bein verlagerte sich haltlos ein wenig auf dem Teppich.

»Sie müssen mir helfen, Herr Meinrad«, schnurrte sie mit nassem Mund.

Der junge Mann setzte sich wieder auf den leicht zurückruckenden Sessel und klatschte grinsend die Hände auf die Schenkel. »Tja, wenn ich's nicht tue, tut es keiner, und man wird Sie in zwei oder drei Monaten als eingesunkenen Madenbrutkasten finden, Ma'am. Sehen Sie's also als großes Glück an, dass ich hier bin. Wo ist der verdammte Zaster, hm?«

Ihr Atem rasselte, der untere Teil ihres fettfaltigen Bauches hustete. »Ihr Name ist gar nicht Meinrad, nicht?«, ächzte sie mit geschlossenen Augen.

»Und wenn schon. Das hier ist kein Fernsehquiz. Sie kriegen keine Punkte.«

»Ich ... hab mir schon lange gedacht, dass mit Ihnen was nicht stimmt. Die seltsamen Geräusche mitten in der Nacht ... und das rötlich flackernde Licht auf dem Hof. Sie sind kein Student oder so. Was sind Sie?«

»Was ich bin? Wollen Sie vor Schreck sterben, Oma? Hören Sie mir ...«

»Sie sind Kabbala, nicht wahr? Hab ich doch immer richtig vermutet – Sie sind Kabbala ...«

»Hören Sie: Ich kann natürlich auch die ganze schäbige Wohnung hier auseinandernehmen, Splitter für Splitter. Ich habe sehr viel Zeit. Die Frage ist, ob Sie noch so viel Zeit haben.«

Die Rosenmacher machte mit der zittrigen Linken Gesten über dem Boden, die der junge Mann stirnrunzelnd und schließlich amüsiert als kabbalistische Abwehrzeichen erkannte. Er seufzte.

»Okay, okay, Ma'am. Bevor Sie sich da in irgendetwas reinsteigern, was jetzt vielleicht zu viel für Sie sein könnte: Ich bin eher *affa*.«

»*Affa!*«, wiederholte die alte Frau, und ein Schaudern lief durch ihren entkräfteten Körper. »Aber wie kann jemand ... engelsgleich sein, der einbricht und stiehlt?«

Der junge Mann zuckte die Schultern und grinste traurig. »Es sind miese Zeiten, Ma'am. Ich kann nicht wählerisch sein.«

»Töten ... töten Sie auch?«

»Na klar. Das ist doch das Beste dran.«

Ein Schweigen entstand, wuchs, breitete feuchte Schwingen aus und hob schließlich ab.

»Sie lügen«, keuchte die alte Frau. »*Affa* bedeutet auch *Leere* oder *nichts*. Sie sind noch ein Anfänger. Ein Volontär.«

»Tja, was soll ich sagen? Auch NuNdUuN hat mal klein angefangen und sich dann hochgearbeitet.«

»Und sich hochgearbeitet.« Sie sah ihn an, und der junge Mann wich ihrem Blick aus. Diese Frau war nackt, sie war alt, schwach, verletzt, völlig hilflos und entkräftet, aber sie hatte verdammt noch mal beunruhigend viel Wissen.

»Das Geld ist auf dem Klo, unten in die Hohlräume der Klobrille geklebt. Aber es ist nicht viel. Wofür brauchen Sie es?«

»Ich muss nach Kolumbien fliegen. Heute noch.«

»Dafür wird es reichen. Seien Sie mein Gast, *Affa*.«

Schmunzelnd ging der junge Mann aufs Klo und fand an der angegebenen Stelle tatsächlich ein paar Fünfhundertmarkscheine in urinsteinbesprenkelten Plastiktütchen – ein originelles Versteck, wie er fand, eins, das es einem erlaubte, jeden Tag aufs Neue auf den verhassten Mammon zu scheißen.

Er klaubte die Scheine heraus, wusch sich die stinkenden Hände und schnitt sich selbst Grimassen im blitzsauberen Spiegel, der keinerlei Zahnpastaspritzer aufwies, da die dritten Zähne seiner einzigen Königin unterhalb leise im Reinigungsglas sich wiegten.

»Ich danke Ihnen sehr, Frau Rosenmacher«, rief er an der Tür zurück. »Wir werden uns sicher nie wiedersehen, also wünsche ich Ihnen alles Gute.«

»Vergessen Sie nicht, den Notarzt zu rufen«, krächzte ihm das tapfere alte Mädchen hinterher, aber da er beim Treppenhaus-Hinabspurten beinahe mit seinem republikanischen Hauswirt zusammenstieß und sich eine ihn doch irgendwie immer wieder aufs Neue ärgernde »Arbeitsscheuer Rotzlöffel!«-Schelte einhandelte, vergaß er es dummerweise doch.

Sie setzte sich im Taxi so hin, dass dem Fahrer – einem blassen, vollberuflich einsamen Philosophiestudenten – beinahe der

Innenrückspiegel beschlug. Für einen Augenblick erwog sie, bereits hier in Berlin damit anzufangen, junge Männer mit Tod zu beschmieren – irgendetwas an den dunkelorangenen massiven Lederpolstern des dicken Daimlertaxis forderte sie mit einem Versprechen heraus –, aber schließlich riss sie sich doch zusammen. Eine Überschlagsrechnung, die davon ausging, dass sie für einen Stehfick etwa zehn Minuten brauchte inklusive Anmache und Abwimmeln, und dass sie etwa zehn bis zwölf Stunden durchhalten könnte – mit einigen Pinkel- und Snackpausen natürlich –, ließ die äußerst befriedigenden Zahlen »60« und »72« hinter ihren Augenbrauen auflachen. Berlin war zu klein für solche Sachen. Sie wollte Barranquilla.

Sylvie hatte ihr von Barranquilla erzählt, vom Karneval dort, der vier Tage und vier Nächte dauerte, in dem die Busfahrer der öffentlichen Linien gegen Marihuana jeden Fahrgast unterwegs mit Mädchen versorgten, in dem Touristen ausgeraubt oder mit Rasiermesser zerschnitten wurden für ein halbes Dutzend Centavos in ihren Portemonnaies, in dem Katzen, in Supermarkt-Einkaufswagen eingesperrt, zur Belustigung der Leute über offene Feuerchen geschoben und bei lebendigem Leibe gegrillt wurden, in dem die Leute auf den Straßen mit Plastikbeuteln voller Kot, Urin oder Sperma beworfen wurden, in dem Negerkinder aus den Slums mit Luftmatratzenpumpen aufgeblasen wurden, bis ihnen der Bauchnabel aufplatzte, in dem Polizisten lachend ihre Schlagstöcke ganz in Transvestiten verschwinden ließen und in dem frisierte Wagen auf parallelen Bürgersteigen ihre Laternenslalomrennen fuhren. Sylvie selbst hatte miterlebt, wie ein öliger Galan von ihr mitten aus einer tanzenden Stadtteilprozession herausgerissen und von einer jugendlichen Bande hau-ruck hau-ruck wie ein Partywitz über ein Brückengeländer geschmissen wurde. Sie hatte bei Sylvies Erzählung große Augen gemacht, wie ein kleines Mädchen das tut bei einer Erzählung von Einhörnern, Feen, Prinzen und einem verwunschenen Schloss, und sie hatte ganz tief in sich drin ein Gefühl gehabt wie beim Anblick von schwellenden, pumpenden Muskeln. Jetzt, seit einer Woche, wusste sie, wie sie die Fabel von Barranquilla zu mehr nutzen konnte als nur zu einer Eselsbrücke wäh-

rend einer schlaffen Blind-Date-Abschlussnummer. Alles passte zusammen. Die Karibik, die Exotik und der ganze Scheiß. Dunkle Haut und Augen eben.

Beim Aussteigen ließ sie einen vorbeitrottenden zottigen Schäferhundrüden an sich schnuppern und spreizte noch extra im Rock die Beine, damit das arme, dumpfe Vieh das Himmelreich nicht nur riechen, sondern auch kurzsichtig und wenigstens grau in grau sehen konnte. Der Köter reagierte so, dass ein Pavlov seine helle Freude gehabt hätte, wenn ein Pavlov zu so etwas fähig gewesen wäre. Sie genoss die biologischen, rein instinktiven, unsteuerbaren und unaufhaltsamen Wirkungsmechanismen, die ihr Körper nur einfach aufgrund seines physischen und chemischen Daseins selbst bei den unterschiedlichsten Ausprägungen des vermeintlich starken Geschlechts in Gang setzte. Sie hatte Macht, ungeheure Macht. Und sie würde diese Macht über den Zenit hinaus weiterstoßen und nicht, wie der kümmerliche Versager Sisyphos, kurz vorm Höhepunkt schlappmachen.

Sie überließ den geröteten, erbärmlichen Taxifahrer ihrem Trinkgeld und seinen peinigenden Phantasien und ging rasch durch die orchestral lärmende Flughafenhalle Tegels zum Terminal durch. Berlin war für diese Aufmachung zu kalt oder aber sie doch noch nicht heiß genug, jedenfalls wollte sie sich nicht die Blase verkühlen und dadurch ihre Soll-Rechnung gefährden. Die Lufthansa-Maschine, die sie erst einmal nach Frankfurt bringen sollte, stand schon bereit, Flug 2426 in der vulkanverseuchten, flammroten Abenddämmerung. Das Dröhnen der Motoren, des Windes und der Zuträgerfahrzeuge ließ ihre Haare wehen, und sie erlebte sich selbst rauschartig als Königin Pest aus der modernen Fassung eines Klassikers. Ihr Lächeln hatte die süße Schärfe einer Dextrose-Infusion, und hinter ihren vollen Lippen war eine dicke braune Soße aus Verdauung und Verrat.

Sie blinzelte, irritiert von diesen in den Sand gesetzten inneren Bildern, und passierte grüßend die dumm lächelnde, barbiehafte Stewardess.

Sie fragte sich distanziert, ob der Tod bereits begann, in ihrem Hirn zu wühlen, bevor er ihren Körper nahm.

Obwohl der junge Mann keine Reservierung hatte, war es ihm möglich, eine Passage zu finden, die ihn so schnell wie möglich zum Ort des Grauens brachte: mit dem Flugzeug nach Frankfurt, von dort aus mit einem anderen Flugzeug nach Bogotá und wiederum von dort aus mit etwas, das sich ebenfalls Flugzeug nannte, aber mehr Ähnlichkeit mit einem Dreirad hatte, nach Barranquilla. Er hatte eine Hin- und Rückflugkarte gebucht und dafür fast das gesamte Geld der Rosenmacher hinblättern müssen. Vorher hatte er noch überlegt: War es überhaupt ratsam, nach Berlin zurückzukehren? Sollte er nicht besser nach Irland gehen oder ins Landesinnere von Spanien? Aber während der U-Bahn-Schwarzfahrt Richtung Tegel war ein Musiker zugestiegen und hatte auf einer zerstoßenen Klampfe gegen ein paar Groschen alte Dylan-Songs zum Besten gegeben, und auf einem Bretterzaun am Flugfeldrand klebte ein Konzertankündigungsplakat für FAITH NO MORE, und der junge Mann hatte nicht anders gekonnt, als sich einzugestehen, dass seine Gefühle für diese Stadt dem nahe kamen, was andere Menschen Liebe nannten. Also hin und zurück. Und dazwischen eingeklemmt, wenn alles glattging, das Nehmen einer weiteren Hürde auf dem Weg nach unten, oder das endgültige Verspielen von Seele.

Der Flug nach Frankfurt war bei Weitem nicht so langweilig wie erwartet, denn im hinteren Teil der niedrigen Preisklasse masturbierte eine gutaussehende Blondine mit einem lauwarmen Wiener Würstchen, und der junge Mann begann schon fast, sich schier den Hals verrenkend, an gute Vorzeichen zu glauben, bis er jedoch auch einmal auf ihr Gesicht achtete, das verzerrt und angeekelt war wie bei jemandem, der Abfall durchwühlt, weil er seinen Ring verloren hat.

Frankfurt war glücklicherweise so gut geheizt, dass er seine Jacke nicht vermisste. Am Flughafenkiosk gab es nicht einmal richtige Cola, nur Pepsi, und sogar die war noch lauwarm, aber er stürzte sie gierig hinunter und registrierte nicht ohne freudige Überraschung, dass von den bisherigen Mitfliegern außer ihm und einem aknegesichtigen Yuppie auch das mysteriöse blonde Nuttchen mit

Kolumbiens nationaler Fluglinie Avianca weiterflog. Sie wirkte auf den ersten Blick wie eine, die auch zum Karneval wollte, und zwar, um einen reinzumachen, aber der junge Mann glaubte keinem ersten Blick mehr, seit er im Wiedenfließ gewesen war.

Er vertrieb sich die Zeit bis zum Weiterflug damit, dass er, auf einem Hydrokulturkasten sitzend, die noch verbleibende Lebensspanne der vorüberhastenden Banker und Geschäftsleute errechnete. Es kam ein Durchschnittswert von 22 oder so heraus. Die Rosenmacher fiel ihm plötzlich wieder ein. Scheiße. Aber von hier aus konnte er nichts mehr machen. Er hatte nicht mal Kleingeld zum Telefonieren. Und zum Betteln war er nicht geschaffen.

Es ging weiter. Stotternd und röchelnd und Schadstoffe absprühend über die Karibik runter nach Kolumbien. Der Yuppie mit seinen hohlen Augen und dem leeren, unreflektierten Habitus eines Geldanbeters baggerte öde an der Blonden herum und wurde ärgerlicherweise nicht einmal auf die Ränge verwiesen. Sie fütterte ihn vielmehr mit Fisch.

Ansonsten bot der Clipper von Avianca wenig Neues außer dem Anblick von Smog von oben, einer niederländisch untertitelten Fassung von Hec Babencos verhunztem *Ironweed* und gelbem Kaffee. Das blinde graue Blau des Atlantik, in dessen unermesslichen Tiefen die Natur Fehlschläge wie den *Pelikanaal Saccopharynx lavenbergi* verwahrte, erinnerte den jungen Mann irgendwie an das plattgewalzte Wrack eines BMW, das er mal auf einer Autobahn liegen gesehen hatte, schwimmend in der roten Korona, die noch Minuten vorher vier junge, lachende Menschen gewesen waren.

Er saß ziemlich weit vorne und versuchte mit wachsender, manischer Verzweiflung, sich einen Plan zurechtzulegen für Barranquilla. Er rezitierte Rimbaud, um das Aufwallen des Nervenfiebers, die sanften Treuebekundungen seiner verdammten hochmodischen Narkolepsie abzuschütteln. Er dachte an die erste Liebesnacht mit Widder/Aries, sie im Fleisch der dreißigjährigen Faye Dunaway, er im Taumel, Druckrausch, Whiteout. Der Pakt, mit Proben all seiner Körperflüssigkeiten unterzeichnet. Der schreckliche, widerwärtige, aber glücklicherweise rasch vergehende Zuneigungsschmerz. Bewunderung und Ehrfurcht für NuNdUuN, derdie-Hirnräder-dreht-und-zählt. Den Herrn im Reiche Wiedenfließ. Bogotá war kurz und schmerzlos und fast so warm wie Frankfurt. Das Dreirad lauerte schon grinsend. Der Yuppie trieb die Blonde schwatzend vor sich her. Der letzte Flug ging ruckartig über Urwälder und Sümpfe. Aus der fruchtbaren äquatorialen Ursuppe, dem biologischen Vaginalschleim der Großen Mutter, tentakelten blinde Passagiere astral – paranoid – nach unsrem jungen Mann.

Abwärts. Zeitverschiebung schlägt erst jetzt: sechs Stunden nach vorn. Das albatrosbreite Aufsteigen des Magens in den Mund und darüber hinaus. Eine dunkle Flugbegleiterin, mit gebreiteten Nüstern angewidert lächelnd, hilft ihm freundlich plaudernd beim Abwischen. Auf-Setzen.

Der Name der blonden jungen Frau ist Diana Frahm. Sie ist nach Barranquilla gekommen, weil sie positiv ist. Sie ist positiv, weil der kolumbianische Austauschstudentenkumpel ihrer Freundin Sylvie ihr im Schlafzimmer einer langweiligen Laberparty seinen aidsverseuchten Schwanz in die Möse gesteckt und schon nach drei Stößen seine todbringende Säure in sie reingepumpt hat, bevor sie überhaupt eine Chance hatte, zur Besinnung zu kommen.

Einer, ein alter Mann mit einem konkaven Gesicht, sieht nach oben, reißt sich den Kittel vom Leib und bedeckt schreiend sein Gesicht damit. Als die fette Louisa und der Zwiebelpfleger Guillermo ihn packen und mit Gummischläuchen peitschen und ihn anschreien, was denn los sei, flennt er, dass der kindische Engel herabgekommen ist, um auf sie alle draufzukotzen.

Barranquilla. Auch: die Perle am Rio Magdalena. Auch: Kolumbiens größter Hafen. Auch: Heimat von einer Million Menschen. Auch: La Ciudad Loca, die verrückte Stadt. Auch: Ciudad Mugre, die Stadt des Mülls und der Fliegen. Auch Karneval. Auch Carne-Wahl. Auch Schauplatz einer Manifestation, eines Prognosticons. Austragungsort eines merkwürdigen und geheim zu haltenden Spiels. Auch hier und jetzt.

Eine andere, deren Netzhäute bereits gegen gute amerikanische Dollars heruntergeschnitten wurden, strauchelt plötzlich auf ihrem vertrauten Weg zum Fäkalien-Sammeltrog, zeigt mit bleichem Arm in Richtung der Sümpfe hinter den Mauern und sagt in makellosem Deutsch die Worte: »Da rührt sich etwas, etwas lebt.« Sie hat diese Sprache nie gelernt, und auch keiner der anderen im Trog, sodass sie unerhört verstummt.

Der Name des jungen Mannes ist Hiob, Hiob Montag.

Er ist nach Barranquilla gekommen, um das Monster abzutreiben.

b) Ciudad mugre

> Wenn es wahr ist, dass eine psychatrische Anstalt wie
> ein trubelnder Zirkus ist, den man tief begraben hat,
> um vor ihm sicher zu sein, dann hütet euch vor dem
> Mann mit dem Spaten.
>
> (Facundo)

Der überwältigendste Eindruck, den all das hysterische Treiben in den Straßen der expandierten Hafenstadt vermittelte, war der, dass es unter den Menschen dieser Welt keine aufrichtigen, uneigennützigen Gefühle, keine Liebe mehr gab, was der Wahrheit näher kommt als so manches andere – vorausgesetzt, Hiob Montags Theorien sind richtig, und es gibt überhaupt eine Wahrheit.

In seine Einzelteile zerlegt war der Karneval von Barranquilla ein schlechter Trip aus gnadenlos kommerzieller Stimmungs-Samba, schmerzhaft bunten Kostümchen und Konfetti, Zellulitis-Titten, sich lächerlich machenden herumspringenden geilen alten Böcken, forcierter Fröhlichkeit, Drogenkonsum, Alkoholverschüttungen, gelangweilter und vulgärer Durchbrechung biologischer und ethischer Tabus, dissonantem Getanze und Gesinge, wahnwitziger Verschwendung von anderweitig dringend benötigten Geldern, Stakkato-Hupen, auseinanderbrechenden Umzugswagen, lobotomierten Touristen, deplatzierten Körperausscheidungen, gebrochenen Versprechen, wild entschlossener Ignoranz, gnadenloser Veröffentlichung, Sündenbockspringen, kulinarischem Junkie-Habitus, Sehenswürdigkeitenentwürdigung, labyrinthischem Auseinanderentwickeln und Verzweigen von Zueinandersuchenden, katalysierender Hitze und Feuchtigkeit, perspirationsverregneter Gewalt, Hybris, Krankheitsaustreibung und -durchdringung, karibischem Azur, Wegwerfmaterial, koitalem Kryptizismus, stufenloser Beschleunigung und desillusionierender Gesamtquerschnittslähmung. Damit bot er schon wieder ein interessantes metaphorisches Spektrum der Verhaltensmuster der bisherigen menschlichen Phylogenese, und Diana Frahm konnte in ihm wie in einem gigantischen hedonistischen Rettungsboot unter- und aufgehen, während Hiob Montag, der seinen Fixpunkt in der Welt dadurch gesichert hatte, dass er mit einer Art Satan um eine Art Seele einer Art Gott spielte, durch dieses Kaleidoskop stolperte wie ein Dürstender in der Wüste, der die ideelle Natur seines Zieles kennt, nicht aber dessen konkreten Ort und Beschaffenheit.

Wenn dies alles hier eine neue Edition des Buches Hiob werden soll, ein Buch, das diesmal nicht von Ergebenheit und Leidensfähigkeit und Beugung vor etablierten Machtprinzipien, sondern von Wut und Aufbegehren handelt, dann ist dies ein guter Punkt, um den Widerhaken einzuschlagen. Hiob Montag in Barranquilla, in den Stunden, bevor er die Irrenanstalt Término Venturoso – Glückhafter Ausgang – in den Hügeln Richtung Ciénaga entdeckt und den Sumpf und den Müllpfuhl dahinter. Und da Hiobs Geschichte in dieser Stadt, in dieser Noch-Eröffnungs-Phase seines Spiels, eng mit dem Schicksal der verzweifelten Todeshure Diana verbunden ist, beginnen wir bei ihr.

Sie ist seit fast drei Stunden hier, drei Stunden seit Corfisso – dem Flughafen –, und dies ist Freier 12. Freier 12 hat bereits AIDS, und er weiß es auch, aber sie weiß es nicht und ahnt deshalb auch nicht, dass ihr schmerzvolles Schuften umsonst ist. Sie spürte, wie die zarten Innenwände ihres Mastdarms blutige Haarrisse bekamen. Sie konnte diesen Prozess sogar sehen: Wie bei einer glatten, spiegelnden Computergraphik konnte sie hellrot die Risse in ihrem Inneren sich ausbreiten sehen, Risse, die bald ihren ganzen Körper durchziehen würden wie den einer uralten Porzellanfigur. Das schmerzverzerrte Gesicht gegen die hochmütig kühle und feuchte Wellblechwand gepresst, hörte sie Frau Doktor Annemarie Schult vom Gesundheitsamt Kreuzberg wie ein Springteufelchen aus einem klaffenden Sarg schnellen und mit überarbeiteter, vorwurfsvoller Stimme sagen: »Hören Sie Fräulein Frahm dass Sie HIV-positiv sind bedeutet ja noch nicht dass die Krankheit AIDS bei Ihnen wirklich ausbricht Es gibt Menschen die schon seit Jahrzehnten mit dem Virus leben und kerngesund sind Das Einzige worauf Sie jetzt halt achten müssen ist dass Sie jetzt leider eine Überträgerin sind und dass Sie deshalb Ihr Verhalten ganz besonders Ihr Sexualverhalten in Zukunft dahingehend verändern müssen.« – »Genau das habe ich getan!«, keuchte Diana, während der bullige, nach Rum und Rülpsschleim stinkende Analfetischist hinter ihr sie mehr und mehr zerfetzte und ihre Achselhöhlen sich mit einer schmierigen Salzlauge füllten. Sie erinnerte sich an die kläglichen und nicht einmal ansatzweise Lust erzeugenden drei Stöße, die der kolumbianische Partygast benötigt hatte, um ihr den Goldenen Schuss zu setzen, und Kettensägen-Leatherface hier rüttelte nun schon seit Minuten an ihr herum und schien dabei in ihr immer größer zu werden wie ein Kaktus, der mit heißem Senfgas aufgeblasen wurde.

Sie schlug mit den Ellenbogen rückwärts nach ihm, wand sich, jaulte und schrie, aber er riss ihr fast beide Schulterblätter auseinander mit seinen tätowierten Armen, presste sie so fest gegen das raue Blech, dass sie bei jeder Bewegung wie über Sandpapier schleifte, und wurde grunzend immer schneller. Diana spürte, wie ihr Gesicht vor Tränen aufweichte und aufquoll. Sie war ein normales Mädchen gewesen in Berlin, ein braves Mädchen sogar, sie hatte studiert, Kunstgeschichte, an der HdK, im vierten Semester, bis zu jenem Abend auf der Party und der routinemäßigen Diagnose eine Woche später, die ein neuer Freund achselzuckend und ist-doch-nichts-Besonderes-dabei-lächelnd von ihr verlangt hatte, bevor er mit ihr schlafen wollte, und sie aus süßer doofer Jungmädchenliebe ihm zuliebe dorthin gegangen war und noch wusste, wie sie gedacht hatte: Das ist ein Vorsichtiger, der bleibt mir bestimmt treu. Jetzt konnte sie sich nicht einmal mehr an seinen Namen erinnern, geschweige denn an sein Gesicht.

Mit einem saugenden Schmerz, der sie in den Knien einknicken und sabbernd an der endlosen Ausbrecherfeile nach unten schrammen ließ, wurde Freier 12 hart aus ihren Eingeweiden gerissen, knurrte verblüfft, dröhnte metallisch, schnaubte rasselnd Blut pferdeartig durch die Nase und rauschte krachend rückwärts in den Gassenmüll, blieb liegen. Diana, hockend, Blutfäden ausscheidend, sah mit einem regelrecht verschüchternden Blick einen jungen Burschen mit einer gebogenen Eisenstange über ihr stehen. Sie erkannte ihn sogar. Er war mit ihr in allen drei Flugzeugen gewesen, hatte sich bei der dritten und letzten Landung vollgereihert und trug nun ein neues, schlabbriges Baumwollhemd, das er sich wohl hier gekauft hatte. Er reichte ihr die Hand, ohne zu lächeln. Freier 12 lag hinten auf dem Bauch – sie hoffte, dass er sich beim Sturz den fetten Schwanz abgebrochen hatte.

Mehrere anerzogene oder neu konditionierte Verhaltensprogramme konkurrierten in ihr: die Blöße bedecken (aus der behüteten Zeit, lächerlich, vergeblich), Dankbarkeit (aus der romantischen Zeit, veraltet), den Neuen als Nummer 13 begreifen und ihm die blutigen Wunden rausstrecken (aus der Zeit der Rache, merkwürdig unangemessen bei diesem hier), Hilflosigkeit (ein erschreckend wohliges Gefühl ebenfalls aus der romantischen Zeit, Prinz und Bettelmädchen und so), Angst (Angst? Wovor?). Die Konkurrenz bewirkte eine beinahe vollständige gegenseitige Aufhebung mit einem Resterzeugnis Wut.

Der Junge sprach. »Ein Kumpel von mir sagte mal, dass Berliner Mädchen sich im Ausland von allem bespringen lassen, das dunkle Haut hat und nicht aus der Türkei kommt. Da scheint verdammt noch mal was Wahres dran zu sein.«

»Ich hab um kein Kindermädchen gebeten.«

»Ach nein? Schlagen, Heulen und Brüllen ist kein Bitten? Dann entschuldige, ich weck ihn wieder auf für dich.«

»Lass den Scheiß. Hilf mir lieber hoch.« Sie hatte das Gefühl, nie wieder aufrecht stehen zu können.

Er half ihr, betrachtete dabei mit unbewegtem Gesichtsausdruck ihre Blößen. »Du solltest zu einem Arzt gehen deswegen.«

Diana lachte bitter auf. »Bei einem Arzt hat all das hier angefangen, Süßer. Hast du ein Zimmer oder so was, wo ich mich ein bisschen hinlegen kann?«

»Wenn ich eine Kajüte hätte, würde ich ja wohl kaum an Deck dieses Narrenschiffes durch die Schatten wanken.«

»Ich hab Geld. Irgendwo werden wir schon unterkommen. Was wird aus ihm hier?«

»Oh. Wenn er auf anal steht, wird er in der Ausnüchterungszelle seinen Spaß haben.« Er warf die Stange – Teil eines entsorgten Wagenhebers oder so was – auf den haarigen Hintern des liegenden Titanen drauf.

Sie musste lächeln, während sie sich ihren nassen Lederrock wieder umschlang und den Reißverschluss runterzog.

»Ich bin Diana«, sagte sie schließlich zu ihrer neuen Eroberung.

Der Junge strich sich seine langen Haare aus dem Gesicht. »Diana. Wie die einsame Prinzessin. Nun, mein Name ist Hiob. Meine Eltern waren zwar beide bekloppt, aber ihr pessimistisches Weltbild war voll korrekt.«

Nachdem sie sich schlingernde Wege durch rutschige, rhythmisch vibrierende und mit Girlandenmüll versiffte Straßen voller Besoffener und Terpentinschnüffler gebahnt hatten, kamen sie für ein paar Pesos mehr in einem Bumshotel mit Namen Ocaso – Sonnenuntergang – unter, mit zwei Flaschen Weißwein und drei Schachteln Zigaretten für die einsame Prinzessin. Von ferne, von überall, orgelte gequält der Karneval herein. Diana saß auf dem Bett und rauchte hastig, um die Hexen ihres Innens auszuräuchern, Hiob saß unter dem Fenster auf dem schlierigen Boden und spielte mit einer toten Kakerlake.

»Was ist eigentlich aus dem Yuppie aus dem Flugzeug geworden. Vielleicht hättest du dich besser an ihn halten sollen, so blöd das auch klingt.«

»Das habe ich auch. Wir haben gevögelt, und dann war Schluss.«

»Was? Du hast's mit dieser Nullnummer getrieben? Das kann doch nicht wahr sein, so tief kann doch keine sinken. Und dann auch noch dieser Spinatmatrose aus der Gasse, innerhalb von ein paar Stunden. Du musst total verrückt sein, Mädchen.«

»Ich habe mit zwölf Kerlen gevögelt in diesen paar Stunden, du Blödmann. Und ich hätte weitergemacht, wenn du nicht gekommen wärst.«

»Mann, was ist los mit dir? Willst du auch für Olympia Werbung machen? Ist dir eigentlich klar, dass es scheiße ist, was du da tust? Ich hätte echt Grund, persönlich auf dich sauer zu sein.«

»Wenn du mich haben willst, dann nimm mich doch«, schlug sie nörgelnd vor. Ihr Restabfall Wut war einer dumpfen Enttäuschung gewichen.

Er winkte ab. »Darum geht's nicht. Jeder Typ, den du infizierst und der daran krepiert, bedeutet eine Figur mehr auf SEINER Seite. Ich kann das echt nicht gebrauchen, es ist schon so schwer genug.« Hiob machte eine kurze Pause und sagte dann wütend: »Ich kann diese ganzen Serienkiller und Psychopathen und selbstmitleidverheulten Killernutten und Kriegstreiber nicht dulden.« Er funkelte sie an; seine türkisfarbenen Augen lauerten hinter Haarsträhnen hervor. »Also entweder du hörst auf mit dem Scheiß, oder ich muss dich aus dem Verkehr ziehen.«

Dianas Enttäuschung gab einer träge funktionierenden Verblüffung nach, jedoch nicht endgültig, und auch nicht deutlich genug, um sie beim Weiterrauchen zu behindern.

»Woher weißt du, dass ich ansteckend bin?«

Hiob schnitt eine seltsame Grimasse. »Du bist jung, du siehst gut aus, und du hast noch vier Jahre zu leben. Da deine Flussspur gegen Ende hin verbleicht, ist klar, dass du nicht an einem Schizofreier draufgehst, sondern dass du langsam von einer üblen Krankheit ausgewrungen wirst. A Four-Letter-Word, Babe. AIDS. Das coolste amerikanische Patent seit dem Neutronen-Bonbon.«

»He, was bist du, ein Tischerücker oder Pendelschwinger oder so? Kristallkugeljockey, was? Kommst dir wohl sehr gut vor. Für dich ist das alles nur ein Joke.«

»Ich bin kein Wahrsager. Ich bin Spieler. Berufsspieler. Einfach nur das. Wenn ich gut spiele, bin ich zur Belohnung Maler und kann ein bisschen Schotter einfahren. Leider ist mein Gegenspieler Falschspieler, da hat man nicht mehr allzu viel Spaß.«

»Häh?« Jetzt musste Diana doch lachen. Irgendwas war komisch an dem Typen und der gedrechselten Art und Weise, wie er daherredete. Sie wurde nicht schlau aus ihm. Außerdem musste sie immer dringender aufs Klo, hatte aber Angst vor den Schmerzen.

Die Stille in dem kleinen Raum wurde nur von Dianas glucksendem Trinken und dem Gedudel und Gegackere aus einem der anderen Zimmer angereichert.

»Ich verstehe immer noch nicht, wie du es mit dem Yuppie treiben konntest. Kolumbianer – okay. Wie mein Kumpel schon sagte. Aber so ein blöder Börsenstrizzi ... no, Man, ich versteh's nicht.«

»Ich wollte auch nur Eingeborene nehmen. Wenn ich Deutsche gewollt hätte, hätte ich in Berlin bleiben können. Aber Deutsche könnte ich nicht mal genug hassen, um das hier zu tun. Deutsche sind einfach ...« – sie suchte mit rudernden Armen, die Flasche schwappend, nach einer besonders bösen Beleidigung – »... Deutsche halt. Aber der da, Bernd, der Bankkaufmann – weißt du, der war ein so blöder Wichser und hatte so schlechte Haut und so üblen Mundgeruch und so überhaupt nichts zu melden, dass ich mit ihm eine Ausnahme gemacht habe. Ich hab ihn gefickt, und ich hoffe, er fickt zu Hause seine konservative, toupierte Dirndlbraut, und sie wirft ihm lauter tote Krüppel. Jah!« Sie nahm wieder zwei Schlucke, die erste Flasche war leer. Hiob grinste, die Yuppiesache gefiel ihm schließlich doch. Um nicht zuzulassen, dass ihm noch mehr anfing zu gefallen, wurde er noch eine Spur grober.

»Du bist auf dem Selbstmitleidtrip, hm? Irgendein südamerikanischer Bolero hat dir das große Tabu angehängt, und jetzt willst du ihn und dich selbst strafen. Mädchen, das ist ein Scheiß-Motiv. Aus der Rutschbahn in die Hölle ragen viel zu viele rostige Nägel, um Genugtuung zu bringen.«

»Und was ist mit dir, Blödmann? Du hast doch auch nur Scheiß-Motive! Bist hier, um abzuzocken, was? Den großen Jackpot zu knacken. Noch'n bisschen Karamel oder Kakao zum Nachtisch, und ab geht's zurück nach Dahlem oder Charlottenburg oder Reinickendorf, stimmt's? Berufsspieler! Fühlst dich wohl noch als Held oder so was in der Art? Dabei hast du in der Gasse selber nur 'nen preiswerten Stehfick gesucht, gib's doch zu!«

»Ich habe eine Quelle gesucht.«

»Eine Quelle. Eine Piss-Quelle, das meinst du wohl. Du bist ein Natursekt-Wichser, das ist es. He, gib's doch zu. Wenn du drauf stehst, kannst du von Mama auch das bekommen, Kleiner.«

»Man erkennt doch 'ne echte Dame, wenn man eine sieht.«

»Oder du stehst auf kleine Jungs – das isses, das isses, was mit dir nicht stimmt. Kleine kaffeebraune Jungs, die in Berlin viel zu teuer ...« Hiob war plötzlich aufgesprungen, hatte ihr die leere Flasche und die brennende Zigarette aus der Hand geschlagen und prügelte sie mehrmals mit Handrücken und Knöcheln ins Gesicht. Dabei riss er sie an den Haaren hin und her, bis sie – keuchend, jammernd und mit knallrotem Gesicht – unter ihm auf dem Bett zu liegen kam. »Jetzt hörst du mir mal zu, du dumme Schlampe. Ich hab überhaupt keine Zeit, mit dir hier rumzuhocken und mich von dir beleidigen zu lassen. Ich bin ein Magier, und ich versuche eine Quelle zu finden, die ich anzapfen kann, um das üble Teil abzuschalten, das hier in dieser Stadt am Werden ist. Und da ich in dieser durchgeknallten Miststadt nichts finden kann, was mir weiterhilft, wirst du eben meine Quelle sein, kannst du das begreifen? Einzig deshalb habe ich dich vor diesem Arschficker gerettet! Von mir aus könntest du tot sein, und in spätestens vier Jahren wirst du es sein, also erspar mir deine jämmerlichen Säufermonologe, sie interessieren mich nicht, du vulgäre Kuh.« Er verpasste ihr noch eine schallende Ohrfeige, stieß sie federnd tiefer in die Matratze und erhob sich dann wieder von ihr. Diana war viel zu erschrocken, um zu weinen. Außerdem wurden die Schmerzen in ihrem Bauch stärker als die im Gesicht. Sie spuckte aus, einfach gegens Kissen. Sämig, rosa, wie bei Zahnfleischbluten im Zahnpastaschaum.

Hiob monologisierte weiter. »Wenn ich jemandem begegnen würde, der kleine Kinder fickt, würde ich ihm das Rückenmark durchschneiden, also pass auf, was du sagst. Ich bin nicht irgendein Passant, also erspar mir deine abgewrackten Neckereien. Ich will, dass du mir ein paar Worte nachsprichst, das wird dir ja wohl nicht allzu schwerfallen. Danach werde ich ein wenig von deinem Blut trinken, und wir haben einen Energietransfer. Das ist dann alles, und ich verschwinde wieder. Wirst du mir helfen?«

Diana fing wieder an zu lachen. Es dauerte lange, sie konnte sich gar nicht mehr einkriegen. Hiob stand währenddessen am Fenster und sah hinab auf zwei Prostituierte, die einen bewusstlos getrunkenen Nordamerikaner abschleppten. Der fast weiße, leichte Mantel des Ohnmächtigen wehte dramatisch im schwülen Lusthauch der Stadt.

»Jetzt versteh ich langsam«, japste Diana zwischen den nervösen Lachkrämpfen, »du bist ein Freier auf dem Dracula-Trip. Du bist ein Magier. Jetzt versteh ich. Mein Maaa-gier. *Ich wurde von Merlin genagelt. Ein Zauberer raubte mir die Unschuld und verwandelte sie in ein Karnickel.*« Sie lachte noch immer.

Hiob wartete ab.

»Und was passiert, wenn ich Nein sage?« kicherte Diana. »Verprügelst du mich dann so richtig, mit eiserner Faust? Oder zerfällst du einfach zu Staub? ›Ich habe vierhundert Jahre auf diesen Augenblick gewartet, Baby. Ich habe Ozeane der Zeit durchquert, um dich zu finden.‹ Darauf fährst du ab, ja?« Mit Mühen wurde sie ernster. Jetzt musste sie sich zusammenreißen, um nicht zu heulen. Sie würde vor diesem Mistkerl nicht heulen. Sie würde ihn töten, wie all die anderen auch. Und dann auf seine Leiche draufscheißen. »Na, dann komm, du Meister der mystischen Mächte«, stieß sie schluchzend hervor. »Gib mir deinen Zauberstab.«

Hiob sah weiterhin aus dem Fenster, merkte sich die Gasse, in der die Nutten mit ihrem Opfer verschwanden, trank die zweite Flasche Wein halb leer, stellte sie dann ab, wischte sich über den Mund. »Die Worte sind KARIMJIEL ULDUUR KARIMJEDD HAAD. Du musst das wiederholen. KARIMJIEL ULDUUR KARIMJEDD HAAD. KARIMJIEL ULDUUR KARIMJEDD HAAD. Los, versuch es.«

Schmollend zog Diana sich den Reißverschluss ihres Rockes auf. »Ich bin keine Nutte, du Mistkerl. Ich bin ein anständiges Mädchen.«

»KARIMJIEL ULDUUR KARIMJEDD HAAD.«

»Karamel Odol Krimsekt Haaaaaad.«

»Reiß dich zusammen. Das ist kein Spaß. KARIMJIEL ULDUUR KARIMJEDD HAAD. Und lass deinen Scheiß-Rock an, verdammt.«

»*Kar*immjell *ulduuu*r karimmmich haa*aaa*d.«

»KARIMJIEL ULDUUR KARIMJEDD HAAD.«

»*Karimmjell ulduuur karimjett haaaad.*«

Hiob drehte sich zu ihr hin um. »Noch mal! Noch mal!«

»*Karimmjell ulduuur karimjett haaaaaaad.* Und was jetzt? Soll ich mich auf den Bauch legen?«

Hiob breitete die Arme aus, schloss die Augen und sagte ruhig: »Dies hier. Barranquilla. In der da. Diana. Jetzt.«

Die Stadt war in ihr, plötzlich, Betondetonation, breitete sich aus, wuchs, wurde be- und übervölkert, feierte Karneval, zog Fliegen an und Hunde, trieb Schornsteine durch Milz und Leber, Hafendocks in der Blase, geschäftig, ausbeuterisch, Sakramente und Manifeste hundertstimmig orchestral in ihrem Kopf, pressenpressenpressen, die Schließmuskeln öffnen sich für Conquistadores in verbeult spiegelnden Panzern, das Straßennetz akupunktiert, Plaza San Nicolas mit Kirchen und Kolumbus wuchert juckend zwischen ihren Brüsten, darunter blutigtief die Kanalisation, darüber drumrum durch die Nase in den Mund in EndloswarteschleifendieFlugzeuglinienundAutobahnbrückenVogelschwarmrouten, Unfälle, Geburten und Tode gleichzeitig, Müll, Sumpf, Tonnen, Müll, Fluss, Hinterland, Reifen und Kanister, Mörder aus aller Welt, weitersuchen, noch mal Müll, Diana schreit, schr e i i i i i i i i i i i

k e h r t   w i e d e r, wieder, widder, Subwayschleifen um das Herz, blinkt Attraktionen, tionen, zonen, Fliegenschwärme summen grinsend immer um den Baum herum, es riecht wie als sie noch alleines Baby war, ein Baby, jemand schreit ganz furchtbar, in einer zwanzigseitigen Zelle, die rollt und rollt, Hiob ist über ihr, ruhig arbeitend, ein Vampir mit einer Weißweinflaschenscherbe in der Hand und ihrem Handgelenk und er schlürft Blut wie als weil und ganz nicht einen Lippenstift an und spricht mit ihr und seine Stimme ist wie WO WO IST ES ES und ganz am Rand der nassen Labyrinthe ihres Leibes geht ein Licht auf und zeigt WO WO ES IST IST für einen buchsbaumstäblichen Augenblick blickt sie mit seinen Augen und jetzt weiß sie wie es ist weder blau noch grün sondern beides in die Welt zu blicken sie fühlt sich müde ein und schläft.

Erst am nächsten Morgen schlug sie die Augen wieder auf. Trotz des langen Schlafes fühlte sie sich irgendwie matt und erschöpft, trotz ihrer sicheren Lage auf der Matratze und dem Kissen war ihr schwindlig. Sie schmulte ins rötliche Dämmerlicht unter der Zudecke: Ihr Rock war weg, ihr Unterleib nackt und weiß, ihr Bustier intakt, die Geborgenheit gebende Lederjacke hatte sie immer noch an. Um ihr linkes Handgelenk eine behelfsmäßige Kompresse aus Kleenex. Sie pulte sie ab. Ein verschorfter Querschnitt darunter, der jetzt, einmal entdeckt, schmerzhaft zu buckern begann.

Hiob saß in der Ecke auf einem Schemel und beobachtete ihr Erwachen. Er trug einen weißgrauen, dünnen Leinenmantel, den er gestern noch nicht gehabt hatte.

»Hast ... du ... also wirklich mein ... Blut getrunken, du Schwein. Hast du mich wenigstens auch gefickt, während ich weg war?«

»Damit das ein für alle Mal aus der Welt ist, Mädchen: Ich könnte gar nicht mit dir schlafen, selbst wenn ich es wollte. Du solltest die Sogwirkung deiner primären Geschlechtsmerkmale nicht überschätzen. Es gibt ein Mädchen in meinem Leben, dem ich treu sein muss. Bin ich es nicht – Gehe ins Gefängnis, begib dich sofort dorthin, gehe nicht über Los und ziehe nicht 4000 Mark ein. Nur härter.«

»Wo ist mein Rock? Was hast du mit meinem Rock gemacht?«

»Er hängt im Bad am Ende des Flurs über einer Schnur. Ich musste ihn waschen, du hast dich entleert während der Fusion.«

Entleert? Verwirrt, liegend taumelnd forschte sie in sich herum. Stimmt, sie erinnerte sich noch vage, dass sie dringend kacken musste, bevor die Geisterbahn losging, und jetzt – nichts mehr. Und fast traumhaft, gazeartig verschwommen erinnerte sie sich an sanfte, streichelnde Bewegungen an den Innenseiten ihrer Schenkel. Sie blickte noch einmal unter der Decke an sich herab und sank kreiselnd wieder aufs Kissen zurück. Sie war sauber. Er hatte sie gewaschen. Er hatte die Widerwärtigkeiten von ihr gewaschen. Seit sie ein Baby gewesen war, hatte das keiner mehr für sie getan. Ihr schien sogar, dass er ihre wunden Öffnungen eingecremt hatte, weiß der Teufel womit, aber es war kühl und angenehm, die fransigen Schmerzen von gestern gelindert. Ihr Blick zellteilte sich, sie blinzelte die Tränen weg und zog ihren Körper ratsuchend um das Kissen zusammen. Dieser Mann dort drüben hatte das Ekelhafteste von ihr gesehen und war immer noch da. Auch ihr Geld hätte er längst nehmen können und verschwinden. Was wollte er? Mehr Blut? Konnte sie noch mehr entbehren? Sie wünschte sich weg, zurück, in den Schlaf. Der Gedanke, dass ihre Körperausscheidungen seit Neuestem giftig und todbringend waren, durchzuckte sie schmerzlich. Trotzdem hatte Hiob sie abgewischt, berührt. Die Unreine berührt. Die Unreine. Auf viele erdenkliche Arten.

»Was bist du eigentlich für einer? Was für ein Spiel spielst du?«

»Ich töte, ich rette Leben. Ich rette mein Leben, meistens.«

»Du ... hast schon getötet? Ich meine ... Menschen?«

Hiob wunderte sich langsam, warum gerade diese Frage seinen Gesprächspartnern in letzter Zeit immer so wichtig war. Er hatte das Töten immer für eine sozialhistorische Grundkonstante in zwischenmenschlichen Verhaltensmustern gehalten.

»Menschen?« Hiob lachte leise. »Ja. Auch. Aber das meine ich eigentlich nicht. Ich töte ... nein, das kann ich dir nicht sagen. Wozu auch? Du würdest es ohnehin entweder nicht glauben oder nicht verstehen.«

»Versuch es doch. Du sagst, ich muss bald sterben ...«

»Vier Jahre noch. Das ist eine lange Zeit. Ich wünschte, ich hätte so viel.«

»Also, was hast du zu verlieren? Erklär mir, wer du bist!«

Hiob veränderte unbehaglich seine Sitzhaltung. Wie Honig suppten morgendliche Sonnenstrahlen durch das Fenster auf den Boden. »Ich habe keine Zeit mehr, Diana. Ich muss los. Eigentlich wollte ich nur warten, bis du wieder zu dir kommst, um zu sehen, ob du die Recherche gut überstanden hast.«

»... Warum ...?«

»Ich habe dich in diese Situation gebracht. Ich bin schuld an deiner Schwäche. Und es tut mir leid, dass ich dich geschlagen habe. Ich bin zurzeit ziemlich runter mit den Nerven.«

»Nein, ich meine, warum musst du gehen? Warum bleibst du nicht bei mir? Versuch es mir auszureden. Rette mein Leben.«

»Genau deshalb muss ich los, Mädchen.« Er erhob sich ächzend vom Schemel. »Wer weiß, vielleicht sehen wir uns ja wieder. Vorausgesetzt, du gehst nicht wieder raus und vögelst dich zu Tode.«

Ich bin verwundet, wie ein Soldat nach einer Schlacht, dachte Diana.

Ich bin müde, mein Leib ist kaltes Blei.

Ich bin so fern, fern von zu Haus.

Ich kam hierher, um mich zu rächen. Es war zu viel, mein Hass zu schwach.

Ich werde sterben, mein Blut ist Gift, mit jeder Sekunde vermehrt sich und wuchert mein herzloser Feind in mir.

Dieser verrückte Vampir hier ist alles, was mir geblieben ist.

»Mein Blut ist Gift, du verrückter, blödsinniger Kerl. Ich habe AIDS. Du trinkst mein Blut. Du wirst verrecken.«

Hiob lachte leise, nahe bei der Tür stehend, dicht davor, ihr Leben zu verlassen. »Das wäre Pech, Mädchen. Das wäre wirklich Pech.«

Sie warf sich wild herum, deckte sich auf, krümmte sich wütend ihm entgegen, von weinerlicher, verzweifelter Kraft durchspült. »Willst du noch mehr? Ich hab noch mehr, du brauchst es nur zu nehmen. Trink mich aus, knüll mich zusammen und wirf mich weg. Bitte!«

»Adieu.« Die Tür ging zwischen ihnen zu.

»Bitte!«, flehte sie. Sich genug aus ihr zu machen, um auf sie wütend zu werden und sie zu schlagen, sie zu trinken, sie abzuwischen, auf ihr Aufwachen zu warten, das war so nah an Liebe ohne Mitleid dran, wie sie jemals wieder erfahren würde, während sie verfiel, mit 24 Jahren zu unnützem Unrat verkam, nichts weiter als ein Routinejob für eine vom Ende der Nachtschicht träumende Krankenschwester oder nicht mehr als Kummer, Ekel, Angst, Besorgnis in den Augen Sylvies oder der vorwurfsvollen Eltern Frahm. Sie schrie und heulte, bäumte sich auf dem quietschenden und rasselnden Bett auf, zerkratzte sich die Brüste unter dem quälend dünnen Stoff, warf den Kopf hin und her, riss und zog am Schorf des Handgelenkschnitts und lutschte ihr eigenes, schales, nach Blech schmeckendes Blut, das nicht mehr warm genug war, um zu wärmen. Sie war so stark gewesen in Berlin, so tapfer bei Engel Annemarie Schult, so kalt bei der Planung und im Reisebüro, jetzt schrie sie, schrie und wand sich blutig, und betete zu allen Gesichtern, an die sie sich noch erinnern konnte, dass der

Hotelbesitzer auftauchte und ihr einen borkigen Holzpflock durch den Pickel über ihrem Herzen oder durch den hartgeschrumpften Magen oder durchs Maul ins Hirn trieb, nur schnell, schnell musste es gehen und keine Reue dulden.

Tatsächlich ging die Tür auch wieder auf, aber es war nicht der rasende Abschaum von der miesen Rezeption. Es war Hiob, ruhig, kopfschüttelnd. Er warf ihr den gleißendroten Rock aufs Bett.

»Hier. Zieh dich an. Und tu mir den Gefallen und hör auf zu schreien. Ich kann jetzt wirklich keine Policia-Geschichten haben. Erst recht nicht in Kolumbien.« Als er sah, dass ihre Handschlagader wieder blutete, saugte er zischend Luft ein, stapfte runter zum Portier, ließ sich die dritte Packung Kleenex auf die Rechnung setzen, lief wieder hoch, setzte die schon angezogen im goldenen Fenster schwankende Diana auf das verschmierte Bett zurück und verband sie von Neuem mit einer improvisierten Druckkompresse und ein paar Lagen reinem Tuch.

Sie atmete gegen sein Haar, versuchte störrisch, ihn zu umarmen, sich beim Aufstehen an ihn zu hängen. Er ließ es geschehen. »Hast du Geld?«, fragte er. Sie nickte. Mit dem freien Arm rupfte er das blutige Laken vom Bett, schmiss die Zudecke über den kalten Urinfleck und nahm das Laken zusammengeknüllt mit raus. Diana bezahlte das Zimmer für den angebrochenen zweiten Tag, die Kleenex-Packungen, das Laken, das Hiob mürrisch auf den Tresen warf, den Tip für ein gutes Frühstückslokal. Der Rezeptionist stellte keine Fragen. Er hatte schon genug Paare erlebt, von denen nur die eine Hälfte wieder auf eigenen Beinen rausging.

Fliegen surrten durchs winzige Foyer, krepierten schmelzend an den gelben Klebestreifen, Fliegen wallten auch draußen wie Heuschrecken zwischen den Häusern herum, wo am Horizont der Straße schon wieder Rumba-Gepfeife und -Getöse erwuchs, denn der Karneval ging weiter, war noch nicht satt, hatte noch nicht genügend Tote gefordert, war immer noch, zwar schon mit Schmerzen, aber zwanghaft-mechanisch, mit nichts anderem zu tun, geil.

»Eigentlich komisch«, stellte Diana fest, im Sonnenlicht blinzelnd und ihre Sonnenbrille vermissend, die in Berlin in einem ihrer früher so gern getragenen eleganten Blazer steckte, »wir haben im Zimmer nicht eine einzige Fliege gehabt. Die sind sonst überall.«

»Fliegen mögen mich nicht«, stellte Hiob sachlich fest. »Fliegen, Hunde und Raben stehen auf SEINER Seite.«

»Wo gehst du jetzt eigentlich mit mir hin?«

»Wir suchen eine Irrenanstalt namens Término Venturoso. Du kannst mir helfen, die Verantwortlichen abzulenken, während ich mir einen Weg durch all die kleinen und großen Monster bahne, um König Karneval zu stoppen.«

»Du bist wirklich total übergeschnappt, nicht wahr? Du bist noch viel verrückter, als ich es je sein werde.«

»Klar.« Er grinste. »Ich bin Hiob. Was hast du erwartet? Gott straft mich halt für meine Reinheit.«

Wenn es wahr ist,
dass eine psychiatrische Anstalt
wie ein trubelnder Zirkus ist,
den man tief begraben hat,
um vor ihm sicher zu sein,
dann hütet Euch
vor dem Mann
mit dem Spaten

c) Glückhafter Ausgang

> Glück? Toll!
> Glücksmoment? Tollkühn.
> Glücksgefühl? Tolldreist.
> Glückssache? Tollkirsche.
> Glückskind? Tollwut!
> Glückhaft? Tollhaus! Tollhaus! TOLLHAUS!!!
>
> (Lagrima)

Während Barranquilla sich, die verschwitzte Stirn walartig nach vorne gewölbt, die fast methylblinden Augen zu roten Falten zerkniffen, unbelehrbar voranschleppte, vom Kater und der inneren Austrocknung zermürbt und gepeinigt, aber dennoch nicht bereit aufzugeben, auf allen wundgewetzten vieren vorankroch in einen weiteren Tag des brüllenden Glücks und der spasmischen Schussfahrten, mit stetig lauter werdendem Stöhnen unter Aufbietung aller ganzjährlich gesammelten Kräfte sich robbend weiter in den weichen, heißen Karneval hineinschraubte und -quetschte, während die Stadt also unterwegs war auf der Flucht vor sich selbst, kehrten Hiob und Diana in eine siruparig klebende Cantina ein, in der Tageslichtleichen in Barhockern festgeklemmt auf das Herunterdimmen der Sonne warteten, um dann ihre langen, spirligen und Fäden ziehenden Gliedmaßen zu entfalten und sich im Tanzschritt ins Neon hechten zu können. Hiob bestellte *tinto*, den schwarzen, landesüblich zuckerknirschenden Kaffee, und Diana wollte Tee mit viel, viel Rum.

Beim Anheben und Ansetzen vibrierte der *tinto* in Hiobs Tasse wie eine dicke, ledrige, frierende Haut, und Hiobs Gesicht war beim Trinken geradezu schmerzverzerrt. Seine Stirn war weiß wie Papier und strahlte Hitze aus, die Haare vorm Gesicht zitterten.

Diana schüttete die bereits abgetrunkenen Teeschlucke in ihrer Tasse mit dem *aguardiente* auf und beobachtete den Mann, dem zu folgen sie jetzt bereit war, als müsste sie bei näherem Betrachten ein Motiv für ihre eigenen Gefühle erkennen können.

»Sag mal, was ist denn eigentlich mit dir los. Du wirkst auch nicht gerade gesund.«

Hiob versuchte zu grinsen, während der Kaffee ihm wie eine entrollte Lakritzschnecke die Speiseröhre hinabhing. »Ich hab so was Ähnliches wie du, auch so eine Art Immunschwäche. Ich fange mir dauernd die merkwürdigsten Sachen ein. In Berlin zum Beispiel habe ich erst letzte Woche während einer Incubus-Messe eine Art narkoleptische Herzattacke ...«

»Was ist eine Incubus-Messe?«

»Eine Incubus-Messe ist eine Art Schwarze Messe, die du während einer Weißen Messe abhältst, das heißt, du gehst zu einem normalen Gottesdienst und verkehrst heimlich, still und leise, oder auch flüsternd, alles, was der theologische Schwätzer von der Kanzel herab verbreitet, ins korrekte Gegenteil. Ist ein bisschen wie Industriesabotage, du versteht schon. Na, jedenfalls bin ich weggekippt wie ein herzkranzverfetteter Trainingsanzugproletarier vor der Glotze, wenn Silvia Kristel zum achten Male wiederholt wird, und kam prompt ins Krankenhaus. Da hatte ich dann Verstopfung, aber das ist im Krankenhaus ja wohl eher normal.« Er kratzte sich am Kopf und betrachtete dann missbilligend die Hautschuppen unter seinen Fingernägeln. »Weißt du, der biblische Hiob hat einen total üblen, stinkenden Hautausschlag am ganzen Körper gehabt, einen von der Sorte, die jeden Samariter zum Kotzen bringt. Bei mir läuft das ein bisschen anders. Ich hab mal dicke Pusteln zwischen den Schulterblättern, dann krieg ich schweißige Fieberanfälle beim Einkaufen oder auch schon mal einen elektrischen Schlag, wenn ich einen hölzernen Salzstreuer berühre, ganz so, als würde ich mit einem nicht isolierten Schraubenzieher in einer Steckdose herumfummeln. Der Hit jedoch ist eine ulkige Form von Skorbut, die ich jetzt schon dreimal für jeweils etwa 'ne Woche bekommen habe, ganz gleich, wie viele Orangen ich fresse. Zahnfleischbluten, als wenn mir jemand einen Schlagring ins Maul gehauen hätte, und Mundgeruch wie von Schering. Ich bin wohl wirklich noch'n ganzes Stück unappetitlicher als der übelste Typ, mit dem du je abgehangen hast. Wahrscheinlich hab ich beim Paktieren irgendeine mistige kleingedruckte Klausel übersehen.«

»Was hat es mit diesem Pakt eigentlich auf sich?«

»Babe, das lohnt sich nicht, dir das zu erklären. Vier Jahre reichen nicht aus, um das Ganze zu erfassen.«

Diana schnaubte gekränkt, füllte ihre leere Tasse ganz mit Rum. »Du bist ein Misanthrop, hab ich recht? Ein misogyner Misanthrop noch dazu. Es macht dir Spaß, andere Leute wie Scheiße zu behandeln. Ich frag mich echt, ob du dich nicht selbst belügst, wenn du behauptest, dass du das, was du tust – was immer das auch ist – tust, um Leben zu retten.«

»Als ich das sagte, sagte ich doch gleich dazu, dass ich mostly mein eigenes Leben rette. Ich habe nicht gelogen. Sieh mal, du hast dir deinen Virus eingefangen, weil du dich nicht beherrschen konntest. Ich aber hatte überhaupt keine Wahl. Ich bin krank geboren worden, mit irgendso einer Scheißallergie, für die es keinen lateinischen Namen gibt. Ich war allergisch gegen Gewalt und Gräuel und Ungerechtigkeiten. Ich verreckte Tag für Tag mehr an einem in unserer heutigen Zeit geradezu destruktiv luxuriösen Defekt namens Gewissen.«

»Oho.« Diana lachte ironisch auf. »Ein narzisstischer, misogyner Misanthrop. Das wird ja immer doller.«

Hiob winkte ab. Ihre Reaktion ärgerte ihn. Es ärgerte ihn ohnehin schon, versuchen zu müssen, sich zu erklären, aber ihr im Grunde genommen natürlich berechtigter Zweifel an seinen abstrakten Lebenslogarithmen machte ihn noch wütender. Zweifel war über Jahre hinweg sein Schlafbruder gewesen, bis er ihn erschlagen hatte, wie Kain Abel erschlug. Es war jedes Mal von Neuem gefährlich, wenn Abel wieder auftauchte, um zu winken und zu höhnen.

»Ich habe immer die Kerle beneidet«, dozierte er grimmig, »denen es einfach nichts ausgemacht hat, dass täglich 35.000 Menschen an Hunger krepieren, dass die Amis 150 Liter Wasser pro Kopf und pro Tag verbrauchen, während in anderen Ländern der Erde um jeden Liter Kriege geführt werden wie in einem Mad-

Max-Film ums Benzin, dass jährlich über 25 Milliarden Tonnen Mutterboden ausgeschwemmt oder verweht werden und die Ver-Wüstung der Welt rapide zunimmt, dass nur noch ein Viertel der ursprünglichen Urwaldgebiete existieren, weil wir bald 12 Milliarden Menschen auf der Welt haben werden, von denen eigentlich nur 7 bis 8 Milliarden dauerhaft existieren können, dass der automobile Wahnsinn weiterhin wie eine Seuche grassiert und das Klima aufheizt wie ein Flächenbrand und bald sämtliche Küstengebiete unterm Meeresspiegel verschwinden werden, während die cholesterinaufgeschwemmten Erstweltler keine anderen Sorgen haben, als sich Snuff-Videos und Kinderpornos reinzuziehen und sich gegenseitig zu verprügeln, weil ihre Häute verschiedene Pigmentschattierungen aufweisen. Ich habe bei jeder Meldung über Elfenbeinwilderei in Afrika oder das Aussterben von über 60.000 Pflanzenarten oder den neuesten medien-aufgeschminkten Streifzug eines Serial Killers physische Schmerzen bekommen, habe aus der Nase geeitert und tränende, rotgeäderte Augen gehabt, schon als Kind. Ja, und wenn du mir erzählst, dass ich ein misogyner Bastard bin: Bei feministischen Debatten, die das neue Rollenverständnis der Frau als vordringlichstes Problem des 20. Jahrhunderts postulierten, habe ich tatsächlich denselben hysterischen Brechreiz bekommen wie beim Bau jeder neuen Autobahn, jeder neuen Steuervergünstigung für Besserverdienende, jedem neuen 90 Millionen Dollar teuren Schwarzenegger-Film und jedem neuen nationalistisch-separatistischem Bürgerkrieg, egal wo. Also habe ich irgendwann die Konsequenz gezogen und einen Pakt mit dem Teufel geschlossen, um den ganzen beknackten Karren aus dem Dreck zu ziehen. Und jetzt erzähl mir nicht, dass so etwas nicht funktionieren kann, nur weil christliche Verkünder dir von klein auf eingetrichtert haben, dass man bei so etwas immer den Kürzeren zieht. Dies ist vielmehr das Einzige, was überhaupt noch funktionieren kann. Gott hat sich aufgehängt, als er feststellte, welchen Fehler er am Abend des sechsten Tages im Zustand bereits großer Erschöpfung begangen hat, und Satan streift nun ganz alleine oben und unten durch verwaiste Hallen und wartet auf eine echte, herausfordernde Lebensaufgabe, denn der Gute ist ein bisschen simpel gestrickt und kommt von allein nicht drauf. Enter Hiob Montag. Exit Apokalypse.«

Diana lachte leise und schüttelte den Kopf. Ihre Tasse war schon wieder leer, aber sie füllte nicht mehr nach. »Du bist verrückt, total verrückt.«

»Ja, das ist der Haken bei der Sache. Manchmal weiß ich nicht mehr so richtig, was ich tue. Als ich dich gestern geschlagen habe, zum Beispiel. In solchen Momenten weiß ich immer nicht, ob ich nicht vielleicht noch etwas im Vertrag übersehen habe, ob nicht ER vielleicht manchmal über Gebühr Macht über mich hat. Dann aber wiederum wird mir natürlich klar, dass die Macht, die ich habe, wenn ich tue, wozu ich zum Beispiel hier bin, sowieso kaum die meine sein kann, sondern mit Sicherheit von IHM kommt. Also was soll's. Ich bin Spieler. Spieler müssen auch mit anderen Spielern zusammenarbeiten können, so was nennt man dann neudeutsch ein Team. Ich und der Teufel – wir sind das Dream-Team aller parapsychologischen Fundamentalisten.«

Diana grinste ihn verschlagen an, mit einem Verschwörerblick wie ein Knuff aufs Zwerchfell. »Wenn du tust, wozu du hier bist, was tust du dann genau?«

Er zuckte mit den Schultern, breitete die Arme aus. »Keine Ahnung. Ich improvisiere. Aber ich warne dich zum letzten Mal: Es kann sehr heftig werden. Der erste Mensch, den ich je getötet habe, war ein Kaufhausdetektiv, der mich beim Klauen eines wichtigen, aber für mich zu teuren Requisits ertappt hat. Ich hab ihm ein Unkrautjät-Tomahawk in den Brustkorb getunnelt, mitten im nettesten Langdonnerstag-Kundentrubel. Ich hatte halt improvisiert.«

»Glaubst du wirklich, ich könnte kein Blut sehen? Ich hab meine Tage, seit ich dreizehn bin.«

»Stimmt, war blöd von mir. Ach, und noch was. Bei allem, was ich hier rede und tue, darfst du nie vergessen, dass ich erst am Anfang stehe. Die Dinge, gegen die ich im Augenblick angehe, das sind lediglich Vorzeichen, Prognostica, kleinere Warnungen und Fingerübungen, die die Herren des Übels manchmal fallen lassen, so wie eine strickende Oma Maschen fallen lässt. Gegen eine richtige Manifestation könnte ich mit meinem augenblicklichen Status noch gar nichts ausrichten. Ich bin nur ein Adept, ma chère. Also nimm am besten alles gar nicht allzu ernst. Es ist ohnehin noch nichts, und was man nicht glauben kann, sollte man eh vergessen. Rede ich schon wieder wirr? Komm, wir gehen ins Irrenhaus.«

Diana bezahlte die Rechnung mit einem fetten Trinkgeld und nahm die drittelleere Rumflasche mit. Als sie sich zu Fuß in flirrender Hitze in Richtung auf die Rio-Magdalena-Brücke ostwärts einen Weg durch die sich langsam aus farblosem Delirium herauspellenden Hügelslums bahnten, war sie schon so richtig schön besoffen und amüsierte sich königlich.

Juan Funo wollte die beiden Reifen loswerden, die beim besten Willen nicht mehr zu verkaufen gewesen waren. Das war alles. Er war kein böser Mensch. Er hatte seine Frau nur selten geschlagen, und seine vier Kinder, alles Mädchen, liebten ihn ein wenig. Und er hatte nie jemanden übers Ohr gehauen, dem das wirklich das Genick gebrochen hätte, da kannte Juan Funo nichts. Er fühlte sich mit Deutlichkeit stets zu weich für diese Welt.

Jedenfalls – die Reifen mussten weg, und das blubbernde, fäulnisgasstinkende Loch hinter der Idiotenanstalt war dafür ideal. Ein alter Kinderwagen von Juan Funo lag schon seit einem Jahr dort drin und auch – und das wusste wirklich niemand – das Skateboard, mit dessen scharrendem, knirschenden Rasseln und Rollen ihn der Nachbarsbengel immer frühmorgens von der Matratze geschreckt hatte. Zwar schalt sich Juan Funo einen Narren, dass er ausgerechnet an einem Tag wie diesem – den Schädel noch mehlig vom gestrigen Suff, die Augenbrauen noch schwer und borstig, der Rücken noch schmerzend – die weichen, leichig begrasten Hügel mit den hitzeverzerrten Fliegen hinaufgestapft war, die schweren, dunkel riechenden Gummiringe unter den Armen, aber man konnte sich's ja nie aussuchen. Jetzt hatte er es geschafft, da war das Loch und stank wie immer nach Leim und Irrenscheiße und nach gekochtem Eiweiß.

Juan Funo holte aus und schleuderte pluutsch! und glübberifff! die beiden alten Reifen in den braunen Pfuhl, zwischen verblasste

Kartoffelchipstüten, die mit silbern-metallischem Moos bewucherte Lenkstange eines versunkenen Fahrrades und ein paar Plastikflaschen, in denen einst umsichtig destilliertes und somit richtig gefahrlos trinkbares Wasser gewesen war, und in denen jetzt gelblich schwarze Klumpen wabbelten. Juan Funo lachte, als seine verhassten Reifen in der aufdampfenden Brühe versanken, und er wischte sich mit den Handrücken unter dem Hemd den Schweiß aus den Achseln und dann von der Stirn. Für einen Moment dachte er grienend darüber nach, wie es wohl aussehen würde, wenn ein Mensch in dieser Lake versank, und er kam zu dem Schluss, dass der faulige Müllmorast da unten wahrscheinlich schon bei leichter Hautberührung ätzend war wie konzentrierte Salzsäure, sodass organisches Gewebe sich verflüssigte und auflöste. Mal sehen, dachte er, wenn mir heute Nacht beim Umtrunkzug durch die Stadt wieder irgendjemand dämlich kommt, vielleicht kann ich mir dann mit Alejandro und Dalgito einen wirklich heißen Spaß erlauben und denjenigen hierherschleppen. Vermisst wurde im Carneval sowieso nie jemand. Als Juan Funo sich gerade abwenden wollte, kam die Kreatur hoch.

Die Kreatur hatte nichts mit poetischer Gerechtigkeit zu tun. Sie war nicht durch die halb-erigiert sadistischen Gedanken des guten Durchschnittsbürgers Funo aufgestört worden, sondern durch den zweiten seiner Reifen, der die gallertige Membran im Mittelleib des eigentlich noch embryonalen Dinges aufgeschrammt und den Körperzusammenhalt somit schmerzhaft gefährdet hatte. Die Kreatur war auch nicht darauf aus, sich an Juan Funo zu rächen. Dazu hätte es eines Gehirnes bedurft, um die Ursache einer Wirkung zuzuordnen. Nein, sie wollte einfach nur raus aus dem siedenden Schmerz, und deshalb kam sie auch nicht wie ein klassisches Monster aus dem Sumpf, nämlich langsam und dramaturgisch ausgeklügelt mit einer Hand zuerst, sondern sie detonierte förmlich aus der Müllsäure nach oben, dabei Unrat und toxische Flüssigkeiten verspritzend wie ein sich vom Regen schüttelnder Hund, nur dass das hier eben kein Hund war, sondern ein riesiges, rosagekochtes Etwas aus dem Fleisch unzähliger ihrer kommerziell weiterverwertbaren Organe beraubter und schließlich in diesen

Pfuhl hier entsorgter Leichen von ermordeten geistig behinderten Menschen.

Juan Funo bekam mehrere Eimer von der heißen, beißenden und zähflüssigen Abfallsuppe gegen den Leib, und als das unförmige nackte Ding dicht neben ihm ans müllige Ufer platschte, fiel er rückwärts auf den Arsch und schlidderte ein wenig durch den nur leicht überwucherten und von verwehter Erde begrabenen Unrat, aus dem die ganzen Hügel, der ganze Stadtrand, ganze Stadtteile hier bestanden. Er landete, die eigene Zunge tief in der Speiseröhre, in einer fruchtbaren Kolonie von verfaulenden Fischabfällen und -skeletten, in der er zum ersten Mal in seinem Leben transparente Maden von der Größe kleiner Finger wimmeln sah, in denen deutlich zu erkennen weitere Maden herumzappelten und sich offensichtlich vom Inneren ihrer Wirte oder ihrer Mütter oder um was für eine Art von Verhältnis es sich auch immer handeln mochte ernährten. Juan Funo patschte mit beiden Händen in dem lebendigen Müll herum und würgte unter rasenden Schmerzen seine Zunge wieder hoch. Die Kreatur mit den vielen nicht zusammenpassenden und weich deformierten Gliedmaßen und den Knochenauswüchsen überall am kuhgroßen Leib lag noch immer am Rande des Loches und wälzte sich wie ein verbrühtes Schwein hin und her, ohne ein Oben oder Unten, Vorne oder Hinten erkennen zu lassen. Wie eine nasse Spinne oder ein verstümmeltes Insekt ließ sie die Dutzende von unförmigen Extremitäten immer wieder unkoordiniert nach allen Richtungen ausschlagen, und einer der Armbeinflügelfühler, dessen Ende die dreifingrige Hand eines kleinen Kindes war, strich Juan Funo beinahe sanft, aber völlig zufällig, über das Gesicht, was diesen aus seiner Paralyse herausriss und ihn mit heiseren Schreien in verschiedene Richtungen durch den Abfall und Schrott ringsum davonschliddern und -straucheln ließ, bis er sich schließlich auf die naheliegendste Hilfe besann und auf das hässliche, grau verputzte Gebäude der Término-Venturoso-Anstalt zurannte, über die alte, niedrige Mauer, die die Krankheiten vom Müllfriedhof nur unzureichend trennte, hinwegstrampelte und durch das saftlose Gras immer noch krächzend und japsend auf eine nur angelehnt scheinende Hintertür zuhielt.

Prognosticon 1

Die Tür war aus schwerem Holz, aber tatsächlich nicht geschlossen, und Funos fischig-faulige Finger konnten sie mühelos aufdrücken. Dahinter war ein von billigem, verschmiertem Neon erhellter Schlachtraum, der nach Formalin und Blut und schlechter Verdauung roch und in dem einige nackte Menschenleichen auf Holztischen von mehreren Krankenpflegern mit Lederschürzen, Gummihauben und sägeartigen Messern und Fleischeräxten und Pinzetten und Schläuchen geflissentlich ausgeweidet wurden, und in dem eine der Leichen auf einem der Tische noch zuckte und stöhnte, und in dem mehrere der Pfleger Juan Funo unglaublich blöde anstierten, einer jedoch mit einem rostigen Messer auf ihn losging und ihm die Klinge zwischen Schlüsselbein und Hals rammte, und in dem Juan Funo wieder sabbernd zu schreien anfing und seinen Angreifer mit dem verzerrten Gesicht in einen Schürzenhaken drückte und durch dieselbe Tür wieder hinausrannte, blutend wie ein angestochenes Fass, und immer wieder lallend-fallend den längsten Weg in die Stadt hineinfand.

Inspektor Ipucherez hatte zwar in diesen Pausenstunden zwischen den Wehen des Carneval Joselito mehr als genug zu tun, denn zum Beispiel erst vor zwei Stunden hatten sich zwei Strichjungen mitten auf dem Paseo Bolivar gegenseitig die Hinterköpfe weggeschossen, aber den drängenden Argumenten eines Mannes mit einem Messer im Hals und madigen Fischschuppen an den Händen konnte er sich wohl schlecht verschließen.

Lagrima spürte am Stocken ihres Rückenmarks, dass sie an der Reihe war.

Die Tür ihrer Zelle schwang weit, weit auf und röhrte dabei wie mit Bauchschuss. In der Öffnung war erst mal nichts zu sehen als Gelb.

»Waschen, Lagrima, Zeit zum Waschen!«, brüll-lachte die Stimme des Zwiebelpflegers, »komm Duschen, Lagrima, Zeit zum Duschen!«

Ihre Zelle hatte zwölf Seiten, und alle waren fünfeckig, und alle konnten sich wie ein lallendes Kaleidoskop ineinander drehen und eins werden.

Diesmal jedoch machten sie tatsächlich nichts anderes mit ihr, als sie mit einem dicken Schlauch eiskalt abzuduschen, und diese Gnade und Güte rührte Lagrima zu schmerzhaft süßen Tränen.

Die Anstalt lag am Stadtrand, denn Jugendherbergen und Irrenhäuser werden immer in die Peripherie der Bürgerlichkeit gedrängt, aus Aberglaube und aus Furcht. Diana hatte sich bei Hiob untergehakt und erzählte weitschweifig und übertrieben artikuliert irgendeinen Scheiß über die Thesen, die ein gutaussehender liberaler Professor in ihrem letzten Semester aufgestellt hatte, während Hiob das Unmenschliche, das Kalte, das Zahlenhafte, das von dem glattgetünchten Gebäude mit dem zynischen Namen Término Venturoso ausging, spürte, wie ein Blinder ertastete und abmaß und in sich aufnahm. Die Vorstellung, dass man dort Menschen lichtlos einsperrte und würdelos vegetieren lassen konnte, nur weil sie anders aussahen oder eine andere Art zu denken hatten als der typische paranoid-egoistische Normalbürger, berührte und beunruhigte ihn, und seine Eingeweide krümmten sich zusammen, sträubten das Fell und fletschten unsicher knurrend die Zähne.

Es gab einen Torbogen mit einem geschwungenen Metallgatter. Die Schrifttafeln an der rechten Säule des Bogens waren nicht mehr zu lesen, Warnungen und Anweisungen hatten somit ihren Inhalt, ihre Verständlichkeit und ihren Sinn verloren.

Das Tor war mit mehreren rostigen und/oder grünspanigen Vorhänge- und Fahrradschlössern zugekettet, aber links und rechts vom Bogen war die Mauer nur knapp einen Meter hoch, oben abgeflacht und so breit, dass sich nicht einmal Gerald Ford hier hätte verletzen können. Hiob fragte sich, ob es tatsächlich möglich war, Insassen mit einem alleinstehenden verschlossenen Tor von jeglichen Fluchtgedanken abzuhalten, aber als er Diana in trunkener Wut am Tor rütteln sah und ihre Flüche und ihr Herbeirufen eines imaginären Pförtners hörte, erkannte er einmal mehr, dass *er* der Alien war, nicht die anderen.

Er half ihr über die Mauer, und sie pirschten sich wie eine standesmäßig heruntergekommene Version von Mr Steed und Mrs Peel an das würfelförmige Haupthaus heran. Die Vegetation hier war merkwürdig, die Bäume hatten so etwas Scharfkantiges, Dornenhaftes, und das Gras war von bräunlicher, wie verbrannt wirkender Farbe, obwohl es hier sehr feucht war, jeder Schritt geradezu nachsuppte. Hiob überlegte, wo er beides – die Dornenheckenbäume und den UFO-Landeplatz-Rasen – schon einmal gesehen hatte, und als es ihm wieder einfiel, war er erstaunt über die thematische Zwillingsnatur beider Schauplätze: das gusseiserne, Stacheldraht allegorisierende Mahnmal von Dachau und die anonymen Massengrabfelder von Bergen-Belsen. Dies hier war wie eine Reise in seine eigene, bildungspolitisch verschulte Klassenfahrtvergangenheit und die Vergangenheit des Landes, dessen erschrockener Spross er war. Er visualisierte die Welt, sein Leben, die Gegenwart als einen Marmorkuchen, von dem er bröselnd und krümelnd das Helle, Vanillige löste und nur die dunklen Teigteile herauspulte und mit idiotischem Grinsen aß, mit offenem Mund kauend, den schokoladigen Speichelbrei jedermann zeigend. Und es war verdammt viel Dunkel da, schnell sättigend und schwer.

»Hör zu, Mädchen. He, ich rede mit dir. Okay. Ich möchte, dass du jetzt da reingehst und möglichst viel Aufmerksamkeit und Chaos auf dich ziehst. Aufmerksamkeit dürfte bei deinem Aussehen und deiner Kleidung kein Problem sein, und Chaos ergibt sich an einem Ort wie diesem ganz von selbst. Ich werde dann versuchen, mich irgendwie reinzuschleichen und unters Volk zu mischen und zu finden und zu tun, was auch immer da drin gefunden und getan werden muss, ich hab immer noch keine Ahnung, was es überhaupt ist.«

»Wow, ein Mann muss tun, was ein Mann tun muss, John Wayne. Und das ist dein ganzer Plan? Wir gehen da rein?«

»Tja, tut mir leid, ich bin nicht Lord Nelson.«

»Na ja. Dann also gut. Mehr als auffressen können die Missgeburten da drinnen mich ja auch nicht. Und das wäre auch nicht schlimmer, als mit Bankkaufmännern zu bumsen. Sehen wir uns hinterher?«

»Ich denke schon.«

»Dann tschau.« Ohne das geringste Anzeichen von Beunruhigung stiefelte Diana armeschlenkernd die kleine Freitreppe hinauf, rüttelte ungestüm am klobigen, gummigepolsterten Türklopfer, schwatzte aufgeräumt mit einer misstrauischen, felliniesken Krankenschwester und schaffte es sogar nach ihrem Eintreten, die normalerweise sicherlich verrammelte Tür halb offen stehen zu lassen. Hiob, dem vor Nervosität ganze Pressluftbohrer durch den Unterleib marodierten, konnte nur staunen und sich selbstironisch gratulieren, dass er unter all dem verkommenen, nutzlosen Pack in Barranquilla ausgerechnet einer Spezialistin für Öffnungen und Eingänge das Leben gerettet hatte.

Er versuchte sich zu konzentrieren, versuchte ein Bild klarzubekommen von dem Prognosticon, das ihn erwartete, aber er empfing nichts, nichts außer einem verschwommenen, fahlen Brei aus hochbeschleunigten Hospitalismen und kotverschmierter Nacktheit. So bitter war dieser flüchtige Eindruck, dass er seine unterräumlichen Fühler gleich wieder einzog, als hätte ihm jemand mit einem Rohrstock draufgeschlagen. »Na gut, du arroganter Wichser«, sagte er zu seinem unsichtbaren Widerpart. »Jetzt schieß mir mal ein bisschen Power zu, damit ich dir ein sauberes Infotainment-Potpourri-Feuerwerk bieten kann. Zeig mir mal, aus welchem Holz unser Pakt geschnitzt ist.« Unerwarteterweise erhielt Hiob sogar so etwas wie eine Antwort – ein gepresstes, ächzendes Geröhre von einem blinden Idiotengott, das klang wie: **»Aus welchem Holz? Aus welchem Holz? Aus Bubisc-Holz und seiner Fraaaauuuu!«**

Hiob brauchte ein paar verdutzte Momente, um diesen Aber-Witz zu verstehen, aber dann ging er zähneknirschend rein.

Lagrima spürte ihn sofort, als er durch die Verbotene Tür trat. Ihre Milchdrüsen fingen hyperaktiv an zu produzieren, ihre Brüste schwollen schrecklich schnell und schmerzhaft, die Nippel wurden groß und hart wie Schnuller und Beißring in einem.

Er war das Baby, ihr Baby, ihr Baby, sie musste ihn säugen, ihn schützen, das war ihr Instinkt, dagegen konnte sie gar nichts machen.

Sie verspritzte Milch in schubartigen, unkontrollierbaren Krämpfen, zauste sich mit den nassen Fingern das filzige Haar und schrie: »Neinbleibdraußenbleibdraußenbleibdraußenkommnicht!«

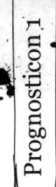

»Und ich, der stille stand, mich umzuschauen,
Sah im Morast dort welche, nackt und bloß,
mit Schlamm bedeckt und grimmverzerrt die Brauen;
Die gaben sich mit Fäusten Stoß auf Stoß,
Mit Füßen auch, mit Kopf und Brust und rissen
Sich Fetzen Fleisches mit den Zähnen los.«

Dante, Canto sieben, auf dem Weg zum fünften Kreis der Hölle, im Styx. Die Assoziation aus einem von Hiobs Lieblingsbüchern, dem bislang immer noch hellsichtigsten Baedecker durchs Wiedenfließ, stand so klar vor ihm wie ein edelgasstrahlendes Schild.

Dies hier war der Styx oder das brütende Land dahinter. Und alles, was man bislang kannte oder angenommen oder stillschweigend-naiv und ahnungslos vorausgesetzt hätte als Solidarität unter den Bemitleidenswerten und Kranken, den Heilsuchenden und Unheilbaren, den Verzerrten und Gestauchten, den Ungeliebten und Vergessenen, war hier verschwunden, gewichen einer unnatürlichen allgemeinen Atmosphäre aus Gewalt und Gegengewalt, dem täglichen, verzweifelten, parodie-darwinistischen Überlebenskampf derer, die nach dem Willen ihrer Angehörigen weder hätten überleben sollen, noch, nach dem Willen der sogenannten Pfleger, kämpfen. In einer ebenfalls sogenannten ganz normalen psychiatrischen Anstalt, sagen wir, in Ueckermünde in Hiobs hässlichgesichtiger Heimat, waren die Verhältnisse bereits so, dass sensible Betrachter das gelbe Erbrechen beschleicht, bespringt und nicht mehr weichen will, aber dies hier, dies hier war nicht einmal das. Dies hier war ein Schlachthaus und ein Puff, ein Spielplatz und ein Zoo, ein Zirkus und ein Schießbudenfest, ein Schlachtfeld und ein Kalvarienberg für sich austobende gesunde und vor Schreck erstarrte kranke Menschen oder auch nicht. Hiob erinnerte sich an Tod Brownings *Freaks*, und er beschwor einhundert Mal die Huhnmensch-Rache herauf für die, die für das hier verantwortlich waren.

Er sah einen großen Trog voller vermengter Ausscheidungen, in dem nackte Menschen standen, hockten oder trieben, von denen mindestens einer seit Wochen tot war. Er sah einen Pfleger herumrennen mit erigiertem Penis, von dem zähflüssig syphilitisches Sperma troff, der Pfleger schrie und krähte lachend wie ein Hahn und verfolgte eine mindestens siebzigjährige, völlig unterernährte Patientin. Er sah einen anderen Pfleger kaugummikauend einem Katatoniker mit einem Schweizer Taschenmesser einen Schenkel aufschneiden und den Knochen freispreizen. Er sah das unveränderliche, maskenhafte Grinsen zweier Down-Syndrom-Opfer, die sich zur Freude dreier wettender Gutbürgerlicher in Karnevalsmontur mit klebrigen Autobus-Nothämmern in haarigen Fetzen die Köpfe einschlugen. Er sah einen Mann auf einer Liege hocken, dem man wahrscheinlich ohne Narkose so viele innere Organe entnommen hatte, dass sein Bauchnabel direkt auf der Wirbelsäule auflag. Er sah eine weibliche Patientin auf nur notdürftig mit Klosettpapier verbundenen frischen Beinstümpfen über den schlierigen Boden kriechen. Er sah zwei dicke Pflegerinnen ungerührt über die universale Verwendbarkeit der Testikel eines neben ihnen stehenden Knaben fachsimpeln. Eine von ihnen hatte ein Skalpell in der Hand und furzte laut. Er sah eine Zellentür, aus deren Futterluke ein Arm hing, der so abgemagert war, dass der Zwischenraum zwischen Elle und Speiche transparent war. Der Arm lebte noch, er kratzte schwach mit viel zu langen Fingernägeln außen am Holz. Hiob ging hin und berührte ihn sanft. Der Arm verharrte erschrocken wie ein angestubstes Insekt, und Hiob hatte Gelegenheit weiter zu sehen.

Er sah Diana in einer Art Pflegerzimmer schwankend und lachend mit zwei ebenfalls lachenden haararmigen Kerlen schäkern, denen die Geilheit schier aus den Hosenbeinen kleckerte. Er sah eine magere Gestalt in einem schlecht sitzenden SM-Gummmianzug um ein Grammophon herumtorkeln, das irgendeinen Teil irgendeiner italienischen Oper mit viel Percussion wieder und wieder eierte. Er sah einen Chefarzt mit dicken, verzerrenden Brillengläsern sanft über den Kopf eines hydrozephalitischen Kindes streicheln. Der Kittel des Chefarztes war vorne blutverschmiert. Er sah eine nackte dunkelhäutige Frau, dem Aussehen nach eine Prostituierte aus dem Carneval draußen, die an einem festgehakten Bein von der Decke baumelte und ab und zu von dagegenrempelnden Patienten oder Pflegern in schlenkernde Bewegung versetzt wurde. Die Frau lebte. Er sah einen pfeifenden Typen mit einem noch triefenden Gehirn unter dem Arm eine Treppe heraufkommen. Ein Pfleger mit qualmendem Zwiebelatem warf mit großer Geste Dartpfeile auf eine auf einem gynäkologischen Stuhl festgeschnallte Patientin. Zwei andere Pfleger spielten eine Art Flurhockey. Statt Schlägern hatten sie schlenkernde menschliche Arme in den Händen. Ein klitschnasser Patient saß mitten im Durchzug vor einem kleinen tragbaren Fernseher und starrte Werbespots an. In einem Bettenraum lagen mindestens drei verweste Leichen noch immer in ihren Träumen. Jemand sang mit schönem Bariton, eine Champagnerpfütze auf dem Boden spiegelte das Sichtbare, das, worauf Licht fiel und reflektiert wurde. Der Wasserkopf wurde angebohrt. Ein Skalpell fiel zu Boden. Ein Pfeil traf ins Schwarze. Ein Patient zeichnete mit beschäftigungstherapeutischen Wachsmalstiften ein Sarah-Kay-Bild an die Wand. Schreie, von überallher, und Gelächter.

Hiob schloss die Augen und betete. Er betete zum Tarotschlüssel 16, zum Herrn der Tiefen, zu den Erfindern der Göttlichen Ausgleichenden Gerechtigkeit, zum konsequenten Untergänger Emeric Blackvale und zu den Marx-Brothers. Und er betete, dass all dies hier viel zu schrecklich, viel zu aberwitzig, viel zu böse, viel zu grotesk und viel zu satirisch übertrieben sei, um etwas anderes sein zu können als ein psychosomatischer Zwangssymbolismus seines nervenfiebernden, aufgeriebenen, selbstzerstörerisch depressiven Geistes. Außerdem: Wie sollte er eine ganze Irrenanstalt auslöschen? Das konnte doch nicht Widders Ernst sein. Seine Macht reichte vielleicht gerade einmal dazu, dem Ich-muss-Caligari-werden-Chefarzt den gummiartig feisten Hals abzuschnüren, aber das wär's dann auch schon gewesen. Und ab ins Klapsmühltal yourself.

Nein, er breitete die Arme aus und versuchte, in der röhrend-kichernd-brüllend-wiehernd-krächzenden Kakophonie dieser größten Schau der Welt, dieses Three-Ring-Circus, in dem die

Ringe ein Zaubertrick waren und sich unlösbar ineinander verhakt hatten, sein eigenes, ganz persönlich nur an ihn handschriftlich addressiertes und mit einem saftigsüßen Schmatzer verschlossenes Prognosticon aufzuspüren. Er fand es und verdutzte.

Es war gar nicht hier drin. Es war hinter dem Gebäude, irgendwo im abfalligen Ödland.

Mit dieser Feststellung hatte er die letzten pfadfinderischen Emanationen von Dianas verseucht-angereicherter Blutkraft verbraucht und war von nun an auf sich allein gestellt. Diana? War gerade dabei, in der mit Pornoplakaten tapezierten Pflegerklause den guten alten HIV-Tango samt Abklatschen zu tanzen. Die Pfleger? Keiner beachtete ihn, so gut fügte er sich offenbar ins Gesamtbild. Die Patienten? Außer einem, der ihm stolz einen Pappbecher voller frischer Scheiße kredenzen wollte – was Hiob freundlich ablehnte –, hatte keiner von ihnen auch nur eine einzige Sorge übrig, die er sich um den merkwürdigen Eindringling machen konnte. Und war da nicht noch etwas, Hiob? Etwas Vertrauteres, Verwandteres, Näheres, viel Gefährlicheres, hier im Haus, hier ganz in der Nähe, Hiob, mein Hiob, spürst du's nicht auch? Papperlapapp, da is nix. Spuck in die Hände, Ärmel hoch, jetzt wird endlich einmal etwas geschafft. War teuer genug, die ganze Chose. Zeit für Resultate. Zeit für die große Bill-Clinton-Aufräum-Nummer inklusive Thumbs up und Keep Smiling.

Yo, Hiob stapft forsch durch El Término Venturoso und sucht den glückhaften Ausgang, nicht wahr? Springt die Kellertreppe hinab über ein paar angeweste Leichen, durchquert den Schächterraum – (»Lasst euch nicht stören, Jungs!«) –, in dem noch immer ein Menschenfleischer wimmernd mit der Augenhöhle an einem Garderobenhaken hängt und von seinen Kumpanen nicht abgenommen werden kann, weil sie fürchten, er würde sonst ganz unnütz verbluten, durchschreitet die Tür nach draußen und stiefelt auf Juan Funos unsichtbaren Spuren durch das lovecraftsche Gras – (»Blasphemisch, miasmisch und steil hart aufgerichtet.«) – über das bucklichte Mäuerlein bis hin zum neuzeitlich reproduzierbaren Höllenschlund, der Fallgrube der hochindustriellen Trichterspinne, dem postmodernen Fahrstuhlschacht in formaldehyde

Unterwelten – (»Flieht, ihr Fliegen!«) – und siehe da! gewahrt letztendlich showdowntechnisch nahezu perfekt tatsächlich noch das teure Monster aus dem Sumpf.

Da die biologische Obszönität – wie bereits erwähnt – kein Hirn hatte – eine Eigenschaft, die es nicht von der Kandidatur für ein beliebiges öffentliches Amt disqualifiziert hätte –, lag sie noch immer nur wenige Yards vom Abschlag entfernt und – wenn man davon ausgehen kann, dass irgendwelche Nervenstränge in ihrem zufälligen Leib funktional miteinander verbunden waren – litt. Einige der durchsichtig aufgeblähten Maden hatten sich nämlich, von der alltäglichen Diät aus Meeresfruchtaas und Salatfäulnis schon beinahe resigniert, mit Feuereifer über das pfefferminzig schmeckende rosafarbene Fleisch des neuen Weltkindes hergemacht und begannen bereits, hieroglyphische Tunnel in seinen Leib zu fressen wie Wespen, die sich an gefallenen Birnen delektieren. Demzufolge wand und krümmte sich das übergroße Etwas, und hätte es einen oder zwei oder drei Münder gehabt, die nicht von Eigenfleisch überwuchert im Inneren des Leibes gemalmt hätten, hätte es sicherlich mit den Stimmen neurofibromatoser Babys geschrien.

Hiob konnte auf den ersten Blick fachmännisch konsultieren, dass das Ding keine große effektive Bedrohung darstellte, für nichts und niemanden, aber das war ja auch erst in zweiter Linie von Belang. Dies hier war halt ein Prognosticon, ein Vorzeichen für Dinge, die sich in unserer schönen neuen Welt in Bälde noch viel häufiger und an vielen unterschiedlichen Orten abspielen würden, wenn nicht ein paar Leute sich in Gegenwart und Zukunft einmal ganz gehörig am Riemen rissen, und getreu dem Motto »Wehret den Anfängen!« hatte Hiob sich nun einmal per Kontrakt dazu verpflichtet, diese Vorzeichen unter den kausalkonservativen Teppich zu kehren und am besten sogar noch einen Deckel drüberzustülpen mit der Aufschrift VIEL VORSICHT! VIEL ZU HEISSES EISEN!

Fluchend suchte sich Hiob nun unter all dem Unschlitt ringsherum ein brauchbares Instrument, und als er schließlich ein olles Heizungsrohr gefunden hatte, schlenkerte er mit ihm so lange herum, bis er es einigermaßen unter Gewalt hatte, und dann fing er an, so entschlossen und brachial auf das zuckende Ding einzuschlagen, dass jeder Studienrat von altem Schrot und Korn seine helle Freude daran gehabt hätte. Hiobs Absicht war es, die Bestie mit gezielten, heftigen und selbst von antifunktional zusammengesetzten Leibern als solchen zu registrierenden Schlägen in den netten Muttermund der Halde zurückzutreiben. Nun gibt es im Rollenspiel-Genre so etwas wie Geschicklichkeitsproben, und wenn man da eine 18, 19 oder 20 würfelt, bedeutet das, dass man die Probe vermasselt, verpatzt, verbockt und der Rollenspielcharakter sich dementsprechend dämlich angestellt hat. Auf diese komplexe bildliche Ebene transformiert würfelte Hiob bei seiner Aktion eine ganze Menge 18er, 19er und 20er und stellte sich somit ganz exorbitant bescheuert an, sodass er, als die unheilige Existenz endlich – vielleicht auch der keuchenden, ausgleitenden und sich überschlagenden Bemühungen Hiobs schlicht und einfach überdrüssig – platschend in den säurehaltigen Suhlpfuhl zurückschlitterte, von Kopf bis Fuß mit Fett und Dreck und Öl und Fäulnisschlamm bedeckt war, seine vormals noch wenigstens den Minderleisteransprüchen der Grunge-Rock-Generation entsprechende Kleidung völlig zerrissen und zerfetzt, und er selbst völlig erschöpft und ausgelaugt.

Dennoch war hiermit sein südamerikanischer Job noch nicht getan, denn das giftige Loch hatte die Kreatur geboren, es würde wohl kaum ausreichen, um sie zu töten. Man könnte zwar diskutieren, dass man ein Baby gewiss dadurch töten könnte, indem man gewaltsam versucht, es wieder dorthin hineinzupressen, wo es herausgekommen ist – von den Auswirkungen auf die Mutter ganz zu schweigen –, aber dies hier war ja kein Exempel für angewandte Veterinärbiologie und nicht einmal für Brehms blödsinniges Tierleben, dies hier war eine profitkapitalistisch initiierte, gesund-und-menschenverständlich unintendierte und aus der sich daraus ergebenden magischen Nische heraus katalysierte Demonstration. Dompteur Montag musste also, verschwitzt und abgekämpft, sein Bestes geben. Er zitierte in radebrechendem Kantonesisch *Die Sieben Kryptischen Bücher Von Hsan*, streute noch ein wenig De Vermiis Mysteriis von Ludwig Prinn darüber, verband das Ganze mit ein paar in ausgelaufene Batteriesäure geritzten schamanistischen Symbolen aus dem Apokryphenkreis der Quiché-Maya-Bibel Popol Vuh, sang dazu einen alten Tune von Howlin' Wolf und segnete und vollendete sein Werk, indem er in hohem Bogen in die Grube und auf das darin dümpelnde Schreckwesen pisste.

Das Resultat war ausgesprochen nett. Das unnatürliche Vieh fing an, mit den Stimmen neurofibromatoser Babys zu schreien und dabei wie ein in Wasser geworfenes eckiges Natriumstückchen in der urigen Suppe herumzuwirbeln, sich zu verformen und kohlensäureartige Bläschen zu erzeugen, die Luft über der Grube beschlug, wurde trüber, roch nach sehr scharfem Senf, es wurde heißer und heißer, das Lebewesen zerging, zerkochte, zerfaserte brüllend, Hiob kramte aus irgendeiner Hosentasche noch ein letztes A&P-Streichholz hervor, riss es an, wie alle A&P-Streichhölzer zerbrach es in der Mitte, brannte aber trotzdem auf, er warf es in das Loch, hechtete sich in Deckung, es gab ein pfeifendes Geräusch, dann ein donnerndes PLIPP, eine orangene Stichflamme leckte empor, fiel in sich zusammen, Stille, Bewegungslosigkeit, Gestank, unten in der Stadt applaudierten ein paar besonders Doofe dem gelungenen Karnevalsfeuerwerk, Hiob wand sich im Schlick und erwehrte sich unbeherrscht der gierigen, quallenhaften Maden, die zu Dutzenden über ihn hergefallen waren. Sela.

Drinnen im Haus gingen kurz die Lichter aus, dann wieder an, Inspektor Ipucherez stand mit einem Haufen verkaterter Untergebener im Zellenflur, schob die kalte Zigarette mit der Zunge von einem Mundwinkel in den anderen und brummte: »Was ist denn das hier für eine Scheiße?«, ohne die Hände aus den Hosentaschen zu nehmen.

Facundo und seine Schergen wurden verhaftet, etliche Patienten zum ersten Mal seit Jahren aus ihren sadomasochistisch verfremdeten Zellen gelassen und in eine zumindest nach südamerikanischem Standard humane medizinische Behandlung übergeben.

Geschönte Berichte für die karnevalistisch aufgekratzte Presse wurden vorbereitet, damit Kolumbien in der Welt nicht auch noch neben seines ungerechtfertigt schlechten Drogenkriegrufes der Menschenschlächterei bezichtigt werden konnte. Es war nicht schwer, die paar absolut unvertuschbaren Sachverhalte als Resultat der Bestrebungen eines einzigen gemeingefährlichen Irren namens Facundo zu interpretieren.

Diana Frahm wurde als in flagranti ertappte ausländische Prostituierte ohne ordnungsgemäß geschmierte Arbeitserlaubnis dingfest gemacht, musste aber nicht allzu lange sitzen. Ihr Virus kam überhaupt nicht mehr zur Ruhe, er sprang und sprang und sprang.

Ein paar müde Beamte in einem unterbezahlten Untersuchungsausschuss wurden mit schlaffem Wink angewiesen, ein paar Befragungen zum Thema »Illegaler Organhandel mit Unterprivilegierten« anzustreben.

Aber letzten Endes gingen nur zwei Personen weit genug hinter das Haus, um Hiob zu finden, der dort auf dem Dach eines Autowracks lag und sich ausruhte. Die eine war Lagrima Mesanez, die andere ein junger eifriger Polizist namens Gervasio, aber der tritt erst später auf.

Als Lagrima von einer paffenden weiblichen Polizeibeamtin, die ein bisschen wie ein junger Winston Churchill aussah, aus ihrer dodekaedrischen Zelle gelassen wurde, hakte sie sich bei einem nichtphysikalischen Hirten ein, der ihr galant den Arm bot und sie unter schmeichelnden Worten die Treppe hinab, durch einen Raum, durch eine Tür, durch einen Garten, über eine Mauer hinter das Grundstück führte in einen technizistisch leuchtenden Wunderpark voller Farben und Gerüche. Es war NuNdUuN, der in einem Korbsessel in einem Dornenstrauch von silbernen Schimpansen geträumt hatte, bis der Gliedmaßler verendete und Lagrima freikam. Er führte die ältere Frau zum jüngeren Mann und sagte: »**Schau her, Lagrima, dies dort ist Hiob, dein Sohn.**« Und sie sagte: »Ich weiß.«

Hiob stand auf seinem Autodach auf, mit seinem am Morgen noch weißen, jetzt wie die Palette eines Malers gefärbten Mantel wie ein verwirrter Prediger an der Grenze zum Hyde-Park wirkend, und schimpfte. »Jetzt tauchst du plötzlich auf, Alter, jetzt, wo alles gelaufen ist. Während der Sache hätte ich ein bisschen mehr Unterstützung brauchen können, aber nein, du hast mich faul hängen lassen. Das ist nicht gerade vertragsgerecht, mein Freund, das muss ich dir mal sagen. Und was soll der Scheiß mit der alten Punze hier? Meine Mutter heißt Sarah und stinkt sich in einer versifften Motorradrockerclique am Nürburgring und Umgebung durch die Landschaft. Diese Frau hier kenn ich nicht, hab ich nie gesehen, und, falls dich's interessiert, interessiert mich auch nicht.«

NuNdUuN, Fürst der Flagellanten, unsichtbar, eidetisches Medium, senkte geduldig den hörnerumwucherten oder gauklermützenbekränzten Kopf. »Du bist unhöflich und roh, Montag. Nicht von deiner leiblichen Mutter ist hier die Rede. Jedes läufige Weibchen hätte dich werfen können, Klump Grieß, der du bist. Nein, dies hier ist Lagrima Mesanez. Sag, klingelt ein gläsernes Glöckchen?«

»Nischt klingelt. I haven't the faintest. Drück dich klarer aus, Tiefenkönig.«

»Dann leih mir deine Ohren. Denk doch nicht, du seist der Erste. Schon andre mengreich vor dir haben paktisch sich geübt, sind, der Erden Sünden über, weinend worden und betrübt. Haben sich, mit hoher Hoffnung, untenwärts gewandt an mich, um zu tilgen obig Kreischen, um zu retten ritterlich. Durften faustisch sich versuchen an der Macht, ein Held zu sein, haben schnell gelernt und lernten: Dornenkron statt Heilgenschein. Fanden schnell ihr neu Zuhause, ihren Stammplatz in der Welt, wurden heimisch in dem Wirken, dahinein kein Lichtstrahl fällt. Gingen irre an der Hoffnung, brachen durch an ihrem Wahn, dass vorm Untergang zu wenden doch noch sei der Narren Kahn. Sieh in hier Lagrimas Augen deine Zukunft und dein Los, bist ja letzten Endes, Hiob, auch ein Spiegelfechter bloß. Dienst mir unten wie wem oben wie der Mitte gut zum Spott, bist der Spaßmacher und Tänzer, bist der Beter ohne Gott, bist ein Engel zwar mit Flügeln, aber ohne Arm und Bein, kannst nicht landen, musst ermüden, musst ein Ausgelachter sein. Herzlich Beileid kann mein Kohlenherz dir allenfalls entbehren, mehr wär unnütz, und ungleich dir muss ich Unnutz mich verwehren.«

Es gab keine Verpuffung, keinen theatralischen Rauch, nicht einmal ein melodramatisch irrsinniges Gelächter: NuNdUuN war von einer Sekunde zur anderen einfach weg oder vielleicht gar nie da gewesen, und Lagrima und Hiob waren schon immer allein.

»Guter Abgang, Arschloch«, knurrte Hiob müde. Das ältliche, schmutzig-nasse Fräulein vor ihm sah abgezehrt und schwach aus, als würde es beim ersten spielerisch knuffenden Windstoß einwärts zusammensinken. Aber hier gab es glücklicherweise keinen Wind, der war schon vor Jahrzehnten von Fliegenschwärmen abgelöst worden, deren Hass auf Hiob jetzt förmlich zu hören war.

»Sie haben also auch mit NuNdUuN paktiert, Ma'am«, stellte Hiob mit noch größerer Müdigkeit fest. »Und wie weit sind Sie gekommen?« Er sprach deutsch, genau wie der Goya-Thronbesitzer eben, genau wie der Bundeskanzler bei jedem seiner Auslandsbesuche, und genau wie jener konnte Hiob sich in diesem Augenblick in dieser seiner Situation überhaupt nicht vorstellen, dass es irgendwo im Universum ein Wesen geben könnte, das mit dem Verständnis der deutschen Sprache Schwierigkeiten hätte.

Vielleicht hatte er damit sogar recht.

»Prognostica«, flüsterte Lagrima mit schamhaft abgewandtem Gesicht, »über die Prognostica bin ich nie hinausgekommen.«

»Wie viele haben Sie geschafft?« Der verschmierte Prophet hustete. Fieber kehrte in ihn ein wie ein alter Freund des Hauses.

»Fünf«, antwortete sie. »Fünf oder sechs.«

»Und wer hat Sie dann weggesperrt?«

»Meine Tochter. Mein Sohn. Mein Mann. Alle, die ich liebte, für die ich kämpfte. Sie erklärten mich für verrückt.«

Hiob nickte. »Das ist nur folgerichtig. In einer Gesellschaft von wahnsinnigen Destruenten muss derjenige irre wirken, der versucht, mit tränenfeuchten Händen das noch zu bewahren, auf dem alle mit Augenbinden und Nazistiefeln herumtrampeln. Wir sind die Konservativen, du und ich, Lagrima, und die Etablierten in ihren schwarzen Anzügen und mit ihren gelackten Krawatten sind die wahren Chaoten. Vielen Dank, NuNdUuN, das ist wirklich große Klasse. Das ist wirklich ein Masterplan. Du schaust mir zu, wie ich mich abschufte, und zum Dank zeigst du mir, was mich erwartet. Hiob Emmpunkt, klein und grau, versargt und alt, vollgebrunzt bis zum kragenlosen Hemd, schüchtern-doofer Blick nach unten, nur zu bereit, das eigene Versagen, die irregeführte eremitäre und lieblose Loslösung vom Leben zu verurteilen.«

Er breitete die Arme aus, warf den Kopf in den Nacken wie eine No-Budget-Parodie auf Charlton Hestons Moses und schrie: »Aber nicht, bevor ich etwas dafür bekommen habe, du Bastard! Das ist es nämlich, worum es in einem Vertrag geht, falls dir das noch niemand klargemacht haben sollte. Beide Seiten müssen etwas geben, beide Seiten schießen Mittel zu! Du kannst mir nicht einfach nur mit großzügigem Abwinken irgendwelche Prognostica aufzeigen lassen und seelenruhig abwarten, bis ich mich verschlissen habe. Ich will gefälligst Macht, verdammt noch mal, und zwar sofort und so lange, bis ich, ich sage, wann es genug ist! So, und nur so läuft das Spiel!«

Es wäre mächtig imposant gewesen, wenn jetzt wenigstens ein brummelnder Donner über den Himmel geschlendert wäre oder sonst ein manisches Aufleuchten Hiobs Hybris in einen Dialog verwandelt hätte, aber das Einzige, was sich ereignete, war der jetzt endlich erfolgende Auftritt des jungen, eifrigen Polizisten namens Gervasio.

Der junge, eifrige Polizist namens Gervasio durchschaute die Situation sofort und sagte mit einer anteilnehmenden Sanftmut, die ihn als einen guten Kerl auswies: »Meine Dame, mein Herr, der Ausflug ist leider beendet. Kommen Sie bitte zurück ins Gebäude, ich versichere Ihnen, dass man sich dort von jetzt an gut und pfleglich um Sie kümmern wird.«

Hiob sprang, emporgeschnellt vom metallischen Zurückschnappen der Delle, die er auf dem Autodach stehend fabriziert hatte, mit seinem weißschmutzig wehenden Mantel wie ein kryptisch gebleichter, drogenbetriebener Marvel-Comic-Superschurke quer durch den indifferenten Himmel und landete genau auf dem jungen eifrigen Polizisten namens Gervasio, der zwar eifrig genug war, im Fallen noch die Pistole aus dem druckknopfversiegelten Halfter zu reißen und zweimal zu schießen, aber zu jung, um richtig zu treffen. Hiob schraubte ihm mit der Linken den gestärkten Uniformkragen bis in den Kehlkopf hinein zu, schlug ihm die durch einen Streiftreffer blutende Rechte immer wieder zur Faust geballt in die vormals ebenmäßigen Zähne und schrie dabei: »Ich bin kein Verrückter! Ich bin kein Verrückter! Ich bin kein Verrückter, du drogenfressendes schwesternfickendes kolumbianisches Stück Bullenscheiße!«

Als das Bewusstsein Gervasios endlich losließ, tat Hiob dasselbe, und der Polizist platschte weich in den Unrat. Neugierig robbten die ersten Maden näher.

Ein Blick in Richtung der polizistenschwirrenden Anstalt überzeugte Hiob davon, dass die beiden Schüsse niemanden in Aufregung versetzt hatten. Verdammt, es war schließlich Carneval in Barranquilla, da knallte und brannte und schrie doch andauernd irgendetwas oder irgendwer. Er stand da, breitbeinig, geduckt, Gewalt in seinem Herzen, träge pochenden Schmerz in seiner Hand, führte die blutigen Finger zum Mund und leckte das fette Rot, das nur teilweise seins war. Der Geschmack des Blutes war ganz eigentümlich, so wie Erdbeerquark mit einer Prise Majoran. Ganz anders als das Blut Dianas erst gestern, war das erst gestern? »Diana«, stieß er zitternd hervor. Trauer schlich auf Zehenspitzen barfuß durch seine Seele und am anderen Ende wieder hinaus. »Die Hure hat mir das alles eingebrockt.« Er richtete sich auf, straffte sich. Die verrückte, bedauernswerte, schwache, lächerliche Frau stand noch immer dumm herum und bestaunte den Müll einer präanarchistischen Epoche. »Geh zurück, Lagrima Mesanez«, sagte Hiob leise zu ihr. »Geh zurück und lass dich einschließen. Trink Karottensaft, friss Brei, lass dich klistieren, zudecken und psychotherapieren. Wahrscheinlich lässt sich alles irgendwie auf ein traumatisches Ereignis in der Kindheit zurückführen. Wahrscheinlich ist Pappi an allem Schuld. Lehn dich zurück, mach's dir bequem, halt mir einen Sitzplatz warm – ich habe noch zu tun.«

Er ging von ihr weg, ohne sie zu berühren, trieb sich lange genug beim geschockt-geschäftigen Haupthaus des Irrsinns herum, um in Erfahrung zu bringen, dass Diana in ein nahes Böller-, Papphut- und Girlandengefängnis gebracht worden war, und schlurfte, die Hände tief in die Manteltaschen gerammt, den Kopf angriffslustig gesenkt, zurück in die Stadt, in der die Umdrehungszahl der forcierten Fröhlichkeit wieder langsam zu steigen begann.

Mit völlig zerzaustem und verklebtem Haar stolperte Diana Frahm vierundzwanzig Stunden nach ihrer Verhaftung über die Plastikpforte einer vergnügten kleinen Polizeistation ins harsche Sonnenlicht einer mittlerweile im Hirnkoma liegenden karibischen Stadt zurück, um kurz darauf – von rasenden Kopf- und Gliederschmerzen und den Auswirkungen von Blutverlust, Alkohol und Kokain noch völlig benommen – von einem lautlosen Landsmann zwischen zwei Büsche gezerrt und auf die konfettibepflasterte Erde geworfen zu werden.

»Ich habe dich gewarnt, Diana. Ich habe dir gesagt, ich müsste dich aus dem Verkehr ziehen, wenn du weiter herumhurst, denn ich kann – das – nicht – dulden.«

Sie war ein hartes Kind, ein gutes Mädchen, aber jetzt fing sie wieder an zu heulen. Der Tod hauchte ihr glaskalt über den Bauch. Sie erkannte diesen Mann wieder, sie hatte ihn nicht gekannt, sie war ihm dankbar gewesen, sie hatte ihn verlacht, ihn gehasst, ihm gegeben, mit ihm gezaubert, ihn bewundert, sich in ihn verliebt, ihn nicht verstanden, war ihm gefolgt, ihm vorangegangen, hatte ihn vergessen, und er war zurück.

»Was hätte ich denn tun sollen?«, flehte sie mit belegter, aufgequollener Stimme. »Sie hatten mich in ihrer Gewalt, sie hätten mich doch töten können, und keinen hätte es gekümmert, nicht im Carneval, ich hatte keine Wahl!«

Hiob hob eine Machete, die er einem unvorsichtigen Hand-/Taschendieb abgenommen hatte, bis ihre Spitze die flachheiße Sonne anstach und ihre fahle Milch über die Klinge nach unten Richtung Heft lief.

»Vier Jahre!«, schrie Diana verzweifelt. »Du hast mir vier Jahre versprochen!«

»Ich habe mich verrechnet«, erwiderte Hiob und stieß mit komplizierter Griffhaltung stoßdrehend zu, bis der Kopf der blonden Frau in derselben leuchtenden Farbe wie ihr abgewetzter Minirock erstrahlte, »denn ich bin ein calvinistischer Moralist, und die sind nie gut im Denken.«

Und jetzt tat Hiob Montag etwas, mit dem überhaupt niemand, welcher Stratifikation er auch immer angehören mochte, jemals gerechnet hatte. Er plünderte nicht etwa Dianas Geld, nein, er schnappte sich ihre Seele. Mitten hinein in das schadenfrohe, geradezu unhaltbare Hohngelächter aus dem Zentrum des Wiedenfließes riss er beide Hände nach vorne, packte Diana Frahms ausdringende, zappelnde, krähende, feuchtwarme astrale Essenz, knüllte sie wie ein vollgerotztes Papiertaschentuch zusammen, rezitierte dabei in perfekter Modulation drei ganz bestimmte Worte aus einer keltischen Totenmesse und schleuderte das leuchtend flackernde Gebilde mit unheimlicher Wucht nach unten, geologisch gesehen rückwärts durch die Zeit. Dabei scharrte er mit den linken nackten Zehen arkanische Symbole polynesischer Herkunft in den ausgedorrten Boden und schwieg.

NuNdUuN wurde mitten im Lachen getroffen. Die undestillierte Seele, blinder, stummer Passagier im Nebenreich des Nebels oder Nebelreich des Nebens, klatschte ihm mit spiritistischer Kälte und Orientierungslosigkeit und fehlender Prädetermination gegen den hornigen Leib, sodass er rückwärts durch die Lehne seines aus radioaktiven Altlasten mundgeflochtenen Thrones gedrückt wurde und in den verwundenden Trümmern stöhnend, sich schüttelnd, verblüfft, liegen blieb. »Ich bin zu weit von der plausiblen, kausalen Alltagsdimension entfernt, um die Regeln des magischen Realismus nicht zu beherrschen«, sagte Hiob oben mit einer Stimme, die im Unterland wie eine milde tektonische Bewegung klang. NuNdUuNs menschliche Modulation imitierend, fügte er ätzend hinzu: »Ihr könnt mich nicht verarschen, dafür bin ich zu agil, mein Blatt ist leer, doch ich kann bluffen: Das ist Hiobs Spiel. Und muss ich wirklich euch berichten, warum ich weiter hoff'? Ich kann ein Ass im Ärmel züchten Bold as Love.«

> Hiob ging die zehn Kilometer zum Flughafen Corfisso zu Fuß und grinste die ganze Zeit vor sich hin wie jemand, der der Meinung ist, ihm sei eine ganz besonders geniale Eröffnung gelungen.

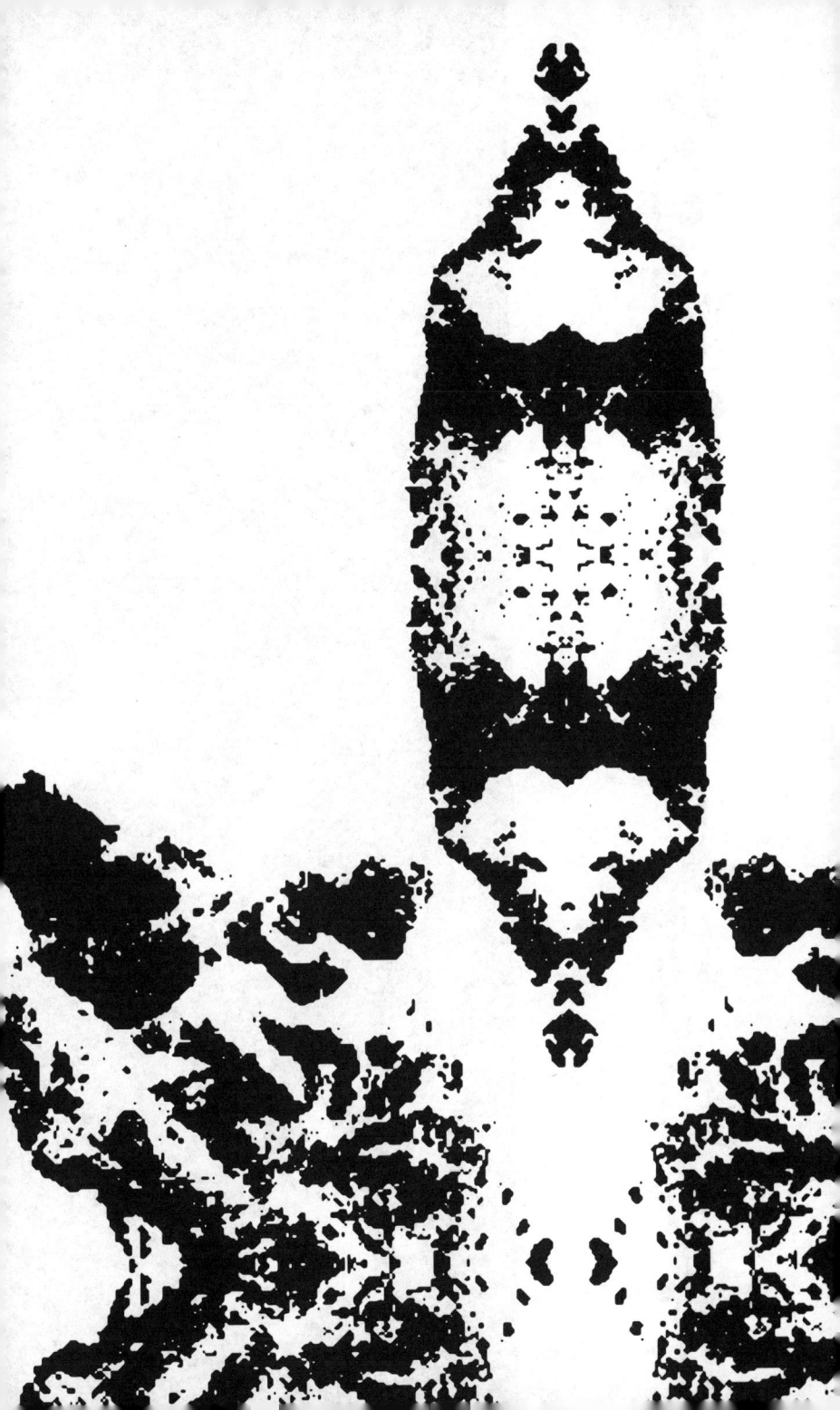

Prostick Oz

Life 'n Perspectives of a genuine Crossover

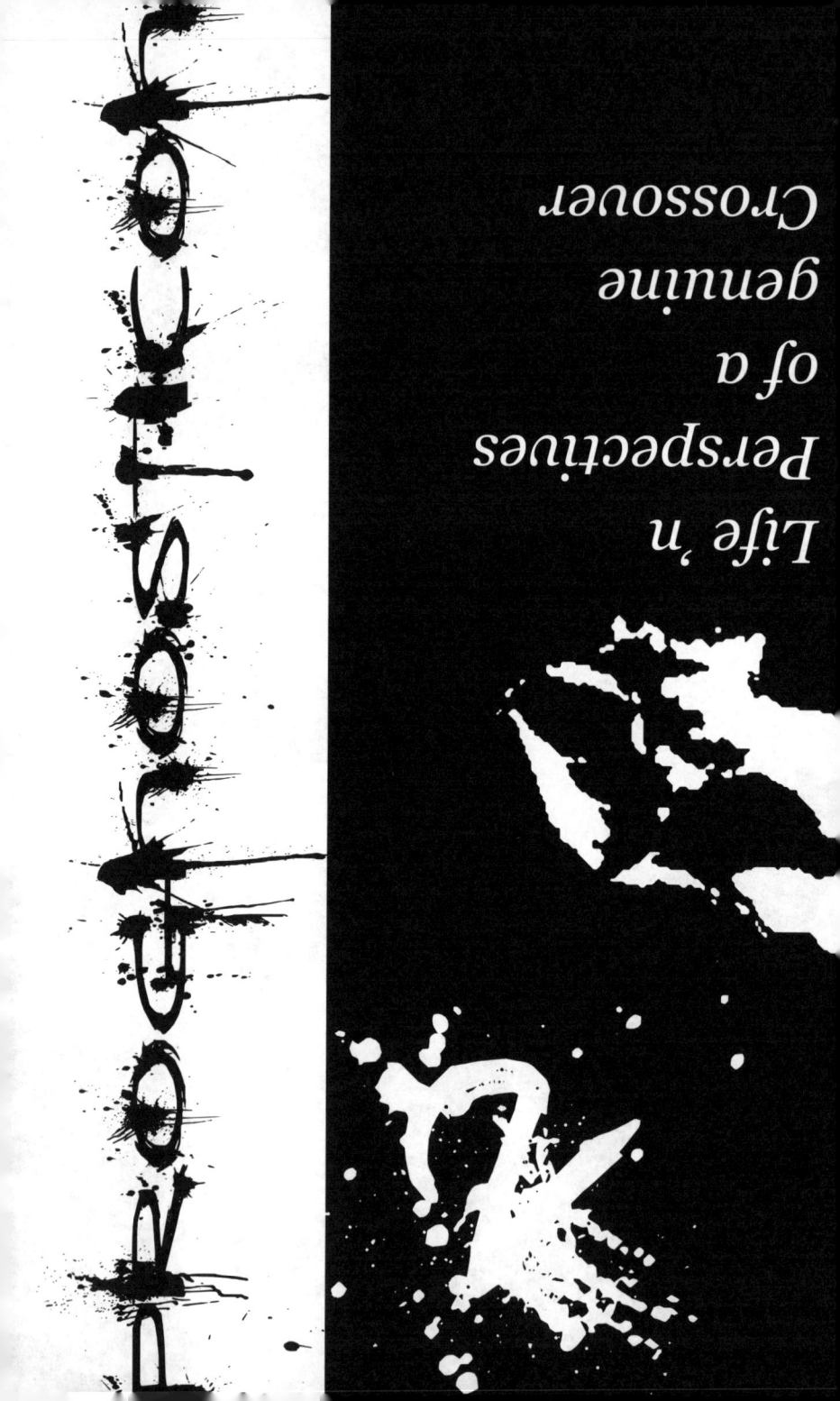

Mein Gott!
Ich habe
ihn
hier
in mir

so
schrecklich
und so
schön.

(Gefängnis-Graffitti)

a) Hampelmann

Als Hiob den Granatapfel aufschnitt, fand er mindestens die Hälfte der roten Zellbeeren von einem dunkelgrünen Schimmelpilz überzogen, und das, obwohl er die Frucht erst gestern in einem auf die typisch unpersönliche Weise zuverlässigen Supermarkt gekauft hatte. Es war Samstagnacht, er war allein zu Hause, und er hatte schlicht und einfach viel zu viel Appetit auf etwas Frisches, Gesundes, um jetzt so einfach aufzugeben.

Hiob schnupperte an den kavernenartigen Innereien des exotischen Apfels. Die verschimmelten Stellen, die dort dunkelbraun matschig verblassten Beeren, rochen nicht eigentlich scharf moussiert oder faulig vulgär, sie rochen eher nach Staub, nach Mehlpulver, irgendwie nach einer Assoziation von Schlaf.

Mit ungerührtem Gesichtsausdruck löffelte und pulte Hiob den gesamten Fruchtinhalt in eine gelbe Keramikschüssel und rührte dann mit einem hölzern verkleideten Teelöffel sowohl die unverdorbenen, prall dunkelroten, als auch die verschimmelten, matt braungrünen Beeren ineinander. Er aß die ganze Schüssel leer und schmiss, den herben Nachgeschmack von dunkler Fäulnis noch im Mund, die zerschnittene, harte Schale in die Mülltüte.

Mit einer angebrochenen Packung Papiertaschentücher neben sich setzte er sich wieder auf das Sofa und wartete mit halb geschlossenen Augen auf die Auswirkungen einer Vergiftung oder zumindest auf irgendwelche Anzeichen darauf, dass sein Magen jakobsgleich im Dunkeln mit den engelhaften Schimmelviren rang.

Nichts geschah.

Als auch am folgenden Tag keinerlei Auswirkungen auf Magen, Appetit oder Verdauung zu verzeichnen waren,

beschloss Hiob, diesem Phänomen mal ein wenig auf den Grund zu gehen.

An seinem Namenstag, dem Montag, setzte er sich langsam einen Walkman auf, legte ein Band mit Princes *Old Friends for Sale* auf und stahl in einer Apotheke ein pralles Tütchen voll Strychnin.

Dies war das erste Mal, dass jemand Charles Otts lächeln sah.

Zugegeben: Er war soeben gestorben, und diese Tatsache disqualifizierte das Lächeln natürlich als einen Hoffnungsschimmer für alle, die trotz der abendlichen Nachrichten unverbesserlich an das Gute im Menschen glauben.

Aber irgendwie hatten es die willkürlichen Klauen des Starkstroms geschafft, Charles Otts' Gesichtsmuskeln dermaßen zu verzerren, seine Wangen wie bei einem sündhaft teuren Beverly-Hills-Facelifting faltenlos nach hinten zu straffen, seine aufgeblähten Lippen wie in einer Zentrifuge seitlich auseinanderzuziehen, dass er dasaß auf dem elektrischen Stuhl mit manisch glotzenden Augen und diesem völlig unglaublichen, starren Grinsen wie ein sadistischer, unaufhaltsamer Despot, dem gerade ein brillant witziger Einfall durch die Denk-Kanäle spült.

So weit hergeholt dieser Vergleich zu wirken schien, so nahe kam er tatsächlich der Realität, denn Charles Otts' Freigang begann genau in dem Augenblick, in dem der verwachsene Gefängnisarzt mit isolierenden Handschuhen des Delinquenten Puls befühlte und mit starkem philippinischem Akzent zum umstehenden Henkerskollegium sagte: »Meine Herren, die Bestie von Tappahannock ist tot.«

Es klopfte leicht an der Tür seiner neuen Einzimmerwohnung in Nord-Tempelhof, und Hiob, der gerade damit beschäftigt war, ein angelaufenes Tee-Ei mit einer dubiosen, auf einem Polenmarkt gekauften, grobstückigen Mischung zu füllen, ging gelangweilt öffnen in Erwartung eines Höflichkeitsbesuchs irgendeiner allein lebenden Mittvierziger-Nachbarin.

Louise Brooks stand vor der Tür, Pagenschnitt et al., in einem sandfarbenen Hosenanzug modernen Zuschnitts, mit einem scheuen Lächeln.

»Hallo.«

Hiob taumelte einen halben Schritt nach hinten und hob instinktiv abwehrend beide Hände, bis sich seine Synapsen so weit vom Natriumschock erholt hatten, dass sie ihre Tätigkeit wieder koordiniert aufnehmen konnten.

»O man, Widder, du bist wirklich total übergeschnappt.«

»Gefällt es dir nicht?«

Er betrachtete sie kopfschüttelnd, atmete ihr perfektes, kapriziöses Parfum ein und versuchte, seine aufsteigende Schwindeligkeit niederzuhalten.

»Komm rein«, winkte er sie vorbei. Das unwirkliche Luxusgeschöpf aus den Zwanziger Jahren des schrecklichsten Jahrhunderts von allen – mit Ausnahme vielleicht dessen, dem die Dinosaurier zum Opfer gefallen waren – schlüpfte munter an ihm vorbei und begann, auf faszinierend altmodischen hochhackigen Schuhen stanzend seine Wohnung zu inspizieren. In den zweiunddreißig Quadratmetern war es nicht allzu schwer, mit dem Geist Schritt zu halten.

»Wie konntest du ... ich meine ... woher wusstest du, dass Louise Brooks ...«

»... für dich die atemberaubenste, vollendet schönste Frau ist, die du je gesehen hast? Hiob, Schatz, dein Unterbewusstsein ist ein Groschenheft, das ich beim Scheißen lese, um mir die Langeweile zu vertreiben. Und denk jetzt nicht, dass vulgäre Sprache die Illusion zerstört – die echte Lulu war kein Kind von Traurigkeit. Sie hat im Drogenrausch mit Hunden geschlafen und mit einer Leiche, da war sie clean. Und ein schwarzer Liliputaner war auch dabei, der hatte in einem Stummfilm von Lubitsch als Statist ...«

»Ich glaube nicht, dass ich das wissen will.«

»Natürlich willst du. Du kannst es gar nicht erwarten, deinen Dorn in diese Rose zu bohren. Diese Matratze hier ist alles, was du hast? Na gut. Sie wird ihren Zweck erfüllen. Dein Pech, dass sie nicht wasserabweisend ist.«

Hiob hob wieder beide Hände, kalter Schweiß brach ihm an den Schläfen und in der Brustgegend aus, die beunruhigenden Symptome eines neuen, den Kopf unter kochendes Quecksilber zwängenden Schwindelanfalls. »Vergiss es, Widder. Wenn du behauptest, mein Unterbewusstsein sei ein offenes Buch für dich, dann musst du Analphabetin sein oder so was. Ich werde nicht mit dir schlafen, während du Louise Brooks bist.«

»Ach nein?« Sie drehte sich elegant herum. Ihre großen, dunklen Augen, ihre Lippen, ihre schmalen Nasenflügel durchlebten und durchspielten ihn wie übermütige Kinder ein hallend leerstehendes Haus. »Hast du Hemmungen? Der große Hiob Montag hat Hemmungen?«

»Sie ist zu perfekt. Du bist zu perfekt. Sie ist ein Tempel, den ich nicht entweihen kann.« Er wischte sich fahrig den Schweiß ab, fand gar keinen vor auf seinem Handrücken, es war alles nur Einbildung, Nervosität, Furcht, nichts war wahr. Er versuchte ein Lächeln, versagte.

Sie warf beim Lachen den Kopf in den Nacken, sodass ihre erstaunlich lange Bubikopffrisur sich schwankend nach hinten verlagerte wie ein windbewegter schwerer Vorhang. »Sie ist ein Tempel, den du nicht entweihen kannst? Das ist einer der besten Witze, seitdem Franz Josef Strauß Verteidigungsminister wurde. Louise Lulu Brooks war eine nymphomane Nutte, Liebling – genau wie die Blondine, mit der du in Südamerika rumgemacht hast.«

»Die habe ich auch nicht angerührt.«

»Ach nein? Du hast sie nur gewickelt und gestreichelt und von in ihr drin geträumt.«

»Ich habe sie nicht angerührt.«

»Du hast sie getötet. Intimer kann man nicht werden.«

»Bist du darauf eifersüchtig? Vielleicht kann ich was arrangieren.«

Widder schnaubte. Sie war wirklich perfekt. Mit jeder mimischen oder gestischen Variation schien sich ihre Schönheit mit erregender Gnadenlosigkeit auf einer stufenlosen Skala zu erhöhen.

»Hör mir mal gut zu, mein Allzumenschlicher«, sagte sie wütend. »Ich bin Lydia Channel und Vanessa del Rio für dich gewesen, ich war dieses Mädchen aus deiner Schulklasse, ich war Faye Dunaway, Ava Gardner und die Verkäuferin aus dieser morbiden Fleischerei. Du hast mit all diesen Mädchen deinen Spaß gehabt. Und jetzt habe ich deine absolute Superfrau aufgetragen und mir dabei echt Mühe gegeben. Also, was ist jetzt dein Problem?«

»Louise Brooks ist keine sexuelle Ikone für mich, Widder. Ich habe sie nie eigentlich als körperliche, greifbare Frau gesehen. Sie war für mich immer eher ... ein unerreichbares Ideal, eine der ganz wenigen weltwürdigen Errungenschaften des Menschenstammes. Ich liebe sie. Ich könnte dich lieben, wenn du dich dazu entschließt, sie zu bleiben, aber ich könnte niemals wieder mit dir schlafen.«

Das Mädchen aus dem Wiedenfließ war jetzt ehrlich verwirrt. »Was soll das bedeuten – du könntest mich lieben?«

»Wenn du so bist, wenn du so bleibst. Ich kann nichts dagegen tun. Ich verehre diese Frau seit meiner Jugend, so wie andere Menschen Jesus Christus verehren.« Worte quollen ihm über die Lippen wie warmes Gras mit ein paar Kamillenblüten dazwischen. Er war – verwirrt, krank, vergiftet, denn der Strychnin-and-Friends-Versuch lief auf Hochtouren – froh, dass es wenigstens seine eigenen waren.

Nachdenklich ging Widder-Louise-Widder zum einzigen Fenster im einzigen Raum und schaute auf die regennasse Straße draußen hinunter, wo Lastwagen schwergewichtig kreuzten und Regenschirme umeinanderhüpften, mit nichts als Spiegelbildern drunter und Atem auf der Scheibe.

»Was würde sich ändern, wenn du mich liebst?«

»Alles. Nichts. Ich müsste trotzdem weiter mit IHM um aller Menschen Seelen spielen. Um lieben zu können, muss ich leben, und ich könnte nicht leben, wenn ich aufgebe.

So lautet sogar mein Vertrag.« Mit kurz geschlossenen Augen hörte Hiob dem Rollen eines Cold-Turkey-ähnlichen Gefühls in seinen Arterien hinterher. Die Anwesenheit des Glamour-Engel-Succubus verstärkte die ansonsten eher fahlgesichtigen Kapriolen des Giftes. »Aber«, fuhr er langsam fort, »was auch immer wäre, wir würden eben nie mehr Sex haben.«

»Ich hab gern Sex mit dir.«

»Und ich würde dich bei mir haben wollen oder mit dir gehen wollen, wohin immer du auch gehst.«

»Das würde nicht klappen. Du darfst noch nicht ins Fließ. Und ich darf nicht lange hierbleiben.«

»Das klingt doch sehr romantisch, oder? Viel Schmerz und Sehnsucht. Und ich würde dich ehren, wie das gute Alte Testament es für Vater und Mutter verlangt, und ich würde dich halten wollen und dich wärmen, um mich an dir zu wärmen und zu halten. Und mein Geist würde durch deinen gehen und dich streicheln, und meine kleine Seele würde Teil von dir, dir zum Fraß, zum Spiel, zum Schmuck, zum Schatz. Ich würde sterben, wenn du weinst, und wiederauferstehen mit deinem neuen, noch nie dagewesenen Lächeln. Ich wäre nicht mehr frei und glücklich darüber. Beim Ringen mit den Ungeheuern, die der Schlaf der Vernunft gebiert, würde ich selber lächelnd schlafen und deiner träumen. Ich wäre schwach in meiner Liebe zu dir und stark in meiner Liebe zu dir. Ich wäre dein für immer, und du könntest über mich bestimmen.«

»Das klingt schön.«

»Ich würde Wiedenfließ auf Erden werden, um dir nah zu sein. Ich würde IHN um deine Hand bitten. Ich könnte nichts dagegen machen. Ich würde ein liebender Ritter sein, meine Rüstung wäre mein nacktes Fleisch, meine Waffe meine streichelweichen Hände und mein Pferd mein Herz, galoppel-galoppel. Mein Schild wären meine ausgebreiteten Arme, mein Wappen wärst dann du.«

»Das klingt mies. Du würdest verrecken, schnell und kläglich wie all die andern, die so sind, so blind. ... Dann ist es also wirklich wahr, dass Liebe schrecklich ist?«

»Sicher.«

»Ich hab mich immer gefragt, wie es sein würde ...«

Hiob antwortete nicht. Er lehnte im hölzernen Innenrahmen der Tür, schwer atmend und frierend, wie in einem uralten Gemälde.

Widder schlug die Arme um ihren Oberkörper und streichelte sich selbst nachdenklich die Schultern. Ihr schmales Gesicht verdoppelte, verdreifachte sich im Zweiglasfenster, als schwebten dort zwei Engel über den Laternen. Unter den langen Wimpern einer jung gestorbenen Frau hervor sah sie den Menschen an, und ihre Stimme änderte sich, wuchs von samtrot zu blau.

»Was nimmst du?«

»Was meinst du?«

»Was du einnimmst, verdammt.«

»Strych... Strychnin. Strychnin. Ein bisschen Bittermandel noch. Blausäure halt.«

»Woher hast du das Zeug?«

»Gestohlen.«

Sie drehte sich langsam herum. Ihre Schönheit blendete ihn jetzt, sodass er die Hand in das fast greifbare Leuchten halten musste, um seine Augen zu beschatten. Er hatte jetzt Schmerzen, unter der Zunge und im ädrigen Mittelpunkt der Augäpfel.

»Was willst du damit beweisen, hm? Was soll das?«

»Ich ... will sehen, wie weit ich gehen kann, wie weit ich ... immun bin.«

»Du willst wissen, wer du bist, denn nur wenn man weiß, was einem schadet, was einen tötet, kann man sich selbst kennen, stimmt's?«

Er nickte, ernst. Sie winkte ab, die Lippen unwillig geschürzt.

»Du bist ein Idiot. Fang lieber an zu rauchen, das ist männlicher.«

»Rauchen ist eine blöde Art zu sterben.«

»Na gut, wenn du unbedingt herausfinden willst, wo die Grenzen des Montags liegen, nimm eine große Dosis Weißer Schokolade ein. Aber ich sollte dich warnen: nur in einem Notfall, wenn alle sonstigen Quellen versiegt sind. Ich glaube, NuNdUuN hat deinen Metabolismus verändert, als du Adept wurdest. Weiße Schokolade könnte dich killen.«

»Danke.« Hiob grinste jetzt, während sanfte, lauwarme Krämpfe hinter seinem Bauchnabel pulsten. »Das wollte ich ja nur herausfinden.«

»Schon klar. Du wickelst mich um den kleinen Finger.« Auch sie lächelte jetzt, spitzbübisch, verschwörerisch. Dann gab sie sich einen Ruck. »Tja, es war nett, mit dir über Liebe zu plaudern, Lover, aber nächstes Mal sollten wir uns doch besser wieder dem guten alten Uh-uh widmen.«

»Jederzeit. Das liegt an dir und dem, was du trägst.«

Sie ging an ihm vorbei zur Tür; er folgte ihr die paar Schritte, sich den Bauch haltend, perspirierend wie ein Schwamm und ebenso geruchslos. Nur Wasser. Interessant, dachte er, mein Grünes Kryptonit ist weiß.

»Irgendwelche besonderen Wünsche?«, fragte sie, vor der geschlossenen Tür zögernd, eine makellose und gerade deshalb nur um so unverfrorenere Imitation von tugendsamer Verhaltenheit.

Er versuchte nachzudenken, aber ihm fiel beim besten Willen nichts anderes ein als genau der Körper, der so greifbar vor ihm stand.

»Ich bin überzeugt, du wirst dir schon was einfallen lassen.«

»Ich hab ja sonst nichts zu tun in der Hölle«, schmunzelte sie, wandte sich um, umfasste seinen fein gesträubt behaarten Nacken und küsste ihn heiß auf den Mund, die Zunge wie eine Pianistin über seine Zähne führend, fortissimo.

»Das«, sagte sie schwer atmend dem wankenden Hiob, »ist eine kleine Nuance von dem, was du dir heute versagt hast. Aber du weißt, ich liebe Mönche. Sie schmecken so rein und süß wie sonst nur Jungfrauen. Und bevor ich vergesse, weshalb ich heute überhaupt zu dir gekommen bin – du solltest dich mal in Virginia umhören. Dort haben sie vor drei Tagen einen auf den elektrischen Stuhl gesetzt, dem sie damit einen großen Gefallen getan haben.«

»Verdammt, was meinst du damit?«

»Och, man munkelt, der Typ ist besessen gewesen, und sein Incubus hat den E-Stuhl als Sprungbrett benutzt, um sich ins nationale Stromnetz einzuspeisen. NuNdUuN läuft mit stolzgeschwellter Brust herum. Einmaliger Trick, so was.«

»O nein, das kann doch nicht wahr sein! Und das erzählst du mir ganz am Ende so ganz nebenbei? Und Virginia! Verfluchte Scheiße, das ist einfach nicht fair! Wo soll ich denn die Knete hernehmen, dauernd so weite Reisen zu bezahlen? Ich hab seit Kolumbien noch nicht Zeit gehabt, auch nur ein einziges Bild zu malen!«

»Eben weil du es vorziehst, Curveballs auf deinen Brötchengeber abzufeuern und mit Gift rumzupanschen wie ein kleiner Bub. Hör auf zu jammern. Ich kann dir jetzt schon versprechen, dass dein nächster Gig hier in Deutschland sein wird. Ich hab schon was arrangiert. Also viel Spaß in God's Own Country, Liebling. Je schneller du die Sache hinter dich bringst, umso schneller kommen wir wieder zusammen.«

Sie lachte jetzt schallend, wie man Louise Brooks im Film nie lachen gesehen hatte, goldenes Zeitalter, schneehafter Vamp, Rotwangs meta-modische Fleisch-Maria, berührte Hiobs Arm, war zur Tür hinaus, und Hiob fiel von innen gegen das Holz, sein Magen raste rasselnd und verzehrte, seine Därme würgten und erdrosselten, und Tränen liefen ihm über das Gesicht, über seine schaumig knirschenden Zähne. Teewasser verkochte sinnlos im zitternd wolkenden Kessel.

Detective Sergeant »Lewt« Waco fumblete sich eine neue Lucky aus der zerknüllten Packung, während die andere zwischen seinen Lippen zügig eingeäschert wurde. Attorney Hogue klopfte ihm aufmunternd auf die dicke, fusselige Mantelschulter. »Es ist überstanden, Lewt. War ein guter Job und ist jetzt überstanden. Die Bestie von Tappahannock hat ins Stromkabel gebissen wie ein blinder Hai.«

»Hast du ihn nicht grinsen sehen, Demetrio?«, paffte Waco. »Der Typ lacht sich doch ins Fäustchen. Das da drinnen war ein Jig, kann ich dir sagen.«

»Ein Jig?«

»Haste nicht gesehen, wie er rumgeschlenkert is wie ein gottverdammter Hampelmann? Seine Glieder haben sich an Stellen gebogen und gekrümmt, wo gar keine Gelenke sind. Und dann seine Hände …«

»Hey, das tun hunderttausend Volt nun mal mit dir. Was ist denn los, Lewt? Das ist doch nicht die erste Hinrichtung für dich.«

»Seine Hände haben so 'ne Art Rhythmus geschlagen, seine Finger auf der Lehne. Und als er dann anfing zu trampeln – wie ein zorniges Kind. Der Strom ließ seine Haut durchs Hemd rauchen, und er strampelt und trampelt in den Schlaufen wie ein gottverdammter Drummer in seiner Schießbude. Das war'n Fest für ihn, Demetrio, das kann ich dir schwören. Das hat ihm gut gefallen, die ganze gottverdammte Ladung.«

»Du bist übernächtigt, Lewt. Du solltest nach Hause gehen zu deiner Frau und deinem Jungen, dich auf dem Sofa ausstrecken, die Füße hochlegen, und erst dann wieder einen Finger oder ein Augenlid rühren, wenn dein Chief anruft, um dir die Beförderung und die Gehaltsaufbesserung durchzugeben.«

Lewt Waco wollte höhnisch auflachen, aber Teer und Kondensat machten ihm einen Strich durch die Rechnung. Aus seinem höhnischen Auflachen wurde ein anhaltendes, ruckhaftes Gebelle.

Judge Schultz trat zu den beiden, legte ihnen väterlich die Hände auf die Schultern und drückte sie wohlwollend ein wenig an sich. »Ich muss sagen, Gentlemen, es ist mir eine Ehre gewesen, dieses Tier da drinnen auf den Stuhl zu bringen. Das war ausgezeichnete Arbeit von Ihnen beiden, ausgezeichnetes Teamwork. Bravo, bravo, bravo. Noch ein paar so nahtlos ineinandergreifende Ermittlungsketten, und unser Land wird wieder so sauber, dass man sich in unserer Flagge spiegeln kann.«

»Und Doris Day wird First Lady«, räusperte sich Waco, das Gesicht hinter Eigenqualm fast völlig verborgen.

»Genau.« Der Richter lachte aufgeräumt. Sein altes, energisches Gesicht schien dabei in lauter scharfkantige Splitter zu zerspringen und sich dann wie durch ein Wunder wieder richtig zusammenzusetzen. »Darf ich die Herren Helden noch irgendwohin einladen?«

»Ich würd gern hierbleiben«, meinte Waco verdrossen. »Würd gern überwachen, wie sie den Burschen ins Kühlfach schieben. Würd ihn am liebsten bis zum Krematorium nicht mehr aus den Augen lassen.«

»Und dann noch seine Urne mit ins Bett nehmen, was?«, mutmaßte der Staatsanwalt feixend. »Also, ich für meinen Teil gehe liebend gerne mit Ihnen essen, Judge.«

»Ins Cygne?«

»Gern. Die haben vorzügliche Taubenbrust da. Die Braterei in der Stuhlkammer hat mir richtig Appetit gemacht.«

Lachend und von widerhallendem Schulterklopfen angetrieben gingen der Richter und der Anwalt die Last Mile in umgekehrter Richtung zurück und verschwanden aus Detective Sergeant Wacos Wirkungskreis.

»Ich habe ihn hier in mir, so schrecklich und so schön.«

»Bitte, Sir?« Der verwachsene Gefängnisarzt, Yaycyab, hatte sich nach der Drittelung der beieinander stehenden Prominenz ein Herz gefasst und war zu dem großen Zur-Strecke-Bringer hingetreten.

Lewt Waco wiederholte die Worte. »Ich habe ihn hier in mir,

so schrecklich und so schön. Das hat er in seiner Zelle an die Wand geschrieben. Der Wichser ist nicht allein gewesen da drinnen. Und wer immer ihm beim Jig das Händchen gehalten hat, ist mit ihm gegangen. Gegangen wohin, möchte ich wissen.«

»Die Hinrichtung auf Elektrisches Stuhl ist fast einhundertprozentig zuverlassig, Mister Waco, Sir. Keiner hat immer mehr als drei Stromstoße uberlebt, und selbst dort das Gehirn war immer schon langst tot. Allerdings bin ich unglucklicherweise einmal gezwungen gewesen zu bezeugen, wie einem Delinquenten sich die Elektroden durch die Kopfschale gefrast haben, sodass er unter schrecklichen Schmerzen musste sterben. Normalerweise aber Strom ist sauber und effizient, obwohl ganz personlich ich befurworte energisch die Injektion von Natriumpentothal, Pancuroniumbromid und Kaliumchlorid, was sich jetzt immer mehr durchsetzt, leider noch nicht in Virginia. Die agonale Endatmung ist viel besser anzusehen als Gewalt, die der Strom mit dem Korper antut. Aber dennoch fast einhundertprozentig zuverlassig, Mister Waco, Sir. Der Delinquent geht von hier aus nirgends mehr hin als auf meist geradem Weg in die Hölle.«

»Genau dahin werde ich ihm folgen müssen. Kann ich Sie ins Begräbnisinstitut begleiten, Doc?«

»Sicher, Mister Waco, Sir. Nur muss ich Sie bitten, das Rauchen dort einzustellen. Die Staubpartikel beuntreuen jede Untersuchung dort, wenn Sie Verstandnis haben.«

»Gottverdammt«, röhrte der Detective Sergeant, »ich habe irgendwie das ganz miese Gefühl, dass das Schlimmste noch lange nicht ausgestanden ist.«

Wie recht Waco damit hatte, erfuhr in diesem Moment ein Farmer keine drei Meilen entfernt, der von seiner plötzlich und rätselhafterweise ohne menschliches Zutun anspringenden Häckselmaschine am Baumwollhemdärmel erfasst und wie ein erwischter kleiner Lauser von seinem prügelsüchtigen Vater oder wie eine fragile Dame von einem von starkem Begehren übermannten Liebhaber unbarmherzig näher- und herangezogen wurde, bis das schrille mechanische Kreischen zweistimmig wurde.

Damn.

Damn.

Damn.

Er hatte sich so gut gefühlt, die paar Tage lang, sich eingebildet, NuNdUuN eine nette kleine Lektion erteilt zu haben, die sich der geschuppte Blutphilosoph hinter die Hörner hätte schreiben müssen, aber nichts da. Der Kronprinz der Reusenkathedrale hatte ungerührt und pflichtbegeistert einen Superstunt vorbereitet und durchgezogen, während Antiheld Montag wie ein x-beliebiger Junkie in Berlin durch die Gegend wackelte, blöde grinsend Komatreiber einschmiss und übel riechende Selbstzündungen durchführte.

Damn!

Hiob schlurfte durch den Nebeldampf aus seiner Küche ins verwinkelte Badezimmer, wo er das einzige Bild stehen hatte, das er in den letzten Monaten immerhin in Angriff genommen hatte. Er nannte es I'M COMING DOWN FAST BUT I'M MILES ABOVE YOU; es zeigte eine wüste, stachlige Stadtsilhouette unter einem wie ein Schmiedehammer runterbrechenden Giftstoffsmoghähnchengrillhimmel. Irgendwo da oben fühlte er sich selbst, aufgestoßen in den FuCKW-Fürzen der Kohlendi-und-monoxid-Gemeinschaft, kreisend wie ein uranisch strahlender Adler über dem Helter Skelter in den Gassen und doch immer wieder darin schwelgend, sich suhlend in den geplatzten Abszessen mehrerer bewusstlos ineinandergeschraubter Generationen wie der Bitter-Moon-Coyote in warmem, nacktem Frauenfleisch. Er rieb rau seine Wangen über die trockene Farbe, hielt seinen Kopf unter langsam kälter werdendes Wasser, verschmierte mit den

Haaren das unfertige bunte Phantombild der Gegenwart zur vollständigen, kommerziell erst lohnenden Unkenntlichkeit, starrte fünf Minuten ins leere Waschbecken und kotzte sich dann plötzlich und heftig das unnütze Gift mehrerer Tage aus dem Kreislauf, bis fast nichts mehr da war. Den ganzen folgenden Tag blieb er unter dem Waschbecken hocken, sang leise alte Songs von Peter Kreuder und zermarterte sich den Kopf, wie er wieder zu so viel Geld kommen sollte, um sich wieder ein Flugticket in ein wieder außerhalb Europas liegendes Landegebiet leisten zu können.

Karma würde ihm schon was weisen.

Nachdem die Dunkelheit ächzend ihre Nachtschicht angetreten hatte, verließ er Wohnung und Haus, ging den Roten-Baron-Boulevard bis hoch zum Platz der Luftbrücke, wo sich knöchern bleich die Hungerharke vor einem fahl zuckenden Hintergrund aus Suchscheinwerfern und den Slo-Mo-Derwischen der Radartaster abhob wie die aus dem Grab gewachsene Hand eines Mutterschlägers, schlappte, beide Hände in den Hosentaschen, an der an die Mondbasis von *2001* erinnernde, vielfarbige eingezäunte Kaltlandschaft des Flughafens Tempelhof, den von den Alliierten in wilder, ungeordneter Flucht vor der Wiedervereinigung Großdeutschlands im Stich gelassenen Baseballkäfigen und dem vielgeschändeten Türkischen Friedhof vorbei bis zum Columbiabad, das – aufgrund der globalen Erwärmung auch im Spätapril schon gewinnbringend geöffnet – in blau spiegelnden weißen Lichtern lag und Stille ausatmete, Stille als Negativecho von kreischenden, platschenden Kindern. Hiob schaute sich um, dass nicht gerade ein müde flackernder Bus vorbeischnaufte oder ein anderes blendendes Auto, dann turnte er behände über das Einlass-Drehkreuzgatter hinweg und glitt ins vollkommene Dunkel der Rasen-, Kachel- und Wasserflächen dahinter, alle irgendwie geometrisch, irgendwie hartrandig, gereizt. Seine Schuhe wühlten, sich durstig vollsaugend, ein glattes Fuß-Vorbecken auf, ein Signalton vom Flughafen piepte alle fünfzehn Sekunden über die Entfernung wie ein Nebelhorn für Luftschiffe, da war auch eine Nachtigall in der Hasenheide über der Straße, Gebäude, Mondwasser, der Geruch von Chlor. Das Becken war so schwarz wie Teer, aber viel perliger, der Wind mit seiner Handkante kräuselte das kichernd gekitzelte Nass. Hier, endlich, war Hiob vollständig allein, konnte er nachdenken, konnte er Kraft sammeln für den nächsten Zug.

Er suchte und fand das Sprungbrett, Dreimeter- und Einmeter-Basen, verhängt von einer Kette, die dem Tag gehörte und der Sichtbarkeit, stieg darüber, das Geländer ganz trocken, sehr selten, eine Kostbarkeit dieser Augenblick, nach oben, nach vorne, zum Rand. Unter ihm völliges instabiles Dunkel mit einem kleinen, tanzend zerflirrten Mond, 384 405 003 Meter unter ihm und von silbergrauer Farbe. Er breitete die Arme aus, rief Luna an und Meyrinks Schwarze Isais, er gedachte der Ewigen Kerze und des Schwarzen Kaninchens von Inlé, durch dessen zerfranst-zerfetzte Löffel stumm der Mond schien, *High as the Moon* hieß die epochale Tour der Black Crowes, und genau wie der Ibis auf dem Braille-Relief des dazugehörigen Tickets stieg Hiob auf und kam herab und rauschte donnernd, weißblasend, in die vollendete Lichtlosigkeit und Nachtkälte, trieb hinab zum kalten Fliesengrund, verharrte strömungslos stagnierend mit geschlossenen Augen in der Tiefe, immer noch weit drüber überm Wiedenfließ, aber tiefer jetzt, gebürtiger, beschirmter als die meisten.

So idealistisch der Moment, so atmosphärisch inkompatibel der Zwang, an schnöden Materialismus jetzt zu denken, doch nach Geld, nach einem Flug und einem Sieg gierten aufschwemmend seine Sinne, sandten Strahlen durch das Wasser wie rasch sich breitendes Algenwerk. Aprilchlor. Limonadenurin. Tränensalz von rotgereizten Augen. Nasenschleim ein wenig, Speichel, asthmatisch-klumpig allerorten, jaja, Schwimmen ist gesund, auch bei Bronchialerkrankungen. Schweiß, viel süßer Schweiß vor allem, gelöstes Sonnenöl. Ein Eis, Geschmack Vanille, Fett statt Schokolade und ein bisschen Naturidentität. Chlorophyllsaft, von Fußsohlen. Ein paar Filterstoffe HOECHSTpersönlich. Alternativen, Hiob. Extrem verdünnte Cola, das Geheimrezept noch immer um Zusammenhalt bemüht. Gummibrösel spielerischer Flossen, beschlagener Brillen. Clearasil in rauen, fädenziehenden Mengen, fortgespült vom Schauplatz des Grauens, hinweg zum Schaden aller. Alternativen, Hiob. Mundwasser, Zahnpastastoffe, stechend, beißend hell, weißfärberisch, didaktischseptischhaptischfaktisch. Ohhh, menstruale Überraschungsgäste, raus aus dem Wasser, welch Malheur. Sämtliche Tenside, darin die Bademode paniert, tummeln munter sich hierinnen, führen Krieg oder rotten sich zusammen. Saurer, bittrer, weicher Regen viel. Vogelteile. Flugzeuggrüße. Alternativen, Hiob.

Alternativen:
1 Wieder 'ne reiche Alte umlegen
2 Einbruch in großem Stil
3 Casinomagie
4 Irgendwelche Arschlöcher drangsalieren
5 Fremde Konten plündern
6 Bilder fertigrotzen und auf den Freien Markt damit
7 Düsterjob mit Vorausknete
8 Blind als Passagier
9 Besitz verscheuern
10 Den ganzen Krempel hinschmeißen

Auswertung:
1 das darf nicht weiter einreißen
2 zu schwierig auszubaldowern
3 ohne Einsatz pippifax
4 ist immer sinnvoll und bringt Spaß
5 zu riskant, zu viele Finanzpaktierer im System
6 zu mühsam, frustrierend, desillusionierend
7 wer weiß, welch dickes Ende nachkommt
8 quatsch – der Kampf will zu Pferd geführt sein

9 welchen Besitz?
10 das kommt ja gar nicht in die Tüte – jetzt, wo's anfängt, Spaß zu machen

Ergebnis: Ein paar polit-ideologische Gegner werden erpresst oder geneppt oder geschuriegelt, prima. Wer ist heute dran? Skins? CDU-Feistgesichter? Hässliche Feministinnen? Frühvergreiste altkluge Hängerstudenten? Goldkettchen-Miniplis? Schütterhaarige Sakko-Twens? Wie wäre es mit den beiden bescheuerten Sekretärinnen in der Galerie letzte Woche?

Karma wird mir schon was weisen. Es gibt zu viele Arschlöcher auf der Welt, um auf einem halbstündigen Spaziergang keinem zu begegnen.

Hiob tauchte auf.

Charles Otts wurde mit aller einem Serial Killer gebührenden Ehrfurcht in eine behagliche Kühlröhre geschoben.

Detective Sergeant Waco – die Hände ob des Nikotinturkeys in die Manteltaschen gekrallt – beobachtete leicht vornübergebeugt das elegante, leichte Eingleiten des Leichnams in die neue kryogenische Heimstatt. Doktor Yaycayab stand schief daneben und grinste über sein ganzes ananasförmiges Gesicht.

»Sie sehen, Mister Waco, Sir, dass alles hier ganz sicher ist. Der Tod des Delinquenten ist jetzt von drei verschieden Personen dreimal uberpruft worden, so wie ich zwei Stunden vor der Hinrichtung habe uberpruft, ob der Delinquent noch war am Leben. Das ist eine ganz juristische Prozedur: Man kann jemanden nicht hinrichten, wenn er tot ist. Und da dieser hier auch ganz strikt sich verweigerte dem Versed, was ist das Beruhigungsmittel, das wir geben nervosen Delinquenten, kann man sogar in der Lage sein zu behaupten, dass dieser tote Mann hier ganz besonders am Leben war, als wir ihn mussten toten.«

Hier, wo er nicht quarzen durfte, fiel es dem Cop noch schwerer, den unnötig gedrechselten Abhandlungen des

Philippinen über die Tötungsprofession zu folgen. Mit zusammengekniffenen Augen fragte er: »Er wollte kein Beruhigungsmittel haben?«

»Das war nicht notig, Mister Waco, Sir. Sein Puls war ganz ruhig, man mochte beinahe sagen: entspannt. Heitere Gelassenheit ist, glaube ich, das Wort.«

»Gottverdammter Ziegenscheiß. Da soll mir noch einer sagen, wir haben das Richtige getan. Wir hätten den Burschen aufknüpfen sollen.«

»Tod durch Strang ist in Bundesstaat Washington wieder durchgefuhrt worden seit langer Zeit, erfreut sich aber nicht allzu großer Popularitat. Erinnert, obwohl sauber und effizient, zu viele liberale Burger an den alten Volksbrauch Lynchen.«

»Oder die gottverdammte Gaskammer halt.«

»Kalifornien, Mississippi, North Carolina und Arizona haben gemacht gute Erfahrungen damit. Wassrige Schwefelsaure plus ein paar Plastikkapsel mit Zyanid ergeben ein Blausauregas von hoher Effizienz, aber der Tod ist nicht ganz so sauber, kann bis zu einer Viertelstunde dauern, die vergeht mit qualvollem Nach-Luft-Schnappen wie ein Fisch auf dem Trockenen. Wenn Sie mich fragen, ist am besten einfach Natriumpentothal, Pancuroniumbromid und Kali...«

Wacos Hände strichen nervös in seinem Haar herum. »Hören Sie, Doc: Wenn irgendetwas, irgendetwas Außergewöhnliches sich mit diesem Leichnam hier ereignet, rufen Sie mich sofort an, hier ist meine Nummer.«

»Mister Waco, Sir – mit diesem Leichnam wird sich nicht mehr ereignen außer seiner Einäscherung, sobald die Kapazitat ist frei.«

»Irgendetwas, Doc, egal was.« Als Detective Sergeant »Lewt« Waco durch die blechernen Gänge ans Tageslicht zurückstapfte, mit zittrigen Fingern in einer fast leeren Zigarettenschachtel wühlend, fingen die sterilen Neonlampen der pathologischen Kellergewölbe leicht an zu flackern und zu dimmen.

Sechs Meilen entfernt wurde ein präepileptisch an seinem Nintendo daddelndes Mädchen von einer aus der Bildröhre des Fernsehers schlagenden Stichflamme so schwer erwischt, dass ihre hereinstürmende Mutter die schwelenden Überreste im ersten Augenblick für die des Familienhundes hielt.

Hiob – klatschnass, aber sich befreit und gereinigt fühlend, als hätte er zwei Handvoll Stirnhöhlenkatarrhschleim mit einem crowleyschen Nieser über einen Nierentisch verteilt – verließ das Columbiabad nicht auf dem Weg, auf dem er gekommen war, sondern kraxelte in westlicher Richtung über den Zaun, der das Gelände vom benachbarten Friedhofspark abgrenzte. Hier konnte man nachts oft augenwulstige Pinhead-Skinheads sich zusammenrotten sehen, die in dem ihnen eigenen heiser-lispelnden Jargon heroische Blitzkriege gegen den friedlich dahinterliegenden türkischen Friedhof aushecken, hier konnte man, wenn man Glück hatte, auch ein paar neogothische Grabschänder mit aus Mittelschichts-Pappis Garage entliehenen Hacken und Schaufeln umherwandeln sehen, mit schwingendem Pendel auf der Suche nach lohnend reanimierbaren Überresten, oder man konnte blasse schöne Mädchen im Mondschein zwischen den Grabsteinen beim Lesen der Gedichte von Rilke, Byron, Blake oder Hölderlin beobachten oder auch gummigewandete übergewichtige Swingerclubs, die sich auf den Hügeln rollten und zwischen den Blumen stöhnten, mit jenem verruchten Hauch von Nekrophilie im gutbürgerlichen Angstschweiß, aber latent unbefriedigbar aufgrund der Erkenntnis, sich den wahren, letzten Schritt niemals zu getrauen. All diese urbanen Geschäftigkeiten auf einem nächtlichen Seelenacker wären jetzt für Hiob zwar ganz amüsant, jedoch, von der an Bekannte oder Vorgesetzte verpfeifbaren Swingerclique vielleicht einmal abgesehen, finanziell uneinträglich und somit nutzlos gewesen. Er vertraute seinem Karma die Füllung seines Geldbeutels an, fast so wie mittelalterliche Magier ihre Geldkatzen nachts auf Raubfraß hatten umherstreifen lassen. Und er hatte tatsächlich Glück, oder besser gesagt: Das Rad des Schicksals verharrte kurz knarrend auf der fettigen Nabe und hieß ihn aufsteigen.

Es waren Satanisten, und zwar solche, die die lachkrampferzeugenden Geldschneideszenarien eines Glenn Danzig für mächtig starken Tobak hielten und von den herkömmlichen Genussreizen des Post-Wende-Materialismus bereits dermaßen gelangweilt und übersättigt waren, dass sie ihrem selbsternannten Guru genug Geld gaben, damit er ihnen die grandiose Idee vorformulieren konnte, dass sie in sogenanntem Ekeltraining ihre eigene Scheiße fressen müsstcn, um dem Ursprung der kosmischen Macht näherzukommen. Es waren – mit einem Wort – richtungslose, uninspirierte Idioten, wie sie nur die kicküberfluteten 80er Jahre hatten hervorbringen können, Menschen, die zu viel Geld und viel zu wenig Geist besaßen, und Menschen, die noch zu jung waren, um das antiproportionale Verhältnis zwischen beidem zu erkennen. Ihr Guru war bei ihnen, ein lächerlich robenkostümierter fünfzigjähriger BfA-Angestellter, der sich jetzt DER BLUTIGE ASMODÄUS nannte und gerade – einen seinen Jüngern natürlich unbekannten Evergreen von Nusrat Fateh Ali Khan als magisch-geheimen Sufigesang ausgebend – drogenversetzten Rotwein in einem versilberten Gralsbecher von Hertie umherreichte. Dieser Becher wiederum war mit aus der auf jedem Trödelmarkt erhältlichen deutschen Ausgabe des *Necronomicon* entnommenen Kreidezeichen bekritzelt, und einige der weiblichen Jünger wiegten sich bereits deutsch-ekstatisch in den Hüften.

Hiob kauerte sich breit grinsend ins Unterholz, um das unheilige Dutzend bei seinem unheilvollen Treiben zu beobachten. Ein Meerschweinchen musste – offenbar in großstädtischer Ermangelung eines Rindes – dran glauben, und DER BLUTIGE ASMODÄUS quetschte den kleinen Kadaver mit scheußlich gutturalem Besessenheitsgebrüll, das bestimmt bis zum Columbiadamm zu hören war, so lange, bis genügend warmes Blut auf seine unbehaarte Brust getropft war, um die gierigen Jünger, Rege Satanas-lallend, daran lecken zu lassen. Alsdann wurde das unvermeidliche, da enorm populäre, Jungfrauenritual – hier in einer jugendfreieren Version, denn kein zahlender Jünger durfte auf Dauer verschreckt werden – in Angriff genommen, und bei den Namen der »seelenzerfetzenden sieben Ausgeburten des unteren Beelzebub: Egor, Borrgu, Diffka, Berekhor, Difar, Braggu und Zant« der große furchtbare Dämon Canthrodeumeles beschworen, der »auf seinen samennassen Schwingen durch die Möndin herabstürzt in fackelndem Flug, seine Diener zu grüßen«. Tatsächlich quiekten einige der jüngeren Jünger vor Angst auf und plapperten – mehrere von ihnen mit sächsischem Akzent – aufgeregt durcheinander, was DER BLUTIGE ASMODÄUS gewandt nutzte, um sie daran zu erinnern, dass »die dornige Pforte ohne Wiederkehr« bereits durchschritten sei und man sich nun eilen müsse, den aus mindestens zwei Tage über dem nackten Bauchnabel getragenen Geldscheinen bestehenden Bannkreis auf »dieser zwar christlich geweihten, der wahren Macht jedoch nur zum Spott gereichenden Erde« zu errichten, woraufhin um die zwanzig Arme rasend schnell und zu Hiobs großer Begeisterung Fuffis, Zwannis und Pfünde auf den Boden breiteten, bis um den BLUTIGEN ASMODÄUS herum ein silberfadenglimmender Banknotenkreis gelegt war. »Hurtet euch«, kreischte DER BLUTIGE ASMODÄUS in wahrhaft diabolischer Verkennung der deutschen Sprache, »denn der große furchtbare Dämon Canthrodeumeles ist auf seiner Dimensionenbahn schon ganz nahe, horcht, horcht, horcht und hurtet euch, könnt ihr es auch riechen? Es riecht nach dem warmen Talg aus Weiberfett gefertigter Kerzen! Canthrodeumeles komm! Canthrodeumeles komm! Ex vaginum succutrubus deo, lapsis ic sunct satanas!«

Mit einem gewaltigen Satz und einem sirenenartigen Trillern auf den Lippen sprang Canthrodeumeles aus dem Unterholz hervor mitten in den Flackerschein der überall postierten schwarzen New-Age-Kerzen. Der Dämon hatte glutrote Haut, riesige unbewegliche Fledermausflügel auf dem Rücken, ein geradezu unglaubwürdiges Gebiss, er trug einen barbarischen Lendenschurz, hüpfte wie ein Derwisch herum, alle Jünger des BLUTIGEN ASMODÄUS sprangen kreischend und sich schier bekleckernd zu ihrem sie mit väterlicher Geste willkommen heißenden Guru in den Kreis, der qualmende Dämon fing mit fürchterlicher Stimme an zu schreien: »Ich bin Canthrodeume ...«, als ihn von hinten eine zweite Höllengestalt ansprang, umwarf, aufrecht zerrte, von hinten schlenkerte und würgte, dass ihm einer der Flügel abbrach, und ihn dann ins Gebüsch zurückschleuderte. Der zweite Dämon war splitterfasernackt, fahl, mager, glänzte silbrig feucht, sein Haar war höllenschwarz und nass vom Flug, Blut und Erde verschmierten seine Brust, seine Arme waren viel zu lang, und er bewegte sich mit den merkwürdigen ruckartigen Abläufen einer Ray-Harryhausen-Kreation. »Ich bin Canthrodeumeles!«, röhrte er mit tiefer, rauer Stimme, »und bei den Namen der vier Unteren, Bifur, Bofur, Oin und Gloin, kann ich Euch sagen: Die da treiben Spott mit mir, werden an einem Auto verrrrrecken!«

Jetzt fuhren Blässe und fleuchender Schweiß auch in den BLUTIGEN ASMODÄUS, er runzelte die Stirn und fragte: »Wer ... wer ... wer?«

»Erkennst du deinen Meister nicht, o grabesblinde Schabe?«, donnerte die Höllengeburt unter Spucken und Sabbern und grässlichem Augenverdrehen. »Du gebietest über die Macht, mich zu rufen – aber gebietest du denn auch über die Macht, mich zu satisfaktionieren, nichtswürdiger, elender Darmwurm, der du bist?«

»Wwwweiche, wweiche, weiche!«, jammerte der Guru und schlug – jetzt selbst in der Not nichts Besseres wissend – arkanische Symbole in die Luft, die er in einer Fernsehsendung von Rainer Holbe gesehen hatte.

»Hier gibt es keine Weiche«, knurrte der Dämon kalt. »Dein Gleis zeigt schnurstracks Richtung Höllenpein. Stinktierdamen werden dich besprühen, Pavianhorden ganze Klumpen aus dir Rohem reißen, Schlangen werden in dich einkriechen und Eier legen tausendfach, eine Gottesanbeterin wird kommen, um an deinen Augen sich zu laben, und dann der Ameisenbär – o Unwerter, du wirst schreien, so leer wird er dich saugen!« Ruckartig zuckend und sich wild kratzend gebärdend kam die ekle Gestalt näher und erspähte schließlich mit triefend weit geöffnetem und fädenziehendem Rachen den magischen Bannkreis. »Ah, Bannkreis, Bannkreis«, gnickerte sie manisch, »das ist lustig. Lass euch Zeugen sein, euch Pisser, wie den Bannkreis ich zerpflücke, so und so und so.« Und mit spitzen nagelscharfen Fingern machte er sich daran, das Unfassbare zu tun – den quietschenden Jüngern stockte vor Grauen der Atem: Er löste den arkanischen Ring Stück für Stück auf, und nichts stand mehr zwischen dem zitternden, sich hasenartig drängenden Warmfleisch der heulenden Adepten und dem kalten Rachehauch der Hölle. Der Erste nahm Reißaus, hüpfte trotz seiner beruflich weichgesessenen und feierabendlich biergeblähten Gestalt mit großen Sätzen durchs Unterholz davon, greinend und wehklagend folgten ihm aneinander zerrend und nicht der Letzte sein wollend die anderen, auch DER BLUTIGE ASMODÄUS war dabei, er rettete sein Leib und Leben, und der scheußliche Dämon lachte dazu ein tiefes, böse triefendes Lachen aus den innersten Kreisen der Unterwelt. Keiner der Satanisten blieb zurück, alle versuchten sich Richtung Rollfeld oder Richtung Columbiadamm durchzuschlagen, dort Autos oder illegal im Dunkeln startende Privatflugzeuge aufzuhalten und Gehör zu finden mit einer aberwitzigen Geschichte, mit meerschweinblutverschmierten plappernden Mäulern, drogengeweiteten Pupillen und burlesken Gewändern; genau das Richtige für angesichts der bevorstehenden Maikrawalle bereits auf Vorrat gefrustete Nachtpolizisten, deren Gummiknüppel juckten und locker saßen und endlich einmal über verbrieft wehrlose Psychos drübergelassen werden wollten.

Hiob sammelte seelenruhig das Geld ein, zählte es – es reichte für einen drittklassigen Hin- und Rückflug nach Amiland – und versuchte vergeblich, sich die rote Farbe von der Brust zu wischen, die beim Kampf mit dem Chargen auf ihn abgeschmiert war. Dann wühlte er sich ein Stück durchs finstere Gebüsch zurück und fand den Laiendämon dort liegen, wie er sich ächzend den Hals rieb, bittere Tränen im geschminkten Gesicht, das falsche Gebiss ausgespuckt neben dem abgegangenen Flügel. »Schauspielschüler ohne Engagement, was? Musst nehmen, was sich bietet, hm?« Hiob stellte sich über ihn, für den am Boden Liegenden ein mondgekröntes drohendes Bild. Der Satanistendämon wimmerte kläglich und nuschelte so etwas wie: »Ich wollte doch nichts Böses tun.« Hiob schüttelte den Kopf. »Ich kenn das. Hier, hast'n Fünfziger. Ist immerhin deutlich mehr als der Arbeitslosenbrief, mit dem die Staatlichen Bühnen einen heutzutage entlohnen. Und heh – du hast dämonischer ausgesehen als die meisten Dämonen, die ich kenne, Junge.« Er zwinkerte dem weinenden Nachwuchsdarsteller zu, aber das konnte dieser nicht sehen, dafür war es viel zu dunkel.

Hiob ging weiter ins Gebüsch zu seinen immer noch nassen Kleidern, zog sie an, und als er sich wieder aufrichtete, umdrehte und Richtung Westen schaute, ragten vor ihm im aufstrahlenden blendenden Tageslicht die abweisenden Zementmauern des Virginia State Penitentiary Fredericksburg auf, denn während der Reise passierte nichts Aufregendes, und so ein Schnitt sorgt ungemein für Tempo.

»Schon irre«, meinte Hiob lächelnd zu sich selbst, »da drinnen sitzen mindestens eintausend Burschen, deren sehnlichster Traum es ist auszubrechen, und was mache ich hier? Ich breche ein.«

> Nur für Statistiker oder solche, denen es jetzt aufgrund mangelnder Gewaltexzesse langsam langweilig wird: Die Letaleffizienz des nun stromlinienförmigen Delinquenten Otts und seines auf ihm oder in ihm surfenden

Dämons liegt zum Zeitpunkt von Hiobs Ankunft vor dem elektrisch geladenen Zaun des VSPFredericksburg bei elf random-choice-Opfern im Umkreis von insgesamt vierundfünfzig Meilen sowie bei dreizehn weiteren Toten, die aufgrund der von Otts&Partner in viel weiterem Radius vorgenommen Manipulationen in elektrischen Betriebssystemen wie zum Beispiel Ampelschaltungen und/oder Fahrstühlen und/oder Autowaschanlagen und/oder Börsenkursdatenbanken zu beklagen oder zumindest zu bestatten sind. Von Sachschaden und schweren oder leichten Verletzungen soll hier gar nicht erst die Rede sein, das würde – genau wie ein diesbezügliches psychologisches Gutachten der virginianischen Bevölkerung in Hinsicht auf Schlagworte wie Verunsicherung, Hilflosigkeit oder Panik – quantitativ zu weit führen.

Der Dämon, dessen wahren Namen herauszufinden im Folgenden Hiobs Aufgabe sein wird, nennt sich jetzt übrigens Monsieur 500.000 Volt, in Anspielung auf einen französischen Chansonnier, dessen Verdienste im Wiedenfließ in hohem Ansehen stehen.

Einige Menschen gründen ihre ganze Existenz auf den zweitältesten Trick der Welt. Besonders solche, die eigentlich nichts Vernünftiges gelernt haben, aber dennoch in der Öffentlichkeit als Siegertypen dastehen und dementsprechend hofiert werden wollen. Berufspolitiker, Manager, Broker, Künstler und andere Selbstdarsteller.

Der zweitälteste Trick der Welt besteht darin, so kraftvoll, selbstverständlich und berechtigt aufzutreten, dass im Gegenüber der Zweifel an dessen eigener Wahrhaftigkeit, an dessen eigenem Auftrag und Sinn in dem Maße geweckt wird, dass der den Trick Ausübende geradezu als Retter in der Not erscheint. Verstanden? Macht nichts. Noch mal lesen, drüber nachdenken, es lohnt sich, ist wirklich genial und, wie gesagt, zeitbewährt.

Hiob wartete ein paar Minuten, bis das Gittertor und die

dahinterliegende Schranke für einen einfahrenden Lieferwagen geöffnet wurden, fingerte seinen bundesdeutschen Personalausweis aus dem zerknüllten Kunstlederportemonnaie in seiner hinteren Hosentasche, hielt ihn locker in der rechten Hand nach außen, trabte die paar Schritte im Kielwasser des großen Wagens durch das Tor und schlurfte mit einem gelangweilten »Morgen, Joe – wie geht's?« an dem plexiglasverstärkten Wächterhäuschen und dem akribisch durchsucht werdenden Lieferwagen vorbei auf die orangerote, durchbruchresistente Schranke zu, während sich das mit Warnschildern, Totenköpfen und Besuchsregelungen plakatierte Tor summend wieder schloss.

Die Schranke blieb unten, denn der knopfbedienende Pförtner, dessen Vorname Albert war und den deshalb noch niemals jemand Joe genannt hatte, war nicht aufgrund genetischer Übereinstimmungen mit einer Bulldogge in den Pförtnerdienst bestellt worden, sondern hatte mehr als nur den kleinsten erforderlichen Nenner an professioneller Qualifikation vorzuweisen. Außerdem funktionierte der zweitälteste Trick der Welt nur dann so richtig, wenn der Ausübende selbst über eine gehörige Portion dickschädeliger Engstirnigkeit und narzisstischem Exhibitionismus verfügte, was bei Hiob, in dessen Inneren jetzt mit kalter Hand der Zündschlüssel herumgedreht wurde, um den astralen Motor anzuwerfen, nur eingeschränkt der Fall war, da er zwar eitel und arrogant war, aber – wie mehrere Zeitzeugen nicht müde werden zu betonen – eher einen zu weichen denn zu harten Schädel hatte.

»Kann ich den Ausweis noch mal sehen, Mister?«, schnarrte Albert und kam wie eine animierte Parkuhr auf Hiob zu, die Schenkel von diversen Schusswaffen wie von fetten Egeln verdickt.

»Clinton, FBI, Mann«, schnarrte Hiob genervt zurück und wischte den Ausweis nochmals durch die Luft. »Ich war doch schon sechsmal hier, Joe, erinnerst dich nich mehr, hm?« Dabei pumpte Hiob ein wenig kaltmagische Exzentrik durch sein Handgelenk in den Ausweis, bis der fälschungssicheren grüne Bundesadler lautlos kreischend zu einer silberglänzenden zackigen Bundesplakette mutierte und die Buchstaben »FBI« in halluzinogenem Phosphorgelb aus dem Plastik herauszuschwappen schienen. Gleichzeitig gab Hiob sich selbst eine diaphane Aura, die aus den Komponenten UNAUFFÄLLIG und VERTRAUT zusammengesetzt war, und betete innerlich, dass das Pförtnerhäuschen nicht auf Computerlesbarkeit bestand.

Albert war heran und betrachtete sich Ausweis und Hiobs Gesicht mit ungerührter Miene. Dann nahm er sich den Personalausweis, beschaute ihn sich genau, und erst die phallische Eruption auf der Rückseite war endlich psychedelisch genug, seine Lider flattern und seine Stirn sich runzeln zu lassen. »Clinton«, wiederholte er langsam und konnte nicht anders, als innerlich zuzugeben, dass dieser Name irgendwie vertraut und autoritär klang. »Ist das jetzt das neue Outfit der Federals?«

Hiob schaute an sich herunter. Er hatte ja schon geahnt, dass seine Kluft – heute eine verwaschene Jeans und ein darüber hängendes beige-rot-kariertes Baumwollhemd, das ihm von Großvater Montag vermacht worden war – ihm irgendwann unnötige Schwierigkeiten bereiten würde, aber er hatte einfach niemals genug Geld gehabt, sich seiner Berufung gemäß auszustatten.

»Klar, Joe«, sagte er zu Albert. »Sieh mal, Mann: Du kennst doch Twin Peaks und andere populäre Darstellungen des zeitgenössischen Bureaus. Denkst du denn wirklich, wir würden genauso rumlaufen, wie wir in Seifenopern dargestellt werden – mit Anzug, Krawatte, Kurzhaarschnitt und Sonnenbrille? Das wäre doch total bescheuert, dann könnte uns doch auf der Straße jeder sofort erkennen, und jeder Überraschungseffekt wäre sofort im Eimer.«

»Bei uns gehen fast jeden Tag Federals ein und aus«, meinte Albert matt, »und die sehen alle aus wie in Twin Peaks.«

»Ich bin halt die Next Generation«, betonte Hiob in Anspielung auf einen anderen Begriff populärer Fernsehkultur. »Du kennst doch Next Generation, oder?«

Auch dieser Begriff kam Albert glücklicherweise bekannt vor. Vielleicht hegte er sogar sympathisierende Gefühle dafür, denn irgendwie war doch jeder zweite von den grauen Mechanismen der Erdverwaltung frustrierte Beamte ein heimlicher Trekkie. Jedenfalls brachte Hiobs suggestiver Rührlöffel Alberts zerebralen Eintopf mit der Virtuosität eines mesmerischen Bocuse ganz schön durcheinander.

»Kkkkkklar«, klapperte Albert mit den Zähnen. Seine Fußsohlen begannen schmerzhaft zu jucken. »Also ... was ... ist ... der ... Grund ... Ihres ... Besuches ... Mister ... Clinton ... Sir?«

»Ich muss zu Eurem E-Stuhl-Spezialisten, Miller oder Johnson oder Baker oder wie der Typ doch gleich noch mal hieß ...«

»Doctor Yayc-c-c-c-c-cayab?«

»Ja, genau. Ich wusste doch, dass es ein ungewöhnlich klingender Name war. Wo kann ich ihn finden?«

»Haus C, unten in der pathologischen Ab-b-b-b-b-teilung, wenn er nicht g-g-g-g-g-gerade zum Essen g-g-g-geg-g-g-gang-ng-ng-ng-ng-ng...«

»Ist ja gut. Danke«, beschwichtigte Hiob den Mann, dem langsam Speichel aus den Mundwinkeln zu laufen begann. Mit einem unsubtilen Ruck riss er die psychosomatischen Zangen aus den rohen Neuronengeflechten des Staatsdieners, ließ ihn wankend stehen und flankte sportlich über die immer noch geschlossene Schranke. Als er wieder gelandet und zehn Schritt gegangen war, bekam er Bauchschmerzen. Die ganze Chose hatte schon wieder viel mehr Energie und Aufwand gekostet, als sie eigentlich hätte kosten dürfen, und von zu viel arkanischem Ferment-Entzug ohne vorherige rituelle Aufwärmung bekam Hiob manchmal verklemmte Blähungen.

So ging er halt langsam, breitbeinig und leicht vornübergebeugt, bis er Haus C erreichte und sich schmerzhaft zusammenriss.

Auch hier gab es einen Pförtner/Wächter, und alles war elektrisch verriegelt und gesichert. Es war geradezu beängstigend, denn Hiob befand sich jetzt genau zwischen allen Schranken, aber der zweite Pförtner hier drinnen sah aus wie jemand, der Chris-de-Burgh-Platten zu Hause hat, und so wusste Hiob sofort, dass er keine Probleme haben würde, an ihm vorbeizukommen.

Dank des allerältesten Tricks der Welt.

Der allerälteste Trick der Welt besteht darin, sich auf die Hackordnung hinauszureden. Die Deutschen haben dafür ein besonderes Talent (siehe: »Wir haben von nichts gewusst«, »Wir sind's nicht gewesen«, und »Die Anführer/Anderen/Fremden sind schuld«), und Hiob war ja – seltsam genug – ein Deutscher. Er hatte zwar nicht die kullerlieben Alete-Klimperwimpern des Oggersheimer Unterlassungstäters, aber die Farbe von Pazifikwasser in den Augen ist auch nicht schlecht.

»Hi«, schnarrte Hiob glaskalt, »der Chef schickt mich. Ich soll zu Doktor Yaykebab oder wie der Typ heißt.«

»Yaycayab«, verbesserte der Mann hinter der Terminatorsicheren Panzerscheibe. »Da haben Sie Pech.«

»Pech? Wieso?«

»Doktor Yaycayab ist unten in der Leichenkammer.«

»Verdammt. Wie hat's ihn denn erwischt?«

Der Wachhabende entblößte mit breitem Grinsen Syphon-Schmelzkäse zwischen seinen Zähnen. »Der ist unsterblich, Junge. Der hat schon Imelda Marcos sämtliche Schuhpaare geküsst und später lauthals der Aquino zugejubelt. Er treibt sich in der kalten Hölle rum bei seinen besten Freunden, den Kadavern.«

Hiob lachte trotzig seinen Bauchschmerzen entgegen. »Früher oder später landen wir doch alle dort unten, da kann es nie schaden, Beziehungen zu knüpfen.«

Der Schmelzkäse verzog sich wieder, langsam wie ein Garagentor. »Hier haben Sie eine Besucherkarte. Nehmen

Sie Fahrstuhl 2 und fahren sie bis auf E Minus Vier runter. Den Gang entlang bis zur kalten Tür. Die Besucherkarte hinterher wieder bei mir abgeben. Viel Spaß.«

»Danke.« Die Besucherkarte war fettiges, abgegriffenes Plastik mit dem Aroma von Bucheinbänden in öffentlichen Büchereien.

Als Hiob, eine Hand ins Bauchfleisch gekrallt, zu den Aufzügen hinüberschlurfte, drückte, wartete und mit scharrendem, schleifendem Geräusch vier Stockwerke weit dem Wiedenfließ entgegenfuhr, dachte er darüber nach, dass Kafka sich geirrt hatte. Es war nicht so, dass von Saal zu Saal Türhüter standen, von denen jeweils der nächste mächtiger war als der davor. Die Türhüter waren alle gleich. Die Säle waren alle gleich. Die Türen waren alle gleich. Und sie führten alle zum selben Ort.

Meanwhile-Caption One.

Wir befinden uns plötzlich, die rechten Winkel und Kanten noch verschwommen und verzerrt, nach mehrmaligem Blinzeln aber langsam zu annähernd solider Architektonik verhärtend, in den von elektrostatischen Teppichen knisternden weiten Gängen des großen Gerichtsgebäudes von Richmond, Virginia, wo sich die beiden Unter-Handlungsträger Demetrio Hogue und Judge Schulz zu einer jurisprudentischen Unterhandlung treffen. Ersterer schiebt sich mit Plastikstäbchen die Reste einer chinesischen Fast-Food-Mahlzeit an der Krawatte vorbei ins Gesicht, Letzterer isst nie im Dienst.

»... müssen wir außerdem wirklich darüber nachdenken, was wir in diesem verflixten Diego-Fall unternehmen können. Ich bekomme beim besten Willen nicht genug Beweise zusammen, um den Jungen auftauchsicher zu versenken. Selbst die vergewaltigte Punze kriegt langsam Schiss und ändert fast stündlich ihre Aussagen, weil die Compadres des guten Diego wie die läufigen Panther um sie herumschnüren, sobald sie sich im Supermarkt zu zeigen wagt. Diego lacht sich eins in seiner warmen Zelle, und ich krieg nur das Kotzen, Judge.«

»Das kriegen wir schon hin, Attorney. Laden Sie mich – sagen wir – einmal ins Calabria ein, und wir setzen den karamelfarbenen Ludenarsch mit Grazie in die Pfanne.«

»Ich könnte Ihnen dafür zwei oder drei Indizien aus dem Stermer-Fall unter einen verwaisten Schreibtisch kicken, Judge. Einmal Essen ist zu billig.«

»Verderben Sie nicht den Markt, Attorney. Müll wie dieser Diego-Chico muss rausgetragen werden, so einfach ist das. Diese Puertos sind doch wie die Tiere, nur dass man ihnen nicht beibringen kann, immer nur in eine bestimmte Ecke zu scheißen. Außerdem sehen sie doch alle gleich aus, und das ist mir widerwärtig.«

»Hahaha. Das klingt sehr roh, Sir.«

»Aber so ist es doch. Der vermeintliche Individualismus unserer Jugend uniformiert die Jungs doch mehr, als es Westpoint je könnte. Lange ölige Haare und schlackrige Kleidung, und wenn man sie auf Waffen abgetastet und vier oder fünf Items zutage gefördert hat, ist da gar nichts mehr zwischen den Stoffen. Null. Leere. Sie vermehren sich wie die Fliegen, weil ihnen außer Ficken gar nichts mehr einfällt, und produzieren dabei überhaupt nichts. Die Nazis, Attorney, so roh Ihnen das klingen mag, waren ganz clevere Kerle. Die haben sich ganz minutiös ausgeklügelt, wie man eine Bevölkerungsgruppe vom Erdboden tilgen kann. Nur haben sie es leider mit der falschen Rasse getan. Die Juden sind ein emsiges Völkchen, geschäftstüchtig, gescheit, kreativ, sensibel. Juden haben Amerika groß gemacht. Aber die jungen Nigger und Chicanos und Chinesen heutzutage, die sind zu überhaupt nichts mehr nütze. Warum fressen Sie diesen chinesischen Scheiß, Attorney? Die könnten ihre Oma da mit reinwürfeln, Sie würden es überhaupt nicht merken. Einmal Calabria, und ich mache einen echten Mann aus Ihnen.«

»A-hahahahahahaha. Sie werden mich nicht dazu bringen, mich in Ihre Schuld zu stellen, Judge. Calabria ist ein Klacks gegen Diego, immerhin ist der Junge unschuldig, und Sie und ich und die ganze übrige verdammte Stadt weiß es. Lassen Sie mich Ihnen also wenigstens den Japsen auf einem Silbertablett servieren, sozusagen als Hors d'oeuvres.«

»Sagen Sie bloß, Sie haben ihn beim außerehelichen Vollzug abgelichtet. Sie würden mich wirklich erstaunen, Attorney.«

»Sexuell und politisch ist der Bursche so sauber, dass er quietscht, aber er hat sich einen Verfahrensfehler in der Mannigan-Sache geleistet, und damit können wir ihn tackeln.«

»Großartig. Hat er mit einem Geschworenen Sake geköchelt oder in ihrem Sushi herumgestochert?«

»So ähnlich, Judge. Lassen Sie sich überraschen. Der liberale Bestnotensamurai wird unter Grundwasser sinken, so viel kann ich versprechen, und wir beide, Judge, seifen ihn ordentlich ein.«

»Sensationell. Da kriege ich tatsächlich richtig Appetit. Wieder ein akademischer Strafverteidiger weniger, dem das Leben eines Kinderfickers mehr bedeutet als das Leben der Kinder draußen in den Schulen.«

»Genau. Apropos: Haben Sie schon die neuen Zahlen reingekriegt? 2500 Delinquenten warten in den USA auf ihre Hinrichtung. Können Sie sich das vorstellen? 2500! Warten! Und die Strafanstalten kommen nicht zu Potte. Ich finde, das ist ein unglaubliches Ding.«

»Das wundert Sie noch? Texas hat in den gesamten achtziger Jahren gerademal 46 Killer vergiftet. 46 Mann! In zehn Jahren! Und Texas liegt an der Spitze der Statistik! Bei dem ganzen Papierkram, den es heutzutage zu erledigen gibt, bevor ein Killer kaltgemacht werden kann, scheint das schon das Schnellste der Gefühle zu sein. Selbst Otts konnte zwei Jahre lang in FreBurg seine Memoiren verfassen und sich auf Staatskosten einen Lenz machen, bevor der Hebel endlich umgelegt wurde. Da fragt man sich doch wirklich manchmal, was unsere Arbeit hier noch soll. Wir liefern die Killer verschnürt und frei Haus, jeder zweite Bürger auf der Straße wäre laut Umfrage bereit, so ein Monster selber hinzurichten, und die guten Behörden bringen es auf einen Schnitt von vier pro Jahr und versorgen die miesen Subjekte am besten sogar noch mit Muschis, Drogen und Komfort, besser als in jedem Altersheim, wo ihr ganzes Leben hart gearbeitet habende anständige Bürger sich selbst überlassen werden, weil kein Geld mehr für Personal da ist. Und die armen, Däumchen drehenden Massenmörder in ihren Plüschzellen beschweren sich dann auch noch und singen der demokratischen Sensationspresse hämische Klagelieder. Haben Sie sich einmal überlegt, wie effektiv so ein Serial Killer wie Otts ist? Er hat den Drang, er spürt die Notwendigkeit, er geht hin und tötet. Bang. Bangbangbang. Und der Staat braucht Jahre für dasselbe, obwohl man doch eigentlich denken müsste, dass der Staat viel besser organisiert und ausgerüstet ist. Es stinkt, Attorney. Das System stinkt. Die in der Verfassung verankerten Menschenrechte haben mit der Realität nichts mehr zu tun. Wir sollten die ganzen wehleidigen Solovorstellungen endlich sein lassen. Stecken wir die 2500 in eine große Halle, Zyklon B dazu, einmal umrühren, und fertig ist die Sühnesuppe, samt Abschreckungssalat, und als Nachtisch gibt's noch eine Dividende für den Steuerzahler, weil so unglaublich viel gespart wird.«

»Hahaha. Kandidieren Sie mit dieser Idee, Judge. Virginia könnte einen Gouverneur mit einem praktischen Gerechtigkeitssinn zur Abwechslung gut brauchen.«

»Gerade jetzt, wo dieser verdammte Rotzbengel von Präsident dafür sorgen will, dass unsere Streitkräfte nur aus handtaschenbewehrten Arschfickern bestehen.«

»Hahahaha, gerade jetzt.«
»Hahahahaha. Ja.«

Die beiden gehen händeschüttelnd, gut gelaunt, erfolgreich und dynamisch auseinander, der Jüngere den Alten in Gang und Haltung imitierend, beide koinzidental denkend an die Festigkeit von Charles Otts rüttelndem Biss in die Lederschlaufe in seinem Mund nach Einbindung des ausgebleichten Leibes in den vollständigen, geometrisch makellosen Stromkreis. Jeder isst halt, was auf den Tisch kommt. So oder so.

Meanwhile-Caption Two.

Die Gänge in der vierten negativen Ebene, tief unter den Füßen und Sehnsüchten der eingesperrten Menschenopfer, waren von frostigem Neon verschmiert und legten sich mit dem Druck raschen Vergessens rund um die Iris. Hiob schwindelte, er versuchte zu furzen, um wenigstens ein wenig Wärme und Energie an die Umwelt abzuführen, aber es wollte nicht gelingen. Seine Eingeweide waren ein trotziges Kind, sie hassten ihn für das, was er ihnen dauernd antat.

Die Hebelklinke der kalten Tür riss ihm fast die Fingerabdrücke von den Kuppen.

Dahinter war die unbemannte Rezeption zum saubersten New Rose Hotel der Welt, der Killerstäbchen-Tiefkühlraum, eingefrorene Soziopathen, vielleicht der Wiedererweckung in einer ihnen adäquaten Zukunft harrend, eine gesellschaftliche Schutthalde in ewigem, windlosem Winter, die große Selbstbedienungseisdiele für die Seelenlecker des Wiedenfließes. In der Mitte der kleine Doktor, dessen Schultern und Hüften nicht parallel waren, sondern wie auf der Flucht divergierten, sodass sein halsloser Gang etwas unberechenbar Schwankendes hatte. Er war Igor im Labor, nur ohne blubbernde, rosagefüllte Aquarien, summende Überspannfunken und knirschende Konduktorräder. Dr. Yaycayab trug einen fleckigen Operationskittel und statt einer Chirurgenmaske seinen eigenen beschlagenen Atem vorm Gesicht. Im Vorübertrudeln schlüpften die beiden Hände des Doktors kurz bis zu den Handgelenken in den

Thorax eines tätowierten Stahltischpatienten, holten etwas heraus, das wie ein kleiner, deformierter Fötus aussah, tätschelten dann anerkennend die üppigen, bereits rissig gewordenen Brüste einer der raren Frauen hier und kamen im Allgemeinen nie zur Ruhe. Yaycayab war eine Koryphäe, das konnte Hiob sofort erkennen.

»So sieht er also aus«, sagte Hiob beim Eintreten, zog mit spitzen Fingern die mörderische Tür hinter sich ins behaglich schnurrende Sicherungsschloss und trat, grüßend nickend, mitten unter die Nackten und die Toten. Dies hier war wie ein Solarium, nur dass die Sonne alle war.

»So sieht aus wer?«

»Karl Maldens Keller. Wie kommt's, dass Sie so viele rumliegen haben? Sind die alle hier hingerichtet worden?«

»Hingerichtet nur ein paar, gestorben so unter Gefangnisbedingung schon mehr, dazu noch ein paar Geschenke von der Stadtpathologie, die ist uberlastet und hat volles Vertrauen in meine Fahigkeiten. Darf ich fragen, wer sind Sie, bitte?«

»Billy Corgan von der Gazette. Ich bin hier, um eine kleine Story über die Nachwehen einer ganz gewöhnlichen Elektrokution zu schreiben. Haben Sie nicht vor etwa sechs Tagen hier einem den ganz großen Stuhlgang verordnet?«

»Eh?«

»Haben-Sie-den-letzten-Hingerichteten-noch-da-oder-ist-er-schon-im-Himmel?«

»Nein, Sie haben Gluck. Wir wollten ihn einaschern, sobald die Kapazitat ist frei, aber das erst wird morgen der Fall. Der Schornstein unseres Krematoriums ist mit irgendetwas verstopft, Sie mussen wissen. Da erst muss kommen der Spezialist aus der Stadt. Lehnen Sie sich bitte nicht dort an, das gibt Druckstellen an Bein von totem Mister. Name von letztem Delinquenten war Charles Otts. Ist es der, den Sie wollen beschreiben?«

»Keine Ahnung. Zeigen Sie ihn mir, dann werde ich wissen, ob es der Richtige ist.«

Dr. Yaycayab schlurfte schlenkernd durch den Raum, drapierte unterwegs einen in Unordnung geratenen Leichenarm neu und führte Hiob zu den dominierenden Aluschubfächern der Seitenwand. Der

Doc brauchte nicht zu suchen. Er kannte seine Pappenheimer. Mit einem gut geölten Rollen glitt Charles Otts aus seiner Nische. Der Reißverschluss des Plastiksackes schnarrte in verschiedenen Tonhöhen.

Volltreffer. Das war er. Die Augen hatte man ihm geschlossen und mit Nadeln, die an Rouladenklammern erinnerten, arretiert, aber das verdammte Grinsen hatte ihm niemand wegmodulieren können. Der tote Mann sah aus wie einer, der gerade die Tour de France gewonnen hat, vom Sterben erschöpft, aber glücklich, befriedigt, unsterblich und voller sardonischer Vorfreude auf das, was im Training so lange entbehrt werden musste und jetzt in Massen kommen würde.

Noch ein *Damn*.

»Wer ist das?«, fragte Hiob düster. »Was hat er getan?«

»Dessen Name ist wie gesagt Charles Otts. Er ist gewesen das, was man hier mit dem Begriff ›Serial Killer‹ bezeichnet. Hat ermordet mehrere Menschen, sechs oder sieben, glaube ich, die er niemals vorher gesehen hat im Leben. Vor gut zwei Jahren dann er ist endlich geschnappt geworden und gebracht hierher, und so lange bis zur letzten Woche es hat gedauert, bis seine Hinrichtung endlich konnte vollstreckt werden.«

»Haben Sie irgendwelche Akten über ihn?«

»Ich zufällig habe Akten uber Mister Otts hier bei mir, weil Verwaltung oben gerade wird umgestellt und zwei Abteilungen zusammengefasst wegen der gegenwartigen Rezession und der damit verbundenen Ersparnis. Sie wieder haben Gluck. Das hier durfte sein ziemlich vollstandig.«

»Yep, ich bin ein richtiges Glückskind. Vielen Dank.«

Während Dr. Yaycayab sich mit dem Eifer des von der Presse Beachteten daranmachte, mit einer fußbetriebenen Pumpe den Mageninhalt eines toten Chicanos abzusaugen und in einen grünlichen Spezialbeutel zu füllen, setzte sich Hiob auf einen freien Obduktionstisch und blätterte mit zunehmend faltiger werdendem Gesicht in der Akte Otts.

Dem Bericht zufolge war Otts bis zu seinem sechsunddreißigsten Lebensjahr ein durchschnittlich spießiger Angestellter in einem kleinen Mainstream-Musik-Store-in-Store in Tappahannock am Rappahannock River gewesen, mit sporadischen Kontakten zur dortigen Motorrad- und Drogenszene, aber im Grunde genommen viel zu konservativ, um wirklich ein libidinöses Leben zu führen. Er hielt Guns'n'Roses für revolutionär und rauchte ab und zu Pot, wie jeder andere Verlierer auch. Dann, vor drei Jahren, hatte er plötzlich, ohne erkennbares Motiv, damit begonnen, in der Umgebung von Richmond Leute umzubringen, die er vorher nie gesehen hatte und die ihm somit auch nichts getan haben konnten. Immer einen einzeln, Männer und Frauen bunt durcheinander, sieben an der Zahl. Das Mordinstrument war jedes Mal ein kitschiger Brieföffner aus Thailand gewesen, und der ermittelnde Polizeipsychiater hatte in einer eitlen Abhandlung gemutmaßt, dass dieser Brieföffner lediglich in »lethargischer Ermangelung« irgendeiner anderen Waffe jedes Mal von Neuem benutzt wurde. Für den Psychiater war es nichts als eine tiefenpsychologische Folgerichtigkeit, dass Otts den Brieföffner nach jeder Tat dazu benutzt hatte, dem jeweiligen Opfer sämtliche Haare – auch Scham-, Achsel, Brustbehaarung – abzuschaben, um sie in einer Drugstore-Plastiktüte mit nach Hause zu nehmen. »Der Patient transportierte mit den Haaren den ritualistisch veräußerlichtesten Teil seiner Opfer mit in seine Wohnung, um den weichen, schützenden, atavistischen Körperbewuchs dort in der sozial sanktionierten Intimität der eigenen vier Wände in aller Ruhe zu streicheln und zu liebkosen und sich wie ein nestbauender Vogel darin zu aalen, einen mit einem lebendigen, unerwartbar reagierenden Partner unerreichbaren Paarungsritus substituierend.« Dafür, dass in Otts Wohnung kein einziges Haar gefunden wurde, hatte der Psychiater natürlich keine Erklärung parat, aber im Wortschwall seiner professionellen Dummdreistigkeit fiel das schon gar nicht mehr auf.

Hiob lächelte verzweifelt. Magie hatte keine Gesetze. Nichts in der magischen Lehre war eindeutig oder wenigstens binär. Nach den Anleitungen der Mama Barbedienne (*La Veuve Rouge*) war der Haarritus der beste Weg, einen anderdimensionalen Freund zu finden, nach der offiziell verschollenen Liste der Verflechtungen von Bischof Deigen jedoch war das Verbrennen von Opferhaar auf dem nackten eigenen Leib die vortrefflichste Methode, einen bereits inwendigen Daimon zu füttern. Was also war der Grund für die Morde gewesen?

Hatte Otts schon einen Dämon, und wenn ja, wie war er an ihn gekommen? Oder kam der Dämon erst durch die Morde zu ihm, vielleicht erst im Gefängnis? Wenn Hiob den jetzt freigesetzten Gegner stoppen sollte, war es von entscheidender Notwendigkeit, mehr über ihn zu erfahren, und die Akte enthielt nichts weiter als eine grobkörnige Schwarzweißfotografie von Otts Zelle, datiert mit einem Tag im achten Monat von Otts Haft. Das Foto zeigt eine mit Kot und kalligraphischem Ungeschick an die Wand geschriebene Botschaft an die unverständige Welt:

»Mein Gott! Ich habe ihn hier in mir, so schrecklich und so schön.«

Mindestens seit diesem Zeitpunkt war der Dämon also in ihm gewesen. Seit über einem Jahr. Zeit genug, den E-Stuhl-Plan in aller Perfektion vorzubereiten. Wie war der Dämon reingekommen? Was für eine Art Dämon war es? War es ein perfider Impraegnaticus, der sich mit dem Sperma eines Otts in der Knastdusche vergewaltigenden Muskelpakets in Otts Körper pumpen ließ? War es ein Freitodschmeichler, der die Verzweiflung eines zum Tode Verurteilten in einer dunklen Nacht ausnutzte, um sich mit sengender Machete einen Weg durchs Hoffnungsgestrüpp zum Herzen zu bahnen? Oder ein einfacher Schlafstürmer? Ein Flechter, der unendlich langsam und zäh von der Zellendecke herabtroff und es in seiner erbärmlichen Lahmarschigkeit ursprünglich auf Otts' Vor-Vor-Vorgänger abgesehen hatte? War es ein Lykorexier gewesen, der auf dem Hunger in dich einreitet? Oder ein Uninvited, der – sich in den ungenutzten Speicherplatz schlichter Gemüter einnistend – im Korpus eines Zellwächters an Otts heran- und in ihn hineingetreten war?

Mein Gott! – Schrecken. Schmerz. Entzücken.

Ich habe ihn hier in mir! – Schwangerschaft im achten Monat.

Das Grinsen des Toten – der pure Triumph, der Triumph des kleinen Mannes über die ignorante Umwelt, das Lachen ums Maulwerk des Hässlichen. Die Freude über eine große Leistung, eine außerordentliche Hervorbringung.

War es möglich, dass der kleine Schallplatten- und CD-Verkäufer

Charles Otts es fertiggebracht hatte, einen Dämon aus sich selbst heraus zu züchten? Einen Daemonicus Novum? Einen, der unangreifbar war, weil völlig unberechenbar?

Das konnte nicht sein. Das wäre dann kein Prognosticon mehr, sondern bereits eine Manifestation und somit ein Verstoß gegen die Spielregeln.

Oder?

Oder verstieß NuNdUuN gegen die Spielregeln?

War der ganze Scheiß hier eine Falle?

Hiob spürte, wie der Seziertisch unter ihm ins Rollen und Schlingern geriet. Schon in Barranquilla hatte der verfluchte Höllenhieromant das ganze Problem einmal geknifft und so gefaltet, dass Hiob auf seiner eigenen desolaten Zukunft zu liegen kam. Die alte, harmlose Schraze Lagrima Mesanez war die eigentliche Gefahr gewesen, nicht dieses widersinnige Monster aus dem Müllschleim. Zweifel statt Kampf. Wasser statt Blut, in höhnischer Verkehrung des nazarenischen Trinkerwunders.

Und hier? Schon wieder?

Und würde wieder dasselbe passieren: Würde Hiob es schaffen, statt schwächer stärker zu werden, Trotz zu züchten, Wut statt Furcht? Oder war es das, worauf NuNdUuN letztendlich hinspielte: Hiob in ständiger Verhärtung der Gefühle sich selbst anzugleichen?

Auf Hiobs zermürbtem, überaltertem Gesicht wuchs langsam ein Grienen von der Breite einer Hängebrücke. Okay. Je besser der Gegenspieler, umso besser das Spiel. Der Pakt ist lange unterschrieben, die Bedingungen akzeptiert, die Sekundanten hatten in heilloser Flucht das Feld geräumt und das Licht ausgeknipst. Ich und der Teufel sind allein unter der Decke.

»Sind Sie eigentlich etwas Außergewöhnliches, Mister Corgan?«

Im ersten Augenblick begriff Hiob gar nicht, dass der Arzt ihn etwas gefragt hatte.

»Hm? Was?«

»Konnte man der Meinung sein zu behaupten, dass Sie etwas Außergewöhnliches sind?«

»Wie kommen Sie denn darauf? Sind Sie etwa Telepath oder so was?«

»Mir ist nur gerade eben eingefallen, dass Mister Waco, der Beamte, der die Ehre hatte zu bringen Mister Otts hier auf Elektrisches Gesäß, mich hat gebeten, ihn anzurufen, sobald etwas, irgendetwas Außergewöhnliches sich ereignet mit dem Korpus von Mister Otts. Nun, ich frage mich nun, ob Ihr Interesse an dem Fall als etwas Außergewöhnliches in der Lage ist bezeichnet zu werden.«

Karma! Endlich! Das Zahn-Rad setzte sich wieder in Gang. Der die Ermittlungen geleitet habende Cop tänzelte in den Ring. Der konnte natürlich von Nutzen sein.

»Geben Sie mir die Nummer, ich erledige das schon. Ich sag ihm Bescheid und frag ihn um Erlaubnis und was sonst noch so dazugehört.«

Der Arzt, der gerade mit einer kleinen Taschenlampe eine offene Schädelwunde, die eines Präsidenten würdig gewesen wäre, ableuchtete, zuckte die schiefen Schultern. Er wies Hiob den Weg zum Aktenschrank, in dem der Zettel lag.

»Und haben Sie jetzt auch noch ein Telefon hier, Doc? Das wäre einfach perfekt.«

»Ja hier, unter diesem Tisch. Dieses ist ein auf Hausgespräche eingestelltes Apparat, aber wenn Sie drucken vorher eine Null, dann Sie konnen wahlen und sprechen und horen nach draußen.«

»Gut, danke. Lassen Sie sich von mir nicht stören.« (Der Doktor war jetzt, immer in originell variierender Aktion, gerade dabei, etwas, das wie Erbspüree aussah, aus den Nasenhöhlen eines sehr alten Mannes zu kratzen. Dieser Beruf wurde sicher nie langweilig und hüpfte in Hiobs Favoritenskala gleich hinter den eines Ostseekapitäns.) Hiob stiefelte zum schmerzhaft kalten Telefon und wählte die Nummer, die Waco dem Arzt gegeben hatte. Vierzehnmal klingelte es dort, bis der Cop, Zigarette im Mundwinkel, Scotch im Atem, ranging.

»Ja?«

»Detective Sergeant Waco? Hier ist Billy Corgan vom ... äh ... vom Enquirer (scheiße). Ich arbeite an einem Artikel über Otts. Charles Otts. Ich brauche ein paar Informationen von Ihnen, wenn Sie so freundlich wären ...?«

»Was soll der Ziegenscheiß, Charles. Was willst du von mir?«

»Charles? Hier ist nicht Charles, hier ist Billy ... Corgan ...«

In genau diesem Moment, in dem Hiob aufging, dass er einen Fehler gemacht hatte, schlug Monsieur 500.000 Volt zu. Eine elektrische Entladung aus dem Telefonhörer paralysierte, zementierte Hiobs Muskeln. Er blieb starr stehen, während eine unglaublich kalte Hand begann, ihn zwischen den Schulterblättern unerbittlich bis zum Krampf zu massieren.

Waco redete weiter. Hiob war nur noch starrer, stummer Zeuge eines Monologs, nichts weiter. Eine Fehlschaltung. Eine gottverdammte vollidiotische Fehlschaltung mitten ins ausgebrannte Gehirn eines zu Tode verängstigten Bullen.

»Du hast dich doch ergeben. Du hättest türmen können. Aber du wolltest in den Knast, stimmt's? Du wolltest auf den Stuhl! Also hab ich dir mit meinem beschissenen kleinen Beitrag doch nur 'nen Gefallen getan, also hör auf, meine Familie zu terrorisieren. Lass uns in Ruhe.«

Schweigen in der Leitung. Schweigen und knisterndes Rauschen. Seltsame Zeit vergeht.

Wie ein Arm, der ausholt, lautlos.

»Du sagst, du willst meine Frau ficken? Du kommst als Vibrator in sie rein und bohrst dich bis hoch in ihr stinkendes Hirn? Ich sage dir, das Hirn meiner Maggie stinkt nicht, du bist es, der stinkt, Charles. Du sagst, du willst meinen Sohn lecken. Aus den Steckdosen wirst du kommen und ihn packen.« Der Cop lacht wie ein Bauchredner. »Ich sage dir, ich werde dich ableiten wie einen Blitz, mitten hinein in ein Grab auf einem Hundefriedhof.«

BLLLLITZZZZZZZZ, geht ein erstaunter Gedanke mitten durchs Netz.

Der Cop? Ist der Cop noch dran?

Und dann ist da plötzlich diese andere Stimme, tief drinnen in der Leitung wie in einer erotischen Erfüllung, katzenhaft zusammengekauert, schnurrend fast, flüsternd und so nah, so nah, an Hiobs Ohr, dass die Zunge und die sechsundachtzig Zähne fast sein Ohr berühren. Der Hörer, kalt, leblos, indifferent, schweißt sich glühend ein in Hiobs Hand. Der Cop wird Traum, das andere Ende verklebt, zerfällt, zerfasert, schwillt an, fällt zusammen, stülpt sich ein, endet ziehend. E-leck-trizzzzzzz-i-tät beginnt zu schäumen. Die Stimme ist

lang, lang, wird immer länger, ein nichtendenwollender Diskurs zwischen funkenden DNA-Bausteinen, die in immer karusselschnellere Drehung verfallen und wie betrunken gegeneinanderstoßen. Coney Island geht auf. Irgendwie ändert die Sonne ihr Spektrum und wird Röntgen.

Ich kann mich wieder bewegen. Endlich. Doch Jucken an der rechten Wade, ich, mit dem rechten Zeigefinger, kratze mich. Der Finger dringt ein ins Fleisch wie in grobkörnigen Pudding, wie in Talg oder zähen Teig, bis rein zum Knochen, den ich mit dem Fingernagel deutlich kratzen kann. Ganz glatt ist er, wohlgeschliffen und eigentlich sauber.

Erschrocken verdrehe ich mich zur Spirale, bis ich den Finger in meinem Bein sehen kann. Kein Blut. Kein Schmerz. Kein Eiter oder Wasser. Nur das Jucken geht weiter.

Furchtsam, mir das Bein weiter aufzureißen, halte ich einige Minuten oder Stunden stand, ignoriere mit zusammengebissenen Zähnen und tränend roten Augen das stärker werdende Jucken im Bein, das nie diese Hürde zum Schmerz nimmt wie ein zu heftig gekratzter Mückenstich, sondern das stets gleich bleibt, nagend, kitzelnd, zehrend, fordernd, bettelnd.

Schließlich halte ich es nicht mehr aus. Wie ein Rechen, eine Harke, pflügen meine Finger ins Fleisch meines Beines, werfen es schmerzlos klumpig auf, reißen es in fetten, behaarten Stücken vom Knochen und von den bläulich nassen Sehnen. Ich blute kein bisschen. Mein Fleisch ist wie toter, roher Braten, nur poröser, leichter zu zerreißen, faserig und trocken fast wie Brot.

Dann setzt die Faszination ein. Es ist wie beim Aufkratzen von verschorften Wunden, wie beim Auspressen von Pickeln, wie beim Pulen an einer Fußblase oder trocken aufreißender Hornhaut. Herrlich und bange wie das langsam klebende Abziehen von Sonnenbrand. Wie weit kann ich gehen? Da die Ränder der ausgefransten Wunde weiter jucken, wie weit kann ich gehen?

Ich ziehe mir die Haut ab, in nach oben hin schmal auslaufenden Streifen bis hoch zum Schenkel. Ich wühle hier und da glitschige, aber unblutige Löcher in die Muskeln, krümme die Finger dann und ziehe Sehnen hoch und Fleisch wie einen Fisch aus dickem Wasser.

Von der Unterseite des Oberschenkels löse ich mit viel Fingerspitzengefühl ein ganzes Stück, so groß wie eine Hand samt Fingern, und betrachte es genau. Es ist weißlich und rosa und schwabbelt hin und her, tendiert aber zum Reißen und riecht ganz leicht nach warmen Nudeln. Meine Pobacken dagegen sind nur weißes Fett, mit Luftblasen drin. Und mein Bauch erlaubt, von Rippen unbehindert, ganz tiefe, neue, warme Welten. Ich kann meine fast transparente Blase streicheln, meinen Dickdarm knautschen. Da drinnen bin ich noch stabil, gesund. Ich will hier nic mehr weg.

Hiob sieht, wie trotz der Kälte Schweiß zerdehnt und mikrokosmisch Leben tragend von seinen Brauen nach unten auf den Boden tropft. Langsam beginnen die unerbittlichen, ziehenden, schlackernden Bewegungen des Gleichstromopfers seinen Körper zu erfassen. Wie eine Puppe mit viel zu großem Kopf und Händen schwingt Hiob leicht an Kupferdrähten und Glasfasergelenken hin und her, besonders im Musikantenknochen, der schlägt und schlägt aus wie eine wilde Glockenschnur, wie überspielte Holzbasssaiten. Ein Schalter rastet ein, aufstäubend in SuperSloMoMakroTake. Lichter gehen an, gehen aus, gehen an. Hiobs Zähne lösen sich schnappend voneinander wie gegenseitige Magneten. Er würgt in harten Schüben Batteriesäure hervor, bitter, aber auch wie Essig und unglaublich bunt, so körperwarm. Die Pole klacken wieder zusammen, Alufolie zwischen den Zähnen, in den Plomben, Amalgan kocht über. Die Stimme ist in Geberlaune, hat Spendierglosen an. Schmerzen werden zu Las Vegas, und im Kreiseln des Roulettes gehen Karten verloren.

Rein kommt er über die Fingernägel.

Unter die Nagelbetten, dicht unter der Haut, aber über dem eigentlichen Fleisch, kann ich ihn übernehmen sehen, wie wenn Wasser unter die Haut injiziert wird und sich weißlich schwellend ausbreitet, wie wenn ein Insektenstich immer größer und größer wird, die Haut mit unhörbarem Schmatzen vom Muskel- und Sehnen- und Aderngewebe trennt und leicht und heiß aufbläht, unregelmäßig wachsend, sich vortastend, dann nachschwappend. Wie heiße Flüssigkeit kommt er in meine rechte Hand, die dadurch milchig hell und dicklich gedunsen wird, die Konturen der Falten und der Fingerabdrücke langsam verschwimmend, verwaschend. Mit der noch dünnen

Linken, mit dem Zeigefinger, drücke ich neugierig auf den Rücken der Rechten, die neue Flüssigkeit dadurch verteilend wie Eiterwasser in einer Brandblase. Mein Druckpunkt quillt schnell wieder auf, und jetzt kommt er auch links ohne Schmerzen.

Ohne Schmerzen, aber mit der unformulierbaren Furcht dessen, der seinen Körper an etwas Unfassliches verliert, sehe ich die Schwellungen meine Arme hinaufwachsen, sehe die Härchen angehoben schwanken, fühle ein Kribbeln und Wärme wie beim Duschen, warmes Wasser auf der Haut, warmes Wasser unter der Haut. Wanke zum Spiegel, kann die Gänsehaut meiner Brust aufdunsen sehen und mein Gesicht, breiter, heller, schwammiger jetzt, mit einem Ruck sich füllen. Auch meine Lippen werden dicker. Sieht fies aus, wie ein Frosch oder so.

Alles quillt auf, aber nur um ein paar Millimeter, alles wird blubberig und wacklig, ganz zuletzt, bereits mit großer Geschwindigkeit, die Füße. Dann verharre ich so in der warmen Nässe, wie einer, der in einen dichten Neoprenanzug gepisst hat und jede feuchte Bewegung mit Unbehagen quittiert und der Drohung von Geruch. Ich fürchte zumeist das Aufplatzen. Fürchte meine ganze Haut reißen, dickflüssig aussuppen und dabei die Schmerzen kommen.

Aber kein Reißen. Kein Platzen, kein Nässen. Keine Schmerzen. Die weißliche Flüssigkeit schwappt langsam, ziehend warm, nach Innen, durch die Außenhäute der Organe, Fasern und der Knochen. Am deutlichsten, weil heißesten, spüre ich sie durch meinen kalten Schädel filtern, bis hinein ins graue Denken, und ich weiß, er ist in mir, ich weiß, ich bin sein.

Meine leicht gedehnte Haut zieht sich – noch jung ja – wieder straff um mich zusammen, und von außen bin ich wieder ganz normal.

Jetzt endlich fiel der Cop. Blutfunken schlugen aus dem schmelzenden Hörer in seiner Hand, Mesmerstrom raste kreischend durch seinen Körper, spülte seinen Geist und seine Erinnerungen durch die berstenden Kniescheiben fort Richtung Hölle. Der Körper, ein großer, grob modellierter Haufen Sülze jetzt nur noch, brach – reflexhaft zuckend – zusammen und blieb weich liegen. Der Mund des Rauchers rauchte jetzt von innen, nach gedünsteten, ungewürzten Mohrrüben riechend.

HIOBS SPIEL 1

Wacos Sohn – »Marky« Mark Waco, zwölf – bekam zufällig beim Hinaufschlurfen in sein Zimmer von der Treppe aus das Schauspiel mit und sagte: »Wow, Dad, super, coole Performance!« Erst als sein sonst so verbissen uncooler Alter zwei Hip-Hop-Soundtrack-CD-Spieldauern später immer noch schwelend auf dem Teppich lag und langsam auseinanderfiel, wunderte sich »Marky« doch ein bisschen, und als er nach dem nachmittäglichen Streetball-Jam wieder nach Hause kam, ging er halt mal näher ran. Die Sülze war vor acht Minuten gestorben, stellte sich heraus.

Hiob aber kriegte das alles gar nicht mit. Er schnackelte wie Kastagnetten durch die Gegend, die Welt in Dreivierteldrehungen verfolgend, sein labiler Geist kreiste im eingesprungenen Tsukahara fort und fort, der Doc, den Körper zum Fragezeichen gebogen, den Mund im ananasförmigen Gesicht breit wie von einer Axt geschlagen, fing den Trudelnden ab und schmetterte ihn rücklings auf einen von Benutzungsspuren übersäten Leichenbeschauungstisch, 'causetonightisthenight, fledrige Überlandleitungen aus Fischgräten baumeln kopfüber an den Kniekehlen von lachenden Blaumannmonteuren, forusfeelingalright, irgendwelche Stecker werden aus den Kabeln gerissen, weil die Alarmwarntöne piepen und schrillen und man sie anders nicht auskriegen kann, Hände schlagen beschwichtigend auf pralle Knöpfe, Tilt Baby, we'llbemakinglovethewholenighttherouuuuugh, Hiob presst die Hände wie Kopfhörer gegen den Schädel, schaltesabschaltesabschaltesabbittebitte machdassesaufhört, causel'msavingallmylove, fachmännisch stemmt der Doc des Deutschen Helden Zähne auseinander, erdet ihn mit einer Art Klebebanddraht und flößt ihm Druckschaum in den halogendurchstrahlten, blutleuchtenden Rachen, in der vollbesetzten Subway spontaneous-humancombusted ein gerade noch zwischen Walkmanhörern wackelnder Lockenkopf, ein Hacker riecht an seinen Fingern, eine Peepshowklappe kommt wie eine Guillotine runter und kappt ausgerechnet ein Föhn hüpft quietschend aus der Frauenhand und in des Mannes Wanne, yeahl'msavingallmyloving, aaaauuuuufffföörrrennn, punkt, punkt, komma, strich, fertig ist der Schaltplan, nicht?, causel'msavingallmylove for Youuuuuuuuuuuuuu, arrr-arrrgh-gh-gh-hhh, perfekt, perfekte Falle, ev'rythin's gonna be allright,

Ghetto Bastard, es ist noch nicht überstanden es ist überstanden. Schweißtuch, Doc, wohlverdient. Puhhhyah. Zum ersten Mal in diesen Katakomben: Der Patient lebt. Coole Performance, wow.

Was, in des Dreiteufels Namen, ist hier überhaupt los?

(Hier bitte Erklärungsmodell eintragen:

―――――――――――――――――flatlineshuttle)

Hiob stürzt verschwommen, platscht schier auf den kalten zementierten Boden des Mortiariums, kriecht auf allen vieren zwischen den kurios kalten Killerkadavern herum und sieht hinter seinen Augenlidern wie mit einem Eyephone ganzheitliche Strukturen ablaufen. Aus dem Hörer hat sich ein klitzekleiner elektronischer Virus durch seinen jungfräulich engen Gehörgang bis zum Hirn hindurchgewunden und nistet sich nun in der Zirbeldrüse ein, mit Frau und Hund und Morgenzeitung. Hiob sieht den jungen Otts, das blöde Kind, den erwachsenen Otts, der tötet, um mal zu sehen, ob dann was passiert, mit einer vagen Spannung, aber ohne das eigentlich durchdringende Gefühl, etwas radikal Verbotenes oder wirklich Aufregendes zu tun, es gibt ja ohnehin so viele Menschen, viel zu viele, hört man immer, da kommt es auf die paar doch gar nicht an, und er sammelt die Haare wie in diesem ulkigen Buch beschrieben, das ein Freund in einem Antiquariat in einer großen Stadt gefunden und ihm mitgebracht hat, nur so zum Ausleihen, gar nicht zum Behalten, nur dass der Freund dann eben gestorben ist, Motorradunfall, und er schmökert darin und kriegt einen Ständer, denn da sind Zeichnungen drin mit Frauen – mannomann, was mit denen so angestellt wird, ist ja echt abgefahren, mal was ganz anderes halt, aber das Töten, das Töten ist in Wirklichkeit viel schwieriger, die Opfer krümmen sich immer so oder werden plötzlich mächtig stark, mit harten Muskeln überall, oder sie schreien und sind furchtbar unfair, mit Beißen und Kratzen und so, das macht gar keinen Spaß mehr, das lohnt nicht, macht die Kleidung fleckig, und die Reinigung ist schwer, aber im Buch steht, als Belohnung für diesen ganzen GarkeinSpaß gibt's hinterher 'ne Riesenmenge Fun, Freiheit wie on the Road, Muskeln wie dieser deutsche Schauspieler wieheißterdochnochgleich, der, der den He-Man gespielt hat, und alles, was dazugehört, Frauen natürlich auch, Frauen wie die, die bei Axl hinter der Bühne warten, mit Netzstrumpfhosen an und so, auch solche, die kopfüber an einem Baum und mit der Säge genau durch, na ja, du weißt schon, he, du weißt schon, he, na? na? du weißt schon, he, du willst's doch auch, he, gib's ruhig zu, ist doch nichts Schlimmes dabei, alle Männer wollen das irgendwie ein bisschen manchmal, und du bist doch ein richtiger Mann, oder, Charlie, he, Charlie, he, bist'n richtiger Mann, he, besorg mir die Haare und streue sie in Mustern aus und lies diese Muster laut und sammel die Haare ein und tu sie in 'ne Schüssel und wichs rein und zünd es an an an und daaaaaaa binnich, mein guter, guter Freund, und wenn sie dich dann hingerichtet haben, du diesen dämlichen Leib endlich los bist, mit den juckenden Pickeln und dem Wadenkrampf am Morgen und all diesem Mist, dann geh'n für dich die Kerzen an, und du tust mir noch 'nen kleinen Gefallen: Du hilfst mir, meinem Boss die drei Typen zu besorgen, die dich überführt haben, damit er sich mit ihnen zusammensetzen kann und plaudern und vielleicht sogar noch etwas von ihnen lernen, und wenn dieser klägliche Bursche namens Hiob kommt, bestell ihm Grüße von meinem Boss oder nein warte ich mach das gleich selber das kommt noch viel besser.

Und der geduldige Doktor, der, den Umgang mit Lebenden nicht gewohnt, aufmerksam und ratlos neben dem Kriechenden und Sabbernden hergegangen war, half Montag wieder auf die Beine. Hiob bedankte sich bei ihm, indem er sich vertrauensvoll gegen ihn lehnte, mit dem Zeigefinger auf Yaycayabs Brust tippte und dann mit merkwürdig zittrigem Grinsen sagte:

»Und Höchste dich Zeit Krüppel sich krieg wieder ich an auch den noch alten dran Pac-Man das zu versprech erinnern ich Doc dir.

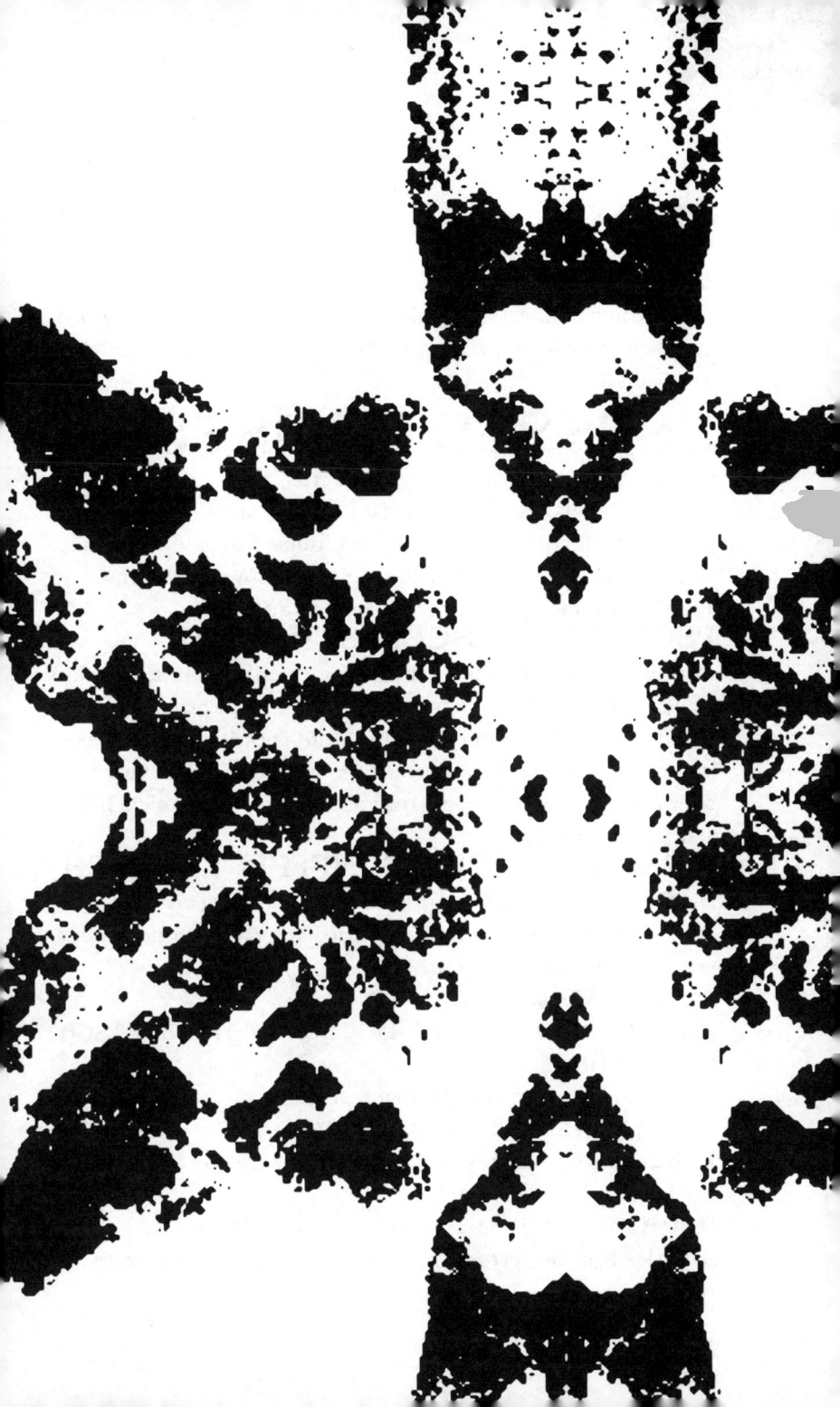

b) Virtuosen

Emaille. Weiß. Völlig ohne Farbe. Blendend farblos.

Ein Stich Silber, spiegelnd, ohne Farbe, wiedergebend, zylindrisch verzerrt, silbrig getönte Farben der Umgebung. Ein Ruck.

SSSSSSSSSSSSSSSS.

Unsichtbarkeit. Farblose Transparenz.

T S C H H H H H H H H H H.

Explosion farbloser Tropfen auf dem farblosen Emaille, widergespiegelt von der Farblosigkeit des Wasserhahns.

Tropfen. In alle Richtungen. Meistens aufwärts.

PSCH. PSCH. PSCH. PSCH. PSCH.

Hände kommen ins Bild, schmerzhaft dunkle Hände, obwohl weiß, aber über einem sauberen Waschbecken sehen die Hände jedes Weißen wie knusprig gebratene Schweineklauen aus. Diese hier besonders: alt, äderig, schwarzweiß behaart, energisch. Eine kraftvolle Hand windet sich kraftvoll in Seife hinein.

WDSCH. WDSCH. PSCHFFFFFT. WDSCH.

Die Seife hat eine gelbe, unnatürliche Farbe, riecht unnatürlich nach Zitrone. Der Schaum wird von Gelb immer heller, verliert also auch jede Farbe.

So, unters Wasser jetzt.

FSCHHHHHHHHHHT. PFT. PFT. SCHHHHHHHHHDTSCH. PFTSCHHHHH.

Aus den Hahn, die Hände abgeschüttelt.

WIJEK. TSCHIPP. TSCHIPP. TSCHIPP.

Tropfen, farblos zur Kugel sich krümmend in der Luft, in der Luft.

DSCHHHHHHHHHHHHHHHHPETSCHISSSSSSSS.

Brutales Rot: der große Druckknopf des Händetrockners.

DSCHUINK.
SSSEMMMMMINNNNNNNNNNNNNZCKINNNNNZCKINNNNNNNNNNNN
Hände reiben wie zerknüllendes Papier unter dem heißen Luftstrom ineinander.
SCHHHHHT. SCHHHHHHT. SCHHHHHHHHFFFT.
I N N N N N N N N N N N N N N N N N N
I N N N N N N N N N N N N N Z C K Z C K N N N N N N N N P C H
B - A - O - U - M F C H H H H H H H H H H H H H
Der Händetrockner explodiert. Reißt Judge Schultz das Gesichtsfleisch weg.
CHHHHHHHAAAAAAAIIIIIIIIIIIICHHHHHHHHHHBUUMTUUUUMRRRRRRGHH

                                                          Na ja.

HHHHHHHHHHHHHHHHÖHHHHHHHHH-
HÖHHHHHHHHHIIIIIIIIAAAAAAAAIAAAA
Hätte auch schlimmer kommen können.

AAAAAAAAAARRRRRRRCHHHHHHHH
HHHSCHDERRRIDDDDSCHFFFLUFFFFF

Justitia, zum Beispiel, ...

FFFFFFFSCHÄÄÄÄÄÄÄÄÄRRRRRRÄ
ÄÄÄÄÄRRRRRÄÄÄÄRRRRRR
ZZZZDOCKSCHTT

                                                         ... ist blind.

Der Last Mile Canyon hatte schon eine ganze Menge gesehen.

Er hatte Zwei-Meter-Männer gesehen, die wie kleine Mädchen flennten und denen Scheiße zwischen den Hemdknöpfen hervorquoll. Er hatte einen Iren gesehen, der Shanties sang, einen ehemaligen Priester, der die Bibel rezitierte, einen Bauarbeiter, der wie ein Hund bellte und knurrte, einen Postbeamten, der einem Wärter den Schädel zwischen zwei Gitterstäbe trieb, einen Trucker, der nicht mehr aufhören konnte zu lachen, einen Jugendlichen, der sich mit den Fingernägeln die Haut abbpulte, weil er nicht mit seinen Tätowierungen – Name und Gesicht des Mädchens, das ihn ans Messer geliefert hatte – sterben wollte, einen glatzköpfigen Schwarzen, der versuchte, Selbstmord zu begehen, indem er oben gegen den Gittertürpfosten sprang, bis die obere Hälfte seines Kopfes über die wehklagende untere drüberlappte, einen Anstaltspriester, dem von einem grinsenden Delinquenten gegen den Talar gepisst wurde, mehrere Kerle, die schworen, sie würden zurückkommen, einen, dem unterwegs einfiel, dass er noch mindestens zehn weitere, bisher unentdeckt gebliebene Morde nicht gestanden hatte – was niemanden mehr interessierte –, einen, der um sich biss, drei, die ohnmächtig wurden, eine ganze Menge, die vom Versed dermaßen abgestumpft waren, dass ihnen ein Wärter den Speichel vom Kinn wischen musste, einen schwarzen ehemaligen Leistungssportler, der die Black-Power-Faust hob und schwieg, andere, die beteuerten, unschuldig zu sein, Unschuldige, die stolz darauf waren, dass man ihnen Morde zutraute, und sogar einen, der sich auf die Hinrichtung freute, weil er wusste, dass sie ihn zum Freigänger machen würde.

Dieser eine war jetzt wieder dabei. Der Last Mile Canyon erkannte ihn sofort. Er war jetzt zwar steif wie der Rohling eines Bildhauers und grinste breit, anstatt nur still zu lächeln, aber er war es, kein Zweifel.

Den kleinen verwachsenen Arzt, der sich mit dem Freigängerleichnam abmühte, hatte der Last Mile Canyon auch schon öfters gesehen.

Aber der dritte Mann war tatsächlich etwas völlig Neues. Er war Zivilist, er war schuldig, er war unverurteilt und von einem Dämonenvirus okkupiert. Er redete mit gespaltener Zunge die Wahrheit und nichts als die Wahrheit. Er schleifte zusammen mit dem ulkigen Ärztlein den Leichnam eines bereits vor Tagen hingerichteten Massenmörders durch den glatten Gang; dabei prallten die drei fortwährend gegeneinander, weil der Verrückte seinen Körper nicht mehr so ganz in der Gewalt hatte, und sie bemühten sich dennoch, enorm unauffällig zu sein, weil das, was sie hier taten, natürlich total verboten war.

Der Last Mile Canyon lehnte sich vor.

Das war ja wirklich amüsant.

»Wo **Legen** willst **Sie** du **sich** mit **mal** mir **ins** hin **Zeug** du **Doc** kleiner **sonst** Bastard **werden** Was **die** geht **uns** in **noch** deinem **abfangen** Pisshirn **verdammt** vor?«

»Häh? Ich beim besten meiner Willen nicht konnen verstehen, was Sie versuchen mir zu sagen.«

»Ich **Hast** sagte **ne** Sie **ganze** sollen **Menge** kräftiger **Scheiße** mitanpacken **hier** Wenn **im** man **Schädel** uns **Junge** erwischt **tut** ist **das** alles **nicht** aus **weh?** und **warte** dann **ich** rollt **nehm** auch **dir** Ihr **mal** Kopf **ein** das **bisschen** sollte **was** klar **ab** sein.«

Doktor Yaycayab schüttelte den Kopf, was ungesund aussah, da er ja keinen Hals hatte. »Kann nicht verstehen auch nur ein Wort. Wir lieber uns beeilen, sonst ...«

Hiob unterbrach ihn mit einer hilfesuchenden, krallenden Geste, schrie dann auf, krümmte sich zusammen und lachte wild. Der Doktor, der den schweren, brettharten Leib von Charles Otts alleine nicht tragen konnte, krängte seitlich über und brach auf ein Knie ein. Otts knirschte mit dem Hinterkopf auf den rauen Beton. Genau diesen malerischen Moment hatte sich eine kleine Sicherheits-Squad ausgesucht, um in ihren dunkelblau durchschussgepolsterten Kevlar-Overallanzügen samt Schirmmützen und entsicherten Pumpguns um die Ecke zu schliefern.

Der Last Mile Canyon hielt sich den Bauch.

»Doctor Yaycayab, was ist denn hier los? Ist alles in Ordnung?«, fragte der Wortführer der Squad, ein Mann, dessen Gesicht aus verspiegeltem Glas zu bestehen schien.

»Jajaja, naturlich, Chrome, alles ist in perfektester Ordnung. Ich und mein neuer Assistent hier« – Yaycayab zeigte auf Hiob, der mit Tränen in den Augen den Kopf hob und ein leises »Sehr Verpiss angenehm dich« murmelte – »sind worden angewiesen zu testen den neuen Schaltplan des elektrischen Stuhles und fur diesen Grund haben einen Leichnam dabei zu experimentellen Zwecken.«

»Warum weiß ich davon denn nichts? Das geht doch nicht, dass Sie sich hier zu zweit derart abbuckeln – Verzeihung, Sir, das ist nur so eine Redeweise. Also kommt, Jungs, fasst mit an, wir bringen den Kalten zum Stuhl.«

Während die kleine Patrouille, den manisch grinsenden Otts kumpelhaft untergehakt und mitgeschleift, den Last Mile Canyon durchquerte und der kleine Pathologe reinen Essig schwitzte, ließ sich Hiob ruckartig ein wenig zurückfallen, um sich in aller Ruhe mit sich selbst unterhalten zu können.

»Lass Was die haben Finger wir von denn meinem hier? Gedächtnis, Der sonst erste werd Kuss! ich Ihr dich Name verdammt war lass Carola. das Wie los niedlich! das Weg gehört damit! miiiiiiiiiiiiiiieeeeeeeerrrr!«

Captain Chrome drehte sich nach hinten um, als Hiob wieder zu schreien anfing, sich selbst den Mund zuhielt, sich dann in die Hand biss und zwei Schritte zurück, eine halbe Rechtsdrehung und einen Schritt vorwärts machte.

»Liebeskummer?«, fragte er den Arzt.

Yaycayab nickte schweißüberströmt, und Captain Chrome nickte ebenfalls. Seufzend hob er das unsichtbare Gesicht Richtung Decke, und über den monochromen Spiegel lief eine junge Frau in einem wehenden weißen Sommerkleid auf einer grünen Wiese mit rotem Mohn.

Hiob hatte jetzt die Schnauze voll. Er knöpfte sie sich jetzt so richtig vor.

»Mieses Du Schwein, hast bis so viel jetzt kranken warst Schutt du hier nur drinnen ein Junge weiteres du Häkchen solltest auf mir meiner dankbar Liste sein aber dass ab ich jetzt dich wird davon es erlöse persönlich.«

Hiob fing an zu springen.

Mit geschlossenen Augen, den Kopf in den Nacken gelegt, die Arme locker am Körper, sprang er mit beiden Beinen gleichzeitig rhythmisch immer wieder hoch und ein Stückchen nach vorne, damit er den Anschluss an die Eskorte nicht völlig verlor und auf der kapazitätsübersättigten letzten Meile verloren ging.

Der Last Mile Canyon kriegte sich kaum mehr ein.

Die Massai benutzten diese Sprungtechnik, um Dämonen aus ihren Körpern zu treiben. Durch die andauernde rhythmische Erschütterung des Springens rutschten die Damönen im Körper langsam abwärts, bis sie dann von den an den Fußgelenken befestigten lauten Schellenketten dermaßen verschreckt wurden – der Auf-einem-Fließband-in-eine-Sägemaschine-hineingleit-Effekt –, dass sie es vorzogen, den Wirtskörper zu verlassen. Hiob hatte keine klirrenden Fußschellen, deshalb konnte er nicht darauf hoffen, den aggressiven Dämonenvirus aus dem Leib zu kriegen, aber es gelang ihm immerhin tatsächlich, den Quälgeist aus dem Kopf abwärts bis zum Bauch zu rütteln und zu schütteln. Dort stoppte er sadistisch das Gehüpfe und ließ den blinden Passagier, wo er ohnehin schon Schmerzen hatte.

»So, jetzt wirst du endlich aufhören, dauernd dazwischenzuquatschen, Junge, sonst streng ich mich ein bisschen an und furz dich raus, und zwar mitten in eine Feuerzeugflamme, capice?«

Schweigen. Nur ein leichtes Grummeln im Verdauungstrakt. Deutliches Zeichen von kleinlauter Zustimmung. Hiob schloss wieder zur Gruppe auf, sich mit beiden Händen die Haare zurückstreichend und erstmals einen möglichst seriösen Eindruck machend.

Insgeheim war er sehr stolz auf den kleinen Doc.

Yaycayab war Philippino, und auch wenn er als solcher die Eigenschaft hatte, politische Glaubenssysteme ab- und anzustreifen wie andere Leute ihre Socken, war er doch ein sehr religiöser Mann. Er war zwar nicht so religiös wie die Philippinos, die sich am Karfreitag voller Inbrunst öffentlich kreuzigen ließen – dafür hatte er als Obduktionist schon zu viel Prosaisches gesehen –, aber er glaubte an das Böse im Menschen und dass es bestraft, ausgetrieben und vernichtet werden musste, und er erkannte einen Besessenen, wenn er einen vor sich hatte. Deshalb hatte er sich bereit erklärt, Hiob zu unterstützen. Das Bemerkenswerteste daran war, dass Hiob ihm seinen Pac-Man-Plan gar nicht genauer hatte erklären können, erstens, weil er nicht mehr in der Lage gewesen war, zusammenhängend zu reden, und zweitens, weil er gerade noch rechtzeitig begriffen hatte, dass der Virus in ihm nicht aus Jux und Dollerei da war, sondern selbstverständlich die Aufgabe hatte, für den Feind zu spionieren. Dass Yaycayab trotzdem mitmachte, bewies einen gesunden Sinn für Aberwitz.

Elektrische Hochsicherheitstüren summten und dröhnten auf und zu.

Gitter auf Rollen drängelten zu Schloss.

Der Last Mile Canyon wischte sich die Lachtränen von den Wangen und bedauerte fast, dass er keinen Einblick in die Exekutionskammer hatte. Bislang hatte es ihn nie interessiert, was dort vorging, aber Zeiten änderten sich halt und wurden eigentlich immer rosiger.

Das Notarztteam war echt schnell da gewesen. Das Gerichtsgebäude hatte ein eigenes, für den Fall, dass einmal ein Verdonnerter seinem Verteidiger an den Kehlkopf ging oder einen Kronzeugen im Kreuzverhör der große Durchfall überkam.

Sie waren gesprintet, die sauber gefaltete Trage zwischen sich, hatten den grässlich entstellten Judge von der Herrentoilette des zweiten Stocks geklaubt, waren zum Fahrstuhl gewetzt, wobei statische Entladungen aus dem Teppich in dermaßener Heftigkeit um ihre Knöchel funkten, dass einem von ihnen beide Wadenmuskeln zu krustigen Lavaknorpeln verkrampften, er schreiend zu Boden ging, die Trage losließ und der Judge mit seinem zerfetzten Gesicht dröhnend auf die Auslegware schlug, wo er sofort wie ein Schnitzel in der Pfanne zu brutzeln anfing. Sie hatten den schwelenden Judge mir Müh und Not wieder vom saugenden Stoff gerissen, hatten sich in den Fahrstuhl gehechtet, der erst ein halbes Stockwerk nach oben, dann schneller eins nach unten, dann wieder zwei hoch und schließlich runter in den Keller stürzte und bremste, bis dem armen Judge weißliche Suppe aus Mund und Nase sprudelte, sie gaben alles, um den alten Mann hinten in den Ambulance-Kombi zu schieben, dessen Zündung unbegreiflicherweise minutenlang versagte, und schlossen ihn dabei an das Mobile Lebenserhaltende System an, was dann wirklich ganz ungewöhnliche Folgen hatte.

Der dominierende Eindruck der Elektrokutionskammer war der von klinischer Sauberkeit.

Boden und Wände waren sorgfältig gefliest und rochen nach frischen Desinfektionsmitteln. Der Stuhl selbst war weniger ein Stuhl als vielmehr ein massives Gestell aus dunklem Holz und Plastik, mit Leder- und Metallschlaufen versehen, einer strahlenden Rückenlehne aus Kunststoff mit einem blankpolierten verdrahteten Helm, die Lederriemen waren kein bisschen rissig, sondern straff und neu, da sie nach jeder Benutzung ausgewechselt wurden, die Kabel, die durch die Wände zu den außen liegenden Generatoren und Umleghebeln führten, waren hübsch bunt, die in die Sitzfläche eingelassene Schale mit dem großporigen Deckel wurde ebenfalls nach jeder Füllung pedantisch und mechanisch ausgewaschen.

Besonders schön war das große Fenster nach draußen in den Publikumsraum. Es war verspiegelt wie in einer polizeilichen Verhörkammer, denn man wollte umsichtigerweise verhindern, dass die feuchthändigen Zuschauer da draußen von dem Delinquenten direkt fixiert werden konnten. Vielleicht hatte man ja aber auch mitberücksichtigt, dass es, da es ja genügend Leute gab, die sich selbst per Spiegel gern beim Ficken betrachteten, unter Umständen auch welche gab, die sich selbst beim Sterben zusehen wollten. Jedenfalls war alles zuvorkommend und zweckmäßig eingerichtet, und die hohen Stromkosten hier drinnen wurden wirklich mit Maximaleffekt vernutzt.

Captain Chrome und seine Mannen wuchsen sich allmählich zu einem Problem aus, weigerten sie sich doch dienstbeflissen beharrlich, den Doc und seinen Assistenten die Arbeit alleine machen zu lassen. Sie halfen bei der Positionierung des organischen Dummies Otts, kontrollierten die Feineinstellungen der Generatorkästen, entwirrten verdrellerte Kabel, pluggten Pole ein und um. Und die ganze Zeit stand Captain Chrome breitbeinig da wie eine Jack-Kirby-Figur und überwachte das destruktivkreative Gewusel mit spiegelnd überlegener Miene.

Hiob wurde es langsam zu bunt. Nicht nur, dass das Ding in seinen Eingeweiden ihm langsam so große Schmerzen bereitete, dass er den Doc um etwas zu essen anflehen musste und dieser ihm schließlich einen verklebten Candyriegel aus der von einem ganzen Sortiment Skalpelle klirrenden Pathologenkitteltasche zutage förderte, den Hiob wie heißhungrig verschlang, um dem Quälgeist etwas zu tun zu geben, nein, ihm wurde auch zusehends klarer, dass er das Bataillon des staatsbesoldeten Superhelden nicht ohne energischen Einsatz würde loswerden können. Und loswerden musste er sie allerdings, sonst würde der Trupp seinen Plan wohl gut geölt vereiteln.

Er entschuldigte sich für einen Moment und wetzte in Richtung der Toiletten, die zur Entlastung des aufgeregten Premierenpublikums zwei Gänge weiter in den Kerkerfels gehauen worden waren.

Dort knallte er die Tür hinter sich zu und knurrte: »Okay, du Scheißer, es ist mal wieder so weit. Du hast gewonnen. Ich brauche deine Hilfe. Nein, dich meine ich nicht, du kümmerlicher Schluck Magensaft. Ich meine *dich da unten.* Hey. Aufwachen, Compadre.«

NuNdUuN antwortete ihm mit der greisenhaft britischen Stimme des längst verwesten Sir Ralph Richardson und hatte dabei noch Schalk genug, diese Stimme aus dem Rinnsieb eines Pissbeckens knarren zu lassen.

»**Wie wohlan lautet Losung Deiner Demut, armer Anblick?**«

»Herrjeh, scheiße, lass doch den formellen Quatsch. Also gut, wenn du es unbedingt hören willst: Die korrekte Losung, um dich anzusprechen und um Hilfe zu bitten, lautet: Gott und der Teufel sind ein und der Gleiche, Gott ist der Rentner und Teufel der Reiche.«

»**Mitnichten meint dies Dichtmaß mein Mäzieren, freches Ferkel.**«

»Mist, aber so ähnlich war's doch, oder? Gott und der Teufel sind ein und der Gleiche, Teufel als Rocker und Gott dann als Leiche.«

»**Fürchterbar falsch.**«

»Gott und der Teufel sind ein und derselbe, Teufel jungrot noch und Gott schon gichtgelbe ... Der Gott und der Teufel sind eine Person, der Teufel noch knackig und Gott klapprig schon ... Gott denkt als Greis noch mit Wonnen daran, wie als Teufel er Schlachten und Maiden gewann. Irgendwas in der Art halt.«

»**Du Dummjan hast hoffentlich Strafe studiert?**«

»Ja, ja, ja. Die Strafe für unkorrektes Aussprechen der Anruflosung steht bei drei Menschenleben. Ist mir klar.«

»**Dankend darf nun NuNdUuN Kinder kupieren.**«

»Mieses Schwein. Warum müssen es denn immer Kinder sein?«

»**Kleinkindsschweiß köstlichst mir mundet, mein Montag.**«

»Na, solange wenigstens einer von uns beiden seinen Spaß hat, wird das Spiel ja nicht langweilig. Jetzt hör mir zu: Sorg dafür, dass dieser Wachtrupp, der bei uns in der Röstkammer rumhängt, irgendetwas zu tun bekommt, irgendetwas auf unserer Etage, ist das klar?«

»**Kinderleichte Kleinigkeit. Bist Bube du dieser Vergeltung vertraut?**«

»Ja, natürlich. Fünf Menschenleben für das offizielle Inanspruchnehmen der Unterstützung des Gegenspielers. Na und? Du brauchst gar nicht zu lachen. Dann müssen eben acht Kinder dran glauben, was soll's. Wenn ich Otts nicht stoppe, wird es viel mehr Tote geben.«

»Beneidenswert blauäugig Rohheit rechtfertigt. Dein Dramenspiel wird – wiewohl neu noch – zur Zote.«

Wieder lachte das Pissbecken, und diesmal drückte Hiob den Spülknopf so oft, bis ihm der Daumen wehtat.

Dann rannte er zurück zum sauberen Zimmer.

John Baltimore Ingless glaubte seinen Augen nicht zu trauen.

Die Gittertür zu seiner Zelle im unteren Death-Row-Bereich schwang weit auf. Sie glitt nicht zur Seite hin, wie Gittertüren das normalerweise zu tun pflegen, wenn mal wieder irgendein Pfaffe zur Laberstunde einschwuchtelt oder einer von diesen verrückten Anwälten eingetroffen ist, um mit neuen bunten Petitionsdurchschlägen zu wedeln, sie bog sich vielmehr tatsächlich mit metallischem Ächzen in nicht vorhandenen Scharnieren nach außen hin auf und blieb, tot und unnütz wirkend wie ein Cop mit gebrochenem Genick, in dieser Stellung hängen.

Draußen waren gerade die hartsohlenhallenden Schritte eines routinemäßig herumschlurfenden und die Häftlinge ungeniert beim Scheißen beobachtenden Wachmannes näher gekommen und jetzt – verdutzt natürlich – verendet.

John Baltimore Ingless zögerte keine Sekunde. Er hatte sich Zeit seines Lebens darauf spezialisiert, Cops zu töten, er war einer der wenigen Bewohner von Death Row Fredericksburg, die *nicht* unschuldig in ihren winzigen Würfelwaben ihr ungerechtes Schicksal beklagten, er wusste genau, wie man eine Chance zu nutzen hatte.

Der große, muskulöse Mann war aus der Zelle heraus, bevor der Wachmann noch so richtig begriffen hatte, dass eine aufgebogene Zellentür nicht nur Materialschaden, sondern auch Freiheit bedeutete. Der Wachmann war sogar so

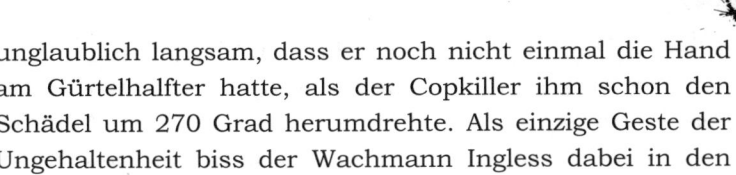

unglaublich langsam, dass er noch nicht einmal die Hand am Gürtelhalfter hatte, als der Copkiller ihm schon den Schädel um 270 Grad herumdrehte. Als einzige Geste der Ungehaltenheit biss der Wachmann Ingless dabei in den Finger, aber das war wohl auch nur noch ein Muskelreflex.

Ingless löste den Druckknopf und klaubte die Dienstwaffe heraus, machte zwei Schritte nach hinten und schoss seinem fetten, widerlichen, schnarchenden Zellennachbarn, der ihn seit Monaten mit Vulgarismen angeödet hatte, durch das Gitter zwei Kugeln durchs Hirn.

Die Schüsse rollten wie Donner durch die Halle, und alle Dösenden sprangen von ihren Pritschen. Alarmsirenen peitschten los, und John Baltimore Ingless fing an zu lachen.

Er rannte nach vorne in Richtung auf die großen Doppelkäfigtüren, dabei wie ein Staffelstab oder ein olympisches Feuer weitergereicht vom tosenden Brüllen der zurückbleibenden Gefangenen, die an ihren Zellenstäben rüttelnd die himmelblaue Halle in ein Affenhaus verwandelten.

Als vor ihm ein gut gepanzerter Elitewachmann aus einem Seitengang hechtete, brauchte Ingless nur vier sichere automatikgetriebene Schüsse auf die fliegende Zielscheibe abzugeben, und schon schlidderte ihm klappernd eine vollgeladene Maschinenpistole bis direkt vor die Füße.

Dann erleuchtete er die umlaufende Stahlgalerie mit einem Feuerwerk aus Funken, Blut und Uniformfetzen.

Alarmsirenen peitschten los, und in Captain Chrome kam Bewegung: Mit robotisch abgezirkelter Geste winkte er seinen wackren Mannen, und der Trupp rückte ab ins Gefecht.

Hiob rieb sich die Hände. Das hatte ja mal wieder ausgezeichnet geklappt. Und wenn man es recht bedachte, kam der Tod im Wiedenfließ doch auch den kleinen Kinderchen einer Erlösung gleich. Sie würden niemals vor den Strahlen der Sonne Angst haben müssen, Sommersmog riechen oder *Beverly Hills 90210* sehen müssen.

Munter schnallte er mit Hilfe des Docs den wirklich heute

schon arg herumgestoßenen Leichnam Charles Otts' wieder los, trommelte sich dann mit beiden Händen klatschend auf dem Bauch herum und erläuterte dem buckligen Gehilfen dabei seinen Plan, schärfte ihm gutgelaunt und gönnerhaft mehrmals ein, ja nichts falsch zu machen und sich alles gut zu merken, zwirbelte ein kleines silbernes Diktiergerät aus der Brusttasche seines Hemdes, erklärte dessen Sinn und Zweck, stopfte es dem Doc zwischen die Skalpelle in den Kittel und ließ sich schließlich und endlich selbst auf dem letalen Sitzmöbel festschnallen. Die Dämonenmetastase in seinem Verdauungstrakt, mittlerweile eifrig mit dem Perforieren von Innenmembranen beschäftigt gewesen, hatte frustriert gegen den unsinnigen, unerträglichen Lärm auf der Bauchdecke angejault und überhaupt nichts mitbekommen. Jetzt jedoch kauerte sie sich gesträubt in einer Magenfalte zusammen, als ahnte sie, was ihr bevorstand.

»Ach ja, was den Pac-« plauderte Hiob, während der Doc gewissenhaft und routiniert Schnalle um Schnalle arretierte, »-Man-Bezug angeht, den ich vorhin erwähnte – Sie erinnern sich doch an Pac-Man, was, Doc? Das ist dieser kleine, gelbärschige Kerl mit der großen Grinsefresse, der sich auf der Jagd nach Energiepunkten durch ein neonleuchtendes Labyrinth futtert und sich dabei ganz mächtig clever vorkommt, weil er nie abrafft, dass er das Labyrinth im Grunde genommen nicht verlassen kann. Dieser eitle Düser ist in unsrem Falle unser Freund Otts, Mister Großkotz im Pillenparadies, ein runder Sauger auf dem Weg von Rachepunkt zu Rachepunkt. Und wir zwei beiden, wir sind diese bösen, finstren Huhu-Geister, die hinter Pac-Man her sind, um ihm per Berührung das virtuelle Lebenslicht auszublasen. Sie sehen also, Doc, wir beide spielen in dieser Tragödie die Bösen, aber ich muss sagen, ich fand die Rolle des Jägers schon immer viel charismatischer als die des Gejagten. Wenn man darüber hinaus auch noch bedenkt, dass beim Spielen derjenige den höchsten Score erhämpfhempfhempfmumpfmmmmm ...«

Doktor Yaycayab war froh darüber, dem eitlen Geschwafel mit dem Hartgummibeißring der Mundknebelschnalle einen Riegel vorschieben zu können. Hiob zuckte und wand sich ein wenig protestiernd in den unnachgiebigen Lederriemen, sodass der Doc das linke Scheinbein zur Sicherheit noch ein Loch fester anzog. Dann legte er die innen mit tränenaufsaugendem Stoff wattierte Augenbinde vor und prüfte, dass ihr Sitz nicht allzu sehr aufs Nasenbein drückte. Gut so. Die verkabelten Fingerhüte wurden einer nach dem anderen aufgepropft – sie sollten elektrischen Entladungen aus den Fingerspitzen vorbeugen – und festgeschraubt. Prima. Die Schuhe – selbst stabilere Exemplare als diese abgelatschten Turnschuhe hier konnten im Allgemeinen von den rasend schnell zuckenden Zehennägeln zerfetzt werden – wurden mit krepp-ähnlichem Band an der Fußstütze festgeklebt. Erledigt.

Was echt störte, war die Tatsache, dass Hiobs Schläfen nicht rasiert waren, im Gegenteil sogar ziemlich dichtes, langes Haar den Delinquentenkopf umwallte. Doktor Yaycayab hatte keine Schere dabei, so bastelte und wurstelte und ziepte er also ein wenig herum und nahm sich vor, ein bisschen mehr Strom als gewöhnlich durch den Kreis zu jagen, um ganz sicherzugehen. Hoffentlich funktionierten die Absauger heute. Der Gestank einer Elektrokution war auch ohne verschmorten Haarsud selbst für einen Leichenseziere schwer zu ertragen.

Schließlich saßen die Elektroden einigermaßen vertrauenserweckend, und der Doktor konnte den helmartigen Sicherungsaufbau über Hiobs Stirn senken. So. Aus zwei Schritt Entfernung sah der Sitzende jetzt wie ein typischer großstädtischer Fahrradkurier aus, mit Sturzhelm, Dreadlocks, Sonnenbrille und Atemschutzmaske. Der Strom würde auf seinen Metabolismus auch dieselben Auswirkungen haben wie die Autoabgase auf einen Radfahrer, nur weniger langfristig und subtil. Per-fekt.

Die schmucken sozialistischen EKG-Orden wurden noch

angeheftet, der Monitor angeworfen, der Ordnung halber auch der Drucker zugeschaltet. Fertig wie nur möglich.

Doktor Yaycayab schlich auf Zehenspitzen, um das Arrangement nicht zu stören, aus der Kammer, druckluftversiegelte und elektronischverplombte sie, entsicherte die Akkumulatorenhebel, ließ den Motor warmlaufen, verglich instinktiv seine Armbanduhr mit der an der Wand, stellte seine Armbanduhr eine Minute vor und passte sie so der an der Wand an, drückte eine genau festgelegte Abfolge von unterschiedlich gefärbten Knöpfen und Kippschaltern, wartete das Einpendeln der Leuchtdioden ab, lugte prüfend seitlich durch das große Einwegspiegelfenster, legte in rascher Folge die drei römisch nummerierten Hebel um, beobachtete die ausschlagenden Zeiger in den Plexiglasgehäusen, drückte zwei Sicherungsknöpfe, entrastete nacheinander wieder die drei römisch nummerierten Hebel, wischte sich mit einem benutzten Papiertaschentuch über die Stirn, drückte wieder zwei Knöpfe, überprüfte den Tochtermonitor, räusperte sich mehrmals und schwergängig, tastete auf mehreren Schiebereglern herum, riss den Ausdruck an der Perforation heraus, legte die drei römisch nummerierten Hebel noch mal um, wartete, bis die Zeiger im Vollausschlag vibrierten, presste die zwei Sicherungsknöpfe, klopfte auf den Monitor, zog die drei römisch nummerierten Hebel wieder zurück, kramte wieder das Taschentuch hervor, verfolgte den ruckartigen Wanderschritt seines Sekundenzeigers, verglich Monitor mit Ausdruck, riss wieder ab, diesmal aus der ohnehin nicht besonders benutzerfreundlichen Perforation quer durch die Nadelkurven ausbrechend, kratzte sich zwischen den gewölbten Schulterblättern und zwischen den Augenbrauen, verrieb nachdenklich Schweiß und Hautschuppen zwischen Daumen und Zeigefinger, änderte auf einem drehbaren Skalenschalter die Grundeinstellung, lugte zum ersten Mal vorsichtig durch das Spiegelfenster, stieß brodelnd auf, legte einen Kippschalter um, bog wieder die drei römisch nummerierten Hebel um ihre Gelenke, wischte sich mit dem körnigen Taschentuch über das ganze Gesicht, starrte auf das Taschentuch, presste die zwei Sicherungsknöpfe, legte die drei römisch nummerierten Hebel zurück, stieß wieder auf, starrte wieder auf Monitor und Ausdruck, lachte trostlos auf, legte die drei römisch nummerierten Hebel wieder um, verfluchte die Sicherungsknöpfe, riss die Hebel wieder in ihre Heimatstellung zurück, zwang sie von dort aus wieder zwischen die Schließkontakte, zurück, vor, zurück, vor, zurück, gab es schließlich auf und blickte müde und zu jeder Begeisterung unfähig auf die ruhenden Druckernadeln, das vorbeirauschende Papier, die grüne Linie auf dem Monitor.

Er fühlte sich physisch erschöpft wie nach einer Ejakulation und setzte sich schwer atmend auf die vorderste der Zuschauerbänke.

Das CinemaScope-Fenster vor ihm war von der anderen Seite her mit schlackefarbener Kondensation beschlagen, sodass man nichts mehr von der Kammer sehen konnte außer dichtem, schweren Rauch.

»Scheiterhaufen«, murmelte der Doc. »Das ist nichts anderes wie ein Scheiterhaufen aus das dunkle Mittelalter und hat mit humaner Medizin, was ist mein eigentliches Fachgebiet, wie ich bemerken mochte, nicht eigentlich zu tun.«

Das Bereitschaftsteam des Krankenhauses kam den Sanitätern entgegengeflankt. Man kannte sich.

»Warum habt ihr denn so lange gebraucht? Wir halten schon seit fünfzehn Minuten den Schockraum für euch frei!«

»Das glaubt uns doch sowieso keiner. Der Motor ist mehrmals abgesoffen, und jedes Mal, wenn wir unter einer Hochleitung oder einer Ampel durchfuhren, verwandelte sich dieser sogenannte Faradaykäfig in eine Scheiß-Konduktorkugel. Donnie ist fast blind geworden hinterm Lenkrad, so hell prasselten die Blitze auf uns nieder. Irgendwo in der Gallsworth brach plötzlich neben uns eine Fernbahn von den parallel laufenden Gleisen und schrammte kreischend auf uns zu, der Lokführer hieb hinter seiner Aquariumsscheibe auf alle Notstopp- und Selbstzerstörungsknöpfe, die er erreichen konnte, aber nichts gehorchte ihm mehr. Wir rückwärts zwischen Mülltonnen, dass wir beide im Innenraum nur so durch die Gegend flogen. Und während der ganzen Zeit versuchte die Sauerstoffversorgung andauernd, den Judge aufzublasen wie eine Luftmatratze, so was hab ich überhaupt noch nie erlebt. Ich bin froh, dass wir verdammt noch mal überhaupt noch am Leben sind. Übernehmt ihr bitte – ich muss mich erst mal hinlegen, ich hab die Schnauze voll.«

Kopfschüttelnd rollten die anlässlich eines echten Hohen Richters ungewöhnlich agilen Bereitschaftsärzte den bereits klinisch toten Judge durch die versehrtenübersäten Gänge und wurden zwischendurch nur einmal, von einer plötzlich sich schließenden automatischen Gleittür, aufgehalten, was aber nicht mehr als eine hässliche Stirnplatzwunde beim zweitvorderst Rennenden zeitigte. Sie erreichten mit kreischenden Pneus den Schockraum und begannen sofort mit mechanischer Beatmung. Schwester Esther zog die 2 mg pro Körperkilo Adrenalin auf und setzte sie geübt ins Herz, während der junge Blanchett mit seinen weit über das Gesicht fallenden langen Haaren den 750-Dollar-Pullover des Richters mit einer Stoffschere vom Halsausschnitt abwärts aufschnitt. Die Plastiksaugnäpfe der Pumpmassageanlage gaben hernach rhythmisch ihr Bestes, aber der ganz große Gig von *Monsieur 500.000 Volt* kam erst, als schließlich der teure neue Elektrostimulationsroboterarm über den Judge drübergelassen wurde. Auf das Millivolt genau bekam der Judge den Vollausschlag eines Elektrischen Stuhles verpasst, sodass die nur schwachstromisolierte Liegepritsche sich in eines von André Hellers qualmenden Feuerwerken verwandelte, der EKG-Monitor seine Flatline explodierend in den Raum hineinbrüllte und im gesamten Krankenhauskomplex der Saft wegblieb.

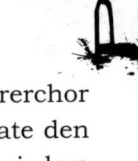

Was dann folgte, war der kakophonische Krepiererchor all derer, deren Körperfunktionen ersetzende Apparate den Geist aufgegeben hatten, und der Dämon saß neben jedem einzelnen am Bettrand und dirigierte wohlig seine erste Symphonie.

Der Strom war eiskalt, aber klar. In seinen Fluten züngelten glashafte Fische wie Pfeile dahin, seine Ufer waren hart und hohl und ausgefranst, und Hiob badete darin. Wie winzige Piloten in Schleudersitzen sprengten seine Fingernägel sich nach oben ab und formierten sich zu einer zehngliedrigen Schlange, auf der ein kleines fettes nacktes Weibchen in ihn einritt wie ein Zäpfchen. Bronchiektasie, asthmoide Bronchitis, Asthma bronchiale, Bronchiolitis und Mukoviszidose zogen als laute Familie in seiner Brust ein, leimten ätzende Tapeten an und erklärten den Glutkorb seiner Knochen zum Abbruchgebiet. Laryngitis platzte links, Sinusitis rechts aus seinem Ohr, und Otitis media mit Erguss versöhnte beide Zwistheischenden mit klebriger, keinen Widerspruch duldender Hand. Da war ein Scheppern und ein Rasseln in ihm und ein geradezu verwischend schnelles Zittern, dann folgten johlend alte Freunde. Urtikaria kam zu Fuß, ihr Kleid war unten zugenäht, Exanthem und Erythema multiforme, frisch vermählt, sprangen Hand in Hand vorbei, wurden schwanger und gebaren, Phenylketonurie drückte sich wie immer grantlerisch und eigenbrötlerisch in den Ecken herum, und endlich kam der Myokardinfarkt und riss den Vorhang runter. Das war der erste Akt, von Schmerzen keine Spur, alles wie gehabt. Tatsächlich waren sein Leib und sein Geist so nachhaltig verändert, dass nicht einmal das ihn auf Anhieb umzubringen mehr imstande war, aber er vertraute auf den Doc, und der rechtfertigte das Vertrauen.

Der zweite Schlag war härter, zielgerichterer, traf alles Weiche, ließ es nach oben kochen, bis sein Gehirn an der Unterseite der Hirnschale herumkreiste wie eine unweiße Roulettekugel und seine Milz sich glitschig, streng schmeckend, zwischen seine Zähne drängte, am eiternden Gaumzapfen vorbei. Davon abgesehen wurden die Sensationen teurer. Palpitationen, cerebraler Insult, cholestatischer Ikterus, Myalgien und Arthralgie waren die Folgen, dann war auch das überstanden, der Strom versiegte, Durst kam auf.

Jetzt war erstaunlich, wie stark die Schmerzen zwischen den einzelnen Ladungen werden konnten. Das war fast wie Entzug. Liebesentzug.

Paroxysmale supraventrikuläre Tachykardien kamen zum Dritten, pünktlich, unspektakulär, langweilig fast, und Hiob bat die Gäste sanft, aber bestimmt nach Hause. Der Vierte war so etwas wie ein Goldener Tag oder ein Goldenes Jahr. Hiob konnte deutlich die irische Hügelkuppe sehen, auf der die Legionäre Pankreatitis, Hepatitis und Ileus hockten und würfelten, die Pferde neben sich grasen lassend. Er trat zu ihnen hin und fragte: »Worum würfelt ihr, Legionäre?«, und sie antworteten ihm: »Um deine Schuhe, Ijob.« Das brachte ihn zum Lachen, und er tollte umher, bis er ganz schmutzig war.

Die Schmerzen dazwischen brachten ihn zum Weinen und Winseln, und er war bereit aufzugeben, das Spiel verloren zu geben, aber kurz bevor NuNdUuNs ausgestreckte Hand ihn erreichen konnte, brach der Damm erneut, und die Fluten kamen zurück, umfingen und herzten ihn. Diesmal lärmten sie gar sehr, und ihr Anführer war Streptococcus pneumoniae, dessen Sohn Haemophilus influenzae vor aller Augen die anmutige Moraxella catarrhalis von hinten besprang, welche eine Tochter des gestrengen Pneumocystis carinii war, eines Bruders der königlichen Nocardia asteroides, die wiederum die Mutter des Streptococcus pneumoniae war.

Das, was dann kam, nannte er Potosi-Sarkom, aber es war schnell vorbei. Meningitis. Mediastinitis und Sepsis umwarben und begehrten ihn ganz ohne Scham noch Leidempfinden, und das war jetzt wirklich ein Ort, wo man bleiben konnte, ohne dass es einem langweilig oder lästig wurde, aber in hässliche braune Anzüge aus den siebziger Jahren gekleidet traten Hirnabszess und Mundbodenphlegmone ihm die Tür ein und verlangten seinen Ausweis. Das war für den Virus in Hiobs Leib zu viel, um es ertragen zu können. Vielleicht von einer ganz fundamentalen Abneigung gegenüber jeglicher Form von polternder Autorität getrieben, durchstieß er Hiobs Aura und machte sich Richtung Sicherheit davon. Hiob machte sich lang, bekam ein Zipfelchen zu fassen und ließ sich mitziehen, und Bruder Tinnitus, der so leicht zu unterschätzende, kam nicht mehr zum Zug.

Komisch war, dass das, was dahinter folgte, kein reibungsfreies neonfarbenes Platinenlabyrinth war, wie Hiob sich das eigentlich von diesem Startpunkt aus vorgestellt hatte, keine kreischend und quiekend zu durchsausende, tropfensprühende Schussfahrtmatrix, sondern vielmehr ein kalter, rauer Gummischlund, mir rissigen Wänden und triefenden Peep-Show-Kabinen-Flecken, bunkerartig mies beleuchtet und fast nicht mehr zu durchatmen. Eigentlich war so was ja zu erwarten gewesen. Dies war nicht das Totenbett von Baudouin I., das hier war der Ort, wo Männer hinkamen, die von der Freiheitsstatue gefickt worden waren.

Schließlich wurde es so einfach, dass es beinahe keinen Spaß mehr machte.

Mit jedem zerfasernden Wachpostenleib kam mehr und mehr ungenutzt gierende Munition in Ingless' Hände, er brauchte sich nur zu bücken, aufzuheben und die Waffen sich gehen zu lassen. Zu sehen war nicht mehr viel, scharfgebissige, langsame Rauchwolken durchzogen die Halle wie die Netze einer ganzen Kolonie von konkurrierenden Riesenspinnen, aber Ingless lernte, aus den verschiedenen Tonhöhen und dem Nachhallen der Querschläger und aufprallenden Körper Richtung und Ziel zu bestimmen.

Der hastig ausgeatmete Rauch war sein Freund, er deckte ihn mit seinem weiten Theatercape. Die überall wie Sterne rotierenden Patronenhülsen waren seine Freunde, sie umtanzten ihn elfenhaft, summten seinen Namen. Die mit Händen und nackten Füßen an den Zelltüren schwingenden Häftlinge waren seine Freunde, sie waren der Chor seiner Arie. Dies war der freundlichste Ort der Welt, und John Baltimore Ingless lachte sein Glück hinaus. Die Uniformierten weinten durcheinander. Einem von ihnen, einem geradezu leuchtend bleichen Mann, konnte Ingless ein paar Sprengstoffminen abnehmen, die zur Einschüchterung und letztendlichen Deeskalation gedacht gewesen waren. Er huschte hierhin und dorthin durch den Dunst, beantwortete dabei höhnisch ein paar hilflose Salven, und endlich wurde das große, beschneidende Front-Dreifachgitter heiß, wölbte sich auf, warf Blasen und platzte in glosenden Aluminiumfetzen auseinander. Orientalisches Spektakel. Alle Sirenen sprangen gleichzeitig an und vermählten sich zu grauem Klang. Ingless war hindurch und trieb winzige, um sich selbst rotierende Bolzen durch einen ganzen im Gleichschritt anstürmenden Trupp von Westpoint-Absolventen. Es sah aus, als würde die Werkshalle einer Farbenfabrik Amok laufen. Zu einfach, wie gesagt.

Das Steuerpult leuchtete auf und vernichtete sich selbst, aber zwei Sekunden zu spät, Ingless Finger waren zu schnell, zu beschwingt. Mit einem einzigen rollenden Vom-Stapel-Lassen glitten die achtundvierzig Zelltüren der Death Row auf, und erstklassiges Chaosmaterial ergoss sich in die blakende Halle.

Ingless kümmerte sich nicht mehr darum. Die Amateure würden sich schon selbst zu helfen wissen. Er nahm sich eine einzige automatische Schnellfeuersegnung mit ein paar glatten Magazinen und machte sich auf den Weg zum Herzen dieses Schlosses.

Zur Jungfrau.

    Dem Drachen.

        Dem Präsidenten.

            Gott.

Schließlich gab es verheerende Komplikationen. Wie auch nicht. Der Name des Helden allein ist schon Botschaft.

Irgendwie schaffte es das bisschen Otts, das Hiob in den Fingern hatte, von dem er sich ziehen ließ wie ein Wasserskifahrer durch ein Kakteenfeld, durch Drehen, Winden, Um-sich-Kratzen und Beißschnappen freizukommen. Hiobs schweißige Hände glitten durchs astrale Gewebe wie durch strahlenverseuchtes Frauenhaar, dann war der Virus weg. Hiob taumelte sich überschlagend aus, prallte mehrmals schmerzhaft gegen die rauen Wände, bis sein Momentum gleich null war und er erst mal schwer atmend liegen blieb.

Nach ein paar Minuten stieß er sich wieder ab und glitt wie ein Taucher durch das sich öffnende Labyrinth von Zu-, Ab-, Her- und Umleitungen. So manche kross-gebratene Delinquentenseele war zu sehen, die auf ihrer Achterbahn ins Paradies vom rechten Wege abgekommen und in eine Sackgasse geprallt war, wo sofort schattenhafte Drüsenmilben über sie hergefallen waren, um sich an Not zu delektieren.

Hiob kam dermaßen überhaupt nicht voran, dass er mehrmals an denselben Kreuzungen vorüberkam und es nicht einmal bemerkte. Ein delikat balanciertes kosmisches Zufallselement namens Glück berührte irgendwann in diesen Stunden Hiobs Pfad, denn er erreichte den Kerker des HabGeduld.

Der HabGeduld war schon so lange hier, dass seine vormals dunkelbraun glänzende Haut ganz fahl und teigig geworden war. Er setzte sich ein buntes Käppi auf, seufzte, straffte sein hellblau wimmelndes Hemd, kam mit schlenkernden Bewegungen nach vorne ans Gitter und pfählte Hiobs Augen. Der fasste sich – Trübsal gewohnt – mechanisch schnell.

»Hi. Nette Aussicht hast du hier. Und prima Essen, wie ich sehe. Was ist das?«

»Alle zwölf Tage kommt ein cholerakranker Alkoholiker vorbei und kotzt mir in den Teller. Das ist das.«

»Yeah. Klingt doch okay. Könnte schlimmer sein. Könnte so'n Wasserbad-Fertiggericht von Erasco sein. Hör zu, Kumpel, ich bin nicht von hier. Ich suche diesen Otts, Charles Otts, großer Kerl, dummes Gesicht, eventuell mit 'nem extrem breiten und völlig unbeweglichen Grinsen drauf. Schon mal gehört, gesehen?«

»Der kam hier durch, Mann, wie ein geölter Blitz, und sauste lachend an mir vorbei. Kannst du mir erklären, was das soll? Warum kann er hier raus und ich nicht? Dieser Otts hat doch mindestens ein Dutzend Leute umgelegt, und ich bin unschuldig, Mann, mich hat man nur verhaftet, weil ich schwarz bin und weil das Opfer eine alte weiße Oma war, die immer gut zu mir war.«

»That's Life.«

»Warum ist Otts frei und ich nicht, Mann? Was soll der Scheiß? Ich dachte, ich bin tot und hab's geschafft. Stattdessen taucht dieser weiße Dandy hier auf und erzählt mir, man wird mich irgendwann abholen und erneut hinrichten. Und dann wieder. Und wieder. Und dann immer so weiter, von Tod zu Tod, bis ich irgendwann oft genug verreckt bin, um zu erkennen, ob diese Zelle hier eigentlich der Himmel oder die Hölle ist. Das kann doch wohl nicht deren Ernst sein, oder? Irgendwas ist hier doch schiefgelaufen. Es gibt doch wenigstens im Tod Gerechtigkeit, oder, Mann?«

»So naiv war ich auch mal. Als ich sieben oder acht Jahre alt war. Das geht vorbei.«

»Kannst du mir dann wenigstens hier raushelfen?«

»Nein, kann ich nicht. Du hättest kämpfen sollen, als die Cops kamen, um dich festzunehmen. Danach und jetzt ist es zu spät.«

»Shiiiiiit.«

»Yeah. Shit. Aber wenn du mir hilfst, kann ich vielleicht einen guten Punkt in meinem Spiel eindunken, und wenn ich dieses verdammte Spiel gewinne, Kumpel, dann bin ich der Boss vom Wiedenfließ. Dann werden Köpfe rollen.«

»Wiedenfließ? Was ist das?«

»Kommst du schon noch hinter. Also, hilfst du mir jetzt oder nicht?«

»Okay. Otts ist dahinten lang, wo es so grünlich schimmert. Dann rauf und links, in Richtung auf die Mykosen.«

»Klingt lauschig. Sei froh, dass du hierbleiben kannst, Kumpel. Die meisten deiner Brüder im wirklichen Leben haben nämlich kein Dach überm Kopf.«

»Ha-ha. Shit.«

Sie gaben sich, melancholisch, clumsy, Hi- und Lo-Five durch die dicken Zellengitter, dann kraulte Hiob weiter, dorthin, wo es so grünlich schimmerte. Dann rauf und links und – Bruder, puuuhhh – in Richtung der Mykosen.

Ein einziger Mann wurde ihm für eine Zehntelsekunde gefährlich. Als er herumwirbelte, konnte Ingless *sich in ihm sehen*, aber das ging vorbei. Siebzehn oder achtzehn Schüsse, was weniger war als ein Herzschlag, und der Feind mit den Spiegelaugen war Vergangenheit.

Ingless' Haut war nun Rüstung. Seine Augen bengalisches Feuer. Immer, wenn einer an einer Ecke auftauchte oder von irgendwoher schoss, konnte Ingless diesen Erbärmlichen sich öffnen sehen in Ganzheit. Er ortete und antwortete.

Dies hier war wie unter Wasser, und es war leichter, nicht zu atmen, als.

Die ihn versuchten aufzuhalten, die, die versuchten, ihn aufzuhalten, fielen, bis keiner mehr da war und der Weg frei und klar wie das bläuliche Licht eines Gletschers.

Der Erste Raum, jenes Zimmer, das Ingless als Allererstes in diesem Labyrinth gesehen hatte, lag still, die Luft hier war klar, vielgelüftet, von einem aromatisierten Klimazerstäuber verfärbt. Der Direktor saß hinter seinem kontinentalen, dunkel gemaserten Schreibtisch und wehrte sich nicht mehr. Ein ruiniertes Wesen. Die Pistole in seiner Schreibtischschublade blieb ein Geschenk seiner Frau.

»Bringen Sie's hinter sich, Ingless. Töten Sie mich.«

»Vorher habe ich noch eine Frage.«

»Welche?«

»Als sie mich hierher brachten, um hingerichtet zu werden, da sagten Sie wortwörtlich: ›Ich verspreche Ihnen, Ingless, in Ihrer letzten Stunde werden Sie erkennen, dass es richtig ist, Sie zu töten. Sie werden erkennen, dass wir Ihnen damit einen Gefallen tun.‹ Ich habe meine letzte Stunde viermal durchlebt, Direktor, denn viermal ist meine Hinrichtung aufgehoben und verschoben worden. Ich bin viermal gestorben, und kein einziges Mal war ich Ihnen dankbar. Was ist also aus Ihrem Versprechen geworden? Haben Sie mich angelogen?«

»Schon möglich. Was weiß ich. Herrgott, Ingless, bringen wir's endlich hinter uns.«

»Dürfen Sie lügen?«

»Jeder lügt doch, oder? Jeder.«

»Ich habe Ihnen geglaubt. Ich habe Sie geliebt. Sie waren mein Held.«

»Was reden Sie für einen Scheiß, Ingless. Drücken Sie jetzt endlich ab oder nicht?«

»Sie haben mich hier festgehalten und versprachen mir Wahrheit. Aber es kam keine Wahrheit. Wie ist das möglich?«

»Es gibt keine Wahrheit.«

»Richtig. Es gibt keine Wahrheit. Und jetzt meine Frage: Ist das meine Schuld?«

»Häh?«

»Habe ich die Wahrheit erschossen? War sie unter meinen Opfern, und ich habe sie nicht erkannt? Bin ich an allem schuld?«

»Wie sollte ein einziger Mann an allem schuld sein? Ingless, Sie sind wirklich total verrückt. Die Taten eines einzigen Menschen wiegen doch niemals so viel.«

»Die Taten eines Menschen sind ohne Bedeutung?«

»Wahrscheinlich sogar das, ja.«

»Dann ist es ja gut.«

Ingless zog durch, und der Direktor drehte sich in seinem teuren Sessel so schnell, dass die Zentrifugalkraft ihm die

Lippen seitlich über die Ohren zog. Dann trudelte er langsam aus, ein friedlicher Greis, Sternenbanner ohne Blau.

Ingless stand da. Er fühlte sich seltsam ernst, ihm war gar nicht mehr nach Lachen zumute. Die Stille breitete sich in ihm aus wie eine blähende schwarze Kröte und drohte ihn zu töten. Warum war er überhaupt freigekommen? Wie hatte das passieren können, so kurz vor der Erlösung? Welche neue Qual, welche neue Folter war das? Wer lachte über ihn?

Er brauchte ein neues Ziel, schnell. Sonst würde er verrückt werden. Keine Cops mehr, Cops waren ohne Geheimnis für ihn.

Auf dem Schreibtisch stand in billigem Gold gerahmt das Foto der Direktorsfamilie, und da die Tochter ein hübsches Mädel war, mit einem Beißgeschirr aus Zinkdrähten im Mund, beschloss Ingless, dort hinzugehen.

Dorthin, wo die Familien wuchsen.

Wo die Frauen Gürtel trugen, breite Gürtel aus Metall.

Wo Hunde in den Gärten spielten, unter einer Schaukel.

Wo morgens Milch und Zeitung auf den Treppenabsatz fielen.

Lithiumland.

Otts war natürlich nicht alleine.

Um seine Füße strich der abgespaltene und jetzt heimgekehrte Virus, ein fetter, feiger Corgi, der noch nach Hiob roch. Und neben Otts, der in dieser Ebene deutlich mehr Charisma hatte denn als Leiche, dessen schwarzgraue Silhouette hier der dunkel-dornige Halo eines wohlgeratenen Massenmörders umspielte, hockte der Dämon, ein stattlicher, leuchtender, zehnbeiniger Geweihvogel von gut vier Schritt Höhe.

Hiob atmete tief durch, aber mangels echtem Sauerstoff hier drin half das mächtig wenig. Seine Stimme zitterte ein wenig, und er fühlte sich bei Weitem nicht so cool, wie das in einer solchen Situation angebracht gewesen wäre.

»Hi, Jungs. Die Heilige Dreieinfaltigkeit oder die Unheiligen Drei Fragezeichen – wie soll ich euch anreden?«

»Für jemanden, der gerade eben gestorben ist, hast du eine ziemlich große Klappe«, höhnte Otts. »Ist dir nicht klar, dass du dein blödes Spiel verloren hast, hier drinnen?«

»Ach ja? Was weißt du denn darüber?«

»Genug.«

»Ach ja?«

»Genug, um es blöde zu finden. Blöde und lächerlich. Spielst mit dem Meister um deine Kümmerseele. Mein Spiel war ein großes, Montag. Ich brachte die Seelen anderer Leute als Einsatz. Ich konnte nicht verlieren.«

»Und deshalb hängst du jetzt hier im Elektrosmog fest.«

»Ich hänge nicht fest.« Otts Zähne glommen blau auf wie Neonsteinchen. »Ich kann gehen, wohin ich will. Ich bin das elektromagnetische Totem des 21. Jahrhunderts. Technokraten überall rutschen vor mir auf den Knien und winseln. Die Börse, die Banken, die Rüstung, die Medien – alle sind in meiner Hand. Das ist aus mir geworden: Gott.«

»Bullshit. Geld ist Gott. Du bist nur ein Mittel, noch schneller und noch müheloser immer mehr Gott zu scheffeln. Ein Hilfsmittel, nichts weiter. Wie ein Schuhanzieher oder ein Dosenöffner. Wenn du eines Tages kaputt bist, schmeißen sie dich weg und tanzen wieder die gute alte Marktplatz-Spektakelparty. Mit Hinrichtungen und Jongleuren. Und Feigenblättern als Tauschmittel.«

»Der Meister warnte uns, dass du wie ein Verrückter redest. Er tat gut daran.« Die Stimme des Dämons war wie Kreide auf einer Schiefertafel. Sie schmerzte im Steißbein. »Hättest du dich nicht an mich wenden können, bevor du vor Schmerz den Verstand verlorst? Ich hätte dir helfen können.«

»Du hast Sterbliche richtig gern, stimmt's?«

Das Tier mit dem bezahnten Samtfellschnabel verlagerte den mächtigen Kopf. »Ich will euer Bestes.«

Jetzt musste Hiob doch grinsen. Klar, unser Bestes. Einige der Dämonen waren auch wirklich zu komisch. Mit Kindchenschema und langen Wimpern kamen sie daher, ließen sich streicheln und trieben plötzlich Schraubenschwänze durch dein Herz. Hiobs Nervosität verging. Dies hier bekam mehr und mehr den Charakter eines Heimspiels. Er konnte umgehen mit Monstern, die als Monster geboren waren. Sie besaßen stets eine gewisse Gradlinigkeit des Denkens. Wie in einer Kinderfibel.

»Warum hätte ich einen Laufburschen anrufen sollen, wenn ich die Nummer des Managers in der Tasche hatte?«

Monsieur 500.000 Volt besaß Größe und lächelte. »Vielleicht, um dich erst mal an jemanden mit deiner Kragenweite zu wenden und dich dann langsam hochzuarbeiten. Vielleicht hättest du so eine Chance gehabt.«

»Warum versucht eigentlich jeder, mich im Nachhinein davon zu überzeugen, dass meine Idee mit dem Spiel so grundbeschissen war? Was soll denn das? Immerhin bin ich hier ...«

»... auf dem Elektrischen Stuhl ...«, lästerte Otts.

»Freiwillig.«

»Ich auch.«

»Ja. Weil du nie begriffen hast, was los ist. Dein guter Freund hier hat dich doch nur benutzt, um seinen Blutzoll zusammenzubekommen. Jetzt lässt er dich noch ein paar Tage herumkaspern, weil ihm der Geschmack deines freudigen Speichels behagt, und dann wird er dich ausknipsen wie ein lärmendes, lästiges Videospiel.«

»Unsinn.«

»Frag ihn doch mal. Hast du ihn schon mal gefragt?«

Schweigen. Aber so einfach war es natürlich nicht, Zwietracht zwischen den dreien zu säen. Dafür hatte der Dämon seinen ehemals menschlichen Pöppel viel zu sicher im Griff.

»Nein, was mich wirklich interessiert«, fuhr Hiob fort, »ist, warum ihr Jungs euch eigentlich so den Arsch aufgerissen habt, um mich hier reinzuholen. Wenn ihr wirklich der Meinung seid, dass ich ein Depp bin, wozu dann der ganze Aufwand mit dem Telefon, den Traumgesichten und dem Virusbaby?«

»Du durftest uns helfen, den Copcop zu killen«, sangen Otts und sein großer Freund Shane unisono.

»Okay, das war genial, zugegeben. Ein guter Trick und ein weiterer mächtiger Negativ-Schmierpunkt auf meiner Scorecard. Aber das Ding selber, den Schupo zu rösten, das hättet ihr auch ohne mich durchziehen können. Also warum dann? Soll ich euch die anderen beiden Vertragsleichen besorgen?«

»Nicht nötig.« Unisono. »Wir sind schon damit fertig, den zweiten anzurichten.«

»Also was dann? Der Dritte?«

Unisono: »Wir werden auch diesen Durst ohne dich stillen.«

»Danke, rücksichtsvoll von euch. Warum ich?«

Alle drei, Bass, Tenor, Falsett: »Ich will dein Seelchen, Süüüüüßer.«

»Was!? Ihr spielt außerhalb eurer Liga, Jungs! Meine Seele gehört NuNdUuN. Da ist ein kubiertes Siegel drum, da kann keiner ran, ohne sich die Finger zu verbrennen. Bis das Spiel rum ist, Jungs. Tut mir furchtbar leid.«

»Das wissen wir doch alles, Hiob«, mahlte der Dämon kalt und rau.

»Na, dann drückt mal die Daumen, dass NuNdUuN nichts von euren kleinen Gelüsten weiß. Das könnte sonst recht schnell unangenehm werden.«

»Oh, er weiß davon. Und er weiß auch, dass wir deine Seele nicht für uns wollen.« Otts grinste und sah dadurch plötzlich wieder original so aus, wie Hiob ihn kennengelernt hatte. »Was sollten wir auch damit. Wir haben doch genug.«

»Und was soll der ganze Scheiß dann?« Hiob verstand jetzt wirklich nicht, worauf die drei hinauswollten.

»Kannst du's nicht erraten?« Der Dämon.

»Ich hab jetzt keinen Bock auf Bügelfernsehspielchen.«

»Nur ein kleines bisschen raaaaaaten«. Otts.

»Ich-krieg's-nicht-raus-kapiert?«

»Es sollte ein Geschenk sein.« Der fiepsige kleine Wurmfortsatz in der Mitte.

»Ein Geschenk? Für wen denn? Eine Seele für Roberto Blanco, weil der keine hat?«

»Neeeeein, natürlich.« Wieder Otts. Dann der Dämon: »Für den natürlich, der hinter deiner Seele her ist.« Wurmfortsatz: »NuNdUuN natürlich.« Der Augenblick, in dem sie alle drei anfingen auszusehen wie Tick, Trick und Track, konnte nicht mehr fern sein.

»NuNdUuN?«, äffte Hiob verwundert. »Wer von euch Helden ist denn auf *die* glorreiche Idee gekommen? Glaubt ihr denn wirklich, der Großmogul ließe sich mein bestes Stück schenken? Hell, wenn es ihm egal wäre, wer ihm das Teil zubereitet und serviert, dann würde er doch wohl ganz einfach ein Kopfgeld auf mich ausrufen, und keine fünf Minuten später würde Souldiver Bloodfork meinen haarigen Arsch zwischen zwei Sesambrötchenhälften klemmen haben. Nein, NuNdUuN ist ein Jäger und ein Spieler. Wenn er mich nicht selbst zur Strecke bringen kann, dann soll mich keiner haben.«

»Da ist natürlich etwas Wahres dran«, sägte der Dämon. Mit einer herrischen Geste befahl er den Virus zu sich; der sprang ihm in den Schoß und verschwand dort zwischen schlierigen Hautfalten. Jetzt waren es nur noch zwei Gegenspieler, aber sie waren nun ein kleines bisschen stärker, konzentrierter. Die Anwesenden machten sich demnach – verhuscht räuspernd – ausgehefertig ...

»Weißt du, *Menschenmännchen*«, fuhr der Dämon schleifend fort und verlagerte seinen mächtigen Oberkörper bedrohlich noch ein wenig nach vorne, »wir kennen den König der Schatten ja nicht so gut wie du. Mit *uns* lässt er sich nicht auf persönliche Gespräche ein. Wir sind ihm nicht wichtig genug. Wir sind nur Untertanen, Mitspieler, keine *Gegenspieler* wie du.«

»Sieh an.« Hiob grinste.

»Nun, wir erhofften uns von dir ein wenig Aufschluss darüber, ob unser Plan Aussicht auf Erfolg hätte oder nicht.«

»Wenn er Aussicht auf Erfolg gehabt hätte, hätte ich euch

das ja wohl kaum auf die Nase gebunden. Ihr Wiedenfließer seid von beachtlicher Dämlichkeit, das muss ich schon sagen.«

Der Dämon lächelte nachsichtig. Wenn durch diese selten in Anspruch genommene Muskelanstrengung nicht ein paar rostfarbene Hautfetzen von seinem Schnabelkiefer geplatzt und flatschend auf den Boden gefallen wären, hätte das Gespräch jetzt vielleicht eine durchaus milde, freundschaftliche Atmosphäre angenommen. »Das sagst du nur, weil du keine Ahnung hast, welche Vergünstigung wir uns von NuNdUuN für das Geschenk erhofft hatten.«

»Ist es ein Geschenk, wenn man etwas dafür erwartet?«

»Keine philosophischen Spitzfindigkeiten, bitte. Wir sind hier im Zweistromland der e-lecktrisch Verreckten, da ist Derartiges wohl unangemessen.« Immer noch Nachsicht.

»'Tschuldigung. Ich seh schon, ich muss jetzt wieder fragen: Welche Vergünstigung hattet ihr euch von NuNdUuN erhofft?«

Und mal wieder unisono: »Einen machtvollen Körper.«

»Erneut gelingt es euch, mich maßlos zu verblüffen«, erwiderte Hiob grinsend. »Dachte ich Wurm doch allen Ernstes, der gute Junge Otts hätte all die Mühsal mit dem Morden auf sich genommen, um ohne Körper sein zu können, um endlich frei zu sein.«

»Mach dich nicht lustig«, knurrte Otts, jetzt an seinem wunden Punkt angekommen. »Natürlich ist es großartig, frei und ungebändigt durch die Stromnetze der Welt zu schwimmen und zu kapern, was anfällt. Aber einen Körper zu besitzen, der stark und stabil genug wäre, unsere Energien zu verkraften, zu bündeln und zu lenken, das wäre natürlich Perfektion. Gehen, wohin immer man will, nicht nur im Wiedenfließ und nicht nur im Reich der Kupfer- und Glasfaserhighways, sondern auch in der herrlich stinkenden materiellen Welt, die Welt, aus der ich komme, die ich nie vergessen kann und die zwischen meine Zähne zu nehmen ich schon als kleines Kind geträumt habe.«

Eins zu null für Freud. In der Kindheit lag die Basis für

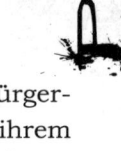

spätere Dämonie, jedenfalls im Amiland, Ausfahrt bürgerliche Mittelschicht. Was mochten Ma und Pa Otts mit ihrem Charlie angestellt haben? Hatten sie ihm niemals Überraschungseier mitgebracht?

»Verstehe. Und dein bisheriger Körper, der klumpige Charles Otts, war dafür zu weich, stimmt's?«

Otts knurrte wieder, den Fehdehandschuh aufnehmend. »Mein Körper war stark genug, um mein Gewicht und das von ...« Der Dämon knuffte ihn verwarnend, und Hiob musste grinsend den Kopf schütteln. Das war wie Laurel-&-Hardy-Gucken hier. »... um mein Gewicht und das eines Dämons zu tragen und zu verkraften. Die meisten Körper hätten das nicht ausgehalten.«

»Sicher nicht. Starke Leistung, echt. Zwei hohle Nüsse in einer Schale, das muss euch erst mal einer nachmachen.«

»Der langen Rede kurzer Sinn«, mischte sich der Dämon ein, »es gibt nur ein Wesen in der kosmischen Höhle, das in der Lage ist, einen Körper zu schmieden, der einen Menschen, einen Dämon und die elektrische Kraft eines ganzen Kontinents umfassen kann.«

»Und dieses eine Wesen ist ... »

(Ein nur noch zweilagiges, aber immer noch atonales Unisono:) »NuNdUuN.«

»Im wahrsten Sinne des Wortes ein Teufelskerl«, schmunzelte Hiob. »Und deshalb also das geplante Geschenk, um ihn zur gerührten Herausgabe eines Superleibes zu bewegen. Toll ausgeknobelt, alle Achtung.«

»Aber wie du bereits feststelltest, nicht besonders Erfolg versprechend«, meinte Otts, und Lugosische Diabolik trat durch seine Augen.

»Na ja. Hätte klappen können«, tröstete Hiob gönnerisch.

»Hätte.«

»Tja.«

»Macht ja nichts«, schabte der Dämon.

»Schön, dass ihr das so seht. Gute Verlierer trifft man immer wieder gern.«

»Wieso Verlierer? Wir haben nicht verloren. Unser Plan war perfekt. Konnte gar nicht schiefgehen.«

»Ach.«

»Jaaaahhhh.« Jetzt lachte der Dämon ein Lachen, das wirklich grässlich klang. Brüllen und rasen und knurren konnten sie ja, aber lachen ... »Wir bliesen einen Splitter unserer selbst durch die Leitung mitten in dich rein, um das Kraftfeld um deine Seele anzutesten, und wir müssen dir recht geben, du hast nicht gelogen, da kann leider keiner ran. Dann gaben wir dir durch diesen Splitter genügend Informationen über uns, um es für dich ratsam und rational erscheinen zu lassen, zu uns zu kommen. Stimmt's nicht? Die Sache mit den Haaren hat dich heiß gemacht?«

»Heiß ist nicht das richtige Wort ...«

»Heiß ist genau das richtige Wort. Über diesen Modus Operandi hast du dir schon genügend Gedanken gemacht, um mich bereits einer bestimmten Klasse zuordnen zu können, stimmt's?«

»Yep. Du bist ein Schwätzer.«

»Äch, immer diese Stilbrüche, boiH. Das hier ist doch keine Komödie. Das ist doch der Ernst des Lebens.«

»Aus Spaß wurde Ernst. Ernst ist jetzt fünf Jahre alt.«

»Ächhhhhh. Also kennst du nun meine Klasse oder nicht?«

»Klar. Du bist ein Dermatoplastiker, das war ja deutlich genug. Du gehst über die Haut rein und gestaltest das Körperempfinden um, so lange, bis du deinen Wirt so weit gebracht hast, seinen Körper freiwillig aufzugeben, so wie der blöde Charlie das getan hat.«

Otts blinzelte in der typischen Art eines Schwachkopfs, der einer Argumentation zu folgen versuchte, die ihn betraf, die ihm aber immer wieder wie ein Fisch ein kleines Stückchen davonflutschte.

»Sehr gut, Hiob«, lobte der Dämon.

»Und wenn ich mir dich so anschaue, gehe ich sogar davon aus, dass du ein wiederkäuender Dermatoplastiker bist, das heißt, du kannst die körperlosen Wesenheiten deiner Schützlinge durch Verdauung umwandeln und wieder hochwürgen, sodass so ein spaßiges Surfbrett wie der Elektriker Otts entsteht.«

»Sehr gut, Hiob.« Dieselben Worte, das gleiche Nicken. Ein Lob-Loop. »Also hattest du, nachdem du meine Klasse errechnet hattest, berechtigte Hoffnungen, mich fixieren und denaturieren zu können, wenn du nur noch meinen Namen erfahren könntest, stimmt's? Denn diese dumme, dumme Geschichte mit dem Namen ist nun mal magisches Gesetz, nicht wahr?«

»Stimmt genau. Ich bin durchschaut. Mann, so'n Scheiß aber auch.«

»Deshalb bist du hier. Um meinen Namen zu erfahren.«

»Yep.«

»Und, hast du ihn erfahren?«

»Negativ.«

»Bist du auch nur einen Deut näher an das Erfahren meines Namens herangekommen?«

»Ähhh, nein.«

»Und wie nennt man das?«

»Was meinst du?«

»Wie man das nennt, wenn man versagt.«

»Ähhh – vermasseln?«

»Im Spiel?«

»Verlieren!«

»Richtig. Bravo. Du hast verloren. Und ich habe gewonnen. Denn deine geistige Essenz steckt hier drinnen fest, und dein mächtiger Körper sitzt angeschnallt und angekabelt und völlig leer in einem Stuhl, zu dem von hier aus sämtliche Leitungen hinführen. Begreifst du jetzt?«

»Ja. Shit.«

»Möchtest du denn loslaufen? Ich meine, du hast vielleicht eine kleine Chance, vor mir dort zu sein. Ich brauche noch etwa eine Minute, bis ich lossausen kann.«

»Hat wohl keinen Zweck, würd ich schätzen. Bist viel

schneller als ich, Mann. Außerdem verlauf ich mich nur wieder.«

»Stimmt.«

»Fuck.«

Das hässliche Gelächter des Dämons füllte nun mit fieser Penetranz den ganzen Tunnel aus. Der massige expressionistische Leib schüttelte sich. Dann schwappte er seitlich hinüber in den karpfenartig mundschnappenden und gegen seinen Willen zum Statisten degradierten Otts, dessen Haut von den Fingernägeln an einwärts blasig aufquoll, durchsuppte und schließlich mit einem ekelhaften Saugen wieder ans Fleisch anschmiegte. Otts' Gestalt stand jetzt alleine Hiob gegenüber, aber seine Gravitation war so hoch, dass Hiob im Gleichgewicht schräg stand wie bei sehr starkem Wind. Otts und der Dämon waren wieder eins. In dieser Inkarnation hatten sie in Fredericksburg in der Zelle gelebt und waren im vernetzten Amerika auf Raubzug gegangen. Obwohl der Körper, den Hiob hier drinnen hatte, nur eine Projektion vergänglicher Vergangenheiten war, spürte er deutlich, wie ihn das Kotzen ankam.

Mit finsterem Gesicht applaudierte er der Horrorshow des Dermatoplastikers.

»Viel Spaß mit meinem Körper, Charles & Eddie. Ich werd mich dann wohl von hier aus irgendwie zu NuNdUuN durchschlagen, um mich bei ihm über euch zu beschweren.«

Dämon Otts grinste sein Markengrinsen. »Das kann viele Jahre dauern, Hiob. Du bist über den Dienstboteneingang reingekommen.«

»Bevor du gehst und dir's in dem, was ich einundzwanzig Jahre gehegt und gepflegt habe, gemütlich machst, kannst du mir eigentlich ruhig noch deinen Namen verraten.«

Wieder ein schmirgelndes Gelächter. Die Dämon-Mensch-Symbiose war allerbester Laune. »Für wie blöd hältst du mich eigentlich, Geisterjäger? Das funktioniert doch nur in schlechten Filmen. Soll ich eigentlich irgendeinem Mädchen von dir ein paar Grüße mit reinschieben?«

»Mir würd's schon reichen, wenn mein Körper dir genauso viel Scherereien bereitet wie mir die ganzen Jahre, du Sack.«

Lachend breitete Otts die Arme aus, hob ab, schwang sich langsam und unglaublich elegant rotierend empor und flog lautlos in die Richtung, aus der Hiob gekommen war, davon.

Hiob blieb noch eine Weile mit geschlossenen Augen stehen, dann folgte er dem in der Düsternis kaum zu sehenden, aber gut zu spürenden Schatten des jetzt mächtigsten Wesens der Welten.

Am Ausgang wurde es noch einmal eng, denn die kümmerlichen Totleitungen des E-Stuhles waren nicht eigentlich für die Passage eines spirituellen Metazwitters konstruiert. Aber es war ja auf dem Hinweg gegangen – wenn auch unter Verzicht auf einige von Otts' Bewusstseinsknötchen –, und es ging auch auf dem Rückweg. Otts musste eben wieder ein paar Federn lassen und verlor noch einmal ein paar seiner menschlicheren Denkmuster und Eigenschaften.

Der neue Körper selbst fühlte sich herrlich an, alle sechs großen und kleinen Extremitäten füllten sich bis zum Bersten mit arkanischer Essenz, die lächerlichen Lederschnallen rissen wie Bindfäden, und mit einem orkanartigen Urgebrüll erhob sich der neue Gott von seinem Thron. Dämotts öffnete die Augen. Der Raum war von Hautrauch erfüllt, dem herrlichen Parfum schmorenden Sterbens. Das kleine bucklige Männlein, das der Dämotts vor seiner Exekution mehrmals in irgendeiner längst vergessenen Funktion kennengelernt hatte, wuchtete im Hintergrund des Raumes an einem zweiten Körper herum und glotzte doof und vor Angst fast scheißend herüber. Na gut, dachte sich der Dämotts, soll dieser halt der Erste sein. Er hob den Arm, um aus den Fingern heiße Blitze ins unreine Gesicht des Krüppels abzulassen, als die Armsehnen rissen und wie ein überspannter Rolladen umeinanderschlugen. Gleichzeitig platzten beide Kniegelenke auseinander, und der verdutzte Dämotts stürzte, den gesunden Arm abstützend vorgestreckt, seitlich weg. Der als Stütze gedachte Arm faltete sich wie eine Ziehharmonika oder eine nur halb durchscheibte Salatgurke auseinander, und der Dämotts knallte hart auf den kalten Betonboden. Was zum Henker war denn los? Jetzt riss auch irgendwas am Hals, und der Kopf kam schief zum Liegen. Wenigstens kannten tote Nerven keine Schmerzen.

Aus seiner peinlichen Liegeposition konnte der Dämotts verfolgen, wie der Verwachsene den anderen Körper auf den E-Stuhl setzte und festschnallte. Komisch daran war, dass dieser andere Körper – obwohl das alles in dem Rauch nicht so richtig deutlich zu sehen war – wie der von Hiob aussah, aber das war doch gar nicht möglich, oder, es konnte doch unmöglich zwei Hiobs geben, oder, oder, irgendetwas stimmte hier doch ganz profund nicht, oder, oder, oder?

Der Buckelmann punktierte und verlegte, wechselte dann hin und her durch den Raum, ständig in unverständlich verdrehtem Englisch mit sich und seinem Schicksal hadernd. Der Dämotts nutzte die Zeit, um sich das wenige, was er von seinem eigenen Körper sehen konnte, genau zu betrachten. Langsam dämmerte es ihm. Deshalb fühlte es sich hier drinnen so behaglich an, so wie angegossen passend. Er war wieder zu Hause. Das hier war Otts verdammter Körper, nicht Hiobs, wie immer das auch möglich war. Aber was zum Meister war denn mit dem Körper los? Warum konnte er die Gliedmaßen nur noch schlackernd bewegen? Egal, verdammt, egal. Er musste von diesem verfluchten isolierten Betonboten wegkommen und in Richtung des Stuhles zurückrobben, dorthin, wo die Leitungen waren, über die er sich zurückspeisen, zurückschwingen konnte in Sicherheit, um in Ruhe nachzudenken über alles und herauszufinden, was überhaupt passiert war. Die tod- und machtbringende Maschine wurde wieder angeworfen, das konnte er in allen Fasern vibrieren spüren, und er schlenkerte und wand sich mit spastischen Bewegungen über den glatten Boden zurück, bis aus dem Rauch vor ihm Hiobs Gestalt mit induktionsgespreizten Haaren auftauchte, sich lästige

Drähte spritzend aus der Haut reißend, schrecklicher anzuschauen als die Ausgeburten des Wiedenfließes, torkelig, aber schnell auf ihn zukam, ihn hart am Schopf packte und wie einen unmündigen, vollgeschmierten Greis ein Stück weit zurückschleifte, weit genug, um den herrlichen Stuhl durch den Rauch wieder aus den Augen zu verlieren, die sich darüber mit Tränen füllten. »Was hast du mit mir gemacht?«, schluchzte der Dämotts. »Was ist mit mir los?«

Hiob beugte sich zu ihm herab und sprach ganz ruhig zu ihm, lächelnd. »Der gute Doc hier ist Pathologe. Das bedeutet, er hat ein ganzes Set Seziermesser in seiner Kitteltasche. Ich habe ihm geraten, sämtliche Gelenksehnen in Otts' Körper durchzuschneiden, bevor er die Körper austauscht.«

»Die Körper ... austauscht?«

»Na, das dürfte doch mittlerweile selbst dir aufgefallen sein. Ich hab mich übrigens sehr geschmeichelt gefühlt, dass du so scharf auf meinen warst. Erst hatte ich gedacht, dass es ganz schön hart werden wird, dich zur Rückkehr durch den Stuhl zu bewegen. Ich hatte 'ne ganze Menge Argumente im Kopf, die ich gar nicht mehr gebraucht habe, weil du schlicht und einfach immer M.E.H.R. wolltest. Aber im Gegensatz zu dir labere ich nicht gerne in allen ermüdenden Einzelheiten über die Brillanz meiner Strategien, das gibt mir überhaupt nichts. So, wie ich das sehe, hast du jetzt die Wahl. Entweder du bleibst in diesem Körper, und ich werde dafür sorgen, dass du in eine schöne isolierte Zelle kommst, wo du dann bis zum Ende der Menschheitsgeschichte als von Generation zu Generation weitergereichte Legende vor dich hinrotten darfst.«

»Oder?«

»Oder du sagst mir deinen Namen, und ich erde dich und schicke dich für alle Ewigkeit ins Wiedenfließ zurück, wo du immer noch ein ganz passables Leben als unterer Dämon verbringen kannst.«

»Dem Spott der anderen ausgesetzt. Den Witzen über mein Scheitern.«

»Na, immerhin hast du's wenigstens mal versucht. Und wenn es mich nicht geben würde, hättest du's wahrscheinlich sogar geschafft. Du warst nah dran.«

»Heh. Das bist du also? Eine Sicherungsschaltung, die NuNdUuN installiert hat, um dafür zu sorgen, dass keine anderen Dämonen größer werden können als er? Bist du nichts weiter als sein Kopfgeldjäger?«

»Was ich bin, mein Freund, ist mir ehrlich gesagt scheißegal. Was ich tue, ist, was zählt. Stimmt's?«

Der Dämotts knurrte, und es klang wie ein Fiepen. Immer noch liefen Tränen ihm über das Gesicht, in dem das breite Grinsen mittlerweile viel zu erstarrt festsaß, um jemals wieder daraus getilgt werden zu können. Im Allgemeinen hat totes Fleisch die größte Massenträgheit, die man sich nur vorstellen kann.

»Wenn du mich ins Fließ zurückschickst«, knurrpte er, »werde ich dort auf dich warten.«

»O bitte, nur zu. Du wirst dich in eine Liste eintragen müssen.«

»Deine Haut wird Pusteln werfen und in Fetzen abgehn.«

»Klingt wie die alltäglichen Sorgen jedes pubertierenden Bravo-Boys.«

»Ich werde sie vorzeitig altern lassen.«

»Nur zu. Je mehr Falten einer hat, umso mehr wird er respektiert.«

»Ich werde deine Haut schrumpfen lassen, bis sie über den Knochen reißt.«

»Das ist allerdings unappetitlich. Unter welchem Namen darf ich dich zitieren?«

»*Eatuur Deblach Sganelsispheenakarfillenrufbackre Trisdris Nokah Nokah Fachawlenji-ekek Kesde rufbackrenokahlesch.*«

»Angenehm, Montag. Shiiiiit. Könnt ihr Kerle denn nicht einfach Bob heißen oder so?«

»Otts hat es geschafft.«

»Was?«

»Mich zu rufen.«

»Klar. Ist ja auch kein Problem, Mann. Hat ja auch Monate Zeit gehabt zu üben, der Vinylverkäufer.«

»Heh-heh-heh-heh-heh ...«

Hiob erhob sich, stapfte zu dem Doc hinüber – welcher sich zur Zeit nichts sehnlicher wünschte, als einfach nicht weiter beachtet zu werden – und nahm ihm das einzige technische Hilfsmittel, das Großvater Montag ihm im Umgang mit Dämonen zur Benutzung empfohlen hatte, wieder aus der äußeren Kitteltasche. Das über Zweite Hand weiland für zwanzig Mark erstandene Pocket-Diktiergerät war vom Doc plangemäß rechtzeitig angeschaltet worden, und Hiob drückte lächelnd die Stopptaste. Bei gedrückter Rewind-Taste ließ er das obige Gespräch zurückquietschen, bis er an *schelaakonörkabfuu – ReedssäcKkeckee-ijnnelwaachaFakoo-NakooNsierdsirTöckabbfuurnnelliffraakane – ef-sisllennagS-challbeeDrüütaeee* vorbei war, stoppte das Bändchen und begann das Erdungsritual, während der Dämotts vor Wut und Hass mit den Zähnen über die Fliesen schabte.

Das Ritual selbst war eigentlich gar nicht so spektakulär. Hiob schlug Zeichen in die Luft, die jeder Tourist in einer südfranzösischen Höhle an den Wänden lesen konnte, sang in verschiedenen Stimmlagen einen alten balinesischen Tempelgesang, vollführte dabei ein paar seitlich orientierte Tanzschritte, die ihm ein an der FU-Berlin Medizin studierender Häuptlingsnachfahre aus dem Senegal beigebracht hatte, zitierte *just for fun* aus den Grundsatzstatuten des erst kürzlich gegründeten *Vereins für Elektrosensible* ein paar romantische Formulierungen über Elektromagnetische Umweltverträglichkeit und drückte an dramaturgisch genau der richtigen Stelle Play, um die Variable X mit dem Namen des Patienten zu füllen.

Der Effekt, den das ganze hervorrief, war bei Weitem spektakulärer.

Der Dämon stieg auf als Blitz.

Dreißigtausend Grad Celsius. Fünfhundert Millionen Volt Spannung. Ein Strom von einhunderttausend Ampère Stärke floss aufwärts, ungeleitet. Luft explodierte als Donner. Und irgendwo zwölftausend Meter oberhalb der virginianischen Wolkendecke flackerte ein quallenförmiges Gebilde von vierzig Kilometern Höhe, zehn Kilometern Breite und eintausend Kubikkilometern Volumen für vierundvierzig Nanosekunden auf, ließ ein paar wissenschaftliche Nadelgehäuse bersten und verlosch dann auf ewig.

Was übrig blieb, war die geplatzte, verbrannte Leiche von Charles Otts, die dermaßen dehydriert war, dass nicht einmal die Hamburger Universitätsklinik Eppendorf noch Verwendung für sie gehabt hätte. Ein Kadaver ohne Aufstiegschancen, sozusagen, und irgendwo in seinen knorrigen Partikeln war Otts' letztes bisschen Bewusstsein auf der Strecke geblieben.

»An die Wand gespielt, Charlie«, konnte Hiob sich nicht verkneifen zu sagen.

Dann strich Hiob sich einmal mehr die Haare einigermaßen glatt und begutachtete mit Missfallen die hässlichen Brand- und Schmauchspuren auf seinen Armen und seiner Brust. Auch seine Schläfen waren krustig und juckten schmerzhaft stark. Sein Körper hatte bei dem ganzen Starkstromgewese ziemlich gelitten und wirkte unangenehm ledrig und ausgetrocknet.

Noch schlimmer hatte es allerdings den Doc erwischt. Der wackere kleine Kerl war bei der letzten Entladung des Dämons quer durch die ganze Kammer geschleudert worden, die Augenbrauen und Teile des Haarschopfes rieselten als salzige Asche über sein rußiges Gesicht, und beide Trommelfelle waren ihm blutigweiß aus den Ohrmuscheln herausgeplatzt. Hiob ging zu ihm hin, richtete ihn sitzend an einer Wand auf und tätschelte ihn. »He, Doc, alles klar?«

Doktor Yaycayab kam langsam zu sich, blinzelte und blickte verstört aus der Wäsche.

»Das war ausgezeichnete Arbeit, Doc. Wir haben's den bösen Jungs kräftig gegeben. Im Fließ kommt Ihr Name jetzt auf die Liste. Große Sache.«

Yaycayab starrte großäugig auf Hiobs Lippen. »Re... reden Sie mit mir? Ich nicht kann ein bisschen horen.«

»Machen Sie sich nichts draus. Sie sind ein Glückspilz, Doc: In ihrem Job haben die Patienten ja ohnehin nichts mehr zu sagen.« Hiob knuffte den kleinen Philippino noch mal, erhob sich dann und verließ die Kammer.

Er ging aus dem Rauch in anderen über. Das Gefängnis schien irgendwie zwischen Serben und Kroaten geraten zu sein, Hiob musste durch Brandherde und sinnlose Zerstörung waten. Das war ihm zwar einerseits ganz recht, denn immerhin brauchte er sich jetzt keine Gedanken mehr darüber zu machen, wie er den gut bewachten und ausbruchssicheren Gebäudekomplex möglichst unbeachtet wieder verlassen konnte, andererseits trugen die zerschossenen Leichen überall, die schwelenden Flurflammen, panikspritzenden Sprinkler, amokschrillenden Alarmsirenen, die sich Blut und Terror aus den Augen weinenden herumsitzenden Häftlinge und Sicherheitsposten, die Betontrümmer und geplatzten, zerschmolzenen Stahlstreben unmissverständlich die Handschrift des großen Baumeisters NuNdUuN.

Dies war dasselbe beschissene Spiel wie in Barranquilla. Während Hiob sich mühte und wuchtete, um das Prognosticon zu löschen, legte NuNdUuN ihm in aller Ruhe Beinschere um Fallgrube, Schnappkeil um Garrotte, um seinen schwer erarbeiteten Siegpunkt wie eine Seifenblase zur Bedeutungslosigkeit zu zerblasen. Schön, in Barranquilla hatte es nicht geklappt, das hämische Vorführen seiner gescheiterten Vorgängerin Lagrima hatte Hiob herzlich wenig beeindruckt, also nahm er sich nun ganz einfach vor, dass ihn das Schreien und Lallen der Verwundeten, das in seiner choreographierten Ganzheit nichts anderes war als das Lachen des Downlords, des Druntenvaters, des verfluchten Pyrexiepatriziers, genauso wenig kümmerte. Aber so ganz gelang das nicht, gelang das nie. Der vermaledeite moralische Erbfehler machte sich wieder bemerkbar.

Hiob brauchte keine drei Minuten, um aus einem sterbenden jungen Sträfling, den zwei Meter vor Erreichen der Freiheitsschwelle eine Streusalve in der Mitte zerrissen hatte, einen Namen herauszuschütteln, der für das Inferno hier haftbar zu machen war. John. Balti. More. Ing. Less.

Durch Qualm und Stöhnen, mehrere Wandbreschen und das unkontrollierte Vorbeistolpern von schemenhaften Überlebenden bahnte Hiob sich einen Weg nach draußen, wo es eigentlich mittlerweile dunkel hätte sein müssen, jetzt aber flackernd von chemisch verfärbten Schadstoffflammen und hektisch herumzuckenden Suchscheinwerfern fast so kurios, sinnentleert und hochenergetisch erleuchtet war wie die Performance eines Massenpopstars. Ingless konnte noch nicht weit sein, Hiob konnte mit den ausgestreckt gespreizten Fingern der linken Hand den feingestäubten Kometenschweif seiner kalten Effektivität erspüren und diesem Ariadnefaden durch das Rattern geblendeter Schützen und das Motorrauschen hilfloser Jeepswingkommandos bis über den niedergerissenen, von siedenden Leichenleibern überbrückten Spannungszaun folgen.

Irgendwo draußen im nächtlichen Kirschfeldland von Virginia, zwei Stunden später in Richtung auf den Shenandoah, traf Hiob schließlich auf Ingless, der aus einem Bach trank.

»Tut mir leid, Ingless«, sagte Hiob unpathetisch, »aber ich muss dich genauso umlegen, wie ich das mit Diana Frahm auch gemacht habe. Ich kann einfach nicht zulassen, dass solche Arschgeigen wie du ungestraft frei rumlaufen. Ist also nicht persönlich gemeint oder so, vielleicht bist du ja sonst ganz okay. Also komm her, Mann, bringen wir's hinter uns. 'S ist eh jedes Mal derselbe Mist.«

Hiob streckte würgermäßig die Arme aus und kam näher, und Ingless, mit wundernd gerunzelter Stirn, hob die eine Hand, die er nicht zum Trinken brauchte, und drückte einmal ab. Die Kugel schlug Hiob mitten ins Herz und riss ihn fast fünf Meter rückwärts durch die Luft. Hiob krachte durch die Böschung eines steinigen Hangs, und als er in einer mittleren Lawine endlich zur Ruhe kam, kickten die Schmerzen voll ein. Er schrie und jaulte und hielt sich die zerfetzte Brust, und zum zweiten Mal innerhalb weniger Stunden hatte er überhaupt keine Lust mehr weiterzuleben. Die Schmerzen waren einfach zu schlimm, waren Napalm hoch zwei, waren endlose Re-Runs vom Sterben Sankt Sebastians und zwei, drei Grade auf der nach oben offenen Milgram-Skala mehr. Über Schmerz nachzudenken, Worte dafür zu finden, ist der Musik stets besser gelungen als der Sprache.

Weinend und keuchend und sich konvulsivisch windend konnte Hiob trotzdem sehen, wie der Killer sich vorsichtig, mit ausgestreckter Waffe, den rutschigen Hang herab auf ihn zubewegte.

»Mach ein Ende«, wollte Hiob ihn anschreien, aber es ging nicht, Blut füllte plötzlich seine Kehle ganz aus, und er konnte nicht einmal daran ersticken, irgendein blödsinniger Reflex zwang ihn dazu, es auszukotzen.

Ingless ging staunend einmal um ihn herum. Er hatte noch nie jemanden gesehen, der einen Herzschuss überlebte, und er hatte schon viele, viele Menschen getötet und demzufolge verschiedene Grade von Todesresistenz aus nächster Nähe beobachten können. Während Hiob zuckte und röchelte und winselte, überlegte er, ob er ihm noch einen Kopfschuss ansetzen sollte, aber irgendwie gefiel ihm der Gedanke nicht. Ein Kopfschuss würde alles klar und glatt machen und die erstaunliche Überlebensleistung dieses Typen hier der Vergessenheit überantworten. Und was hatte der Junge gesagt, als er auf ihn zugegangen war? »Ich muss dich genauso umlegen, wie ich das mit Diana Dors auch gemacht habe.« Ein Bruder war das also, ein verwandter Geist, ein Mitspieler. Alle Achtung, und so am Leben hängend.

Ingless lächelte unsichtbar im Dunkel, tippte grüßend die Mündung der Pistole an seine Schläfe und machte sich wieder auf den Weg nach oben. Lithiumland lag schlafend da, dort irgendwo vor ihm, und erwartete ihn mit hochgestecktem Haar. Offensichtlich ergab das doch irgendeinen ihm bisher verborgenen Sinn. Vielleicht, vielleicht sollte er doch eine Familie gründen und sich niederlassen, mit einem echten Rasenmäher und so einem ulkigen Wecker neben dem Bett. Und Cornflakes, die auf der Milch schwammen, auch wenn man sie mit Zucker beschwerte und immer wieder umrührte, so oft man wollte. So oft man wollte.

Hiob kroch und schrammte sich die ganze Böschung hinauf, hustend und röhrend und ab und zu auch – ganz ohne bewusstes Zutun – lang und anhaltend schreiend, schleifte sich selbst bis in den kalten Nachtbach, um dort den Schmerz zu kühlen, doch nichts half nichts half, der Schmerz war in ihm drin, saß tief in seinem Herzen, wurde mit jedem verzweifelt flatternden Flügelschlag durch seinen ganzen Körper gepumpt. Er wand und rollte sich im klaren Wasser, bis flussabwärts alles rot war. Irgendwann war wieder jemand neben ihm, bis zu den Knöcheln im Fließ, doch diesmal war es nicht Ingless. Es war NuNdUuN, die Hosen bis zu den Knien hochgekrempelt, ganz in italienischen Schnitt gekleidet, er war gerade beschleunigt noch in Milano gewesen auf einer Messe und hatte sich von Ermenegildo Zegna und seinen hochgewachsenen Models einkleiden lassen. Er half Hiob ans Ufer, und für Momente war da eine merkwürdige Vertrautheit zwischen den beiden, sie waren ganz allein unter dem Virginiamond, sie waren Feinde, ganz gewiss, und dadurch jeder für den anderen da, jeder ohne den anderen nur die Hälfte wert, genauso, wie man das von Freunden sagt.

»**Du hast großes Glück gehabt heut Nacht, Hiob. Wenn Ingless sich dazu entschlossen hätte, noch einmal auf dich abzudrücken, wäre es vorbei gewesen. Dein Spiel beendet, du auf ewig mein Sklave.**«

Hiob hatte mittlerweile genug Blut verloren, um wieder sprechen zu können. »Nimm ... ihn ... weg ... nimm ... den ... Schmerz ... weg ... bitte.«

»Natürlich. Und ohne etwas dafür zu fordern. Es steht in den Regeln, dass dich so eine Nichtigkeit wie eine Kugel nicht töten darf.«

Lächelnd streifte NuNdUuN dem zitternden Hiob den durchlöcherten, vollgesogenen Pullover hoch, fuhr ihm sanft über die Brust, nahm die Wunde in der Hand mit fort, pustete sie in den Wind wie Löwenzahnsamen.

»Die Kugel werde ich dir lassen, zum Gedenken. Sie wird dir keine großen Schwierigkeiten bereiten, außer wenn du anfängst zu lieben, was für jemanden in deiner Position ohnehin nicht von Vorteil ist.«

»Fahr ... zur ... Hölle, du verdammter ... Bastard.«

»Natürlich tue ich das. Und es ist verdammt viel schöner dort als in einem der Länder, für die du dich so abstrampelst, das kannst du mir glauben.«

NuNdUuN stand auf und atmete den frischen Wind. Sich selbst musste er eingestehen, dass es hier oben ab und zu wirklich gut roch, besonders, wenn Menschen geblutet hatten in der Nähe. Mit Genugtuung vergegenwärtigte er sich, dass er hier auch schon fast herrschte. So viele arbeiteten ihm zu. Das letzte bisschen Widerstand war nur noch eine Frage der Zeit.

Aus der Innentasche seines sandbraunen Blazers zog er ein paar nagelneue Lira-Scheine, strich mit den Fingern darüber und verwandelte sie so in Dollars.

»Hier hast du ein paar Scheine für den Rückflug, mein Freund. Das bisschen, was du noch in deiner Gesäßtasche hast, hat mittlerweile so weit gelitten, dass es wohl an keiner Schalterstelle mehr akzeptiert werden dürfte.« Er legte Hiob das Geld langsam auf den Bauch, wie manche Männer das bei Huren tun.

»Danke«, knurrte Hiob, sich immer noch links die Brust haltend.

»Keine Ursache. War wirklich gute Arbeit mit Otts, meine Hochachtung. Für das nächste Mal werde ich mir etwas wirklich Schwieriges ausdenken müssen.«

Die Hände in den weiten Hosentaschen, die Hosen noch immer hochgekrempelt und barfuß, schlenderte der

Monarch lässig davon. Ein Paar maßgefertigter italienischer Schuhe und schwarze Socken blieben bei Hiob zurück, und der hütete sich, sie auch nur begehrlich anzusehen. Sollte ein Landstreicher sich mit den Schuhen des Teufels in eine dolle Geschichte verwickeln, Hiob hatte wirklich Sorgen genug.

Bis zum Morgengrauen blieb er am Ufer des Baches sitzen, den Reperkussionen der Kugel in seinem Herzen nachlauschend, dann stand er auf, versuchte, die unbemerkt am Körper getrocknete Kleidung einigermaßen zu glätten, was aber keinerlei Erfolg zeitigte, gab es schließlich wütend auf und stapfte in irgendeine Richtung davon. Flughäfen, das wusste er, gab es schließlich überall auf diesem Scheißplaneten, selbst mitten in der Wüste, weit draußen auf dem Meer.

Bonus Track One

Attorney Demetrio Hogue
stand vorm
Badezimmerspiegel
und betrachtete den
Elektrorasierer
in seiner Hand.

Seine Frau lehnte
am Türrahmen,
den weissen Bademantel
vorne locker geöffnet.
»Was ist los? Kaputt?«

Hogue schüttelte
den Kopf,
liess die Schutzkappe
drüberschnappen und
packte das Gerät weg.
»Ich werde mir einen
Nassrasierer kaufen, Darling.
Ich glaube,
das
ist
sicherer.«

Bonus Track Two

Die Verbitterung in Hiobs Gesicht, als er die *taz* aufschlug und schon auf Seite 2 etwas las von einem schwer unter Kontrolle zu bekommen gewesenen Feuer im Hermsdorfer Hubertuskrankenhaus, dem acht Babys auf der Säuglingsstation zum Opfer gefallen waren und sonst weiter niemand, war geradezu ikonisch.

Die Verbitterung in Hiobs Gesicht, als er die *taz* aufschlug und schon auf Seite 2 etwas las von einem schwer unter Kontrolle zu bekommen gewesenen Feuer im Hermsdorfer Hubertuskrankenhaus, dem acht Babys auf der Säuglingsstation zum Opfer gefallen waren und sonst weiter niemand, war geradezu ikonisch. Die Verbitterung in Hiobs Gesicht, als er die *taz* aufschlug und schon auf Seite 2 etwas las von einem schwer unter Kontrolle zu bekommen gewesenen Feuer im Hermsdorfer Hubertuskrankenhaus, dem acht Babys auf der Säuglingsstation zum Opfer gefallen waren und sonst weiter niemand, war geradezu ikonisch.

Die Verbitterung in Hiobs Gesicht, als er die *taz* aufschlug und schon auf Seite 2 etwas las von einem schwer unter Kontrolle zu bekommen gewesenen Feuer im Herr dorfer Hubertuskrankenhaus, dem acht Babys auf der Säuglingsstation zum Opfer gefallen waren und sonst weiter niemand, war geradezu ikonisch. Die Verbitterung in Hiobs Gesicht, als er die *taz* aufschlug und schon auf Seite 2 etwas las von einem schwer unter Kontrolle zu bekommen gewesenen Feuer im Hermsdorfer Hubertuskrankenhaus, dem acht Babys auf der Säuglingsstation zum Opfer gefallen waren und sonst weiter niemand, war geradezu ikonisch.

Die Verbitterung in Hiobs Gesicht, als er die *taz* aufschlug und schon auf Seite 2 etwas las von einem schwer unter Kontrolle zu bekommen gewesenen Feuer im Hermsdorfer Hubertuskrankenhaus, dem acht Babys auf der Säuglingsstation zum Opfer gefallen waren und sonst weiter niemand, war geradezu ikonisch. Die Verbitterung in Hiobs Gesicht, als er die *taz* aufschlug und schon auf Seite 2 etwas las von einem schwer unter Kontrolle zu bekommen gewesenen Feuer im Hermsdorfer Hubertus-

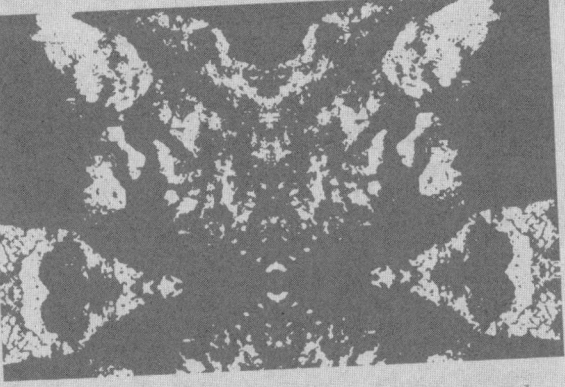

Die Verbitterung in Hiobs Gesicht, als er die *taz* aufschlug und schon auf Seite 2 etwas las von einem schwer unter Kontrolle zu bekommen gewesenen Feuer im Hermsdorfer Hubertuskrankenhaus, dem acht Babys auf der Säuglingsstation zum Opfer gefallen waren und sonst weiter niemand, war geradezu ikonisch.

krankenhaus, dem acht Babys auf der Säuglingsstation zum Opfer gefallen waren und sonst weiter niemand, war geradezu ikonisch.

Goldene Spuren in seinem seidig dunklen Fell maskierten die Teile seines Körpers, mit denen er in ihr gewesen war, und angenehmes Erstaunen darüber, wie viele es waren, durchdrang sanft die Deckung aus heimeliger Schläfrigkeit und körperlicher Erschöpfung, die alles war, was Aries im Augenblick besaß.

NuNdUuN lächelte auf sie herab, die schwarzen Tieraugen von weißen Zähnen kontrastiert, und ihre helle Hand folgte seinem Lächeln über die symmetrischen Muskelfelder seiner Brust.

»Hast du an ihn gedacht?«, fragte er mit dem Brummen eines Bären, und die Flammen, die ihr gemeinsames Lager umzüngelten, wechselten leicht die Farbe.

»Ja«, gab sie offen zu. »Ich denke oft an ihn. Er fasziniert mich.«

»Kann er dich an der Hand nehmen und führen, so wie ich?«

»Nein. Er ist ein Schwächling im Vergleich zu dir.«

»Kann er dir die ganze Schöpfung zeigen in einem Tropfen Feuchtigkeit?«

Sie schüttelte den Kopf, rollte sich auf die Seite, zog die Beine an.

»Hat er dir jemals das Gefühl gegeben, sterblich zu sein?«

Sie sah ihn an, die Augen fast geschlossen, feucht schimmernd zwischen den Wimpern. »N-n.«

NuNdUuN blickte hinaus ins von Orgasmen aromatisierte Dunkel. Der Himmel über dem Tafelberg riss auf, und Wolken jagten mit irrsinniger Geschwindigkeit über den beiden hin, ohne dass ihnen ein Wind auch nur ein Haar krümmte. »Das nächste Mal werde ich ihn wirklich überlasten. Wenn er auch das noch übersteht, werde ich anfangen, ihn ernst zu nehmen.«

»Meinetwegen?«
»Vielleicht. Mich erstaunt die Wirkung,
die er auf dich hat.«
»Mich fasziniert sein Mut. Es gab einmal eine Zeit, da respektiertest auch du die Tapferkeit von Menschen.«
»Das ist lange her. Das war, als der Nazarener seinen Feldzug gegen mich führte. Und später noch einmal, als Jiddu Krishnamurti sich selbständig machte. Aber alle dazwischen, Leute wie John Dee, wie Jakob Michael Reinhold Lenz, wie Giordano Bruno waren nichts weiter als Streiflichter, brennender Talg, so wie Hiob.«
»Nicht brennender Talg. Brennende Seelen.
Zu heiß selbst für dich.«
NuNdUuN erhob sich jetzt ganz. Sein animalischer Körper war von einer zweckmäßigen Vollkommenheit, wie sie die vernunftunbegabte Natur allein niemals hervorzubringen in der Lage gewesen wäre. »Ich werde ihn auslöschen. Das nächste Mal. Ich habe einen Gegner für ihn, den er nicht besiegen kann.«
»Vergiss nicht, ich habe ihm versprochen, dass das nächste Prognosticon sich in Deutschland ereignet.«
»Ja. Deutschland ist perfekt.«
Die Wolken lösten sich auf, verdampften. Sterne strahlten auf am blauen Himmel und regneten als Schnee herab. NuNdUuN breitete die Arme aus.
»Hinterkaifeck«, flüsterte er.
»Hm?«
»Ich sagte: Hinterkaifeck. Anton Krantz,
der Heimkehrer.«
»Aber ... Hinterkaifeck ist doch ...«
»Shhhhhh. Ich weiß, mein Liebling, ich weiß.
Wo steht in den Regeln, dass das verboten ist?«
Also wurde es beschlossen.
Und irgendwo begann ein Hund zu bellen.

Manifestation 1 :
Hinterkaifeck
oder Der Heimkehrer

Dort ist es, und ich fürchte mich.
Ich fürchte den Tod und fürchte die Blasphemie.
Aber es gibt keinen anderen Weg.
Es gibt keine andere sichere Methode, dies zu vollbringen,
als es zu durchleben.

*(Michael Moorcock,
Behold the Man)*

a) Was aus uns geworden ist

An einem dieser Frühsommertage begegnete Hiob einem bösen Imitator.

Der Imitator saß neben einem Schaukasten vor Wertheim/Kudamm auf einem bunten Billigstrickdeckchen, trug die Kleider einer Sinti-Bettlerin und schaukelte hospitalistisch mit ungeheurer, geradezu schweißtreibender Schnelligkeit hin und her, dabei einen jammernd-greinenden Klagegesang hervorstoßend.

Die Performance war erschütternd.

Sie zeigte Realität, beschleunigt, verdichtet, auf den Punkt gebracht.

Etliche Passanten hielten ihn für echt, auf seinem Deckchen lagen schon ein paar Groschen und 50-Pfennig-Stücke.

Hiob war der Einzige in der wogenden, durch die Glastüren klatschenden Menge, der wirklich stehen blieb und zuschaute. Die ruckartigen, heftigen Bewegungen, diese komprimierte Verzweiflung und das weinerliche Lamento erinnerten ihn an etwas. Es hatte mal eine Zeit gegeben in seinem Leben, da hatte er den Geschlechtsakt als Hospitalismus gesehen, das pathetische, im Rhythmus der Unmusikalischen sich steigernde Aufeinanderklatschen von aufgedunsenen Wammen und eingesunkenen Brüsten, der bürgerliche Paarungsakt als das letzte, Fäden ziehende und Flecken machende Relikt einer zwischenmenschlichen Kommunikation, die als solche schon längst nicht mehr stattfand, genetisch vorprogrammierte Hüftbewegungen, atonal begleitet von dumpfem Muhen und geächztem Gelalle hinter halb geschlossen, verdrehten Augenlidern. Mensch legte Krawatte ab und wurde Fleisch und ärgerte sich hinterher, für ein paar Momente die Passform verleugnet zu haben. Spießbürgers mit Kunststoffhilfsmitteln dekorierte Oase. Reden und immer schneller darauf hinreden ohne einmalige Erweckung des Hirns aus seinem Schlummer. Bloß keine Reproduktion. Das dröge, monotone Schaukeln der Gesperrten. Zum Kotzen.

Aber dann war Widder in sein Leben detoniert und hatte ihn auf ihrer Zeigefingerspitze balancierend um die Achse seines Genitals rotieren lassen. Die dumpfste Kopulation der Welt – Helmut auf Hannelore bei der pflichtbewussten Zeugung Walters oder Peters – bekam plötzlich eine einzigartige Farbe. Selbst der Urknall war eine Ejakulation gewesen, irgendwie, und wir alle kraulten darin mit, auf der Suche nach der großen wunderbaren Eizelle. Das verstumpfte Schwanken und Stöhnen der Gefallenen hatte plötzlich ein Gesicht, Gesichter, einmalige Züge in jedem. Vom Misaulusanthropus zum Philantropaulus. Natürlich: Während Hiob aufstieg zu höheren Weihen und sich bis zum vertraulichen Chefgespräch hinaufarbeitete, brach ringsum die Welt zusammen. Moslems und Christen rangen schwitzend um heiliges Öl, die Jugoslawen liefen schaumberstend Amok und verwandelten Marktplätze in Moraste aus zerplatztem Gemüse und blutigen Körperfetzen, Wirtschaftskrise, Rezession und Inflation, Natur in maniakalischer Selbstzerfleischung, Rückkehr der Hakenkreuze, Magnetismus der Verkümmerung.

Umso wütender, umso rasender über dieses Ungleichgewicht, über diesen Kontrast von Innen und Ringsum, Geworfenheit und Ziel konnte Hiob werden.

Er wollte den Imitator packen, hochreißen und den höhnischen Zynismus aus ihm herausschütteln, doch der Mann kam ihm zuvor. Er schnellte aus der sitzenden Position, war jetzt fast einen halben Kopf größer als Hiob und starrte ihn aus kopftuchumrahmten geschminkten Augen an. Dann fiel er vor Hiob auf die Knie, winselte »Messias, Messias«, umklammerte Hiobs Beine, ließ Hiob so straucheln, riss ihn zu Boden, rollte mit ihm in die grobe Pflastermalerkopie von Chagalls *Der grüne Geiger* und löste sich dort verächtlich grinsend von ihm. Ein paar Jugendliche, die sich milchbärtig krächzend eingefunden hatten, um Pennerblut fließen zu sehen, winkten enttäuscht ab und zerstreuten sich wieder in ihre Perspektivlosigkeit. Der Imitator war verschwunden, Hiobs Handflächen grün.

HIOBS SPIEL 1

Kurz nachdem die Mitternachtsglocken aus dem Dorf hinter den Baumfeldern verhallt waren, kurz bevor in westlicher Richtung ein von den Schlafbäumen geschreckter Rabenschwarm aufstieg und in ganz untypischem nächtlichem Geschrei über den Diffringerhof dahinflackerte, schlug der Hund an, Baron, ein großer, fast wolfsartiger Schäferhund, der normalerweise eine so gottvertrauende Nachtruhe hatte, dass selbst die Gewalt eines Sturmes ihn nicht beunruhigen konnte.

Der Diffringer öffnete zwischen seinem tiefen Federkissen und seiner dicken Federdecke kneisternd die Augen und wartete ein paar Momente lang auf das Muhen der Rinder, das eigentlich auf das Bellen hin jetzt hätte einsetzen müssen, aber keine Rinder waren zu hören, natürlich, weil keine Rinder mehr da waren. Verkauft, letzte Woche, der Stall stand leer.

Er stand auf. Sein Weib, die Marie, ebenfalls wach geworden, schoss ihr furchtsames Wispern auf ihn ab wie ein Gewehr. »Wos is?«

»Sakradeiter Hund wuis Mau net halta«, knurrte der Diffringer. »Hab woi dois Füttarn huit virgessa.«

»Hosts wirkli? Virgisst's doch sonst aa net.«

»Waas net. Obr irgendwos so derra werd's scho si. Leg di schloafa.«

»Gib eahma, wos no übrig is vun der Kuah.«

»Sauhund. Werd' em aa no schlachta, sog i jetzt schunn.«

Die nackten Füße ins schwere kalte Leder der Schuhe geschoben, einen Mantel übers Nachthemd gelegt, knarrte der Diffringer die breite Holztreppe hinunter in die Diele. Sein jüngerer Sohn Luit kam gerade aus seinem Zimmer, flackernden Kerzenhalter in der Hand.

»Ah«, höhnte der Alte, »ist's der Herr fei aa scho aufi? Dr Hund bellt scho a halba Stund, hast's net aussikönnen odr wos?«

»I hob's halt gerada erst ghört«, schmollte Luit. »Außrdem iis dr Kall scho aussi.«

Der Kall, natürlich. Der ältere, tüchtigere Sohn des Diffringers.

»Jo, waruum bellt dois Hundsviah denn daa no, sakrament. Bringt's der Kall net zr Ruah? Is denn dr Deifi lous in Kaifeck zr Ziit?«

Forsch griff sich der Alte eine Sturmlatern von der Kommode, dunkles Wachs brach ab. Mit seiner kränkelnd fackelnden Kerze wurstelte Luit im Innern der vom Vater kältezitternd gehaltenen Latern herum, bis der Docht Feuer fing. »Setz dir a Mütz aaf«, knurrte der Vater höhnisch, »wirst's sonst heraußen net überleba.« Luit schnaubte und zitterte jetzt auch.

Sich nachtblind anrempelnd traten beide durch die Schwelle der schweren Haupthaustür in den knirschend tiefen Schnee. Die eiskalte Luft kroch beiden unter Mäntel und Schlafhemden und zupfte dort schmerzhaft herum. Ihre Gesichter schnitten durch die dunkle Watte ihres Atems.

Baron hörte auf zu bellen. Der Diffringerhof lag ruhig. Der Mond war klar und kalt wie Eis heut Nacht.

»Kall?«, rief der Diffringer in die schneewunde Nacht. »Kall?«

»Baron?«, rief der Luit.

»Hier«, kam eine raue Stimme aus dem matt glimmenden Dunkel. »Hierher.«

Beide stapften sie der Stimme entgegen und schaufelten sich dabei weichen Schnee oben in die Schuhe, denn viel höher als sie gedacht hatten war er über Nacht geworden.

Kall stand dort breitbeinig neben Barons ärmlicher Hütte, der rotbraune Vollbart im Laternenschein seines Vaters feucht auflodernd wie Brand. Leichter Schneetrieb war jetzt in der Luft und färbte Augenbrauen grau.

»Der tuat koan Huasterer mehr, Vodr.«

»Bist ohne Lampen heraußen, Kerle?«, herrschte der Diffringer. »Wuist, dois di dr Aafhocknd Geist greifen tuat?«

»Vodr, Baron hot wos gspuart. Hot uns worni wolla.«

»Worni, sakradeifi. Verreckt is dr Sauhund.«

Sie standen jetzt zu dritt um den Kadaver des Hundes herum, der steif auf der Seite im Schnee lag, die Augen weit aufgerissen, die Schnauze geöffnet und noch warm dampfend, aber ohne Atem.

»Grod hatter do no glebt«, meinte Luit zaghaft. »Wir ham erm do no bella ghört.«

»Jo«, bestätigte Kall. »Glebt hatter no, als i ankimmen bin. Kunnt sich obr net mehr bruiga. Hat mi net oamal mehr erkennt. Hot weider oogwarnt.«

»In welch Richtung?«, fragte der Alte.

»Dorthinaas.« Kall deutete mit ausgestrecktem nacktem Arm – er trug nur ein grobes Unterhemd und -hose – hin zu den Schnee-Feldern, wo die Buchenreihen standen, jetzt nur kurzsichtige Schemen unterm scharf umrissenen Mond. Luit bekreuzigte sich hastig, der Vater, nach einem Seitenblick, nickte bleich.

»Dr Deifi kommt vunn Osten in dr Nacht«, murmelte der Alte. »Dr Aafhocknd Geist.«

»Ah, geh, Vodr«, winkte der Kall ab. »Kaan Geist treibt si aa bei dr Kälten hrum. Dois kunnten fei nur Wölfe sinn. Soll i geha nach-senga?«

»Bist vunn Sinnen?« Jetzt winkte der Alte ab. »Naa, wozu. Sakrament no ee. Wia hobn eh kaa Viah mehr. Wozu no kämpfa?«

»S'kunnten uus oogreifa.«

»Ah, geh. Wölfen san schlaur denn die im Dorfen. Wissent gnau, wannt Bousheiten nets aabringa. Kummt's eini jetzt, die Weibr fanga sunst dois Heula an.«

»Und woran«, fragte Luit, »woran iis dr Baro no verrackt?«

»Angst«, sagte Kall, düster auf seinen Vater herabsehend. »Kunnst's net riacha? Hier gspürt ma jeds Haar wiar an Nogel. Hiar geat fei die Angst um und wui fei hiar eikehra.«

»Schmarrn«, rauchte der Vater, Kalls Blick ausweichend. Ein lang gezogenes Brummen kam aus seiner Kehle wie von einem wunden Bären. »Fei Faulheit iis un Blödheit wos eahre zwei wiar Nägel gspürt, sonst iis hiar no nix, dois merkt's ei. Hobt's denn scho vrgessa, wos im Dorf sie saga tun? Dois iis dr Diffringer Hof hiar, doi kunnt selbst a Mord nimmer wos verderba.«

Vater voran, stapften sie durch den Schnee zurück. Die Magdaleen, die Diffringerstochter, stand mit ihrem Kind auf dem Arm in der goldroten Türöffnung und wartete schon auf sie, die Augenlider vom Schlaf noch verquollen, die Augen selbst von Furcht aber geweitet.

Als sie an ihr vorbeischlüpften, knurrte der Alte: »Morgn bringa mer's Hundsviah untern Acker, dois aa Ruah is.«

Der breitschultrige Kall schloss die Tür, legte den Riegel vor und nahm seine danebenstehende Schwester kurz in die Arme. »Leg di schloafa, Leenl. Obr nimms Kind zuah dir, leg's net in die Wiege zrück. Ois soit heit net alloana sint, dois hat fei dem Baro das Leaba kost.«

Hiob stand beim Bäcker um die Ecke in der Schlange und wartete darauf, dass der Greis vor ihm mit seiner Schrippenbestellung zu Potte kam. Das Mädchen hinter der Theke gab sich wirklich alle Mühe, aber sie war neu hier und kannte den Unterschied zwischen Sechskorn- und Sonnenkornbrötchen noch nicht so recht und auch nicht deren Preise, also lächelte sie jeden Kunden reizend an, während sie ihm irgendetwas von gestern in die Tüte stopfte. Hiobs Laune – am frühen Morgen ohnehin zur Soziopathie tendierend – rotierte mit 320 bpm durch einen Mondo-Film.

» ... tun sie doch noch zwei Schrippen mehr dazu, der Lutz kann ja immer nicht genug bekommen, das ist mein Enkel, wissen Sie, und selbst wenn welche übrig bleiben, kann man sie ja wieder aufbacken, nein, eine ist, glaube ich, genug, wie viel haben Sie jetzt, Moment, wo ist denn überhaupt mein Geld, man wird ja so vergesslich im Alter, da kann man gar nichts gegen machen, nicht wahr ...«, wandte sich der alte Mümmler mit den schwarzen Nasenhaaren jetzt entschuldigend an Hiob, der freundlich nickte und »Jung sterben« murmelte.

Die etwa fünfzigjährige Frau mit dem Hund, die jetzt den kleinen Laden betrat, trug eine Pelzjacke, was die Sache eher verschlimmerte. Ihr kleiner Liebling, eine süße, nacktrasierte Designerzüchtung, stürzte sich sofort zielstrebig auf Hiob, riss und fetzte an seinen Hosenbeinen und Schnürsenkeln und kläffte Hiob mit bemerkenswert hoher und schriller Stimme an, während seine Besitzerin einen angeregten Plausch mit der älteren Bäckereibedienung begann, die die Aufgabe hatte, das neue Mädchen anzulernen, und diese Aufgabe derart auslegte, dass sie um keinen Preis einen Finger rühren durfte, um der Neuen eventuell zur Hand zu gehen.

»Würden Sie bitte Ihren Hund zurückhalten, Ma'm«, versuchte Hiob ruhig, woraufhin ihn vier ältliche Frauenaugen mit kaum verhohlener Abscheu von oben bis unten musterten. Der Hund war noch lange nicht am Ende seines Lateins. Er stellte sich an einem von Hiobs Beinen hoch, schnappte und biss in Wadenhöhe am Jeansstoff herum und sabberte und schmadderte keifend über Hiobs gute Sneakers.

»Könnten Sie vielleicht bitte Ihren Hund zurückhalten, Gnädigste?« Keine Reaktion. Das Gespräch schoss sich jetzt auf ein paar Ausländer ein, die offensichtlich nur das eine im Sinn hatten mit ihrer schmutzigen Haut.

Hiob beugte sich zu dem Hund hinunter, bis er dessen speichelspritzenden, lauten, nach César stinkenden Atem riechen konnte, und gab ihm eine Überdosis Glück. Er gab ihm Futter, Tonnen von Futter, Alleen von wehrlosen Bäumen zum Gegenpissen, er gab ihm das Unterwerfungsgebaren viel größerer und stärkerer Hunde, gab ihm Beißknochen und Streicheleinheiten, warme Kissen und Pralinen, den schweren *White Diamonds*-Duft von Frauchen, gab ihm Kekschen, »Sitz!« und »Ab!« in rascher Folge, gab ihm ein paar Katzen, die Erkennungsmelodie vom Glücksrad, zweihundert Schalen kühlen Wassers, niedrige Bordsteine, das Läuten der Wohnungstür siebzehn Mal hintereinander und legte noch eine ganze Galerie feucht glänzender, arschwackelnder Hundemuschis drauf.

Die Augen des kleinen Tieres wurden matt, sein Leib zuckte, der Atem überschlug sich knackend, der triefende Speichel wurde gelb, dann knickte der Hund ein, fiel auf die Seite, kickte noch zweimal und starb mit einem lang gezogenen, erleichterten Rasseln. Hiob erhob sich wieder, nahm dem Alten die Schrippentüte vor der Nase weg, legte ein paar Mark auf den grünen Spiraluntersetzer aus Gummi, tippte sich das lächelnde Mädchen grüßend an die Stirn und verließ den Laden.

Er war noch nicht einmal dazu gekommen, sich eine Schrippe aus der Tüte zu holen, als ihn das »Mörder! Mörder! Dieb!«-Geschrei schon einholte, das dem Bellen des Hundchens erstaunlich ähnlich klang. »Haltet den Mann dort auf! Der hat meinen Hund vergiftet! Polizei! Polizeiiiiiiiiiiiiii!«

Hiob beschleunigte ein wenig seine Schritte, und just in dem Moment, als sich ihm ein heroisch patenter Bürger mit den

Worten »Eenen Oogenblick mal, Freundchen« in den Weg stellte, schrammte Kamber Yildirimel Seferi mit einem karamelfarbenen Ascona so schroff gegen den Bordstein, dass kleine Steinsplitterchen durch die Luft funkten, und stieß die Tür so weit auf, dass ihre Klinke Hiob gegens Bein knallte.

»Steig ein, Merlin. Wir müssen reden.«

»Uh-oh. Nicht ins Auto. Keine zehn Pferde kriegen mich da rein. Autos sind böser Mumbo-Jumbo.«

»Quatsch. Nicht, wenn ich eins lenke. Dann ist dieses Wägelchen hier voll auf deiner Seite. Also komm rein jetzt, ey, oder ich überfahr die beiden Kids da hinten, und alles deinetwegen.«

Hiob entschuldigte sich bei dem hilfsbereiten Bürger, tauchte unter dem immer schriller werdenden Frauengeschrei ab, vertraute sein nicht allzu beträchtliches Körpergewicht mit besorgter Vorsicht dem schwankenden Fahrzeuggrund an und setzte sich mit dem Gesicht eines Achtklässlers, der während einer Matheklassenarbeit einen Blackout hat, in die dunkelblauen Kunststoffpolster.

»Aber erwarte nicht, dass ich mich auch noch an das Ding fessle. Wenn es einen Unfall gibt, will ich wenigstens ungehindert durch die Windschutzscheibe nach vorne abgehen können und nicht hier drinnen bewusstlos verschmoren.«

»Keine Sorge.« Kamber fädelte sich wieder in den Verkehr ein, was hinter ihm einen minderen Auffahrunfall verursachte. Das nervende Geschrei und ein wetzender Kob weit jenseits seines sportlichen Leistungszenits fielen zurück. Kamber grinste wild.

Hiob wurde übel. Er kurbelte das Fenster ein wenig herunter, öffnete die Bäckerhandwerk-worauf-Sie-sich-verlassen-können-Tüte in seinem Schoß, und als er feststellen musste, dass die niedliche Aushilfe statt Schrippen lauter Salzstangen eingepackt hatte, kippte er den ganzen Mist sauer rülpsend aus dem Fenster. »Was findest du bloß an diesen Blechsärgen, Kumpel. Allein dieser Geruch hier drinnen von Benzin und Gummi macht mich schon ganz krank.«

»Auf den Gestank steh ich auch nicht. Aber ich brauch halt einfach 'ne Kiste. Man ist so verfuckt langsam zu Fuß, wenn die Cops mit Blaulicht hinter einem her sind.«

»Hast du denn schon mal 'ne richtige Autoverfolgungsjagd abgezogen?«

»Klar, Mann. Dauernd. Oder was meinst du, warum ich schon wieder 'ne neue Kiste habe.«

»Das ist 'ne andere als letztes Mal?«

»Na klar, Mann. Ey! Der andere war viel kleiner und grün und japanisch, ist dir nicht aufgefallen, nein?«

»Ich hab keine Auge für diese Dinger. Kein Auge und kein Erinnerungsvermögen. Ich weiß nicht mal, wie ein Mercedes aussieht.« Mit bangem Seitenblick fügte er hinzu: »Wie hast du den anderen Wagen verloren?«

»Prenzelberg Richtung Mitte Mitternacht. Cops dicht hinter dem Equipment. Wir gerade noch weg, durch die sepialeuchtenden Säulenstraßen, um die ganzen Umleitungen rum. Irgendwann kam dann plötzlich eine funkensprühende, rußige Straßenbahn um die Ecke und schoss auf uns zu wie ein Wal. Kein Platz mehr zum Ausweichen, also ausgestiegen und weg. Die Glassplitter hab ich immer noch in den Haaren. So viel zu meiner alten Kutsche. Say goodbye to your artificial feet.«

»Count of Bones.«

»Yo. Hier bin ich.«

Seferi war ein Buccaneer. Er hatte mit ein paar Kumpels zusammen einen Piratensender namens DUST RADIO gegründet, der nachts von den Dächern des Prenzelbergs herab die akustikmedial nach dem Sterben von Radio 100 und dann auch Radio 4 U total verödete Hauptstadt mit seelenschmelzender Genialität bestrahlte. Wie viele andere junge Türken hatte sich Seferi – durch die Unmöglichkeit der Integration heimatlich-orientalischer Musikmuster in die westeuropäische Dancefloorkultur desillusioniert – der Black Music zugewandt, dem Blues, Jazz, Reggae, Funk und Hip-Hop, und hatte sich pfiffigerweise den Tenor des bislang originärsten weißen Bluesentwurfes der Neunziger Jahre – Chris Whitleys *Living with the Law*-Album – als Erkennungsmelodie auf die *Skull and Crossbones*-Fahnen geschrieben. Kamber war in Deutschland geboren, sprach fließend mehrere Sprachen, hatte sogar – sich aus dem Stallone- und Lundgren-geprägten Ghettovortex seiner Jugendfreunde befreiend – ein paar Semester in eine Uni reingeschnuppert, lange genug, um die dortige Verwirklichung von George A. Romeros Zombie-Thesen zu erkennen. Danach hatte er sich, türkisch von Aussehen und Glauben, vom Ausweis her deutsch, organisierter Bestandteil der Black Community und ab und zu auch noch Spendenmitglied der explizit kosmopolitischen *amnesty international* ganz der rebellischen Kultur verschrieben. Von den nächtlich dampfenden Dächern der neuen alten Stadtmitte aus improvisierte er in unregelmäßiger, durch In-Club-Handzettel vorangekündigter Folge bizarre Essays über die fiktive Westernstadt REBLIN und ihre Bewohner, alles natürlich eine surreal verfremdete Allegorie auf tatsächliche öffentliche oder verborgene Vorgänge in Berlin. Bootleg-Cassetten seiner Performances erzielten auf gewissen Börsen vierstellige Preise, bei VIDEODROM gab es eine Seferi-Lesung im Musikvideoregal, und somit war Kamber Yildirimel der Einzige in Hiobs Bekanntenkreis, der es zu etwas gebracht hatte.

»Sag mal, Habib« – die Seferis nannten Hiob Habib, weil Hiob zu israelisch klang –, »kennst du eigentlich schon den neuesten Fascho-Witz?«

»N-n. Aber sicher nicht mehr lange nicht.«

»Also gut, pass auf. Der schwule Kühnen kommt in die Hölle runter und muss da feststellen, dass Onkel Adolf 'ne vertrauensvolle Stellung als Torhüter gefunden hat. 'Ne ganze Wartschlange Skins hat sich da eingefunden und trippelt langsam voran. Kühnen stellt sich ordentlich deutsch hinten an. Der alte Adolf streicht jedem der Skins väterlich über die Rübe, murmelt dann immer so was wie ›Das ist ein rechter teutscher Jung‹ und lässt sie alle passieren. Als der schwule Kühnen bei ihm angelangt ist, fährt er auch ihm über Kopf und Stirn und krächzt dann: ›Also die Wulststirn hast du schon, aber volles Judenhaar, das können wir hier nicht gebrrrrauchen. Weggetrrreten!‹ Kühnen fleht noch ein bisschen, aber Uns Adolf bleibt hart wie Kruppstahl – für Juddezippel ist kein Reinkommen, und dass Kühnen deutsch genug ist, steht offensichtlich zu bezweifeln. Kühnen trollt sich heulend. Und keiner kann ihm helfen. Keiner hat 'ne Schere dabei oder'n Messer, nur'n paar Baseballschläger, und damit kommt man Haaren ja nicht so richtig bei. Kühnen reißt und rupft ein bisschen an seinem Schädel herum, aber das bringts auch nicht. Schließlich hat er aber, gar nicht dumm, eine Idee. Adolf scheint nicht mehr der Jüngste zu sein, wahrscheinlich sieht er nicht mehr so richtig. Also tut Kühnen das, was er auch zwischen den Parteitagen immer am liebsten getan hat: Er reiht sich wieder ein, lässt die Hosen runter, bückt sich tief und streckt seinen nackten Arsch in die Höhe. Adolf – wahrscheinlich tatsächlich stockblind – merkt den Betrug nicht, tätschelt den nur ein wenig borstigen Hintern, brummt zufrieden, sagt ›Das ist ein rechter teutscher Jung‹ und lässt Kühnen passieren. Kühnen frohlockt, packt sein bestes Stück wieder ein, will weitergehen, da ruft ihn Adolf noch mal zu sich. Mit hängenden Schultern und hängender Hose schlurft Kühnen zurück und erwartet die Strafpredigt des Führers, doch der kramt nur in seiner Hosentasche, reicht Kühnen etwas rüber und sagt: ›Bist zäh wie Leder, Kamerrrad, aber hier, hast einen Eukalyptus – du riechst aus dem Hals!‹«

Kamber wippte vor Lachen im Sitzen auf und ab, Lenkrad und Wagen schlingerten.

»Shhhiiiit«, ächzte Hiob nur, »der Witz ist so alt, dass man schon im real existierenden Sozialismus nicht mehr drüber lachen konnte.«

»Ey, Kühnen ist doch noch gar nicht so lange tot.«

»Mann, die Namen und die politische Gesinnung waren halt andere. Ansonsten bleibt alles beim Alten.«

»Magst keine Witze, hm? Willst nichts zum Lachen haben? Bist ein scheißverdammter Sauertopf, Habibbe. Die Welt ist doch voller Clowns.« Kamber grinste.

»Wo fahren wir denn eigentlich verdammt noch mal überhaupt hin?«

»Miryem hat Geburtstag.«

»Heute?«

»Natürlich heute, sonst würde ich dich ja nicht heute hinfahren.«

»Scheiße. Hab ich total vergessen.«

»Ist mir schon klar. Sonst hätte ich dich ja auch nicht abgeholt.«

»Ich hab gar kein Geschenk für sie, Alter. Da wird sie doch sauer sein!«

»Miryem wird glücklich sein, dich zu sehen.«

Hiob seufzte. Miryem. Kambers kleine Schwester. Hiob kannte sie, seit sie vier Jahre alt war. Mittlerweile war sie sechzehn – siebzehn heute! – und eine verteufelt hübsche, selbstbewusste junge Frau. Dass sie in Hiob verliebt war und die beiden irgendwie füreinander bestimmt waren, war seit vielen Jahren ein Running Gag auf den Familienfesten der Seferis. Vater Seferi, ein gemütlicher Gebrauchtwagenhändler mit allen mafiosen Verbindungen und Charaktereigenschaften, die zu dieser Branche eben dazugehörten, war Hiob gegenüber stets respektvoll und freundlich, aber unterschwellig gab er dem alten Schulfreund seines Sohnes stets mit neuer Raffinesse das Gefühl, einer dringlichen Verpflichtung nicht nachzukommen, eine alte Schuld nicht einzulösen, seine Tochter im Stich und sitzen zu lassen.

Als Myriem sieben oder acht Jahre alt gewesen war, hatte sie sich einmal verwundert darüber gezeigt, dass Hiob nicht am Ramadan teilnahm. »Bist du ein Christ?«, hatte sie ihn gefragt. »Nein, ich bin kein Christ«, hatte er geantwortet. »Bist du dann ein Antichrist?«, hatte sie nachgehakt, und alle hatten gelacht. Hiob hatte nie herausbekommen, ob das damals nur eine kindliche Stilblüte gewesen war, oder ob das kleine Mädchen Myriem irgendwie schon geahnt hatte, was eines Tages aus ihm werden würde.

»Sag mal, wenn du schon nicht auf Witze stehst, vielleicht fährst du dann eher darauf ab, was mir neulich Abend passiert ist. Da hab ich eine wirklich geile Clitte kennengelernt, du weißt schon, so eine in schwarzem Latex. Mir ist zwar gleich aufgefallen, dass sie sehr starken Mundgeruch hatte, nach ranzigem Fisch, aber sie hatte eben einen absoluten Spitzenkörper, da kann dich so was ja noch antörnen, kannste mir folgen?«

»Klar.«

»Na ja, ich schlepp sie ab auf meine Bude ...«

»... Kamber Castle ...«

»... fucking Kamber Castle, genau. Bei jeder ihrer Schritte die Treppe hoch kann man den Saft förmlich schmecken, ich übertreibe nicht. Na ja, ich oben ins Badezimmer und nackt wieder raus, und da steht sie dann vor mir, immer noch der geile Frauenkörper, aber ihr Kopf ... ihr Kopf ist wie der von 'nem verdammten Barsch oder einer Flunder oder so was. Ein Fischkopf halt. Und sie wiegt sich in den Hüften und rülpst: ›Nimm mich richtig ran. Ich mag's auf die Harte.‹«

Das jetzt fand Hiob lustig, sie lachten beide. »Und? Was hast du gemacht?«

»Ich hab's nicht gebracht, Alter. Ey! Ich kann doch keine Fische ficken, wo kommen wir denn da hin. Ich hab sie rausgeschmissen und ihr gesagt, sie soll im Aquarium weiterhuren, aber nicht bei mir. War das zu grob?«

»Na ja. Sie meinte es sicher nur gut mit dir.« Hiob lachte immer noch.

»Was war das denn für eine, verdammt?«

»Ein Flunderkopf, sagst du?«

»Flunder oder Karpfen oder was weiß ich. Irgend so ein Vieh mit flachem Schädel und breitem Maul.«

»Und ihr Körper, ihre Brüste, die Vulva – alles menschlich?«

»Alles spitzenmäßig. Helmut Newton.«

»Eine Rheintochter, würde ich sagen. So nennen sich Meeresfrüchtchen in Deutschland. Sie sind auf Versöhnung mit den Menschen aus, benutzen aber deinen Samen, um neue Generationen von Fischen abzulaichen. Schwierig zu beschreiben. Sie sichern ihre Nachkommenschaft und binden die Menschen dabei an verantwortungsvoller Stelle ein. Mostly harmless.«

»Und wie sind sie entstanden?«

»Dreimal darfst du raten. Einleitungen natürlich. Basf und seine Freunde. Dazu ein bisschen warme Hilfsmagie aus dem Wiedenfließ und – wallalaweialaweia.«

»Fuck. Wie kommt es eigentlich, dass mir solche Sachen erst passieren, seit du mit der Hölle herummachst – Frauen mit Fischköpfen, ich meine, hey?«

»Du musst die Sache andersherum betrachten, Kamb. Wenn ich dir nie die Grundregeln der unterräumlichen Magie verklickert hätte, würdest du heute immer noch denken, die Mädels hätten alle nur Mundgeruch.« Kamber verzog angewidert das Gesicht, und Hiob war jetzt bester Laune.

Myriems Feier war natürlich erst mal keine lockere Party, sondern ein türkisches Familienfest, die übliche Mischung aus Händeschütteln, Umarmung, Namensvorstellung, Lammfleisch, gekochten Kartoffeln, Schnaps und monoton hochgepitchter Musik. Myriem selbst war hinreißend, mehrere junge Galane strichen ölig oder breitbrüstig um sie herum, ihr Vater war einflussreich, sie selbst eine Superpartie. Kamber war natürlich der Star und musste ein paar anatolische Liedchen samt Human Beatbox zum Besten geben, und Hiob als einziger Ungläubiger – offensichtlich hielt Myriem nicht genug von ihren Klassenkameraden, um nur einen Einzigen von ihnen einzuladen – fühlte sich mal wieder wie Karloff im Dorfe, was Myriem clever ausnutzte, um ihn an der Armbeuge hierhin und dorthin zu ziehen und auf ihn einzureden und ihm dabei geschickt das Gefühl zu geben, sich als Einzige hier um ihn zu kümmern und für ihn zu interessieren. Hiob nutzte das Gerede über ihre Verwandtschaft und ihre Gedanken über die Tatsache, dass sie jetzt 17 Jahre alt war und ihre erste Menstruation bereits vier Jahre zurücklag, sie aber immer noch unberührt war, um sich zum ersten Mal seit einigen Tagen wieder so richtig sattzuessen, mit Haslama und Fladenbrot. Ab und zu – natürlich – nickte er, pausbäckig. Irgendwann dann kam Vater Seferi vorbei, klopfte ihm kettchenrasselnd auf die Schulter und sagte so etwas wie: »Wie einen Sohn haben wir dich aufgenommen, Habib«, später dann bekam Hiob Ärger mit einem der jungen Pfauen, der sauer darüber war, dass ein Deutsch das süße Geburtstagskind so lange mit Beschlag belegte, und Hiob musste ihm erst lang und breit auseinandersetzen, dass er kein Deutsch, sondern ein Berlin war, genau wie die meisten anderen hier auch. Als der Abend länger und breiter wurde und die Altvorderen sich zu Pfeifchen und Geschäftchen oder Klatschchen und Tratschchen in diverse Kämmerchen zurückzogen, galt der traditionelle Teil als abgeschlossen. Crazy Kamber hatte eine in Polen schwarz gepresste echte Vinylversion des 93er-Albums von Del the Funkyhomosapiens in mehrfacher Ausfertigung dabei und schrammelte auf zwei extra für ihn bereitgestellten ausrangierten Plattenspielern ein paar heftige Streicherloops und eine nicht enden wollende geschickt gedehnte Fassung von *No Need for Alarm* durch die Gegend, sodass Hiob sich schließlich mit Myriem zwischen lauter wildzuckend hiphoppenden Islam-Force-Streetfighters und ein paar vom frühen Nachmittag übrig gebliebenen blonden Bauchtänzerinnen tanzend wiederfand. Hiob konnte dabei den Effekt seiner seattlesken Grungehaarpracht voll ausspielen und ein bisschen cobainig durch die Gegend moshen, was einige der jungen Stalloneklone mit Unbehagen und Protest quittierten. Der DJ jedoch sagte nur: »No need for alarm«, drehte sich einmal um die Achse und scrrrratschte funkensprühend weiter.

Myriem amüsierte sich ganz ausgezeichnet, jedenfalls so lange, bis eine schwarze Flocke durch die Tür schneite, deren einziger Makel es war, keine Männerspeichelauffangeimer mitgebracht zu haben. Selbst die Tatsache, dass das Fest mit vorrückender Stunde zu einer offenen Angelegenheit geworden war, bei der jeder willkommen war, der sich hamelnmäßig von Kambers bassigen Grooves angezogen fühlte, ließ es irgendwie nicht wahrscheinlich scheinen, dass eine geschickte Fusion aus Cynda Williams und Jody Watley hier auftauchte, hier, an einem so öden, profanen und provinziell abgeschiedenen Ort wie Berlin. Hiob konnte nur grinsen. Früher war ihm Widder immer als möglichst fieses Monster erschienen, danach hatte sie eine Phase gehabt, in der sie verstorbene Schönheiten personifizierte, und mittlerweile tat sie das, was auch Computer tun, um künstliche Intelligenz zu simulieren: Sie kombinierte Bewährtes.

Hiob ließ das niedlich eingepackte Geburtstagskindlein stehen und bahnte sich einen Weg durch die posierenden Jünglinge hin zur Tür, wo die dunkelhäutige Circe in ihrem betont schwarzen Minikleid nur auf ihn wartete. Für einen Moment kam sich Hiob tatsächlich vor wie ein hübscher Held aus einem bescheuerten 80er-Jahre-Videoclip. Glücklicherweise durchbrach Kamber das Klischee, denn er schlieferte geschickt an Hiob vorbei und kam vor ihm bei der Frau an. Frauen mit dunklem Teint schickten zwar Kambers Hirn in den Orbit, brachten aber den Rest seines Wesens zum Glänzen.

Diesmal gab er den Gent und wartete cool, bis Hiob heran war, während er Widder in die Augen sah, bis selbst sie den Blick niederschlug.

»Willst du uns nicht vorstellen, Habib my Bro?«

»Kamber.« Hiob winkte Kambers Kopf heran, beugte sich zu ihm hinüber, wisperte ihm ins Ohr: »Im Vergleich zu dem, was dieses Mädel hier in Wahrheit auf den Schultern trägt, ist ein Fischkopf Botticellis Venus.«

Kamber schluckte, wurde bleich, legte Hiob schwer die Hand auf die Schulter, stieß sich ab, schlurfte zurück und scratchte lustlos weiter.

Hiob legte der entsicherten warmen Amazone eine Hand auf den Po und schob sie sanft vor sich her, denn aus dem Hintergrund näherte sich bereits Myriem mit wippendem Haar, und auf Soap-Opera-Dialoge hatte Hiob jetzt überhaupt keinen Bock. Glücklicherweise drängten sich ein paar hechelnde und männchenmachende Gaffer zwischen die beiden Rivalinnen, und Hiob entkam mit Widder in einen dunklen Hausflur zwei Etagen tiefer.

Von oben wummerten Kambers kontinentalverschiebende Grooves. Widder bewegte die langen, schlanken Glieder ihres neuen Körpers wie eine sich häutende Schlange.

»Was zum Henker willst du hier, Mädchen? Kannst du nicht diskret auftauchen, wenn ich irgendwo alleine bin? Ich bin hier unter Freunden.«

»Dein Bro gefällt mir. Er hat schöne Zähne. Steht schon ein Name auf seiner Seele?«

»Kamber kommt nirgendwohin, wenn er hier fertig ist, so viel steht fest. Er ist dann einfach tot, verstanden?«

»Das hast glücklicherweise nicht du zu entscheiden.«

Hiob atmete durch. »Bis dahin, wenn Kamber an der Reihe ist, habe ich das zu entscheiden, Babe.«

Sie lächelte und war damit mehr macho als er. »Du hast mir nie von dieser kleinen Türkin erzählt, mit der du eben getanzt hast. Soll ich das nächste Mal als sie kommen?«

»Njet.«

»Warum nicht? Ist sie dir etwa auch so heilig wie die kleine Schlampe Brooks?«

»Nein. Vielleicht. Was weiß ich. Ist doch auch scheißegal. Sie ist Kambers kleine Schwester, verstehst du? Ich will nicht, dass sie da mit reingezogen wird, in mein Leben, meine ich. Nicht mehr, als partout nicht zu vermeiden ist. Und verdammt noch mal: Was sollen eigentlich immer diese ganzen beschissenen Eifersuchtsspielchen? Du kannst doch wohl wirklich sicherer sein als jede andere Frau im Universum, dass ich dir treu bin. Immerhin steht es so im Vertrag, und ich werd mich dran halten, denn nur deinetwegen werde ich das Spiel nicht verlieren, tut mir leid.«

»Bist du mir böse?«

»Was willst du eigentlich? Was gibt es, das so wichtig ist? Schon wieder ein neues Prognosticon?«

»N-n.«

»Das sind ausnahmsweise gute Neuigkeiten, echt. Ich hab nämlich noch nicht mal das letzte verdaut. Die ganzen Elektrokutionen haben meine Wirbelsäule ganz wabblig gemacht. Also was ist es dann? Was liegt an?«

»Es ist eine Manifestation, Babe.«

»Heh? Hahaha, WAS? Verarschst du mich?« Plötzlich ernst. »Ist heute der erste April?«

»Nein, wir haben Mitte Mai. Ich bin nicht hier, um dich zu verkohlen.«

»Eine Manifestation? Das ist doch wohl ein Witz. Was habe ich mit Manifestationen zu schaffen? Das ist noch gar nicht meine Liga. Ich habe gerade mal mit Müh und Not zwei Prognostica ausgepustet. Beim Ersten musste ich mich in Schimmelschleim wälzen und den Nuttenschlitzer raushängen lassen, beim Zweiten wurde ich dafür auf dem E-Stuhl flambiert, und ein besonders netter Zeitgenosse hat mir als Dank eine heiße Kugel in mein kaltes Herz geschossen. Wie kommt ihr also auf die Idee, dass ich bereits für Manifestationen reif bin?«

»NuNdUuN sagt, es ist eine Variation. Du selbst hast die Wahl.«

»Ach, ist schon das Superwahljahr, ja? Welche Wahl soll das denn sein?«

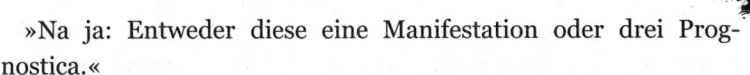

»Na ja: Entweder diese eine Manifestation oder drei Prognostica.«

»Moment – ähm, eine Manifestation bringt drei Punkte?«

»Normalerweise nicht. Jetzt aber schon. Du bist ja noch nicht auf dem Manifestationslevel. Insofern zählt jetzt eine als Spezialbonus. Wie beim Videospiel. Eine besonders schwere Aktion bringt besonders viele Punkte.«

Hiob lehnte sich mit der Schulter an die Wand, direkt neben dem roten Auge der Treppenhausbeleuchtung. Mit gesenktem Kopf kratzte er sich am Kinn und dachte nach. Die ersten beiden Prognostica waren ihm vorgekommen wie ein Rugbyspiel gegen eine ausgesuchte Heimmannschaft aus ALIENS. Hürdenlauf auf einem Springreiterparcours konnte nicht ungemütlicher sein. Wasserball in einem Pool voller Salzsäure. SlamDunkStreetball, und er war innen in den Ball eingenäht. Ein Abend mit Hanna-Renate Laurien.

Konnte eine Manifestation wirklich dreimal so schlimm sein? War das überhaupt möglich? Was sollte denn da kommen? Die Wahrheit über Tschernobyl? Das Ding aus dem Windischeschenbacher Loch? Der wirkliche Grund, warum Wale sich auf den Strand werfen, um zu sterben?

Das wäre doch endlich mal eine lohnende Sache. Eine Manifestation bedeutete immerhin, einem Verantwortlichen den Arsch aufzureißen und nicht immer nur das Kleinvieh zu belästigen. Außerdem: drei Punkte ...

»Worum soll's denn gehen bei der verdammten Manifestation?«

»Ein einzelner Mann.«

»Klingt gut.«

»Ein einzelner Mann, der eine gesamte Familie umbringt. Inklusive eines Babys.«

»Na lecker. O Mann. Ich muss schon sagen, ihr denkt euch immer schöne Geschichten aus.«

»Nichts davon ist ausgedacht, vergiss das nie. Das alles passiert, ob du dich nun darum kümmerst oder nicht. Du bekommst von uns lediglich die Chance, Partei zu ergreifen.«

»Und wie dankbar ich euch dafür bin. Hör zu, schwarzer

Schwan« – er hob mahnend seinen Zeigefinger und tippte ihr damit gegen die wohlgeformte Nase – »du hast mir letztes Mal versprochen, dass ich nicht mehr so exzessiv herumreisen muss.«

Widder schmunzelte. »Du hast es nicht vergessen, ich hab es nicht vergessen. Die Sache spielt in Deutschland, wie versprochen.«

»Wo genau?«

»Hinterkaifeck.«

»Klingt wie die letzte Abfahrt vor Solingen.«

»Nicht ganz. Liegt in Oberbayern. Hast du den Namen noch nie gehört?«

»Nein, wieso? Gibt's da irgendwas Besonderes? Haben sie da die größte Weißwurst der Welt geschmiedet?«

»Nein, aber den Mord, von dem ich dir erzählt habe. Ist ziemlich berühmt, der Fall. Wahrscheinlich der größte ungelöste Mordfall der deutschen Kriminalgeschichte.«

»Wie, das Ganze ist schon passiert?«

»Ja. Du bist sozusagen zu spät dran.«

Hiob breitete die Arme aus. »Erklärt mir bitte mal jemand, was das hier soll? Ich meine, warum erzählst du mir denn dann das alles?«

»Du brüstest dich doch immer damit, in magischer Theorie so ungeheuer bewandert zu sein.«

»Für einen Vertreter der No-Future-Generation sicherlich, ja.«

»Was also sagt dir das Stichwort Münster Komma Ulmer?«

»Münster Komma Ulmer? Was soll denn ...« Das Fallen des Groschens kam wie eine Guillotine. »O nein. Nein. Nein. Nein.«

»Wieso nicht? Ist doch mal eine neue Herausforderung.«

»Ja toll. Für deinen Boss ist das vielleicht lustig, wenn ich mich zwischen den Sekunden in grünen Gallert verwandele und durchs Gestern nach Morgen suppe. Aber ohne mich.«

»Na hör mal. Du bist doch sonst so tapfer. Es geht doch nur um etwa siebzig Jahre?«

»SIEBZIG JAHRE? Ja, hast du denn ... seid ihr denn völlig ... was zum... zum ... geht denn eigentlich in euren ... SIEBZIG JAHRE? Ist dir eigentlich klar, dass es letztes Jahr in Rouen einen ziemlich guten Magus zerschrotet hat, nur weil er versucht hat, zwei Wochen nach hinten zu gehen?«

»Er hat's ohne das Münster versucht. Mit dem Münster gibt's keine Gefahr.«

»Ach nein? Und wenn das abgefuckte Ulmer Münster so supergenial ist, wie kommt's denn dann, dass der Touristikverband von in Ulm und um Ulm herum nicht schon längst Reisen ins zünftige Mittelalter anbietet für eine halbe Million Bucks der Trip?«

»Das liegt daran, dass das Münster NuNdUuN gehört. Wir haben einen Mann drin sitzen, sein Name lautet Munsa. Er sorgt dafür, dass keine Unbefugten reisen können. Nur NuNdUuNs Leute. Und Freunde, natürlich.«

»Siebzig Jahre.« Hiob konnte es immer noch nicht fassen. »Das heißt, dass ich irgendwo in der … Weimarer Republik rauskomme. Mitten in der schönsten Wirtschaftskrise.«

»Wird gar nicht groß anders sein als hier.«

»Weißt du, was die mit mir machen in der Weimarer Republik, so, wie ich angezogen bin und aussehe? Die verbrennen mich doch!«

»So einfach funktioniert das nur in Hollywood, Darling. Du wirst dort nicht wirklich sein, das heißt, niemand wird dich sehen, und du wirst auch keine Fußspuren hinterlassen. Die Zeit achtet streng auf ihre Kohärenz, Paradoxa kann sie nicht gebrauchen.«

»Wenn ich dort nur ein Geist bin, wie soll ich dann den Killer stoppen?«

»Du sollst ihn nicht stoppen, du darfst ihn nicht stoppen. Zumindest nicht vor dem Mord. Erst hinterher. Er wird danach stark genug sein, dich wahrzunehmen.«

»Ich soll zusehen, wie er ein Baby schlachtet?«

»Das musst du. Du musst seinen Stil studieren. Und daraus lernen. Und danach handeln. Und ihn danach töten. Denn die Mordtat an sich ist verbrieft und versiegelt, die kann nicht unterbunden werden. Danach jedoch hat nie wieder jemand etwas von dem Killer gehört, und der Fall blieb – wie gesagt – bis heute ungelöst. Ein Mysterium.«

»Und wenn ich es nicht schaffe? Wenn ich ihn nicht aufhalten kann?«

»Wird NuNdUuN es tun. Die Zeit reinigt sich immer, keine Sorge. Es ist nur lediglich eine Chance für dich, ein paar Punkte gutzumachen. Das wäre eine große Sache.«

»Und du wärst stolz auf mich.«

»Ich wäre soooooooo stolz auf dich.«

Hiob grinste. »He, weißt du, ich habe eigentlich ein gutes Gefühl. Normalerweise klingen die Aufgaben immer relativ klar und einfach, und hinterher erweisen sie sich als Napalm-Holocaust. Diesmal jedoch sehe ich vor lauter Haken den Faden gar nicht. Das kann ja nur spaßig werden.«

Sie machte einen halben Schritt nach vorne, küsste ihn tief und drängte sich ganz an ihn. »Dein Angstschweiß macht mich unglaublich geil«, ächzte sie zwischen den Küssen.

»Warte«, wehrte er sie ab, obwohl der Reißverschluss seiner Hose schon zu klingeln begann. »Lass uns das aufheben als Belohnung, wenn ich die Sache erledigt habe. Wenn das Spiel fünf zu null für Homeboy Hiob steht, okay?«

»Wie du willst«, schmollte sie raffiniert. »Die meisten Jungs da oben würden mir ihre Seele schenken, um einmal diesen Himmel hier« – sie strich sich über die Hüften – »berühren zu dürfen. Aber der große Spieler hat im Training keine Zeit für Liebe, ich habe schon verstanden.« Sie zwinkerte ihm zu, winkte und schritt seitlich durch die massiv verputzte Wand. Nichts weiter blieb zurück als das körperwarme Nachspiel von Vendetta.

Hiob strich sich die tatsächlich verschwitzten Haare aus dem Gesicht und enterte so schnell er konnte die zwei Stockwerke wieder auf, wo Kamber den ganzen dunkel leuchtenden Raum in die wunderbar verletzlichen Pianoperlenketten von Del's *Thank youse* sponn.

Myriem stand vorne, etwas abseits, was deutlich war. Ihr Geburtstag hatte ganz am Ende eine Laufmasche bekommen.

»Warum ist sie nicht geblieben, Habib? Deine Freunde sind auch meine Freunde und somit willkommen.« Kein Hohn war in ihrer Stimme, sodass Hiob auf sie zuging, um sie zu umarmen, aber sie wehrte ihn ab.

»Sie musste gehen«, versuchte er zu erklären. »Sie war nur

gekommen, um noch ein paar Sachen mit mir zu besprechen. Weißt du, sie und ich verstehen uns nicht besonders gut, waren aber eine Zeit lang gezwungen ... geschäftlich zusammenzuarbeiten, und jetzt hält sie es nicht mehr aus in Berlin, packt ihre Koffer und ...«

»... und war ganz am Ende so wütend auf dich, dass sie aus Rache deine gesamte untere Gesichtshälfte mit Lippenstift angemalt hat.«

Shit! Hiob fuhr sich mit dem Handrücken über den Mund und senkte ihn wieder. Chicogorot. Oder sogar Blut. »Hör zu, Myriem, ich werde auch für eine Weile aus Berlin verschwinden, und da ich nicht weiß, ob ...«

»Ich wünsche euch beiden viel Spaß in wo immer ihr hinfahrt. Und vielleicht denkt Kamber dran und macht dich auch an meinem nächsten Geburtstag ausfindig und schleift dich gegen deinen Willen her, dann sehen wir uns vielleicht wieder.« Sie drehte sich um und verschwand in der Menge, dem imaginären Klavier entgegen.

Hiob senkte den Kopf und lächelte.

Er konnte machen, was er wollte, Soap Opera holte ihn immer wieder ein.

Draußen ging ein Schneesturm nieder, im tiefen Blau des frühen Morgens. Die Diffringers saßen zu Tisch, alle sechs. Der Alte, seine Frau Marie, die Söhne Kall und Luit, die junge Tochter Magdaleen und ihr kleines Josefchen, das Buberl.

»Hob vum Hund gträumt no kurz voarm Morgen«, sagte Luit mit suppenvollem Mund. »Gbellt hot er ganz wui in der Nacht do, und's iis a fremder Mann kimma und hat eahm nach deam Weg gfragt.«

»Den Hund? Noch deam Weg? Wos für a Schmarrn denn.« Kall schüttelte den Kopf.

»'S woar hait nur a Traum, hob's do gsagt«, meinte Luit eingeschnappt.

Das Magdaleen war interessiert. »Noch welchan Weg denn? No Kaifeck?«

»Naa, dois woar jo dois Seltsam dran. Er hut gfrogt: ›Waast den Weg wo koana Minen fei sind? Hoben's di deshalb verausgschickt?‹ Dois hob i genau verstanda, im Traum.«

Das Magdaleen wurde bleich. Das Baby spürte die Unruhe seiner Mutter, fing an zu quengeln und griff in ihr langes helles Haar. Der alte Diffringer schlug mit dem Löffel auf den Tisch. Porreestückchen spritzten auf Kalls Handgelenk. Der Diffringer blickte den Luit finster an. »Hoits Mau, du. Vrzählst gfälligst kaa so Schauermarn, kunnst's net seaha, dois dei Schwester sich do furcht'?«

»I hob nur verzahlt, wos i träumt hab.«

»'S interessiert fei net den Deifi, vrstahst?«

»Vielleicht den grad«, brummte der Kall.

»Host's wos gsagt?«, bohrte der Vater provozierend nach.

»Naa. Wui nur moi soga, wer's hier herinnen fei dauernd die Schauermarn vrzahlt von wei deam Aafhocknd Geist und ois. 'S bist du fei selbar, Vodr.«

»Ah, geh. Dois sann kaa Marn, dois iis ois woahr.«

»Geh her, Vodr«, verwies die Marie sanft lächelnd, den unchristlichen Aberglauben ihres Mannes gewohnt.

Der Diffringer jedoch schob seinen Suppenteller von sich. »I sog nui die Woahrheit, i sog immar die Woahrheit, und wenn's dean Menscha net recht iis, die Woahrheit zu höra, dann ist's fei dera Sorg. I sog das ois was passiert iis in derra letztr Zeit geht net mit reachta Dinga zuah. Ois Leut sind arm huit, hoba nets mehr zum Fressa, ois Kuah falla toat um, hobn Jaucha im Mau. Und dr Wintr – I hob a langs Leaba glebt und a harts Leaba no dazua, abr i kunn each nur soga, so eahna langa und kalta Wintr hot's no koiner gseng. Nur den Raaba geht's fei guat, s'wird fei no so weit komma, deaß mer werda Raaba essa müssa. Macht's each nur derauf gfasst. 'S gibt fei koi Leaba mehr im Land.«

»Und aach's Geld iis nuis meah wert«, vervollständigte der Kall.

»Dois iis die Zeit vumm Aafhocknd Geist, dois sog i nur,« meinte der Diffringer düster, »dois hot dr Baro aa gspürt. Ear hot no vrsucht, eans zu warna. Hot's eahm's Fell gkost.«

»Ach, geh do her, Vodr«, besänftigte die Marie. »'S iis o hoarta Zeit und aa o hoarta Winter. Deas liagt fei wohl am Kriag, vun deam sie soga, doß mer eahm verlora haba. Der hot eans eansre Wärme gnomma, eansre Wärme und eansren Stolz. Obr dr Herrgott wuits scho richta. Dr Herrgott vrgisst net eahna, der wo im Reachta iis.«

»Den Herrgott ... den Herrgott ...«, bebte der Alte, »... den Herrgott hobens obgschafft!« Er sprang auf und stieß dabei mit den Knien von unten gegen die Tischplatte. Seine wegen Fleischmangels unbenutzte Gabel rutschte vom Tellerrand und fiel klirrend auf den Boden. Marie atmete erschrocken. Das Kind greinte abgehackt.

»Dois derfst fei net soaga, dois derfst fei net«, wiederholte Marie, aber mehr, um sich selbst zu beruhigen als ihren Mann. Das Maß der Gewalt war schon wieder gefüllt. In diesem Zustand hatte sie ihren Mann zu fürchten. Einmal hatte er sie mit einem Schüreisen geschlagen, dessen Spitze glühte. Vierzehnmal.

»In meanam Haus«, drohte ihr der Alte, »sog i wos i wui, und dois iis immar die Woahrheit. Und i sog, dois deas ganza Land verfluacht iis.«

Der Kall blickte von seinem Teller auf, wischte sich mit dem Handrücken über den widerspenstigen Bart. »Wenn net dois ganza Land, Vodr, dann iist's fei sichar dieser Hof.«

Der Diffringer griff nach vorne, packte seinen Ältesten am Ohr und drückte ihn mit der Wange auf den leeren, aber warmen Teller. »Wos waaßt denn duah, heh, wos waaßt denn duah? Reißt's Mau aaf und host dabei no immar fei dei Spoaß ghobt, host's net? Sog, host's net immar fei dei Spoaß ghobt, Kall?«

»Vodr«, versuchte der Luit dazwischenzugehen, »lass eahm aussi, ear hot do nets gmeint ...«

Ruckartig ließ der Alte den Kall los und wandte sich ganz seinem jüngeren, schwächeren Sohn zu. »Pass du nur aaf, Luit«, drohte er mit gefährlicher Ruhe, »eins Togs werd i di im Schloaf erwürga, und duah werst's fei net omoi merka.«

Die Marie weinte leise mit zuckenden Schultern vor sich hin. Tränen tropften lautlos neben ihren Teller. »Wiahr mussa do alle zsammahalta ...«, wiederholte sie vollkommen tonlos. »'S ganza Dorrf iis do scho gega eans.«

Das Magdaleen war am ruhigsten von allen. Sie hatte sich zur Seite gebückt und die Gabel aufgehoben, die ihr Vater vom Tisch geschleudert hatte. Jetzt drehte sie das alte Besteck vor ihrem Gesicht hin und her. »Ihr wisst's«, sagte sie triumphierend, »wos dois bedeutat, wenn a Gabl runterfait. Dois bedeutat, dois meahr no net alle do sind beizeitn. Wir werda no a Gast zum Essa hoba, heit odr morga.«

»No a Gast?«, fragte der Kall. »Wear soit denn nu kumma? Eanar vum Dorf? Ha-hah.«

Das Magdaleen lächelte ihn an. »I waaß aa net. Obr wiar werda scho senga. Wiar werda scho senga, wiar Diffringersleut.« Der Sturm begann an der Tür zu rütteln. Und an den Fenstern. Und im Kamin.

(Durch den Schnee, den tiefen Schnee bei Nacht
die Stiefel so schwer
und Raben)

b) Der König von Ulm

150 Jahre hatten die spätmittelalterlichen Handwerksleute gebraucht, den Turm des Ulmer Münsters bis auf 162 Meter Höhe in den Himmel zu treiben, und nun verhüllte ihn eine hastig errichtete Plastikplanen-Metallgerüstkonstruktion wie ein benutztes Kondom, um das wenige zu retten, das noch zu retten lohnte.

Hinter dem staubverschmierten Kunststoff barmten Heilige mit leprös weggeschmolzenen, geschwärzten Gesichtern die Hände erhoben um Mitleid. Unter dem mittleren Eingangsportal rottete sich eine bunt gekleidete Horde von Überseetouristen zusammen, während eine pferdegebissige Führerin hierhin und dorthin deutete. Die Wolken rasten über den weiten Vorplatz. In siebzehn Metern Höhe saß ein rumänischer Hilfsarbeiter auf dem Gerüst und aß schmatzend einen Wecken mit grober Leberwurst.

Hiob schwindelte angesichts des massiven, gotischen Turmes. Seine spezielle, umgekehrte Form der Akrophobie schlug nach ihm, er wich aus, sie schlug nach und traf. Es waren die Wolken, das schnelle Rasen der Wolken, was den Turm auf ihn zukippen ließ, um Hiob mit monolithischer Gewalt zu zertrümmern. Tauben stiegen auf, wo Hiob wankte, mit jenem ihnen eigenen Sirren, das alles nur noch schlimmer machte. Der Platz war zu groß, der Himmel zu weit, zu schnell, die einzige Rettung der Bauch des Fisches selbst. Krallend und keifend sprang und zwängte er sich durch die protestierende Touristengruppe und hechtete sich förmlich in das kühle, zugige Dunkel hinter dem Flügeltor. Gehuschte Stimmen, lange Kerzen, zerdehnte Schatten und kryptisch kryptaisch gebogene Nachthöhen umfingen ihn wie einen guten alten Freund, und er ließ sich nassgeschwitzt auf einer der hinteren Kirchenbänke nieder, hängte die Arme über die Lehne davor, bettete den Kopf darauf und erstarrte so in der typischen Pose des inbrünstigen Beters. Erst als sein Atem wieder ruhiger ging, blickte er auf.

Er saß nicht alleine so da. Mehrere Obdachlose klemmten, vom Dampf ihrer eigenen Alkoholausdünstungen verzerrt, zusammengesunken aufgestützt im Gestühl und schnarchten leise bebend vor sich hin, im Gotteshaus das Dach erheischend, das die Gesellschaft ihnen schon längst verwehrt hatte. Hiob gönnte sich ein paar Momente des Nachdenkens darüber, ob er eigentlich mit diesen Leuten Mitleid hatte, und kam zu dem Schluss, dass dem nicht so war. Sie soffen sich hinweg, während er kämpfte. Sie standen nicht auf seiner Seite des Spielfeldes, sondern daneben, und bekundeten durch ihre apfelkorninduzierte Resignation nur zu deutlich, dass sie nicht einmal mehr ein Interesse daran hatten, wirklich gerettet zu werden. Kein Mitleid. Kein Mitleid mit den Schwachen.

Picklige Messdiener mit kratzigen Kragen schnürten umher wie abgemagerte Hyänen, um mit langen Kollektestangen die stülpnasigen Bettler zu wecken und zu vertreiben. Einer kam direkt auf Hiob zu, doch der wehrte den Stab mit der Linken ab und erhob sich schaudernd, ging durch den hallenden Mittelgang nach vorne zu den Altären, wo die Luft noch kälter war, buchstäblich von allen guten Geistern verlassen. Die Kerzentribüne der gläubigen Spender rechts war nichts weiter als eine Ansammlung lautlos glosender Hilferufe. Ja doch, wollte Hiob sagen, seht doch her, seht mich an, denn ich bin bei euch, seit der Welt Ende, und bin der Einzige, der euch noch geblieben ist. Aber er schwieg unter der klammen Höhe, vom Schmeicheln der Zugluft umgarnt.

»Du bist der Mann, dessen Name der eines Tages ist?«

Ein Flüstern von Fellen – jemand war hinter ihn getreten. Er wandte sich um.

Zwischen ihm und dem hohen, schmalen Kirchenschiff stand ein hünenhafter schwarzer Mann. Sein glänzender Körper war nackt, bis auf buschige Fuchs-, Steppenwolfs- und Dachsschwänze, die ihm von den Hüften, den Oberarmen und den Oberschenkeln herabhingen. Die Handgelenke waren mit Bündeln von unbearbeiteter, geschälter Schweinehaut geschmückt, auf dem Kopf trug der Mann einen Aufsatz aus langhaarigen Pavianfellen, von dessen Spitze gefärbte, lange Federbüschel herabflatterten. In der linken Hand hielt er aufgestützt einen langen dunklen Stab, auf den oben der mumifiziert glasierte Oberkörper eines kleinen Äffchens aufgepfropft war, die langen Arme leicht angewinkelt, den Mund klaffend weit gebleckt. Die Füße des Schwarzen waren zwar ohne Schuhe, aber mit Sternen und Streifen bemalt.

Hiob nickte. »Munsa, wie ich vermute?«

»König Munsa. König Munsa von den Mangbattu-Niam-Niam. Ich könnte noch hinzufügen: ›So viel Zeit muss sein‹, aber ich weiß, dass so viel Zeit ist, und zu viel Zeit in jeder Hinsicht für dich.«

»Extrem angenehm.« Kamber wäre bestimmt begeisterter gewesen von diesem wilden Mau-Mau-Destillat, Hiob jedoch störte ein wenig, dass die Mundbewegungen des Schwarzen nicht mit den akzentfrei deutschen Worten, die zu hören waren, übereinstimmten. Cecil B. NuNdUuN hatte mal wieder keine Kosten und Mühen gescheut, um für eine echte Wenzel-Lüdecke-Simultansynchronisation zu sorgen.

Mit einem raschen Blick auf die übrigen herumscharrenden Touristen überzeugte sich Hiob davon, dass offensichtlich keiner außer ihm den Schamanenfürsten sehen konnte.

Munsa betrachtete Hiob abschätzig. »Du wirst in der Zeit verloren gehen wie ein gestöhnter Liebesschwur, mein Kleiner. Nichts an dir kann dem Wesen der Zeit etwas entgegensetzen. Die Zeit kostet eher dich als du sie. Auch ich habe schon Menschen gegessen, die mehr Macht hatten als du.«

Hiob überlegte einen Augenblick und atmete tief durch. »Ich kann ja noch verstehen, dass NuNdUuN hier jemanden arbeiten lässt, gegen dessen Tischmanieren selbst McDonald's koscher wirkt, aber hast du für eine Josephine-Baker-Tunte nicht ein wenig krumme Beine, Bimbo?«

Munsa zog die Augenbrauen hoch und schaute dann langsam, unter halb geschlossenen Augenlidern, nach vorne zum frontalen Buntglasfenster. Hiob folgte seinem Blick. Das halbe Äffchen drehte sich mit. »Ich werde dir jetzt eine Geschichte erzählen und dir dann eine Frage stellen«, sagte der König. »Die Geschichte: Ein junger Mann bekommt von einem gehetzt wirkenden Hausierer, dem die beiden vorderen Schneidezähne fehlen, ein rätselhaft verziertes Messer verkauft. Der Hausierer sagt noch, dass die Geschichte dieses Messers untrennbar mit dem vergossenen Blut eines Unschuldigen verbunden ist, aber noch bevor der junge Mann ihn näher befragen kann, ist der Hausierer bereits mit dem Geld verschwunden. Der junge Mann verleibt das Messer seiner Sammlung geheimnisvoller und antiker Gegenstände ein, aber aus irgendeinem Grund lässt ihn die Klinge nicht los. Dies ist kein Relikt, erfährt er in verschwitzten Träumen, das man als abgeschlossen behandeln kann, das zu den anderen Messern gehört, die kalt sind und tot, wie viel heißes Leben auch immer sie tranken. Der junge Mann hat das Gefühl, dass er unbedingt erfahren muss, welche Bluttat genau mit dem Messer verbunden ist, und so nimmt er es aus dem Samt, den er eigens dafür kaufte, und läuft damit durch die Stadt, von Freund zu Freund, Bekannten zu Bekannten, Spezialisten zu Spezialisten und Konkurrenten zu Konkurrenten, um über Herkunft und Werdegang der Waffe etwas in Erfahrung zu bringen. Man schickt ihn in Tempel und Scheunen, durch Keller und auf Dächer, damit er sich mit Menschen trifft, die ihm weiterhelfen könnten, doch keiner kann es. Endlich, am siebten Tage seiner Suche, erhält er den Hinweis, dass ein Mann, der oben im höchsten aller Kirchtürme arbeitet, die Lösung des Rätsels bereithält. Also nimmt der junge Mann das Messer wieder auf und rennt die 754 Stufen bis zur Spitze des höchsten aller Kirchtürme hinauf. Dort, an der letzten Stufenkante, stolpert er erschöpft, stürzt und rammt sich unglücklich das Messer ins eigene Herz. Der Mann, der dort oben arbeitet, ein einfacher Steinmetzgeselle, nimmt das Messer an sich, stürmt die 754 Stufen hinab, stolpert an der untersten Stufe, stürzt, schlägt sich dabei zwei Schneidezähne aus und beschließt aus Scham und Furcht, nie wieder nach oben zurückzukehren, sondern das Messer zu verkaufen und vom Erlös das Weite zu suchen. Die Frage: Was ist passiert?«

»Nun, auf dem Messer liegt ein Fluch, die Geschichte wiederholt sich immer wieder, auch dem nächsten Käufer des Messers wird dasselbe passieren.«

»Falsch. Es gibt nur einen Käufer, und der Hausierer vom Anfang und der Steinmetz vom Ende sind tatsächlich dieselbe Person, nur zu verschiedenen Zeiten. Die verhängnisvolle Bluttat konnte nur geschehen, indem der junge Mann in seiner eigenen Vergangenheit den Grundstein dafür legte, dass er das Messer, durch das er sterben würde, überhaupt erhalten kann.«

»Äh – ist es schlimm, dass mir das irgendwie egal ist?«

König Munsa seufzte. »Die Treppe ist der Schlüssel, Hiob Montag. Über die aufwärts gewundene Treppe gelangt der junge Mann in seine eigene Vergangenheit. Deshalb bist du doch hier, oder etwa nicht?«

»Die Treppe? Die Wendeltreppe hoch zum Münsterturm ist die verdammte Zeitmaschine?«

»Mit der du zurückreisen wirst in die zwanziger Jahre, genau. Der Begriff Maschine ist zwar grundfalsch, eher handelt es sich um ein religiös erkauftes Wunder mittelalterlicher Alchimisten, aber wie auch immer du es am besten fassen kannst, soll es halt für dich sein.«

»Cool. Und du sorgst hier dafür, dass nicht jeder Kasuppke, der aus Aussichtsgründen da raufstiefelt, den dreißigjährigen Krieg verlängern kann.«

»Erstens: Niemand, der hier reist, kann etwas verändern, es sei denn, er begegnet in der Zielzeit einem dementsprechend mächtigen Beheimateten, so wie das bei dir ja wohl der Fall sein soll. Zweitens: Niemand kann hier reisen, ohne vorher von mir unterrichtet worden zu sein. Drittens: Niemand reist hier irgendwannhin, wenn es nicht vom Wiedenfließ vorher so gesegnet wurde.«

»Jaja, die Bürokratie muss ja im Fließ fröhliche Urständ feiern. Sag mal, Doc Brown, wie steht es eigentlich mit der Zukunft? Kann man dahingehend mal buchen?«

König Munsa schnaubte verächtlich. »Die Zukunft existiert noch nicht, wie also sollte man dahin reisen können? Alles, was feststeht, ist Vergangenheit.«

»Oder aber«, dozierte Hiob mit erhobenem Zeigefinger und breitem Grinsen, »unser ganzes Leben ist nichts anderes als eine Reise in die Zukunft.«

»Unleugbar wahr.«

»Also dann, Bruder: *Initialisier mi!*«

Der König und sein Äffchen senkten und schüttelten langsam die

Köpfe, zuckten dann die Schultern, und die Synchronstimme sagte: »Folge mir.«

In angemessenem Abstand folgte Hiob dem Schamanenkönig durch das Mittelschiff zurück zum Hauptportal, wo sich die Tür zum Turmaufgang befand. Unterwegs erklärte Munsa, für die zahnlos frömmelnden Rentner ringsum unhörbar: »Das Wichtigste ist, dass du dir merkst, wie du wieder zurückkehren kannst, wenn du entweder deine Punkte gemacht hast oder aber bereit bist aufzugeben und dem Meister die Punkte gutzusprechen. Du brauchst einfach nur mit dem kleinen Finger der linken Hand ein gleichschenkliges Dreieck in den Erdboden zu kratzen, wir haben das als Rückholzeichen besetzt.«

»Finger, Boden, Dreieck, alles klar. Und wo komm ich dann wieder raus? Im Hinterkaifeck der Gegenwart oder hier im Münster?«

»Im Hinterkaifeck der Gegenwart natürlich. Wir haben es hier mit einer Zeitleiter zu tun, nicht mit einem Ortswandler.«

»Schon klar. Wenn mich zufällig beim Auftauchen jemand sehen sollte, sage ich einfach, ich komme von der Telekom, das erklärt schon alles.«

Munsa schien darauf geeicht zu sein, sich nicht irritieren zu lassen. Es war auch nicht schwer, Hiobs Zappeligkeit als Nervosität zu durchschauen. Der weiße Mann hatte so viel Angst vor der Zeit, dass es den König heiter stimmte. »Der Vorgang der Reise ist denkbar einfach. Du läufst einfach die Stufen in einem bestimmten Schrittrhythmus hoch: Tamm-tadadadamm-tamm. Du beginnst also jede Schrittsequenz mit demselben Fuß, welchem, ist egal. Kannst du dir das merken?«

Hiob fing auf dem steinernen Kirchenfußboden an zu steppen. »Tamm-tadadadamm-tamm, tamm-tadadadamm-tamm, tamm-tadadadamm-tamm, yeah, das geht okay, das kann ich mir gut merken.«

»Je schneller du derartig die Treppen hochlaufen kannst, desto einfacher und glatter wird der Zeitübergang sein.«

»Hehehehehe.«

»Solltest du aus dem Rhythmus kommen, komm wieder runter und fang von vorne an. Sonst passiert nämlich gar nichts.«

»Außer dass ich irgendwann tot zusammenbreche. Nein, ich werd nicht aus dem Rhythmus kommen, dazu ist mein Selbsterhaltungstrieb zu stark.«

»Das ist eigenartig – ich hätte schwören können, du hättest keinen. Sonst würdest du doch dieses Spiel nicht spielen.«

Beide wetteiferten kurz um das manischste Grinsen. Dann wurde Munsa als Erster wieder ernst. Mit ausladend fellbeschwingter Geste schnitt er den poetischen Teil der Gebrauchsanleitung an.

»Kein Halm wird sich unter deinem Fuß beugen, kein Regentropfen an dir zerplatzen, kein Insekt deinetwegen seine Fluglinie ändern und nicht ein einziger Lufthauch sich von dir aus seiner Bahn wirbeln lassen. Du wirst schlicht und einfach nicht existieren, außer für jenen, der mächtig genug ist, dich wahrzunehmen. Also versuch nicht, Türen zu öffnen oder so. Geh einfach hindurch. Es ist nur ungewohnt, nicht schmerzhaft.«

»Werd ich durch den Boden sinken und am anderen Ende der Welt wieder rausflutschen?«

»Keine Ortsveränderungen ohne eigenes Gehen.«

»Und wie komm ich von Ulm nach Hinterkaifeck? Das ist nämlich noch 'ne ganze Ecke. Soll ich etwa Löcher in meine Astralsohlen latschen?«

»Weißt du, wo Hinterkaifeck liegt?«

»Na ja, so etwa. Hab in 'ner Straßenkarte nachgesehen.«

»Hm. Das wird nicht funktionieren. Die Welt sieht anders aus als eine Karte. Kennst du wenigstens eine der Personen dort am Ort?«

»Woher denn? Ich bin noch nie da gewesen vor siebzig Jahren.«

»Du kannst doch nicht einfach losreisen, ohne zu wissen, wohin!«

»Ich weiß genau, wo ich hin will, verdammt noch mal! Wenn es für euch Pisser kein Problem ist, mich durch die Jahre zu schleudern, warum strengt ihr euch dann nicht mal ein bisschen an und schiebt mich ein Stück weit übers Reißbrett bis mitten hinein in das abgefuckte Killernest?! Wo zum Meister liegt eigentlich immer euer Problem? Budgetkürzungen? Oder habt ihr so viel Schiss vor mir, dass ihr mir immer alles möglichst schwermachen müsst?«

Jemand tippte Hiob von hinten gegen den Rücken und räusperte sich. Hiob fuhr herum. Es war ein junger Kaplan, Priester,

Beichtvater oder irgendwas in der Richtung. »Entschuldigen Sie bitte, mein Herr«, sagte der Mann, »könnten Sie vielleicht Lautstärke und Weltlichkeit Ihres Ausdrucks ein wenig mäßigen? Wir sind hier in Gottes Haus, Gläubige kommen her, um die Ruhe zum Beten zu finden.«

»Pfaffe, warum gehst du nicht einfach vor die Tür und zählst die Tauben?«, schlug Hiob vor. Der Kaplan nickte artig, machte kehrt und trottete gehorsam durchs Portal nach draußen. Er würde für ein paar Jahre sinnvoll beschäftigt sein, und es war gar nicht einmal nötig gewesen, allzu viel magische Energie auf ihn zu verschwenden. Geistliche waren samt und sonders leicht beeindruckbare, naive Menschen, sonst wären sie ja nie Geistliche geworden.

»Du benutzt deine Magie, um einfache Menschen damit herumzukommandieren?«, stellte Munsa verwundert fest.

»Na ja. Nur, wenn sich's nicht vermeiden lässt. Eigentlich nicht. Sollte man ja auch nicht. Aber manchmal rutscht mir halt die Aura aus.«

Zu Hiobs Erschrecken gewann Munsa jetzt den Grinswettbewerb und fasste Hiob auf die Schulter. »He, du brauchst dich nicht zu entschuldigen. Ich habe das doch auch andauernd getan, als ich noch ein gewöhnlicher König war, in Afrika. Wie sonst hätte ich es fertigbringen können, dass ein Nachbarkönig, dessen kleinen Sohn ich vor seinen Augen gegessen hatte, sich mir unterwarf und mir ewige Treue schwor? Du bist schon in Ordnung, Hiob.« Säuerlich lächelnd ließ Hiob die Tätscheleien des dämonisierten Kannibalen über sich ergehen.

»Also«, fasste Munsa sachlich zusammen, »du hast ein Problem, du weißt nicht, wohin. Der Meister hat mir diesbezüglich keine Anweisungen gegeben, aber da du mir von der rechten Art zu sein scheinst, schlage ich dir einen kleinen Handel vor: Ich hole dich in der Vergangenheit ab und bringe dich nach Hinterkaifeck.«

»Und der Handel dabei ist ...?«

»Eine der Erwähnung unwürdige Gefälligkeit.«

»Lass mich raten: Ich soll den jungen Hitler vor dem Russlandfeldzug warnen.«

»Ich hatte einmal einen verwachsenen Hofnarren, der war

genauso komisch. Nein, nur eine winzige Kleinigkeit. Du wirst doch in Hinterkaifeck Zeuge eines Mordes werden. Nun, zu der ermordeten Familie gehört auch eine aufregend schöne Tochter im sinnlichsten Alter. Ich hätte gerne ihren Kitzler. Als Ohrschmuck.«

Das Türkis von Hiobs Augen flackerte kurz, aber nur für den Bruchteil eines Augenblicks. »Weißt du eigentlich, dass es Sauereien wie diese sind, die mich dazu gebracht haben, euch mit jeder Faser meines Daseins zu hassen und zu bekämpfen?«

»Ach, du hasst uns? Du bekämpfst uns? Komisch, von hier aus sieht es so aus, als würdest du mit uns spielen, so wie Freunde miteinander spielen.«

»Mehr so, wie eine Katze mit der Maus spielt, Munsa.«

Der König lehnte den Oberkörper weit zurück und lachte, lachte zusammen mit seinem Äffchen aus vollem Halse, ein nicht endenwollendes, ehrlich belustigtes Lachen. In Hiob schäumte der Hass hoch wie kochender Reis, schoss hinter seinen Augenbrauen über und brach sich als Blut aus der Nase Bahn. Mit dem Handrücken wischte er sich ab, wieder ganz ruhig. Er hatte wieder sein Blut gegeben. Seine Nerven waren tot.

»Ich verstehe das richtig: Ich soll die Klitoris aus dem Mädchen rausschneiden, nachdem der Killer sie umgebracht hat.«

Munsa wischte sich Lachtränen von den Wangen. »Ja, natürlich.«

»Und wie soll ich das anstellen, als immaterieller Geist?«

»Na, lass dir was einfallen! Das ist doch sonst auch deine Art, dir was einfallen zu lassen.«

»Gut, Munsa. Der Handel gilt.«

»Der Handel gilt?«

»Der Handel gilt.«

»Ausgezeichnet. Hast du dann noch weitere Fragen?«

»Nein. Ich laufe die Treppen hoch, und wir treffen uns oben vor siebzig Jahren.«

»Nicht oben, aber so ähnlich. Lass dich überraschen.«

Hiob schnaubte verächtlich und setzte den linken Fuß auf die unterste Stufe. Er fühlte sich merkwürdig, wie mit Helium hinter den Augen. Gibt es eigentlich ein griffiges Fremdwort für Furcht vor der Zeit?, überlegte er. Chronophobie? Äußert die sich dann auch in dem drängenden Gefühl, dass man der eigenen Vergangenheit besser ausweichen sollte?

»Sag mal«, forderte er, »ist der Typ in deiner bescheuerten Messergeschichte eigentlich auch in so einem Rhythmus die Treppen hochgewetzt, oder mach ich mich hier nur wieder mal zum Arsch?«

»Meine Geschichte, Hiob, war nur eine Geschichte. Deine Geschichte dagegen wird niemals Geschichte werden. Und jetzt lauf zu, Zeit ist kostbar.«

> *(Licht in der blaugefrornen Nacht*
> *Licht klein, Schnee so tief*
> *immer tiefer*
> *der Hof*
> *Heimat, dort*
> *Magdaleen)*

Es war ein harter, kalter Tag gewesen, mit fast nichts Sinnvollem zu tun.

Der Kall war – dem Sturm trotzend – wieder ins Dorf unten gegangen, hatte sich wieder bei der Post erkundigt nach der Stelle, aber der alte Seegersch war immer noch gesund und konnte keine Vertretung gebrauchen. War sonst immer krank gewesen zu dieser Zeit des Jahres, bei dieser Art von Wetter, der alte Seegersch, aber heuer nicht.

Die anderen waren umeinandergelaufen, hatten sich angestarrt, angeschwiegen, hatten auf den Wind geschimpft und zornig die Fäuste gegen den Sturmhimmel geballt. Der Diffringer hatte Holz gehackt, die Marie hatte es in der Stube gestapelt. Der Luit hatte eine leise Bemerkung gemacht über den Duft frisch geschlagenen Holzes.

Am Abend war der Kall wütend, in der Kälte dampfend wie ein Pferd, zurückgekehrt und mit seinen schneenassen Schuhen im ganzen Haus auf und ab gewandert. Dabei war er auch am Zimmer seiner Schwester vorbeigekommen, und die Tür war nur angelehnt.

Er konnte den weißen Milchtropfen sehen, der über ihre schöne, volle Brust lief, als das Josefchen kurz mit Trinken absetzte. Kall blieb nicht stehen, ging weiter auf und ab, bis die Mutter ihn endlich zur Ruhe schalt.

Ächzend wälzte sich die erste hundlose Nacht herauf.

Nach der abendlichen Brotzeit, nach der nichts mehr übrig war von der letzten Kuh, gingen alle in ihre Betten.

Es war kalt im Haus, denn der Diffringer sparte am Holz.

Als Letzter blies Luit sein Nachtlicht aus. Er hatte noch ein wenig gelesen, was verboten war, ein Buch mit Gedichten von Höderlin, so abgewetzt, so tief. Jetzt lag er wach und lauschte dem Winseln des Windes.

Selbst das Josefchen war ganz still und hielt für ein paar Momente wie sterbend den Atem an.

(Das Haus noch wie damals
neu wieder Schnee, spurlos der Hof
heimgegangen schon gestern der Hund, mich gewahrend
jetzt Licht aus
verloschen das Licht
jenes letzte
warte
zu dunkel
wie ruhig
kann erst jetzt wieder sehen
kann sehen
das Haus
schmecken den Atem darin
ein Kind?
ein Kind?
Wessen
Kind
Magdaleen?)

tam-tadadadamm-tamm

Aufwärts im Kreis dreht die Mitte des Gangs sich als Korkenzieherbohrer hinab in den Rest der Welt. Hinab und vorbei, und Hiob selbst geduckt an der vorbeikreiselnden Steinwand schleifend mit einer Hand aufwärts auf mittig trittgesenkten Stufen ungleicher Höhe. Hier und da tatsächlich Erbrochenes wie Territorialmarkierung, und außen umheult azurner Wind jenen Stachel.

Auf etwa halbem Weg nach oben kamen ihm Leute entgegen, und natürlich waren es nicht wenigstens Touristen aus dem Aus- oder ferneren Inland, die ihr ganzes mühsam erspartes Geld zusammengekratzt hatten, um sich endlich jenen lang gehegten Herzenswunsch erfüllen zu können, einmal zum höchsten Kirchturm der Welt zu reisen und jenen mit Inbrunst zu erklimmen, sondern es waren ein paar Ulmer, ulmerisch schwätzend, die einfach an diesem aussichtsmäßig doch recht trüben Vormittag nichts Besseres zu tun gehabt hatten, als zum einhundertundvierzigsten Mal mal wieder naufzugehen. Hiob verharrte im Schritt, merkte sich, wo er im Rhythmus innegehalten hatte, um das Wichtigste nicht zu verlieren, und wartete geduldig und mit fest zusammengebissenen Zähnen, während Munsas Worte von *Je schneller oben, desto glatter und ungefährlicher und zielsicherer und weiß der Meister was noch alles Entscheidendes wird die Zeitreise ablaufen* sich wie lauter kleine Endoskope in seine Nervenbahnen schrammten, bis das munter plaudernde und lachende Trio an ihm vorüber war. Er ignorierte ihr herzliches »Grüß Gott!«, um wie gesagt den Rhythmus nicht zu verlieren. Er stellte dem hintersten von ihnen kein Bein, er zog ihm nicht mit dem Schuhabsatz den Scheitel neu, aber er ignorierte wenigstens ihr »Grüß Gott!«.

Dann rannte er – wutbetrieben fast doppelt so schnell wie auf der ersten Hälfte – tamm-tadadadamm-tamm nach oben weiter und mitten hinein ins Sperrfeuer sämtlicher kosmischer Gesetzmäßigkeiten.

Das letzte Mal, dass er etwas Derartiges erlebt hatte, lag gute zehn Jahre zurück. Damals hatte er – von der Pubertät in eine geradezu Midlife-Crisis-hafte Torschlusspanik getrieben – sich nach den Anweisungen einer alten Frau, die in einem Moskauer Tourneezirkus in den Ställen arbeitete, ein zähflüssiges Gebräu hergestellt, das den altersbedingten Zerfall seiner Zellen aufhalten helfen sollte, und es in einem Zug hinuntergestürzt. Seine Erinnerung an das Gefühl, das er dabei gehabt hatte, war die, dass der gesamte Planet ihn wild hupend gerammt und mindestens zwölf Meter durch die Gegend geschleudert hatte. Genutzt hatte es freilich nichts. Er war in den folgenden Jahren dennoch unhaltbar jenseits der zwanzig geschliddert.

Diesmal jedoch war es freilich ein wenig anders. Diesmal war es kein Stoß, kein Ruck, der seinen Leib im Überdruck komprimierte, sondern es war eher ein Saugen. Es war, als täte sich auf den letzten Stufen kurz vor Erreichen des wunderbar ornamentierten Freiluftwendels eine Art Schlund auf, in den man durch die Zeit zurückblicken konnte und der einen mit einem schwindelnden Sogdrucksprungwunsch erfüllte, jenem elektrostatischen Gefühl kurz vor der Entladung eines feuchten Traumes. Hiob strauchelte auf die Plattform hinaus, der Wind griff ihm mit beiden Händen in die Haare und drückte seinen Kopf schmerzhaft Richtung Boden, aber das war noch nicht die Spitze, das war noch nicht der Gipfel, bis hierher konnte noch jeder, von dieser Plattform aus, von der aus Wassssserspeier in alle Richtungen ihr unhörbar verzerrtes Lacrimosa hinabbrüllten ins Menschental, ging es noch weitergewunden himmlig hinan, luftiger diesmal, nicht ummauert mehr, aber von steinernen Schnörkeln und Bögchen und Fensterchen und klitzekleinen gotischen Serifen verraten.

Den Rhythmus nicht verlierend, strebte Hiob weiter.
    tamm-tadadadamm-tamm.
        tamm-tadadadamm-tamm.
            Jetzt-kannsnichtmehrweit-sein.
                Gleich-hastdusgeschafft-gleich.
                    Gib-nichtaufduclown-los.
                Streng-dichdochnochmehr-an.
            Halt-deindummesmaul-Mann.
        Sprichst-janurmitdir-selbst.
    Ho-hohohoho-ho.

Auf der vorletzten Stufe tunnelten britische Jagdbomber an ihm vorbei.

Ein Geräusch wie das sechstausendstimmige Hämmern einer Großbaustelle.

Sonne schnappt über.

Und die letzte Treppenstufe auch, kippte einfach weg, und Hiob knallte frontal auf Brustkorb, Bauch und Gesicht. Glücklicherweise war die Landung nicht allzu hart, sonst hätte er sich die untere Zahnreihe durch die Augenbrauen getrieben, und seine Nase wäre nach links und rechts weggeplatzt.

Benommen schaute Hiob sich um.

Er war wieder unten, unten im Kirchenschiff. Die letzte Stufe oben war gleichzeitig die erste Stufe unten gewesen, nur in umgekehrter Richtung. Er war gleichzeitig hoch- wie (gravitationstechnisch unmöglich um 90 Grad nach vorne gekippt) runtergelaufen. Dass er relativ weich gelandet war, lag nicht daran, dass der Münstersche Steinboden irgendwie gut zu ihm war, sondern war auf die einfache Tatsache zurückzuführen, dass er – Hiob – nicht mehr echt war. Nicht mehr echt da. Er war ein filigraner, irisierender Schemen geworden, der in etwa die gleiche Konsistenz hatte wie ein Bürgermeister, wenn ein echtes Problem anstand. Er rappelte sich auf.

Munsa stand neben ihm und grinste hämisch.

»Treppensteigen ist nicht deine Spezialität, oder?«

»Nein. Meine Spezialität ist es, großmäulige Aushilfsdämonen zu erden.«

»Ahhh, dein elektrischer Stuhlgang im amerikanischen Un-Zuchthaus, davon habe ich gerüchteweise läuten gehört. Aber damit du es weißt, mein kleiner weißer Freund: Ich bin kein Aushilfsdämon. Ich arbeite für den großen allerschreckenden Meister persönlich. Und weißt du auch, wie das kommt? Ich bin dem Savannenfürsten schon Zeit meines Lebens ein treuer und mitdenkender Gehilfe gewesen, und als Dank dafür hat er mich eben über meine lächerliche irdisch-natürliche Lebensspanne hinaus in seinen Diensten behalten. Ich bin jetzt über 150 Jahre alt und werde mit jedem Tag besser, während du noch keine fünfundzwanzig Regenzeiten gesehen hast und dennoch schon nach jedem Duschen einen Haarpfropfen aus dem Abfluss fingern musst. Du siehst also, du kannst mir nichts anhaben, selbst wenn du hundert Punkte sammelst.«

»Ist eigentlich das Erste, was man in eurem Verein lernt, die Kunst, so großspurig und selbstverliebt daherzuquatschen? Ich weiß wirklich nicht, was ich am meisten hasse: die Art, wie ihr ausseht, das, was ihr seid, das, was ihr tut, das, was ihr in den Menschen auslöst, oder die Art, wie ihr redet.«

»Wahrscheinlich die Art, wie wir wissen, was wir tun.«

Hiob ließ müde den Kopf sinken. »Gehn wir jetzt endlich nach Hinterkaifeck, oder wollen wir noch ein bisschen hier rumstehen und plaudern, weil wir uns so gut verstehen?«

»Gut.« König Munsas Augen leuchteten grausam auf. »Gut, gehen wir nach Hinterkaifeck. Ich freue mich aufrichtig, dabei sein zu können.«

Sie fuhren auf dem Dach eines altertümlichen Autos aus Ulm raus, ohne eine Delle im Blech zu verursachen noch auch nur den Wind in den Haaren zu spüren, denn sie waren Geister, Geister aus einer fernen Zeit.

Mehrmals stiegen sie um, kreuz und quer über Land, denn eine direkte Fahrverbindung von Ulm nach Hinterkaifeck hatte sich wohl nicht auftreiben lassen. Hiob fragte Munsa einmal, warum sie nicht einfach fliegen könnten, und Munsa sagte, wenn sie die Illusion der Gravitation einfach aufgäben, würden sie haltlos in den Weltraum hinaustreiben. Was dann mit ihnen passieren würde, wollte Hiob wissen, doch Munsa musste passen.

Schnee fiel. Es war Winter dort, aber beiden, leicht bekleidet, wie sie waren, war nicht kalt. »Werden wir denn nicht zu spät kommen, wenn wir so lange unterwegs sind?«, fragte Hiob.

»Keine Sorge. Ich habe den Zeitpunkt deiner Ankunft hier so vorgelegt, dass du pünktlich ankommen wirst.« Was Hiobs Verdacht, dass der Deal mit Munsa eine von Anfang an vorgesehene Schikane war, nur erhärtete.

Es war jedes Mal das gleiche würdelose Spiel. Widder überbrachte Hiob einen Auftrag, und während er alle Hände voll zu tun hatte, diesen Auftrag auszuführen, führte NuNdUuN einen Querschläger ein und verdoppelte so Hiobs Risiko. In Barranquilla hatte Hiob die traurige Vorgängerin Lagrima mehr oder weniger ignoriert, was verdammt klug gewesen war. In Fredericksburg hatte er sich dazu entschlossen, diesen wahnsinnigen Revolverhelden Ingless anzugreifen, was verdammt dumm gewesen war, denn er hatte dabei den Kürzeren gezogen. Und diesmal war er schon gezwungen gewesen, mit einem toten Kannibalen zu paktieren, um überhaupt den Ort des Geschehens erreichen zu können. Wie sollte das denn noch weitergehen? Da musste ein für alle Mal ein Riegel vorgeschoben werden, auf diese linke Art durfte das Spiel nicht fortgesetzt werden. Leider hatte Hiob noch nicht die geringste Idee, was er dagegen tun konnte. Er hatte allerdings gehört, dass nicht weit von Berlin, an den Ufern der Müritz, eine Schiedsrichterin namens Eidry Gevicius ihr Quartier aufgeschlagen hatte. Er nahm sich jetzt schon fest vor, nach der Beseitigung der Manifestation dort hinzugehen, um formellen Protest einzulegen. NuNdUuN hatte also, dachte er lächelnd, nur etwa siebzig Jahre Zeit zu versuchen, die Frau zu bestechen.

Sie saßen jetzt in einem geradezu unerträglich laut röhrenden Bus, der Schneefall war immer dichter geworden. Da innen etliche Sitzbänke frei gewesen waren, hatten sie sich durchs Dach tropfen lassen und sich hingesetzt. Als eine ländliche Dame zustieg und sich Munsa nichtsahnend auf den Schoß setzte, hatte der historische König seinen Spaß. Er machte mit den Hüften obszöne Aufwärtsstöße und grinste Hiob dabei mit der Zunge zwischen den Zähnen an. Tatsächlich brach der Frau nach einiger Zeit der Schweiß aus, aber das konnte auch an den Wechseljahren liegen. Hiob saß daneben, am Fenster, und betrachtete das vorbeiziehende Deutschland der zwanziger Jahre.

Hier, in den unerschlosseneren Gebieten Bayerns, war von »Golden« oder »Roaring« nichts zu spüren. Hier hielt Armut die Rücken gebückt, und viele der Leute draußen entblößten beim Stöhnen skorbutäre Gebisse. Anders als in den Neunzigern, wo es noch keinem weinerlichen Ossi-Arbeitslosen jemals wirklich existenziell dreckig gegangen war, starben hier die Leute wirklich. Verhungerten vor Kälte.

Seltsam, dachte Hiob. Für diese merkwürdigen Wesen dort draußen mit den erschreckend ausrasierten Frisuren und den tief in den Höhlen liegenden Augen, auch für die überwiegend hässlichen, grobgesichtigen Frauen war der Nationalsozialismus noch nicht mehr als ein vielleicht schon einmal vage gehörtes Gerücht, das Besserung versprach. National konnte man gut brauchen, nachdem der verlorene Krieg und die Versailler Verträge das Selbstbewusstsein der Deutschen mit eisernem Stiefel in den Matsch getreten hatten, und sozial war mehr denn nötig, konnte doch jeder sehen, dass Kleinkinder krepierten und die Unbeschäftigten nichts mehr zu tun wussten, als sich zu raufen und zu beißen. Und war denn Ismus nicht die Endung jeder Kunstform und jeder Gesinnung, die auf eine Zukunft hinwies?

Dies hier waren die Menschen, die in kaum fünfzehn Jahren Sündenböcke in rußige Schlachthäuser dirigieren würden. Dies hier waren die Kinder, die ihre Hände bereits einmal an der heißen Herdplatte des Krieges verbrannt hatten, aber dennoch begierig wieder zugriffen. Dies hier waren die Monster, die dafür verantwortlich waren, dass, wie Walter Jens es einmal ausgedrückt hatte, das politische Deutschland in Auschwitz Selbstmord beging. Und irgendwo, nur weiter westlich von hier, tollte Hiobs eigener geliebter Großvater als siebenjähriger Junge durch die Gegend und war einer von ihnen.

Was für ein Wahnsinn war es, Deutscher zu sein, von diesen erbärmlichen Gestalten abzustammen, die in einer dünnschissfarbenen Massenbewegung buchstäblich ihr Heil suchten, deren kollektiv repressierter Sadismus sich rotschäumend über einem ganzen Kontinent entlud, bis hinein nach Russland, bis hinüber nach Afrika.

Afrika. Hiob sah kurz verstohlen zu Munsa hinüber, und der entgegnete den Blick und nickte grimmig, als hätte er jeden einzelnen von Hiobs Gedanken mitverfolgt.

Je weiter sie aufs Land kamen, desto weiter schien sich auch die Verkehrstechnik in die Vergangenheit zurückzudrehen. Sie fuhren ein Stückchen mit auf einem von einem mageren Gaul gezogenen

Karren, und als es dann irgendwann ganz dunkel geworden war und im Dunkel dieser Zeiten wohl niemand mehr unterwegs sein wollte, mussten sie zu Fuß gehen. Hiob jedoch war das ganz recht. Er hatte sich beim Verlassen des hiesigen Ulmer Münsters durch einen einfachen Blick über die Schulter davon überzeugen können, welchen Anteil siebzig Jahre Auspuffgase an der schleichenden Schleifung dieses stolzen Gebäudes gehabt hatten. Böser Mumbo-Jumbo eben.

Hier draußen, im tiefen bayrischen Winter, war die Luft irgendwie klar, irgendwie klärend, das konnte sogar einer spüren, der nicht wirklich atmete. Sie war so transparent und kalt und scharfgliedrig, dass sie einem im Hals schmerzte, dass sie mit präziser Klinge die Lederkruste von deinen Organen schnitt und das wahre rohe Sein entblößte. Hier hatte sich seit den Bauernkriegen nicht viel geändert. Man aß, man tötete, man machte wenig Worte. Der Schnee der Nacht hatte die Farbe eines Abgrunds.

Ein Ortsschild mit dem Wort HINTERKAIFECK gab es nicht. Es gab ein KAIFECK, das sie entlang einer eisigen Hauptstraße durchquerten, an einer trutzigen Kirche vorbei, und HINTERKAIFECK musste von der nächstgrößeren Kreisstadt gesehen dahinter liegen, das war doch klar genug.

Wind raspelte durch vereistes Geäst, ein paar voneinander getrennte Flocken torkelten waagerecht heran, vorbei, hinweg. Die beiden Gespenster schritten über der weichen Duftigkeit des Schnees, ohne auch nur die geringsten Spuren zu hinterlassen.

Ein Licht in der Ferne, ein einziges, orange glimmendes Fenster eines außerhalb jeglicher Ortschaft liegenden Hauses.

»Dort hinten ist es«, wisperte Munsa. »Der Diffringerhof, nur Minuten vor der Ankunft des Unbeschreiblichen.« Er sah spöttisch an Hiob herunter. »Ich hoffe, du hast deine Sache gerüstet, Krieger.«

»Ich habe meine Sache gerüstet und weiß, dass ich im Rechte bin«, zitierte Hiob seinen biblischen Namenspatron.

»Also gut. Ich werde hier drüben auf dich warten, dort, zwischen den Kopfweiden. Die letzten Meter wirst du ja wohl alleine zurücklegen können, oder?«

»Klar.«

»Vergiss nicht das Geschenk für mich.«

»Wie könnte ich.«

»Viel Glück.«

»Ich glaube nicht an Glück.«

Hiob ging weiter, während der Mangbattu-König einfach stehen blieb. Nach ein paar Schritten jedoch blieb auch Hiob wieder stehen.

»Ach so – was das Dreieck angeht: Spitze nach oben, also männliches Feuer, oder Spitze nach unten, weibliches Wasser?«

Munsa lächelte, man konnte seine auseinandergezogenen Lippen in der Stimme hören. »Worin du lieber eingehen möchtest, Hiob.«

Hiobs Augen wurden schmal. »Ihr werdet mich doch nicht so plump anarschen, oder? Ich meine, mir ein falsches Bergungszeichen nennen und mich in der Vergangenheit sitzen lassen?«

»Wäre das des Meisters Stil?«

»Ich weiß nicht, was des Meisters Stil ist, aber bislang schien alles, was mir irgendwie in den Rücken fällt und Schaden zufügt, dazuzugehören.«

»Wenn du kneifen willst, brauchst du es nur zu sagen. Das macht dann drei Punkte für NuNdUuN, und dann steht es – unterbrich mich, falls ich mich irre – Drei zu Zwei für uns, und du weißt, was es bedeutet, wenn das Wiedenfließ in Führung geht.«

»Ja. Das bedeutet eine neue Missernte in deiner Heimat, eine weitere brennende Asylantenfamilie in meiner Heimat und ein paar Tausend neue Fälle von Rinderwahnsinn in den Sitzreihen der Parlamente.«

Munsa breitete raschelnd die Arme aus. »Ist das Leben nicht ein Fest, wenn man auf der richtigen Seite steht?«

Hiob verspürte den psychosomatischen Drang zu kotzen, aber er winkte einfach ab und schwebte weiter ausschreitend auf das Licht zu, das kurz darauf verlosch. Es wurde dadurch so dunkel, dass man die eigenen Füße nicht mal mehr hätte sehen können, wenn man kein Zeitgeist gewesen wäre.

Eine merkwürdige Furcht besprang Hiob heftig und festkrallend, als er die Umrisse des Hofes wieder deutlicher ausmachen konnte. Es war die Furcht vor dem Sterben, nicht vor dem eigenen, sondern dem anderer. Es war relativ leicht, selbst draufzugehen, man verlor während des Vorgangs alle Verantwortung, und das war toll, aber es war etwas anderes, anderen Menschen dabei zuzusehen, wie sie getötet wurden. Vor allem dann, wenn man selbst nicht einmal derjenige war, der tötete, sondern wenn man einfach nur ein Voyeur war, ein Freier in der Loge des Todes. Der Gedanke war unbehaglich und schwer, er hockte jetzt in Hiobs Genick wie Krätze.

Ließ sich nicht mehr abschütteln.

Verzerrte mein Gesicht.

Mir war, als sänke mein Fuß plötzlich ein, als hinterließe ich Spuren.

Die Nacht war im Nu voller lachender Raben.

(Sieh
sieh dort
sieh die Axt
in dem Block
sieh die Axt
nimm sie auf
nimm die Axt
ja
die Axt
nimm sie auf
nimm die Axt
geh zur Tür)

DUUMMM. DUUMMM. DUUMMM.

Luit, der immer noch heimlich in seinem Zimmer irgendwelche sentimentalen Bücher las, hatte gerade sein Licht gelöscht, das hatte der alte Diffringer der Türritze ansehen können, als es dreimal klopfte unten an der Tür. So dunkel war die Nacht, so dunkel und so kalt, kein Mensch konnte um diese Zeit den weiten Weg vom Dorf hierher gemacht haben, egal, was auch immer dort passiert war.

Der Diffringer konnte das kleine Herz seiner Frau in den schweren Decken schlagen spüren. »Geng net, Mann«, hauchte sie. »Koan Gast zu diesar Stund iis no vun diesar Welt.«

»I werdam sogn, egal wois für a Gast derra iis, dois wir nets mehr zam Fressa hoba.«

Der Diffringer schwang sich, höchstens von einem Wutgefühl gewärmt, aus dem Bett, krallte sich die Kerze, zündete sie an und schlurfte zur Tür und auf den Flur dahinter. Die Tür von Kalls Zimmer öffnete sich, als er gerade daran vorbeiging. Kall hatte sich hastig angezogen, wie in der Nacht zuvor. »Jetzt kummt ois zsamma«, brummte er und folgte seinem Vater die Stufen hinab. Die anderen beiden Türen blieben geschlossen, nicht einmal ein leises Quengeln des Babys war zu hören.

Es hatte nicht noch einmal geklopft. Nur diese drei Mal, dann nicht mehr.

Vielleicht war der nächtliche Besucher ja schon wieder gegangen, zuckte es heiß durchs Diffringerherz, vielleicht hatte er sich geirrt oder aber es aufgegeben oder aufgeschoben – aber der Diffringermund verzog sich nur zu einem bitteren Grinsen. Der Aafhocknd Geist machte nicht den weiten Weg nach Hinterkaifeck umsonst.

Er schlug den schweren, teerigen Riegel zurück und zog die Tür nach innen auf, sein starker Sohn Kall einen halben Schritt hinter ihm.

Unbegreifliche Kälte wallte in den Raum, die herbe Rauchigkeit des Dunkels und der Atem des Fremden vor der Schwelle, dessen Haupt gekrönt war von der Leiche des Mondes.

Viel konnten der Diffringer und sein Sohn in der Silhouette des Gastes nicht lesen, nur drei Dinge waren es. Er hatte langes Haar
    seine Augen waren von seltsamer Farbe
      und er hielt in der Hand eine Axt.

c) Mühle

Und wenn es auch geschähe,
dass Gott im Himmel und alle Engel ihm anböten,
ihm daraus zu helfen,
nein, nun will er nicht, nun ist es zu spät …
nun will er lieber gegen alles rasen,
der von der ganzen Welt, dem Dasein ins Unrecht Gesetzte,
dem es gerade von Wichtigkeit ist, aufzupassen,
dass er seine Qual zur Hand hat,
dass niemand sie von ihm nimmt.

(Sören Kierkegaard, *Die Krankheit zum Tode*)

Die geöffnete Tür.
   Die beiden im Eingang, der eine davor.
   Nacht und Schnee und Raben in der Ferne, viele.
   Und dann das erste Wort.

»Vater?«

Der Diffringer stutzte. Hatte der Fremde eben »Vater« gesagt?
   »I bin net dei Vodr. Host di vrlaufa, odr bist irr?«
   Der Fremde wog die schwere Axt in der Linken. »Früher wärt ihr hier nicht so nachlässig gewesen, das Werkzeug bei der Kälte draußen liegen zu lassen, Vater. Hast du denn schon vergessen, dass der lichtlose Wind die schärfste Klinge stumpft?«
   »Mei Söhne san beida herinnen, und nie hob i jemals an dritten gezoagt. Also warum nennst mi Vodr, Kerl? Red!« Entweder war Schwärze über dem Gesicht des nächtlichen Hausierers

oder Haare, jedenfalls konnte der Diffringer beim besten Willen nichts erkennen, was ihm bekannt vorgekommen wäre. Und diese Augen ...? Wer außer dem Aafhocknd Geist hatte schon jemals ...
War's das?
War's so weit?
»Ich nannte dich schon vor Jahren Vater, Diffringer. Du selbst hast mich einst drum gebeten. Schließlich sollte ich ja ... dein Sohn werden.«

Der Mann machte einen Schritt nach vorne, sodass der Diffringer und auch der kräftige Kall unwillkürlich nach hinten gehen mussten. Jetzt stand der ungebetene Gast auf den Brettern des Wohnraums, und das eishafte Dunkel des Draußens konnte das flackernde Licht der Lampe nicht mehr ersticken.

Kälte fuhr dem Diffringer und seinem Kall hart durch die Herzen, und die Knochenhände des Erschreckens legten sich darum herum und drückten zu.

Die Augen waren anders, von anderer, nie mit einem Wort bedachter Farbe, die Haare viel länger, das Gesicht blasser, abgezehrter, schmaler der Mund, älter deutlich, aber ansonsten, ansonsten ...

»Anton!?«, hauchten beide gleichzeitig. Dem Alten versagte darauf die Stimme, und Kall fuhr heiser fort: »Anton? Aber ... das ist ... doch nicht möglich ... nicht nach« – er überschlug kurz im Kopf – »sieben Jahren!«

Ihr Gast breitete die Arme aus, dass dunkler Schnee von seinen ausgefransten Mantelschultern rutschte. Ein winselnder Windhauch bauschte ins Zimmer, und mit einem lauten Rummsen schlug hinter ihm die Tür zu. »Doch, ich bin es, Kall. Ich bin zurück – von den endlosen Weiden der Hölle.«

Sie boten ihm einen Sitzplatz an, setzten Wasser auf. Marie, des Diffringers Weib, kam herab, dann auch der Luit. Alle bestaunten sie den Anton, den sie gut gekannt hatten, aber keiner wagte es, ihn zu berühren, geschweige denn zu umarmen. Zu kalt, zu stark getränkt vom Winter waren seine Kleidung und seine weiße Haut.

Marie war besonders erschrocken darüber, wie sehr sich der

Anton verändert hatte, so, als sei er viel länger weg gewesen als sieben Jahre. Dann aber wiederum hatten sie ihn ja alle für tot gehalten, und fremder konnte man nicht werden, im Vergleich dazu war er ihnen tatsächlich ein Sohn.

»S' Heer hat eans an Bscheid gschickt, dois is scho funf Jahr her«, erklärte der Diffringer düster. »Hobns an eans gschickt, wei's dei Eltarn jo net mehr glebt hoba. Hob eahmer no irgwo oba, den Briaf. Soit ean hola?«

»Mach dir keine Umstände, ich weiß, was in diesen Briefen drinsteht.« Anton nippte, beide Hände um die Tasse gelegt, am heißen Kräutertee. Die Axt von draußen glomm quer vor ihm auf dem Tisch, ein Stahlrochen, harrend.

»Anton Krantz iis gfalla ais ean Held füar Kaiser und Vodrland, hobns gschriaba. Hot sei Leba gebn füar sei Kamerada, hobns gschriaba. Iis net woahr, Anton? Woas iis wirkli passiert?«

»Vieles. Zu vieles.« Anton atmete tief durch. Seine merkwürdig veränderten Augen, in denen orangefarbene Flammennebel zu kreisen schienen, schlossen sich für die anderen wohltuend. »Ich war siebzehn, als ich dem Ruf zu den Waffen folgte. Meine Eltern waren gerade gestorben, in jenem furchtbaren Feuer, das auch unseren Hof fraß, und außer euch gab es nichts mehr für mich, was mich zum Bleiben hätte veranlassen können. Der Kaiser brauchte Männer, um unser Land und unsere Frauen zu verteidigen, das schien mir ein guter Sinn zu sein für's Leben.«

»I wuiß no, wia du di vurabschiedt host vunn eans.« Die Marie lächelte. »Die Sonn hot gschiana an deam Tog, s'woar so blaur Himmel.«

»Und gelacht habe ich und meine Mütze geschwenkt.«

»Jo. Bist übar die Hügl glaufa ganz wia ean jungar Deifi.«

Anton lächelte. »Ich war ein junger Teufel damals. Jetzt bin ich älter geworden.«

Luit rieb sich die Nase. »Wie woar's dann im Heer?«

»Es war ... sehr interessant. Alles ging sehr langsam dort, und ebenso langsam verblassten alle Farben. Es gab keinen blauen Himmel mehr. Alles gewann an Gewicht und wurde schwer. Die Menschen dort sprachen nie in normaler Lautstärke, sie schrien entweder oder flüsterten keuchend. Es war keine schlechte Entscheidung, nicht hinzugehen, Kall.«

»Dr Luit woar no zu jung! Hätt i soll'n die Eltarn allonilassa mit dr ganza Orbeit, Anton? I hob's dir damols scho gsagt – gern wär i ganga, gern!«

Anton winkte ab und öffnete die Augen wieder, den Blick in Kall gerammt. »Angst hast du gehabt, mein bärenstarker Freund. Angst vorm Krachen der Gewehre und Granaten. Bei jedem Schützenfest ist dir schon das Heulen gekommen, und bei jedem Gewitter erst recht. Du hättest im Heer keine zwei Wochen gelebt. Es war keine schlechte Entscheidung, nicht hinzugehen.«

Kall schlug mit der flachen Hand auf den Tisch und setzte zu einer Entgegnung an, die aber irgendwo in Antons brennenden Augen verdampfte. Ruckartig drehte sich Kall auf seinem Schemel so herum, dass er halb abgewandt saß. Sein bärtiger Unterkiefer mahlte.

»Vrzahl widr«, forderte Luit, der jetzt hellwach war.

»Sie bildeten uns aus. Alles ging sehr langsam. Sie gaben sich alle erdenkliche Mühe und ließen sich sehr viel Zeit, dabei lief alles, was wir lernen mussten, auf ein einziges Wort hinaus: Gehorche. Gehorche. Kein unvertrautes Wort für einen Bauernsohn aus dem Bayernland. Wir hatten Burschen in der Kompanie, die kamen aus den großen Städten oder aus den westlichen Wäldern, und auch einen oder zwei oben vom Meer, denen bereitete es größere Schwierigkeiten, dieses Wort in sich aufzunehmen. Aber ich verstand sehr schnell. Ich aß und trank »Gehorche«, robbte mich im Regen durch Fluten von »Gehorche« und zerschoss ganze Legionen von Heumenschen für »Gehorche«. »Gehorche« hielt mich warm und kleidete mich wie einen Mantel, auch später noch, wenn die blutigen Fetzen meiner Kameraden als Zweifel nach mir schlugen.«

Anton lächelte jetzt über die angestrengt aussehenden Gesichter seiner Zuhörer. »Sie schickten uns nach Westen, dorthin, wo der Himmel tiefer und schwärzer war und vom Kanonenfeuer flackerte. Ins Frankreich gingen wir hinein, wo die Menschen eine singende Sprache sprechen, bei der alle Worte ineinander übergehen und eins sind. Und genauso schienen mir auch die Männer, die sich uns dort auf den Stacheldrahtfeldern entgegenwarfen. Sie gingen ineinander über, und alle waren sie eins. Ihr könnt gar nicht ahnen, wie ähnlich das Sterben die Menschen macht. Innen drin sehen wir alle gleich aus und riechen auch gleich, das hat mich anfangs sehr verwundert. Erst später lernte ich dann, die Nuancen zu unterscheiden.«

»Die wos?«, fragte der Diffringer.

»Die feinen Unterschiede. Ihr müsst vergeben, ab und zu benutze ich Worte aus ihrer Sprache. Meine Stiefel sogen so viel auf von ihrem Blut, dass ich fast einer von ihnen wurde, ganz langsam.«

»Du ... spriachst sowieso goar net meahr wui eanar von eans«, schnaubte der Kall. »Hoben's dir dei Heimot austrieba im Heer?«

»Nicht im Heer. Hinter dem Heer war ich gezwungen, Sprache neu zu lernen, und ich lernte aus Büchern, also das Schriftdeutsch. Ich bin keiner mehr von euch, das ist schon richtig, Kall.«

»Vrzahl!« Wieder der Luit.

Anton leerte seinen Teekrug und wartete geduldig, bis die Marie ihm nachgefüllt hatte. Draußen wummerte mit vielen Händen Vater Sturm ans Holz.

»Sie hatten einen ganz erstaunlichen Ort da. Sie nannten ihn Verdun-sur-Meuse.«

»Mös?« Kall lachte auf, wurde unterm tadelnden Blick seiner Mutter schnell wieder ruhig.

»Die Meuse ist der Fluß, den die deutschen Maas nennen«, erklärte Anton, ohne auf die Bemerkung einzugehen. »Sie hatten auch einen General dort, der Mann hieß Falkenhayn. Er errichtete in Verdun mit Hilfe einer neuen Erfindung, die er Ermattungsstrategie nannte, das monumentalste Bauwerk, das die Menschheit seit dem misslungenen Turmbau zu Babel je erdacht hat.«

»A Bauwerk? Wos füar an Bauwerk?«

»Es war eine Art Trommel, mehrere Meilen im Durchmesser, die auf einem gewaltigen Zapfen mittig auf der Erde balancierte wie ein riesenhafter Kinderkreisel und sich auf diesem Zapfen in verschiedenen Geschwindigkeiten rotierend bewegen konnte. Ich selbst habe diese Trommel so schnell kreisen sehen, dass der Wind in der Nähe herrenlos herumwildernden Pferden das Fell über die

Köpfe stülpte. Ein ungeheurer Klang ging von dieser Trommel aus, als wären in ihr die Sommergewitter unserer Berge gefangen, nur gleichmäßiger, kontrollierter und schöner. Wir nannten dieses Bauwerk die Knochen- oder Blutmühle, denn es war gefertigt aus den toten Leibern von Soldaten, und beständig zogen in zwei langen Schlangen Deutsche und Franzmänner auf die Mühle zu, um sie wachsen zu lassen und ihre Geschwindigkeit zu steigern. Wenn man direkt unter ihr stand, füllte sie den ganzen Himmel mit rasender roter und schwarzer und weißer Bewegung aus, wahnwitzig duftende Stürme umtosten einen liebkosend, und wenn die Mühle sich ein wenig schräg neigte, neigte sich mit ihr die Welt. Ihre gesamte Unterseite, weiter und größer als alle Felder, die wir kennen, bestand aus eng an eng gefügten Gesichtern, und an ihren Seitenwänden flatterten Arme und Beine wie Wimpel im Kreis. Und auf einem Hügel in der Nähe, genannt Toter Mann, Höhe 304, stand Falkenhayn und dirigierte sein mächtiges Werk.«

Das Kaminfeuer, das der Diffringer entzündet hatte, machte jetzt die einzigen Geräusche im niedrigen Raum. Die acht Augen der Zuhörer flackerten im warmen Licht und ersuchten einander um Rat und um Trost. Doch der Erzähler, von dessen Schultern und Haaren es taute, schien sie nicht zu bemerken. Sein Gesicht war in der spiegelnden Klinge der Axt so verdoppelt, dass sein Mund auch aus der Tiefe des Tisches zu ihnen sprach und es jetzt kein Entkommen mehr gab.

»Ich selbst durfte die Mühle betreten. Es war an einem Tag, an dem die Franzosen butterfarbenen Nebel in unsere Stellungen geworfen und gerollt hatten, und an dem wir deshalb alle diese insektenkopfartigen Masken tragen mussten, durch die der Atem so nass schmeckte wie Spucke. Wir liefen über eine krustige Ebene auf den kreisenden Zapfen zu und feuerten dabei lachend mit den neuesten Gewehren, die sie uns gegeben hatten, aufeinander. Ich sah ein halbes Pferd, das sich mit seinen gebrochenen Vorderhufen durch den Schlick robbte, sah zwei Gesprengte, die durch ein Wunder der Natur ineinandergeschmolzen waren und sich immer noch zappelnd würgten, sah einen viel zu großen Mann auf mich zutaumeln, dem die Zunge durch den fehlenden Unterkiefer wie eine Krawatte auf den Hals hing, sah fliegende Kugeln in allen Details an mir vorbeischwirren und meine besten Freunde zitternd mit sich fortwehen wie Blätter, sah einen Minenhund, der zerplatzte und mit seiner Magensäure Offiziere blind machte, sah einen Nackten, der das offenliegende Gehirn eines Verwundeten begattete und mir bedeutete zu schweigen, sah einen Jungen, der sich mit einem Bajonett den Arm, mit dem er das Bajonett hielt, abschnitt, um untauglich zu werden, spürte etwas auf mich herabregnen, das wie gebratene Schinkenschnetzel war, aber nicht so salzig schmeckte, roch den abscheulichen Geruch der Fliegen, was das Einzige war, das mir missfiel, und ich hörte über mir den weltumspannenden Donner, das Röhren und Bersten und Krachen der immerstürzenden Mühle, die schattig auf mich herabkam wie ein erschlaffter Planet. Ich durchschritt wendig die elf Türen und gelangte im Innern auf ein weites osterglockenfarbenes Feld, das jenes war, welches ich verlassen hatte, nur nicht mehr allein. Eine Gestalt stand dort über den geöffneten und weit verteilten Leibern, eine Gestalt, deren dunkelblaue Flederschwingen mit den Enden den Horizont berührten und mit den oberen Spitzen die Sonne selbst. Er hatte Falkenhayns Gesicht, aber er nannte sich NuNdUuN. Er wurde mein Geliebter. Bestürzt euch das, ihr Diffringersleut? Ich bin immer noch gekommen, um eure Tochter zu freien, denn eure Tochter habt ihr mir versprochen für meine Rückkehr aus dem Krieg. Im Krieg jedoch, da liebt man den, der sich bietet. Oder nicht nur im Krieg, sollte ich besser sagen. Front und Heimatfront sind beides Kampfschauplätze, schon immer war's wohl so und wird auf ewig so sein.«

Die schweren Blicke aller richteten sich auf Magdaleen, die auf der untersten Stufe der Treppe stand, das helle Haar gelöst, das Josefchen auf dem Arm.

Ihr weißes Nachtgewand begann sich in einem kühlen Hauch zu bewegen, was den Kall veranlasste, mit gerunzelter Stirn und schwerfälligen Bewegungen aufzustehen und sich davon zu überzeugen, dass Fenster und Tür richtig dicht waren. Seine Gelenke brannten, und er musste sich nach der Erzählung Antons sogar sauren Speichel aus dem Bart wischen.

Auch Magdaleen bewegte sich. Sie trat aus dem Durchzug, in dem sie stand, und blieb vor dem Kamin stehen, sodass jeder im Raum, der dafür Augen hatte, ihren Körper unter dem Nachthemd sehen konnte, in aller warmen Einzelheit.

»Anton«, hauchte sie nur. Eigentlich war sogar nur das »T« zu hören.

Anton schwieg und senkte den Blick, den alle seine Zuhörer jetzt mit »senffarben« richtig zu bezeichnen wussten.

»Anton«, sagte Magdaleen tonlos, die Hand ihres Säuglings an ihren Lippen, »wir hobn all' gdocht ...«

»Ist schon gut«, meinte Anton. »Es gab mehr als eine Zeit in den letzten Jahren, da habe ich ebenfalls kaum glauben können, dass ich noch am Leben bin. Aber sieh mich an ...« (Jetzt blickte er zu ihr auf.) »... hier bin ich.« Er lächelte rätselhaft. »Und bei all den Wintern der Schwelgerei, die hinter mir liegen, ist es doch ein merkwürdiges Unglück, dass ich nur wenige Monate zu spät gekommen bin. Das Kind ist doch noch keine vier Monate alt, oder?«

»Hundert Tog werdan's morga.«

»Einhundert Tage. So viel Zeit zu leben. Viele haben weniger. Wer ist der Vater?«

Das Magdaleen schlug die Augen nieder und wandte sich zur Seite. Ihr ganzer Körper schien unter Antons Frage zu verkrampfen wie unter einem Schlag.

Der Diffringer lehnte sich nach vorne, mit zusammengekniffenen Augen starrte er den Nachtgast prüfend an. »Mir kenntan net. Hot sich mit an Fremden eingelassa, die Hur. Mit an Taglöhner. Hot in dr Scheun 's nassa Fleisch gspreizt, s'Madl, wos host heirata wolla.«

»Mann!«, mahnte die Marie.

»S'iis fei woahr! Hot's vor Geilheit net mehr aushalta, die Schlompn. Wia da Wiebr hoit fei san.« Jedes Wort betonte der Diffringer in Antons Gesicht hinein, und ihm war, als könne er seinen Atem rauchen sehen, so kalt war Antons Miene.

Seine Stimme jedoch war sehr ruhig, kein bisschen verfroren. »Wer war der Vater, Magdaleen?«

Magdaleen hatte sich jetzt ganz abgewandt, starrte unter ihrem Haar hervor ins Feuer. Wie Noten auf den Linien hafteten auf ihrer

Stimme Tränen des Trotzes. »S'woar an Auslandr. Hot mi gnomma in dr Scheun. Hob mi net konna wehra.«

»Ein Ausländer? So wie – ein Franzose?«

»Naa. Aus deam Süada weng. An Italiener ... odr an Spanier, i wuis net. Mir hoba koan Wort net gredt. Er woar ... groaß ... und hot vui Hoar ghabt ... uberall.« Ihre Stimme versagte.

»Verstehe. Und du? Du warst noch Jungfrau?«

»Jo. I hob do auf di gwart, Anton.«

»Du hast die ganzen Jahre auf mich gewartet?«

»Jo.«

»Obwohl schon drei Jahre nach meinem Einrücken der Brief kam, dass ich gefallen bin?«

»Jo.« Sie sprach jetzt wieder fast unhörbar, das Brennen der Flammen ein unerträglicher Tumult im Vergleich zu ihrer Stimme. »I hob's net glaubt. Net glauba kinna.«

»Du warst sechzehn, als wir uns trennen mussten, fünfzehn, als wir uns versprochen wurden. Neunzehn, als ich in Frankreich fiel. Kamen denn da keine anderen Männer? Haben sich keine für dich interessiert? Aus dem Dorf?«

Der alte Diffringer lehnte sich jetzt wieder zurück und lachte. »Ha. Mer hoba keana an eahr naalassa, Anton. Die Hur hätt sonst fei mehr gvögalt ais g'orbait.«

»Der erste deiner Sätze gerade war der erste, den ich heute Nacht euch glaube.«

»Heh? Wie – dr Erst?«

»Der erste der beiden Sätze, die du gerade gesagt hast, Vater. ›Mer hoba keana an eahr naalassa.‹ Das entspricht unzweifelhaft der Wahrheit.«

»Wos wuist domit sogn?«

»Dass es Momente gibt, wo ich dir glaube. Nichts weiter.«

Für einige Augenblicke kehrte vollkommene Stille und Bewegungslosigkeit ein, selbst das Flackern der Flammen wagte kurzzeitig nicht zu sein. Dann war's zu viel, zu wenig, alles vorbei.

Kall sprang auf, sein Stuhl kippte stöhnend nach hinten hin. »Siehst net, wos passiert, Vodr?«, schrie der große Mann. »Siehst's net? Er wuiß ois! Er wuiß oiiiiiiis!«

Auch Luit warf sich vom Stuhl und bewegte sich in sichere Entfernung vom Tisch weg. »Kall hot reacht, Vodr. Er wuiß ois. Nimm die Oxt und derschloag eahm! Derschloag eahm!«

»Derschloag eahm!«, schrie auch der Kall. Die Marie fing weinend, mit versabbert zitterndem Kinn, das Beten an. »Derschloag eahm, er iis fei schunn tot! Dois iis net dr Anton, Vodr! Dois iis fei an Geist! An Geist!«

»Er wuiß ois«, stammelte jetzt auch der Luit. »Er wuiß ois, jessasmaria, i hob's do immer gsagt, dois geht net guat ...«

Der Diffringer, der Anton und die Magdaleen waren als Einzige ganz ruhig geblieben.

Der Hausherr beugte sich wieder vor. Durch den Ausbruch seiner schwächlichen Söhne war die Unruhe und die Furcht von ihm genommen worden. Sollten sie doch die zappelnden Teile seiner selbst sein, er hielt die ruhigen fest in sich. Die silbern brennende Axt mit Magdaleens brennender Silhouette drauf war nur einen halben Griff entfernt.

»Bist's also wirkli, Anton? Bist dr Aafhocknd Geist? Bist kimma, eans zu richta?«

Anton lächelte. Senfaugen musterten die Stehenden. »Der Aufhockende Geist? Ein Kindermärchen, das sich die Bayuwaren an vollmöndlichen Kreuzwegen zuraunen? Vater, seitdem sie die Panzer und die Mörser erfunden haben, ist für so etwas Lächerliches kein Platz mehr im Pantheon der Schrecken. Ihr habt euch alle ja so wohlgeschickt gedrückt vor der Hölle auf Erden – du, Diffringsvater, tatest zu alt und zu gebeugt, du, Luit, tatest zu jung und zu blöd, und du, Kall, tatest, als müsstest du den Hof alleine führen mit deiner schwachen Schwester. So ging es denn an euch vorüber, das Leben, die Wahrheit, das Wissen. Und das ist nun aus euch geworden. Ich lebe, und ihr seid tot.«

»Du ... woarst eahner vunn uns, Anton«, jammerte Luit. »Du woarst aa ... geil auf's Magdeleen.«

»Ja. Ich wollte mit ihr schlafen, ich wollte sie zur Frau nehmen, nach meiner Rückkehr. Aber ich bin ja gottverflucht auch nicht ihr Bruder, Luit.«

»Sie ... sie woar so ... schön.« Luit brach auf die Knie und fiel in das Weinen seiner Mutter mit ein, mit fast derselben Stimme und vor's Gesicht geschlagenen Händen.

»Das ist sie noch immer, du Dreckhund, sprich nicht von ihr, als gäb es sie nicht mehr. Sie steht neben dir.«

Luit tastete blind nach dem Nachthemdsaum seiner Schwester, und als er ihn fand, krümmte er sich wie ein Wurm an ihren Knöcheln zu Boden und flennte nur immer wieder: »Kunnst mir net vrgeba, Leenl? Kunnst's mir net vrgeba, biiiitt ...« Das Magdaleen stand ruhig am Feuer und strich ihrem kleinen Sohn das Haar.

»Es ist von typisch menschlicher Tragödie«, stellte Anton fest, »dass ausgerechnet der, der am wenigsten Schuld trägt, am meisten bereut. Luit stand doch meistens nur daneben mit dem Schwanz in der Hand und hat es sich selbst gemacht und hat nur ein einziges Mal gewagt, auch nur ihr Haar zu berühren dabei, und das auch nur, weil sein Vater ihn dazu zwang, und dabei heulte Luit wie jetzt. Sogar die gute Mutter Marie hat mehr sich beteiligt, hat festgehalten und ab und zu auch ihre Finger reingesteckt, nicht wahr, die ganzen Jahre? Die ganzen Jahre.

Denn kaum war ich, ihr junger Liebster, über die Hügel verschwunden, ging es so langsam los. Wie schön sie doch war, wie voll ihre Brüste schwollen mit der Zeit, wie wiegend und duftig ihr Gang, wie breit und hell ihre Schenkel und wie manchmal schwitzig der Rock ihr klebte zwischen den Hinterbacken bei der Arbeit. Nicht wahr, Vater? Sie war unglaublich, atemberaubend, unaushaltbar schön, deine Tochter, während deine Frau alt war und knochig und stinkend und mürbe. Und der nächste Hof war weit, zu weit, als dass man Schreie hätte hören können, und wer sollte es denn schon erfahren, es blieb ja alles in der Familie. Und so hast du sie eines Herbsttages gerissen wie ein Wolf ein Lamm reißt, und das Blut ihrer Kindheit über die splittrigen Bretter der Scheune gespritzt. So nie gekannt herrlich war das, so großartig und himmlisch, und dabei doch so naheliegend – denn war sie nicht dein gewesen, schon von Geburt an? Hieß sie denn nicht deine Tochter? Hatte sie ein Recht darauf, das nicht zu wollen? Kein Gedanke.

Wieder, immer wieder nahmst du sie dir, zu jeder Tageszeit, auf jede Weise, die dir gefiel. Und als der Kall dahinterkam, wollte er nur eines: Er wollte mitmachen dürfen. Und das durfte er, denn wozu hat eine Frau mehr als eine Öffnung, um einem Mann Freude zu spenden. Und als der Luit dahinterkam, wollte er nur eines: Er wollte zuschauen dürfen. Und das durfte er, denn was machte es schon aus, wenn jemand zusah, war das nicht im Gegenteil sogar noch zusätzlich von Reiz? Und als die liebe Marie dahinterkam, da wollte sie zuerst nur eines: Sie wollte nichts gesehen und gehört haben, und auch das erlaubtest du ihr. Sie hatte nichts gesehen und gehört, und zwei oder drei Jahre sah und hörte sie nichts, selbst wenn das Schreien und das Zappeln direkt vor ihren Augen auf der heißen Ofenplatte stattfand. Doch irgendwann ertrug es die brachliegende alte Frau nicht mehr, überall hing der Geruch der Lust, überall die Spuren des Schwitzens und des Kommens. Sie wollte mitmachen, ihre eigene krustige Verbitterung ins weiche Fleisch ihrer beneideten Tochter rammen, und das durfte sie nur zu gern, denn endlich war die Familie so richtig vereint, und was gibt es Schöneres auf dieser Welt als das? Haben das blaue Gesicht unserer aller Mutter und die gelben Augen unseres aller Vaters denn je eine Familie gesehen zwischen Bergen und Meer, die so vollständig miteinander verbunden, verwoben, vertraut war, die keine Geheimnisse mehr kannte und Gottes glorreicher Schöpfung Tag für Tag mit Wonnen huldigte wie diese?

Fast sieben Jahre ging das gut so. Immer wurde darauf geachtet, dass keiner der Männer seinen Samen in jene eine Furche goss, die als Einzige nicht mit Samen gefüllt werden durfte. Doch in dieser einen Nacht im späten Winter, draußen auf der glatten Fläche eines zugefrorenen Teiches, hatte das Mädchen seine Zaumzeugfesseln durchbissen, und sie umarmte ihren zuckenden Vater und hielt ihn in sich fest, bis die Saat eines dritten Bruders in ihr gesät war. Man folterte sie daraufhin mit Zangen und Nadeln, schneekalt und weißglühend, doch der Funke in ihr wollte nicht sterben und sich auch nicht herausreißen lassen. Der Funke in ihr hatte einen eigenen Willen, ein eigenes Ziel: Er wollte leben, groß werden, stark und Rache sein. Und obwohl ihr alle während ihrer Schwangerschaft noch täglich auf ihr rittet, kam der Funke zur Welt, und in jenem Moment erwachte ich, der ich auf allen Schlachtfeldern der Welt zu Hause war und mir die schönsten Früchte dort sammelte, wo sonst kein Mensch mehr wandelt, aus meinem langen bunten Träumen und erbat meinen Gebieter um eine letzte Gunst. Ich habe einhundert Tage Frist bekommen, unter allen Gezeiten hierher zu gelangen. Jetzt bleibt mir nur noch diese eine Stunde, doch ich bin guten Mutes, denn eine Stunde ist genug.«

Marie und Luit hatten mittlerweile aufgehört zu weinen, und alle, alle bis auf Magdaleen, starrten Anton mit weit aufgerissenen, trockenen Augen aus fahlen Gesichtern heraus an.

Die Worte aus der Kehle des Diffringers klangen wie das Brechen von Knochen. »Wwwoooheeeer ... waaßt ... dois ... ois ... woher ... woher ... Anton ... woher ... kunnst ...dois ... ois ... fei ... wissa?«

Langsam erhob sich der Anton, und Wasser troff von seinen Schultern.

»Ich habe alles gesehen mit ihren Augen. Magdaleen war die ganze Zeit über, seit wir uns das Versprechen gaben, uns immer zu lieben, und ich ihr sagte, dass selbst der Tod auf den Feldern des Krieges mich nicht davon abhalten könnte, zu ihr zurückzukehren, meine Verbindung zur wirklichen Welt. Was meint ihr, weshalb ich hineingegangen bin in die Blutmühle? Ich hätte nicht gehen müssen, habe immer die Wahl gehabt, hätte auch desertieren können. Aber ich ging hinein, weil ich ihn sah, den eigenen Vater, wie er sich keuchend und feixend über meinen Bauch ergießt und mich dafür noch schlägt und Hure nennt. Wahrlich« – Anton griff sich jetzt endlich die Axt, breitete die Arme aus und hob das Gesicht zur Decke – »wahrlich ich bin gekommen, euch zu richten, euch zu schlachten, euch alle zu erlösen. Aus dem Wiedenfließ darselbst kehr ich zu euch zurück aus den Armen derer, die mich lieben, kehr zurück in eure kalte, tote Welt bar allen Fühlens, um dieses Haus und dieses Blut bis auf den letzten Spross für alle Zeit zu tilgen von der Erde. Denn diese Regung, diese eine nur, ist menschlich noch an mir. Ich leide mit, leide, füge Leid zu, leider.«

Langsam brannte das Feuer herab, verzehrte die Asche hissend sich selbst.

Das Josefchen rührte sich, und Magdaleen wippte es sanft auf den Armen.

Der Diffringer lächelte, oder zumindest sahen seine Gesichtszüge so aus.

»Fur wean hoit's di, Anton?«, raspelte er. »Denkst fei, du bist dr Christus?«

»Nein.« Mit einer flackernden, bauschenden Bewegung hieb Anton die Axt in die Tischplatte, dass Späne trocken aufplatzten. Das Josefchen, gerade ruhig geworden, fing an zu greinen wie ein griechisches Klageweib. Magdaleen wippte es tiefer und sprach beruhigend auf es ein. »Ich bin«, sagte Anton, »der Kreuziger, nicht der Gekreuzigte, ich bin die Nägel, und die Gerechtigkeit ist das Kreuz, und ihr steht zwischen uns. Erst wenn ich die trübsten Bande an mein gewesenes Dasein gekappt und alle Düsternis daran getilgt habe, kann ich ein vollwertiger Krieger meines Meisters sein. Wir schließen also einen Pakt, Vater Diffringer, ihr und ich. Ich wasche euch rein von der Sünde und sorge dafür, dass von nun an der Name eures Hofes nur noch mit Mitleid genannt und mit tragischem Opfer in Verbindung gebracht wird, und ihr gebt mir dafür meine erste Beförderung. Soldat Anton Krantz im Dienste des Wiedenfließes meldet: Er bringt Totenehre mit als Gastgeschenk.«

Die gelben Augen brannten konzentriert, und die Verzerrung im Gesicht des Diffringers verstärkte sich so, dass seine Zunge rissig wurde.

Magdaleen kümmerte sich um ihr Kind, alles um sie herum verdunkelte zu Schatten. Erst als das Josefchen ihre Herzbrust zu drücken bekam, wurde es langsam ruhig. Anton war neben ihr, der einstmals Glutwarme, dessen kalter Atem sie jetzt irritierte wie das Gefühl, etwas Wichtiges vergessen oder verloren zu haben, und nicht mehr zu wissen, was. »Tust du mir einen Gefallen, Leenl?«

Sie nickte mit zur Asche gewandtem Blick.

»Bringst du das Kind nach oben ins Bett und sorgst dafür, dass es gut schläft, ja?«

Sie nickte mit geschlossenen Augen.

»Und dann folgst du uns. Wir werden in die Scheune gehen, denn dort fing alles an, dort floss das erste Blut.«

Sie nickte mit fest zusammengepressten Augen.

Als Anton sich wieder zur übrigen Familie hin umwandte, stand der Kall breitbeinig vor ihm, die Axt in beiden Händen, schlagbereit, schwer atmend. »I kunnt ean jetzt derschloaga, Vodr, i kunnt's jetzt fei macha! Vodr? Vodr!«

»Geh, lass do dean Schmarrn, Kall«, meinte der Diffringer nur. »Glaubst aa, deas wurd nu wois helfa? 'S iis fei guat, wie's kommt iis. 'S hat fei eh net konna guat geha. Leg hiin die Axt, du Saudepp, los. Und du Weib hör's beta auf, i schwöar dir, sunst derschloag i di no, bevor dr Anton's tuat. Mer ganga in die Scheun.«

»Dois iis do vruckt!«, schrie der Kall laut und erstaunlich schrill. »Dois iis do vollig vruckt! Seid's denn all bsessa? Kunnst's net mr denka? Luit, sog do woas! Muttr! Muttr, wuist's denn sterba? Muttr, denk!«

»Kall, mein alter Kamerad, ich habe sehr viel Geduld mit dir gehabt, und ich will auch weiterhin Geduld mit dir haben. So wie ich das sehe, gibt es außer der Möglichkeit, dass ich euch hinrichte, natürlich auch noch die, dass du es tust. Wenn du die Axt also unbedingt behalten willst, dann behalt sie nur.«

Fassunglos starrte der Kall seinen ehemaligen Spielfreund an und versuchte, in Antons Gesicht irgendetwas zu lesen, das auf einen Scherz, eine Posse hindeutete, eine Auflösung des grausamen Spiels. Aber da war nichts in den einst so vertrauten Zügen, nichts außer den Schützengräben über den Wangen, den Bombentrichtern unter den Augen und dem verfilzten Stacheldraht, der überall klirrend herabwallte. Mit der Linken wischte Kall sich taumelnd über die Augen, mit der Rechten legte er die Axt wieder ab. Magdaleen konnte er jetzt sehen, wieder schien ein kalter Windhauch an ihrem Nachtgewand zu zausen, als sie langsam mit dem quengelnden Kind die Stiege hinaufschritt, faustartig überrammte ihn jedes so oftmals ans Kerzenlicht gestülpte Detail ihres Körpers, mit gebleckten Zähnen wollte er ihr nachstürzen, über sie herfallen, tief in sie hineinstoßen und sich dort verbergen, wo das Josefchen so lange verborgen gewesen war, aber jedes ihrer geschrienen und unter Tränen hervorgepressten NEINs stellte sich für immer zwischen sie, und so gab er denn auf. Der verloren geglaubte Sohn würde sie führen, durch die gefrorene Verweigerung von Licht dorthin, wo einst die verständnislosen Augen von Tieren gespiegelt hatten, wie gut sie es gehabt hatten dank des einzigen Mädchens, das er jemals wirklich liebte.

Luit trottete eh nur. Immer. Alle Heimlichkeit sinnloser Lyrik weggeätzt durch Sinn. Sühne. Das wirkliche Leben.

Mutter? Sagt das Vaterunser falsch, immer wieder. »Und vergib uns unsre Schuld.« Unwahrscheinlich.

Vater scheint erleichtert.

Der starke Kall ist ganz allein, und furchtbar schwach, und stumm.

Die hölzerne, von Kall gezimmerte Wiege mit den sorgfältigen Ausschnitzereien an Kopf- und Fußende war mit warmen Decken ausgeschlagen, und dorthinein legte Magdaleen ihr Kind, das ihr jüngster Bruder war. Sie musste eine alte Melodie summen, eine, in deren Text es irgendwie um ein kleines Mädchen ging, das sich zu weit vom Haus entfernt hatte, aber sie hatte den Text nie so richtig gelernt, verließ sich immer nur auf die Musik. Josefchen schlief ein. Etwas kitzelte auf Magdaleens Wange, sie strich es mit Fingerspitzen fort und betrachtete dann ihre Hand. Es war eine Art Wasser, von ganz leicht gelblicher Farbe, dasselbe unstillbare Weinen wie in Antons Augen, nur sehr viel schwächer.

Ihr fröstelte, eine ungewohnte Zugluft huschte im Raum herum und strich Haare über ihre Stirn, so zog sie sich einen Mantel über, denn es würde sicher kalt sein in der Scheune. Der Kämmspiegel mit seinen vielen faustgroßen Sprungherden war nicht mehr als ein oberflächlich geborstener See aus dunklem Eis, und sie konnte sich selbst noch undeutlicher darin erkennen als sonst. Hätte sie sich in diesem Augenblick darauf verlassen müssen, dass sie wirklich sie selbst war, hätte sie wahrscheinlich jemanden um Rat fragen müssen, wen auch immer.

Auf eine nicht richtig erfassbare Weise waren in dieser Nacht all ihre Gebete, Wünsche und Hoffnungen in Erfüllung gegangen, die tausend kleinen Salzschwüre ihrer schmerzdurchwallten Nächte, aber irgendetwas war nicht richtig, war nicht richtig so, wie sie gedacht, gehofft hatte, dass es sein würde. Nicht ein einziges Mal hatte Anton sie bisher berührt. Genau genommen hatte er noch überhaupt niemanden berührt, die anderen nicht zurückgerissen und geschlagen, und sie nicht gestreichelt, in die Arme genommen und jahreszeitenlangsam geküsst.

Sie strich über die Türbalken, als sie ihr Zimmer verließ, beim Hinabgehen auf der Treppe fuhr ihre Hand über das maserige Holz der Geländerstange.

Der Raum unten war leer und still, der Nachhall des Feuers erfüllte noch die Stube, rötliches Glimmen ruckte über die Möbel. Die Axt war fort, mitgenommen. Mit ihrem kleinsten Finger fuhr Magdaleen die Kerbe entlang, die die Axt im alten Familienesstisch hinterlassen hatte. Ihre Fingerkuppe spürte das hellere Holz im Einschnitt, gelbliche Fasern und Bahnen, die älter waren als das speckige Außen, aber jünger und frischer wirkten.

Schwer war die Tür, kalt der Wind dahinter, und dunkel, so dunkel die Welt. Kein Geräusch war zu hören, ihre Füße verschwanden zwischen den Spuren der anderen im Schnee. Magdaleen hatte vergessen, sich Schuhe anzuziehen. Die Kälte war eine erstaunlich intensive Empfindung, und wieder stieß Magdaleen beim Ausatmen ein Weinen mit aus, ein paar heiße Tränen, die zu goldenen Perlen wurden mit jedem weiteren Schritt. Das Haus, Heim, Heimat blieb hinter ihr oder wich von ihr, unbeschreiblich. Voraus ein Licht. Eine schwankende, quietschende Laterne in der Scheune. Die Nacht verlor ihre Größe.

Magdaleen kannte den Geruch, der ihr am Scheunentor entgegenwallte. Wenn eine Kuh geschlachtet worden war, roch es so, und die Geburt ihres Kindes hatte auch so gerochen. Das Licht der Laterne verlor sich in Staub, war eigentlich eher ein schmutziges Bild von Licht als wirklich Licht, sodass nicht allzu viel zu sehen war, doch Anton tauchte schief vor ihr auf, besprenkelt wie ein Clown, aber mit ernstem Gesicht. Sie machte zwei zögernde Schritte auf ihn zu, dann schob sie ihre Arme unter seinen gebreiteten Mantel und versuchte, seinen Brustkorb zu umarmen, die Stirn an seinem Kinn, aber er war so kalt, so klebrig, und sie hatte das Gefühl, dass seine Brust unter ihrer Umarmung zerstieben würde wie nasses

Herbstlaub, so ungreifbar und schwer. Anton zog ihren Kopf sanft an den Haaren zurück und küsste sie auf den Mund, sein harziger Atem drang tief in ihre Lunge ein, ihre Lippen blieben an seinen kleben und rissen ziehend auf, als sie sich wieder voneinander lösten. Ihr schwindelte, sie suchte sich an einem Stützbalken zu halten, aber sie glitt an seiner seifigen Nässe ab und fiel ins Stroh, wo sie sich schluchzend die Handflächen abzureiben suchte von einer linsensuppenartigen Masse. Anton hatte sich zusammengekrümmt, als versuchte er, die Axt zu umschließen, und sang in einer fließenden Sprache, die sie noch nie zuvor in ihrem Leben gehört hatte. Die Laterne rotierte jetzt knirschend um ihre Längsachse und warf wirbelnde Gittermuster ringsumher, die alles sich drehen ließen. »Anton?«, fragte sie mit der Stimme eines kleinen Mädchens. »Anton? Bist du noch da? Wo sind die anderen?« Sie stand unbeholfen auf, denn ihr war, als hätte sie in einer Ecke der Scheune eine zuckende Bewegung gesehen. Anton umfasste sie wie ein Tänzer, ein Bräutigam, ein Liebhaber, sagte »Je regrette« und strich ihr mit der Axt über den Hinterkopf. Ihr Schädel öffnete sich schreiend und spie all ihr Erinnern nach draußen. Ihre Stimmbänder versuchten noch, Antons Namen zu formen, als ihr Kopf schon mehrere Schritt entfernt lag.

Auf dem Rückweg zum Haus wurde Anton Krantz von Gott gepackt und in den Schnee geworfen. »Das waren meine Geschöpfe!«, schrie Gott ihn an und versuchte, ihn im Schnee zu ersticken, aber Anton trat und kratzte sich los und schlug der riesenhaften Gestalt die Axt mitten ins Gesicht. Gott brüllte, schwankte rückwarts, rote Blitze wurden vom Himmel herabgeheult und erhellten bis zum Horizont hin blutig die Nacht. Raben fraßen Gott, als er noch kroch.

Anton war noch nicht fertig. Erst bei der dritten Umrundung des Hauses fand er die Tür und fiel schwer auf die inneren Bohlen. Seine Hände waren mit Blut und Hirnmasse so verklebt, dass es aussah, als hätten sie Schwimmhäute, und so stieß er sie in die grauheiße Asche des Kamins und wusch sie darin. Falkenhayn legte ihm die gichtig verhärtete Hand auf die Schulter. »Ich bin stolz auf Sie, Infanterist Krantz. Sie leisten ganze Arbeit.« Anton biss Zähne und Augen zusammen, bis der General gegangen war. Aber jetzt musste er sich beeilen. Die Stunde durfte nicht vorüber sein, bevor das Entscheidende getan worden war. Wahrscheinlich hatte er nur noch wenige Minuten Zeit.

Er hastete die Stiege hinauf und blieb dabei mit dem Mantelärmel an einem Nagel hängen. Bis er sich aus dem Stoff gewunden hatte, verging wieder wertvolle Zeit. Dann, endlich, fand und erreichte er Magdaleens Zimmer und die Wiege darin. Das Baby schlief. Anton wischte sich über Augen und Mund und ertastete dann den runden, unbehaarten Kopf des Kindes. Es stimmte, war genau, wie NuNdUuN gesagt hatte: Die Fontanelle hatte sich noch nicht geschlossen, nur Haut überspannte das kaum faustgroße Gehirn. Anton stieß und pulte die Haut mit bloßen Fingern auf, wisperte selbst gegen das ungeheuerliche Geschrei und Gezappel des kleinen Menschen an, klaubte ruckend und rupfend das warme Gehirn aus dem dann toten Schädelchen, führte das massive Geflecht zum Mund und biss hinein. Biss ab, kaute, schluckte, fasste nach. Er verspeiste das noch knospende Wesenszentrum eines Hundert-Tage-Kindes, dessen Mutter seine Liebste gewesen war und dessen Vater ihr Vater. Niemals zuvor nahm jemals ein einzelner Mensch mehr magische Energie in sich auf.

Der Schock des Sehens war so groß, dass seine Seele in Zwingtanz verfiel.

Anton hob jaulend die Arme, und sie verlängerten sich, bis beide Handflächen flach an der Zimmerdecke auflagen. Seine Füße breiteten sich knisternd im ganzen Raum aus. Dann begann der Sturm.

Wolken blinder Schmetterlinge wallten gegen ihn, klatschten staubig abfärbend gegen seinen zerfasernden Leib, die Wände des Hauses pressten Harzschweiß durch die Maserungen, klebrige Jojos aus kochendem Holzwurmeiweiß schlugen von oben nach ihm und zuckten leckend zurück, das Glas des kleinen Fensters wurde schlierig wie ein Ölfilm und bildete fruchtbare Blasen, das ganze Gefüge des Planeten machte einen minimalen Ruck um Antons strahlende Wirbelsäule. In einem Vorort von Canterbury stürzte ein ohnehin überlastetes Bücherregal zusammen. Ein namenloser Schamane vom Stamm der Sacree fuhr schreiend aus dem Schlaf hoch und verlor dabei den Geruchs- und den Geschmackssinn für immer. In der Elisabethstraße in Krefeld schichtete eine alte Frau ihre Kleider auf einen Haufen und zündete ihn mitten in der Wohnung an (was sich aufgrund eines chronologischen Echos von jetzt an alle zehn Jahre wiederholte, mit anderen Frauen, anderen Kleidern, aber immer in demselben Haus.) Ein Geologe in Utah quetschte sich zwei Finger zwischen zwei Felsbrocken. Hannah Bramble aus Broken Hill, Australien, wurde mitten während einer Mathematikklassenarbeit von ihrem ersten Orgasmus durchwogt. Ein alter Mann in Caen fing an zu lachen. Der Holzfäller Eugene Duirck in Maine verfehlte den vor ihm stehenden Baum, und mehrere Lachse und Brieftauben verloren total die Orientierung und verirrten sich. Aus der verwüsteten Erde vor Antons sich häutenden Augen brach ein gewaltiger Panzer hervor, die Raupen rotierend Dreck und Fleisch verspritzend, die ganze Metallkonstruktion überlastet »Antoine!« brüllend, dann tauchte der Panzer ins Minenfeld zurück, mit metallischer Fluke winkend Richtung Hauptstadt wühlend.

Für einen kurzen Moment war Anton so irritiert, dass er das Kinderhirn in seinem Magen schreien spüren konnte, doch plötzlich prallte etwas mit schnaufender Gewalt gegen ihn, schleuderte ihn gegen die harsche Wand und schlug auf ihn ein. Anton spürte fremde Haare an seiner Zunge und konnte förmlich überschauen, wie die Schläge seinen sterblichen Körper um ihn herumdefinierten, bis er wieder drin war im Rippenkäfig.

Wütend bäumte er sich auf und schmetterte den Angreifer mit einer Lungenfüllung verkrusteten Kerosins zurück. Der Gegner rieb sich schreiend das verätzte Gesicht, aber Soldat Krantz war jetzt wieder voll da und nutzte seine Waffen: Gestreut schoss er seine Fingernägel auf den Feind ab und sandte noch eine Batterie Hornhautfragmente hinterher. Der andere ging sich windend zu Boden, und Anton war über ihm, um ihn totzubeißen, als er etwas Verstörendes feststellte.

Der Feind sprach die Sprache, von der man Anton beim Heer beigebracht hatte, dass man an ihr die Guten erkennt. Er sprach deutsch.

»NuNduUn lacht über dich, Anton.« Ganz deutlich. Nicht winselnd oder röchelnd wie andere Kämpfer im Grabenkrieg, sondern vollständig artikuliert. Und noch mal: »NuNdUuN lacht über dich.«

Anton packte die langen Haare des Gegners, die den seinen gar nicht unähnlich waren, und keuchte: »Was weißt du vom Meister? Wie kannst du es wagen, seinen Namen in den Mund zu nehmen?«

»Ich kenne ihn besser als du, denn ich bin nicht sein Vasall. Meine Augen sind geöffnet, meine Lippen nicht zum Kuss verformt.«

»Was redest du da? Ich bin niemandes ... ich bin Soldat ...«

»Und du willst aufsteigen, stimmt's? Die Karriereleiter hoch, die Ränge durchlaufend, General NuNdUuN zum Vorbild, das ist es doch, was ihr Dämonen alle wollt ...«

»Bin kein Dämon ...«

»... willst aber einer werden, Toni. Doch das wäre kein Auf-, sondern ein Abstieg. Die meisten Dämonen haben niemals so viel Macht wie du jetzt. Du hast sogar die Kraft, mich zu sehen, mich, der ich in fünfzig Jahren erst geboren werde.«

»Was? Was???« Anton ließ den Fremden los, sodass dessen Haarspitzen vom Blut von Antons zerrissenen Nagelbetten zusammenpappten. Der Fremde mit den blaugrünen Augen und der unwinterlich unmodischen Kleidung sah dadurch wie ein Wilder aus. Auch er blutete, am ganzen Rumpf hatten ihn Antons Splitter getroffen, aber als er sich jetzt aufrappelte, grinste er böse.

»Ich habe versäumt mich vorzustellen, Almhirt. Ich bin Hiob Motherfuckin' Montag aus der Hauptstadt, meines Zeichens arkanisches Kontrazeptivum.« Er sah Antons Stirnrunzeln, und sein Grinsen quoll auf. »Aber zerbrich dir darüber nicht den Kopf, Soldat. Man hat dir beigebracht, Befehlen zu gehorchen, ohne sie zu hinterfragen. Also solltest du mich besser nicht so lange schwatzen lassen, sondern mich schnell umlegen, denn wenn es tatsächlich dein einziges Ziel sein sollte, NuNdUuNs treuster und dämlichster Mordbrenner zu sein, bin ich dein Feind.«

»Was ...«

»Und wenn nicht, bin ich dein Freund. Dann bin ich gekommen, dir zu helfen.«

»Bist ... bist du ... wie ich?«
»Ein Magier? Ja. Wenngleich kein ganz so starker. Ein Trottel? Nein. Ein Bayer? Glücklicherweise nicht.«
»Du machst dich lustig über mich?!«
»Gut geraten.«
»Warum? Wer bist du? Wie kommst du hierher?«
»Tja, mein Alter, ich saß so zu Hause rum, weißt du? Wir haben da so in dreißig Jahren 'ne Erfindung gemacht, da stellt man sich so 'nen leuchtenden Kubus ins Zimmer und starrt drauf, bis man entweder unglaublichen Durchblick erlangt hat oder anfängt streng zu riechen. Und da hab ich dann dich gesehen und zu meinen Kumpels gesagt: ›Guckt euch den an, das kann ja nicht wahr sein.‹ Und meine Kumpels dann auch: ›Mann, was ist denn mit dem los?‹ – ›Ist der denn total behindert?‹ – ›Was für eine Verschwendung‹, und lauter so Sachen halt. Denn wir alle sahen einen jungen, unglaublich vielversprechenden Adepten, den die Mühle des Lebens geformt hatte, der aber so wenig Überblick über die tatsächliche militärische Rangfolge des Wiedenfließes hatte, dass ihm Unteroffizier NuNdUuN weismachen konnte, er sei unglaublich wichtig und hätte was zu melden. Natürlich ist dieser NuNdUuN ein ausgebuffter Hund, seine Vorgesetzten dürfen ja nichts davon merken, dass er sich seine eigene kleinen Hofnarren hält, also muss er sich beeilen, kann die Sache nicht allzu lange aufrechterhalten, und so schickt er den stupidesten seiner jugendlich schmachtenden Bewunderer los, um einen unglaublichen Auftrag durchzuführen. Wenn der Gefreite – und falls dir das alles jetzt zu hoch und hypothetisch sein sollte, Anton: Ich rede von dir, der Gefreite bist du! – tatsächlich schafsköpfig genug sein sollte, das Mädchen, das er liebt, seinen eigenen zukünftigen Schwiegervater und dessen Söhne – seine Jugendfreunde – umzulegen und dann auch noch dem Kind seiner Liebsten das Hirn auszuschlotzen und dann – und jetzt kommt der springende Punkt – mit der dadurch erhaltenen unglaublich intensiven magischen Energie treudoof wieder zu NuNdUuN zurückzuwatscheln und ihm die guten Gaben in den Schoß zu legen, dann würde er – NuNdUuN – sich einen oder zwei Ränge hochbefördern können, exactement. Den Gefreiten,

den Zeugen, müsste er dann natürlich töten. Pas de problème, mon ami. Einer ist halt immer der Depp, und diesmal bist du's. Tja, das fanden wir in der Zukunft halt alle irgendwie ganz traurig. Und so setzten wir mich in eine Art ... ähm ... in eine Art Zeitkanone ... um dir ein bisschen unter die Arme zu greifen, du verstehst schon. Den ganzen Fake zu durchblicken.«

Anton stand mit hängenden Armen da und sah sehr müde aus. Das Blut des kleinen Kindes brannte ihm in der Kehle, die Fingerspitzen taten ihm weh.

»Was ist ein Fake?«

»Ein Schwindel, ein Betrug. Das, wo du grad drinsteckst. Der Witz, dessen Bold du bist. Der Baum, an dem du Pflaume hängst. All das halt.«

»Und du bist aus der Zukunft?«

»Yep.«

»Hm. Wenn du aus der Zukunft kommst, dann musst du ja wissen ... was aus diesem Land wird?«

»Ja, weiß ich. Geht abwärts. Wird zu einem Haufen Scheiße in der gepflegten Wohnung der restlichen Welt. Aber frohlocke, Anton. Bayern bleibt Freistaat. Und Ludwig II. sieht bei Visconti kultig gut aus.«

»Du bist verrückt, oder? Einfach nur total übergeschnappt?«

»Fragt mich wer? Der Mann, der gerade mit einer Axt in der Hand sein Mädchen und ihre Familie geschächtet hat und einem kleinen Kind in den Kopf grabschte?«

Anton strauchelte rückwärts, als die Erinnerung nach ihm schlug. »Du ... hast es ... gesehen?«

»Ja. Ich war die ganze Zeit hier. Hab versucht es zu verhindern, Stühle zu rücken, Feuerscheite zu werfen, jemandem ein Bein zu stellen, Magdaleen am Kleid zu zerren. Hab ein bisschen Wind gemacht, das war alles. Ein Lüftchen. Hat mich zum Heulen gebracht, was du getan hast, wenn du's genau wissen willst. Hab astrale Tränen geweint. Sind in der Zeit verschwunden.«

»Sie ... hatten ... unaussprechliche ... Dinge getan ...«

»Unaussprechlicher als Krieg? Anton, ich hab dasselbe Faible für gedemütigte Mädchen wie du, also will ich dir gar keine Vorwürfe machen, dass du den schmutzigen alten Mann und seine verrotzte Sippe vernichtet hast. Vielleicht war das sogar genau das, was sie verdienten. Aber Magdaleen und das Kind – das waren Opfer, Anton. Opfer! Du hättest sie nicht zu töten brauchen. Sie sind genauso vergewaltigt worden von ihrem Vater, wie Vater Staat einen jungen Mann vergewaltigt, den er in den Krieg schickt. Kannst du das nicht sehen? Diese antiquiert südländische Art von Mannesehre und Mannesrache – das hat NuNdUuN dir eingetrichtert. Du selbst hättest das Mädchen doch lieber umarmt, getröstet und gerettet, und genau das hättest du tun sollen. Stattdessen hast du mit ihr dich selbst erschlagen, mit der ihres Kindes deine eigene Seele verzehrt.«

Anton fiel auf die Knie und schlug sich die blutigen Hände vors Gesicht. »Ich weiiiiiiiiiiß! Aber darum ging es doch! Genau das war doch mein Auftrag!«

»Und wem nutzt dieser Auftrag? Dir doch nicht, dir kein bisschen. Ich sagte es eingangs schon: NuNdUuN lacht über dich. Lachhhhht über dichhhhh. Nur ich leide mit dir. Denn insofern bin ich wirklich dir gleich. Und über mich lacht NuNdUuN auch, oft jedenfalls. Bis ich ihm irgendwann das Maul stopfe. Wenn ich so mächtig bin wie du.«

Mit vorgebeugtem Körper schluchzte Anton auf den Knien, klagte wie eine antike Theaterfigur, die in einen typisch antiken Schlamassel geraten war, über sein Schicksal und die Ungerechtigkeit aller möglichen Arten von Dasein.

Hiob wartete ab, schubste den selbstgeißelungsgeilen Drang, sich die Babyleiche noch mal anzusehen, herum. Wartete ab.

Der erst im Schützengraben wirklich Geborene beruhigte sich von selbst wieder. Laue Stille breitete sich aus in dem Haus, das vor einer Stunde noch Heim einer Familie gewesen war.

»Ich glaube dir nicht, dass NuNdUuN nur ein kleiner Unteroffizier ist. Ich habe ihn gesehen. Er reichte von hier bis zur Ewigkeit, und sein Lächeln spiegelte sich in jeder Pfütze in jedem Trichter, jeder Senke, überall. Er war so wunderschön, dass der Himmel selbst sich verschämt verhüllte, den Vergleich scheuend.«

»Das ist seine Masche. Er wartet einen Augenblick ab, in dem du bis zur Hüfte in fremder Pisse stehst und die zerfetzten Innereien deiner Kameraden dir von den Ohren baumeln, und dann tritt er auf. Er ist kein überkommender alter Hippie wie der Sixtinische Gottvater. NuNdUuN ist zeitgemäß, modern, Stil und Eleganz, er ist immer wieder aufs Neue der charismatische Held unserer Generation. Das muss einfach wirken. Es ist eine Frage des Kontrastes.«

»Und die Ländereien, die er mir zeigte? Seine Ländereien? Die Frauen, die er mir gab, die gefiederten Pferde, das diamantene Schwert?«

»Lehen. Er muss dafür zahlen. Er hasst es, aber er muss es. Mit deiner Hilfe wird er das vielleicht bald nicht mehr brauchen.«

»Und selbst wenn es wahr wäre ... dass er nur ein Untergebener ist ... selbst wenn das wahr wäre ... warum sollte ich ihm dann nicht helfen, König zu werden?«

»Weil er es nicht wert ist.«

»Ich ... liebe ihn.«

»Siehst du, in diesem Punkt unterscheiden wir uns doch ganz gehörig voneinander. Ich hasse ihn. Und ich kann dir sogar beweisen, dass Hass die einzig angemessene Art ist, für NuNdUuN zu empfinden.«

»Beweisen? Wie?«

Hiob ging ganz nahe an Anton heran, ging vor ihm in die Hocke, bis ihre Augen auf gleicher Höhe waren und ihre Blickfarben sich bis zu einem entkräfteten Ockergrün maßen. »Kannst du dir vorstellen, Soldat, dass ein wirklich herrlicher Feldherr, der dir einen so grauenhaften Auftrag erteilt wie den, den du hier eingelöst hast, so wenig Respekt und Achtung vor deinem Tun hat, dass er einem heruntergekommenen Aushilfsdämon, der früher mal sein Liebhaber war, gestattet, Magdaleens Leiche zu schänden, nachdem du sie getötest hast?«

»Das ... verstehe ... ich ... nicht ...«

»Herrjeh, Junge! Was ich sagen will, ist: Würde ein echter General erlauben, dass die Glorie deiner ihm dargebrachten Blutopfer durch schnöde Geilheit besudelt wird?«

»Nnein ... das hat er auch ... nicht ...«

»Würde ein echter General mit Geschmeiß verkehren, das

sich nichts sehnlicher wünscht, als die Leichen der Besiegten zu ficken?«

»Nein! Wie kommst du darauf? NuNdUuN hat nie ...«

»Draußen zwischen den Kopfweiden vorm Haus wartet einer von NuNdUuNs Dämonen darauf, dass du hier endlich verschwindest, damit er sich über Magdaleens Möse hermachen kann. Tut mir leid, dass ich dir das nicht mit schonenderen Worten beibringe, aber dies und Ähnliches sind Gründe dafür, warum ich NuNdUuN so hasse.«

»Du lügst. Das denkst du dir aus. Ich bin alleine gekommen.«

»Natürlich bist du alleine gekommen. Du durftest ja auch nichts merken von dem Deal. Der andere ist dir auf NuNdUuNs Rat hin nachgeschlichen, in sicherer Entfernung. Und wenn du NuNdUuN nach ihm fragen wirst, wird er sagen: ›Ich weiß von nichts, Anton, mein Liebling.‹ Und dich küssend wird er dich belügen.«

»DU LÜGST!!!« Anton packte Hiob, und es enstand ein albernes Handgemenge, -gezerre und -gepatsche, bis Hiob unterbringen konnte: »Wenn du nur halb so viele magische Fähigkeiten hast, wie ich vermute, dann sieh mir doch in die Augen! Sieh mir in die Augen und erkenne, ob ich lüge! Steht da draußen einer zwischen den Kopfweiden oder nicht? Ist er NuNdUuNs Helfer oder nicht? Wartet er darauf, dass du verschwindest oder nicht? Will er Magdaleens todeskalten Kitzler haben, oder bin ich ein Lügner? Antworte mir!«

»Nein!«

»Du siehst es!«

»Neiiiinnn!«

»Sieh hin, Soldat! Augen geradeaus!«

»Nnnnnneeeeeeiiiiiiiiiinnnnnnnnnnnnn!« Anton riss sich los, robbte auf der Seite gekrümmt über den Fußboden, schlug mit dem Kopf immer wieder auf die Bretter, bis er gegen die Kinderwiege stieß. Dort wurde er still, starrte mit großen Kinderaugen nach oben und verharrte wie ein Toter ohne Atem.

Minutenlang blieb das so. Hiob rappelte sich auf, ging zu dem Stuhl hin, auf dem Magdaleen wohl immer ihr Baby gestillt hatte, und fuhr mit der rechten Hand durch die Lehne hindurch, langsam, schaukelnd, gleichmäßig, immer und immer wieder. So lange, bis Antons vertrocknete Augen sich ihm knisternd zuwandten.

»Ich bin nur ein Geist aus einer falschen Zeit«, sagte Hiob. »Aber wäre ich wirklich hier, und wüsste ich, was Krieg bedeutet, würde ich nicht zögern zu handeln.«

König Munsa vertrieb sich die Zeit damit, dass er sein halbes Äffchen mit dem Kopf voran immer wieder in den tiefen Schnee steckte und feixend zuschaute, wie die kleinen Ärmchen in Erstickungsnot schwächlich um sich schlugen. Jedes Mal zog er den ulkigen Kerl erst dann aus dem Schnee, wenn das wild zuckende Herz bereits aufgehört hatte zu wummern, und hauchte ihm dann wieder kaltes Leben ein.

Vom Hof her war nicht allzu viel zu sehen gewesen. Ein Wandersmann war reingestiefelt, hatte etwa eine Stunde später die ganze Familie rausgeführt zur Scheune, von dort war dann das herrliche Aroma von heißem Blutschleim gekommen, die schöne weiße Tochter war hinterhergeeilt und hatte sich zu ihren Ahnen gesellt, dann war es kurz lustig geworden, als der vertrottelte Mörder sich mit sich selbst schnaufend im Schnee balgte, aber dann war er im Haus verschwunden, und seitdem war schon viel zu lange nichts mehr passiert. Die Weißärsche hatten halt einfach keinen Sinn für Rhythmus. Der Mond hatte sich wie ein hagerer Kinderschänder zögerlich durch die Wolken geschlichen und bestrich sanft die mehligen Felder mit grauem Gelicht. Der Sturm, oder das, was noch von ihm übrig war, gab erschöpft auf und endete als Asthma. Und dieser Volltrottel mit dem unwürdigen Wochentagsnamen war wahrscheinlich schon tot und in der Zeit verschüttet.

Gerade als König Munsa beschloss, der Mordscheune auf eigene Faust einen Besuch abzustatten, um die Mädchenleiche zu vernutzen, kam Spieler Montag aus dem Haupthaus auf ihn zu, die Füße fein säuberlich oberhalb des Schnees schleifenlassend und so keine Spuren hinterlassend. König Munsa machte zwei Schritte aus den Kopfweiden heraus, als sein Äffchen zu kreischen begann und gleichzeitig auch ihm auffiel, dass etwas nicht stimmte. Der da kam, trug zwar die Kleider des Spielers und hatte ungepflegte Haare wie er, doch konnte er das andersfarbige Glimmen seiner Augen nicht verhehlen.

»König Munsa von den Mangbattu-Niam-Niam gebietet dir Einhalt, Fremder!«, rief Munsa, herrisch seine Unsicherheit übertönend. »Wer bist du? Bist du des Spielers Wandrerwiderpart?«

»Bin kein Spieler und kein Wandrer, schwarzer Mann, bin aber hier zu Hause. Die Frage lautet eher, König, wer du bist und was du hier machst? Arbeitest du für NuNdUuN?«

»Das will ich wohl meinen! Ich bin einer seiner vertrauenswürdigsten Gefolgsleute. Weshalb kannst du mich sehen?«

»Hiob Montag bat mich, dir dies hier zu bringen. Ich schnitt es aus dem Mädchen heraus.« Der Fremde streckte mit gesenktem Kopf den Arm aus. König Munsa leckte sich die Lippen und bewegte sich, wollüstig schaudernd, schwebend darauf zu. »Endlich das kleine rosa Knöspchen. War sie tot schon oder lebte noch?«

»Erst lebte sie, dann war sie tot, doch stets war sie mein Mädchen!«

Munsa stockte, der Fremde hob den Kopf, und aus seinem Mund rissen sich zahnfleischberstend achtundzwanzig gelbliche Zähne, durchdrangen ballistisch schwirrend Munsas kreischend abwehrend erhobene Arme und zertrümmerten dem König Gesicht und Stirnschale. Munsa knallte brüllend rücklings gegen einen Baum und von dort aus abplatzend nach vorne in den Schnee. Anton rannte die letzten Meter zu ihm hin, stellte sich über ihn, riss sich einen Teil des Rippenkastens mit zweieinhalb triefend gebogenen Rippenbögen aus der Brust und rammte sie dem König ruckartig durchs Schlüsselbein. Munsa kreischte schrill und zuckte mit allen Extremitäten konvulsivisch durch den Schnee, hochschnellend wie aus Gummi. Mit vorsichtigen Fingern löste Anton die jetzt deutlich über dem zappelnden König sichtbar werdende Zeitschleife und riss den Reisenden somit in so viele Teile, wie die widernatürlich zurückgelegten siebzig Jahre Sonnenläufe hatten. Jeder dieser fünfundzwanzigtausend Königsschnipsel zuckte noch etwa vier Minuten, bis jeder an einem anderen Tag im Geäst einer zufällig ausgewählten Kopfweide manifestierte. Einer im Jahre 1956 wurde von staunenden Kindern entdeckt, die ihn mit nach Hause nahmen, die meisten jedoch wurden von Krähenvögeln gefressen.

Das Halbäffchen schloss halb die Augen und starb. Anton wischte sich triefendes Blut vom Kinn, häufte mit den Füßen Schnee über das gestorbene Zepter und wartete, bis Hiob bei ihm angelangt war.

»Na, hab ich zu viel versprochen?«

»Nein, du sprachst die Wahrheit«, sprühte Anton zahnlos. »Ein Dämon mit ganz schwarzer Haut. Was für eine hässliche Erscheinung.«

»Ja, ihr Bayern habt ja so eure Probleme mit anderen Hautfarben. Komisch eigentlich, dass sich in etwa sechzig Jahren eure beliebteste politische Partei landauf landab als »Schwarze« bezeichnen lässt.«

»Eine schwarze Partei? Böse Magie?«

»Definitiv. Übrigens, du siehst echt elend aus.«

Anton sah an seinem zerrissenen Körper herab. »Ich werde meinen Leib nicht mehr brauchen, dort, wo ich jetzt hingehe. Bin ein guter Soldat gewesen, habe mich selbst als Waffe benutzt, nicht wahr?«

»Beförderungsreif. Aber lass dich mit solchem militärischen Geschwätz nicht wieder einwickeln vom Alten. Er wird dich als Deserteur bezeichnen und dir einen disziplinarischen Maßregelungsvortrag halten.«

»Ein Vorgesetzter, der selbst über keine Disziplin mehr verfügt, muss von seinen Untergebenen abgesetzt werden, wenn die Zeiten zu schwierig sind, um falsche Entscheidungen tolerierbar zu machen. Das ist oberste Soldatenpflicht.«

»Bravo. Das hätte von mir sein können. Willst du eigentlich deinen Mantel wiederhaben?«

»Behalt ihn. Ich werde meinen Körper ohnehin nur bis zur Dornenpforte mitnehmen.«

»Hey, danke. Der ist richtig cool. Woraus ist er denn gemacht?«

»Er ist eigentlich ein ganz normaler Grabenmantel, aber wir hatten keinen echten Schneiderstoff mehr, deshalb haben ein paar von unseren Jungs Zeltbahnen vernäht. Also ist er ein bisschen fester und steifer als ein normaler Mantel und lässt auch weniger Wasser durch.«

»Cool. Ihr hattet echt begabte Schneider in eurer Kompanie.«

»Ja. Es waren viele junge Männer da, aus denen einmal etwas Erstaunliches hätte werden können, wenn der Krieg sie nicht zermalmt hätte.« Anton drehte sich mit der rechten Hand den linken Unterarm aus dem Ellbogengelenk und klaubte mit knochigen Fingern Elle und Speiche frei. Der Schnee war dermaßen voller Blut jetzt, dass Hiob schon fürchtete, damit irgendwie ein Zeitparadoxon zu schaffen. Aber wahrscheinlich war das gar nicht möglich. Wahrscheinlich war das alles ohnehin schon längst passiert, auch ohne ihn, oder mit ihm. Fruchtlos, darüber nachzudenken. Hiob war Realist, kein Science-Fiction-Apologet.

»Weißt du eigentlich«, plauderte Anton pladdernd, während er mit ein paar Sehnen einhändig ein wackliges X aus den beiden Unterarmknochen knüpfte, »was aus General Falkenhayn geworden ist, nachdem das militärische Desaster von Verdun abgeblasen wurde? Nein? Nun, er bekam ein neues Kommando unterstellt und führte eine zum Scheitern verdammte Armee nach Rumänien hinein. Er machte richtig Karriere an der Ostfront, sein Blutzoll war titanisch. Ich habe ihn dort einmal besucht und mit ihm aus einem rumänischen Soldatenhelm Bauchfett getrunken. Er starb als eine Art Held im Bett der Heimat. Du siehst also, es gibt Ruhm jenseits des Wahns.«

Hiob konnte nur stumm nicken, sich am Hals kratzen und schlucken. Anton war jetzt fertig. Er sprach die magischen Öffnungworte, von denen Hiob schon viel gehört hatte. Das Knochenkreuz gewann an Gewicht.

»Soldat Krantz?« Hiob wartete mit ernstem Gesicht, bis Anton sich ihm fragend zuwandte. Dann salutierte Hiob zackig. Anton grüßte lässig zurück, zeigte grinsend die neue Dimension des Zahnfleischblutens und ließ sich sogartig von dem plötzlich megatonnenschweren Kreuz in seiner Hand durch den Schnee nach unten ziehen, in den Unterraum, den Inneren Wert, dorthin, wo Hiob noch nie hatte sein dürfen, weil er zu sehr Mensch war.

»Armer Idiot«, murmelte Hiob ihm hinterher und setzte sich auf den aufgeworfenen Schnee. Es konnte nicht lange dauern. Anton hatte ja überhaupt keine Chance.

Es dauerte auch nicht lange. NuNdUuN kam aus der friedlichen Mondnacht herangestapft, barfuß, echt, kein Gespenst wie Hiob und nur mit einem seidenen, gürtellosen Morgenmantel von violetter Farbe bekleidet. Ein noch schlafzerzauster, lässiger Hugh Hefner from Hell.

»**Das ist nicht die feine menschliche Art, das Spiel zu spielen, Bruder Montag. Es ist deine Aufgabe, die Prognostica und Manifestationen zu töten, und nicht, sie gegen mich auszuspielen.**«

»Es kommt doch nur aufs Resultat an. Ist er tot oder nicht?«

NuNdUuN versenkte die Hände tiefer in den Seitentaschen. Kein Atem wehte licht vor seinem Kiefer, denn sein Atem war kälter noch als Winter. »**Er ist tot. Er stürmte in mein Schlafgemach, nannte mich einen verantwortunglosen Hochstapler und hob die Hand gegen meine Knaben. Da habe ich ihn mit dem Gürtel meines Bademantels erwürgt.**«

»Hehehehehe. Der alternde Bohemien erdrosselt seinen hübschesten Galan. Ich wette, das hat den anderen Knaben zu denken gegeben. Jetzt tuscheln sie über dich, und es wird nie wieder sein wie vorher.«

NuNdUuN lächelte. »**Warum hast du nicht gegen ihn gekämpft?**«

»Hah. Ich bin vielleicht verrückt, aber ich bin nicht blöd. Dieser Junge – was war er? Das mächtigste Wesen auf diesem ganzen Planeten?«

»**Das mächtigste sterbliche Wesen auf diesem Planeten, ja. Zumindest in diesem Jahrzehnt. Zumindest in den Stunden nach dem Morgenmahl am Kinde. Du hast das sofort durchschaut?**«

»Ich konnte seine Aura schreien hören, Mann. Also musste ich dafür sorgen, dass er an einen Stärkeren geriet.«

»**Nicht ungeschickt. Na schön, das will ich dir zugutehalten, es war tatsächlich der einzige Weg, ihn zu besiegen. Ich habe viele Seelen darauf verwettet, dass du diesen Auftrag nicht überleben wirst, und verloren. Unser Spiel fängt langsam an, kostspielig zu werden.**«

»Du kannst ja aufgeben.«

Jetzt lachte der Fürst, ein distinguiertes, britisches Lachen. »**Ich will nur klarstellen, dass dieser Weg jetzt beschritten und verbraucht ist. Kein weiteres Aufeinanderhetzen von Wiedenfließern mehr.**

Dieses eine Mal lasse ich es dir durchgehen, aber von nun an musst du jede Erscheinung eigenhändig terminieren.«
»Macht ja auch mehr Spaß. Für jetzt aber gibt's drei Punkte, und das war's dann erst mal mit Manifestationen. Ich fürchte, die sind doch noch nicht so ganz meine Kragenweite.«
»Du willst drei Punkte für das hier?«
»So war es vereinbart.«
»Du hast den Mord in der Scheune nicht mit angesehen. So war es vereinbart.«
»Richtig. Hab stattdessen versucht, Magdaleen aufzuhalten. Hätte 'nen Sonderpunkt verdient für das, wenn du mich fragst.«
»Das konnte aber nicht klappen.«
»Ja, hab ich dann auch gemerkt.«
»Die feierliche Babyeröffnung hast du dir dann aber gegönnt.«
»Ja.«
»Und was hast du empfunden?«
»Hass.«
»Nur Hass?«
»Und Mitleid, vielleicht.«
»Hass und Mitleid? Welch ein reizvolles Aroma muss das sein. Fast möchte ich bedauern, dass ich zu beidem nicht fähig bin.« NuNdUuN gähnte, fuhr sich mit der Rechten sinnend durchs Haar. **»Tja, ein Problem gibt es aber noch.«**
»Welches?«
»Du hast einen Vertrag gebrochen.«
»Ach ja? Welchen denn?«
»Den mit Munsa.«
»Ach, nun hör aber auf. Was soll denn der Scheiß. Ich habe schlicht und einfach deine Art zu spielen imitiert. Diese ganze ... Fallstrickerei und Nebenhandlungszusatzproblemverarschung geht mir jetzt schon lange auf den Sack. In Berlin war keine Rede davon, dass ich in Ulm mit einem Hiwi paktieren muss, um nach Hinterkaifeck kommen zu können. In meinen Augen ist das eine nicht zum Gesamtauftrag gehörende Komplikation gewesen. Wenn hier einer Verträge bricht, dann bist du das mit deinen verschissenen Winkelzügen.«

»Ich breche niemals Verträge, niemals. Du achtest nur nie gut genug auf den Wortlaut – ein Fehler, den übrigens alle Menschen von Anbeginn der Zeit an immer wieder gerne machen. Und du bereitest dich nicht gut genug vor. Nicht Krantz war nicht deine Kragenweite, ich bin es.«

»Der Tag wird kommen, da wirst du dankbar sein, wenn ich dich meine Scheiße fressen lasse.«

»Je länger man sich mit dir unterhält, umso unappetitlicher wirst du, mein Junge. Wenn du wirklich eines Tages der König des Wiedenfließes werden willst, musst du an Etikette noch viel lernen.«

»Mach dir darum keine Sorgen.«

NuNdUuN seufzte. »Also gut. Zwei Punkte. Zwei, denn du hast mich Munsa gekostet, was ein ärgerlicher Schaden ist, der nicht vereinbart war.«

»Vier, denn Munsa war mindestens ein Prognosticon, und drei plus eins macht vier.«

Die beiden Gegenspieler maßen sich vielfarbig mit Blicken. Die Stille war lang genug, um den bayrischen Winter zittern zu lassen. Aber wieder war NuNdUuN es, der zuerst lächeln musste. »Na gut, ich vergaß. An mir als dem Mächtigeren ist es, großzügig zu sein. Drei Punkte, was ist das schon für mich.«

»Drei weitere Nägel in deinem Sarg, Relikt.«

Wieder das gutsituierte Gelächter. »Vielleicht werde ich dich eines Tages noch vermissen. Ich habe zwar drei- oder vierhundert Narren an meinem Hofe, aber du bist doch von allen der dadaistischste. So, jetzt muss ich aber langsam zurück, es gibt noch so viele Vergnügungen zu durchkosten. Ich wünsche dir aufrichtig viel Spaß mit der Rückkehr in die Neunziger, Hiob.«

NuNdUuNs Gesicht war ganz ernst, ohne Spott, als er sich in violetten Schnee verwandelte und weiß werdend aufging im umgebenden Kindermalbuch. Aber in diesem Augenblick

In diesem Augenblick

In dieeeeeesem Auuuuuuugenblickkkkk wurde Hiob schlagartig klar, dass er einen Fehler gemacht hatte. Und dabei war alles die ganze Zeit über direkt vor seinen Augen gewesen.

Natürlich war es kein gravierender Fehler, keiner, der sein Spiel oder sein Leben gefährdete. Vielmehr war es wieder einer von diesen Fehlern, die ihn wünschen ließen, den Kopf gegen eine Wand zu dreschen, bis das Gehirn spuckernd zu arbeiten anfing. So wie in Amerika, als er auf diesen Revolverhelden zugegangen war in dem sicheren Bewusstsein, nicht sterben zu können, und dabei die Schmerzen völlig unterschätzt hatte.

Es war Winter hier.

Der Boden war gefroren.

Der Boden war unter einer meterhohen Schneeschicht verborgen.

NuNdUuN war deshalb so plötzlich verschwunden, weil Hiob nicht sehen sollte, wie er vor Lachen seine Façon verlor.

Natürlich ging es irgendwie. Hiob hatte es ja auch schon geschafft, ein bisschen Wind zu machen im Haus der Diffringers, Magdaleens Haar ein wenig wehen zu lassen und ihr Nachthemd. Munsa hatte auch gewusst, dass es ging, schließlich hatte er von ihm verlangt, an einer Leiche herumzumanipulieren. Munsa hatte auch gewusst, dass es schwierig war, schließlich hatte er auch seinen Spaß haben wollen mit Hiob.

Aber es war verdammt viel einfacher, ein Messer anzuheben, schweben zu lassen und damit ein wenig Fleisch zu schneiden, als fast meterhoch festen Schnee zu schaufeln, der siebzig Jahre früher gefallen war, und dann auch noch mit einem geisterhaften Finger ein auf der Spitze stehendes Dreieck in den permafrostartigen Boden zu schrammen.

Hiob brauchte acht Tage, und er brauchte wahrscheinlich deshalb nur acht Tage, weil er kein normalsterblicher Reisender war, sondern immerhin ein Magier.

In diesen acht Tagen weinte und tobte Hiob viel, denn natürlich fiel neuer Schnee, und immer mehr Schnee, und natürlich wimmelte es dort, wo er zu scharren angefangen hatte, bald von altertümlichen Schutzpolizisten, die breitärschig überall herumstapften und grollend ihr Unverständnis dem Geschehen und den räselhaften Fußspuren ringsumher gegenüber zum Ausdruck brachten, sodass Hiob immer aufpassen musste, dass nicht einer von ihnen vom Anblick einer sich unendlich langsam selbst aushebenden Schneegrube noch zusätzlich verunsichert wurde. Hiob fühlte sich unglaublich hilflos und gedemütigt, er schrie und haderte, und niemand achtete auf ihn. Und natürlich bekommen selbst Gespenster irgendwann Hunger und Muskelkater und leiden an Übermüdung, das war ein besonderer Service von Wiedenfließ Timetravels Incorporated.

Noch zusätzlich ärgerte ihn, dass er mit anhören musste, wie stiernackige Beamte das entsetzliche Mordgeschehen von Hinterkaifeck irgendwelchen irgendwo in der Nähe aufgefallenen Zigeunern in die ausgefransten Schuhe schoben. Irgendwie lag der brandige Geruch der Nürnberger Rassengesetze bereits in der Luft. Erklärungen kamen unheimlich schnell.

Am Ende des achten zermürbenden Tages als zeitfremder Spuk hatte Hiob das Dreieck fertig. Es war nicht tief und deutlich genug, um wirklich vertrauenserweckend zu sein, aber er war jetzt zu müde, zu ausgelaugt und ausgebrannt, um sich auf nur noch eine einzige weitere Minute im Weimarer Bayern einzulassen.

Den blutigen kleinen Finger der linken Hand in der rechten Achselhöhle geborgen, schlüpfte er hindurch und bereute.

Siebzig Jahre tunnelten chronologisch gestapelt in ihn hinein, dehnten und verformten ihn, kneteten ihn und leierten ihn aus, bis er sich als über neunzigjähriger Greis kriechend auf einer harschen Landstraße wiederfand, wo er, zitternd auf ein urschreihaftes Röhren reagierend, sabbernd den Blick hob und durch den Kühlergrill eines hunderttonnigen Flutlichtlasters moulinettiert wurde. Er wurde eins mit dem ölschwitzenden Guernica der Wirbelkammer, erinnerte sich für den kurzen Augenblick des Zündverzugs an ein Feuerwerk, dass ihm als kleinem Jungen an der Hand seiner lachenden Mutter große Angst bereitet hatte, und atmete während der Explosion 900 Grad heißen Diesels. Kurt Cobain legt, kalten Schweiß auf der Oberlippe, die Nasenwurzel gegen die Mündung der Flinte und UND nUND UND nUNDuUNd erhält vom lächelnden Papst, dessen Schenkel gebrochen sind, den kirchlichen Segen.

»Je ne suis pas prisonnier de ma raison«, rezitiert er neuerlich seinen alten Leidensgefährten Rimbaud, als er im milden Sommer der Gegenwart auf einem wulstig gefurchten Feld erwacht. Die Anordnung der Bäume noch immer fast dieselbe, der Hof der Diffringers jedoch steht schon lange nicht mehr.

Sein neuer alter Mantel ist nun viel zu warm, doch trägt er ihn mit Stolz.

Beschließt zu fliegen.

Trampt durch nach München, stiehlt dort etwas Geld aus einem Buchgeschäft am Kaufinger Tor.

Raumflughafen Erdinger Moos: Wieder gibt es Probleme mit dem Metalldetektor. In einem mit schwarzer Folie verhängten Raum muss er sich ganz ausziehen, und immer noch piept das Ding. Herzschrittmacher asiatischen Fabrikats, sagt er, und hofft, dass sie nicht röntgen. Sie lassen's, kann ja schlecht 'ne Waffe sein.

Berlin, kaum drei Tage nach seiner Abreise, nur er selbst elf Tage gealtert, Bart schon recht lang, meldet er sich kurz zurück bei Kamber. Trinken eine Cola in der Drama Golden Lounge, Kamber – staunend – erfährt als Einziger die ganze Geschichte, da verlässlicher, bewährter Dichthalter.

Am nächsten Tag bricht Hiob wieder auf. Eine Rothaarige nimmt ihn per Anhalter mit nach Norden, hundert Kilometer nur, dorthin, wo die Wege in alle Himmelsrichtungen nach Röbel führen.

b) Lady und Gentleman: Die Schiedsrichter

Sie wohnte in einem dieser Häuser, deren Erdgeschoss nach hinten raus eine Anlegestelle für ein Ruderboot war. Mit zaghafter Handkante strich Wind über den stahlfarbenen See und kräuselte die Oberfläche nur ein wenig, wie Gänsehaut. Die Schilfufer raschelten wispernd, in einiger Entfernung stelzte vorsichtig ein Reiher im seichten Bereich.

Das Haus war von einem herben Braun, der Farbe getrockneten Blutes in Webstoff. Kein Namensschild, keine Klingel. Hiob klopfte. Nach fast einer Minute öffnete sie knirschend die Tür.

Sie war erschreckend fett, zwar nicht ganz so wie Gilbert Grapes Mutter, aber wogend genug mit fast kürbisgroßen Brüsten. Ihr Gesicht war rau, faustig, aufgeworfen, mit typisch aufwärts gestülpter Trinkernase, das halblange graubraune Haar hing glatt und fettig herum, und sie roch aufdringlich nach alten Kartoffeln. Der Geruch wurde noch penetranter, als sie den Mund öffnete, um »Ja?« zu raspeln, und Hiob war sich wirklich nicht sicher, ob sie ein Mensch war oder nicht.

»Eidry Gevicius? Die Beisitzerin?«

Ihre kleinen Augen, in brackiger Sauce hollandaise treibend, musterten ihn eingehend. Dann furzte sie flatternd und grummelte: »Und du bist dieser Montagjunge, stimmt's? Der Enkel vom alten Terach. Deinetwegen hat man mich hier ans Ende der Welt versetzt.«

»Tut mir leid.« Um sie her stieg jetzt der widerlich konzentrierte Geruch von gebratener Buttersäure auf, aber Hiob hielt durch, lächelte sogar mitfühlend, obwohl ihm fast die Tränen kamen.

»Na, komm denn rein, wenn du schon hier bist.« Als sie sich in der Tür umdrehte, um ihm Platz zu machen, entfuhr ihr ein diesmal schleichender Wind, und der Säuregeruch wurde noch stärker. Hiob atmete noch einmal und enterte.

Sie saßen sich gegenüber in einem diesigen Raum voller wacklig gestapelter Bücher, arkanischer Karten, rätselhaft gemaserter Felle und unirdisch geformter Artefakte aus Hölzern, grünem Kupfer oder porösem Gebein, saßen sich gegenüber, tranken kalten gelben Tee und schwiegen. Aufgrund ihrer Blähungen lupfte die Gevicius ab und zu entweder die linke oder rechte Hinterbacke, stöhnte dann und kratzte sich schuppend am Kopf. Hiob bekam saures Aufstoßen.

»Ähhh, chrmm-hmm, ich bin zu Ihnen gekommen, habe Sie aufgesucht, weil ich zwei Dinge von Ihnen erfahren wollte, die das Spiel betreffen. Wissen Sie, ich, ähh, ich wollte eigentlich mal fragen, ob es NuNdUuN eigentlich überhaupt gestattet ist, regeltechnisch, meine ich, mir andauernd links und rechts des Weges Schlingen auszulegen, in die ich, stets voll und ganz mit der Löschung des Prognosticons beschäftigt, geradezu zwangsläufig stolpern muss ... um mich darin in völlig unsinniger Belastung zu, äh, verheddern. Verstehen Sie, was ich meine?«

Sie musterte ihn dumpf.

»Verehrungswürdige Beisitzerin Gevicius, was ich meine, ist, nun ... bei einem Schachturnier, einer offiziellen Weltmeisterschaft zum Beispiel, ist es auch nicht gestattet, dass einer der Kontrahenten den Sessel des anderen mit Reißwecken belegt oder dessen Figuren mit Klebstoff beschmiert oder während des Turniers ein Nebelhorn aus der Tasche holt und loströtet. Ich bin Perfektionist, auf meine Art und Weise, und ich würde mich gerne auf das Spiel an sich konzentrieren können, ohne andauernd durch NuNdUuNs Faxen abgelenkt zu werden.«

Sie musterte ihn dumpf.

»Zumal diese Faxen, mit Verlaub gesagt, brandgefährlich sind. Irgendwann werde ich tot daliegen, aber es wird nicht das Spiel sein, das mich kleingekriegt hat, sondern eine von NuNdUuNs zusätzlichen Bosheiten. Müsste sich denn da nicht im regelkundigen Auditorium« – er machte eine vage Handbewegung in ihre Richtung – »Enttäuschung und ... Verärgerung breitmachen und der Wunsch einzuschreiten, um die Schieberei zu unterbinden?«

Sie schlürfte einen Schluck, furzte gedehnt und musterte ihn dumpf.

Zwischen Hiobs Augenbrauen bildeten sich senkrechte Falten. »Inwieweit achtet eigentlich überhaupt jemand auf die objektive Einhaltung der Regeln? Okay, okay, ich gebe zu, dass auch ich diesmal einen Teilvertrag gebrochen habe, als ich Munsa übers Ohr haute, aber das war eben wieder nur einer von diesen total unnötigen, störenden Teilverträgen, die mit dem eigentlichen Kontrakt überhaupt nichts zu tun haben. Außerdem – das habe ich bisher noch gar nicht erwähnt – stand im Vertrag, dass NuNdUuN, beziehungsweise das Wiedenfließ, mir zu gegebener Zeit magische Energie zuschießen und in meine Eigenverantwortung überstellen wird, damit ich sozusagen als Champion der Menschheit ... versuchen kann, die jeweiligen Manifestationen der Wiedenfließigkeit ... adäquat zurückzuschlagen. Bisher jedoch hat er mir entweder überhaupt nichts gegeben oder aber mich teuer dafür bezahlen lassen, oder aber mich von vornherein gegen einen Gegner gesetzt, gegen den selbst die Heiligen Drei Könige keine Chance gehabt hätten.«

Sie schlug die Augen nieder. »Hast du schon einmal etwas von den Bashikulumbwe gehört?«

»Ähh, nein.«

»Afrikaner. Leben nicht weit entfernt von dort, woher auch König Munsa kam. Sie jagen Löwen, unter anderem.«

»Aha.«

»Die Bashikulumbwe haben eine ziemlich sichere Methode entwickelt, einen Löwen zu erlegen. Viele mit Schild und Speer bewaffnete Krieger pirschen sich von allen Seiten heran und umzingeln so das Tier. Der Kreis wird immer enger gezogen, bis die Jäger dicht an dicht stehen und der Löwe in echter räumlicher Bedrängnis ist. Dann passiert jedes Mal dasselbe: Der verängstigte König der Steppen stürzt sich auf einen der Jäger, beißt sich in ihm fest, und die anderen Jäger können das Tier relativ gefahrlos mit ihren Speeren erlegen.«

»Das ist ... wirklich sehr ... interessant.«

»Natürlich ist der eine Jäger, den der Löwe angegriffen hat, hinterher tot.«

»So.«

»Ja. Keiner der Jäger kann vorher wissen, wen von ihnen es

diesmal erwischt, aber jeder von ihnen weiß, dass einer es sein wird, und jeder von ihnen kann es sein. Das ist eben der Preis, den man dafür bezahlt, einen Löwen zu jagen. Genau diese mögliche Tödlichkeit und völlige Unberechenbarkeit ist auch der Preis für denjenigen, der es wagt, mit dem Wiedenfließ zu spielen. Du spielst eben nicht gegen Kasparow Schach. Du dribbelst auch nicht mit Thomas Häßler um die Wette. Du trittst nicht einmal alleine gegen die gesamte Mannschaft der Miami Dolphins an. Du ringst mit dem Erzenen Engel, du bist Israel, Doktor Faust, John Dee, die Hure Kleopatra, der Faun Waclaw Nijinsky, Inspector Fred Abberline, der apokryphe Exorzist Tobias, Sigmund Freud, die Heroingeliebte Nico, der Renegat Simon Girty, Antonin Artaud, J. Robert Oppenheimer, der gesungene Diomedes vor Troja, Maya Deren, Abdul Alhazred, Georg Elser, die androgyne Jeanne D'Arc vor und während der Folter, Fletcher Christian, Jakob Michael Reinhold Lenz, Robert Johnson, Ambrose Bierce, der fastende Mohandas Karamchand Gandhi, Nikola Tesla und Tijlbert Uilenspiegel, der Sohn des Kohlenträgers Klaas.«

»Oh, yeeeaahhh!«

»Und du bist auch« – sie rülpste schleimig – »ein retardierter Emporkömmling, der wie all jene sein will, es in Wirklichkeit aber nicht einmal wert ist, dem ewigen Potentaten des *wyden Gefliesses*, dessen brennenden Namen du andauernd im Munde rührst, als sei es ein Kub Zucker, die Füße vom Staub zu entsalben.«

Hiob räusperte sich. Er konnte deutlich spüren, wie sein Haaransatz an der Stirn feucht wurde. Die Beisitzerin schnellte sich schwabbelnd in eine stehende Position und ging, sich in Wut redend, auf und ab. »Ich habe nicht das Geringste übrig für jemanden, der grinsend vorgibt zu wissen, was er tut, und dann angesichts der tatsächlichen Überforderung auch noch die Dreistigkeit besitzt, andere Instanzen in seine persönliche Verantwortlichkeit mit hineinziehen zu wollen. Ich kann mir auch überhaupt nicht erlauben, für so jemanden etwas übrig zu haben, weil sie alle so sind, alle, die sich seit Anbeginn der Zeiten auf dieses Spiel eingelassen haben. Und wenn ich dir etwas verraten soll – der Meister fängt auch langsam schon an, mir derart auf die Nerven zu gehen.«

»NuNdUuN?«

»Natürlich der. Er war hier, gestern, um sich bei mir darüber zu beschweren, dass du ihn gezwungen hast, seine eigene Manifestation zu egalisieren. Er versuchte, mir anhand der Regeln vorzurechnen, dass das nicht noch einmal vorkommen darf. Aber alles, was ich ihm antworten konnte, war, dass er diesmal offensichtlich an einen Spieler geraten ist, der die Regeln schneller begriffen hat als die anderen Mitbewerber vor ihm. Die Regeln besagen nämlich schlicht und einfach nichts anderes, als dass es keine Regeln gibt, und es ist meine einzige Aufgabe als unabhängige Beisitzerin, darüber zu wachen, dass diese Regeln nicht gebrochen werden.«

»Das ist paradoxer Bullsh. Entschuldigen Sie bitte.«

»Da gibt es nichts zu entschuldigen, du hast ganz recht, mein Junge. Der Meister und du – weißt du, wie ihr mir vorkommt? Wie zwei kleine Zwillingsbrüder, die sich die kleinen Fäuste mit Mullbinden umwickeln und aufeinander eindreschen, weil sie im Fernsehen einen Rocky-Film gesehen haben und es unheimlich toll fanden, wie die Großen dort geboxt haben. Aber nun kriegt einer von ihnen vom andern eins auf die Nase, und der andere eine gegen's Kinn, und schon laufen sie beide heulend zu Mami und beschweren sich darüber, dass der andere so fest zugeschlagen hat. Dass du so reagierst, kann ich sogar halbwegs nachvollziehen, denn du bist noch ein Grünling, aber dem Meister habe ich gestern ganz ordentlich meine Meinung gesagt.«

Hiobs berühmtes Grinsen war zurückgekehrt und richtete sich in seinem Gesicht dauerhaft ein. »Das heißt also, ich könnte wieder eine Manifestation gegen ihn ausspielen?«

»Es gibt kein Gesetz dagegen, Junge. Und es gibt auch kein Gesetz dagegen, dass der Meister versucht, dich auf jede erdenkliche Art und Weise zum Aufgeben oder zum Sterben zu zwingen. Theoretisch hast du dasselbe Recht, praktisch natürlich nicht die Möglichkeiten, aber das ist eben der Nachteil deiner Spielposition. Du bist sozusagen der Akteur, und der Meister ist der Regisseur. Aber damit warst du einverstanden, als du den Kontrakt unterzeichnetest.«

»Das stimmt.«

»Der Vorteil deiner Spielposition ist der, dass – wie man es ja zum Beispiel auch aus Hollywood kennt – der Akteur ein viel größerer Star werden kann als der Regisseur, vorausgesetzt, er hat das Charisma und/oder die Güteklasse dazu. Wenn deine Vorstellung innerhalb der Kulissen und Vorhänge des Meisters grandios und rundum begeisternd ist, wirst du es sein, dem die Herzen zufliegen, und du wirst dadurch so an Macht gewinnen, dass du bald den Regisseur herumkommandieren kannst.«

»Beziehungsweise sogar ihn ersetzen.«

»Seinen Platz einnehmen, exakt.«

»Diese Metapher gefällt mir. Ich bin Kevin Costner, ich habe die Nase voll von den ganzen blöden unreflektierten Heldenstreifen, in denen ich mitspielen muss, und drehe *Dances with Wolves*.«

»*Dances with Wolves* war ein plakativerer Aufguss von *Little Big Man*. *Field of Dreams*, den Costner vorher als Schauspieler unter der Regie von Phil Alden Robinson gedreht hat – das ist ein Meisterwerk!«

»Na, Moment mal ...«

»Lass uns nicht über die Qualität von Filmen streiten, Junge. Ich bin Beisitzerin, Gutachterin und Richterin seit Tausenden von Jahren, ich weiß, was Qualität ist. Du nicht. Und wenn du nicht der Meinung gewesen wärst, dass ich weiß, wovon ich spreche, hättest du dir ja wohl kaum den Weg hier raus gemacht, oder?«

Seine Erwiderung ging im feuchten Rattern ihres nächsten Abwinds unter. Zum ersten Mal jedoch entschuldigte sie sich jetzt für ihre Blähungen. »Das liegt an der dünnen Luft hier oben bei euch. Meine Intestinalwände können die irdischen Gase, die ich beim Trinken und Reden schlucke, nicht verarbeiten. Tut mir leid.«

»Ist schon gut. Stört mich gar nicht.«

»Na, jedenfalls gebe ich dir insofern recht, als dass *Prince of Thieves* und *Bodyguard*, die Costner nach *Wolves* als Schauspieler gedreht hat, noch viel katastrophaler waren als *Wolves*.« Sie unterband jegliche mögliche Äußerung Hiobs mit einem ruckartig erhobenen Zeigefinger. »Fassen wir sachlich zusammen: Erstens: Es ist dir nicht verboten, den Hinterkaifeck-Trick noch einmal anzuwenden. Zweitens: Wie jeder gute Akteur solltest du allerdings versuchen, nicht immer wieder auf dieselben Stilmittel zurückzugreifen, da das dein Ansehen und deine Macht schmälern könnte. Drittens: Ich kann nicht verhindern, dass der Meister weiterhin versucht, dich reinzulegen. Du kannst es verhindern, indem du die Absprachen einen Auftrag betreffend konkreter mit ihm oder mit Aries ausformulierst. Dementsprechende mündliche Zusagen sind bindend. Des Meisters spieltechnischer Arglist sind also viertens Grenzen gesetzt, er hätte zum Beispiel tatsächlich nicht wagen dürfen, dich in der Vergangenheit zu belassen. Sollte er fünftens einmal derart grob die Regeln verletzen, kommst du umgehend zu mir, und wir erörtern dann die Chance seiner Disqualifikation. Umgekehrt hat er natürlich dasselbe Recht, du allerdings mehr Narrenfreiheit und weniger Möglichkeiten, überhaupt über die Stränge zu schlagen. Sechstens: Feilschverhandlungen wie die in Hinterkaifeck getätigten über die Anzahl der auszuzahlenden Punkte sind unzulässig. Ihr hattet vor deiner Abreise drei Punkte vereinbart, und bei drei Punkten musste es nach Krantz' Tod auch bleiben. Siebtens: Aries hat volle Verhandlungsvollmacht, sie ist de facto der Meister im Augenblick des Wortes. Achtens: Verschont mich mit euren weibischen Weinerlichkeiten. Ich will wirklich nicht nach jeder Runde von euch belästigt werden. Neuntens: Ja, ich bin der Meinung, dass du ein vielversprechender Spieler ist, aber ich werde dich trotzdem nicht in mein Bett lassen, denn mir ist wie bereits erwähnt jegliche Form der Parteinahme untersagt und zuwider. Und zehntens darfst du ja eh nicht.«

Hiob nickte grinsend. Auch die Gevicius lächelte.

»Wie kommt es eigentlich, hochverehrte Beisitzerin, dass Ihr NuNdUuN Meister nennt? Ihr arbeitet doch nicht für ihn.«

»Doch, das tue ich.«

»Was? Wie ist das möglich? Ich meine, wie könnt Ihr dann unparteiisch sein?«

»Der Meister braucht mich mehr als ich ihn, und er weiß das. Es gibt in der Tat ein paar Regeln, uralte Regeln von Kräften und Werden, an die nur ich ihn erinnern und in denen nur ich ihn unterweisen kann. Ich bin älter als er. Aber er war skrupelloser und begabter. Ich war der Himmel, er ein Komet. So wurde er mein König. Aber eines Tages wird er verlöschen, und ich werde es sein, die um ihn weint.«

»Und ... die der Versuchung widerstehen wird, ihn zu retten ...?«

»Ja. Denn wenn er eines Tages das Spiel verliert, werden er und ich Menschen werden. Wir werden alt werden und sterben, und all das zusammen.«

»Entschuldigt, ich möchte nicht zu aufdringlich werden, aber ... Ihr liebt diesen Bastard?«

»Für jemanden, der nicht zu aufdringlich werden möchte, hast du dich erschreckend schlecht in der Gewalt.«

Hiob machte hastige Gesten der Reue und erhob sich. In seinen Hintern kribbelte Blut zurück, seine Geruchsknospen hatten schon lange keine Kraft mehr, weiße Tücher zu schwenken, und er merkte erst jetzt, dass seine Achselhöhlen und Schläfen mit dickem Schweiß überzogen waren. Er ging steif zur eng wirkenden Tür, die massige Gestalt folgte ihm dünstend.

»Eine Frage habe ich noch«, fiel ihm ein.

»Ja?«

»Bin ich eigentlich immer darauf angewiesen, dass NuNdUuN mir die Prognostica nennt? Ich meine, es gibt doch so viel morbide Scheiße auf der Welt – da kann es doch nicht allzu schwer sein, selbst ein Prognosticon zu entdecken.«

»Wenn du selbst eins entdeckst und angehst, hat der Meister keine Gelegenheit, Fußangeln für dich auszulegen.«

»Genau.«

»Es steht nirgendwo geschrieben, dass dir das verboten ist. Du solltest dich nur vorher kundig machen über die Bewertung. Sonst könnte es dir passieren, dass du dich an einer Periphererscheinung aufrauchst und hinterher nicht mal einen Punkt bekommst.«

»Haben Sie denn ein Telefon hier, Ehrwürdigste?«

»Ts, ts, ts. Für einen Adepten bist du erschreckend tatendurstig.«

»Ich bin ja auch kein gewöhnlicher Adept. Ich bin der, der es schaffen wird. Sie haben hier die einmalige Gelegenheit, mich noch vor meiner Machtergreifung live zu erleben.«

Sie lachte meckernd und furzte dabei im Rhythmus mit. »Du

kannst mich mit einem einfachen Hol-aus-schütt-zurück-Ritual erreichen. Das ist besser als Telefonieren.«

»'kay. Sie sind hochkorrekt, Verehrteste.«

Er küsste sie auf die schwammige Wange. Sie stand noch in der Tür, als er schon auf dem Weg war, dann schüttelte sie den Kopf und schloss ab.

Hiob genoss ein paar Minuten lang die verhältnismäßig paradiesische Luft am ruhigen Seeufer, unterließ es aber, wie ein Musikvideostar flache Steine übers Wasser zu werfen.

Komisches Geschöpf, dachte er über die Gevicius nach. Sie ist bei Weitem nicht die einzige Beisitzerin, die es gibt, und dennoch bildet sie sich ein, in der Ewigkeit mit NuNdUuN verbunden zu sein.

Dachten die anderen Verwalter des Wiedenfließes vielleicht genauso?

War es möglich, dass NuNdUuN, der das übelste und destruktivste Geschwür war, das am Wesen unsrer Welt riss, sein Reich durch Liebe regierte?

Quatsch. Blödsinn. Sei kein Trottel, Mann.

Auf dem Weg ins nächste braunkohleverkrustete Dorf jonglierte er noch ein bisschen mit den Namen herum, die die Beisitzerin ihm gegeben hatte, und das brachte nun wiederum so eine Art Hochgefühl hervor.

Gandhi. Lenz. Jeanne D'Arc. Die Deren.

Das war doch nun wirklich schon ziemlich *Top of the World, Ma*.

Das Licht in Großvater Montags Zimmerchen war typisch für Frohnau. Es war märkischer Sand, gefiltert durch die Allgegenwart schiefer Kiefern. Es war gebogen und ineinander verschlungen wie die Straßen und Wege hier und hatte auch noch nicht die Härte einer zivilisierten Asphaltdecke. Dieses Licht war lange Zeit Exklave gewesen. Jetzt musste es damit fertig werden, dass die Befestigungen gewichen waren, dass alte Bilder fielen und nach außen hin alles offen war.

Großvater Montag saß am Fenster und schaute grimmig hinaus,

das wenige verbliebene weiße Haar wirr über den ansonsten kahlen Schädel gekämmt, das Kinn im Gegenlicht von weißen Nadelstoppeln umkrautet. Der alte Magier hatte immer noch das markante, hagere Rathbone-Gesicht, auch wenn man hier im Heim darauf bedacht war, die Schutzbefohlenen in adrette, langweilige Kluft zu stecken, um ihnen die individuellen Kanten abzuschleifen. Hiob saß auf dem harten Bett und kramte sich umständlich das Geschenk aus der Manteltasche.

»Ich hab dir Tabak mitgebracht. Der Heilige hat ein bisschen was von seinem Menali reingetan. Du wirst nachts 'ne Sonnenbrille brauchen, wenn du das geraucht hast.«

»Sie werden's mir wegnehmen. Sind noch raucherfeindlicher geworden, seit Raucherfeindlichkeit gesellschaftsfähig geworden sind.«

»Versteck's halt.«

»Sie durchsuchen jede Woche mein Zimmer. Nennen's Saubermachen.«

»Shit. Na gut, dann ... wo ist deine Pfeife?«

»Haben sie mir weggenommen.«

»Das gibt's doch nicht!«

»Das gibt es, Iob.«

Hiob ging raus auf den Gang und fragte sich zur nächsten verantwortlichen Pflegerin durch. Sie war blond und leise und jung und freundlich und hieß Susanne und wäre sogar hübsch zu nennen gewesen, wenn sie nicht diese scheißliberale *Ich bin gut zu allen und wenn du ein Problem hast werde ich mein Bestes tun um dir zu helfen denn eigentlich ist das Leben wunderschön und alle sollten ein wenig netter zueinander sein*-Art verinnerlicht gehabt hätte, die Hiob an christlichen Sozialdienstleistern so extrem zum Kotzen fand. Irgendwie erinnerte ihn dieses Mädchen an eine von diesen saublöden Sonnenblumen, die jedermann so lieblich und sympathisch fand, obwohl ihre Existenz doch aus nichts anderem bestand, als abgehalfterte Vögel von ihren rausgestreckten Körnern fressen zu lassen. Im Grunde genommen wusste Hiob, während er Susanne hasste, nicht einmal genau, warum er sie so hasste. Immerhin schaffte er es, mit ihr über den Sinn und Unsinn von Privatbesitz innerhalb einer kapitalistisch orientierten Demokratie zu diskutieren und sie zur Übereignung von Tharah Montags Schmauchpfeife in des Enkels Obhut zu überreden. Er kehrte zurück, setzte sich wieder aufs Bett und fing an, seinem Großvater die Pfeife zu stopfen. Sie wechselten kein weiteres Wort, bis Terach am Schmauchen war.

»Was für einen saudummen Mantel hast du da an, Iob?«
»Den? Hat mir ein alter Soldat geschenkt. Ein sehr alter Soldat.«
»Waffenbruder, hm?«
»Kann man nicht direkt sagen.«
»Wie läuft's denn so?«
»Wie soll's schon laufen.«
»Das Spiel, meine ich.«

Hiob konnte ein triumphierendes Grienen nicht unterdrücken. »Fünf zu null, Großvater. Für mich. Läuft bestens, das Ganze.«

Tharah stieß kräuselnden Rauch aus der Nase. »Fünf zu null. Das ist doch Scheiße. Das ist gar nichts. Gar nichts wert.«

»Na hör mal ...«
»Hast du vergessen, wie viel Punkte du brauchst?«
»Natürlich nicht.«
»Und da kommmt dir fünf nicht rotzig vor?«
»Fünf ist ein Anfang. Es geht eben nur Schritt für Schritt.«
»Ach, hör mal einer an. Waren das nicht immer meine Worte? Du bist noch zu jung, habe ich immer gesagt, du fängst zu früh damit an, so kannst du das nicht schaffen, es geht nur Schritt für Schritt.«

»Es läuft doch spitzenmäßig, was willst du denn? Fünf Punkte schon und noch keine Verluste. Mittlerweile stehe ich sogar schon gut mit einer Beisitzerin. Die Wettquoten im Fließ sind am Kippen, Terach.«

Die Glut im Pfeifenkopf knisterte als orangeglühender Scheiterhaufen. »Du glaubst also immer noch, dass du derjenige bist, der es schaffen wird?«

»Natürlich.«

»Hast du eigentlich auch nur eine ungefähre Vorstellung, wie viele seit den Tagen der Mammutjagd dieses Spiel schon gespielt

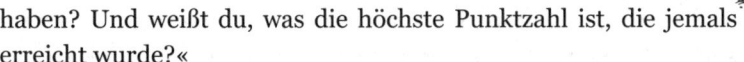

haben? Und weißt du, was die höchste Punktzahl ist, die jemals erreicht wurde?«

»Nein. Aber ich werd's jetzt erfahren.«

»Siebzehn.«

»Siebzehn?«

»Siebzehn.«

»Achtundsiebzig sind gefordert, und das höchste, was jemals einer erreicht hat, war siebzehn?«

»Sage ich doch. Hörst du nicht mehr gut? Siebzehn Punkte, mehr hatte keiner. Das war übrigens ein chinesisches Bauernmädchen namens Tientse, im 17. Jahrhundert. So lange ist das schon her. Siebzehn Prognostica hat sie mit unerwarteter Beharrlichkeit vernichtet, dann sind ihr beim achtzehnten die Knochen verdampft. Sie war nur noch ein unförmiger Fleischballon hinterher. Der Dämon, der das getan hat, hieß Shiu-Sen-Tsiao und war ein Dürres Väterchen, und das ist er noch immer. Es gibt ihn noch.«

»Ich werde ihn schlagen. Eines Tages.«

Terachs Kopf war jetzt ganz von dunkelblauem Qualm verzerrt.

»Diesen Größenwahnsinn hast du nicht von mir.«

»Nein, du warst niemals wahnsinnig. Du warst immer nur groß, der Größte deiner Zeit. Und weil du nicht auch nur ein Quäntchen wahnsinnig warst, sitzt du jetzt in einem Altersheim am Donnersmarckplatz und verabschiedest dich jeden Tag von einigen deiner Kräfte und Fähigkeiten. Du siehst ihnen hinterher, wie sie zur Tür rausspazieren, und nennst mich einen Narren.«

Tharah schwieg, die alten sehnigen Hände auf den Stuhllehnen.

»Ich bin der Letzte unserer Blutreihe, Terach. Nach mir wird keiner mehr kommen. Und ich werde nicht zulassen, dass unser Blut vergessen wird. Ja, ich bin jung, und ja, im Vergleich zu dir bin ich ein unerfahrener Wicht in den arkanen Künsten, aber ich habe schon fünf Punkte gesammelt, was mehr ist, als du jemals zustande gebracht hast, und die Siebzehn ist nicht mehr allzu unwahrscheinlich, und die Achtundsiebzig klang von Anfang an in meinen Ohren relativ machbar, jedenfalls überschaubarer, als wenn sie 666 gesagt hätten oder auch nur 200. Irgendwann wird einer kommen und es schaffen, das sagen ausnahmslos alle Quellen, die es dazu gibt, und – verdammt noch mal – warum sollte nicht ich dieser eine sein, oder andersherum: Welche Qualitäten müsste dieser eine haben, die ich nicht habe?«

»Demut fürs Erste.«

»Demut ist Bullshit, wenn man gegen den Teufel kämpft.«

»Geduld als Zweites.«

»Geduld ist eine schöne Sache, aber man sollte sie sich nur leisten, wenn ringsherum nicht die Welt in Fetzen geht.«

»Und Liebe zuletzt.«

»Aber ich liebe.«

»Du liebst? Dein ganzes Geschwätz, dass du Leben retten willst mit deinem Kampf, nimmt dir doch keiner ab. Dir geht es doch nur um dich. Du leidest Schmerzen und gehst dagegen vor. Das ist mutig und mannhaft, aber es hat mit Liebe nichts zu tun.«

»Ich liebe dich.«

»Quatsch.«

»Aber das ist wahr! Warum sonst bin ich hier, nachdem du mir jegliche Hilfe versagt hast? Warum sonst sorge ich mich darum, dass ER dir irgendetwas antut, um mich in die Knie zu zwingen? Welcher andere Grund sollte mich denn hier in dieses Leichenhaus treiben, wenn nicht der?«

»Keine Ahnung. Dankbarkeit vielleicht, weil ich dir alles beigebracht und dir damit deine Eskapaden ermöglicht habe. Oder ein schlechtes Gewissen, weil du mich hierher abgeschoben hast. Wer will das wissen. Liebe jedenfalls ist es nicht. Wäre es irgend so was in der Art, würdest du mit dem ganzen Quatsch aufhören und nach Hause kommen.«

»Das kann ich nicht mehr. Und das will ich auch nicht. Ich bin nämlich verdammt stolz auf den Quatsch.«

»Stolz auf deine beschissenen fünf Punkte.«

»Genau.«

»Und stolz darauf, dass NuNdUuN wieder Kriege feiern wird, wenn du verlierst.«

»Das wird nicht passieren.«

Tharah machte eine resignierte Handbewegung.

Die Tür ging auf, Hiob zog seinem Großvater die Pfeife aus dem

Mund und steckte sie sich selbst zwischen die Zähne, Susanne trat ein.

»Habe ich doch richtig gerochen. Tharah raucht wieder.«

»Ich bin das, Schwester«, meinte Hiob und erhob sich. »Tut mir leid, ich konnte mich nicht beherrschen.«

Susanne durchschaute das unbeholfene Rauchatmen des jungen Mannes sofort. »Ich glaube Ihnen kein Wort. Sie sollten sich wirklich mehr im Klaren darüber sein, dass die gesundheitlichen Konsequenzen, die Nikotinkonsum für ihren Herrn Großvater hat, nicht gerade ungefährlich für ihn sind, in seinem Alter. Wenn Sie ihn auch nur ein wenig lieb haben, sollten sie so etwas nicht für ihn tun. Tharah wird das sicher verstehen.«

»Seien Sie nicht Brennessel«, sagte Tharah leise, »seien Sie Helianthus, das passt viel besser zu Ihnen.«

»Helianthus?«, fragte Susanne den Enkel.

»Sonnenblume«, erklärte dieser grinsend. Er schaute zurück auf seinen Großvater. Wie er da so saß, mit der obligatorischen Decke über den Beinen, den gebeugten Rücken wie ein Vogel, sah der alte Magus schrecklich immobil aus, aber irgendwie auch ewig, wie eine Steinfigur. Hiob hatte ihm keinen Kuss mehr gegeben, seit er ein kleiner blauäugiger Junge gewesen war, also ließ er es auch diesmal wieder sein und ging einfach hinaus, über den beruhigend gefärbten Flur, durch die behindertenfreundlich automatische Tür, über den lichten, mittelalterlichen Donnersmarckplatz mit seinen paar wuchtigen Bäumen. Hier war er als Zwölfjähriger das erste Mal von Polizisten herumgeschubst worden, weil er es gewagt hatte, auf der großen, öffentlichen, deutschen Eiche herumzuklettern. Unter sie setzte er sich jetzt in den braunblauen Schatten, ließ um sich her frohnauerisch langsame Autos um den Platz fahren, Vögel grünrausch zirbeln.

Eigentlich hasste er es zu rauchen. Aber die Pfeife schmeckte noch nach dem Mund eines wirklichen Zauberers, und so paffte er sie durch, bis sie kalt war.

»Schwester, weißt du, wer ich bin, was ich war?

Ich – ich war Gärtner.

Meine Hände – für dich niemals sauber genug – Schwielen, Schmutz.

Die gute kühle Erde. Ich hätschelte sie – viele Jahre lang.

Die Erde – sie gehört mir –, sie ist ein Teil meiner selbst.

Ich liebte den feuchten, modrigen Geruch gärenden Kompostes,

den Rauch versengter Blätter,

den schweren, betörenden Duft exotischer Blumen,

den scharfen, harzigen Geruch von Föhren.

Die Blumenbeete dort draußen – verwildert, verwaist.

Könnte ich hingehen, sie hegen und pflegen, mich bücken, dort knien.

Eine Hacke, eine Schaufel – könntest du mir das anvertrauen?

Ich gehe auf die Knie,

betaste den kühlen Boden mit meinen Händen –

Erinnerung wird Gegenwart.«

»Der alte Mann benimmt sich wieder verworren – medikamentiert ihn!«

AMERICAN JOURNAL OF NURSING

Prognostikon

*Ars Moriendi –
Eine Liebesgeschichte*

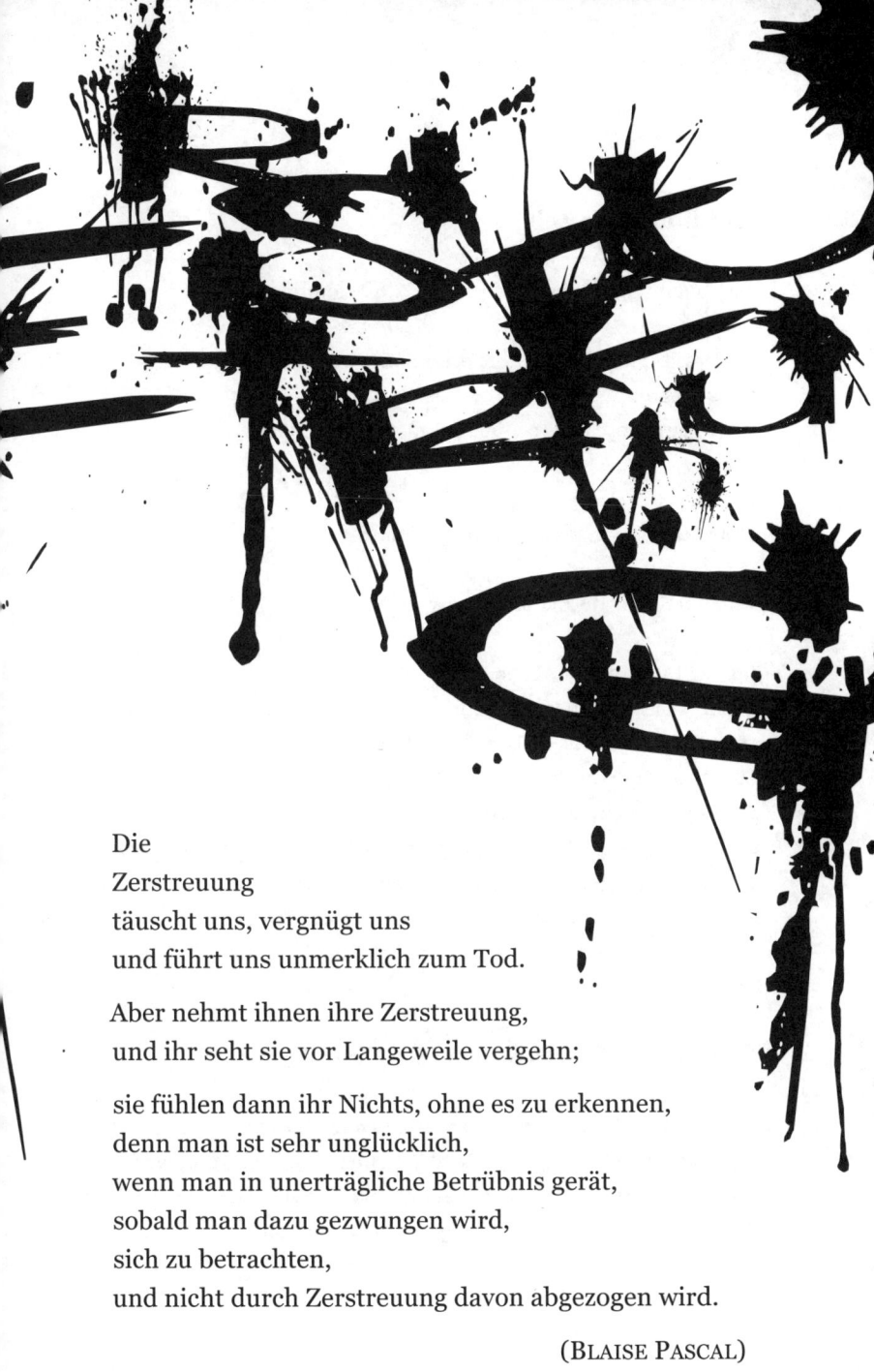

Die
Zerstreuung
täuscht uns, vergnügt uns
und führt uns unmerklich zum Tod.

Aber nehmt ihnen ihre Zerstreuung,
und ihr seht sie vor Langeweile vergehn;

sie fühlen dann ihr Nichts, ohne es zu erkennen,
denn man ist sehr unglücklich,
wenn man in unerträgliche Betrübnis gerät,
sobald man dazu gezwungen wird,
sich zu betrachten,
und nicht durch Zerstreuung davon abgezogen wird.

(BLAISE PASCAL)

a) Kinder der Zeit

Tagebuch von Bernadette Jurow, 21. Dezember 1992:

Ich wette, es ist schon anderen vor mir aufgefallen
dass Leben
wenn man es in der Rückschau betrachtet
Nebel
ergibt.
Aber kann man etwas dagegen tun?

Tagebuch von Bernadette Jurow, 26. Dezember 1992 :

Ich will mich verlieben.
  Ich will mich verlieben so heftig, dass ich alles andere vergesse, alles hergeben kann, was ich besitze, alles aufgeben kann, was ich jemals plante. Ich will so heftig lieben, dass mir Blut aus den Poren schwitzt. Wo ist der Mann, die Frau, der/die alles von mir fordert? Der/die die ganze Bernadette will und braucht, und nicht nur meine Worte oder meine Taten oder meinen Körper? Was muss ich tun, um zu finden? Inserieren? Wo? In der Hölle?

Tagebuch von Bernadette Jurow, 28. Dezember 1992 :

Ich hasse die Art, wie jeder meiner Einträge in letzter Zeit mit einer Frage endet. Ich hasse mich, ich hasse das Leben, und dich, du Vertrauen und Verstehen heuchelndes Tagebuch, dich hasse ich ganz besonders.

Bernadette war Schauspielerin.
Sie war von kleiner Statur, schmal und feminin, und ihr langes schwarzes Haar brachte ihre orientalischen Augen und sinnlichen Lippen auf eine Weise zu leuchtender Geltung, die es Männern im Allgemeinen schwermachte, ihr etwas abzuschlagen. Ein melancholischer und im Großen und Ganzen vollkommen unfähiger Poet aus der Social-Beat-Tradition, inklusive ringewerfendem Bauchansatz und phlegmatischen Bewegungen, hatte sich unsterblich in sie verliebt, war ihrem hochhackigen, verrückt machenden Gang wochenlang gefolgt, dann ungefragt und ungeduldet zu ihr gezogen und schrieb ihr nun kleine Stücke auf den Leib. So spielte sie hier, in Berlin, in Off-Off-Off-Boulevardtheatern in Kreuzberger Hinterhofetagen oder Live-Show-Kellern an der Lietzenburger, spielte im »Salmonellentango« die Sklavia – und musste sich dabei Abend für Abend mit einem lispelnden Möchtegernburgschauspieler duellieren – balancierte in »Königin der Teilbarkeit« neunzig Minuten lang nackt auf einem großen Ball und schrie dilettantische Monologe aus sich heraus, bis sie vor Schmerzen anfing zu zittern. Die Königin hatte im Durchschnitt sieben Zuschauer, die sich auf den fünfzig Sitzen großzügig verteilten und nur zu lachendem Leben erwachten, wenn Bernadette vom Ball rutschte und klatschend hinfiel. Vierzehn gierige Augen hingen dann an ihren Schamlippen wie Fliegen an einem Honigstreifen, und Bernadette ließ sie lächelnd dort verenden.
Sie war Exhibitionistin, irgendwie, aber eigentlich nicht für die schläfrigen Intellektuellen in ihren schwarzen Rollkragenpullovern da unten oder die hornbebrillten, kurzhaarigen Studentinnen. Bernadette hatte mehr übrig für schwitzende Bauarbeiter, unter deren Gerüsten sie herumstrich, oder die präejakulative Aufladung eines Headbangerkonzerts, oder Gruppen von muskulösen Jugendlichen auf der Suche nach einem guten Kampf, einer schönen Frau oder einem heroisch ertragenen Tod in den abendlich flackernden Straßen der Stadt. Sie war bereit, ihre Seele in die Waagschale zu werfen für einen wirklich aufregenden Kick, aber niemand schien mit so einem entschiedenen Angebot etwas anfangen zu können. Niemand war ihr gewachsen.
Und so hatte sie an den meisten Tagen das Gefühl, dass ihr Körper von einer engen Latexschicht umgeben war,

die sich schmerzhaft zusammenzog, wenn sie sich bewegte oder streckte. Niemanden, den sie berührte, berührte sie wirklich, niemand, mit dem sie sprach, konnte sie richtig verstehen.

Bernadette war einsam, ihr Körper schrie um Hilfe, ihr Geist tanzte in den Scherben der Hysterie.

Arne, der Schreiber, der so viel Rotwein trank, dass selbst seine Pisse rot war, hing dauernd in ihrer Wohnung herum, nervte sie mit seinem unausgegorenen Welthass und wollte dauernd vögeln. Er war nicht wirklich eine große Hilfe, tippte pro Woche ein paar Zeilen seines »großen Romans« weiter und versprach ihr fast täglich, dass er noch ein Stück für sie schreiben würde, das sie so berühmt machen würde wie Edith Clever oder Valeska Gert oder wer auch immer. Wenn sie ihn dann fragte, wie das Stück denn heißen würde, sagte er nur immer leise »Ich liebe dich« und machte dabei ein so mieses Gesicht, dass sie ihm einmal ein Brotmesser dicht an den Nieren vorbeischraubte. Als er danach auf den grauen Fliesen saß und mit seinem eigenen Blut ihren Namen an die Spüle schrieb, empfand sie das erste Mal überhaupt so etwas wie Respekt für ihn, aber Liebe, echte Liebe konnte das nicht sein. Er war ein Versager, und sie war ein nocturner Engel, und sie blieb bei ihm nur aus Verzweiflung.

Sie führte Tagebuch, etwas, das sie seit ihrer Kindheit nicht mehr getan hatte. Es war ein kleines, rotes Monument des Hasses, das nur ihr gehörte und das ihr ein wenig half, so wie Bullrichsalz einem hilft, wenn man sich überfressen hat. Sie schrieb Tötungsphantasien hinein und malte hässliche Skizzen von Foltern. Sie hatte Ideen, was Sex anging. Pferde spielten eine Rolle und Blut, blutende Pferde dann auch, inspiriert von dem Pferderipper, den sie nie schnappten. Der Eintrag darüber, wie sie Arne während des Fickens töten würde, war sechs Seiten lang. Eine Stacheldraht-und-Säure-Phantasie über ihre aller Kleidung und Vererbbarkeiten beraubten gutbürgerlichen Eltern reichte nur für drei.

Einmal, gegen fünf Uhr morgens im Dezember, zerbiss Bernadette in einer Bar einem Fremden beim Küssen die Lippen, schlürfte Blut und Hautfetzen in sich hinein und liebte für lange Sekunden sein Schreien.

Ihr Tagebuch war scheiße, und sie hasste es.
Sie hasste jede Art von Phantasie. Sie hasste Arne so sehr, dass es ihr fast kam, wenn sie ihn sah.

Das half ihr über Weihnachten hinweg. Danach wurde alles schlimmer, denn der erste Januar des Jahres 1993 brachte grausam lächelnd mit sich den unabwendbaren Vorschatten ihres dreißigsten Geburtstages.

In ihrer Not wandte sie sich an Arne, fragte ihn um Hilfe und Rat wie ein kleines schüchternes Mädchen, und er versuchte sie zu trösten, indem er ihr sagte, dass er sie auch noch als Leichnam vögeln würde, aus dem die Würmer quollen und bei dem das Fleisch faserig aufbrach. Sie lachte schrill und ging rückwärts von ihm weg bis fast ganz aus dem Fenster, aber so zwischen den Mülltonnen im Hinterhof wollte sie dann doch nicht sterben.

Der Winter ging, die scharfkantige 30 kam, und gar nichts sonst passierte. Überall fielen ihr die Tempo-30-Schilder an den Straßen auf, die Fernsehserie *thirtysomething* berührte ihr Herz und brachte sie zum Weinen, sie legte dreißig weiße Rosen auf das Grab einer Frau, die ihren Vornamen hatte, und starrte in das Gesicht von Rentnerinnen, auf der Suche nach dem Schmerz, der Agonie des Zerfalls, aber da war nichts, nichts zu finden, alles ging seinen Gang, ging langsam, schlurfend vorwärts, nichts regte sich noch über irgendwas auf, die Polkappen schmolzen noch nicht und rissen noch nicht alles in die Fluten.

Die Vormittage vor den Proben verbrachte sie im Zoo, bei den Zebras und den Przewalskipferden, und in der Deutschlandhalle war ein großes Springturnier, wo sich die Pferde mit klebrigen Tränen in den Augenwinkeln über Doppeloxer und Dreifachkombinationen schinden mussten. Bernadette träumte von kopulierenden Zebras, deren Schwarz und Weiß sich so ineinanderscheuerte, bis eines weiß und das andere schwarz war und beide somit auf ewig getrennt. Splatterpunkstories in hastig vermarkteten Anthologien waren das einzige Medium, das sie noch interessierte.

Eines Abends im April kam sie von einer Probe, die sie wegen Herzrasens früher als sonst verlassen hatte, nach Hause und ertappte Arne dabei, wie er sie mit ihrem Tagebuch betrog. Er lag auf dem Fußboden, las ihre innersten Träume und onanierte dabei. Sie leerte den Mülleimer über ihm aus, schrie wie von Sinnen, schüttete Fertigsuppen-, Backmischungs- und Puddingpulver über sie beide, zerrte seinen Kopf in den Gasofen, ließ das Gas an, schlüpfte zu ihm nach Dachau und liebte ihn wie nie zuvor, wild und tödlich und Tier bis zur totalen Erschöpfung, bis ein Nachbar sie fand und beide wegen Gasvergiftung ins Krankenhaus kamen. Bei einer Blutentnahme nuckelte sie lächelnd an ihrer eigenen Kanüle, den Kreis geschlossen, autark.

Arne und sie waren einander näher danach. Bernadette entwickelte auch wieder Phantasien, träumte davon, Arne zu bumsen, ihn dann zu töten, ihn dann noch einmal zu bumsen und ihn dann für immer zu verlassen. Sie brachte es zwar nicht über sich, seinen gelben Hühnerhals durchzuschneiden, aber es belustigte sie, wie nahe er jeden Tag dem Sterben war, und sie verliebte sich früher oder später sowieso in jeden, der sie zum Lachen brachte.

Es war Arnes Idee, basierend auf einem der Einträge in ihrem Tagebuch, ein Inserat im HAPPY WEEKEND zu lancieren. Das war dann, im Sommer '93, der Anfang des Rudels.

Das Rudel.

Das war eigentlich nicht der Name, den Bernadette ursprünglich vorgehabt hatte. *Die Herde* oder *Die Koppel* wäre ihr lieber gewesen, aber irgendwie wirkten fünf nicht wie eine richtige Herde, und Rudel klang auch aggressiver, klang nach Werwolf, hatte noch mehr Potenzial. Rudel war auch genau die richtige Richtung. Sie waren Täter, keine Opfer, Jäger, nicht Gejagte. Drei Männer und zwei Frauen.

Der Erste, der sich meldete auf das Kontaktinserat, in dem es um nicht mehr als völlig tabulosen Gruppensex ging, war Dirk-Daniel Gester. Er wohnte anfangs nicht in Berlin, sondern in Leipzig, wo er als Wessi in einer Wessi-Anlageberatungsfirma arbeitete, die den triefnasigen Ossis das Geld aus der Tasche schwatzte. Sein Arbeitsalltag bestand darin, Anlageprofile potenzieller Kunden zu entwerfen, diese dann von der Notwendigkeit investitionistischer Zukunftssicherung zu überzeugen und per Follow-up nie mehr vom Haken zu lassen.

Der soziale Auftrag, mit dem Gester seine Tätigkeit ehedem bemäntelt hatte, war schon längst einer hohlen Luxussucht gewichen, und wie so viele, deren Lebenslinien keine wirklichen Ausprägungen mehr zu versprechen schienen, versuchte er es erst als Teilnehmer an gut durchorganisierten sogenannten »Survival-Tours« in Hinterburma und den Anden und strandete schließlich im HAPPY WEEKEND. Gester war stämmig, mittelgroß, hatte eine hohe, glänzende Stirn, trug eine bunte Brille auf seinem Stupsgesicht und hielt seine Muskeln künstlich im Fitness-Studio intakt. Sein Gesichtsausdruck war, besonders während sexueller Betätigungen, geradezu brechreizerregend schlaff, aber er hatte einen schönen, sehr großen Schwanz, den er mit fast mechanischer Ausdauer zu führen verstand. Im Laufe des Jahres zog er dann nach Berlin, arbeitete für die Zweigstelle dort, solange er noch konnte. Der Grund seines Umzugs war Sonja.

Sonja Zimmermann und Guido Schnade. Was für Allerweltsnamen. Was für lichtlose Leben. Aber sie perfektionierten das Rudel. Sie waren das *beautiful couple*, das zweitgrößte Wunder, das Bernadette und Arne jemals zuteil wurde. Sonja und Guido kamen gemeinsam ins Rudel, denn Sonja und Guido waren ein Paar.

Ihre Körper waren unglaublich schön. Sonja mit ihrem brünetten, keck kinnlangen Haar, den perfekten Brüsten, den frechen Augen, Guido war blond, mit flaumigem Schnurrbart, halbwachen grauen Augen und dem Körper einer römischen Statue. Wenn sie den Mund aufmachten und redeten, fing ihr Zauber ein bisschen an zu riechen, denn beide hatten diesen sächsisch-berlinerischen Akzent, den die Wessis durch die DEFA-Synchronisationen zu hassen gelernt hatten, aber solange sie schwiegen und ganz Körper waren, waren sie perfekt. Hemmungslose, willige und wissbegierige Fickmaschinen. Sonja war Fachverkäuferin in einem Spielwarengeschäft, noch heute stolz auf ihre Ausbildung und die Tests dabei, Guido war Dachdecker. Sie waren dauernd, unendlich, im Begriff zu heiraten.

Natürlich verliebte sich auch Arne in Sonja. Es war unmöglich, sich nicht in sie zu verlieben, wenn man sie einmal beim Orgasmus erlebt und gespürt hatte, selbst Bernadette konnte sich dem nicht verschließen. Dass alle, alle Mitglieder des Rudels – selbst Arne – jünger waren als Bernadette, machte ihr schon zu schaffen. Aber da draußen, da weit vorne gab es für Bernadette eben nur noch einen Weg zu werden: die Anführerin, die Leitwölfin des Rudels. Die den Pfad bestimmte. Spuren hinterließ. Der man folgte, hinein in einen brüllend hellen Rausch der Raserei.

In die Zeit der ersten, noch tastenden, noch bekleideten Zusammenkünfte des Rudels fiel die Veröffentlichung von Arne Wohnhirts »erstem großem Roman«. Der Titel des Werkes war *Besorgnis über Misshandlungen in Westeuropa*, und es erschien in einer Auflage von 1800 Exemplaren bei einer unabhängigen Treptower Verlagsdruckerei. Im Grunde genommen war es ein kleines, erbärmliches Buch, genau die Art von Misshandlung, die der Titel enthielt, aber anders, als Arne das beabsichtigt hatte. Er hatte einfach, beeinflusst von Bernadettes Splatterpunk-Lektüren, angenommen, dass man mit einer unzusammenhängenden Anhäufung von Gewalt, Obszönitäten, Pornographie, Blasphemie und Horror-Schocks in den marktgesättigten 90ern noch am ehesten zum kommerziellen Durchbruch kommen könnte, und sich dabei gehörig verrechnet. Oder aber seine Rechnung war richtig und nur sein Talent einfach nicht vorhanden. Jedenfalls schaffte nicht einmal Bernadette es, dem Buch auch nur den mindesten Kitzel abzuringen, die neu gewonnene Position als »Veröffentlicher« und »Kommender Mann« jedoch erlaubte es Arne, beim Rudel stolz und gewichtig aufzutreten. Irgendwelche wahllos umherverschwendeten Stipendien im Fahrwasser des »Babyficker«-Skandälchens würden sich mit Sicherheit demnächst an Land ziehen lassen, und der heruntergekommene Jurow-Wohnhirt-Haushalt konnte somit das Budget für die Anschaffung bizarrsexueller Accessoires erhöhen.

Trotzdem war die erstaunlichste Erfahrung, die das Rudel im Laufe des kommenden Halbjahres machte, die, dass sich sexuelle Variationen erschreckend schnell erschöpfen.

Nicht, dass es nicht eine extreme Zeit gewesen wäre.

Sie probierten alles aus und taten alles miteinander und an allen erdenklichen Orten. Bernadette hatte schon immer die sogenannten Sadomasochisten verachtet und verspottet, die so clean und bieder darauf achteten, dem anderen ja nicht wehzutun, ja keine Grenzen zu überschreiten, dass sie in der Gerngesehenheitshierarchie des Talkshowwesens schon sehr schnell von den ersten verschämten Nachmitternacht-Outings Richtung familienkompatibles Kinderprogramm gerutscht waren. Diese Leute fürchteten im Grunde nichts mehr, als als anormal bezeichnet und gesellschaftlich nicht anerkannt zu werden, genau wie die Schwulen oder die Ausländer. Im Rudel dagegen sollte mit der Gesellschaft gebrochen werden. Grenzen wurden nicht nur überschritten, sondern regelrecht gesprengt, das war integraler Bestandteil der Gesamtidee. Sonja wurde einmal derart hart gefoltert, dass sie danach zwei Wochen krankgeschrieben werden musste, aber sie liebte es und verlangte mehr. Dirk-Daniel lebte seine bisher verborgen gehaltene Tendenz zur Koprophagie in immer neuen Variationen immer heftiger aus und steckte damit phasenweise auch die anderen an. Anfangs wurde die gesamte Wohnung von Bernadette und Arne noch mit Plastikfolien und roten und schwarzen Polykunststofflaken ausgekleidet, damit nichts mehr Flecken hinterlassen konnte und alles spontan erlaubt war. Später wurde es dann reizvoller, auf nichts mehr Rücksicht zu nehmen und die Einrichtung dauerhaft und grob zu verschmutzen. Nachdem Dirk-Daniel nach Berlin umgesiedelt war, zogen Bernadette und Arne zu ihm, und die ursprüngliche Wohnung wurde jetzt nur noch zu Zwecken der Ausschweifung aufgesucht und dementsprechend umgestaltet. Bisexualität wurde ein genauso überkommenes und verlachbares Konzept wie der Blümchensex der Bürgerlichen. Sie waren fünf Personen, fünf Körper, fünfmal Sexus, und so wurde dann auch jeder von ihnen quintsexuell.

Aber der menschliche Körper hat nun mal nur eine begrenzte Anzahl von Körperöffnungen und -funktionen, und die Variationsmöglichkeiten von fünf in fünf potenzieren sich auch nicht gerade in schwindelerregende Höhen, und obwohl der Markt dafür groß genug ist, um mehreren miteinander konkurrierenden Hilfsmittelfabrikanten das Reichwerden zu ermöglichen, erschöpften sich schon nach etwa sechs Monaten die Ideen und Innovationen zu einer für alle Beteiligten quälenden Routine. Drogen kamen ins Spiel, die den Hormonen noch einmal ganz neue Kräfte wiesen, aber mit je mehr Chemie und Plastikschläuchen die verschwitzten, klebrigen Leiber inwendig aufgepumpt wurden, desto exponentieller stieg auch die Bereitschaft zum Überdruss und die weinerlich verzweifelte Hetze nach Neuem. Die Orgasmen waren ein nadelspitz verzücktes Taumeln in den Gummiparadiesen einer Kontra-Anti-Extrawelt, die Zeiten danach und dazwischen nur verzogenes Ersaufen in der Breisuppe der Realität. Alles war wahr und nichts von Belang. Hunger wuchs.

Zugriff auf Medien hieß der nächste Schritt. Tekkno war am naheliegendsten. Die hochgedrillten entrhythmisierten Beats bar jeglicher organischer Komponente, ohne Raum und ohne Entwicklung, peitschten die rotverschwitzten Leiber in- und übereinander, bis Orgasmen durch das Erbrechen von Sauerkrautsaft angekündigt wurden. Später entdeckten sie Ambient, und die meditativen Elemente, die zum Chill Out gedacht waren, wurden Soundtrack zum Exzess. Parallel dazu wurden Arnes Beziehungen zur fetischistischen Undergroundszene von Nutzen. Pornovideos von zunehmend unterthekigem und illegalem Inhalt, leider meistens unscharfer und verwackelter Echtzeit-Snuff aus Thailand und Brasilien, den neuen Vorgärten des Kannibalismus, und delikate Kinder- und Babyvergewaltigungen aus dem Ruhrgebiet, unfreiwillig komisch, wenn die Akteure ihre Lust artikulierten. Es entstanden einige veralbert-kichernde Strangulationschoreographien, es gab ein echtes hochgepitchtes Messerduell zwischen Arne und Guido, bei dem der asthenische Schreiber von dem athletischen Handwerker vor der lachenden Sonja gedemütigt wurde; ein Wochenende mit sämtlichen Folgen der *Gesichter des Todes*-Serie wurde zu einer spaßigen Nachspiel- und Imitationsshow unter Bernadettes eiserner Regie. Arne hatte einen lallenden Geistesblitz, als er verlauten ließ, dass AIDS nichts anderes bedeutet als »Aggressiv Intestinale Dildo-Strafe«, und daraufhin jeder begierig war, diese herrliche Form von AIDS zu bekommen. Sie sprachen dann nicht mehr, schrien, grunzten und stöhnten nur noch, die Rückkehr in einen wie auch immer gearteten Alltag wurde immer schwieriger, schließlich unmöglich. Dirk-Daniel verlor seinen Job, als er beim Gesprächstermin mit einer attraktiven Fünfundvierzigjährigen extreme Fragen über ihr koitales Verhalten in den Katalog mit einflocht. Sonja und Guido entwickelten Mechanismen der Adaptation. Die Veränderungen begannen. Keine Überblend- oder Morphingtechniken, auch nicht Rick Bakers maskenbildnerische Kunstfertigkeit hätten die Nuancen zu erfassen vermocht. Dies war kein beliebiger Horror, dies waren Folgerichtigkeiten. Der Winter zwischen '93 und '94, jenes seltsam laue Niemandsland aus weder Zeit und keiner Richtung fräste die ersten wirklich roten Tropfen ins schmutzige Weiß.

Allen war klar, dass eine Veränderung erfolgen musste.

Alle Räume/Innenräume waren bis in den letzten Winkel erforscht, man prallte nägelkreischend gegen verschlossene Türen, die Junkie Doodle Dandies schrien nach Schlüsseln, nach Steigerung. Mehr.

Abgestandenheit durchmarmorte zittrige Turkeys, man dachte nach. Die besessen zu Sonja entbrannte Liebe Arnes und Dirk-Daniels wurde zum kommunikativen Problem. Bernadette schlidderte pirouettierend ins Abseits, und kalt lächelnd fing Guido sie ab, er, den sie niemals wirklich für voll genommen hatte, entpuppte sich zur wunderbaren Schmetterlingsbestie. Er formulierte den Bestand: Alle Kombinationen der Fünfeinigkeit waren durchliebt. Er formulierte den Weg: Andere mussten mithineingezogen werden in den sekretierten Kreis. Andere. Menschen oder Tiere.

Man machte eine Exkursion. Nach Westfalen, zu einem Gestüt, von dem man wusste, dass einer der Pferdepfleger solvente Kundschaft in die Deckscheune ließ. Man schaute den Pferden beim Ficken zu, Bernadette wurde vor Gier fast schlecht. Aber dann passierte das Merkwürdige. Die Gelegenheit war da, Dirk-Daniel bezahlte, was es kostete, wenn sich eine Frau von einem Hengst decken lassen wollte, und Bernadette kniff. Sie fürchtete sich, weniger vor dem abstrakt langen Organ, als vielmehr vor dem Tier selbst. Sie hatte das deutliche, beängstigende Gefühl, die atavistische Grazie des Hengstes nicht ertragen zu können. Sonja war schließlich bereit dazu, zog sich aus, streichelte den aufgeputschten Hengst, aber Dirk-Daniel riss sie zurück, schlug sie, während Guido fasziniert zusah. Das erste Verbot war ausgesprochen, die erste unverrückbare Grenze errichtet. Keiner von ihnen wollte es mit Tieren tun. Blieben andere Menschen. Aber würde das nicht auch immer nur auf dasselbe hinauslaufen? Auf dieselben gelben und braunen und weißen Ergüsse, dasselbe fleischige Winden, selbst wenn man andere Hautfarben nahm?

Die Videos hatten nach ihrer anfänglichen Stimulation auch eine gravierende Ernüchterung zur Folge: Nichts war mehr wirklich neu, wirklich exotisch. Bei einem Mailordervertrieb in Kansas konnte man Cassetten bestellen, auf denen Fotomodelle es mit Stieren und Schweinen trieben, zum Teil sogar, während diese Tiere geschlachtet wurden, wirklich, in allen Details. Wenn ein tragfähiger Markt dafür da war, wenn es so etwas schon zu kaufen gab – wie konnte es dann weit draußen sein? Nicht nur für Dirk-Daniel gab es mittlerweile nichts Ekelerregenderes mehr als Dinge, die man kaufen konnte.

Wieder war es Guido mit den Asphaltaugen, der die Lage zusammenfasste:

»Wenn dich käufliche Sachen ankotzen, warum tötest du dann nicht Nutten?«

»Nutten? Töten? Ich weiß nicht ...«

»Wir müssen uns halt einfach mal entscheiden. Solange wir nur in unseren eigenen vier Wänden und ab und zu im Wald und auf öffentlichen Scheißhäusern verbotene Dinge treiben, solange kratzen wir keinem wirklich am Lack. Wir sind im Grunde immer noch Spießbürger, die ganz genau auf die Gesetze achten. Harmlose Vergnügungstouristen, nichts weiter.«

»Aber ... töten ist doch auch nichts Neues. Überall wird's gemacht, jeden Tag. Und wir selbst haben's auch schon oft genug gesehen, ob in der Tagesschau oder in den Snuffs. Wo soll denn da der Kick sein?«

»Du hast einfach überhaupt keine Ahnung. Tod sehen und Tod bringen, das ist 'n Unterschied wie ... wie zwischen 'nem Pornoheft lesen und selber ficken. Das ist 'ne scheiß ganz neue Dimension, Dirk.«

»Ja, weißt du denn, wie man's macht?«

Guido lächelte. »Kann auch nicht schwerer sein, als auf einer Dachschräge Schindeln zu legen.«

Somit war es ausgesprochen, formuliert, der Gedanke war da, und wenn man ihn verdrängen wollte, maskierte er sich einfach und tauchte hinter einem wieder auf.

Bernadette fing wieder an, Tagebuch zu schreiben. Die eintönige, ballaststoffreiche Kost, die sie alle zu sich nahmen,

um möglichst viel ausscheiden zu können, versetzte sie langsam in einen entrückten Zustand der Körperentfremdung. So gab es zwischen dem überall durchschwappenden Überdruss auch Phasen von entzückender Euphorie, ein unbremsbares Gefühl, trotz aller Fehlschläge das Richtige zu tun.
Mein Körper nur noch Maschine,
schrieb sie,
alle Reflexe, alle Muskelkontraktionen und
-konvulsionen zunehmend mechanisch, genau steuerbar,
regelbar, Finetuning meines Leibs. Wo gehen wir hin?
Wohin kommen wir langsam? Ist das nicht die tollste,
weil radikalste, Schauspielschule aller Zeiten? Method
Acting der Sonderklasse? Werde dick, werde dünn, pupse,
kriege Damenbart, ein Kind – in Minuten, auf Befehl,
Instant-Muss-mal im Akkord. Mein Körper ein Werkzeug,
die Lust immer weiter teilbar, endloser Weg wohin?
MEIN GOTT IST DAS SCHÖN. Wir werden hier wirklich Zeugen
einer Genese, Homo novus, Homo atomus, kosmos. Guido
Geliebter ohne Gefühle wirst du mein Mann sein? Besser:
Wo Mann und Frau aufhören, Mann und Frau zu sein, ist
Ewigkeit. Dafür ist alles erlaubt, alles, alles, alles,
alles, alles, alles, alles. Warum sollten wir anfangen
wie Kinder
Hunde oder Katzen zu töten
wenn wir gleich
Menschen
nehmen können?

Auf intellektueller Basis war da kein Herangehen möglich. Natürlich hätte man einen Obdachlosen wegtöten können, dafür wäre ihnen der Rest des Landes sogar noch dankbar gewesen, aber die Nichtvermissten waren viel zu hässlich, es gab nicht einen Einzigen unter ihnen, dessen Gesicht nicht gedunsen, dessen Äderchen nicht geplatzt, dessen Zähne nicht schimmlig und dessen Atem nicht Faulgas war.
Nein, Guido hatte vollkommen recht gehabt, hatte es entweder von Anfang an vollkommen durchblickt oder heim-

lich schon lange von nichts anderem mehr geträumt: Nutten waren ideal. Und wenn man langsam an ihnen vorbeifuhr, im warmbeschlagenen Audi, wie sie draußen in der beißenden Kälte der Nacht in ihren engen Lackpants auf dem Autostrich barmelten, mit humpelnden Stöckelschritten nach getaner Arbeit wie Fallobst von den LKW-Türen herabtropften, die billigen Gesichter zum Heulen geschwollen, unstillbare Daumenlutschreflexe mit Zigaretten überbrückt und in Training gehalten, konnte man wirklich das Gefühl bekommen, dass es sogar das Beste für sie war, erlöst zu werden.

Guido und Arne führten es durch. Das Opfer sagte, ihr Name sei Chantal, das war bestimmt gelogen, aber auch nicht weiter wichtig. Sie war die Hübscheste, die sich in dieser Januarnacht zu ihnen hineinbeugte und lächelte, und sie boten ihr so viel Geld, dass sie fast stutzig wurde. Keiner von ihnen dreien war halt ein Profi, sie alle waren nervös. Es wurde ein hässlicher, schmutziger Mord, bei dem Chantal mit ihren weißen Stiefelchen fast das Autodach durchtrat, aber glücklicherweise hatte Guido die Kraft. Als sie an der Rudelhöhle ankamen, hatte er schon Chantals Zunge gegessen.

Sie tobten sich lange an dem Leichnam aus. Dirk-Daniel, der zuerst vor dem Mord zurückgeschreckt war, weinte vor Glück, als er Chantals Inneres erkunden und verwenden durfte, wie es ihm gefiel. Teile Chantals wurden gebraten, was nicht einfach war, denn sie waren erstaunlich fett, aber mit Basilikum schmeckten sie nicht schlecht.

Es war eigentlich pathetisch: Da dies ihr erster Mord war und sie anfangs noch nicht so richtig davon ausgingen, dass es noch mehrere geben würde, vernutzten sie Chantal wirklich auf jede erdenkliche Weise, fast panisch darauf bedacht, ja nichts auszulassen oder zu verpassen. Die Haare, die Knochen, einfach alles war irgendwie verwendbar, und selbst als das, was dann noch von dem Mädchen übrig war, langsam anfing zu verwesen und zu brüten, wurde es noch zu einer ganz besonders aufregenden Mutprobe, auf dem Leichnam liegend zu kopulieren. Erst nachdem Bernadette sich mit Chantals Verwesungssekreten am ganzen Körper eingerieben hatte und einen ganzen Tag lang so – den Gummianzug unterm Mantel verborgen – durch belebte Großkaufhäuser promeniert war, fiel keinem mehr was ein. Die Überreste passten in eine einzige Plastiktüte aus dem Supermarkt und landeten im Müllcontainer eines Hauses zwei Straßen weiter.

Es war wunderbar gewesen, und jetzt war es vorbei. Eine neue Leiche musste her, aber man konnte sich nicht einigen. Arne wollte eine Chinesin oder eine Ballerina, Guido eine Schwarze, Dirk-Daniel eine Dicke und Bernadette und Sonja wollten einen Mann. Sonja sagte sogar, er solle aussehen wie Mel Gibson.

Das war zu viel, zu viel auf einmal. Jetzt kehrte erst einmal Ruhe ein. Für eine Woche. Die trügerische, lefzengebleckte Ruhe jagender Wölfe.

Dirk-Daniel hatte seinen Job schon verloren, jetzt war Sonja dran. Sie war an einem hellichten Mittag über einen kleinen Jungen, der mit seiner Mutter zum Geschenkeumtauschen gekommen war, hergefallen, hatte ihm die Hose runtergerissen und seinen winzigen Penis in den Mund genommen. Sie kam gerade rechtzeitig wieder zu sich, um sich dem Zugriff der Bullen durch Flucht zu entziehen.

Aber das machte ja nichts. Sie wurde gesucht? Prima, dann musste sie jetzt also Tag und Nacht im Rudelbau bleiben und war dort jederzeit verfügbar. Sie konnte kein Kapital mehr ranschaffen? Egal, Arnes künstlerische Auswürfe verkauften sich jetzt glänzend, Arne war in der Produktivform seines Lebens. Das ganze Rudel konnte von ihm zehren.

Überhaupt war der gesellschaftliche Totalausschluss eine tolle Idee. Sie waren jetzt schon fast alle völlig frei und unabhängig, nur Guido zappelte noch in den subtilen Treibnetzen der 9-bis-5-Welt. Aber auch er hatte überhaupt keine Probleme damit, seine Anstellung loszuwerden. Er stieß einfach seinen vorgesetzten Meister vom Dach, einen fast kahlköpfigen Vierschröter mit einer unglaublich lauten Stimme, den er ohnehin nie hatte ausstehen können. Guido machte es geschickt, Guido machte es wasserdicht, er ließ ein paar Schindeln hinterherrutschen, schlidderte selbst auf dem Bauch bis fast zur Traufe und schrie und heulte dabei zum Gotterbarmen. »Ich konnte ihn nicht halten, mein Gott ... ich habe es versucht, aber ich konnte ihn nicht festhalten!« stand denn auch am nächsten Tag in schwarz und rot auf Seite sechs in der BZ, daneben

Guidos schönes, verzweifeltes Gesicht. Ein Held war er, ein tragischer, düsterer, ganz wie es ihm vorgeschwebt hatte. Vorgeblich trauernd, Mitgefühl erregend unter einer Dachdeckerversion von Post-traumatic Stress Disorder leidend, quittierte er seinen Dienst, und die Ausfallprämien und Arbeitsunfähigkeitsvergütungen investierte das Rudel in eine zweitägige Pissparty und eine zweite Exkursion.

Sonja hatte in einer Yellow-Press-Gazette einen so auffällig unbebilderten Artikel über die Schwerstverbranntenzentrale Köln-Merheim gelesen, dass ihre Phantasie feuchte Schwingen entfaltet hatte, und da sie bald Geburtstag hatte, süße 22 wurde, tat ihr das Rudel die Liebe.

Sie fuhren hin und durften natürlich nicht rein, das war ihnen allen von vorneherein klar gewesen – sie waren ja nicht blöde –, aber die Beamten und das Wachpersonal dort waren es, denn sie unterschätzten Guidos Kletterfertigkeiten enorm. Guido hatte mal Freeclimbing gemacht, als es noch wirklich trendy gewesen war, kurz nach der Wiedervereinigung. Es war seiner natürlichen Höhenveranlagung entgegengekommen, hatte ihn dann aber bald gelangweilt, weil es außer »oben sein« dort nichts zu holen gab, und »oben sein« hatte er ja auch in seinem Alltag zur Genüge gehabt. Er erreichte eines der Fenster im dritten Stock und ließ die anderen dann durch eine Feuerwehrtür ein. Es wurde ein wirklich bizarrer Trip. Ein bisschen zu viel für Dirk-Daniel, aber die anderen waren begeistert.

Allein der Geruch in den Korridoren. Eine unbeschreibliche Melange aus vielfältigen Pasten und Kühlflüssigkeiten und krustig gegrilltem Eiter. Die Geräusche. Zahnfleischlose Münder ohne Lippen und ohne Zunge, die versuchten zu sprechen und ihr Leid auszudrücken. Geschmolzene Stimmbänder, die aufgrund irgendwelcher Fehlleitungen bei jedem Atemzug summten und schnarrten wie Cellosaiten aus Bast. Und die Anblicke. Jesus Christus im Himmel – die Anblicke. Das war das Tollste daran.

Wesen wie aus einem Albtraum von Screaming Mad George, hier lagen sie atmend in Betten und starrten entweder aus großen, von allem umgebenden Fleisch und Lidern bereinigten Augäpfeln oder aus ausgedampften, fleischvertropften Höhlen den huschenden Besuchern entgegen. Hier drinnen begegnete das Rudel einer ganz neuen Definition von Leben. Es bedurfte einer gewissen Eingewöhnungszeit, um zu akzeptieren, dass das Ding dort, das überhaupt kein Gesicht mehr hatte und dessen gesamter Unterleib eine Art Lache von wächserner Konsistenz war, tatsächlich am Leben war, aber es zuckte, es reagierte auf Stiche mit einem Plastikkugelschreiber, es röhrte leise und versuchte mit von rohen Sehnen zusammengehaltenen Knochenärmchen, die Störenfriede zu vertreiben. Es war wie ein Spiel mit einer Art E.T. Auch die Kinder waren faszinierend, Fragmente von Autounfällen oder mit Spiritus entzündeten Sommergrillpartys oder unabgeschalteter Herdplatten. Einige von ihnen waren knorrig wie Holz, andere wiederum wassergefüllt und prall glänzend wie aus Gummi. Bei einem pulte Arne fasziniert borkige Hautfetzen von Münzgröße ab, und das Kind reagierte überhaupt nicht.

Was dem Rudel wirklich Schwierigkeiten bereitete, war, die Vielzahl der einströmenden Gefühlsregungen in eine anwendbare Form von sexueller Geilheit umzulenken. Sicher war es möglich, einfach aufgrund der Andersartigkeit und des Horrorkitzels, hier drinnen erregt zu werden, aber wenn man weinende Entstellte sah, die mit einem Spiegel in der Hand ihre täglich vorgeschriebenen fünf Grundmimiken übten, um später einmal mit Hilfe von plastischer Chirurgie und Gesichtsprothesen in die Gesellschaft wiedereingliederbar zu werden, fiel einem urtümliche Lüsternheit verdammt schwer. Sonja versuchte es trotzdem, zweimal, und beide Male schlugen fehl. Zuerst hockte sie sich untenrum nackt über einen Mann, dessen obere Gesichtshälfte nicht nur noch intakt, sondern aufgrund der Augen sogar attraktiv war, dessen Kiefergegend jedoch nur noch aus einem Loch im Hals bestand, das Guido leicht zuhalten konnte. Sie fingerte mit der Rechten in der blasigen Lendengegend des Mannes herum und musste enttäuscht aufgeben, als sie feststellte, dass da nichts mehr war. Beim zweiten Mal brach der Penis eines Totalverbrannten in ihr ab wie ein morscher Zweig, und sie musste so lachen, dass kein Mitglied des Rudels sich mehr richtig konzentrieren konnte. Mehrere Bedienstete wurden auf die Heiterkeit aufmerksam, und so verdrückte sich das Rudel wieder nach Berlin.

Etwas hatte sich verändert.

Nicht in Berlin, sondern in ihnen.

Obwohl ihnen das in Köln-Merheim nicht aufgefallen war, weil sie viel zu sehr damit beschäftigt gewesen waren, oberflächliche Gänsehaut und überkratzte Albernheit zu kultivieren, hatte die Begegnung mit den Napalm-Aliens etwas Tiefgreifendes mit ihnen angestellt. Etwas hatte sich verändert, fehlte.

Bernadette fiel auf, dass auf der ganzen Welt niemand Chantal vermisste. Auch wenn Chantal garantiert nicht ihr richtiger Name gewesen war, gab es auch keinerlei Vermisstenmeldungen im Blätterwald, die zu Chantals Körper passten. Sie war nur ein Pickel auf der bundesdeutschen Außenhaut gewesen, den das Rudel ausgedrückt hatte, und irgendein namenloser Schlepper und Zuhälter war jetzt wahrscheinlich sogar froh, dass er eine quäkende, essende Sorge weniger am Hals hatte. Das war schade. Bernadette bedauerte das Ausbleiben von Schmerz und Tränen da draußen. Etwas fehlte einfach.

Die Erkenntnis, was es war, überfiel Bernadette eines Nachmittags wie ein zerlumpter mittelalterlicher Bettler mit blitzendem Langmesser. Es war der Überbau, die Philosophie, der Weg, der fehlte. Sie waren bisher nur planlos vorgegangen, hatten gejagt und gewildert, wie ein Rudel jagte und wilderte, hatten gefickt und gekratzt und waren neuen Reizen hinterhergeschnuppert und -gestreunt, wie ein Wolfsrudel das auch getan hätte, aber sie waren eben keine Wölfe. Keine Bürger, keine Menschen, keine Tiere, keine Hunde, keine Raubkatzen – sie waren nichts, weil sie sich nie anders definiert hatten als einfach nur als das Rudel, und das war nicht genug. Das *Rudel WAS*?

Sie weckte die anderen, und sie sprachen darüber.

Arne schlug natürlich Leary vor und Jung und Castaneda und den ganzen Scheiß, und sie bekam Lust, ihn dafür mit Stahllinealen zu peitschen, bis sein Fleisch durch den ganzen Raum platzte.

Sonja hatte keine Meinung, fummelte nur schläfrig an Guidos Genitalien herum, der sich dem hingab und nicht richtig zuhörte.

Aber Dirk-Daniel verstand sie. Er leckte sich die Lippen, und sie balgten sich, atemlos lachend, sich beißend, hochtourig durchdrehend und sandspritzend wieder zu sich kommend. Sie liebten sich, sie wurden wer, wurden was, schufen sich eine Basis. Und die Basis durfte keinesfalls gewöhnlich sein, nicht nachvollziehbar, nicht wie Schwarze Magie zum Beispiel, die man in Schülerkreisen clearasilmüffelnd bestaunte, nicht wie Philosophie aus Büchern, die man kaufen konnte, nicht irgendein tantrisch-vedisch-indogermanischer Worthülsenmüll aus den Asservatenkammern der Menschheitsgeschichte. Sie wollten – Konsens – strahlen scheinen unsterblich sein, wollten – Konsens – anders sein als alle andern, wollten – Konsens – Lustlustlust gepaart mit Brutalität und Tod und Verwesung besonders dem *Bringen* von Tod und so klar ja so klar und so einfach war dann die Lösung – Konsens.

Hatten sie nicht alle den Geschmack Chantals geliebt?

Das weite Öffnen ihres Sexus im Augenblick des rasselnden Todes?

Die Unsterblichkeitsschwellungen beim Trinken ihres frischen Blutes?

Waren sie nicht Rudel? Jagten sie nicht? War nicht die Nacht ihr Heim?

So wurden sie denn Vampire und nannten sich auch so. Der Name Rudel passte weiterhin, als hätten sie's schon immer geahnt.

Und so begann es.

Mit einem völlig neu erwachten – und nichts war ja aufregender als das Neue – Gespür für die Zärtlichkeit der Poesie bestaunten sie mit großen Augen die bonbonbunten Geheimnisfilme von Jean Rollin, besonders *Fascination*.

Bernadette, die jetzt vollends die mütterliche Schönheit der Leitwolfigkeit ausstrahlte, weil sie es war, bei der der Vampirismus am heimatlichsten einrastete, entdeckte in einem Fachgeschäft für Rollenspiel- und Untergrundkultur das Regelwerk zu VAMPIRE, ein Rollenspielsystem für Erwachsene, mit einem unglaublich akribisch ausgearbeiteten Überbausystem für Vampirismus und dessen Begleiterscheinungen. VAMPIRE war erfunden und erträumt worden von einem Intellektuellen namens Mark Rein.Hagen, der auf reife Spieler hoffte, und, oh, wie sehr schrie all das doch nach der Vervollkommnung in Wirklichkeit. Bernadette gab ihrem Rudel mitternächtliche schwarzwachskerzige Lesungen aus diesem Werk, ihm entnahmen sie Begriffe wie »Slummen« (was das war, was sie mit Chantal gemacht hatten und was am leichtesten war im Wohlfahrtsstaat der Gegenwart – die Ernährung von Obdachlosen und Elenden), *Cauchemar* (was sie faszinierte und sie ausprobieren wollten – der Name für einen Vampir, der sich von schlafenden Opfern ernährt und sie am Aufwachen hindert), *Caitiff* (was sie waren – Vampire ohne Clan, auch wenn das unter Vampiren nicht hoch angesehen war, aber sie hatten keine andere Wahl, mussten ausgestoßen sein), *Golconda* (was sie nicht verstanden – das Gleichgewichts-Nirwana der Vampire, in dem Tierhaftigkeit und Menschsein einen Einklang bilden) und *Wassail* (was sie ersehnten – die endgültige, wahnwitzige Raserei des Irrsinns, die ewige Erlösung bringt). Sie verliebten sich so sehr in dieses Spielsystem, dass jeder von ihnen sich eine Blutlinie wählte und – sich entlang der Parameter des Charakterblattes hangelnd, so wie Dracula bei Stoker Wände abwärts kroch – sich seine Fähigkeiten und Zielsetzungen schriftlich erfassen und festzurren ließ, was Spaß brachte, Nörgeleien, auch Wut und Erkenntnis darüber, für wie gering die anderen einen einschätzten, was aber alles letzten Endes nur eine vorübergehende Erscheinung war, denn sie wollten VAMPIRE ja nicht spielen, sie wollten es leben und sein und eines Tages vielleicht den Verfasser per AirMail davon in Kenntnis setzen.

Auch die Comics, die Bernadette ja schon immer gern gelesen hatte, brachten Anhaltspunkte auf dem Weg zum Vampirismus. Elaine Lee's *Vamps* war nett und unterhaltsam, weil es rotzig war und feministisch und sexy und den Orgasmus zum integraler Bestandteil der Blutaufnahme machte. *Vampire L'Estat* dagegen war ein belangloser Abklatsch von Anne Rices unsäglich kitschigen Romanen, die sie wegen ihres kolportagehaften Konformismus und Barbara-Cartland-ähnlichen Massenappeals genauso ablehnten wie Coppolas harmlose Dracula-Retusche oder die ganzen dümmlichen Teenager-Vampirfilme.

Der wirkliche Hammer war *Nightvision* von David Quinn und Hannibal King, und dabei besonders das großartige Sonderheft im *Bad Blood*-Format mit der Geschichte von Bette Noir. Bernadette weinte heiße Tränen, als sie Bette Noirs Schicksal verfolgte, und sie hängte sich John Boltons Poster von Blythe in schwarzem Spitzen-BH und roter Latexhose übers Bett und war begeistert von der Idee des Be-Blythe-Contests. Ja, sie wollte Blythe sein, zu gerne, so perfekt, so sexuell, so modisch und so aggressiv, so trockeneisnebelkalt und schlagfertig bei jeder Gelegenheit und dennoch irgendwie auch leidend, missbraucht, auf der richtigen Seite der Ethik jagend. Bernadette liebte Blythe und Bette, konnte sich zwischen beiden, zwischen Viperdämonin und sterbender Möchtegernvampirin nicht entscheiden und blieb deshalb vorerst noch, wie sie war, aber allein die lyrische Höhe ihres Schicksals, die potenzielle erzählerische Größe und Tiefe des Vampirismus erfüllte sie fast mehr mit Glück und innerer Behaglichkeit als alle Orgasmus-Cluster der Vormonate. Mit einem Füllfederhalter, dessen kalte, harte Spitze sie immer wieder in einen Schnitt tauchte, den sie sich selbst in ihrer linken (Herz-)Brustwarze beigebracht hatte, schrieb sie ein Gedicht für den Be-Blythe-Contest, und das ging so:

> My Father was a vicious Ghost
> who loved the Rain and Hail
> My Mother was a boneless Whore
> Skin slimy like a Snail
> My Brother was a Drinking Man
> a Murderer of Priests
> My Sister died with acid Tears
> devoured by eight Beasts
> My Bridegrooms are the Skeletons
> that dangle through my Soul
> and I Myself am laughing
> with long Teeth black as Coal
> I keep some Hailstones by my Heart
> let Lovers eat my Slime
> My Killing Sprees are Works of Art
> and Weeping marks my Time
> My Bones are trembling all the Days

*with something sweet as Pain
and finally I love I love
the Hail, the Nights, the Rain*

Sie schickte es nie ab. Der Einsendeschluss für den Contest war gerade vorüber, sie hatte zu spät darauf geachtet. Außerdem gefiel ihr das Gedicht selbst nicht sonderlich. Englisch war nicht ihre Sprache, sie fühlte sich ein wenig unbehaglich darin und war sich nicht sicher, ob alles grammatisch richtig war, und da sie niemandem je das Gedicht zeigte, konnte sie auch keinen um Rat fragen. *Finally I love* landete zusammengefaltet wie eine schlafende Fledermaus zwischen den dunkel angelaufenen Seiten von Ray Gartons *Crucifix Autumn* und blieb dort auch.

Es gab bei *Bad Blood* auch noch einen merkwürdigen amerikanischen Vampirjägercomic, der in Berlin spielte, aber an ihm stimmte nichts – am allerwenigsten Berlin, das in Wirklichkeit aufgrund seiner Zerrissenheit und Multidimensionalität tatsächlich die Größe hatte, ein Elysium der Vampire zu werden. Dieser Comic kam folgerichtig über die erste Issue nie hinaus, und Bernadette vergaß auch seinen Namen schnell wieder (der Sugarvirus lautete).

Sie gewöhnten sich an Blut in den ersten Monaten des neuen Jahres, das die Leute da draußen mit dem komplizierten Namen *Neunzehnhundertxxxundneunzig* bedachten. Das heißt, sie gewöhnten sich daran, sich gegenseitig mit einem Nageltrimmerset die Adern zu öffnen und daran zu suckeln und zu schlotzen wie in einer verdrehten Rückwendung zum Säuglingstum. Spannend dabei war die Entdeckung, dass man mit der Zeit tatsächlich eine gewisse Connaissance entwickeln konnte, was den Geschmack von Blut anging. Wie bei Wein war auch hierbei jede Ernte anders. Sie waren verblüfft festzustellen, dass ausgerechnet Sonjas Blut nicht besonders gut schmeckte, irgendwie zu salzig und zu ranzig, während dagegen das Blut Dirk-Daniels eine wahre Köstlichkeit war (was er auf seine Ernährung und seine innere Fitness zurückführte). Aus diesem Grund übertrieben sie es ein wenig bei Dirk-Daniel – der menschliche Körper braucht eben seine Zeit, um neues Blut zu bilden –, sodass er

Ende März wegen akuter Schwächeanfälle in ein Krankenhaus eingeliefert werden musste, wo ihm die gutherzigen Assistenztrottel eine Bluttransfusion verabreichten und damit sein Aroma ein für alle Mal versauten. In diesem Zusammenhang behauptete Arne einmal, am Geschmack des Blutes den Blutzucker- und Alkoholgehalt bestimmen zu können, aber das war sicherlich nur Quatsch, keiner von ihnen nahm so was ernst.

Ihnen allen war klar, dass der nächste große Schritt unmittelbar bevorstand. Vampire konnten eben nicht wie Sadomasochisten oder Bodypiercing- und Intimschmucksklaven in irgendeinen Kellerclub gehen und sich dort Glück und Befriedigung einprügeln oder -führen lassen. Es gab keine Vampir-Etablissements, in denen sich die Mitglieder gegenseitig zart an die Kehlen gingen und sich freiwillig gegenseitig ihr Blut zu trinken gaben. *Noch* gab es so etwas nicht, nur noch eine Frage von Jahren wahrscheinlich, aber das war ja auch gut so. Wenn sie das Blut anderer Leute trinken wollten, weil ihnen das ihrer Rudelgefährten mittlerweile über war, dann mussten sie diese andere Menschen mindestens überfallen und misshandeln, bestenfalls aber sogar richtig töten. »Totmachen«, wie Guido sagte, »wir müssen die Gefäße richtig totmachen.«

Das jedoch war wiederum vorerst nur theoretische Erkenntnis. Theorien kamen immer schnell. Die Verwandlung war aber noch nicht zur Gänze vollzogen. Der unbedingte Wille war da, aber beide Exkursionen hatten dem Rudel bislang Grenzen offenbart, die sie vorher nicht wahrgenommen hatten, und wie immer waren auch im neu gefundenen Vampirismus die Augen und Mäuler erst mal größer als das langsame, schleppende Nachziehen der tatsächlichen Umsetzung. Und dann ging alles wieder sehr schnell.

Arne hatte in diesen Tagen seinen ganz besonderen Kultcomic gefunden: *Panorama of Hell* von Hideshi Hino, eine schwarzweiße Graphic Novel, die in der amerikanischen Ausgabe genau wie in der japanischen von hinten nach vorne gelesen werden musste und deren hiroshimageschwängerten Brutalitäten und Exzesse bei klarem Verstand aufgrund ihrer graphischen Abstraktion noch einigermaßen verdaulich waren, jedoch bei Arne unter Drogeneinfluss und blutbesudelter Askese nahezu zum seelischen Kollaps führten. Er rollte sich zuckend über den Boden, spuckte und schrie und lachte weinend und erzählte von Schweinsköpfen voller Maden und Fleischklumpenbrüdern, die mit ihm schlafen wollten. Die anderen beruhigten ihn, peitschten ihn, fickten ihn, aber immer, wenn sie ihm das Buch wegnehmen wollten, verfiel er in theatralischen Hospitalismus. Schließlich ließen sie ihm seinen Willen. Da Arne in der Übergangszeit inkontinent wurde, hatte wenigstens noch Dirk-Daniel seinen Spaß.

So wie der Protagonist von Hinos *Panorama* entwickelte auch Arne einen Blut-Fetischismus, der ans Surreale grenzte. Er stahl Blutkonserven aus einer Uniklinik und ließ sich von Sonja damit Einläufe verabreichen. Er achtete sorgsam darauf, dass irgendwo an seinem Körper immer eine kleine, blutende Wunde war; das beruhigte und erregte ihn gleichzeitig, hieß ihn seinen Platz im Universum akzeptieren und sorgte dafür, dass bald sein ganzer Körper von Schorf und Narben geschmückt war. Manchmal schürfte er sich mit Drahtbürsten die Schienbeine auf und riss sich dann ein oder zwei Tage später den Schorf herunter, um ihn zu essen. Er liebte die klebrig-körnige Konsistenz von Schorf, den blutreifen Geschmack. So wie Dirk-Daniel gerne Dünnschiss mit Zucker aß, kochte sich Arne Blutsuppe, kochte sie, bis sie so eingedickt war wie Tomatensoße, und würzte sie mit frischen Kräutern. Er liebte es auch, Fleisch zu kaufen, das noch blutig war, und es förmlich auszuwringen und daran zu lecken und zu saugen. Einmal erwischte ihn Bernadette dabei, wie er auf einer öffentlichen Damentoilette im Beistelleimer wühlte, um vollgesogene Tampons und Monatsbinden zu finden, und kurz danach passierte es dann. Zwangsläufig hatte ihn seine Manie langsam auf Menstruationen hingelenkt, er wurde geschickt genug, monatsblutende Frauen erschnuppern zu können, und seine Spielereien mit Tierfleisch und die schönen Erinnerungen an Chantal ließen keinen anderen Ausweg mehr zu. Er konnte sich nicht mehr beherrschen, hielt es einfach nicht mehr aus und schnappte sich ein sechzehnjähriges menstruierendes Schulmädchen von der Straße weg, schleppte sie durch den Hausflur aufwärts in die Wohnung und trank und aß sie dort, ohne sie vorher erst zu töten. Es war ganz schnell gegangen, ganz spontan und ohne die anderen vorher um Erlaubnis zu fragen. Es war auch nicht klug gewesen im eigentlichen Sinne von »klug«, denn dieses hübsche bürgerliche Ding würde man bestimmt vermissen. Dementsprechend gespalten war dann auch die Reaktion der Rudelgefährten – Bernadette und Guido waren begeistert von diesem fleischigen Fehdehandschuh im Gesicht der Stadt, Dirk-Daniel und Sonja waren eher besorgt und zitterten. Arne gab ihnen zur Abreaktion die Reste des Mädchens zum Spielen, noch gute dreißig Kilo Fleisch und Knochen. Guido konnte sich aus den Oberschenkelknochen zwei rituelle Dolche schleifen, Bernadette bekam Herz und Hirn, Dirk-Daniel die Scheiße, und Sonja machte sich einen Spaß daraus, dem Mädchen das Gesicht abzupulen. Somit wurde es dann doch noch fast so schön wie mit Chantal. Es war nicht mehr ganz dieselbe Atmosphäre von Zuneigung und Tabubruch da, aber es war immer noch toll und faszinierend, was man mit einem ganzen Körper, der einem gehörte, so alles anfangen konnte.

Als kein Blut mehr da war, wurde dieses Mädchen schnell entsorgt – viel schneller also als Chantal damals –, und das Rudel kam in drei Dingen überein. Erstens würde diese Wohnung hier aufgegeben werden müssen. Es war für Vampire sowieso unstatthaft, sesshaft zu sein. Zweitens würde man jetzt weitermorden, um mehr und mehr trinken zu können. Und drittens sollte das nächste Opfer nun endlich mal ein Mann sein.

Etwas Seltsames passierte jetzt, nachdem Arne wie eine Vorhut durch die letzten Reste von Berechnung und Selbsterhaltung durchgebrochen war und hinter dem silhouettenförmigen Loch in der Mauer ein neues Licht zum Strahlen gebracht hatte. Es war, als ob sie mit dem Fleisch der Schülerin den Inhalt eines Grals zu sich genommen hatten, etwas weitaus Edleres als nur Mensch, was vielleicht daran lag, dass dies hier keine Verlorene gewesen war, sondern ein adrettes, sauberes Mädchen, das eines Tages vielleicht Medizin studiert und der Welt ein Mittel gegen Krebs gebracht hätte. Jedenfalls war etwas geschehen, das an Heiligkeit grenzte, ein neues

Land war betreten worden, ein neuer Wald hinter den anderen, und jedem einzelnen Mitglied des Rudels verging in diesen Tagen die sexuelle Lust.

Bernadette sah diesen Wandel weniger verklärt, sie war ja jetzt Rudelmutter und konnte sich keine Träumereien mehr erlauben: Es war lediglich, als wäre Sex nun nicht mehr erwachsen genug. Jeder fickte schließlich, selbst die hässlichsten, farblosesten und feigsten Spießer taten's – wie also konnte das jetzt noch, selbst in extremster, bizarrster Form, von Reiz sein? Es passte auch so herrlich zum Vampirkult, keusch zu sein. Die einzige Form des sensuellen Höhepunktes war nun der Kuss und die dicken, widerspenstigen Schlucke danach. Es war ein Gefühl für die Ewigkeit, hinter dem sie jetzt her waren. Sie wurden bleich, fahl, weil blutarm, wurden schweigsamer, langsamer in ihren Bewegungen, bedächtiger. Aber nur unter sich. Nicht auf der Jagd. Nicht draußen.

Sie zogen jetzt, sich heimatlich nicht festlegend, zwischen von Hausbesetzern aufgegebenen Abbruchhäusern in Tiergarten, ruhenden Baustellen im östlichen und südlichen Umland und vergessenen Kellergewölben unter Schöneberger und Weddinger Gewerbehöfen hin und her. Arne und Sonja experimentierten doch mit etwas ausgefalleneren Variationen von sogenannter Schwarzer Magie herum, um echte Dämonen und Vampire zu beschwören und einen echten Kuss zu erlangen, aber außer ein paar Ratten, einer Horde von gewalttätigen, regressiven Pattex-Junkies und wenigen verwilderten Hunden lockten sie nichts aus dem Dunkel hervor, das der Rede wert gewesen wäre. Bernadette kümmerte sich weiterhin um den kulturellen Überbau, schaffte ein paar Poster und Drucke heran, die dem Vampirismus gewidmet waren, tat noch ein paar Bücher auf, die sich trotz des unsäglichen Heyne-Booms ernsthaft und faszinierend damit auseinandersetzten – darunter Davide Teghs berüchtigte und verdammt schwer zu bekommende *Nuits plus sombre que Noir* und *Le Tourniquet* – und dozierte den anderen die Blutseele Berlins. Dirk-Daniel entwickelte ein originelles System, sich durch die Stadt treiben zu lassen, indem er U-Bahn fuhr, an jedem Umsteigebahnhof ausstieg und in den nächsten einlaufenden Zug – egal, in welcher Richtung er fuhr – wieder einstieg. Auf diese Weise legte er jeden Tag völlig unterschiedliche Strecken zurück, die er selbst auch gar nicht unter Kontrolle hatte, sondern die mehr oder weniger vom Zufall bestimmt waren. Er nutzte diese Fahrten dazu, Opfer für das Rudel zu finden und anschließend auszuspionieren. Abgesehen von ein paar unkontrollierbaren Rückfällen in die Niederungen der Koprophagie, bei denen er sich unter anderem auf offener Straße frische Hundescheiße auf die Zunge schmierte, hatte sich Dirk-Daniel bei seinen Tagesfahrten so weit unter Kontrolle, dass er dem Rudel tatsächlich ein wertvoller Kundschafter wurde.

Den deutlichsten und wundervollsten Wandel machte jedoch Guido durch. Er gab sich aufgrund von Bernadettes Lektionen sogar einen neuen Namen und nannte sich fortan Geburah, was so viel bedeutete wie »Stärke, verbunden mit gerechter Vergeltung und der Vermeidung von Verschwendung«. Er wurde der eigentliche Jäger und Todbringer des Rudels. Als der ausgesprochen kraftlose Erstwinter des Jahres 1994 dem überall ungestüm hervorberstenden Frühling wich, konnte man den ehemaligen Dachdecker Geburah nachts nackt und mit blutverschmiertem Maul und Unterarmen auf den Firsten von Dächern der Innenstadt stehen und manchmal sogar tanzen sehen. In Zivil – also nachts, denn sie begannen ganz instinktiv, das Tageslicht zu meiden – trug er ein T-Shirt, das Bernadette ihm designt hatte: MY LIFE BEGAN WITH BLOOD AND PAIN – WITH BLOOD AND PAIN I LIVE stand in roten Lettern auf der Vorderseite. Vampirsein war nichts Selbstverständliches. Es war ein Lifestyle.

Wie bereits erwähnt, schlugen sämtliche Versuche des Rudels, mit echter dämonischer Magie in Kontakt zu treten, kümmerlich fehl. Das und die Tatsache, dass die fünf, seit sie Vampire geworden waren, sich nicht mehr genital austobten, setzte in ihnen allen verblüffende Aggressionsenergien frei. Das erste der vier Opfer, die ihre neonfahlen Umtriebe bis zum Mai forderten, wurde noch an Ort und Stelle regelrecht in seine Einzelteile disintegriert. Es handelte sich dabei um einen fettärschigen Vorstadtjüngling in hellblauem Jogginganzug, dessen gurgelnde Bemühungen in einem struppigen Parkgebüsch ihr Ende fanden. Das Rudel zerriss ihn regelrecht mit bloßen Händen und wrang jeden Fetzen Fleisch auf das Peinlichste aus, um auch ja nicht das kleinste Quäntchen Lebenssaft verkommen zu lassen. Nur drei Tage später nahmen sie sich dann aus einer Laune heraus gleich zwei dumpfe Lederjackenmachos auf einmal vor. Geburah stellte sie in der wackligen, überdachten Fußfängerführung eines endlos mit Howard-Carpendale-Verlogenheiten plakatierten Bauzauns und erschreckte sie mit seinem verfremdeten Gestizismus fast zu Tode, bevor Arne und Dirk-Daniel über den Zaun langten und die beiden auskeilenden Opfer in den sandigen Opfertrichter zerrten. Nachdem die beiden Frauen den gar nicht mal hässlichen Halbstarken mit bloßen Zähnen die Kehlköpfe und Zungenwurzeln durchgebissen und -gekaut und sie nackt ausgezogen hatten, wurden die im wahrsten Sinne des Wortes jeglichen Zusammenhalt verlierenden Kumpels dreieinhalb Stunden zu Tode gefoltert, mit allem, was sich auf einer Baustelle eben auftreiben ließ – und unter keifender, aufgeregter Beachtung der Blutvernutzungsdirektive. Das vierte Opfer kam immerhin erst zwei Wochen später; diesmal war es wieder eine Frau, diesmal wurde sie von Geburah nur mit dem Kopf unter Wasser in einem Zeuthener Privatswimmingpool ersäuft, während Bernadette und Arne an ihren Kniekehlen hingen wie bleiche Holzböcke und saugten.

Die zwei Wochen zwischen den Gefäßen 2 und 3 und dem Gefäß 4 waren eine merkwürdige Zeit gewesen. Sie waren geprägt von einer merkwürdigen Panik und Melancholie, dass es so ja nicht ewig weitergehen konnte, dass man ja wohl unmöglich weiterhin in dermaßen schneller Folge Menschen töten konnte, ohne irgendwann die ganzen zivilen Sondereinsatzkommando-Van-Helsings auf den Plan zu rufen, die der feiste Minister Rühe zweifelsohne eilfertig heranzüchtete. Sie behalfen sich da noch mit Überbrückungen, spendeten sich gegenseitig Blutschlückchen, soweit sich überhaupt noch Adern finden ließen, die nicht schon verdammt leerkathetert waren, tranken als einzig akzeptablen Ersatz viel von Arnes geliebtem Rotwein und versuchten sich mit rohem Rindfleisch und den unvermeidlichen Blutbeuteln, die von dem darin mittlerweile unfehlbar gewordenen Arne gestohlen und dann wie *Mr. Freeze*-Gefrierfacheisstäbchen ausgenuckelt wurden, vorm Verdursten zu bewahren. Dieses »Verdursten« war interessanterweise in erster Linie ein psychologischer Vorgang. Sonja probierte es einmal aus: Natürlich konnten sie noch Gin und Bourbon, ja sogar Cola und Milch trinken, ohne daran einzugehen. Aber es war einfach Brauch geworden, nur noch Blut zu wollen, genauso wie sie sich angewöhnt hatten, keinen Knoblauch mehr zu essen, zum Waschen kein fließendes Wasser mehr zu verwenden, sondern nur noch welches, das in irgendwelchen Zinnschüsseln oder Plastikeimern am besten tagelang abgestanden war, und Kreuze und die Sonne zu hassen. Wohlgemerkt: Sie fürchteten Kreuze und die Sonne nicht, sie gewöhnten sich nur schließlich daran, beide zu verachten, zu vermeiden, schmähend herauszufordern oder sogar geradeheraus anzugreifen. Geburah verstieg sich einmal dazu, an einem der heißesten Maitage springenderweise zu versuchen, die Sonne vom Himmel herabzuziehen, um sie im Wald zu verscharren, und, nachdem das nach über einer Stunde immer noch nicht geklappt hatte, mitten in die Sonne reinzuscheißen und sie so zu ersticken. Bernadette, die das Ganze beobachtete, sabberte pinkfarbenen Speichel vor Lachen und verspürte tiefe Liebe für Geburahs Enthusiasmus. Sie wunderte sich nie darüber, wie viel Liebe in ihr war.

Da sie alle definitiv nicht nur von Blut leben konnten, selbst wenn sie, wie beim Baustellensabbat, so viele Liter davon in sich hineinschlürfen konnten, dass sie blasig aufstoßen mussten, einigten sie sich darauf, außerdem auch noch die Aufnahme von Brot zuzulassen. Trockenbrot. Davon war natürlich nie die Rede in den hehren Vampyrmythen, aber damit mussten sie sich eben abfinden, sie waren keine ganz echten, richtigen Vampyre, würden es niemals richtig werden können, und das Brot war Zeugnis davon Sie achteten zwar pedantisch darauf, dass auf jeder Scheibe Brot, die sie schnitten, oder jedem Klumpen Brot, den sie rissen oder brachen, mindestens ein Tropfen Blut oder Schorf von Arne als Belag war, aber dennoch war ihnen das Brot eine bittere Hostie, die sie an ihre Unzulänglichkeit gemahnte. Arne setzte es dann schließlich trotzig ab, das tägliche Brot, für sieben Tage, bis Geburah und die Mädchen rausgingen und ihm ein noch lebendes Kind brachten, um ihn zu retten. An der vom vielen Schreien übersäuerten Lunge und den süßen, frischen

Venen des Knaben konnte Arne sich laben, ohne Reue verspüren zu müssen. Sie waren eine Familie und sorgten füreinander, hielten zusammen wie tapsige, flügellahme Flughunde in einer feuchten und feindlichen Höhle. Tagsüber, wenn die lüsterne und fruchtbare Hitze des Frühlings ihren ausgezehrten Leibern und empfindlich gewordenen, zum Ausschlag neigenden Teints wehtat, schliefen sie, aneinandergekuschelt, murmelnd, vom Fliegen und haarigen Wölfen träumend, unter einer löchrigen Decke aus erkaltetem Menschentalg.

Der Juli kam heiß, heiß wie selten einer in diesem Jahrhundert, und mit ihm kamen der Fehler, die Beschleunigung und der Künstler.

Es war das Rot eines Feuerwehrwagens, das den Fehler weckte. Geburah hatte wieder auf den Dächern getanzt, hatte vorher zwei Hunde zerrissen und sich in ihrem Blut gewälzt, es war nicht lange her seit der Wassernixe von Zeuthen und dem blauäugigen Buben, und jetzt fiel er lachend von oben herab über zwei dreizehnjährige Freundinnen her, die in dieser Nacht vom Samstag zum Sonntag viel zu spät von einer Party heimkamen, Kichern, Boys und Flying Horses durch die nächtliche Unmittelbarkeit der Straßen aus den Sinnen gewischt. Geburah spielte mit ihnen, wie eine Katze mit Mäusen spielt, denn er war allein, niemand konnte ihn fangen oder auch nur sehen, und die Mädchen hatten genügend Gelegenheit zum Schreien, bevor er sie nacheinander packte, leckte, herzte, drückte, mit Fingernägeln deflorierte, rüttelte, schüttelte, biss, trank und zerbrach. Er tanzte durch die Lachen ihrer Leben wie ein Cromagnon-Gene-Kelly mit einem Kinderarm statt eines Regenschirms. Und als dann endlich die von anonymen Anwohnern alarmierte Feuerwehr heranschrie, erstarrte Geburah unterm blauen Leuchtfeuer ihrer heiligen Discofackeln und begehrte das makellos helle Rot ihres Fahrzeugs. Waagerecht warf er sich durch die Windschutzscheibe, landete einem schreienden Beifahrer auf dem Schoß, küsste ihn, nahm seine Lippen und seine halbe Gesichtshaut mit fort, wehrte sich spinnenhaft zuckend gegen zwei weitere hell behelmte Azteken, trieb und schliff seine Fänge durch Stoff, Messingknöpfe und Gebein, asthmatische

Kleinwagen in chlorophyllgrün und reinweiß schlingerten von hinten und vorne heran, und Geburah entkam den bellenden Stimmen und fraktalen Gewittern nur ganz knapp, über eine Regenrinne und mit einem Steckschuss in der rechten Hinterwade.

Sonja verehrte die Schusswunde, schlürfte und schleckte daran herum wie toll. Dirk-Daniel holte ihm mit weißen Fingern das Metallprojektil heraus. Geburah konnte den roten Wagen mit der blauen Krone nicht vergessen und erzählte von Seelenfähren und den wallenden Stimmen der Loreley-Sirenen. Arne verfolgte begeistert jede Fernseh- und Zeitungsnachricht von dem »grauenvollen Blutbad in der Jacobsohnstraße«. Bernadette zog Schlüsse und zündete die Beschleunigung.

»Man hat dich gesehen, Geburah«, sagte sie so beherrscht wie möglich. »Von jetzt an wird man dich jagen mit allem, was dem Staat zur Verfügung steht. Ihre toten und tauben Computer werden Verbindungen aufzeigen zu dem, was wir bislang getan haben, und die Jagd wird sich auf uns alle ausweiten. Mit der kalten und gefühllosen Präzision von Befehlsempfängern werden die Diener der Sonne kommen, um uns Mondengel zu vernichten. Sie werden uns nicht einfach nur einsperren und vor Gericht stellen, nein, sie werden uns verschwinden lassen, auslöschen, wie sie es mit allem tun müssen, von dem die Bevölkerung nicht erfahren darf, weil es zu viel Kraft hat und wahrhaftig ist. Von jetzt an können wir keine Streuner mehr sein, keine schlafwandelnden Poeten der Dämmerung. Von jetzt an sind wir Gejagte, rituelle Beutetiere einer geronnenen Zivilisation. Wir stehen unter Beschuss. Jeder von den Zombies da draußen ist nun entweder ein Bulle in Zivil oder ein noch zögernder Denunziant. Wir müssen jetzt schneller leben, denn ich mache mir da keine Illusionen – wir haben nicht mehr lange.«

»Das ist schön.« Dirk-Daniel lachte. »Das hat Todessehnsucht, das ist romantisch, aber ich glaube nicht daran. Ich glaube vielmehr, dass uns die Zukunft gehört. Die farblose Sonne der Büromänner und Supermarktfrauen wird immer weiter sinken, und die leuchtenden ... die leuchtenden ...«

»Geschwüre der Lichtlosigkeit«, half ihm Arne aus.

»... und die leuchtenden Geschwüre der Lichtlosigkeit werden aufblühen in Glorie. Alle, die wollen, werden werden wie wir, und immer mehr werden wollen, bis endlich alle wollen.« Sonja bekam einen hysterischen Lachanfall, roten ziehenden Schleim zwischen ihren leider viel zu kleinen Eckzähnen. Das Rudel verfiel in eine alberne Balgerei und Beißerei, wieder wie Welpen. Geburah lächelte das glückliche Lächeln eines Sterbenden, und Bernadette spürte wieder diese überwältigende Liebe in sich aufschäumen. Es war so schön, so unglaublich schön, keine Angst mehr vorm Tod haben zu müssen. Sie fühlte sich so sehr im Einklang mit der Welt, sie musste wahrlich ein wiedergeliebtes Geschöpf Satans sein.

»Ich denke nicht«, sagte sie, und die fehlfarbigen Implikationen dieser ersten drei Worte machten sie beinahe zu einer Mambopartnerin der Epilepsie, »ich denke nicht, dass immer mehr wie wir Jünger der Blutschwärze werden. Aber ich denke auch, dass das gut ist so. Lasst uns doch unsere ursprünglichen Ziele nicht vergessen. Lasst uns doch einfach weiterhin eine Vorhut sein, Auserwählte, Forscher, Erfinder und Entdecker. Wir sind Vampyre und keine Rockstars oder so was, wir brauchen keine Folgschaft.«

»Einsamkeit ist unser Umhang«, flüsterte Geburah strahlend.

»Wir bringen Frieden«, vollendete Bernadette.

»Hat mal jemand was zu trinken?«, fragte Sonja aufstoßend.

Also die Beschleunigung. Darin waren sie einig.

Beschleunigung brauchte nun doch einen festen Untergrund. Wenn man auf einer instabilen Grundlage Gas gab, drehten nur die Räder durch, und sonst passierte nichts, und durchdrehen war nicht ihr Ding, sie gingen lieber generalstabsmäßig vor.

Geburah suchte und fand eine wunderschöne vielzimmrige und in gutem Zustand verlassene Villa in Hangelsberg, einigermaßen bequem mit der Berliner S-Bahn erreichbar und somit mit wichtiger Großstadtbindung. Das Gebäude selbst war Norman Bates' Traum von einem Grand Hotel, schwarzes, splitteriges, vielgiebeliges Holz mit Veranda und einer Art vierstöckigem Turm. Der Garten war verwildert und gehörte Igeln, die Fensterscheiben hatten im Laufe der Jahre ein unnachahmliches Braun angenommen. Drinnen standen nur noch wenige Möbel, aber – bei Belial! – waren der Keller und der Dachboden großartig. Unten eine tiefer als nur in Schwarz gehüllte Gruft mit dem Geruch obsessiver Grabschändungen, und oben ein borgesianisches Labyrinth von Pfeilern und Kaminsäulen und Winkeln, leider ohne Fledermäuse, aber immerhin mit ein paar frischen Brocken Rattenscheiße. Geburah hielt Bernadette unten in der Halle in den Armen, als sie wieder vor Glück weinte, ihr überschwängliches Mutterherz ausschüttete, während Sonja und Arne und Dirk-Daniel hohlheulend durch den Staub und das Ächzen der Bodenbretter tobten. Es war so verwunschen hier, so morbide, so romantisch, dass Bernadette in ihr Tagebuch eintrug:

`Ich bin durch den Spiegel getreten und in die mystischen Gormenghast-Schründe meiner Kindheit zurückgekehrt. Wie viele Menschen können schon von sich behaupten, heil zurückgekehrt zu sein? Diesen Kreis geschlossen zu haben? Sieh, Liebster, wie meine Schrift zittert vor Glück. Ich lecke deine Seiten, Liebster, ich liebe dich. Ich glaube jetzt alles, was ich sehe und höre. Ich glaube jetzt an den mächtigen Gott der Tiefen in mir drin.`

Mit von Vernachlässigung zerfetzter Kleidung raubten und verbargen sie sich durch Hangelsberg, töteten und tranken eine alte allein lebende Frau, die fast wie Terpentin schmeckte. In den heiß schwingenden Stunden der Abenddämmerung konnte man die Erben Nosferatus mit verzerrten Schatten durch weite Gärten huschen oder in vertrockneten Astgabeln kauern sehen. Hangelsberg erlebte eine ganz neue Art von Legendenbildung. Keiner wusste etwas Genaues, doch dass es spukte »seit der Wende«, das war jetzt allen klar.

Aber irgendetwas stimmte noch nicht, irgendetwas hielt das Rudel vom Durchstarten zurück. Tom Cruise, das grinsende Scientology-Arschloch aus Lollywood, würde demnächst in einem Big-Budget-Machwerk den Lioncourt L'Estat spielen. Das Fantasy-Filmfest brachte eine Retrospektive über erotische Vampire. Die Stones waren aus ihren Särgen gehüpft und sangen *Suck on the Jugular*.

Peter Cushing, der charismatischste Vampirjäger aller

Zeiten, machte sich zu seiner Frau hin davon und ließ einen tiefen religiösen Hass auf Geschöpfe der Nacht zurück. Arne formulierte, was nicht stimmte: »Man darf auf keinen Fall jemandem, dem man sagt: ›Ich bin ein Vampir‹, das Gefühl geben, sagen zu können: ›Ja, ich weiß, was du meinst, ich verstehe, was du tust.‹ Das ist der erste Schritt zur Bürgerlichkeit.« Vampire schliefen tagsüber und jagten nachts und tranken Blut, das wusste jedes Kind. Okay, der ganze andere Mist mit dem Knoblauch und dem Sonnenlicht hatte für das Rudel nur rituelle Bedeutung, aber dennoch war da ein grundlegender Konservativismus vorhanden, eine stillschweigende Übereinstimmung mit Überlieferungen, die zu revolutionieren sie doch ursprünglich einmal angetreten waren. »Wir haben uns zu lange daran berauscht, dass wir einige von nur ganz wenigen Leuten waren, die Vampire nicht nur bewunderten, sondern die es wirklich wagten, Vampire zu sein«, bestätigte Bernadette. »Wir verharrten aber zu lange in einem von Traditionen abgesteckten Revier. Wir sind ein Rudel in einem Gehege, und die da draußen werfen uns ab und zu ein paar Kastanien zu, mit denen sie ohnehin nichts anfangen können.« Zustimmendes, gequältes Heulen und Jaunern. »Lasst uns einen Politiker killen, lasst uns den Arsch im Rollstuhl aussaugen!«, schrie Sonja und rief damit röhrend verbogenes Gelache hervor. Sie wurde wütend: »Nee, echt! Wir müssen ... einen großen Schock verursachen, einen großen ... Revolution!« Sie verlor den Faden, vergaß verwirrt ihre Wut und setzte sich wieder. Sie schwiegen, zwischen sich nur schwarze Kerzen und ein alter Schweinekopf. Dirk-Daniel hatte die rettende Idee, und er bediente damit schlitzohrig sein eigenes Plaisir: »Vielleicht ... sollten wir einfach aufhören, uns wie Vampire zu verhalten. Warum trinken wir nicht statt Blut etwas anderes? Zum Beispiel Pisse.«

Das war natürlich ein genialer Einfall: Urin war ebenso wie Blut – und anders als Sperma oder Muttermilch – geschlechtsunspezifisch und außerdem bei jedem Menschen, sofern er sich nicht gerade entleert hatte, in interessanter Menge vorhanden. Natürlich würde es noch schwieriger sein als bei Blut, davon satt zu werden, aber die geringere Menge beim Opfer bedeutete gleichzeitig auch eine erhöhte Exquisität und eine erforderliche Erhöhung der Opferzahl. Und keiner von ihnen hatte jemals von Vampiren gehört, die Pisse tranken. Das war eine Weltneuheit, endlich! Das schrieb Geschichte!

Bestimmte Regeln mussten aufgestellt werden. Erstens. Männer hatten von Natur aus eine größere Blase als Frauen, man durfte also nicht gierig und nur auf Menge aus sein, sondern man musste auch den bei Frauen gegebenen Vorteil goutieren lernen, das kostbare Nass direkt durch den Scheidenkanal zu beziehen. Zweitens. Es war verdammt viel schwieriger, an die Harnblase heranzukommen als an eine der verlockend vielen Pumpadern unter der Haut. Ein Hilfsmittel musste also erlaubt sein: ein von Bernadette und Geburah konstruierter Bambusstrohhalm mit einer Metallspitze, die spitz und stabil genug war, durch Haut, Sehnen, Knorpel, Schambein und Bauchfell hindurchgezwirbelt zu werden. Drittens. Anders als bei Blut war es möglich, dass verängstigte Opfer sich bereiterklärten, ihren Urin freiwillig herauszurücken (die Idee des zwischenmenschlichen Urintransfers war im öffentlichen Bewusstsein bereits verankert, schließlich standen in jeder Videothek die Natursekt-Filme gleich neben den beliebten Abenteuern von Freddy und Jason und Michael und Co.). Aus diesem Grund musste solcherart errungener Urin als tot bezeichnet und kategorisch abgelehnt werden. Ebenso galt es, Toiletten-Piraterie von vorneherein zu untersagen. Einfach nur nicht runtergespültes Gut galt als Pfui. (Was Dirk-Daniel nicht verstehen konnte und später auch nicht akzeptierte, aber er war da eine Ausnahme, er nahm alles, was er kriegen konnte.) Und Viertens. Als Urinersatz zur lebenserhaltenden Ernährung bot Apfelsaft sich zwar wegen seiner Konsistenz und Ähnlichkeit an, war aber doch entschieden zu albern. Bestimmte Teesorten wurden zugelassen, noch besser war verdünnter Whiskey oder – was anfangs wirklich der Gewöhnung bedurfte, später dann aber nicht zuletzt aufgrund der großen Vielfalt doch recht beliebt wurde – Hundepisse.

So wurde es also beschlossen, bejubelt und getan. Die ersehnte Beschleunigung kickte endlich und voll ein. In den sengenden Juli- und Augusttagen des Jahres 1994 wurde Hangelsberg, das übrige Umland und auch die Berliner City im ohnehin urinbedampften Bahnhof-Zoo-Bereich von einer unerklärlichen und ungeklärten Serie von Mordfällen heimgesucht, deren einzige Gemeinsamkeit bizarrste Unterleibsverstümmelungen der Opfer zu sein schienen. Ein ruandischer Flüchtling, der in seiner verseuchten Heimathölle den Macheten entkommen war, nur um hier auf dem spätabendlichen U-Bahnhof Konstanzer Straße in eine völlig neue Art der Hölle zu strauchln, starb schreiend im Krankenhaus an den Blutungen, die ihm eine durch die Harnröhre eingeführte Stricknadel (oder irgendetwas in der Art) beigebracht hatte. Die Polizei war völlig ratlos und tippte immerhin mal wieder nicht auf Rechtsradikale, vertuschte die ganze Sache aber doch mehr oder weniger geschickt, um der *taz* nichts zu Fressen zu geben. Die übrigen Toten – sechs wurden gefunden, und das war noch gar nichts – wurden entweder Jugendsekten aufs Konto gerechnet oder einem aus *Bonny's Ranch* entsprungenen Irren oder islamischen Fundamentalisten.

Arnes wertvollste Trophäe aus diesen zwei Monaten war die vollständig intakte und prall gefüllte Harnblase einer Schauspielerin, die bei *Gute Zeiten, schlechte Zeiten* ein paarmal als Komparsin durchs Bild gehuscht war. Sonja und Dirk-Daniel tauschten sich auch gegenseitig – am liebsten in der Bewegung, im Gehen oder so – ihren Urin aus und fingen wieder mit dem Ficken an, weil's fast vierzig Grad waren draußen und man bei der elenden Salzausschwitzerei kaum noch auf was anderes kommen konnte. Sie entdeckten auf einem bei Hangelsberg gelegenen Bauernhof eine Jauchegrube, rührten die Eingeweide eines frisch geschlachteten Kalbs mit rein und zelebrierten ein bisschen Naturkind-Hardcore.

Geburah hechelte rempelnd Feuerwehrambulanzen hinterher, mitten in der Shorts- und T-Shirt-Saunastadt, wurde auf den Busspuren beinahe von Taxen überfahren und legte sich zähnebleckend mit dick angezogenen Pennern an. Dachziegel waren auch nachts noch zu heiß zum drauf Tanzen.

Und Bernadette? Bernadette machte die fundamentalste Erfahrung ihres ganzen Lebens. Bernadette begegnete dem Künstler.

b) Lebendige Kunst

Sie war immer noch auf der Suche nach Spiritualität. Sie selbst leuchtete zwar jetzt, hatte sich gefunden, konnte jede Nacht das Antlitz des Glückes streicheln, aber manchmal war sie erschrocken darüber, wie einsam die Glücklichen und Freien waren, wie farb- und leblos die Schafe da draußen um die Schlachtbänke herumtrotteten, ohne Heil und Lehre, ohne jemals präsente Hoffnung auf Licht. Bernadette war überzeugt davon, dass es da draußen in den Gefahren der Tageswelt noch andere Wesen, andere Menschen geben musste, die frei und wild rennen und atmen konnten und um die Unbesiegbarkeit des Sterbens wussten.

Sie las das *Headpress*-Magazin mit seinen Exploitationen von Nekrophilie und *kinky sex* und fand nichts zwischen den Zeilen als Nekrophilie und *kinky sex*. Sie besuchte die Lesungen von abgefuckten Untergrundpoeten, aber alle erinnerten sie nur an Arne und die kraftlosen Texte, die er verfasst hatte, als er noch kein Vampyr gewesen war. (Mittlerweile war Arne übrigens nach einer kurzen, auch kommerziell hochverwertbaren Phase der Kurzprosaproduktion in eine Art glückliches Analphabetentum zurückgesunken, und Bernadette war froh darüber.) Sie lugte in die schwülen Performances todessehnsüchtiger MasochistInnen, die sich seufzend mit Brandeisen traktieren ließen, und fand darin keine Wahrheit außer der der verzweifelten Suche nach Innerem. Sie wiegte sich leer im Takt von DeathSpeedMetalTrash'n'Grindcore-Bands, abwesend beworfen mit Stagedivern, bedeckt von den nassen Haarflaggen der laut- und gesichtslosen Headbanger, klumpige Bässe in der hungrig leeren Gebärmutter. Wenn sie nicht schlafen konnte, ließ sie sich im matten Licht der Mittagsstunden – wie Dirk-Daniel von der U-Bahn – von den Bürgersteigern treiben, von südländischen Männern zum Eis einladen, jagte spielenden Kindern hinterher und durch sie hindurch und starrte stundenlang aufs vorbeitreibende Wasser des Landwehrkanals.

Schließlich fand sie so eine Art Antwort in einer kleinen Wilmersdorfer Straßenfrontgalerie, bei der Vernissage eines jungen unbekannten Malers, der sich Irazoqui nannte. Sie war nicht eingeladen und wusste von nichts, aber sie sah in der heraufnebelnden Dämmerung die Lichter in den kleinen bunten Räumen und hörte das angeregte Murmeln und Lachen und das Klirren der fadenscheinigen Sekt- und Orangensaftgläser, und sie ging einfach hinein. Als Einzige aus dem Rudel hatte sie sich erst vor zwei Wochen von den Freiluftbügeln einer Second-Hand-Boutique saubere Kleidung geklaut und fiel somit in der multikulturellen, von sich selbst geblendeten Beauty Crowd nicht weiter auf.

Die Bilder waren bunt, wand-einnehmend, wildes Acryl über aufgerautem Autotürmetall oder ölige Schmieren auf groben Pappen, die Farben aggressiv und urzeitlich und von vollkommener Wahrheit. Bernadette taumelte vor Erstaunen. Auf einer dunkelblau und schwarz gehaltenen Fläche vermeinte sie das bleiche Starren eines Toten zu sehen, ein negroider Zombie aus einem Sommernachtstraum von Jacques Tourneur, und das Wesen hatte die eine Hand so verdreht erhoben, als warte es darauf, dass Blut auf seinen Fingernägeln trockne. Ein anderes Bild detonierte in einer zischelnd gelben Masse, die aber doch nichts anderes war als der gekrümmte Korpus eines Mannes, den unbeschreibliche Kräfte in waagerechte Fetzen rissen. Als Bernadette sich umdrehte, zerbrach ein anderer Mann, schreiend die Hände ins Medusenhaar gewühlt, gellend in der Mitte und drehte sich in einer fast schwarzen Kapriole tobend auf sie zu. Bernadette wich aus und hebelte dabei einem mozartbezopften Kenner seinen eigenen seichten Sekt auf den Einreiher. Sie entschuldigte sich fahrig, und er nickte mit geblähten Nüstern, von dieser Art der Annäherung begeistert. Hinter einer sich unter dem Eigengewicht biegenden Wand fand sie das Bild mehrerer in Blut badender querschnittsgelähmter Mädchen, die als solche unter all den ineinandergerührten Farben kaum zu erkennen waren und die von einem davorstehenden Pärchen auch prompt als »interessante, abstrakt abgeschrägte Basisfläche« interpretiert wurden.

Bernadette wischte sich über die Augen, drehte sich langsam, wie fürchtend, um und schaute direkt in die Hölle. Das war sie, dort, so, wie sie sich sie immer vorgestellt hatte, ein unglaublich laut und tief rumorender Exzess von rasend ineinandergekeilten Rot- und Brauntönen, eine klamme, schweißtreibende Kälte verströmend – die Hölle, der Tod, das Paradies, Seelenorgasmus und Sinnleere, alles ineinandergekippt aus jahrtausendealten Eimern von einem ... von einem ... ja – wer malte so? Ein käferbewachsener Fakir aus einem tiefen Höhlenschacht? Ein drogenimplodierter Cyberträumer in einem aus Messing und Reifengummi gegossenen Brustpanzer? Oder einfach ein echter Dämon, der Erste ihres Lebens?

Die Antwort war so einfach nahe wie alle ihre Antworten im letzten Jahr, und sie ging näher heran. Der Künstler – er war es, musste es sein – stand in unheroischen XXL-Klamotten neben zwei weltgewandten Kunstkritikern unter dem Höllenbildnis und erklärte ihnen gerade, »das hier unten soll die Entität Sideel sein, die so eine Art Vorhüter des Höllenreichs ist«.

»Kann man ja unmöglich erkennen. Hat der einen Spaten als Gesicht?«

»Sideel hat überhaupt kein Gesicht. Er ist nur eine Entität, keine ... Person, wenn Sie so wollen. Und das hier, das hier drüben, das ist Anamch, der lacht sich eins, sehen sie? Der spinnt total. Der erzählt allen Besuchern immer und immer wieder, dass das hier der Ausgang aus der Hölle ist, nicht der Eingang.«

»Von Kafka inspiriert?«

Der Künstler grinste. »Von wem?«

»Und Sie sind dort gewesen. In der Hölle, meine ich.«

»Nein, in der Hölle selbst nicht, da darf ich noch nicht ...«

Jetzt passierte etwas, das Bernadette bisher nur aus Popvideos kannte, das es aber, wie sie jetzt zu ihrem Erstaunen feststellte, tatsächlich gab. Der Künstler sah sie, während sie sich näherte, hörte auf zu sprechen, starrte sie an, sie starrte zurück, in seine wunderschönen aquamarinen Augen, er war ein hübscher Bursche, sie ein hübsches Mädchen, von der Magersucht der Wählerischen romantisiert, alle gelangweilt lungernden oder amüsiert gackernden Menschen um sie herum kristallisierten zu Slowmotion, die Lichter dimmten wie Oboen herunter, und nur ein paar Gemäldespots blieben auf das schönste Paar des Abends fixiert. Es war lächerlich, kitschig und natürlich nicht ganz so wie die Worte sagen, aber es war *echt*.

»Wenn ich Ihnen einen Rat geben darf, junger Mann«, sagte der eine Kenner, »Sie sollten den Bildern unbedingt Namen geben. Das erleichtert den Zugang.«

»Die Namen stehen auf den Rückseiten«, sagte der Künstler abwesend.

»Oh, wirklich? Darf ich?«

»Tun Sie sich keinen Zwang ein, berührt gilt als gekauft. Entschuldigen Sie mich bitte.« Der Künstler kam wiegenden Schrittes auf sie zu, Bernadette blieb stehen. Sie standen voreinander und lächelten.

»Du bist von den Schatten«, sagte er zu ihr, »und wenn du wachst, schläfst du mit dem Tod.«

»Ja. Und du bist weiter gegangen als andere, um die Natur der Schatten zu verstehen. Wir haben viel gemeinsam, Maler. Bist du noch Mensch, oder bist du wie ich?«

»Hm. Was siehst du auf dem Bild dort drüben?«

»Das da? Das ist eine Frau in einem grünen Kleid. Die Farbe des Kleides ist so mild vor dem glosenden Hintergrund, dass es fast schmerzt, so als hätte man Grünen Star und Amnesie zugleich. Diese Frau ... hat gerade eben für immer ihre Unschuld verloren. Das ist von Bedeutung.«

»Lass uns abhauen hier, das wird mir ohnehin zu blöde langsam. Feininger! Kommst du mal bitte her? Hör zu, Junge, du passt darauf auf, dass keiner ein Bild klaut, klar? Und schreib die Liste mit den Käufern und Interessenten diesmal so deutlich, dass du sie hinterher auch entziffern kannst, okay?« – »Willst du denn schon gehen? Das ist dein Abend heute, dein Durchbruch, Mann!« – »Bullsh ist das, sonst nichts. Alles nur totes Material hier. Das hier, Feininger« – er deutete auf Bernadette – »das ist Kunst.« Feininger, der so was wie ein Gönner und Freund war (und der nie müde wurde zu behaupten, dass er über nur ein oder zwei Ecken mit Lyonel und Andreas verwandt war), schüttelte nur den Kopf, dann kümmerte er sich wieder um die Besucher, denn schließlich war das hier seine Galerie.

Dunkel draußen. Warm. Bernadette und der Künstler den Bürgersteig hinab, im Mottenlicht der Laternen, die zersprangen wie bei Van Gogh. Die Sneakers des Künstlers sind überhaupt nicht zu hören, so als wäre er nur ein Phantom neben dem deutlichen Tackern der Pfennigabsätze Bernadettes.

»Irazoqui. Das ist ein interessanter Name. Klingt wie eine Mischung aus Indianisch und ... ich weiß nicht – Baskisch?«

»Ich hab ehrlich gesagt keine Ahnung, wo der Name genau herkommt. Der beste Jesusdarsteller aller Zeiten hieß so, bei Pasolini.«

»Der hieß Irazoqui?«

»Genau. Enrique Irazoqui. Ich benutze den Namen als Künstlernamen, wenn ich male. Ich finde, er klingt cooler als mein echter.«

»Und der wäre?«

»Montag. Hiob Montag.«

»Ich weiß nicht, was du willst – das ist doch ein toller Name. Der Unglücksrabe und der meistgehasste Wochentag zusammen, das ergibt einen guten Schwarzmagier.«

»Na ja. Es gibt keine Farben in der Magie. Vielleicht habe ich deshalb angefangen zu malen. Und du, Mädchen? Was macht dich so spirituell? Trinkst du Blut zum Frühstück?«

»Nicht mehr. Wir haben uns jetzt auf Urin spezialisiert.«

»Pfui Deibel. Wer ist denn auf die Idee gekommen?«

»Einer meiner Geliebten.«

»Das ist aber ein ganz morscher Holzweg, Mädchen. Urin hat keine Kraft. Urin ist nichts weiter als ein Abfallprodukt des Körpers, dazu bestimmt, diesen auf Nimmerwiedersehen zu verlassen. Alles Gute ist da bereits rausgefiltert. Mit Blut ist das ganz was anderes. Blut definiert Leben, gibt Kraft, ist eine der drei Essenzen von Seele. Rebellion ist zwar etwas Gutes, Mädchen, aber viele Traditionen wachsen aus Erfahrungen und *Try and Error*-Evolutionen. Man sollte nicht alles über Bord werfen, nur weil es alt ist.«

»Das klingt konservativ.«

»Ich bin der konservativste Mensch der Welt. Ich versuche zu bewahren.«

»Hm. Ich hätte nie gedacht, dass ein Angehöriger unserer Generation das Wort ›konservativ‹ noch im positiven

Sinne begreifen könnte. Für mich ist ›konservativ‹ ein durch und durch negativer Begriff. Auch wenn ich verstehen könnte, was du damit sagen willst, solltest du nicht die Begriffe der Feinde verwenden.«

»Der Feinde? Was für Feinde? Klassenfeinde? Ideologische Feinde? Mädchen, ich hasse sie wahrscheinlich mehr als du, aber sie als Feinde zu bezeichnen, hieße sie aufzuwerten.«

»Warum nennst du mich dauernd Mädchen? Ich bin älter als du.«

»Wirklich? Entschuldige. Du bist so niederschmetternd schön, dass meine ungeübten Augen dich nur wie durch einen Weichzeichner erfassen können.«

»Du machst mir Komplimente, und ich gestehe dir, dass ich Menschen töte, um zu überleben.«

»Das Töten von Menschen ... ist doch eine der sinnvollsten Beschäftigungen, denen ein Angehöriger unserer Generation überhaupt nachgehen kann.«

»Das ist nicht konservativ.«

»Och, kommt drauf an.«

»Es stört dich überhaupt nicht, dass ich *Vampyr* bin?«

»Erwartest du, dass es mich stört?«

»Ich weiß nicht. Ich erwarte zumindest, dass es dich erstaunt. Dann aber wiederum ist das ja der Grund, warum ich mit dir gehe – dass du verstehst, wovon ich lebe. Jemand, der diese Bilder malt ... der mit der Hölle selbst kommuniziert ...« Bernadette blieb stehen, erstarrte kurz, dann ohrfeigte sie Hiob zweimal mit beiden flachen Händen. Er wehrte nur in verblüfftem Reflex ab. Sie war den Tränen nahe. »Ich verstehe das nicht«, stieß sie hervor, »das ist doch nicht fair. Wir mühen uns seit vielen Monaten ab, um auch nur den geringsten Kontakt mit echter großartiger Magie aufbauen zu können, und nichts, nichts, nichts passiert, nichts ist uns gelungen, kein Teufel hat sich auch nur einen Scheiß für uns interessiert, kein Fürst meldete sich bei uns, um uns zu seinen Jüngern zu machen. Dabei glaube ich jetzt, ich glaube so sehr, aber wir krebsen herum im Blut bescheuerter Leute, und du – du – gehst in deinen zerfransten Jeans und deiner Blödquatscherei in irgendein gemietetes Atelier und vögelst mit der Magie, bis es euch beiden quer über die Leinwand spritzt! Warum? Warum? Warum? Bin ich denn überhaupt nichts wert?«

Hiob versuchte sie festzuhalten, und es wurde ein unentschlossener Ringkampf daraus, den vorüberschlendernde Nachtschwärmer mit zigarettenglühendem Grinsen quittierten.

»Das ist alles nicht so einfach«, versuchte er sie zu beruhigen, aber sie beruhigte sich nicht, sie verlagerte ihre Wut nur in ihre Lippen und küsste ihn, wieder und wieder, sodass er nicht zum Sprechen kam. Als er anfing, die Küsse zu erwidern und, die Hände hinter ihrem Rücken verschränkt, ihren warmen Leib in seinen heftigen Atem hineinzuziehen, als sie die echte Magie auf seiner Zunge schmecken konnte, stieß sie sich von ihm ab und forderte: »Erklär's mir.«

Er machte eine Geste, die aussah als wollte er ihr zeigen, dass er keine Waffen in den Händen hielt, und sagte: »Gut.« Langsam gingen sie weiter, Seite an Seite. Da sie fast einen Kopf kleiner war als er, hätte sie zu ihm aufschauen müssen, wenn sie ihn angesehen hätte. Deshalb tat sie's nicht.

»Man kann nicht einfach so ein Magier oder ein magisches Wesen werden«, dozierte er mit italienisch fliegenden Gesten. »Das ist eine Sache, die dir im buchstäblichen Sinne in die Wiege gelegt werden muss. Es sei denn natürlich, es gelingt dir, eines der wirklich großen Tiere aus dem Wiedenfließ oder den irdischen Ebenen der Fastgöttlichkeit auf dich aufmerksam zu machen. Aber ›aufmerksam machen‹ ist auch wiederum nicht der richtige Begriff dafür. Du kannst dein ganzes Leben lang herumhüpfen, Opfer bringen, Rituale leben und veranstalten und ganz ungeheuer diabolisch sein, und mit ziemlicher Wahrscheinlichkeit wird niemals etwas wirklich Übersinnliches passieren. Knallköpfe wie Aleister Crowley oder Gurdjieff oder Däniken und Geller haben schon so ziemlich alles ausprobiert und ausgetüftelt, aber keiner von ihnen hat jemals auch nur den Hufabdruck eines Ebenentieres zu Gesicht bekommen. Andererseits kann man sein ganzes Leben lang mit Ärmelschonern in irgendeinem Büro Stempelkissen abnutzen, und BANG!, eines Tages knallt dir ein geflügelter Hedroch durchs Fenster und entführt dich nach Chassaria. So was in der Art ist zum Beispiel James Joyce passiert, der dann während der Jahre, in denen er *Finnegan's Wake* schrieb, tatsächlich die gängigen Sprachen verloren und eine neue gefunden hat. Oder der arme Inpektor Abberline, den man damit beauftragt hatte, die sogenannten Jack-the-Ripper-Morde aufzuklären – der sah sich plötzlich der donnerröhrenden magischen Inkarnation eines gesamten Zeitalters gegenüber. Viel zu groß, um erfassbar zu sein, viel zu groß, um berechenbar zu sein, und vor allem ... viel zu groß, um lenkbar zu sein – das umschreibt in etwa die Gesetzmäßigkeiten der Magischen Einheit.«

»Und warum klappt es dann bei dir?«

»Ich bin der Kwisatz Haderach.«

»Der was?«

»Noch nie was vom Kwisatz Haderach gehört? Na, macht nichts. Ist auch nur 'ne ausgedachte Sache. In Frank Herberts *Wüstenplanet* gibt es so eine Geheimsekte, die Bene Gesserit, deren überliefertes Programm es ist, durch genealogische Auswahlzüchtung so eine Art Übermenschen herzustellen, eben den Kwisatz Haderach. So etwas Ahnliches gibt es übrigens auch in der sogenannten Wirklichkeit. Ein Rabbi namens Josef Ekstein hat schon vor Jahrzehnten in New York und Israel ein jüdisches Familienplanungsprogramm namens Dor Yeshorim ins Leben gerufen, dessen letztendliche Zielsetzung es ist, den neuen Messias hervorzubringen.«

»Und du bist das Endresultat dieses Programms?«

Hiob lachte. »Willst du mich beleidigen? Seh ich wie ein Gesalbter aus? Nein, ich bin independent und verdammt stolz drauf. Aber meine Entstehungsgeschichte ist ähnlich wie beim Kwisatz Haderach. Mein Großvater väterlicherseits war – ist – ein echter Magier, ein großer Mann selbst in historischen Maßstäben. Aufgrund eines spirituellen Chromosomen-Missgeschicks entwickelte sich sein einzig gestatteter leiblicher Sohn – mein Dad – leider zu einem schwachbrüstigen Vollarsch, sodass mein Großvater wohl oder übel auf die übernächste Generation zurückgreifen musste. Er paarte meinen schwindsüchtigen Dad mit einer satt durchgeknallten Hexe aus dem Elsass, und GLITSCH!, Klein-Hiob ward geboren, ein aufgeweckter Knabe mit blaugrünen Augen und einem ausgeprägten Hang für Horrorfilme und Fantasy-Literatur. Als ich acht Jahre alt war, war *Innervisions* von Stevie Wonder meine absolute Lieblingsplatte. Mit zwölf war mir schließlich Mozart zu durchschaubar und langweilig geworden. Und obwohl ich die astralgenetischen Anlagen hatte, musste ich mir das Wissen um die praktischen Anwendbarkeiten von Magie in mühsamer Theorie erarbeiten. Ich verbrachte volle zwei Jahre meiner sexuellen Hochleistungsphase in einer fensterlosen Bibliothekskrypta, die der größte geheime Schatz meiner beunruhigenden Blutlinie ist. Erst danach war ich reif dafür, ins Licht zu treten.«

»Diese Bibliothek würde ich gerne mal sehen.«

»Das kannst du. Von außen ist sie eines der besser erhaltenen Grabmausoleen an der östlichen Flanke des Dreifaltigkeitskirchhofs in Kreuzberg. Aber es geht da ziemlich tief runter.«

»Ich hab keine Angst vor der Tiefe, und auch nicht vor dem Dunkel.«

»Das glaube ich dir gerne. Es wird mir eine Ehre sein, dich dorthin zu führen.«

Bernadette fühlte sich an die von ihr so heißgeliebte Bette-Noir-Geschichte erinnert, als sie Hiob jetzt fragte (und ein kalter Kitzel lief ihre Rückenlinie hinab): »Und ... was meinst du ... gibt es eine Chance für mich ... von dir ... Magie zu lernen? Echte Magie?«

»Du meinst, ich soll einen echten Vampir aus dir machen?«

»Ja.«

»Einen, der von Kruzifixen Brandblasen bekommt?«

»O ja.«

»Einen, dem die Sonne hochaktiven Hautkrebs kredenzt oder der sich unter fließend Wasser schmierig auflöst wie ein Stück Schaumseife, oder der gegen eine abgebrochene Ruderstange in seinem Herzen allergisch ist, oder der's nicht ohne Kopf mag oder mit Knoblauch?«

»Ja, genau.«

Hiob zuckte die Schultern. »Da ist nichts Besonderes dabei. Wer mag schon Knoblauch?«

»Und ich will kein Spiegelbild haben.«

»Das wäre doch schade.«

»Und keinen Schatten.«

»Knifflig.«

»Und ich will mich verwandeln können in Nebel und verschiedene Tiere, ich will ihren Geruch annehmen und ihr Fell, und ich will nachts fliegend auf heißblütige Menschen herabstoßen wie ein apokalyptischer Adler und sie trinken, bis es mir kommt.«

»Hm. Ich denke, jetzt, wo die Regierung hierher umzieht, könnte Berlin so jemanden brauchen.«

Sie stoppte ihn wieder, diesmal, um ihn zu küssen. Hiob brummte wohlig unter ihren Streichelungen. »Das ist ein Ja, okay?«, wollte sie bestätigt wissen, und er nickte grinsend. Sie stieß sich wieder von ihm ab und strauchelte wie trunken vom Bordstein auf den Asphalt. Ein langsamer Opel lenkte, ohne zu hupen, wie fahrerlos, um sie herum. Bernadette breitete die wie schmal und weiß gewordenen Arme aus. »Also, womit fangen wir an?«

Hiob zauste sich durchs widerspenstige Haar. »Tja, wir haben ein ziemlich volles Programm. Als Erstes sollten wir irgendwo hingehen, wo du ungestört von meinem Blut trinken kannst, denn wir müssen unbedingt diesen Urinquatsch aus deinem System rauswürgen und stattdessen ein bisschen Batterieflüssigkeit reintun. Und, na ja, dann erzählst du mir ein bisschen von dir, und ich bring dir ein bisschen was bei und – hey, kein großer Fuzz, das Ganze.«

»Werden wir weiter gehen als jemals ein Paar zuvor?«

»Wir werden eine ganze Menge komischer Sachen miteinander machen müssen, darauf musst du dich einstellen. Wir werden ein Liebespaar sein, auf alle erdenklichen shakespearschen Arten. Nur eines werden wir nicht tun.«

»Und das wäre?«

»Wir werden keinen Sex haben. Niemals. Denn das würde mich umbringen.«

Bernadette wusste nicht genau, wie das gemeint war, ob es ein Kompliment an ihre sexuelle Attraktivität sein sollte oder eine ernst gemeinte Bedingung der Initiation – jedenfalls konnte sie sich nicht erinnern, wann jemals ein Mann etwas derart Romantisches zu ihr gesagt hatte.

ein französischer vampir,
ein deutscher vampir und
ein englischer vampir
kommen in eine bar.

der französische vampir
bestellt sich einen cognac,
ein glas voll blut,
trinkt beides aus
und geht wieder.

der deutsche vampir
bestellt sich einen jägermeister,
ein glas voll blut,
trinkt beides aus
und geht wieder.

der englische vampir
bestellt sich ein glas heises wasser,
holt sich einen benutzten tampon
vom frauenklo
und macht tea-time.

neuntklässlerwitz

c) Fänge im Roggen

Das ausgeklügelte, aber rein theoretische Spielsystem von VAMPIRE hatte ihnen beigebracht, dass Menschen nur *Gefäße* waren, verschwenderisch gefüllt mit dem wunderbaren Saft, den ein Vampyr zum Leben brauchte.

Dirk-Daniel hatte jedoch gelernt, dass die Wirklichkeit noch viel schöner war. Menschen waren nicht einfach nur *Gefäße*, die unwillentlich gefüllt waren – sie waren vielmehr *Fabriken*, deren einziger Daseinszweck das Herstellen von Pisse war. Menschen legten keine Eier, gaben keine Milch, sie hatten kein Fell, das man irgendwie verarbeiten konnte, und sooooo großartig schmeckte ihr Fleisch nun auch wieder nicht. Das Einzige also, was Menschen produzierten, und das regelmäßig Tag für Tag, waren Exkremente. Das war das Einzige, was im wahrsten Sinne des Wortes bei dem ganzen Gewusel herauskam. Die einzige verwertbare Kreation der Gattung Mensch. Alles andere waren nur Luftschlösser und selbstreferentielle Systeme, die objektiv betrachtet völlig lächerlich waren.

All die krawattig beanzugt hastenden Herrenmenschen – in Eile aufgrund vermeintlich wichtiger Termine – waren nur in dem Augenblick etwas wert, wenn sie Kaffee tranken oder etwas anderes, um ihre körperliche Produktionsstätte mit verarbeitbaren Rohstoffen zu füttern. All die liederlich kostümierten Weiber, die so viel unnütze Zeit auf ihr vollkommen unnützes Äußeres verschwendeten, wurden nur im Augenblick des Trinkens wertvoll, und vielleicht noch beim Essen, denn dann feuerten sie ihre Eingeweide an, warfen die herrlichen, geölten Getriebe in Schwung, um organische Mitteilbarkeiten ausscheiden und weitergeben zu können. Wenn sie ihre breiten Ärsche nicht mehr zum Wackeln, sondern zum Gebären von Schlacke benutzten, heiligten sie ihre Existenz.

Viel zu wenig Menschen waren sich dieser Tatsache bewusst.

Ihnen schien der Gang aufs Klo eher lästig zu sein,

als dass er ihnen als der eigentliche Sinn ihres Lebens bewusst war. Nur ein paar von der Öffentlichkeit lüstern und angewidert verfemte Performancekünstler packten ihre Scheiße in Plastiktüten und stellten sie aus – was Dirk-Daniels Meinung nach aber ebenfalls total bekloppt war, weil Scheiße ja nicht dazu da war, angegafft, sondern verzehrt zu werden.

Als er sich in der Gegend der öffentlichen Toiletten im Bahnhof Zoo herumdrückte, fiel Dirk-Daniel wieder eine von Bernadettes alchimistisch-theoretischen Lektionen ein, um drängend prall gefüllte Fabriken kurz vorm Ablass abzupassen. Die unermüdlich geistige Bernadette hatte dem Rudel eine Vorlesung gehalten über die von allen mittelalterlichen und zeitgenössischen Alchimisten als Ausgangspunkt der göttlichen Reinheit betrachtete und streng geheimgehaltene *prima materia*, die in den Quellen beschrieben wurde als »allen Menschen bekannt, sowohl den jungen als auch den alten. Dennoch wird sie von allen verachtet. Arm und Reich gehen täglich damit um. Sie wird von den Dienstmädchen auf die Straße geworfen, die Kinder spielen damit. Trotzdem gibt keiner einen Heller dafür. Neben der menschlichen Seele ist sie das kostbarste Ding auf der Erde. Sie hat die Macht, Könige und Prinzen vom Thron zu stürzen. Trotzdem hält man sie für das gemeinste und schmutzigste der irdischen Dinge.« Es war offensichtlich für Dirk-Daniel, dass diese *prima materia* menschliche Scheiße war – der Hinweis mit dem »vom Thron stürzen« war einfach zu deutlich –, und wenn selbst alle Gelehrten der Alchimie auf Scheiße schworen, wie konnte dann also seine ureigene Leidenschaft etwas Niedriges sein? War er nicht vielmehr ein Gelehrter, ein Weiser, ein Wissenschaftler – ja, mehr noch: ein Umwandler, ein Veredler, ein bislang fehlendes Bindeglied zur Vervollkommnung des Kosmos?

Dirk-Daniel Gester wurde wie eine Kobra angezogen vom tausendfach verkrusteten Lockstoffaroma der unterirdischen Bahnhofstoilette, aber als die beiden fast identisch aussehenden Klofrauen ihre fetten Hälse wandten und ihn durch dicke Brillengläser hindurch anglotzten, schluchzte er nur auf angesichts der Undurchführbarkeit eines hier unten veranstalteten Bacchanals und suchte, taumelnd und murmelnd vor Gier, das Weite. Die lau schwebende Kohlenmonoxidluft der Nacht mischte ihn zusätzlich auf, bis er, immer noch im Dunstkreis der Prachtboulevards, ein überwürztes asiatisches Restaurant fand, durch dessen Holzzäunchen und Lampionsegen er zog wie ein Schlafwandler. Zwischen Telefon und Küche klemmte er sich durch aufs Herrenklo und drang ein in das ranzige Pissoir der kleinen Goldenen Schüsse mit der Aureole eines Genies, eines olympioniken Quantenspringers.

In rasender Entladung von Hunger, Durst und Lust zerschmetterte er einem ungepflegten Wasserlasser das Rückgrat unter der braunen Wildleckerjacke und überwand klimmend und krallend eine verschlossene Kabinentür, um einer schreienden Industrieanlage mit beiden Armen ins Geröhr zu schlüpfen und diese von unten her auseinanderzureißen. In Wirklichkeit sah es anders aus, der Typ mit der Wildlederjacke wurde lediglich hart gegen das Pissbecken geschleudert und machte sich ächzend und fleckig auf allen vieren davon, während hinter der gnädig verschlossenen Klozellentür ein schreckliches Zerren und Bohren und Winseln anhob, das erst zur Ruhe kam, als sich das Herz des Opfers zu einem festen Klumpen verkrampfte und stehen blieb wie eine billige Uhr.

Dirk-Daniel schürfte und fraß den Kot mit der Seelenruhe des Raubtieres und labte sich danach an dem verwässerten Urin, den sein Opfer schon in den Kloabfluss gelassen hatte. Dabei beugte sich Dirk-Daniel weit hinab, erkundete mit dem Arm die so dem Menschlichen verwandten Verwindungen des Abflussrohres und sog die konzentrierte Stimmung von unzähligen Entleerungen und ebenso unzähligen und vergeblichen Desinfektionsversuchen wie ein Lösungsmittelsüchtiger in sich auf, bis ihn eine schraubstockartige Hand im Genick packte, sein Gesicht auf das harte, eiskalte Emaille des Schüsselbodens presste und jemand wieder und wieder die Spülung betätigte. Wiederaufbereitetes Schmutzwasser drang Dirk-Daniel durch die Nasenlöcher nach oben, sprudelte sich dort neue Wege frei, der Druck im Genick wurde zum Knirschen, Dirk-Daniels Zungenspitze wurde von seinen Unterkieferzähnen beinahe abgetrennt, und eine Stimme, die bei ihm in der Zelle war, fragte höhnisch: »Was ist denn los mit dir, hm? Was ist denn los? Hast du ...« Dirk-Daniels immer noch im Rohr steckender

Arm brach ab oder wurde zumindest herausgekugelt, als ihn der Griff im Genick anhob und ihn nach hinten – »... etwa ein Problem ...« – gegen die weiß getünchte Tür stieß, die sengend aus den Angeln brach und plötzlich nicht mehr da war, und Dirk-Daniel, der sämtlichen Halt verlor und mit rudernden Armen auf der kalt schlingernden Platte der Tür gegen die jenseitigen Fliesen kantete und von dort unabgefedert weil ohne Hilfe des Armes seitlich auf den Kachelboden dröhnte, die Tür sich einmal um sich selbst über ihn hinwegwuchtend und mit lautem Scheppern – »... mit ...« – irgendwo da hinten zum Landen kam und die Beine neben ihm ihn an den kreischenden Haaren hochheben bis er vor Tränen gar nichts mehr sehen kann und jemand ihn umwendet und niederrammt in den weißen Kragen eines Urinals, durch das gelbliche Plastikgitter hindurch und die gesättigten grünen Chlorsteinchen um die Ohren sein Gesicht so fest auf den stinkenden Abfluss drückt, dass das wieder und noch mal betätigte Spülwasser sich nicht mehr – »... fließend Wasser?« – nur noch ganz schwer abfließen kann und sich langsam nach oben hin aufschaukelt, immer mehr wie ein Wasserfall herunterkommt, Dirk-Daniel mit den weit gespreizten Beinen, die Oberschenkelknochen langsam splitternd, kickend und nach hinten tretend, jetzt lauter Blasen vor den Augen, das Wasser ist nur ungefähr eine Handbreit hoch in der engen Schüssel, aber das reicht vollkommen aus für ein Gesicht, ist hellgrün gefärbt von den bösen Steinchen. Der Tod treibt erst ganz hinten an der Peripherie der fetten Fluten herum, zaudert und vibriert, und schießt dann plötzlich so schnell heran wie ein Piranha und hat alles erledigt, dass für so etwas Komplexes wie Angst gar keine Zeit mehr bleibt.

Das Kinn im Pissbecken verhakt, bleibt Dirk-Daniel Gester hängen. So sieht er doch ganz natürlich aus, als würde er noch leben.

Am vierten Tag trafen Hiob und Bernadette sich auf dem Friedhof.

Am ersten Tag – in der ersten Nacht also, um genau zu sein – hatte er sie mit zu sich nach Hause genommen, ihr weitere, noch unausgestellte oder unvollendete Bilder gezeigt, und sie hatten bei Kerzenlicht zusammengesessen. Sie hatte geredet, ihm so ziemlich alles von ihr und dem Rudel erzählt, an das sie sich noch erinnern konnte. Das war eine ganze Menge, und Hiob hatte aufmerksam zugehört, auch wenn Bernadette gegen Ende hin zugeben musste, dass sie gar nicht mehr über alle Streifzüge der übrigen Rudelmitglieder unterrichtet war, Gruppendynamik hatte sie auseinandergezwungen, und Bernadette war sicher, dass es eines Tages jeder von ihnen zu einem eigenen Rudel bringen konnte. Jeder von ihnen war so einzigartig, so stark, so beseelt. Einmal lachte Hiob dermaßen auf, dass sein Atem die Kerze ausblies, aber er verschloss ihre Frage mit einem Kuss. Danach öffnete er sich mit einem Obstmesser den Arm und gab ihr von seinem Blut zu trinken. Der seit Längerem aufgegebene Blutgeschmack war wieder neu für sie und gleichzeitig wehmütig vertraut, und dann stellte sie fest, dass Hiobs Blut besser schmeckte als alles Blut vorher, denn es schmeckte nach Magie.

In einem Zustand sanft trunkener Berauschtheit gab sie ihm ihre Visionen von teerfarbenen Schwingen und überirdischer Ekstase preis, Träume voller katholizistischer Surrogate, in biologischen Flüssig- und Wahrhaftigkeiten gewendet, die Muttergottes nackt mit dem Jesuskindlein auf dem Arm, beim Lächeln Vampirfänge entblößend; das Jüngste Gericht als sexuelle Offenbarung – wer zuerst kommt, kommt zuerst in den Himmel; Bernadette selbst, die heilige Bernadette, das Wunder von Lourdes, in einer Quelle badend von elterlichem lehrerischem autoritärem Blut, vier der fünf klaffenden Stigmata von Lindenblättern bedeckt, das fünfte von einem Feigenblatt, zwischenmenschlicher Verkehr mit Fremden, haltloses Rollen in die Nacht, die ewig währende Entlohnung der Rebellen. Ihre Worte trieben durchs Dunkel wie die Federn eines sturmgezausten Engels, und Hiobs leuchtende Augen nickten.

Am zweiten Tag sahen sie sich gar nicht, Hiob hatte Wichtiges zu erledigen, wie er sagte, Wichtiges, das keinen Aufschub duldete. Mit rotgeränderten Augen streifte Bernadette durch Marzahn.

Am dritten Tag waren sie eigentlich auf dem Friedhof verabredet gewesen, aber in der Nacht war Dirk-Daniel tot aufgefunden worden, und Arne hatte am Vormittag durch seine Connections zur Fixerwelt davon erfahren. Das Rudel verbrachte den ganzen Tag zusammen im Hangelsberger Haus. Sonja nahm es sehr schwer, sprach sogar von Selbstmord. Sie hatte gerade in den letzten Tagen wieder angefangen, heftigst mit Dirk-Daniel zu bumsen, und da keiner der anderen an so etwas Bodenständigem noch interessiert war, befürchtete sie zu recht einen rigorosen Lustentzug. Bernadette tröstete sie ein wenig, indem sie ihr warm ins Gesicht pinkelte, aber Sonja dachte weiter ans Sterben. Geburah war der Einzige von ihnen, der schlecht von Dirk-Daniel sprach. »So ein Schwächling«, höhnte er, »lässt sich beim Jagen von einem Gefäß killen. Hat man schon mal von einem Wolf gehört, der von einem Kaninchen totgebissen wird? Ich hasse ihn dafür. Hoffentlich begraben sie ihn in geweihter Erde.«

Geweihte Erde dann am vierten Tag. Der Friedhof. Nicht Dirk-Daniels Beerdigung, die würde irgendwo stattfinden, wo keiner von ihnen je hinging. Nein – dies war der Friedhof, wo Hiob geboren wurde.

»Du hast dich im Tag geirrt. Wir waren gestern verabredet«, stellte er fest.

»Ich konnte nicht kommen. Bist du böse?« Sie umarmten sich, küssten.

»Nein. Ich bin hier herumgeschlendert wie früher, das war auch ganz nett. Und dann dachte ich mir: Versuch's doch heute noch mal zur selben Zeit. Dieses Mädchen läuft sowieso einen Schritt neben den Normalgleisen her, vielleicht passt es so. *Et voilà* – du bist pünktlich.«

»Dirk-Daniel ist tot.«

»Der Kotfresser? Oje. Ich wünschte, ich könnte etwas Nettes über ihn sagen, aber nachdem, was du mir von ihm erzählt hast, ist es, glaub ich, kein großer Verlust für die Menschheit.«

»Du bist grausam, Magier.«

»Ich bin Magier.«

Es war heiß und sonnig, die Baumblätter und Grasflächen leuchteten, so sehr es ihr durstiger Zustand erlaubte. Hiob trug ein *Shade the Changing Man*-T-Shirt, das ihm fast bis zu den Knien hinunterreichte. Sie gingen, vom Marheinekeplatz kommend, ein paar Meter weit die Bergmannstraße rein und bogen dann rechts in den ersten Friedhofseingang. *Dreifaltigkeit*. Während sie den Weg berganschlenderten, zog links eine bemooste, weinende Madonna an ihnen vorbei. An Cuno Horkenbachs weißem Delphi-Tempel zweigten sie links ab. Weit voraus war ein blaugrüner Fleck zu sehen, fast dieselbe Farbe, nur ein paar Akzente dunkler, wie Hiobs Augen. »Dahinten ist die Tür«, erklärte Hiob, aber es war noch ein Stück Wegs bis dahin. Rechts waren rote Klinkerbauten und -mauern, dann nickte ein hinter einer überwucherten Mauer nur oberhalb der Schultern zu sehender Jesus unter einem Baldachin aus Eschnapur zu ihnen herüber. Schleiermachers Grab links mahnte GEDENKET AN EURE LEHRER, ein verhinderter Obelisk rechterhand gab hinter Netzstrümpfen anzüglich Blicke auf einen wuchtigen Sarg frei. Die blaugrüne Tür voraus wurde deutlicher, mit ihr der annähernd würfelförmige, helle Bau, zu dem sie gehörte, und die geschmacklose, ablenkende Grabpyramide rechts davon, auf der in goldenen Lettern V. OPPENFELD'S ERBBEGRÄBNISSTÄTTE 1828 angepriesen wurde. Dieser merkwürdige Friedhof war ein Ramschladen der gesamtglobalen Architekturgeschichte.

Das 4 × 4 × 4 oder 5 × 5 × 5 Meter umfassende Gebäude mit der blaugrünen Tür war weit und breit das einzige, auf dem kein Familienname stand. Ein christliches Kreuz krönte die Front, ein schnörkeliges Relief, um einen sechszackigen Stern herum angeordnet, ein paar Verzierungen, die wie ins Jugendfreie romantisierte Wasserspeierdämonen ohne Köpfe aussahen.

»Siehst du die Inschrift da über der Tür? PER ASPERA AD ASTRA. Aus dem Staub zu den Sternen. Oder aber auch – wie meine Familie es bevorzugt: *Durch Niedertracht nach oben.*«

»Durch Niedertracht nach oben?«

»Die Blutlinie der Montags hat schon immer einen ausgeprägten Hang zur skrupellosen Erreichung des Unmöglichen gehabt. Auch, als wir noch Montague hießen und selbstdestruktive Schwachköpfe wie Shakespeares Romeo hervorbrachten.«

»Du bist mit Romeo verwandt?«

»Na klar. Der sechszackige Stern da oben ist sowohl eine Verbeugung vor dem jüdischen Glauben als auch ein Porträt von Bruder Sirius. Komm, lass uns hinten herumgehen.«

Die Rückwand war glatt und kalt und auf den ersten Blick unscheinbar, bis sich dem aufmerksameren Betrachter die eingemeißelten Zeichen erschlossen.

Hiob spielte weiter den Fremdenführer. »Das da in der Mitte ist das Christussymbol, das sich aus den griechischen Buchstaben für CH und R zusammensetzt, also einem X und einem P. Links davon ist ein Alpha, rechts davon ein Omega.«

»Ich weiß. Anfang und Ende.«

»Genau. Jesus allerzeit in Ewigkeit. Oder, in Montagscher Lesart: Am Anfang gab es nur NuNdUuN, dann kam für kurze Zeit Christus, und im ganzen Omega seither sind wir wieder allein mit dem Großen Dunklen Kalifen. Genügend Platz also für einen wie mich.«

»Einen Magier.«

»Einen Aufsteiger, wenn man so will.«

»So.«

Sie zwängten sich durch eine Lücke in einer Mauer wieder zur Vorderfront zurück. »Wenn man einen Friedhofsverantwortlichen fragt, ob das hier ein Mausoleum ist oder nicht, wird man zur Antwort bekommen, dass dieses gut in Schuss gebliebene Bauwerk in städtischem Besitz ist und als Kapelle oder Lagerhaus fungiert. Ist natürlich alles völliger Quatsch. Außer mir und meinem Großvater kommt hier keiner rein, und mein Großvater sorgt auch dafür, dass das so bleibt. Dieses Bauwerk stand, natürlich in abgewandelter Form, schon hier, als noch westgermanisch-swebische Semnonen hier gehaust haben. So etwa zu Christi Zeiten. Damals war es schon so eine Art Tempel für irgendeinen ziegenschändenden Dämon. Hat sich nicht groß verändert seitdem, im Daseinszweck.« Gemeinsam stiegen sie die fünf Stufen bis zur Tür hoch, Hiob nestelte einen großen alten Bartschlüssel aus seiner Hosentasche und schloss auf. Dann scheuchte er Bernadette, sich verschwörerisch umsehend, schnell in den Innenraum und schloss hinter ihnen wieder ab. Durch die beiden oben nicht völlig zugemauerten Fenster an der rechten und linken Seite fielen schwere Sommerbalken kubistisch ineinanderverkeilt in den Staub, der überall so dicht schwebte, dass der Boden des Mausoleums fast in völligem Dunkel lag. Es roch merkwürdig schal nach Essig. »Ein toller Platz, um Liebe zu machen«, stellte Bernadette fest.

»Na ja. Ich denke, jeder Platz ist toll, um Liebe zu machen, selbst der Walther-Schreiber-Platz. Okay, jetzt beweg dich besser nicht, jeder Schritt könnte ein Fehler sein.«

Bernadette schloss in Erwartung dessen, was jetzt kommen wollte, lächelnd die Augen, aber Hiob schlurfte nur herum, fummelte nach ein paar auf dem Boden stehenden Laternen und zündelte mit Hilfe eines Kneipen-Streichholzbriefchens zwei an. Danach klatschte er mit flachen Händen mehrmals gegen bestimmte Stellen der Wand, bis in der hinteren rechten Ecke ein rastendes Geräusch zu hören war und eine Steinplatte sich mit ganzem Körpereinsatz unter die Bodenfläche schieben ließ. Für einen Magier, stellte Bernadette in den folgenden Minuten nüchtern fest, mühte sich Hiob dabei ganz schön ab. »Ist schon ein paar Jahre nicht mehr bewegt worden«, erklärte er und wischte sich mit dem Saum des T-Shirts den Schweiß vom Gesicht. »Zu geht's aber leichter. So, komm jetzt, Babe. Gruften müssten doch genau dein Fall sein.«

Sie nahm eine der Laternen, gab die andere Hiob in die Hand, und dann folgte sie ihm die dreiundzwanzig einwärts gedrehten Stufen in die Tiefe.

Und da war sie tatsächlich. Die Bibliothek, von der er erzählt hatte. Zwar nur ein einziger Raum, dessen Ausmaße nicht größer waren als das Gebäude oben drauf, aber an sämtlichen Wänden und Dutzenden und Aberdutzenden von Regalen bis unter die sandige Decke mit Büchern, Kartenrollen und Folianten vollgestopft. Außer einem freien Platz in der Mitte, dessen zwei Meter Durchmesser mit einem Pentagramm und verschiedenfarbigen anderen arkanischen Symbolen bemalt waren, blieb kaum Raum zum Sitzen, geschweige denn zum Gehen.

»Unglaublich. Unfassbar. Und es gibt überhaupt kein Licht hier unten.«

»Außer den Laternen und Hunderten von Kerzen nicht.«

»Und Nahrung? Und Atemluft? Und ein Klo?«

»Na ja. Einmal im Monat kam mein Großvater vorbei, brachte mir ein paar Teigwaren und Ziegenmilch mit und all so'n Zeugs. Er zirkulierte auch die Luft von oben ein bisschen

herum und nahm den Exkremente-Eimer mit
raus und leerte ihn da irgendwo auf den Grabkranzkompost. Es hatte halt alles ein bisschen den Komfort eines türkischen Gefängnisses.«

»Und wie lange hast du hier unten gelebt?«

»Ein Jahr, ohne den Raum zu verlassen. Im zweiten Jahr durfte ich vollmonds immer raus und auf den Gräbern tanzen.«

»Das ist wirklich unglaublich.« Bernadette schritt vorsichtig zwischen Bücherstapeln hindurch und berührte so viele Gegenstände wie möglich mit den Händen. Das Pentagramm auf dem unbedeckten Erdboden mied sie. »Wie alt warst du damals?«

»Neunzehn und zwanzig. Das war direkt nach dem Abitur, also in den Jahren, in denen andere sich entweder in den bunten Universitätssalat werfen oder mit ihrer Karriere anfangen.«

»Das Abitur hast du aber noch brav gemacht?«

»Mehr schlecht als recht. Am Ende hing noch alles von der letzten mündlichen Prüfung ab, und da musste ich sogar noch mogeln, um sie zu bestehen. Ich hatte, besonders in den letzten Jahren, die Fähigkeit verloren, mich auf den ganzen kleinkarierten Schulscheiß zu konzentrieren. Ich bereitete mich ja schließlich auf Größeres vor.«

»Warst du ein guter Schüler?«

»Ich kam durch, sagen wir's so.«

»Komisch. Wenn man bedenkt, dass du dich so gerne als ›konservativ‹ und ›Aufsteiger‹ bezeichnest, hätte es mich nicht gewundert, wenn du ein kleines Streberlein gewesen wärst.«

»Willst du mich beleidigen? Ich habe nie gestrebt. Die meisten Lehrer waren für mich Arschlöcher. Und die einzigen Mitschüler, für die ich etwas übrig hatte, waren die Nonkonformisten, die, die sich nichts sagen ließen. Das waren dann eben die, die auch einer nach dem anderen sitzen blieben und mich allein ließen. In der Oberstufe war dann keiner mehr übrig, der wirklich cool war, denn die hatten alle spätestens mit sechzehn die Schule geschmissen. In den Abitursemestern war ich ganz alleine unter lauter Speichelleckern. Es war zum Kotzen. Ich ging mit Freuden hier runter, danach.«

»Eigentlich ist es erschreckend. Ich meine, wie man so zum Magier wird. Wie normal das passiert. Ich zum Beispiel habe alles anders gemacht als du. Mit zwölf bin ich schon aus meinem muffigen katholischen Zuhause in einem Nest im Süden abgehauen und seitdem nie wieder zur Schule gegangen. Ein junger Mann, der zehn Jahre älter war als ich und der mich sehr, sehr sanft entjungfert hat, hat mich zum Okkultismus hingeführt. Er war sehr schön. Er war alles, wovon ein kleines, wildes Mädchen träumen kann. Danach war ich Straßenhändlerin für selbstgemachten Schmuck, Stripperin, Fotomodell und immer wieder Schauspielerin im Theater. Immer mehr Theater. Da bin ich dann hängen geblieben. Und Bücher über Übernatürliches waren meine Schule, so lange, bis mir die Theorie nicht mehr gereicht hat.«

»Der junge Mann, der Okkultist – lebt er noch?«

»Nein. Er starb, als ich siebzehn wurde. Er fiel aus dem Fenster, als er eine Vision von einem weiblichen Engel hatte.«

»Sah er mir ähnlich?«

»Nein. Er war ganz anders als du. Viel hagerer, bleicher, mit hellen Haaren, die wie Stroh waren, genauso farblos, genauso struppig.«

»Ich frage deshalb, weil ich auch mit einer Okkultistin zusammen war. Sie war meine erste Liebe. Wir waren beide vierzehn. Sie sah dir ähnlich.«

»Echt?«

»Hm-m.«

»Bin ich ein Ersatz für sie?«

»Nein. Du bist nicht genau wie sie. Nur ähnlich. Vollkommen verrückt halt.«

»Das gefällt dir an Frauen.«

»Es gibt nichts Langweiligeres als adrette, gut gelaunte Frauen.«

Sie lachte. »Du machst mich gut gelaunt. Also zerstörst du meinen Zauber.«

»Wer weiß.«

Sie nahm ein altes, in Schweins- oder ein anderes Leder gebundenes Pergamentbuch und blätterte zwischen den ganzen frakturbeschriebenen Seiten und Kupferstichen und Holzschnitten hin und her. »Hast du das alles gelesen?«

»Vieles davon. Zwei Jahre sind eine unglaublich lange Zeit, wenn man gar nichts anderes zu tun hat. Irgendwann kommst du auf die Idee, dir jeden Tag ein anderes Buch zu greifen und ein paar Stunden lang darin zu lesen, und ehe du dich versiehst, hast du siebenhundert Bücher durch. Es kommt nicht darauf an, jedes Buch von Anfang bis Ende durchzulesen. Es geht um eine Impression. Dadurch hast du als Scholast viel mehr Möglichkeiten, eigene Zwischenräume zu entwickeln. Und genau darum geht es ja bei einer solchen Initiation: das Entstehen eines eigenen Raumes, eines eigenen Wertes. Ich habe ungeheuer viel Zeit im Schneidersitz im Pentagramm verbracht, einfach nur meditierend und Radio hörend.«

»Radio hörend?«

»Ja. Das ist eigentlich nicht erlaubt. Das heißt, es ist eigentlich nicht Bestandteil der Initiation. Es ist aber auch nirgendwo ausdrücklich verboten. Ich war einfach der Meinung, dass es mich mehr in Gleichklang bringen würde mit meiner, unserer Zeit. Deshalb schmuggelte ich einen Radiowalkman mit runter. Ich hörte alle möglichen Sender, in allen möglichen Sprachen, stundenlang. Der Empfang war erstaunlich gut für ein Grab. Und nachts das Weiße Rauschen. Atemberaubend.«

»Drogen?«

»Auf gar keinen Fall. Das ist nun wirklich total verboten. Das würde auch alles kaputt machen. Der Körper muss eigene Endorphine und Halluzinogene produzieren, und das tut er auch, nach etwa acht Monaten Seklusion. Es ist wie eine Selbstreinigung. Eine Reinigung von allem Scheiß der Kindheit.«

»Wirst du mir das alles beibringen?«

»Vielleicht ... Das wird auf jeden Fall sehr lange dauern.«

»Ich habe sonst nichts vor im Leben. Was wird passieren, wenn ich in den Drudenfuß trete?«

»Nichts.«

»Ich meine ... weil ich doch Blut getrunken habe und Urin, und getötet ... und von Menschen gegessen ...«

»Trotzdem nichts.«

»Weil das alles nicht zählt?«

»Weil das alles nicht zählt.«

»Dann bring mir bei, was zählt.«

Dieses »bring mir bei« war ihr Refrain. Sie zirkulierten in elliptischen Bahnen um dieses fordernde »bring mir bei«, das sich selbst durch alle Tonarten transponierte, bis es Hiobs verwundetes Herz erreichte. Hiob Montag, der Schüler, fand sich mehr und mehr wieder in der Rolle eines Lehrers. Hiob Montag, der einmal gesagt hatte, dass es keine Möglichkeit gebe – nicht einmal magischer Natur –, das Denken von Frauen zu verstehen, fand sich selbst in der Möglichkeit wieder, so ein Denken zu steuern. Der absoluten Fremdartigkeit wie auch der ultimativen Nähe Herr zu werden, gleichzeitig.

Dies war tatsächlich das erste Mal, dass er den Pakt mit Widder, der es ihm untersagte, mit einer anderen Frau als Aries Sex zu haben, verfluchte. Mit tantrischer SexMagick wäre jetzt vieles leichter gewesen und um einiges angenehmer. So musste er improvisieren, um in einer Unbeträchtlichkeit von Zeit eine gemeinsame Sprache zu schaffen, aus der sich Leitern brechen ließen.

Wenn jetzt, als es dunkel wurde, ein einsamer Kosmonaut in seiner goldbedampften Experimentalzelle über den Himmeln seinen Orbit zog, konnte er auf dieser gewaltigen, auseinanderbrechenden Landmasse namens Europa, im irrigen Schimmern der großen Stadt Berlin, in diesem dunklen Flecken dort, der ein Friedhof war, ein paar Meter unter dem kühlen Stein eines kleinen Mausoleums und der märkisch sedimentierten Erde einen Mann und eine Frau sehen, die in den bunten Spiralen ihrer DNA delirierten, bis die Haut der Frau Sperma absonderte und die Zunge und die Augen des Mannes Muttermilch, ohne dass die Frau und der Mann sich auch nur berührten. Und mit im Spiel war ein verblüffend kleines rotes Pentagramm, in schon wieder ungeweihter Tiefe gekratzt, das sich so schnell drehte, dass es 345 winzige Zacken hatte.

Das Miteinander endete erst, als plötzlich hellrotes Blut aus Hiobs Nase schoss, ohne dass er es stoppen konnte. Er kleckerte ächzend über mehrere unschätzbare Schriftwerke und kauerte sich schließlich auf den Boden, den Kopf in den Nacken gelegt, durch die Zähne atmend, und ließ das kalt wirkende Blut innen im Gaumen herablaufen, bis er wieder und wieder schlucken musste. Nichts sonst konnte den Strom stoppen.

Bernadette, verwirrt, verschwitzt, feminin riechend, beugte sich über ihn und versuchte ihm zu helfen, fragte wieder und wieder: »Was ist denn passiert?«, aber er winkte ab, atmete möglichst regelmäßig, antwortete nicht.

Hiob wusste, was passiert war.

Seine fragile Empathie war mit ihrer Vergangenheit kollidiert, ihrem Erbe. All dem Blut, dem Leid, dem Geschrei und Gewimmer auch kleiner Kinder. Bernadettes Nähe ließ ihn leiden. Grausam, unerbittlich die Wahrheit.

Es traf ihn ja nicht unvorbereitet. Es bestätigte ihn eher.

Mit kargen, ungenügenden Worten beendete er ihre Sitzung. Hinter ihr stieg er auf in die Friedhofsnacht, verschloss alles wieder, schaute sich um.

Sie gingen über den angrenzenden Kirchhof Richtung Straße. Etwas Merkwürdiges war dort: Über einem der runden Gießwasserbrunnen hatte jemand den Wasserhahn ganz aufgedreht und rauschend laufen lassen. Die Zisterne war schon längst, wohl schon vor Stunden, übergelaufen, und das Wasser spülte breiter werdend den Hang hinab zur Straße, völlig unbemerkt im Dunkeln. Bernadette wich instinktiv, wie angewidert, zurück vor der kleinen Flut. Ihre Mundwinkel zuckten, spielten mit Eckzähnen, die zu zivilisiert waren, um schrecklich zu sein. Hiob ging hin zu dem Brunnen und drehte den Wasserhahn zu. Sie sahen sich an, zwischen sich die sternenspiegelnde Kreisfläche der übervollen Einfassung. »Fließend Wasser«, stellte Hiob ruhig fest. »Hast du Angst?«

Sie antwortete ihm nicht direkt. »Wer mag das getan haben?«

»Wer weiß? Vielleicht irgendeine tüttelige Oma, die ihre Gießkanne hier aufgefüllt hat und vergessen hat, wieder abzudrehen. Du brauchst dich nicht mehr zu fürchten. Es ist vorbei.«

»Danke.« Als er ihr den Arm um die Schultern legte, spürte er ihr Beben.

Sie wichen dem Wasserstrom aus, überquerten ein paar Grabfelder, vorbei an einer märchenhaften Miniaturabtei mit leuchtendgoldenem First. Durch ein versehrtes Säulentor erreichten sie den Zaun dieses verwunschenen Gartens, und in einer schon wieder heiteren Aktion kraxelten sie darüber.

Der Himmel war hell, die Sonne schien gemein.

Dirk-Daniel war tot. Alles passte zusammen. Die Feindlichkeit des Sommers, die flache Heiterkeit vorbeiradelnder Ausflügler speisten Sonjas Hass. Sie hatte die Pest, war leprös, eiterte zwischen den Beinen, ihr Gang war stolpernd, ihr Hass von geradem Wuchs. Sie trug eine dicke Jacke, und darunter hatte sie die Ärmelenden ihres schwarzen Pullovers in den Handinnenflächen zusammengeknüllt. Sie fror, ihr war schlecht. Sie hatte Durst. Das Gelb des reifen Getreides ringsherum in diesem Stück ehemaliger LPG-Pflugscharscholle war das grausame Konzentrat gefühlloser Trockenheit.

Roggen und Weizen und Hafer und Mais. Widerlich warmer Wind. Sonja träumte von einem fetten, wasserlassenden Wanderer, von der Männerpisshalle des Münchner Oktoberfestes, von markierenden Kötern und sprenkelnden Stieren. Krämpfe des Hungers und der Furcht hielten ein unnachgiebiges Vibrato in ihrem Magen, das ihren Oberkörper ab und zu vornüber zwang. Sonja Zimmermann fiepte wie ein kleiner verlassener Hund. Der Drang zu töten spielte wie der Finger eines Mannes mit den Haaren in ihren Achselhöhlen. Als sie sich dort kratzte, war ihr Finger bräunlich nass. Sie strauchelte, fing sich, lachte. Dirk-Daniel war tot. Sie würden alle sterben, alle sterben.

Ihr kam ein Mann entgegen auf dem Weg, ein Mann, den sie sofort verstand. Er hatte eine Flasche Klaren in der einen und einen Strick in der anderen Hand. Ein Selbstmörder, beim Blut, ein Selbstmörder, hier, und ein so hübscher, junger noch dazu. Er trug nur eine Art Strickjacke über nackter Brust, und eine Breitcordhose, die so verwetzt war, dass die Cordstreifen kaum noch hervorstanden. Er hatte diesen eigentümlich schweren Gang der Tottragenden, sie ging lächelnd auf ihn zu. Wenn sie sich anstrengte, wenn sie die Augen zusammenkniff und zitternd die Witterung durch die Nüstern einholte, konnte sie seinen Schweiß riechen, das Blut, das unter seiner behaarten Haut tobte, und den goldenen Schatz Likör unter seinem Bauchnabel.

Natürlich bemerkte er sie, natürlich sah er her, starrte sie an, war angetan von ihr, war verunsichert von seinen Gefühlen. Sie gefiel allen Männern, hatte schon immer allen gefallen, ihr ganzes Leben lang, keiner konnte der fleischlichen Brillanz ihres Körpers widerstehen, erst recht jetzt nicht mehr, wo sie sich im Sterben anderer Menschen gewälzt und deren Vita vereinnahmt hatte. Sein Strickarm und sein Trunkarm hingen schlaff herab, er kippte fast vornüber. Seine Augen waren so intensiv, dass Sonja die Hand hob, um ihre eigenen dagegen abzuschirmen.

»Hallo Cowboy«, hauchte sie, »suchst du einen guten Baum zum Ruhen?«

»Schatten. Nur wenig Schatten, ja«, stammelte der Mann.

»Ich kann dir mehr geben als Schatten. Ich kann dir die verdammte Sonne nehmen.« Nach den letzten Worten war sie so nahe an ihn herangekommen, dass sie ihn ansprang. Sie hatte noch überlegt, dass es besser gewesen wäre, ihn in ein Gebüsch zu zerren und es jedenfalls nicht mitten auf dem Sonntagsfamilienweg zu tun, aber es hatte keinen Zweck mehr, sie konnte es nicht mehr zurückhalten, seine Jugend und Kraft und seine todesvertraute Aura stiegen ihr total zu Kopf und raubten ihr die Seele. Mit vorgestreckten Krallennägeln ging sie auf seine Augen los, aber er wehrte sie ab, trat ihr ein Knie in den Bauch und gelangte in ihren Rücken. Das Nächste, was geschah, war merkwürdig: Der Selbstmörderstrick legte sich um ihren Hals und wurde so fest zugedrosselt, bis Sonjas kreischend um sich schlagende Sinne in einer gelben Achterbahn aus Roggenähren zu liegen kamen.

Als sie wieder zu sich kam, war sie nackt. Sie war einem Sexgangster in die Hände gefallen, wie komisch.

Sie lag auf einer Art Lichtung mit Rücken und Hintern auf Schneidgras und verirrten Grannen und konnte sich nicht bewegen. Der Strick des Triebtäters war in zwei Teile geschnitten worden, und die eine Hälfte band ihre Handgelenke an einen jungen Apfelbaum, die andere Hälfte ihre Fußgelenke um den Stengel ein grünblühenden, alten »Naturschutzgebiet«-Schildes. Ihr Körper war dadurch in die Länge gestreckt, ihre blassen, abgemagerten Blößen unerbittlich zur Schau gestellt, und die furchtbare Mittagssonne verbrühte ihr wehrloses Fleisch ohne Mitleid. Sonja wand sich und zuckte und rüttelte an dem annähernd schattenlosen Bäumchen, das auch heftig schwankte, aber in jugendlicher Biegsamkeit nicht nachgab. Tränen liefen seitlich über ihre Schläfen, und etwas stank ganz fürchterlich. Das Schwein in der Strickjacke stand seitlich neben ihr, schaute seelenruhig auf sie herab und hielt so eine Art Metallring über ihren Leib, wie einer, der den bösen Blick abwehren will, indem er nur durch einen Reif schaut. Hatte er sie schon vergewaltigt, oder wollte er sich erst noch an ihrer Hilflosigkeit aufgeilen? Der Sadismus des Mannes erregte sie sexuell, aber der penetrante Gestank irritierte sie. Warum war sie so nass? War das alles Schweiß? Oder hatte der Mann auf sie draufgepinkelt, um ihr eine Freude zu machen? Nein, es roch anders, beißender, künstlicher, mehr wie ...

»Okay, du Arschloch, bringen wir's hinter uns. Fick mich, fick mich richtig gut, aber danach musst du mich umbringen, wenn du verhindern willst, dass ich dich töte. Hast du dazu die Kraft, hm? Wirst du dazu noch die Stärke haben, nachdem es dir gekommen ist? Oder hast du schon getötet? Hast du schon viele Mädchen umgebracht?«

»Du bist jedenfalls nicht die Erste.«

Shit! Also nicht nur ein Vergewaltiger. Er killte seine Opfer auch und verscharrte sie dann irgendwo. Ihre Mutter hatte sie immer vor solchen Männern gewarnt, denn wenn man die Zeitung aufschlug, schien die ganze Welt voll von ihnen zu sein. Sonja feixte böse. Dann war es das also. Dann war das jetzt das Ende. Als Vampir von einem Psychokiller gebumst und erlegt. Sie hatte sich das Ende nie so deutlich vorgestellt, aber es war okay so.

»Also komm! Worauf wartest du noch? Feuchter werde ich nicht mehr! Und verrat mir, wie du's machen wirst. Wirst du mich erwürgen? Oder mit'm Messer? Mit'm Messer, stimmt's, das ist es? Du könntest auch 'nen Stein nehmen und damit auf meinen Kopf, aber ein Messer ist viel ...«

»Es tut mir leid«, sagte der Mann. »Mir ist keine andere Methode eingefallen, dich durch Sonnenlicht zu töten.«

Ihr tränenvermilchglaster Blick fiel auf die leere Schnapsflasche, die neben ihr stand. Er hatte das ganze Zeug nicht ausgetrunken, er hatte es über sie drübergegossen. Und es war kein Alkohol in dieser Flasche gewesen, es war Terpentin oder Kerosin oder irgendetwas anderes mit -in hinten, das so schrecklich stank. Der

Metallreifen in seiner Hand, der in Wirklichkeit ein Brennglas war, fing die Sonne wie ein in Zeitlupe hochspringender Hund einen kleinen Plastikball, und knapp unterhalb von Sonjas Brüsten entstand das bläuliche Leuchtgewalle und schwappte schlagartig über ihren gesamten Leib wie eine zweite Haut. Im ersten Augenblick war ihr fürchterlich kalt, dann hakte die Hitze ein und wurde von vollkommen unerbittlichen Arbeiterhänden immer höhergeregelt, weit jenseits der menschlichen Vorstellungskraft, und Sonja schrie und schrie und schrie, bis aufgrund des Napalmeffektes ihre Lungenflügel in Flammen standen. Der Letzte ihrer Gedanken, der noch eines vernunftbegabten Lebewesens würdig war, galt der Schwerstverbranntenzentrale in Köln-Merheim, und was für ein seltsamer Zufall es doch war, dass sie ausgerechnet dort damals so viel Spaß gehabt hatte.

Der Mörder wartete, bis Sonja Zimmermanns Körper zu einer selbst von einem nekrophilen Zahnarzt kaum noch zu identifizierenden, dehydrierten und knorrigen Galeonsfigur runtergebrannt war. Er nahm die leere Brennstoffflasche, schleuderte sie weißwirbelnd in ein idyllisches Getreidefeld und machte sich dann davon, die Hände in den Hosentaschen. Er brauchte sich keine Sorgen zu machen, dass hier, mehrere Hundert Meter von jedem Weg entfernt und somit mitten in der brandenburgischen Verwaistheit, jemals jemand würde finden kommen.

Die Sonne stand noch hoch, kam dann ganz langsam runter.

Das Gesicht des Mörders war von Menschenruß verfinstert, und Tränenspuren malten helle Hieroglyphen über seine Wangen. Er wusste, dass er jetzt zu weit gegangen war, dass der eine Punkt das hier nicht wert war, aber es war eine komische Sache mit dem Zuweit-Gehen: In dem Moment, wenn man es tat, spielte es schon keine Rolle mehr, denn es war zu spät für Reue. Ein Zitat aus Macbeth fiel dem Mörder ein, ein Zitat, das ihn schon während seiner trüben Abiturientenzeit nicht mehr losgelassen hatte: *Ich bin einmal so tief in Blut gestiegen, dass, wollt' ich nun im Waten innestehn, Rückkehr so schwierig wär', als durchzugehn.*

So ging er denn weiter.

HIOBS SPIEL 1

Arne lehnte an der kühlen Außenwand des Statthauses und lauschte fasziniert der panischen Percussion seines eigenen Herzens. Wenn er sich rational zu erklären versuchte, was ihm eigentlich derartige Angst bereitete, starb seine Ratio mit einem Winseln, und nichts blieb übrig außer der Furcht an sich. Es war die Masse, die Menge an Leuten, die – wie er sich klarzumachen versuchte – nicht allein seinetwegen gekommen war, die ihn so verstörte. Niemand erkannte ihn, alle strömten sie gut gelaunt und angeheitert an ihm vorbei, Pärchen in Lederkluft, struppelköpfige Existenzialisten, dunkel gekleidete Studenten, ein paar Wohlhabendere, die sich im Schlagschatten einer fremdartigen Kultur zu bräunen verstanden, ein paar Möchtegern-Musiker, Möchtegern-Schreiber, Möchtegern-Empfindende. Heute war so eine Art Avantgardenacht im Statthaus Böcklerpark, und er – Arne Wohnhirt – war eingeladen worden, erstmals in seinem Leben vor einem Publikum zu lesen, das größer war als fünfzig. Fünfmal größer sogar, oder noch mehr.

Es war seinen jugendlichen Verlegern, die sich an ihm goldene Nasenringe verdient hatten, natürlich nicht gelungen, ihn telefonisch zu erreichen, denn das karpatische Schloss in Hangelsberg hatte keinen Anschluss irgendwelcher Art. Aber das stets mysteriöse Wege beschreitende Schicksal hatte es so gewollt, dass Arne auf der Suche nach einem gefüllten Gefäß zufällig einem von ihnen in der Nähe des Lustgartens über den Weg gelaufen war, und ehe er sich's versah, war er schon mündlich kontraktiert worden. Es hatte nicht gefruchtet, dem begeisterten Ausbeuter klarzumachen, dass Arne das Lesen verlernt hatte, dass die Schreiberei ihn ankotzte und nur noch frische Doggenpisse ihn wirklich hochbringen konnte. Der Kontrahent war stärker gewesen als er, und so war er nun hier, ein Vampyr, der zu seinem Wort stand, ein angeknülltes dreiseitiges Manuskript von *Genocide City* in der Hand, der einzigen seiner Kurzgeschichten, die Bernadette jemals gefallen hatte. Vielleicht war auch das der Grund, weshalb er es doch machen wollte. Er hatte Bernadette eingeladen – und Geburah und Sonja auch, aber Geburah würde bestimmt nicht kommen, und Sonja war nach Dirk-Daniels Tod eh nur noch depressiv herumgeschlichen – und er betete zum Großen Dunkel, dass sie kommen und ihn wieder ein wenig lieben lernen würde durch seine Performance heute Abend. Andererseits aber fürchtete er ihr Kommen. Es waren doch viel zu viele Leute da – was, wenn er sich verhaspeln würde. Was, wenn er versagen würde, ausgelacht, beworfen, bespuckt würde? Würde er die Kraft haben, sie alle zu töten? Auch die, die größer und breitschultriger waren als er?

Der modisch aufgepunkte Verleger tauchte zappelig vor ihm auf und schnatterte irgendwas von du kommst nach dem und dem und gehst von da und da rauf und hast so und so Zeit und machst das und das nicht, und er entfingerte Arne das Manuskript und überflog es und grinste begeistert und schärfte Arne mit einer Eindringlichkeit, die erstaunlich war – so, als wäre das das absolut Wichtigste auf der ganzen Welt –, ein, dass Arne auf jeden Fall vor der Lesung erwähnen sollte, dass das Copyright für die in der Story verwendeten VAMPIRE-Fachbegriffe bei *White Wolf* beziehungsweise dem deutschen Vertrieb *Feder & Schwert* lägen. Arne nickte und begrüßte mit einem bleichen Winken ein paar bekannte Social Beatniks, die drogenimprägniert vorüberdefilierten. Der Verleger verschwand wieder, und immer noch mehr zahlende und etwas Tolles erwartende Gäste tauchten auf. Aus dem Eingang der großen Mammuthöhle hinter ihm schepperten die ersten Geräusche einer Neutönerband, die mit Metallschrott, berstendem Glas und Staubsaugern musizierte. Es ging los, war schon fast brechend voll, die Veranstalter konnten sich die Hände reiben. Arne überlegte, ob er runtergehen sollte zum Wasser und sich im nachtgnädigen Strom versenken. Aber er war Vampyr, irgendwie ja der ganze Rest nur Opfer, und so langsam wurde er wieder ruhiger. Eine hoffnungslos abstrakte Theatergruppe sorgte drinnen mit einem derben Einakter für Lynchstimmung. Arne starrte auf sein Manuskript, versuchte, die Schärfeneinstellung der Augen so klarzukriegen, dass aus der Graupensuppe Worte wurden.

Da war sie. Sie war tatsächlich gekommen. Arne lachte laut. Sie hatte ein Gefäß mitgebracht, hatte es untergehakt, ein nettes, dummes, männliches Gefäß, das nichts ahnte. Sie zwinkerte Arne zu und ging an ihm vorbei rein. Hinterher würden sie sich das Gefäß teilen, unten am Schattenufer, und alles würde wieder sein wie vorher.

Liebe so rot wie der Mond.

Ein exzessiv gepiercter Glatzkopf trug böse Gedichte vor und war doch nicht mehr als ein angepasster Lohnsklave. Eine weiß bemalte Butoh-Tänzerin, die schon ziemlich alt war und deshalb öfter hier auftrat, ruckte und kantete argwöhnisch über die Bühne, und Arne bahnte sich einen Weg durch das Bier aus transparenten Plastikbechern süffelnde Auditorium. Nichts unterschied ihn hier von denen, die aufschauten, auch die Stars waren hier nur No-Names von Nirgendwoher, von denen man auch mit größter Wahrscheinlichkeit nie wieder etwas hören würde. Rechts hinter der Bühne wartete Arne in den dunklen Vorhängen, bis die Tänzerin, geriatrischen Kreideschweiß vertropfend, unterm tosenden Applaus der Menge in seine Richtung hin abtrat. Ein paar Helfer brachten Lesepult und Lämpchen und festgeklemmtes Bughalsmikro auf die Bühne, mit den Füßen Kabelschlangen abwehrend. Einer der Veranstalter sprang federnd aufs Podium, ein Mikrofon in der Hand wie ein junger Sinatra, und kündigte als nächste Attraktion Arne Wohnhirt an, den Verfasser des Romans *Besorgnis über Misshandlungen in Westeuropa*, den einige von euch vielleicht verschlungen haben, während hinten auf der zweiten Bühne eine fast nur aus Haaren bestehende Hardcoreband schon ihre Instrumente verstimmte. Arne trat auf, jetzt ganz ruhig, die Eleganz eines Laufstegvampyrs im Gang, ganz Boulevardier der Mitternacht. Er konnte überhaupt nichts sehen vom Publikum, weil die billig heißen Scheinwerfer genau in seine Augen feuerten, aber irgendwo dort unten war sie, deren entglittenes Herz wiederzugewinnen er antrat, und waren auch sie, die als Nächste nur zu willig seinen Durst stillen würden.

Arne erreichte das Pult, legte die Papiere drauf ab, lächelte und winkte und blickte dann wie aus großer, abgehobener Entfernung auf die unter ihm gebreiteten drei Seiten herab. *Genocide City. A vEmpire Tale* – wie er sie geistreich genannt hatte. Er hatte diese Geschichte geschrieben, als Bernadette sie alle mit dem VAMPIRE-Spielsystem in gellendes Entzücken versetzt und es auf der Liste ihrer Opfer erst einen einzigen Namen gegeben hatte: Chantal. Mit einem angenehm empfundenen Anflug von Wehmut dachte er an dieses erste Mal zurück. Er liebte Chantal noch heute auf eine ganz besondere, große Art, all das Blut und Excrementium der vielen,

vielen anderen hatte das nicht tilgen können.
Genocide City. A True to Life Vampire Tale. Sollte doch irgendjemand kommen und sich wegen der Sache mit dem Copyright bei ihm beschweren. Er würde diesen Jemand töten, trinken, und in seine tote Haut Gedichte schneiden.

Genocide City

A vEmpire Tale

Wir waren auf der Suche nach Rinx Hog & The Tupelo Mauve, einer Malkavianergang, die von einem Tremere geführt wurde. Drüben in Oregon hatten sie uns erzählt, dass Hog, der ein Voodoo war, wahrscheinlich ein Mittel hätte gegen das Fieber, das an Andy fraß. Wir machten uns im Dunkeln auf den Weg, der Freighttrain kam heran, wir ließen die ersten Waggons an uns vorbeitosen und sprangen weiter hinten auf die Boxcars auf. Wir liebten das Surfen, sich nur mit einer Hand an einer Seitenwand festzuhalten und den Sturm auf dem Körper zu spüren, aber wir mussten Rücksicht nehmen auf Andy. Mit Rost unter unseren Fingernägeln barsten wir in das Innere eines Pferdewagens und gingen bedächtig zu Werke. Gangrels liebten Pferde, aber wir waren keine Gangrels. Wir waren Brujah. Die Pferde waren zu panisch, um sie am Leben lassen zu können.

Außer mir und Andy waren noch Kali und Wayne und Seth in meiner Gang. Kali war mein Mädchen, mein *Dark Yearning*, und Wayne war mein bester Freund damals, bevor er mein Feind wurde, viel später. Seth wiederum war mein Bruder gewesen, als wir noch Menschen waren. Ich hielt nicht viel von ihm und er nicht viel von mir, das war nun einmal so. Außerdem hatte ich das Gefühl, dass er sich langsam zu einem Cunctator entwickelte, und solche Ventrueismen konnte ich in meiner Gang eigentlich nicht dulden. Aber ich war sanft für einen Brujah. Ich war der Anführer, der Speaker, ich las den Weg, folgte goldenen Venen, und mein Name war Manticore Gallows.

* * *

Die Gleise führten uns durch Nampa und Mountain Home, durch Bancroft, Cokeville, Sage nach Wyoming. Da wir keine Vegetarier waren, brachten uns die Pferde nichts. Wayne ging deshalb jagen. Er fand zwei Hobos in einem anderen Boxcar weiter hinten. Andy ging es gar nicht gut, seine Augen machten ihm Schwierigkeiten, und er speichelte beim Reden, aber er nickte uns zu, und wir kletterten hin. Die Hobos hatten mehr Alkohol im Blut als Vitae, aber es war auf jeden Fall besser als Hunger. Als Andy seine Zähne in das zähe Pennerfleisch schlug, passierte etwas Seltsames: Einer seiner Fangzähne brach ab. Ich weiß nicht, ob ein Holzfäller lacht, wenn er sich aus Versehen eine Hand abhackt – wir jedenfalls sind Kainskinder, wir wissen Absurditäten zu schätzen. Wir lachten alle, auch Andy.

In Green River gab es eine Kontrolle, ausgerechnet tagsüber. Die schwer bewaffneten Bundesbeamten hatten sogar einen Pirscher dabei – offensichtlich hatten zu viele Kainskinder aus Idaho und Utah in letzter Zeit in Zügen die Grenze passiert. Wir machten uns aus dem Staub, hatten glücklicherweise unsere Highland-Ponchojacken und Headsocks, um uns vorm Rötschreck zu schützen. Wayne wollte den Pirscher ermorden, aber ich hielt ihn ab.

* * *

In der Nähe von Rock Springs begegneten wir einem Caitiff der Siebten Generation. Er war ein Indianer. Er warnte uns davor, in das Gebiet des Sabbats einzudringen, da sie dort gerade Jagd auf unabhängige Brujah-Gangs machten. Offenbar hatte irgendein Brujah einen Chicago-Prinzen getötet. Das war natürlich schlecht für uns – zumal ich wusste, welcher Brujah das gewesen war –, aber dann wiederum ließ uns der Ouray keine Wahl: Er hatte von Rinx Hog & The Tupelo Mauve gehört. Sie waren in La Crosse, an der Grenze von Minnesota und Wisconsin. La Crosse entwickelte sich mehr und mehr zu einem Tummelplatz von anarchisch orientierten Gangs, und man munkelte, dass der Sabbat nur abwartete, bis sich genügend von diesen Gangs dort zusammengerottet hatten, um dann mit einem Schlag den Sack zuzuschnüren. Genocide. La Crosse lief schon jetzt bei Anarchen, Autarkis und anderen Spaßvögeln unter dem Namen Genocide City.

* * *

Es war noch ein verdammt weiter Weg nach Wisconsin. Wir mussten irgendwie nach Nordosten kommen, zur Route 90, die uns dann durch drei Bundesstaaten direkt nach La Crosse führen würde. Für Kainskinder war es jedoch noch nie allzu schwer gewesen, an Mitfahrgelegenheiten heranzukommen. Man schlug immer gleich zwei Fliegen mit einer Klappe.

Wayne warf sich vor die Kühlerhaube eines geräumigen Chevvies und ließ sich tüchtig überrollen, und als der Fahrer dann leichenblass aus seiner Tür stürzte, fielen Seth und Kali über ihn her. Dann wurde es eine Zeit lang eng zu sechst im Wagen, aber nur, bis der Fahrer leer war und wir ihn aus einem Fenster drückten. Wir waren satt und schön und tot, und wenn Andy nicht dauernd rote Säure gekotzt hätte, wäre es ein ziemlich optimaler Trip gewesen. Kali und Wayne wechselten sich mit Fahren ab, und wenn die Sonne hochkam, stellten wir den Karren irgendwo im Ödland unter Telegrafenleitungen ab, verhängten die Fenster mit Ponchojacken und Kofferraumdecken und schliefen.

In einer minnesotischen Ortschaft namens Blue Earth, die uns allein wegen ihres Namens schon magisch anzog, machten wir noch einmal Station und versorgten uns in einem neonpumpenden Bordelltrailer mit reichlich Fleisch und Blut. Wayne trieb sogar einen tragbaren CD-Player mit kleinen Lautsprechern auf, und auf dem Rest des Weges auf der Route 90 nach Genocide City hörten wir die Scheibe, die Wayne sonst immer nur als Modeaccessoire um den Hals trug, wieder und wieder und wieder, bis wir's alle mitsingen konnten. Es war »I Asked For Water, She Gave Me Gasoline« von Howlin' Wolf, und besonders die Stelle mit den Churchbells tollin' gefiel uns einfach gut.

* * *

Mittlerweile war Genocide City tagsüber fast völlig von Menschen verwaist, ein Tummelplatz der Kainiten. Nur ein paar übergeschnappte Guerilla-Gefäße lieferten sich noch einen aussichtslosen Sniperkrieg mit lachenden Stutzern. Sobald die Abenddämmerung überkochte, entfaltete La Crosse als einzigartiger Papillon seine Flügel. Wir trafen dort alle Arten von unangenehmen Zeitgenossen, die meisten davon schon seit über zweihundert Jahren nicht mehr am Leben. So etwas wie einen Prinzen gab es hier schon lange nicht mehr, dafür aber etwas, was das »Quartier Wassail« genannt wurde, ein ziemlich genau umrissenes Stadtviertel, in dem Malkavianer, Toreadors und andere Verrückte sich der Diablerie hingaben. Die Crackheads, die allen Ernstes behaupten, Mekhet persönlich begegnet zu sein, waren hier kaum noch zu zählen, aber es war verdammt schwer, eine zuverlässige Information über Rinx Hog & The Tupelo Mauve zu kriegen.

Andy gab sein Bestes, aber er fiel langsam auseinander. Uns blieb nicht mehr viel Zeit. Kali gab sich mit ein paar blutzuckersüchtigen Caitiffs ab, um etwas herauszukriegen, und Wayne versuchte es bei einem Ganglord namens Thalberg. Schließlich fanden wir The Tupelo Mauve, etwas außerhalb in einem nur noch von Voodoo-Kerzenscheinen erhellten Suburbia.

Rinx Hog war ein Tremere vom alten Schlag, ein hünenhafter Schwarzer mit Frack, Zylinder, Elfenbeinstock und zum Totenkopf weißgeschminkten Gesicht. Seine Fangzähne waren magisch verlängert oder aber einfach nicht echt – jedenfalls sah seine Mundpartie fast wie die eines Säbelzahntigers aus. Für ein paar gute alte mexikanische Dublonen erklärte er sich bereit, sich unseren armen Andy mal anzuschauen. Was dann passierte, wurde später in viele Versionen verfälscht. Dies hier ist Manticores Wahrheit.

Hog untersuchte Andy und schien sofort zu wissen, woran er war. Er kam auf mich zu, sah mich mit seinen Erleuchtetenaugen an und fragte: »Wie lange hat er diesen Scheiß schon?«

»'N paar Wochen vielleicht«, antwortete ich.

»Und ihr wart die ganze Zeit mit ihm zusammen?«, fragte er lauernd.

»Na klar, wir lassen ihn doch nicht im Stich.«

»Das ist schlecht. Das ist wirklich äußerst schlecht. Weißt du, Gallows, dein Kumpel hat eine seltene und verdammt gefährliche Art von Pest, die sich nur in untotem Gewebe ausbreitet. Wir können nicht zulassen, dass ihr weiter rumlauft und sämtliche Blutsbrüder, denen ihr begegnet, ansteckt. Tut mir wirklich leid, Mann.«

Das war wirklich ein seltsamer Moment, als die Mauves im Halbkreis auf uns zukamen. Normalerweise ist es ein ziemlich wüstes Bild, wenn Kainskinder miteinander kämpfen. Wegen unserer großen Körperkraft geht es da immer sehr heftig zu. Aber hier war alles anders. Sie packten meine Kali, rammten ihr einen Pfahl in den Busen, gossen gelben Treibstoff über sie und zündeten sie an. Andy hatte überhaupt keine Chance, er kam nicht mal mehr zu sich. Seth wehrte sich noch einigermaßen und deckte Wayne und mir den Rückzug, aber irgendwas in Rinx Hogs verfluchter Tremere-Magie ließ dann auch Seth langsam und müde werden, und die Tupelo Mauve rissen ihn einfach in Stücke. Wayne und ich rannten, was das Zeug hielt, wir konnten's nicht einem Einzigen von den verdammten Wichsern heimzahlen. Keine zehn Minuten später war schon ganz Genocide City auf der Hexenjagd nach uns, denn schlechte Neuigkeiten verbreiten sich nirgends so schnell wie unter jenen, die nur noch ganz, ganz wenig zu verlieren haben.

* * *

Das war also das Ende meiner Gang. Wayne und ich konnten zwar auf Enduros entkommen, aber wir trennten uns kurze Zeit später, weil das Tier in ihm durchbrach.

Da weder Wayne noch ich allerdings irgendwann Symptome irgendeiner Art von Pest entwickelten, glaube ich heute, dass Rinx Hog damals nicht die Wahrheit sagte und er und seine Leute entweder nur Lust hatten, schnell mal ein paar Voodoo-Opfer zu bringen, oder aber sogar für den verfluchten Sabbat arbeiteten.

Ich habe jetzt die Sache mit meinem Erzeuger geregelt und bin wieder auf der Suche. Da das Einzige, das in unser aller Dasein überhaupt keine Rolle spielt, der Faktor Zeit ist, bin ich zuversichtlich, dass ich Rinx Hog & The Tupelo Mauve noch einmal finden werde, wenn nicht in diesem, dann eben in einem anderen Jahrhundert.

Das lichtlose, unbewegliche Volk da unten war vollkommen still. Dann brach der Applaus los. Applaus, anerkennende Rockkonzert-Pfiffe und begeistertes Geschrei und Geheule. Arne, aus seiner eigenen idealisierten Phantasiewelt auftauchend wie ein Laternenfisch, war für einen langen Augenblick verblüfft, orientierungslos und ohne Konzept, aber dann begriff er, dass sie ihn liebten. Sie alle in der Tiefe wollten werden wie er, große Vampire und heldische Künstler. Er breitete die Arme aus, umfasste seine Freunde und Jünger alle mit seinen Armen und wiegte sie versonnen an seinem Herzen, bis vor seiner Bühne jäh die Scheinwerfer ausgingen und die Hardcoreband gegenüber zu lärmen und toben begann. Arne stand da im neuen Dunkel und verließ die Bühne einsam, aber diesmal wenigstens erkannte man ihn auf dem Weg hinaus.

In den Augen der meisten, die zu ihm kamen, um ihm zu gratulieren, ihn kennenzulernen, zu sprechen oder einfach nur zu bewundern, konnte er das Sehnen lesen, einmal so sein zu können wie die Vampire in seiner Story. Das Rudel hatte schon vor Wochen festgestellt, dass Vampire so unglaublich trendy waren zurzeit, dass es schon nichts Besonderes mehr war, einer zu sein. Deshalb hatte sich das Rudel weiter fortbewegt. Arne fragte sich im matten Licht all der wehmütigen Augenpaare aber, ob das Rudel sich nicht zu weit fortbewegt hatte, zu weit fort von der Möglichkeit, Führer zu werden, Helden, Könige, Idole. Arne berührte so viele Hände wie möglich. Leider waren wenige gut aussehende Frauen dabei – die hatten an einem Abend wie diesem Besseres zu tun, als sich Geschichten vorlesen zu lassen –, und die wenigen waren wahrscheinlich die Freundinnen der Bandmitglieder oder ihrer Freundeskreisroadies. Dennoch hatte Arne sich noch nicht einmal beim rituellen Veröffentlichungsbesäufnis zu Ehren von *Besorgnis über Misshandlungen ...* als so attraktiv und begehrenswert empfunden wie jetzt und hier. Er vergaß sogar Bernadette, weil sie nirgendwo zu sehen war. Der biervermischte Urinhauch, der ihm aus den plappernden Mündern seiner neuen Fans entgegenwehte, machte ihn durstig und schwindlig. Ihm war plötzlich nach einem Massaker, hier im lärmenden Halbdunkel der Halle, umgeben von Hunderten Nichtsahnender. Aber sein besoffener und bekiffter Verleger tauchte auf und machte durch Schulterklopfen und betriebsfestliches Hochlebenlassen alles zunichte. Arne wünschte sich, er könnte sich wenigstens noch daran erinnern, wie man eine Erektion zusammenkriegte, dann hätte er jetzt wenigstens seinen Verleger zertrümmern und eines der Groupies draußen in die Büsche zerren und besudeln können, aber mehr oder weniger plötzlich stand Arne ganz alleine am Ausgang. Die Hardcoreband hatte aufgehört zu spielen, und alle seine Fans waren jetzt dort, ließen sich lachend von schweißnassen Haaren bestreichen und hingen an stammelnden Jünglingslippen wie vorher an den seinen. Als Arne sich müde umblickte, konnte er nur noch die Butohtänzerin in seiner Nähe leuchten sehen. Ihre schlaffen Brüste sahen wie leergetrunken aus. Arne wusste nicht, ob das Programm noch weiterging oder ob es zu Ende war, doch es war ihm auch egal. Er hatte seine drei Manuskriptseiten auf dem Pult liegen lassen, aber auch das spielte keine Rolle mehr. Wie jeder gute Literat hatte er die Worte in seinem Herzen, was war da schon Papier.

Draußen war es herrlich mild und dunkel geworden, der Kanal schimmerte golden von den Krankenhauslichtern gegenüber. Am Licht einer verlorenen Lampe berauschten sich die Mücken. Arne wich ein wenig vom Weg ab und ging zum Wasser hinunter. Das Statthaus hinter ihm erdröhnte jetzt von Jubel, Applaus und kupfernen Schlagzeugarpeggios, das Fest ging also noch weiter. Jemand näherte sich. »Arne? Ich darf Sie doch Arne nennen?«

Arne drehte sich halb herum. Ein junger Mann, gute zehn Jahre jünger als er selbst, den er irgendwo heute schon einmal gesehen hatte. Ein übrig gebliebener Bewunderer, wie reizend. »Selbstverständlich.«

Der Bursche druckste ein wenig herum, hatte wohl nicht den Mumm, um ein Autogramm zu bitten. »Nun, ähm, Bernadette hat mir erzählt, dass Sie nicht nur über Vampire schreiben, sondern auch versuchen, ein bisschen so wie sie zu leben.«

Bernadette? Ja, natürlich – das war das Gefäß, mit dem seine Geliebte gekommen war. Warum hatte sie ihn entwischen lassen? Wahrscheinlich wusste sie, dass er zu ihr zurückkehren würde, wie jeder Mann das immer tat. Sie hatte ihm ein letztes Mal Auslauf gegeben, ließ ihn ein letztes Mal einem großen Künstler hinterherhecheln. Oder ... oder schickte sie ihn ihm, damit er schon mit dem Umtrunk anfangen könnte? War das das Zeichen, dass sie ihn noch immer liebte?

»Ja, mein Sohn«, sagte er jovial, »Bernadette hat nicht übertrieben.«

Das Jüngelchen wurde richtig munter. »Bernadette sagte, dass Sie immer so eine Art Trinkhalm mit sich herumtragen, den Sie Leuten in die Adern stecken, um dann besser trinken zu können. Ist da was Wahres dran?«

»Ja, selbstverständlich. Weißt du – ein guter Schriftsteller schreibt nur über Themen, die er kennt. Oder hast du etwa geglaubt, *Genocide City* sei nur erfunden?«

»Nein, natürlich nicht. Ich fand die Geschichte total geil und hab auch superviel darin wiedererkannt, aus meinem eigenen Leben und so. Arne – zeigen Sie mir den Trinkhalm? Bitte!«

»Weil du's bist, mein Junge. Und weil die Göttin des Vollmonds dich schickt.« Schmunzelnd zog Arne den schon oft benutzten Hohlstab aus seinen zusammengenähten Gürtelschlaufen und reichte sie mit einer verlangsamten Geste, die eines Mandrake würdig gewesen wäre, dem staunenden Burschen hinüber. »Hier. Für meinen größten Fan.«

»Oh, wow, toll, Arne, danke, Mann!«

»Das ist aber kein Geschenk«, mahnte Arne gleich an, »das ist nämlich ein unersetzliches Requisit.«

»Na klar, na klar, ich geb's dir gleich zurück. Was ist das hier vorne für ein Metall?«

»Das ist eine Stahlspitze, messerscharf, damit man besser reinkommt ins gute Blut.«

»O Mann, jungejunge. Und der Rest ist Bambus?«

»Feinster Hokkaido-Bambus.«

»Holz also.«

»Bambus ist ein Holz, ja.«

»Das ist aber doch sehr blöd, oder?«

»Sehr blöd?«

»Wenn man ein Vampir ist, und man trägt einen Holzpflock mit sich rum, ist das doch, als wenn ein Bluter seine Hosentaschen voller Rasierklingen hat.«

Arne blinzelte irritiert. »Holzpflock ... das ist doch kein Holzpflock, kein richtiger zumindest, das ist nur ein Stäbchen, das ...«

»Ah, ich denke aber, das tut's auch.« Der Fanboy brach splinternd die Metallspitze des Trinkhalms ab und rammte Arne mit einer viel zu schnellen und viel zu heftigen Bewegung das scharfgesplitterte Ende des Stabes in die Herzseite der Brust. Arne stolperte zwei Schritte nach hinten und stierte blöd auf seinen Oberkörper. Das Holzteil war wieder draußen, war nicht richtig durchgedrungen, aber Schmerz und Blutschwallbeschleunigung waren doch sehr beachtlich.

Der junge Mann vor ihm sah ebenfalls unzufrieden aus und sagte tatsächlich deutlich »Fuck!« Dann packte er Arne hart an einem Arm und zog ihn zu einem Baum hin – »Komm her du, so geht das nicht« – lehnte ihn mit dem Rücken dagegen – »Wir brauchen eine feste Unterlage« – fasste den Holzstab mit beiden Händen, holte weit aus und stieß ihn knirschend durch bis in Arnes weiches, empfindliches Herz. Ein kräftiger Strahl dunkelroten Lebens spritzte durch das Röhrchen nach vorne ins Dunkel. Jetzt hatten Arnes Lungen plötzlich genügend Luft, dass er schreien konnte, aber gleichzeitig knickten seine Knie ein, als beständen sie aus Zuckerguss, und er fiel mit dem Gesicht ins trockene Gras. Blut sammelte sich unter seiner Nase. Eines seiner Beine kickte. »Wwwaaaaa ... aaaarruuuuumch-ch?«, vermochte er zu fragen, »wrrrrrrrruuuuuuuummmm ... ahhh ... ahhh ... ruuum ...«

»Weißt du, ich habe auch mal Geschichten geschrieben, als ich noch klein war. Sie waren ziemlich scheiße, ich war ja noch ein Kind. Aber wenigstens geilten sie sich nicht an Fachausdrücken auf, die jemand anders erfunden hat. Sie waren von mir, wirklich von mir.«

Arne machte Kriechbewegungen auf dem Rasen, während das Röhrchen durch sein Körpergewicht tiefer und tiefer in ihn hineingedrückt wurde und die Halme sich unter der Last seines Blutes krümmten. Sein einziger Bewunderer, sein Fanfreund, Vertrauter, fasste ihm grob ins Haar und zog seinen Kopf ein wenig hoch. Arnes Lippen blubberten blasig.

»Du bist wirklich ein Verlierer, Wohnhirt. Du zerfällst ja nicht einmal zu Staub.«

Arne zitterte verwundert und starb.

Der Mörder wendete ihn um, durchsuchte seine Taschen nach irgendetwas Stehlbarem, aber der Vampir hatte nichts bei sich, keine Geldbörse, keine Brieftasche, keine Zeugnisse der Bürgerlichkeit mehr. Also musste der Mörder es wenigstens wie ein Delikt aussehen lassen, mit dem die Bullen etwas anfangen konnten. Er zog und rupfte Arne die abgewetzte Hose herunter, bis der kleine bleiche Schrumpelpimmel freilag, schürfte noch ein paar Kampfspuren in Gras und Unterholz, wusch sich die Hände im eisenfarbenen Wasser und beeilte sich dann, Bernadette in der kakophonischen Hitze der Halle wiederzufinden.

Hangelsberg.
Zwei Tage später.
Allein die Fahrt dorthin war schon unheimlich gewesen. Verzettelt in einen der typisch undurchsichtigen und unangekündigten Pendelzugverkehre rings um Rahnsdorf war Hiob in Erkner in einen wartenden, nur von ein paar dösenden Besoffenen besetzten Doppelstockzug eingestiegen, der vierzig Minuten später auch tatsächlich losfuhr, knarrend, schlingernd, schnaufend und nach Kloake stinkend, bis der wie die potemkinschen Hilflosigkeiten einer heruntergekommenen Westernstadt wirkende Bahnhof von Hangelsberg endlich erreicht war. Hauptsächlich rasten Züge hier einfach durch. Aber einmal pro Stunde hielt man hier auch an.

Obwohl die Feindin am Himmel prahlte, holte Bernadette Hiob an der Station ab. Sie trug eine Sonnenbrille, war ungeschminkt und fror. Als er grinsend auf sie zuging, um sie zu umarmen, wich sie vor ihm zurück, die Arme um den Körper geschlungen. Erst als die normalen Aussteigenden sich in Fahrtrichtung verlaufen hatten und der lärmende Zug selbst nicht mehr zu sehen war, gewann Bernadettes Hilflosigkeit die Überhand über ihre Furcht.

»Man hat Arne gefunden«, flüsterte sie, Hiob hinter schwarzem Plastik aufmerksam betrachtend. »Tot. Irgendein verrückter Fan hat ihm einen Holzpfahl durchs Herz getrieben, in derselben Nacht noch, als wir ihn im Böcklerpark gehört haben. Weißt du noch, wie wir ihn nach der Lesung gesucht haben und nirgendwo gefunden? Da war er schon tot. Und Sonja ist auch verschwunden. Schon seit Tagen nicht mehr aufgetaucht. Irgendwas läuft schief, Hiob. Ich fürchte mich. Es ist meine Schuld.«

»Deine Schuld? Wieso?«

»Ich weiß nicht. Ich habe den magischen Kreis gebrochen, indem ich dich in unsere Geheimnisse eingeweiht habe. Was weiß ich. Seit wir beide uns kennen, sterben meine Freunde.«

»Das ist doch Unsinn. Du hast den Kreis nicht gebrochen. Du hast versucht, ihn zu erweitern, indem du durch mich an echte Magie herankommen wolltest. Ich habe eher den Eindruck, du hast mich zu spät kennengelernt. Bei dem unkontrollierten Lebenswandel deines ›Rudels‹ war es doch eh nur noch eine Frage von Tagen, bis der Erste von euch auf der Strecke bleiben würde.«

»Ich ... weiß ... nicht ... kann ... sein ...«

»Wenn irgendjemand euch nun noch retten kann, dann bin ich das, Bernadette. Aber es ist deine Entscheidung. Wenn du willst, dass ich gehe, werde ich gehen.«

Bernadette drehte sich jetzt buchstäblich um sich selbst. Sie hatte Zahnschmerzen und einen tauben, distanzierenden Filter über den Sinnen. Die Unterernährung verrichtete ihr Tagwerk wie ein schauerlicher Bergmann.

»Warum ... warum schlafen wir nicht miteinander? Was ist der Grund? Der wirkliche Grund?«

»Das hat etwas mit dem Preis zu tun, den ich für meine Magie zahlen musste. Die Energie, die entstehen würde, wenn ich mit dir schlafen würde, könnte ich nicht mehr kontrollieren. Wir würden beide draufgehen.«

Sie lächelte traurig. »Das muss ein schöner Tod sein.«

»Schon möglich. Jedenfalls aber ein zu früher Tod für mich. Ich habe noch viel vor im Leben.«

»Ach, und denkst du, ich nicht?«

»Im Leben nicht. Du willst untot werden. Das ist etwas anderes, als mir vorschwebt.«

Wieder ihr Lächeln. »Romeo und Julia waren wenigstens im Tod zusammen. Wir beide aber können nie wirklich zusammenkommen. Hier nicht, und auch nicht in der Hölle.«

»Das ist wahr.« Sie ließ sich jetzt von ihm in den Arm nehmen, klammerte sich mit plötzlichem Trotz an ihn wie an einen gefluteten Felsen. Nur dass dieser Felsen hier biegsam war und weich, und sein Herz viel heftiger schlug, als seine aufgesetzte Coolness es wahrhaben wollte.

An der Hand führte sie ihn nach rechterhand vom Bahnhof weg – denn »links ist nur ein großer Wald mit einem verrotteten Eisenbahnwaggon drin, den Dirk-Daniel mehrmals für seine nächtlichen Exkrementalriten mit verirrten Jugendlichen benutzt hat« –, die ziemlich unumwunden so bezeichnete Bahnhofstraße entlang, vorbei an einem kleinen und hässlichen Friedhof – »zu dessen Auffüllung wir auch schon ein bisschen beigetragen haben« –, eine satt befahrene Durchfahrtsstraße bei einer leuchtend neuen Telefonzelle kreuzend, dann links die Hauptstraße hinein, vorbei an ein paar misstrauisch dreinblickenden Jugendlichen mit Kurzhaarfrisuren sowie einer lindgrünen Kirche skandinavischen Zuschnitts, bis sich der deprimierend tothosige Ort, in dem es außer einer Bäckerei mit RUHETAG MONTAG und einer winzigen Sparkassenfiliale keinerlei Läden zu geben schien, irgendwo hinten zwischen Spree-Uferwegen und offenen Feldern verlor. Vögel pavarottierten munter im Geäst, irgendein kolonialistischer Wessi durchsetzte die Gesamtluft mit dem Geruch von gegrilltem Lachs, die Schatten der zappelnden Blätter tanzten auf dem welligen Grasboden wie irische *Little People* zu fast unhörbaren Uilean Pipes. Selten in den letzten Wochen hatte Bernadette sich so wenig als Vampir gefühlt wie in diesen Momenten des Einfachnur-Spazierengehens mit Hiob. Sie erwog die Möglichkeiten einer Rückkehr ins gewöhnliche Dasein, aber als ihr Gesicht sich darüber verzerrte, spürte sie ihre leidenden Eckzähne unter den Lippen vorschlüpfen wie hungrige Kinderlein, die nach Nahrung sperrten. Es war zu spät. Für alles zu spät außer fürs Sterben.

Sie erreichten das Haus des Rudels, in dem jetzt nur noch zwei lebten, Bernadette und Geburah, Eva und Adam der Nacht.

Das schieferschwarze Holz, die blindenbebrillten Fenster, die sich gegenseitig widersprechenden Gauben, der bergfriedhafte Turm, die düsteren Nadelbäume ringsum – diese Villa strahlte selbst für Hiobs Verhältnisse eine erstaunliche Morbidität aus, wie ein schwarzweiß gebliebenes Relikt aus den Universal-Studios der dreißiger Jahre inmitten einer buntgeplapperten Welt.

»Aber wo liegt dieses Hill House? In Neu-England, heißt es«, rezitierte Hiob. »Oder liegt es vielleicht in einer dunklen unerforschten Landschaft der menschlichen Seele? Jener Seele, die des Menschen Gott und des Menschen Teufel ist? Ich weiß es nicht.«

»Was meinst du damit?«

»Ein Zitat. Aus einem Film, der mich in meiner Kindheit umgehauen hat. Das ist wirklich ein ganz erstaunliches Stück Obdach, das euch der Fürst der Tiefe hier gewährt hat. Kannst du dir auch nur vorstellen, was innerhalb dieser Wände alles passiert sein mag, selbst bevor ihr hierherkamt?«

»Ja. Wir denken gerne über so etwas nach. Arne war sogar überzeugt, dass er irgendwo im Keller oder in einer der dickeren Wände oben noch ein eingemauertes Kind finden würde oder so was, aber er hat nichts gefunden. Komm.«

Als sie sich der rußig wirkenden Veranda näherten, vermeinte Hiob oben auf dem verwinkelten Holzschindeldach eine Bewegung wahrzunehmen, aber das musste wohl ein Vogel gewesen sein.

Innen drin war es dunkel und staubig, die Luft war jahrhundertealt, obwohl hier doch Menschen wohnten. Ein matt schimmernder Geruch von Urin lag über allem, Tropfen schwarzen Kerzenwachses bedeckten in ungleichmäßigen Formationen die hölzernen Parkette. Möbel waren Biedermeier, wundgetobt, Tische furchig, unglasiert und schwer. Elektrisches Licht oder -leitungen waren nirgendwo zu sehen, Gaslichtlampen schimmerten mondlich an allen Kreuzungen. Es war so still hier und so drückend warm, dass Hiob seine eigenen Füße beim Auftreten nicht mehr spüren konnte.

Bernadette führte ihn durch eine von Holzwurmrunen beschriftete Tür eine freitragende Treppe hinunter in eine Gruft, so wie er sie wenige Tage zuvor in das Grabgewölbe seiner Familie geführt hatte. Unten, unter den Krypta-Deckenbögen, lagen zwei angeschimmelte Menschenleichen recht verloren herum,

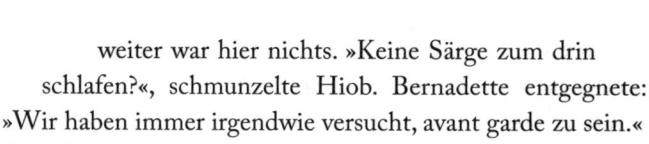

weiter war hier nichts. »Keine Särge zum drin schlafen?«, schmunzelte Hiob. Bernadette entgegnete: »Wir haben immer irgendwie versucht, avant garde zu sein.« Den Dachboden wollte sie ihm auch noch zeigen. Die Treppe ins obere Stockwerk führte an mehreren hohen, schmalen, von graugegilbten Spitzenstores verflorten Fenstern vorbei, durch die nur die düstersten Spektralanteile dringen konnten. Über mehrere Stufen war Blut hinabgeflossen, vor noch gar nicht allzu langer Zeit, wie ein kleiner Katarakt.

Oben, näher an der Sonne, war es noch heißer. Die Hitze war trocken wie Stroh, machte beim Atmen die Luftröhre spröde. Die Atmosphäre von Folter, Angst und zähnebleckender Gnadenlosigkeit war hier oben noch stärker. Hiob musste sich an Stukkaturen festhalten, um nicht in weite, lauernde Zimmerfluchten zu stürzen. Bernadette hatte die dünnen Arme ausgebreitet, ihr Kopf wiegte leicht hin und her. Hiob konnte das Lächeln ihres Besitzerstolzes durch ihren Hinterkopf sehen. Er versuchte, sich an das lebendige Sommergrün dort draußen zu erinnern, an die Vögel und Nager, aber all das war so weit fort. Die Wand, die er jetzt berührte, hatte den unbeschreiblichen Todesschrei eines zwölfjährigen Mädchens in sich aufgesogen wie ein Schwamm. Das Murmeln, Summen und Stampfen einer zehnfüßigen Beschwörung grollte als Prozession von unten herauf, und das Unerträgliche, Widerliche an dieser Dämonenrufung war ihre Nutzlosigkeit, ihre Fehler und die Vermessenheit, das, was es wirklich gab, so unglaubwürdig anzurufen. Zwei kalte Klauen legten sich von den Hüften her über Hiobs Bauch und krallten sich dort ein. Zum Dachboden führte eine weitere Treppe ohne Geländer. Hiob blinzelte heftig, versuchte sich zu konzentrieren. Wenn er jetzt nicht aufpasste, wenn er den Aus-Atem dieser Holzgewölbe zu sehr in sich aufnahm, dann konnte er hier sterben.

Bernadette sah ihn schwanken, ergriff seine Hand und zog ihn an ihr überirdisch schönes Lächeln heran. Ihre Lippen umspielten einander wie tobende Jungtiere, für einen Moment war Hiobs ganzes Gesicht unter seinen Haaren nicht mehr zu sehen, dann wieder stand er weit zurückgebeugt auf einer Treppenkante, die Bruchsekunde vor dem Sturz, und das bleiche Mädchen mit dem rot verschmierten Mund zauberte ihn zu sich zurück.

»Ich liebe dich, Hiob. Ich kann wieder trinken.« Hiob wollte etwas sagen, aber er konnte nur Schleim in seiner Kehle hochwürgen. Mit einer entschuldigenden Geste klaubte er sich ein paar Papiertaschentücher aus der Hosentasche und drückte sie auf seine stark blutende Halswunde. Die intensiv königliche Farbe seines eigenen Blutes machte es ihm leichter, sich wieder zurechtzufinden. Auf allen vieren schwitzend erreichte er das Labyrinth der Dachbalken und Kamine.

Linkerhand dahinten ging es hoch in den Turm, es ging immer noch weiter, Bernadette zog an ihm, aber er wehrte sich jetzt, lachte und sagte, es ist viel zu heiß hier, noch höher wolle er nicht gehen. Aus der spitzwinkligen Dunkelheit oben hing in einer merkwürdig verzerrten Haltung der Leichnam eines sehr alten Mannes herab, von mehreren Schnüren und Seilen im Schweben oder Fallen oder Aufsteigen gehalten, die Harnblase und die Kniescheiben freigeknabbert. Hiob stieß strauchelnd gegen eines der Seile, und der Tote zitterte und hampelte in seinen Verstrebungen wie eine halb zertretene Spinne. Hiob streckte den rechten Arm aufwärts aus, um die Bewegung fernzuhalten, als ihm von oben herab ein gewaltiger Flughund auf die Schultern sprang, schreiend an seinem Kopf schraubte, dann an dem Stürzenden herabglitt, ihn packte, hochriss und mit beiden Armen gegen einen staubplatzenden Hochbalken warf. Hiob prallte schwer auf die Bretter, konnte nicht mehr atmen, nur noch stoßweise würgen, wälzte sich verkrümmt herum.

Geburah, dessen Oberkörper nackt und dessen blonde Haare mit Verwesungsbrei gegelt waren, posierte breitbeinig um Hiob herum und lachte. »Gute Arbeit, Bernadette. Ein junges, kräftiges Gefäß. Hast du ihm ordentlich zu trinken gegeben vorher?« Er beugte sich vor, schleifte Hiob an den Haaren, endlich konnte Hiob gellend schreien. Bernadette durchhieb mit beiden Händen Geburahs Griff. »Nicht! Hör auf, Geburah! Der ist nicht für dich! Der ist anders.« – »Anders?« – »Ja. Er gehört mir.« – »So ist das.« – »Ja, so ist das. Außerdem ist er kein Opfer.« Geburah schaute verblüfft auf den sich am Boden windenden Kerl hinab und lachte dann laut.

Da er sich selbst mit einem alten Taschenmesser die

Eckzähne spitzgeschnitzt hatte und deshalb dauernd offene Lippenwunden im Maul hatte, sah dieses Lachen wahrhaft ehrfurchtgebietend aus. »Der soll kein Opfer sein? Was unterscheidet ihn denn bitte schön deiner Meinung nach von einem Opfer?« Bernadette ging neben Hiob in die Hocke und kümmerte sich um ihn. »Er ist ein Magier, Geburah. Er ist echt. Er kann uns helfen, so wie er zu werden.«

»Hah«, machte Geburah abschätzig und rüttelte wütend an den Leichenseilen, bis eine Handvoll kleiner Maden zuckend über den Boden rollte. »So wie der würde ich wohl kaum werden wollen, Vampyra. Wir sind doch jetzt schon mehr als er.« – »Wir sind nur Scheiße, Geburah. Und wir haben keine Chance auf Dauer. Arne und Dirk-Daniel sind schon tot, wer weiß, wo Sonja abgeblieben ist. Solange wir gegen die Pistolenkugeln von normalen Bullen nicht immun sind, was meinst du, wie lange wir da durchhalten können? Wir brauchen viel mehr Macht als nur körperliche Kraft. Ich arbeite dran, Geburah. Vertrau mir doch.«

Geburah sah sie an. Seine fast idealen Gesichtszüge waren durch die Schwellung seiner Mundpartie höchstens noch tiefgründiger geworden. »Und was, wenn ich ihn jetzt töte? Wie stark wirst du danach noch daran glauben, dass uns irgendjemand überlegen ist?« – »Wenn du ihn tötest, tötest du auch mich. Er und ich sind durch ein Blutsband miteinander verbunden. Sieh her, sieh seinen Hals, ich habe von ihm getrunken, jetzt gerade eben. Ich liebe ihn.« Hiob rappelte sich in Bernadettes Schoß langsam auf, immer noch nur in Pressschüben atmen können.

Geburah schlug mit der Faust gegen einen Balken, ohne etwas dabei zu spüren. Dann stand er eine Zeit lang unschlüssig herum, bis er nach oben griff und sich mit einem perfekten Felgaufschwung auf einen Quersparren hochzog. Dort blieb er sitzen und beobachtete, wie Bernadette dem ächzenden Gefäß wieder auf die wackligen Beine half.

»Alles ist schiefgelaufen, Bernadette«, klagte Geburah mit leiser Stimme. »Am Anfang waren wir alle so wunderbar zusammen, niemand konnte uns trennen und nichts uns etwas anhaben. Wir gingen gemeinsam immer weiter und immer weiter, dorthin, wo noch niemand war, und wir verstanden unsere Sprache und passten aufeinander auf.

Dann ging alles auseinander. Jeder machte nur noch sein eigenes Ding, wir waren kein echtes Rudel mehr. Dirk-Daniel konnte sterben, ohne dass auch nur einer von uns anderen in der Nähe war. Sonja konnte uns verlassen, ohne dass wir es anfangs auch nur spürten. Und hast du Arnes Schreie gehört, draußen in der Nacht? Nein, du hast nichts gehört. Du warst zwar in der Nähe, du warst zwar da, aber du warst viel zu sehr mit dir selbst beschäftigt, um etwas zu hören. Und jetzt er. Du hast wieder modisches Blut getrunken. Du hast unseren Kreis zerbrochen, du hast Fremde ins Rudel gelassen, und alles geht zu Ende.«

»Ich habe einen Fremden ins Rudel gelassen, um uns alle zu retten«, sagte Bernadette mit Tränen in den Augen. »Als ich ihn kennenlernte, war ich schon allein. Ich konnte keinen von euch mehr wirklich erreichen. Er ist unsere einzige Hoffnung.«

»Ich liebe dich, Bernadette«, entgegnete Geburah sanft. »Ich habe dich von anfang an geliebt und werde dich immer lieben.«

Bernadette weinte jetzt offen. Hiob konnte sie nicht trösten. »Ich liebe dich auch, Geburah. Ich gebe dich nicht auf. Ich kämpfe darum, dass wir für ewig zusammensein können, ewig, bis die Sonne stirbt und wir gewonnen haben.«

»Ewig, bis die Sonne stirbt.«

»Komm herab, Geburah, komm herunter zu mir, ich will dich spüren, bitte.«

Geburah erhob sich und schwang sich von seinem Standort aus weiter nach oben ins Gebälk. Nur noch kurz waren seine trainierten Bewegungen zu sehen, dann war er in der wespennestversetzten Lichtverneinung unterm First verschwunden. Er wurde eins mit Höhe.

Bernadette half dem schnaufenden Hiob, die Treppen hinab den Weg nach draußen zu finden. Die von allen Seiten heranstürmende Helligkeit und die Feuchtigkeit der Hitze draußen waren Schocks, die ihn noch einmal zu Boden schlugen. Übereinander, schwer atmend, blieben sie beide im Gras liegen, bis die Sonne ihre Pfeile verschossen und die streunende Katze sich aus dem Unterholz zu ihnen hingewagt hatte.

Wortlos fuhren sie beide mit der ruckelnden und rötliches Licht durch die Fenster klappenden S-Bahn nach Berlin. Auch wenn er nicht den ganzen Tag und die ganze Nacht bei ihr bleiben konnte, um sich um sie zu kümmern, so wollte Hiob doch, dass Bernadette in seiner Wohnung blieb, bis sie für die große magische Eröffnung bereit war. Das schwarze Haus des Tötens sollte Vergangenheit bleiben. Sie war damit einverstanden, und als sie in der City ankamen, setzte Hiob wieder die in ihren Augen rätselhaften und inkonsequenten Bestrebungen fort, mit denen er sie schon in den letzten Tagen überrascht hatte, aber er war der Magier, nicht sie, und er musste schließlich am besten wissen, wie man ein echter Vampyr wurde: Er lud sie in ein gutes Restaurant ein und fuhr damit fort, ihr mühsam das Essen wieder beizubringen.

Die farbenwechselnden und weithin sichtbaren Ampeln waren Blumen der Nacht. Die Schwärmer der Nacht waren farblose Motten, die von parfumnassen schweren Flügeln am Boden gehalten wurden und dort kläglich summende Kreise zogen. Leichenwagen der Nacht kreuzten auf rissigen Straßen der Nacht auf der Suche nach verbotenen Tänzen der Nacht auf vaporisierten Tanzflächen der Nacht. Die Sterne viel zu weit von der Hauptarena entfernte Sonnen, der Mond ein matter Spiegel ultravioletter Boshaftigkeit. Der König der Nacht drehte sich auf dem Rist eines Daches, die Arme umeinander und aufwärts gewoben, die Füße dem zirpenden Klicken von Rot-Gelb-Grün Grün-Gelb-Rot zwei Schläge voraus. Er trug nur eine abgewetzte schwarze Hose, seine Muskeln schimmerten feucht im Neon der Banken und Firmen ringsum. Eine Windbö mit ein ganz klein wenig Regen drin kam heran und zog an seinen Hosenbeinen und Haaren, und er beugte sich lachend weit nach hinten, bis sein Oberkörper acht Stockwerke oberhalb des Bürgersteiges war. Der Wind verlor den Ringkampf, wie immer.

Von hier oben konnte er ausschauen über die gesamte Stadt mit ihren blinkenden Erkern und Türmen, mit den UFOartig leuchtsignalisierenden Flugzeugen und den schachbretthaft leuchtenden Fenstern in den Hochhäusern. Er konnte die Arme ausbreiten und das verheißungsvolle Tönen der Martinshörner unter sich selbst in den fernsten Straßen mit den Fingern mitverfolgen, sogar lenken, jenes lieblichst wallende Geräusch. Die Sehnsuchtssirenen vereinigten sich unter seinen ordnenden Händen zu einer Choreographie aus zerdehntem Blau und beständigem Rot, und in einer großartigen Eingebung konnte Geburah Napalmexplosionen in allen Häusern ringsumher aufblühen lassen, orangefarbene Flammenpilze, die sich gegenseitig und aufeinander aufbauend verstärkten und erhöhten, von Gebäudetrümmern patiniert, immer höher, immer höher aufsteigend, bis die Unterseite der Wolkendecke selbst zu brennen anfing und sich als bläulich rauschendes Lauffeuer der gesamte Himmel entzündete. Geburah konnte sich drehen und drehen, und über ihm würden Strudel das Napalmmeer in Wallung und Bewegung bringen, schwarze Spiralschlieren würden von ihm aus aufsteigen, bis der urgewaltige Schmerz einer Sonneneruption sich von der Erde aus in einem kosmischen Brückenschlag durch die kalte Tiefe des Alls bohren würde, allen außerirdischen Lebensformen zum Zeichen seiner Existenz und Freude.

Geburah setzte mit wenigen schliddernden Sprüngen die einwärts gewandte Dachschräge hinab, hüpfte die anliegende Schindelsteigung des Scheddaches hinauf, sprang an eine große Antenne mit Satellitenschüssel, hielt sich an Querstangen fest, drehte durch seinen Eigenschwung knirschend die unten lieb gewonnenen Fernsehkanäle aus ihren ätherischen Verankerungen, ließ los, rutschte auf dem Hosenboden die dahinterliegende Senke hinab auf die Straßenschlucht zu, stieß sich dicht oberhalb des Traufengitters ab, flog mit weitestgebreiteten Gliedern über die elektrisch glorifizierte Nebenstraße hinweg, bekam am gegenüberliegenden Haus Regenrinne und Dachpfannenstufe zu fassen, stieß sich mit den Füßen von der rauverputzten Hauswand ab und kam nach einem vollendeten Rückwärtsüberschlag auf einer neuen Firstschräge zum Stehen. Ein immer wieder aufregend neuer Durst trieb ihn auch diese Nordwand hinauf, bis er wie ein beschleunigter Schlafwandler den Gipfelgrat entlangrannte auf der witternden Suche nach einem Weiterkommen. Er traute seinen Augen kam, als er linkerhand unten an der Dachkante jemanden sitzen sah und diesen jemand sogar erkannte. Es war der lächerliche Magier, den Bernadette gestern tagsüber ins Haus geschleppt hatte. Der Schwächling saß da in dreißig Metern Höhe wie ein Haufen Vogelscheiße, ließ die Beine in die Tiefe baumeln und summte vor sich hin.

Geburah musste zweimal ausspucken, um den Mund speichelfrei genug zu bekommen, um verständlich reden zu können. »He, du, Magier! Was machst du denn hier im Himmel? Haben sie dich unten alle ausgelacht?«

Der Angesprochene schaute nicht mal auf, fing aber an zu reden. »Es gibt da so 'nen komischen skandinavischen Kinderfilm über einen fetten rothaarigen Flegel, der mit einem Propeller im Arsch über die Hausdächer knattert. Das ist die Geschichte deines Lebens, stimmt's?«

Geburah grinste, bis seine Unterlippe vor Schmerz puckerte. »Du hast wohl immer noch nicht genug. Wo soll ich dich denn diesmal gegenwerfen – gegen einen Schornstein?«

»Gestern hast du mich überrumpelt. Du kamst von oben – und von hinten, wie ein Feigling oder eine Schwuchtel. Bist du denn etwa eine Tucke, Guido? Ein warmer rosafarbener Dach-Decker?«

»Wenn ich sagen würde, ich bin Gott, wie würdest du mir das Gegenteil beweisen wollen?«

»Ganz einfach: Ich tret dir in den Arsch, dass dir deine kariösen Vegetarierzähne rausbrechen.«

»Das wollen wir doch mal sehen.«

Geburah wollte den Vorteil nutzen, dass sein Gegner sich noch immer nicht aus seiner sitzenden Position erhoben hatte, und mit wenigen weiten Sätzen die Schindelschräge diagonal hinabspringen, um über den Magier herzufallen, aber etwas Seltsames passierte. Schon nach dem ersten Sprung fand sein landender linker Fuß keinen richtigen Halt, sondern wurde mitsamt der sich aus ihren Verfugungen lösenden Dachziegel nach außen und unten gerissen. Geburah schlug schwer und von der eigenen Geschwindigkeit zusätzlich abwärts gedrängt auf den mattroten Schindeln auf, die sich jetzt alle rutschend und splitternd zu lösen begannen, so als sei keine einzige von ihnen mehr richtig fest auf der Dachfläche verankert, sondern sie alle nur lose und delikat übereinander balanciert wie der Belag einer fetten Pizza. Der Magier wandte jetzt müßig den Kopf, um zu verfolgen, wie der König der

Nacht in einer regelrechten Kaskade von Ziegeln auf die Dachtraufe zuschlidderte. Geburah war verdammt schnell, verdammt geschickt, unglaublich gut trainiert. Mit blutenden Händen und schwere Baustoffsplitter ins Gesicht bekommend warf und rollte er sich seitlich auf Hiob zu, um einen Ziegelbereich zu erreichen, der noch normal arretiert war, aber Hiob hatte zu gute Arbeit geleistet, ja schließlich auch die gesamte Nacht seit Sonnenuntergang im Schweiße seines Angesichts mit einem Stemmeisen daran herumgeschuftet: Sämtliche Ziegel dieses besonders steilen Bogendaches waren bis dicht zu ihm hin bis auf das Allernotwendigste gelöst. Nicht einmal ein Slim-Fast-Spatz hätte hier Halt finden können.

Fauchend und knirschend über Ton kratzend, schepperte Geburah nur noch armesweit von Hiob entfernt an Hiob vorbei, durchschlug das ebenfalls fürsorglich gelockerte Schmutzgitter und schwebte für einen Moment über der Tiefe. Das war die Sekunde der höchsten Gefahr für Hiob – wenn Geburah wider Erwarten nicht in der Lage war, sich aus eigener Kraft zu halten, musste Hiob magisch ... aber Geburah war gut, genauso gut, wie Hiob gedacht hatte. Noch im beschleunigten Fallen warf der Nicht-Untote seinen mit roten Trümmern bombardierten Körper herum wie ein Barrenturner und bekam mit beiden Händen die stahlgraue Regenrinne zu fassen. Hiobs Vorarbeit besorgte auch hier ein Übriges – die Rinne sprang aufplatzend aus mehreren Nähten und krängte kreischend von der Hauswand weg. Eine von Geburahs Händen verabschiedete sich patschend vom jetzt schräghängenden Halt; er hielt sich jetzt nur noch an einer Hand über der Tiefe und ertrug mit eingezogenem, gesenktem Kopf die nachrutschende Ziegelschuttlawine, die sich über ihn ergoss. Während unten in dunkelroten Detonationen die Schindelreste auf dem Bürgersteig zerplatzten, kam Hiob erstmals der Gedanke, sich über eventuelle Passanten dort unten Sorgen zu machen, aber ein rascher Blick brachte ihm die beruhigende Gewissheit, dass die Straße nachtschlafenderstunde menschenleer war.

Als das Scheppern aus der Tiefe verklungen war, beantwortete die Regenrinne Geburahs Klimm- und Schwingversuche mit dem haltlos gellenden Schreien gepeinigten Materials.

»Du solltest aufhören, so zu zappeln, Guido. Die letzten Schrauben könnten sonst aus dem Mörtel platzen und – abwärts, Amigo.«

Geburah keuchte und schnaufte und hielt dann etwas stiller. Die ungeheure Belastung ließ die Adern auf dem Rücken seiner haltenden Hand überdeutlich hervortreten. Hiob legte sich genüsslich in der auslaufenden Aufwärtswendung des Bogendaches auf den Bauch, um dem Möchtegernvampir besser ins Gesicht sehen zu können und auch selbst besseren Halt zu haben. »Wenn du Gott bist, Guido«, höhnte er, »oder auch nur irgendein Gott – warum klatschst du dann nicht einfach in die Hände?«

»Ich ... kann die Laterne dort unten erreichen ... und damit meinen Fall ... abmildern ...«

»O bravo! Super-Plan! Das bedeutet erst so etwa 25 Meter freier Fall, dann heavy Petting mit der Laterne und dann nur noch vier Meter als eisen- und glassplittergespickter Knochen-Fleisch-Brei bis zum Boden. ›Was war denn das für 'ne Type?‹ wird sich der Leichenbeschauer fragen. ›War das nun so 'ne Art Cyborg, oder war er einfach nur unglaublich bescheuert?‹«

Geburah brachte es fertig, sein blutbesudeltes Grinsen zu Hiob hochzuschießen. »Du kannst mich nicht sterben lassen, Magier. Hast du ... Bernadette gestern nicht gehört? Sie liebt mich. Sie ... liebt uns ... beide. Sie wird dir nie vergeben, dass du mir nicht geholfen hast.«

»Sie wird es nie erfahren.«

»Wenn ... du ... ihr ... Magie gibst? Wie soll sie ... es dann ... nicht erfahren?«

Hiob lächelte und schaute zu, wie Geburahs Hand unter dem Handicap von Schweiß und Blut von der schmutzigen Regenrinnenkante zu rutschen begann.

»Du bist ein cleverer Bursche. Zumindest für einen Handwerker, der sich ausschließlich von Pisse ernährt. Du hast recht. Wir sind irgendwie Geschwister im Geiste, wir drei. Also los, bring deinen anderen Arm hoch und halt dich hieran fest, ich zieh dich dann hoch.«

Hiob hielt eine Art Kette mit massiven, dicken Gliedern über die aufgesprengte Rinnenfront. Geburah zögerte noch einen Augenblick, dem schwingenden Gegenstand, der gegen die Unklarheit des Nachthimmels ein bisschen wie eine aufgeblähte Parodie auf ein muslimisches Gebetskettchen aussah, zu vertrauen, aber seine rechte Hand an der Rinne verkrampfte jetzt völlig und rutschte weiter ab, also warf er seinen linken, bislang abgespreizten Arm in die Höhe und bekam unter einem Linksruck des gesamten Körpers Hiobs Kette zu fassen. Gleichzeitig brach das Stück Blechrinne, das ihn bisher gehalten hatte, völlig von der Resttraufe ab, und er hielt es nun in der gefühllos fallenden Rechten fest. Eine idiotische Zehntelsekunde später riss auch die Kette des Magiers, löste sich fasernd in eine ungeordnete Formation stürzender Früchte auf. Geburahs Körper sackte sofort, fleischfetzend an der rauen Putzwand scheuernd, in die Tiefe ab, sein Magen noch in der ersten Sekunde von der Beschleunigung des Freien Falls zum Brechreflex gezwungen. Von einer merkwürdig klaren Konzentration erfasst, raste Geburah an mehreren schnellspiegelnden Fenstern vorbei und drückte sich dann mit einem fast perfekten Ruck von der gigantischen Feilenwand ab, um halb rückwärts gegen die elegant geschwungene Bogenlaterne zu schmettern, die sich unter dem Ansturm des berstenden Körpers kreischend zur Straßenfläche hin zum Korkenzieher bog. Der gleißend hell aufflammende Lampenkopf und Geburahs unrettbar verdrehter Leib schlugen gleichzeitig auf der dunklen Straßenfläche auf, etwa in gleicher Entfernung zwischen Bordstein und Mittelstreifen. Mit einem funkenden und stark rauchenden Fauchen verlosch die Laterne für immer, während die gefallenen Knollen aus Hiobs dargebotenem Knoblauchkranz wie fetter, trockener Schnee über das Stillleben hinregneten.

Hiob ließ den noch in seiner Hand verbliebenen Rest des Knoblauchkranzes ebenfalls in die Tiefe fallen, dann wälzte er sich dacheinwärts herum, um sich den Blicken eventuell aufschauender Schaulustiger zu entziehen. Er musste sich seinen Handrücken auf den Mund pressen, um nicht laut und brüllend loszulachen.

Was unten auf der Straße geschah, bekam Hiob nicht mehr mit. Es hatte auch keinerlei Auswirkungen auf das Spiel oder auf diese besonderen Spielzüge. Es hatte keinerlei Auswirkungen mehr auf irgendwen, außer vielleicht auf ein paar Beamte von der Mordkommission, die später ihren ungläubigen Frauen von der Blutspur erzählen würden.

Guido Schnade schlug die Augen auf.

Er fand sich selbst bäuchlings auf einer Art rötlichem Moosteppich auf einer schwarzen Wiese liegend und langsam zu Wasser werdend. Merkwürdige Schmerzen, die wie Brennesselstreicheln waren, erfüllten jeden Teil seines Körpers unterhalb der Schultern. Beunruhigend war auch, dass in der Ferne überall Lichter waren, aber keines von ihnen bis zu ihm herdrang. Er versuchte sich zu bewegen. Sein geschmolzener Leib war schwer wie Metall. Er war das Spielzeug eines Zinngießers, vielleicht eine Zufallszukunft zu Silvester.

Er schlug die Augen wieder auf. Jetzt erkannte er die Straße, die vorher noch die Tiefe gewesen war, so unwichtig und fern, jetzt war sie ganz nah, presste sich raunend an ihn, leckte seine Wange mit rauer Zunge. Er konnte ein bisschen nach oben gehen und sich selbst dort liegen sehen – zerbrochen, defekt, eine ›hilflose Person‹, wie es im Polizeijargon heißt. Mitten auf der Fahrspur einer Zweispur-Carrerabahn. Und keine roten Autos heute, um ihn zu erlösen.

Nein, so wollte er nicht sterben, konnte er nicht sterben, nicht er, nicht Geburah, nicht Stärke, nicht Gesetz der gerechten Vergeltung, Selbstdisziplin. Zu weit, zu weit waren sie gekommen, und er der Strahlendste von allen. König Ohnelicht. Gab es nicht so ein geflügeltes Wort? ›Im Rinnstein liegen.‹ ›In der Gosse sterben.‹ Das war es, das war er, jetzt, viel zu nah am Rinnstein, viel zu nah am Rand. Er konnte die sorgsam unterbrochene weiße Linie in der Mitte der Straße sehen, ein durchschlüpfbares Hindernis in einem Videospiel, ein Ziel. Volle Kraft voraus. Lächelnd setzte er sich in Bewegung.

Zu weich die Arme. Zu schwer der zertrümmerte Kopf. Aber unterhalb der Schultern ja nur Wasser, nur Brennesseln, Hämmer und Nägel, Ziegelstaub und Asche. Er kam voran. Seeschlangen mit hoch aufwärts gebogenen Hälsen und leuchtenden Zähnen, nur direkt in seiner Nähe war es dunkel, als trauten sich die schweigenden Ungeheuer noch nicht so richtig an ihn heran. Wenn er Luft holte und Wasser ausspuckte, konnte er vor sich eine Reihe von weißen Balken sehen, die ruhig an der Oberfläche der Tiefe trieben, Holz- oder Kunststoffbohlen, wie sie seitlich an den Landstraßen standen, wahrscheinlich Trümmer seines Schiffes, oder tatsächlich eine gekenterte Straße. Er musste zu einem dieser Balken hinschwimmen. Seine Beine sanken schon immer tiefer ein. Lange würde er sich, ohne sich an etwas festzuklammern, nicht mehr halten können.

Er kam voran. Der rote Teppich war wie Öl jetzt, schlug raue Wellen und behinderte ihn. Überall trieb Müll herum, weiße Bälle und ganze Autowracks. So viel Müll war hier, so viel, dass man auf dem Meer, das dunkel und klebrig war wie Vogelleim, fast laufen konnte. Er hielt die Luft an, nahm alle Kraft zusammen und arbeitete sich Zentimeter um Zentimeter an die weißen Balken heran. So gleichmäßig die Balken, so gerade, es konnte auch eine angemalte Bojenmarkierung sein, die das Nichtschwimmer- vom Schwimmerbecken trennte. Er fragte sich, in welchem von beiden er sich befand. Sie antworteten.

Sie waren es. Sie waren zurück. Sich schüchtern nähernd, aber doch von Neugier gelockt. Seine Sirenen. Sein unverfälschtestes Rot, schöner noch als Blut, strahlender als Liebe. Gerade jetzt gab sein Körper nach, seine ausgestreckten Finger verwelkten dicht vor der weißen Linie, Tod brauste malmend heran als ein Djinn, der ihn Dürstenden in der Geröllwüste Nefud mit sich reißen würde. Bernadette! Bernadette! Das Wunder der heiligen Berna ...

Jetzt! Der Tod! Das war er. Lärmend, leidenschaftlich, stinkend. Geburah schüttelte sich. Das war es also gewesen. Er war tot, gestorben, gerade eben, jetzt, vorbei. Er schluckte wild. Belial und Asmodias. Die Sirenen, die Sirenen.

Mit einem letzten ungeheuerlichen Ruck vorwärts erreichte seine Hand den weißen Balken, umklammerte ihn, zog den ganzen Körper nach, griff unter dem Balken durch und um ihn herum und hielt sich so fest im eiskalten All. Mit staunenden Augen starrte der tote Mann in die Scheinwerfer des heranheulenden Feuerwehr-Notarztwagens. Das Blau tanzte so, das Rot wieder anders, er lachte, winkte, aber als die hektischen Männer aus dem Wagen ihn erreicht hatten, war kein Lebenszeichen mehr an ihm feststellbar.

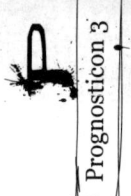

d) Genesis und Apokalypse

> I know Pain at the molecular Level …
> (James O' Barr: The Crow)

Hiob saß im Dunkel Babylons und starrte auf *The Crow*.
   Etwas berührte ihn seltsam daran, und es hatte nichts zu tun mit dem Medienhype von einem tödlich verunglückten Schauspieler, den man per Computer von den Toten erweckt hatte, damit er einen tödlich verunglückten Musiker darstellen konnte, der von den Toten auferstand. Es hatte etwas zu tun damit, wie uninteressant und nichtssagend das Gesicht des Schauspielers war, wenn er ungeschminkt war, und wie faszinierend seine Augen und sein Lächeln, wenn er der Harlekin der Rache war. *The Boiling Man. Freeeeeze!* Da war etwas in der Geschmeidigkeit seiner Bewegungen, über den Dächern wie der tote Dachdecker, aber noch viel phantastischer, da war der Vogel, der sein Freund war oder seine Seele (Raben und wahrscheinlich auch Krähen waren NuNdUuNs – und Wotans – Wellensittiche), da war etwas in dem freudlosen Lachen eines unsterblichen kopflosen Lowlanders, der sich in eine freudlose Gasse fallen ließ, um einen Killer zu töten. Ja, und The Crow war ein Virtuose des Tötens. Er konnte Junkies einen *Schuss* verpassen, spektral weit jenseits der Begrenzungen von *Golden*, und er konnte gotische Wasserspeier das reine Blut eines Guy of Gisburne über die Stadt spucken lassen. Dieser durchgeknallte, weiß getünchte Wiedergänger beherrschte die Kunst des Sterbens in all ihren Facetten vollkommen, und er starb all dies für Liebe.
   Als Hiob das Kino namens *Babylon* verließ, war er wenig überrascht, wie sehr das nächtliche Kreuzberg am Kottbusser Tor dem Detroit der Devil's Night ähnelte. Es war eine Stadt, ein Geist, alle Städte waren eine Stadt, überall das Herz der Welt. Berlin – Hiobs Berlin – war genauso sehr Inferno und Himmelreich wie New York, Hongkong, Dis und Freeside. Also war er hier richtig. Also war das hier sein Zuhause.

Er ging zu Fuß, wie meistens, atmete und dachte, rechnete und wog, suchte in den Erleuchtungen der Dunkelheit nach Irrlichtern und Strandungsfeuern und wich dann doch nicht ab, nicht einen Millimeter. Er suchte eine Weile, bis er das Richtige gefunden hatte, dann erreichte er eine kleine Straße, die gleich von zwei verschiedenen Kirchtürmen beherrscht wurde, nämlich dem mittelalterlich trutzigen Wachturm der St.-Christophorus-Gemeinde und dem weißen, eleganten, wie von Nicholas Hawksmoor errichteten Hochbau der Nikodemuskirche. Als er an deren Fassade – eingerahmt von zwei Heiligenstatuen mit Büchern – auch noch die Alpha-Christus-Omega-Symbolik vertreten fand und schräg gegenüber an der Hauswand eines Kindergartens das krakelige weiße Graffitti ICK BIN ENE VAMPIR! und daneben, kleiner, ICH AUCH, passte alles ganz wunderbar zusammen, und er errichtete an der Kreuzung Nansenstraße/Manitiusstraße ein Monument aus bunten Scherben, Sakrifizium der Nacht.

» ... entstanden langsam, Tag für Tag, gleichzeitig und doch ohne Berührungspunkte nebeneinander her, beide Sphären. Jene noch weiche, aber schon bald in krustiger Abkühlung erstarrende Welt, die wir unseren Planeten nennen, und jenes noch unnennbare spirituelle Kontinuum, das ebenfalls aus dem Big Orgasm herausgeplatzt war und jetzt genau wie der Wasserdampf und die anderen noch leichteren Gase kreiste und sich tummelte und darauf wartete, abzuregnen und unter den Scheitelpunkten der Wasserscheiden Ozeane zu bilden. Lange, sehr lange – Jahrmilliarden, um genau zu sein – hatte dieses Kontinuum, diese funkelnde und irisierende Gegenwelt, keinen Namen und kein Gesicht, und es wartete, ohne zu wissen, dass es wartete. Es wartete lange. Vielleicht forcierte es dann irgendwann jenen quasigöttlichen Funken, der die ersten lebendigen Mikroben hervorbrachte, obwohl ich das nicht glaube. Ich glaube, dass das Leben auf diesem Planeten tatsächlich nur eine chemische Zufallsreaktion war, die aber in Anbetracht der korrekten Zutaten früher oder später irgendwann erfolgen musste. Jedenfalls sah das Kontinuum, ohne zu sehen, die Einzeller kommen und gehen, die Trilobiten kommen und gehen, die Fische kommen und gehen, die Amphibien kommen und gehen, die Dinos kommen und gehen, den Archaeopteryx und die ersten großen Säugetiere kommen und gehen, und nichts, aber auch überhaupt nichts passierte, was dem Kontinuum zu irgendeinem Bewusstsein verholfen hätte. Es war zwar da, aber auch nur das. Es trieb und dümpelte halt irgendwo herum, ein formloses Unding zwischen Dimensionen und Wahrnehmbarkeiten, zwischen Zeit und Raum. Währenddessen wurde es auf unserer vulkanbewarzten Mutter langsam spannend. Kleine schwarzhaarige Äffchen rückten sich knirschend die Wirbelsäulen gerade und wurden dadurch plötzlich größer. Sie fingen an, mit Feuer und Hölzern und Knochen herumzuspielen und ihre sozialen Gefüge auf vielfältige Arten und Weisen zu variieren. Und dann – irgendwann im niemals kartographierten Nebel der Urzeit – kam er, der absolut reine magische Augenblick. Es muss ein Augenblick gewesen sein, an dem zum ersten Mal einer der komischen Affen die Sonne betrachtete und etwas anderes in ihr sah als nur einen hellen Fleck am Himmel, oder ein Bär plötzlich mehr zu sein schien als einfach nur ein mürrischer zottliger Geselle, der seine Winterschlafhöhle verteidigte. Vieleicht war es ja auch der Moment, an dem zum ersten Mal ein Mann mehr für eine Frau empfand als einfach nur krude Läufigkeit, ich weiß das nicht, und niemand wird es je erfahren können. Aber es war der erste Gedanke, die ursprüngliche Sekunde der Abstraktion, das erste schauerliche Aufblitzen dessen, was die Menschen als Einziges von den Tieren unterscheidet: die Fähigkeit der Phantasie. Es geht dabei nicht um Intellekt oder so was Überflüssiges. Planen und Lauern und die beste Gelegenheit abwarten, also intelligent vorgehen, können die meisten anderen Tiere auch, auch wenn die Sielmanns und Attenboroughs dieser Erde uns so was immer beschwichtigend als ›Instinkt‹ verkaufen wollen. Nein, es geht um jenen einen Moment der Ablösung von dem, was tatsächlich da und greifbar war. Der elektrische Überspannfunke zwischen der materiellen und der bislang noch völlig ungenutzten immateriellen, spirituellen Welt war endlich gesprungen. Magie entstand.

Sowohl die Magie des einfachen, abstrakten Gedankens, als auch die Magie des Blitze-aus-den-Fingerkuppen-

Schleuderns, denn beides ist im Grunde genommen nichts anderes als eins. Von jetzt an war alles möglich, und nichts würde jemals mehr sein wie vorher. Rauschende Blätter im Sturmwind konnten jetzt tanzende, wispernde Geistlein sein, der Hirsch mit der blassen Färbung wurde ein mächtiger Totem, Sonne und Mond bestimmten als feurige Kampfwagen und lykanthrophische Haarwuchsmittel alle Regeln aller Länder, und sogar ein simpel vor sich hinkokelnder Busch konnte plötzlich reden. Der Austausch zwischen Geist und Materie wurde reger und wuchs weiter. Die Menschen, wie sich die Affen jetzt nannten, gaben auch dieser spirituellen Zone, aus der sie ihre Gedanken und Ideen schöpften, Namen, nur dass es viele Namen waren, weil diese Ebene im Gegensatz zur Menschlichkeit doch so schwer zu fassen war. Sie nannten sie Geist. Sie nannten sie Inspiration oder Muse. Sie nannten sie das Denken, göttliche Eingebung, Himmel, Hölle, Traum, Alternativwelt, soundsovielte Dimension, außerirdische Lebensform, Magie und was weiß ich noch was. Wir Eingeweihten aber nennen sie einfach das Wiedenfließ.

Etwas Verhängnisvolles geschah. Wie dir eben klargeworden sein dürfte, gab es das Wiedenfließ schon lange vor den Menschen, und es war wohl eher ein Zufall, dass die Menschen es zuerst entdeckten. Darüber kann man jetzt viel philosphieren. Vielleicht wäre alles genauso schiefgelaufen, wenn die Delphine das Wiedenfließ zuerst angezapft hätten, denn vielleicht musste zwangsläufig jede wiedenfließbegabte Gattung schließlich zum Erdrossler des Planeten werden. Wer kann das wissen, so etwas ist selbst mir zu hoch. Jedenfalls reservierten sich die Menschen den Geist. Sie steckten sich sozusagen einen monopolistischen Claim im Wiedenfließ ab und verwehrten durch regen Austausch und Benutzung, ja anfangs sogar durch regelrechte Überbeansprachung der *spiritual connection* allen anderen Gattungen den Zutritt, und das hätte nie passieren dürfen. So kam es, dass die Fische und Vögel und Elefanten und ganz besonders die Hunde und alles, was es sonst noch gibt, dumm blieben, im wahrsten Sinne des Wortes dumm wie Ochsen. Es gibt keine Magie unter Tieren, keine Phantasie und keine Kunst. Tiere – und Pflanzen und Mineralien und Elemente und der ganze übrige Scheiß – eignen sich im Gegenteil hervorragend zum *Benutzen*, als Werkzeug für Magie und Phantasie und Kunst. So machten sich die Menschen also tatsächlich die Erde untertan, genauso, wie es später ein cleverer Schriftrollenschreiber einem imaginären Gott in den Mund gelegt hat, um diesen Wahnsinn noch im Nachhinein legitimieren zu helfen.

Durch ihren Starrsinn, ihren unbedingten Eigennutz und die ihnen merkwürdigerweise allen von Geburt an eigene Anschauung, dass alles in der Welt dafür da ist, von ihnen entweder gegessen, gefickt, bebaut, beschissen oder erobert zu werden, setzten die Menschen eine unheilvolle Wechselwirkung in Gang. Das Wiedenfließ war komprimierter Geist, unterschätz das nicht. Dieser komprimierte Geist lernte nun also nur eines kennen, wurde nur in einer einzigen Hinsicht angezapft, in Bewegung und Energie versetzt und motiviert – nämlich durch einen anhaltenden und immer irrer werdenden Austausch mit einer sich emsig vermehrenden Rasselbande von größenwahnsinnigen Allesfressern. Und da das aufgrund des verhängnisvollen Interaktionsmonopols das Einzige war, was das Wiedenfließ je kennenlernte, lernte es halt dadurch, lernte und imitierte, imitierte, imitierte und variierte, variierte und verfeinerte. Das, mein staunender Liebling, ist der einzige Grund, warum das Wiedenfließ heute die Charakteristika eines katholizistischen Fegefeuers hat, durchsetzt mit dem muffig-bürokratischen Hierarchiegehabe einer sogenannten geordneten Welt. Wir haben das Wiedenfließ so gemacht. Wir erschufen es nach unserem Ebenbilde. Machten uns eifrig die Erde zur Hölle und setzten noch eins drauf.

Und da das Wiedenfließ nun eben komprimierter Geist war, entwickelte es natürlich auch Eigeninitiative und spielte mit großem, analytischen Interesse die Ränke und Morde und Kriege der Menschen nach. Es gab zwar auch Liebe im Wiedenfließ, dann und wann, so wie es dann und wann auch Liebe bei uns Menschen gibt, aber wie bei uns wurden auch im Fließ die Liebe und die Vergebung immer weniger wichtig und immer unzeitgemäßer, und das eigentliche Sagen hatten bald die Könige, die Kanzler und die Generäle. Es gab viele Könige in der Geschichte des Wiedenfließes, wahrscheinlich sogar eine shakespearsche Abfolge von sich gegenseitig in ihrem

Blute erwürgenden Tyrannen und Usurpatoren. Aber derjenige, der sich letztendlich durchsetzte und es schaffte, seine Regentschaft in jahrhundertewährender Kontinuität zur Unbezweifelbarkeit auszubauen, war NuNdUuN. NuNdUuN der Herrliche. NuNdUuN der Eroberer. NuNdUuN – der Gottvater des Hasses.«

Hier beendete Hiob seine Erzählung, denn als Nächstes hätte er jetzt auf die Abspaltung der Unparteiischen und die Entstehungsgeschichte des Spieles eingehen müssen, und das wollte er nicht. Sie hatte ihn nach NuNdUuN gefragt, nach NuNdUuN und dem Wiedenfließ, und so weit hatte ihm das gut gepasst. Er achtete penibel darauf, Bernadette nur die Wahrheit zu sagen, weil sie in ihrem vorgerückt empfänglichen Geisteszustand so etwas wie Lüge wahrscheinlich schmecken konnte, aber er erwähnte eben nicht die ganze Wahrheit. Sie hatte ihn nicht vereidigt.

»Das klingt«, summte sie träumerisch, »als würdest du ihn bewundern.«

»Wen – NuNdUuN? Nein, ich hasse diesen Scheißer. Er ist nichts weiter als die Essenz all dessen, was die Menschheit so unmenschlich macht. Ich hoffe, eines Tages mächtig genug sein zu können, um ihn im offenen Feldkampf zu demütigen.«

»Aber er ist doch das Oberhaupt der Vampire, oder?«

»Er ist das Oberhaupt von allem, was jenseits unserer streng physikalischen Erklärungsmechanismen kreucht und fleucht, das stimmt.«

»Dann will ich also ihm dienen. Macht das uns beide zu Gegnern?«

»Die Frage ist immer noch, Bernadette, ob du ihm wirklich dienen willst.«

»Wie meinst du das? Habe ich das denn nicht schon bewiesen?«

»Ich bin mir halt immer noch nicht ganz sicher. Diese ganze Geschichte mit dem Uringetrinke ... ich weiß nicht. Es ist nicht nur so, dass man das nicht ernst nehmen kann und es nichts zählt, sondern es ist auch eine so krasse Abkehr von den magischen Prinzipien, dass man die dadurch entstandene Wunde wahrscheinlich nur durch neuerliche Krassheit flicken könnte.«

»Aber daran war doch nur meine Unwissenheit schuld! Wir haben versucht, so bestialisch wie möglich zu sein ...«

»... dem Wiedenfließ so nahe wie möglich zu kommen ...«

»Genau! Uns fehlte einfach nur die Anleitung eines Eingeweihten. Keiner von uns ist als Sohn einer Hexe und Enkel eines Magiers auf die Welt gekommen.«

»Keiner von euch ist wie ich mit einem goldenen Zauberstab im Mund geboren worden ...«

»Keiner von uns! Du musst dich in unsere, in meine Lage versetzen, in meine Verzweiflung. Von deinem Blut zu trinken, war mein erster arkanischer Akt! Ich war blind und taub und blöde, und jetzt kann ich sehen, ich kann die Sonne sehen, und ich hasse sie. Und meine Freunde sind alle in Unwissenheit verloschen, fast jeden Tag finden Polizei und Zeitungen ihre verkrümmten Leichname irgendwo in der Stadt, nur Sonja ist noch nicht wieder aufgetaucht, aber wahrscheinlich liegt sie auch irgendwo tot in einem Winkel. Hiob, verstehst du nicht, dass das wie eine Bluttaufe ist? Meine Geschwister, die mein ein und alles waren, die jede Regung mit mir teilten, sind zerschmettert und sinnlos von mir gegangen. Ich bin die Letzte, die noch übrig ist, ist das nicht krass genug? Wer sonst als der letzte Überlebende der Unwissenden wäre dafür geeignet, Eintritt zu finden in das Reich der Wissenden?«

Hiob betrachtete lächelnd ihr schönes, blasses Gesicht, dann drückte er sie an sich und küsste sie. »Weißt du, dass ich dich manchmal beneide? Du bist so zielbewusst, so sicher, so hundertprozentig du. Ich zweifle oft, befürchte Fehler und habe auch manchmal das Gefühl, gar nicht wirklich schaffen zu können oder schaffen zu wollen, was ich mir an Ungeheurem aufgeladen habe. Ich würde gerne sein wie du.«

»Und ich wäre gern wie du. Ist das nicht traurig?«

»Das ist eben typisch. Wir sind Menschen. Nie zufrieden mit dem, was unser ist. Es ist wohl endlich an der Zeit, damit aufzuhören.«

»Womit?«

»Mit dem Menschsein. Wenigstens du kannst da raus. Ich denke, die heutige Nacht ist so gut wie jede andere auch, es zu tun.«

»Was zu tun ...? Du meinst doch nicht ...?«

»Doch, genau das meine ich.«

Sie löste sich von ihm, starrte ungläubig, lachte.

»Heute? Aber ... aber ... was ist mit den ganzen Lektionen und Regeln ... den Vorbereitungen ... dem ... ich weiß nicht ... allem ...«

»Vampirsein ist genauso learning by doing wie Magiersein. Wenn ich nicht als Magier geboren wäre, hätte ich's auch nie lernen können. Also lass uns den Schritt machen. Oder hast du jetzt plötzlich Muffensausen?«

»Nein ... nein ... o Hiob, es gibt nichts, was ich mir mehr gewünscht hätte – ich hätte nur nie im Traum gedacht, dass ... so schnell ...«

»So wie ich das sehe, ist das allmähliche und – verzeih mir die Direktheit – ziemlich klägliche Verrecken deines Rudels ein deutlicher Hinweis darauf, dass wir uns nicht allzu lange Zeit lassen sollten, bis wir ein Halbwesen aus dir machen. Sonst holt dich das miese Karma, das ihr als naturseksschlürfende Irrläufer gebunkert habt, auch noch ein.«

»Du hast recht ... ja, natürlich ... ich bin traurig ... ich bin glücklich ... ich bin geehrt ...«

»Zieh dir etwas an. Nimm was von meinen Sachen, spielt keine Rolle. Ich such schnell die magische Kreide und den ganzen Tünnef zusammen, und dann geht's los.«

»Hiob ... ich liebe wieder ... ich liebe das Leben ... liebe das Sterben ... liebe dich ...«

»Ich hab dir doch schon gesagt, dass ich dich beneide, was willst du noch hören? Reiß dich zusammen, konzentrier dich – du heiratest heute, und im Gegensatz zur Menschenwelt heiratet man im Wiedenfließ nur ein mal.«

Sie gingen raus in die Nacht, Hiob mit einer Supermarktplastiktüte voller Krimskrams, Bernadette verzaubert, leuchtend, Abschied nehmend mit jedem Schritt von der quälenden Unzulänglichkeit eines Lebens als – wie Dirk-Daniel es einmal bezeichnet hatte – verdauendes Fleisch.

Sie nahmen die U-Bahn, fuhren schwarz, wie's sich gehört, stiegen Mehringdamm und am Hermannplatz wieder aus. Die Nacht war mild wie immer, aber erste fadenscheinige Wolken kündeten schon von einem merkwürdigen Herbst, der sich bis in einen fast sommerwarmen Dezember hineinziehen würde. Es war dies, als sie ostwärts gingen, eine Gegend mit immer weniger Kneipen und immer weniger Bars, und es waren deshalb auch immer weniger Menschen unterwegs. Bernadette, die den Mond anstarrte beim Gehen, lächelte über die Stille dieser Heiligen Nacht, die schon bald, mit vampirischen Ohren, dem Tosen und Brausen und pumpenden Gewummere der Wirklichkeit weichen würde.

Als sie sich unter den goldenen Kreuzen des St.-Christophorus-Turmes der Stelle näherten, wo die Nansenstraße sich mit der Manitiusstraße traf, bemerkte Bernadette die Glassplitter auf den Gehsteigen und im Rinnstein. Die Pflügerstraße war nach rechts und links so tot, als wäre man dort noch nicht ans Stromnetz angeschlossen worden. Nur ein paar Fernseher glosten Blau aus Wohnungsfenstern, ansonsten war da nichts. Sämtliche Laternen waren ausgefallen, die Splitter an den Straßenseiten schimmerten mondgebunden.

»Was ist denn hier passiert?«, fragte Bernadette, langsamer werdend. »Sieht aus, als wäre hier ein Tornado langgefegt.«

»Das war ich«, gab Hiob ohne Zögern zu. »Ich habe ein paar Lichter gelöscht, Straßenbeleuchtung, Neonreklamen, den ganzen Scheiß.«

»Du hast das getan ... für mich?«

»Na ja. Ich hab's tun müssen, um *das* zu schaffen.« Er deutete nach vorne. Zuerst konnte sie nur sehen, dass die Kreuzung, der sie sich näherten, immer noch beleuchtet war, während hier, wo sie jetzt gingen, eine Art Dunkelzone errichtet worden war. Dann aber dämmerte ihr Form und Bewandtnis der Beleuchtung da vorne, und wie aus den ansonsten ungenutzten Fluchten ihres Unterbewusstseins wurde ihr schockartig auch das Gesamtdesign klar. Hiob hatte einen lichtlosen Kreis geschaffen, in dem jegliches Straßenlicht – auch Hausnummernlampen und Autostandlichter – zertrümmert und gelöscht worden war. Und in der Mitte dieses dunklen Kreises mitten in der Stadt leuchteten still und selig wie ein Weihnachtsbaum etwa hundert Meter Nansenstraße, nach siebzig Metern von der Manitiusstraße geschnitten, die in beide Richtungen noch etwa zwanzig Meter strahlte, bevor auch sie im Kreis der Nacht verlosch. Ein gigantisches, betretbares Kreuz aus Licht.

Bernadette spürte, wie ihre Kniekehlen gefühllos wurden. Sie stemmte sich leicht gegen Hiobs Ziehen. »Nein ... nicht ... zu groß ... das ist zu groß ... das Kreuz ...«

Hiob blieb stehen, nahm ihr Gesicht in beide Hände und redete eindringlich auf sie ein. »Vampire können von christlichen Kreuzen nicht getötet werden, es sei denn, sie sind praktizierende Katholiken, und das bist du ja wohl nicht. Es ist der Glaube, der zählt, nicht das Symbol.«

»Aber ... ich hab dir doch erzählt, dass ich katholisch erzogen worden bin ... Hiob, ich habe Angst ...«

»Das ist ja der Grund, weshalb ich das hier errichtet habe. Es gibt nur zwei Möglichkeiten, Vampir zu werden: entweder eine entsetzlich langwierige Lehrzeit mit Hunderten von Prüfungen und Aufgaben, und selbst wenn du es eines Tages schaffen solltest, wirst du dann alt und grau geworden sein und so auch vom Vampirismus konserviert werden, alt und grau für alle Zeiten, und wenn ich dich richtig verstanden hatte, war das nicht das, was du wolltest. Oder aber wir machen es auf meine Weise, dann geht es schneller, dann geht es jetzt, aber du musst diesen Widerstand überwinden, dieses verdammte Symbol und den Glauben daran überwinden. Das ist dann dein Opfer an NuNdUuN. Ohne solch ein Opfer wird es uns nie gelingen, den Pfad zur Energie zu eröffnen. Du solltest dich jetzt endlich mal entscheiden, Bernadette, meine Geduld ist nicht grenzenlos, ich habe mich ohnehin schon sehr weit aus dem Fenster gehängt für dich, und dein andauerndes Gezaudere geht mir langsam auf die Nerven. Du bist schon dreißig, Mädchen, wie lange willst du noch herumtrödeln? Bis zu den Wechseljahren?«

»Es ... ist nur ein Symbol?«

»Natürlich! Was denkst du denn, was es ist? Ein Moslem lacht über das Kreuz, ein Buddhist würde es nicht mal als etwas Heiliges erkennen und munter draufrumtrampeln. Wie soll also für einen Vampir ein Kreuz irgendeine universelle Bedeutung haben? Das ist doch Unsinn. Aberglaube. Aber es ist eine gewisse Überwindung für dich, und darauf kommt es an. Deshalb die beiden Kirchen hier, und deshalb das Lichtkreuz. Damit NuNdUuN erkennen kann, dass du es ernst meinst. Und das eine kann ich dir raten, aus eigener Erfahrung: Spiel nicht mit NuNdUuN rum, fordere nicht seine Aufmerksamkeit, wenn du nicht wirklich bereit für ihn bist. Wenn er sich auch nur halb so sehr über dein Geziere aufregt wie ich, ist es aus mit dir. Und mit mir wahrscheinlich auch. Also los jetzt.«

Er zog sie ins Licht, sie wehrte sich nicht mehr. Sie betrat das untere Ende des Kreuzstamms und ging mit Hiob in entgegengesetzter Fließrichtung des Erlöserblutes aufwärts bis zum Kreuzpunkt. Ihre Fußsohlen fühlten sich heiß an in den Schuhen, als seien die Laternen hier Sonnen, die das flache Kopfsteinpflaster fast zum Kochen brachten. Auch ihre Haut summte und kribbelte, samtene Härchen stellten sich auf. Das aggressive Knistern von Hiobs Plastiktüte verwirrte und entnervte sie.

Mitten auf der Kreuzung blieben sie stehen. Bernadette schaute sich um, während Hiob mit einer aus der Tüte hervorgekramten Talgkreide einen leicht eirigen Kreis um sie beide zog. Das Kreuz war so gigantisch, es drehte sich funkelnd um sie, als sie sich drehte, es schien eingebrannt zwischen die breiige Schneise des Landwehrkanals dahinten, die schrundigen Häuser und die grünen Metallgitter des Reuterplatzes. Eine gleißende Landebahn der Hoffnung und der Irrlehren.

Hiob streute Blumen aus, die getrocknet waren oder künstlich, setzte eine kleine dunkelblaue Tonflasche an und sprühte die Flüssigkeit dann zwischen den Zähnen hindurch in Richtung auf den grauen Betonklotz des *vitrotherm*-Gebäudes, wie ein Feuerspeier ohne Feuer. Er tanzte flackernd um Bernadette herum und sang dabei, und sie bekam das gar nicht richtig mit. Dann drückte er ihr etwas auf die Stirn, das entweder ein Hasenkötel oder ein weiches Pimentkorn war, küsste sie und spuckte ihr dabei auf die Zunge, mit dem bitteren Geschmack der Flüssigkeit, die er vorher im Mund gehabt hatte. Er bedeutete ihr, auf die Knie zu gehen, sie kniete sich vor ihm hin, er krempelte sich das T-Shirt hoch, durchschnitt mit einem afrikanisch verzierten Elfenbeinmesser seinen Bauchnabel in horizontaler Richtung und befahl ihr zu trinken. Bernadette legte ihre Lippen an seinen Bauch und saugte das Blut, das hervorquoll, mit steigendem Durst. Es hatte wieder diesen phantastischen

Beigeschmack, dieses Hiob-Aroma, das magische, unerklärliche, weiterführende, sinnliche. Beinahe zärtlich bog er sie anschließend nach hinten um, bis sie ganz auf dem Rücken auf der Straße zu liegen kam. Das Letzte, was sie von ihm sah, bevor sie die Augen schloss, war, wie er sich mit schmerzverzerrtem Gesicht ein großes Heftpflaster über den Nabel pappte.

Sie lag im Fokus des Kreuzes, festgenagelt von der Anziehungskraft der Erde. Ihr Mund, ihre Kehle und jetzt auch langsam ihr Magen waren erfüllt von dem magischen Blut des Malers Irazoqui. Durch ihr die Farben wechselndes Hirn schlingerten die Erinnerungen an all jene, deren Blut sie noch als Mensch getrunken hatte.

Da waren natürlich die zappelnden und in ihrer Persönlichkeitslosigkeit verschwommenen Opfer, kreischend, staunend, flennend oder in nutzlosen Meidbewegungen begriffen. Chantal leuchtete am hellsten, die Erste, die, an der das Rudel sich entjungfert hatte, die anderen waren hässlicher und stumpfer, gegen Ende hin gelblich verbleichend, weil in die ehrlosen Abgründe des bittersalzigen Abweges hin abtauchend, von dem Bernadette nichts und Hiob nichts und NuNdUuN auch nichts mehr wissen wollte. Zwei Chöre von Kindern, die einen prallrot und kräftig und laut, die brachten gute Noten heim, die anderen behindert und somit nicht mehr liebenswert. War sie deshalb eine schlechte Mutter gewesen? Nein, sie hatte nur zu viel getan, es zu eilfertig getrieben, der schöne Merlin mit den Augen aus reinem Aquamarin reichte ihr von oben her die Hand und hob sie aus dem Sumpf der Irrung zu sich hoch auf den purpurroten Zelter. So ritten sie dahin, die blau geäderten Hufe verblichene Schädel zersprengend, aus denen der Boden bestand. Dirk-Daniel tauchte auf, Kot an den Lippen, dümmlich grinsend, dann packte ihn ein starkbierschwarzer Schelm im Nacken und hieß ihn in einem flachen Quell ertrinken. Irritation: Der vampirische Tod schmerzte nass in ihren altargeöffneten Lungenflügeln, doch der Ritt ging weiter. Arne war jetzt zu sehen da hinten, Arne, ihr Arne, den sie so nahe an Liebe empfunden hatte wie jemals ihr möglich, als sie noch nicht erleuchtet. Er hatte ein dickes altes Buch in Leder in den verschränkten Armen, es war sein eigenes, sein Meisterwerk, er hatte es selbst geschrieben, es hieß *Die Heilige Schrift*, er öffnete triumphierend beide Arme, und die einzelnen Seiten rutschten durch den Einband zu Boden und wehten mit herbstroten Eichenblättern davon, ein fast unsichtbarer, verzerrt reflektierender Schemen eruptierte vor Arne aus dem Boden und rammte ihm einen zugespitzten jungen Baum tief durch die Brust und Kleider. Arne schrie und fiel, und Beradettes Herz knüllte sich in Leiden zusammen, sie wollte weinen, doch Geburah-Guido vetraute sich grimmig einer Staude Knoblauch an und griff ins Leere und musste deshalb auch noch sterben. Wieder Irritation: Diese Szene so komisch. Wie konnte jemand durch Knoblauch sterben? Der Holzpflock, der Knoblauch – Teile des neu in ihr keimenden Vampirseins rebellierten mit Verstimmung und Furcht. Der Ritt ging weiter durch sonnenfarbenen Roggen, denn wo war Sonja abgeblieben? Sie hatte das nie erfahren, hatte aber ihr Blut getrunken, in gar nicht kleiner Menge, und die Lösung des Geheimnisses musste gleich hinter dieser Kreuzung hier liegen. Merlin Aquamarin hieß sie absteigen und führte sie durchs grannenspröde aufstrebende Getreide. Endlich sah sie Sonja, die liebliche, bezaubernde Sonja, Sonja, der man nicht böse sein konnte, Sonja, deren Haut so zart gewesen war wie Samt und mit einem Flaum an den Innenseiten der Schenkel ganz wie eine Aprikose. Sonja kreischte und brannte, verschmorte, platzte auf, lief aus, verdampfte stinkend, rußend, brüllend, jaulend, keuchend, und daneben stand er Hiob HiobderMörder HiobderauchDirkDanielArneGeburah Hiobderall-ihreGeschwisterermordethatte und schaute einfach nur zu. Bernadette **schrieeeeeeeee**, schlug mit den Armen und trat mit den Beinen, spürte die dunkle harte Macht des Wiedenfließes in sich eindringen wie einen Vergewaltiger. Das Blut in ihren Adern verdickte zu Klumpen, die anderes Blut brauchten, um sich wieder aufzulösen und zu fließen, einige Adern platzten unter dem plötzlichen Unterdruck. Die Zähne ihres Oberkiefers veränderten sich unter solchen Schmerzen, als würde ein verrückt gewordener Zahnarzt mit einem blauen Heimwerkerschlagbohrer ihr im Mund herumsplittern.

Bernadette schloss, Schweiß weinend, die Augen und konnte für einen Moment das Antlitz NuNdUuNs sehen, noch schöner, noch edler als das des Magiers, die Vollkommenheit und Vollendung eines seit zwei Millionen Jahren verfeinerten Konzepts. In der Ruhe und Überlegenheit von NuNdUuNs mitleidlosem Blick fand Bernadette Jurow zitternd die Wahrheit.

Vampire waren von Anfang an da gewesen, in den brodelnden Savannen der Frühzeit, die ersten eleganten Inkarnationen des Wiedenfließes, Folge und auch fortführender Ursprung eines regen Austauschs. Sie waren eine unheilbringende Fusion aus den ersten Hominiden und den reißenden Tieren der Nacht, Säbelzahntigern zum Beispiel, damals. Mit schlanken, unbehaarten Händen bogen sie die struppigen Hälse der Urmenschen zurück und bahnten sich einen Weg durch ledriges, sehniges Fleisch. Die Nächte waren so weit wie die endlosen Steppen, und auch der Frost einer Eiszeit vermochte den ersten Vampiren nichts anzuhaben. Sie waren Jäger und Sammler, sie jagten Menschen und sammelten ihr Blut in bauchigen Krügen aus Kork. In der Bronzezeit dann versprengten sie sich langsam, fanden Passagen nach hier und da. Ilion brannte am Horizont, und die Götter wandelten unter den Menschen. Körper und Geist waren Liebende, für Vampire gefährliches Terrain. Während der großen Völkerwanderungen gab es dann ganze Stämme von Skiren und Cimbern, die fast ausschließlich aus Vampiren bestanden und die an Ausbreitungen nach Osten und Süden maßgeblich beteiligt waren, bis die Hunnen kamen und mit ihnen die uralten Techniken der Sonnenfolter. Das Zeitalter der großen Eroberungen, der überlebensgroßen Menschen, Griechen und Römer, Ägypter und Chinesen, fand die Vampire nur vereinzelt, verängstigt, spießrutenlaufend zwischen all den Fallen und Fährnissen, die jene Tage ihnen bereithielten. Einige fanden im tiefsten Afrika Heimstätten, andere trieb es nach Norden, wo sie Walrossjäger schlugen und wie Schneedämonen lebten. Die Blütezeit der Vampire dämmerte erst mit dem Mittelalter herauf, fast 900 Jahre, nachdem einer von ihnen am Kreuz eines verklärten Schwächlings geleckt hatte und nichts geschmeckt hatte außer Pein und Furcht. Romanik und Gotik fanden sie huschend und prosperierend zwischen den aufstrebenden Kathedralenverzweigungen. Ihr Biss übertrug die Pest, ihr Lecken den Typhus, und es wurden Jahrzehnte, Jahrhunderte der Varianten und der Ausschweifung. Dann aber kam jener, und er kam aus Burgund, war aber nicht dort geboren, dessen Name noch heute Schmerzen birgt für jeden Vampir: Akamas der Rasende, Akamas der Vampirschlächter. Er war einer, der das Spiel spielte mit NuNdUuN, und er spielte es nach seltsamen, eigenen Regeln. Er hatte keinen Blick und keine Geduld für Prognostica, Manifestationen oder Inundationes. Seine Regeln waren einfach und eindeutig: Für jeweils 700 erschlagene Vampire bekam er einen Punkt. Und er verdiente sich acht Punkte, bevor es einem der letzten Verbliebenen gelang, auch Akamas in einen Vampir zu verwandeln, und Akamas sich selbst tötete, indem er sich von der Sonne fressen ließ. Als der Vampirschlächter gestorben war, gab es keine fünf Vampire mehr auf dieser Welt, und mehr als zweihundert Jahre lang blieb das auch so. Erst der Dreißigjährige Krieg und seine blutverfärbten Küsten schufen wieder Nährgrund für Halbwesen. Im achtzehnten und neunzehnten Jahrhundert gab es tatsächlich jene Zeit des gesellschaftlich akzeptierten Vampirismus, von der die vorgeblichen Fiktionen noch heute künden. Im Kontinent des Westens gab es vampirische Outlaws, die von Postkutschen lebten, und einige Stämme der Ureinwohner, die dem Blut geweiht waren. In den düsteren Kluften der Mitte und den grünenden Weiten des Ostens errichteten Vampire Fürstentümer, Burgen und Türme und delektierten sich auch an irdischen Schätzen und Gütern. Man wurde wählerisch genug, nur noch die sinnlichsten Jungfrauen zu trinken. Es war dies eine Zeit der Unschuld und der Freude, der ungetrübten Blutlust und des Vergnügens am Zerfall und der Berechenbarkeit aller Dinge. Die Naturwissenschaften rissen gierig Schranke um Schranke nieder und brachten mit sich den größten Triumph des Vampirgeschlechtes überhaupt: das Wissen um das Erkalten und Sterben der Sonne, irgendwann in ferner, doch sicherlich erreichter Zukunft, das Wissen um den letzten Sonnenuntergang, den buchstäblichen Tod des Erzfeinds Licht. Sie feierten beide großen Kriege durch, und hätten die Menschen darin innegehalten, hätten sie nach den Kriegen einmal genug gehabt von den Perspektiven des Vergehens, hätte alles gut werden können, alles gut bis heute. Doch die Menschen drangen weiter ein ins grauenhafte Reich des Wissens, und in den sechziger und siebziger und achtziger Jahren des zwanzigsten Jahrhunderts einer jugendlichen Zeitrechnung waren die Menschen so weit, dass sie den gesamten Planeten mit nur ein paar gedrückten Knöpfen in eine verseuchte, tote Kugel verwandeln konnten. Viele Vampire hielten schon diesem Druck nicht stand: Die Aussicht, durch leblos dampfendes Gelände zu wandern und sich von strahlungsresistenten Kakerlaken ernähren zu müssen wie ein schwachsinniger Renfield, war für die meisten von ihnen zu viel. Sie wurden krank und starben, starben auch an Unterernährung der Seele. Nach Jahrhunderten des schwellenden Fleisches und der pumpenden Venen war es für viele einfach nicht mehr zu ertragen, mit welcher Blindheit und Kälte die Menschen all das aufs Spiel setzten und einzutauschen bereit waren gegen die radioaktive Erstarrung geschmolzenen Sandes. Sie wurden krank und starben, oder machten dumme Fehler, wie zum Beispiel nachzusehen, ob es denn die wirkliche Sonne noch gab, oder ob auch sie mittlerweile ersetzt worden war durch Elektrizität und Neon. Sie zerfielen zu schmutzigem Staub, und hochtrabende, heuchlerische Katecheten sprachen darüber ihr völlig unangebrachtes *Memento homo quia pulvis es et ad pulverem reverteris.*

Die neunziger Jahre näherten sich, und es waren nicht viel mehr Vampire geblieben als damals nach dem Ende von Akamas' Wüten. Die Welt der Menschen und das Wiedenfließ hatten sich mittlerweile so sehr aneinander angeglichen, dass es kaum noch einen Unterschied gab. NuNdUuNs Sieg war so gut wie sicher, niemand wagte es mehr, das Spiel gegen ihn zu spielen. Mit so etwas wie Hoffnung verzeichneten die letzten Vampire, Relikte eines Geblüts aus der Morgendämmerung der Erde, ein neues Aufflammen menschlichen Interesses an ihnen, eine neue Mode, ein neues verlockendes Verhältnis. Sie stiegen empor, um zu tanzen. Und wurden vom Wissen vernichtet.

Denn die Naturwissenschaft war noch weiter fortgeschritten, hatte bisherige Konzepte und Voraussagen revidiert, und in den unermesslichen Weiten der Zeit die Wahrheit gefunden: Ja, die Sonne wird sterben, zwölf Milliarden Jahre nach ihrer Geburt, wird über das Zwischenstadium eines kleinen, heißen Leichnams in einer großen Wolke grünen, weiß glühendes Gases zu einem

Schwarzen Zwerg werden. Aber auf der Erde wird sich kein unsterbliches Augenpaar mehr an diesem Anblick weiden können. Denn die Erde wird bis dahin nur noch Asche sein, ein gefrorener Schweif aus Ruß auf jämmerlich ewiger Bahn um einen schweren Schwarzen Zwerg. Kein Verdunkeln und Erfrieren, wie bisher angenommen, und somit keine Zeit der Freude und des Triumphes für Vampire. Die Sonne wird sich ausdehnen, bevor sie stirbt, wird sich aufblähen wie eine widerlich umarmende Mutter. Sieben Milliarden Jahre lang wird sie gemächlich und feist und von lebloser Dummheit ihren Wasserstoff aufbrennen, dabei stetig heller und heißer werdend, so heiß, dass alles Wasser auf der Erde verdunstet, und mit ihm alles Blut. Und dann, wenn der Wasserstoffvorrat verbrannt ist, entzündet sich das Helium im Kern der Sonne in gewaltigen Explosionen. Durch diese Energie wird die Sonne noch einmal um das Zweihundertfache größer und um das Zweitausendfache heißer, bis sich alle ihre Planeten in rote, glühend heiße Schmelzen verwandelt haben, die sich langsam zersetzen und zu Kohleschutt zerbrechen. Dies ist die Perspektive der Ewigen. Am Ende wird dein Erzfeind dich vertilgen, und es gibt kein Entrinnen. Am Ende wird nichts dein sein außer der Panik und der Agonie des auch nachts lohend weiß brennenden Himmels. Und so begingen auch die Letzten der Vampire weinend Selbstmord. So gibt es jetzt nur einen mehr: dich, Bernadette Jurow, letztes, einsames und zukunftsloses Zeugnis einer ausgestorbenen Rasse.

»Ich ... will ... wieder ... Mensch ... sein«, schluchzte Bernadette sabbernd, auf dem Bauch über das glatte, wellige Pflaster robbend. »Bitte ... mach ... dass ich wieder ... Mensch bin.«

»Das geht jetzt nicht mehr«, sagte Hiob, der langsam neben ihr herging. »Du bist jetzt Vampir.«

»Aber ... ich ... will nicht mehr ... kann nicht mehr ...«

»Das war es doch, was du dir so sehr gewünscht hast. Du kannst nicht mehr zurück. Das ist kein Spiel mit Hü und Hott. Das ist eine Vermählung bis zum Tode.«

Mit unglaublicher Anstrengung hob Bernadette den Kopf und sah aus tränenverschmierten, angstgeweiteten Augen zu Hiob auf. »Dann ... töte mich auch. Töte ... mich, wie du die ... anderen getötet hast. Du kannst das ... doch sicher, du bist ein ... Magier und ich ... bin noch frisch, bin noch ... schwach ... es ... es ... muss doch einfach einen Weg ... geben ...«

»Es gibt nur einen Weg, dich jetzt zu töten.«

»Dann tu es! Ich flehe dich an, Hiob ... tu es ... schnell ...«

Er packte ihr Haar. »Bitte mich darum. Beruhige mein Gewissen.«

Sie weinte haltlos, ihr ganzer Körper zuckte. »Ich ... bitte ... dich darum, mich auch zu ... töten, Hiob.«

Er zog ihr die Arme unter dem Körper weg, fasste ihre schmalen Handgelenke in seiner linken Hand zusammen und zog Bernadettes mittlerweile fast federleichten Leib daran halb hoch. »Sag, dass du mir vergibst.«

Ihr Geist war zu umflort von Panik, um noch zu variieren. »Ich ... bitte dich darum, mich auch zu töten ... Hiob.«

Er schnitt ihr mit dem Elfenbeinmesser beide Unterarme längs der Hauptadern auf, bis ihr Blut herauspulste und auf die Straße geschleudert wurde. »Ich habe es getan, Bernadette. Nun schlaf und träume niemals wieder.« Er ließ die wimmernde, stöhnende Frau langsam zu Boden gleiten, strich ihr das nass verklebte Haar aus dem Gesicht. Schwer und matt und dicklich breitete sich die dunkelrote Lache auf dem Asphalt aus. Bernadette starb, wie eine Schlange oder ein Kind um die Füße des stehenden Hiob geringelt, während ihr Blut, das schließlich auch seins war, seine Schuhe und Socken durchtränkte. Wolken zogern unterm Mond vorüber.

Hiob ließ das Messer fallen, knickte ein, bis seine Knie und Schienbeine das Blut berührten, und blieb so sitzen, vornübergebeugt, die Haare fast auf Bernadettes Körper.

Er hatte gerade eben einen Punkt verdient.
Und nichts wurde dadurch besser.
Nichts.

Über Mädchen

Why
do
they always
want you to wear clothes
that make them want to
undress
you?

Why do they
want to know your name
if they're only
going to tell you
not to be
yourself?

(John Ney Rieber:
The Books of Magic No. 6)

Regen fiel, wie sonst nur Engel fallen. Heftig, tosend, tief. Das Neonschild des *Restaurant Diaboli* gloste verschliert zu ihr hinüber. Sie hätte die paar Meter nach rechts gehen können, um den mehrspurigen Fahrdamm an der Ampel zu überqueren, aber sie hatte keine Lust darauf.

Die Autos waren ziemlich schnell, der Asphalt richtig aquaplan. Sie wollte kein Öl-Benzin-und-Fleisch-Inferno verursachen, also bewegte sie sich umsichtig, gewandt. Keiner der Autofahrer, auch wenn er noch so aufmerksam hinter seinen hektischen Scheibenwischern hervorlugte, konnte ihre Bewegungen optisch erfassen. Sie stand gerade noch auf dem rechten Bürgersteig, jetzt plötzlich auf dem linken. Sie hatte einen neuen Stern für ihre Sammlung in der Hand und steckte ihn in die Tasche ihres wasserabweisenden Mantels, und ein Mercedes fuhr ahnungslos ohne guten Stern weiter.

Das Diaboli war gut besucht. Gut situierte Gestalten, denn das Diaboli war teuer. Sie hatte keinerlei Schwierigkeiten, ihre Verabredung auszumachen. Ihre Verabredung hatte einen ärmlichen Pullover an, war nass wie ein herrenloser Hund, und aus seinen schulterlangen Haaren tropfte langsam Wasser in ein dunkelgoldenes Glas Tee.

Sie ging zu ihm hin, zog ihre Hand aus der Tasche, strich ihm durchs klamme Haar. »Du siehst nicht gerade glücklich aus.« Mit liebenswürdigem Lächeln entzog sie einem Nachbartisch einen ungenutzten Stuhl, stellte ihn mit der Lehne voran an den Tisch und setzte sich rittlings und breitbeinig drauf. Ihren Mantel behielt sie an.

Hiob blickte auf. »Nettes Outfit. So normal. Jemand, den ich kennen sollte?«

Aries schmunzelte. »Deine Bitte um Kontakt erreichte mich in einem etwas derangierten Moment. Ich hatte keine Zeit mehr, mir etwas Elegantes überzuwerfen. Das hier ist die erste Frau, die mir hier über'n Weg lief.«

»Gefällt mir. Ist mal was anderes.«

»Was ist los mit dir, mein Schatz? Hast du keinen Regenschirm? Außerdem siehst du aus, als hättest du seit Tagen nicht mehr geschlafen. Weißt du eigentlich, dass man im Fließ ziemlich beeindruckt ist von deinem Spiel?«

»Ach ja?« Hiob rührte lustlos in seinem Tee.

»NuNdUuN ist schon wieder zu den Schiedsrichtern gelaufen und hat nachgefragt, ob es denn überhaupt rechtens ist, wenn du dir deine Prognostica selbst erschaffst. Die Antwort war, dass es natürlich nicht rechtens ist. Alle Aufgaben müssen ursprünglich von NuNdUuN designt worden sein, auch wenn das vielleicht schon Jahrtausende zurückliegen kann und er selbst das längst vergessen hat. In deinem besonderen Falle jetzt hat das Schiedsgericht jedoch entschieden, dass Bernadette und ihr Rudel sowieso schon auf dem Weg zum Prognosticon waren. Besonders dieser niedliche Dachdecker war schon nicht mehr richtig menschlich. Du hast also das Unvermeidliche nur ein bisschen beschleunigt. Und das ist, bei dem bereits vorhanden gewesenen Blutzoll, nichts anderes als ein Zeugnis für die besondere Wachheit und Aufmerksamkeit des Spielers, sagten die Richter. Das ist ziemlich cool.« Stirnrunzelnd betrachtete sie seine wenig begeisterte Miene. »Also ich jedenfalls finde es ziemlich cool.«

Hiob legte den Löffel so vorsichtig gegen den inneren Rand des Glases, als fürchtete er, es könnte explodieren. »Es ist schiefgelaufen.«

»Wieso? Du hast doch deinen Punkt. Sechs zu null. Was ist daran schief?«

»Ich bin zu weit gegangen. Um die Regelschmiede da unten zu beeindrucken und mir so eine Art ... Visitenkarte zu verschaffen, habe ich das heraufdämmernde Übel an der Wurzel gepackt und mit Stumpf und Stiel ausgerottet. Ich habe ein zwanzigjähriges Mädchen nackt ausgezogen, mit Brennstoff übergossen und angezündet. Ich bin jetzt der brutalste Serienkiller, der in diesem Land frei rumläuft.«

»Und was gibt's daran auszusetzen?«

»Wenn ich, um NuNdUuN schlagen zu können, wie er werden muss, dann will ich nicht gewinnen.«

Aries lachte laut auf und lachte immer noch, als die weibliche Bedienung kam, um ihre Bestellung aufzunehmen. Sie winkte das Mädchen lachend wieder weg. Hiob ärgerte sich. »Oh, Hiob«, kicherte sie, »darum brauchst du dir ja nun wirklich keine Sorgen zu machen. Wie viele Menschen hast du jetzt in deinem Leben insgesamt getötet? Fünf? Sechs?«

»Mehr als ein halbes Dutzend. Das ging ja schon mit dem Eröffnungsspiel los.«

»Mehr als ein halbes Dutzend!« Sie lachte wieder auf. »Versuch mal, dich mit einem Lebenslauf, auf dem eintausend Getötete stehen, als einfacher Gefreiter in NuNdUuNs Armee zu bewerben. Da wirst du ausgelacht. Und umgebracht gleich mit. Mach dir darum mal bloß keine Sorgen. Selbst Hitler war nur ein kleines Licht in NuNdUuNs Fenster. Keiner, der im Reich des Fleischs geboren wurde, kann es an Verderbtheit jemals mit einem Wiedenfließer aufnehmen. Wir sind rein. Rein und unverfärbt. Ihr seid nur ulkige Innereienbeutel, die piepsend durch die Gegend zittern.«

»Du verstehst es wirklich, einen aufzurichten.«

»Ich verstehe es garantiert, einen aufzurichten. Ein kräftiger Schuss Sex ist es, was deinem Lebenssalat im Moment zu fehlen scheint. Aber genau da liegt dein Problem, stimmt's? Es sind nicht die Leichen auf deinem Guthaben, was dich zerknirscht. Es ist deine Libido.«

»Mit der ist noch alles in Ordnung, vielen Dank.«

»Das meine ich nicht. Ich meine nicht, dass sie nicht mehr da ist. Ich meine nur, dass sie schon zu lange nicht mehr richtig gebraucht wurde.«

»Du nervst. Du kannst nur ans Vögeln denken.«

»Ich habe das Wort ›Vögeln‹ nicht benutzt. Du warst das. Und du bist es auch, der dieses Thema angeschnitten hat. Nicht ich.«

»Ach, und auf welches hochgeistige Thema spielten Madame an?«

»Liebe.«

»Liebe.«

»Ja, Liebe. Das, was ich dir nicht geben kann. Du hast ein ernsthaftes Problem mit den Frauen in deinem Leben.«

»Findest du?«

»Lass mich dir mal ein paar Stichproben geben. Du hast eine Mutter, die du nicht ausstehen kannst. Deine erste große Liebe war eine Lehrerin, die doppelt so alt war wie du, und mit der du nie mehr als förmliche Worte gewechselt hast. Deine zweite große Liebe, das erste Mädchen, mit dem du je geschlafen hast, hat dich sitzen lassen, weil ihr deine Morbidität zu unheimlich war. Für die paar Mädchen, die danach kamen, hast du nichts als Gier und Verachtung empfunden. Danach hast du dir ein süßes Sexteufelchen aus dem Wiedenfließ angelacht, das für dich jede Frau der Welt sein kann. Ein feuchter Traum für jedermann, eine niemals endende Aneinanderreihung von Jahrhundertficks, aber vollständige Gefühllosigkeit inbegriffen. Und jedes hübsche, sinnliche Ding, das dir seitdem Avancen gemacht hat, hast du umgebracht, mit Ausnahme der kleinen Schwester deines besten Freundes, die du dir immer ziemlich grob vom Leib hältst. Klingt nicht gerade gesund, wenn du mich fragst.«

»Sage ich doch. Ich bin ein Serialkiller.«

»Quatsch. Noch ist es ja nicht so weit, dass du wahllos alle gut aussehenden Frauen tötest. Bisher hattest du ja jedes Mal einen moralischen Grund dafür.« Hiob lachte höhnisch auf, aber Aries ließ sich nicht irritieren. »Was du dir wirklich mal klarmachen musst, was bislang offensichtlich noch nicht so richtig bis in dein Bewusstsein vorgedrungen ist, ist die einfache Tatsache, dass du kein normaler Mensch mehr bist. Also haben für dich auch die menschlichen Regeln des Daseins und Zusammenlebens, seien es nun die Zehn Gebote oder die bürgerlichen Gesetzbücher oder die ungeschriebenen Gesetze der Ethik und Humanität, keine Gültigkeit mehr. Sie erfassen einfach deine spezielle Lebenssituation nicht. Du bist jetzt der Spieler. Aber du bist noch nicht lange Spieler. Und du hast immer noch die Wünsche und Sehnsüchte und Bedürfnisse eines Menschen. Das wird sich eines Tages legen. Aber bis dahin müssen wir beide – du und ich – halt versuchen, dir zu helfen.«

»Und wie kann man mir helfen?«

»Du hast bisher Pech gehabt. Jede attraktive Frau, die dir

begegnet ist, seit du das Spiel spielst, war auf der Gegenseite. Mit Ausnahme von Magdaleen Diffringer, und bei der warst du gezwungen, tatenlos zuzusehen, wie sie von ihrem Heimkehrer geschlachtet wurde. Was du brauchst, was dir jetzt fehlt, ist endlich mal ein Mädchen, dem du beistehen kannst. Das du retten kannst. Und das vielleicht auch dir hilft. Das jedenfalls auf deiner Seite ist. Ein positives Konzept von Weiblichkeit – das tut jetzt not.«

»Und wo soll ich das hernehmen? Ich kann immer nur das Schlechte erkennen. Wer weiß, ob es so etwas wie eine bedrohte Unschuld heutzutage überhaupt noch gibt.«

»Da hast du's. Zeugnis deines verkorksten Frauenbildes. Ich weiß einiges über Frauen, weil ich ihre Natur geflissentlich studiert habe, jahrhundertelang, und glaub mir – ich kann sehen, dass es genügend Mädchen auf der Welt gibt, die jemanden wie dich in ihrem Leben sehr begrüßen würden. Vorausgesetzt natürlich« – sie zwinkerte – »du tötest sie nicht gleich.«

»Sehr geistreich.« Hiobs Tee war kalt geworden. Er hatte sowieso keine Lust gehabt, ihn zu trinken.

»Ich könnte dir einen entsprechenden Fall besorgen. Ohne etwas zu arrangieren. Ich finde einfach das Richtige für dich.«

»Du würdest das für mich tun? Ich könnte ein hübsches Mädchen beschützen? Ohne dass NuNdUuN das Ganze wieder in ein Fiasko verwandelt?«

»Kein Problem.«

»Warum? Ich meine, warum würdest du das für mich tun?«

»Weil ich für dich da bin, wenn du mich brauchst. So lautet unser Kontrakt, hast du das schon vergessen? Das ist zwar eigentlich nur in sexueller Hinsicht gemeint, aber hier geht es ja um etwas Ähnliches. Es geht um Frauen, und Frau ist mein zweiter Vorname.«

»Hm. Das wäre wirklich mal was anderes. Es wird zwar auch nicht dafür sorgen können, dass Sonja Zimmermanns rußendes Gesicht mich nicht mehr nachts aus dem Schlaf schleudert, aber es wäre zur Abwechslung wirklich nett, mal was Gutes tun zu können. Wenn du dich schon auf die Suche machst, kannst du mir dann noch einen kleinen Gefallen tun?«

»Wenn ich kann.«

»Könntest du ein Kind aussuchen? Ein Mädchen, so um die vierzehn?«

»Mädchen so um die vierzehn sind keine Kinder mehr.«

»Für mich schon.«

»Ein Mädchen um die vierzehn, das du retten kannst?«

»Exakt.«

»Was soll sie für dich sein? Eine Reminiszenz an deine goldenen Zeiten, als du noch ein glücklich herzklopfender Schüler warst?«

»Möglich.«

»Ich könnte noch mehr für dich tun. Ich könnte herausfinden, was aus dem Mädchen geworden ist, mit dem du damals gegangen bist. Wie es ihr heute geht. Ich könnte den Hohlkopf, mit dem sie heute zusammen ist, von ihr wegverführen.«

»Nicht nötig. Das interessiert mich gar nicht. Ich bin jetzt kein herzklopfender Schüler mehr, sondern ein mit dem Teufel paktierender Psychopath mit einem Stück Blei im Herzen.«

»Was viel charismatischer ist, wenn du mich fragst. Also gut, ich werde für dich das Richtige finden. Jetzt interessiert mich aber noch, weshalb du mich eigentlich vorhin so dringlich gerufen hast.«

»Vielleicht nur ... um genau das zu tun, was wir jetzt getan haben. Reden.«

»Und mich dazu zu bringen, dir einen Gefallen zu tun. Was ist mit deinen Freunden? Sind die nie für dich da, wenn du sie brauchst?«

»Es sind nur wenige. Nur eine wertvolle Handvoll. Eine Handvoll Asse und Joker. Ich darf sie mir nicht vergraulen, indem ich ihnen alles über mich erzähle.«

»Aber Kamber-mit-den-schönen-Zähnen weiß, dass du Magier bist.«

»Schon. Aber er weiß nicht, dass ich junge Frauen anzünde und Dachdecker vom Dach werfe. Wüsste er es, wäre er nicht mehr mein Freund.«

»Armer Hiob«, schmunzelte Aries mit einem nicht genau zu errechnenden Anteil an Spott in der Stimme. »Wenn es unter den Menschen niemanden mehr gibt, dem du vertrauen kannst, bist du dem Fließ vielleicht schon näher, als du glaubst. Ich jedenfalls bin deine Freundin und Verbündete, das ist mein Daseinszweck.

Ich werde mich nach einem vierzehnjährigen Mädchen umschauen, das in Not ist. Das dürfte sogar innerhalb Berlins kein Problem sein. Also wird es nicht lange dauern.« Sie stand auf und wandte sich zum Gehen.

»Widder?« Hiobs Anrede hielt sie zurück.

»Hm?«

»Für wen bist du eigentlich? Ich meine im Spiel.«

Sie lächelte. »Ich bin aus dem Wiedenfließ. Ich mache mir keine Illusionen. Deshalb weiß ich, dass NuNdUuN gewinnen wird und dass es keinen Sinn hat, auf dich zu setzen. Aber jedes Mal, wenn ich im Wiedenfließ jemanden reden höre – wie es jetzt nach deinem letzten Spielzug vermehrt geschehen ist –, dass du ein ungewöhnlicher Spieler bist und vielleicht das Zeug dazu hast, einer der besten zu werden, die es je gegeben hat, dann empfinde ich Stolz. Aber versteh mich nicht miss. Es ist ein ganz eigensüchtiger Stolz. Es ist der Stolz, für dich zu arbeiten, mit dir einen Vertrag zu haben, während die anderen Dämonen davon nur träumen können. Je besser du spielst, desto mehr wertet es mich auf. Aus diesem Grund will ich dir helfen. Ich will, dass du gut spielst, strahlend verlierst und mit Größe untergehst.«

Hiob lächelte jetzt auch. »Ich danke dir für diese ehrliche und einleuchtende Antwort.«

»Und wer weiß«, fügte sie noch hinzu, »wenn du dich hier oben tapfer schlägst, vielleicht werden wir dann auf ähnliche Ebenen gestellt, wenn du erst einmal zu uns gehörst.«

»Eine gemeinsame Zukunft im Wiedenfließ? Mit Höllenhäuschen, Höllenhund und kleinen Bestienbabys?«

Sie tockte sich verweisend mit ihrem Zeigefinger an die Stirn – eine Geste, die sie offensichtlich einer ihrer Bekleidungen abgeschaut haben musste – und verließ das Restaurant. Hiob blieb noch eine Weile sitzen, trank dann den kalten Tee doch noch aus und bezahlte sogar, bevor er ging.

Es schüttete immer noch in Strömen, und da Hiob keine Jacke dabei hatte, wurde der fusselige Pullover, der an seinem Körper gerade so einigermaßen getrocknet war, wieder durch und durch nass.

Das Mädchen saß in der schaumigen Badewanne wie in einem orangefarbenen warmen Teich. Sie saß mit angezogenen Beinen da, sodass ihre festen, noch nicht voll entwickelten Brüste gegen die Schenkel gedrückt waren, und sie versuchte ruhig zu atmen. Den mildsüßen Geruch des Schaumbadkonzentrats, die bittere Seifenblasenverdichtung der gleißend weißen Flocken, die langsam wabernd aufsteigende Wärme, die ihre Haare schwer machte und sie zu widerspenstigen Strähnen zusammenfügte.

Sie war allein. Von oben wummerten die hirnlosen Bassläufe der neuen Hardrock-CD ihres Bruders, wieder irgendeine Band mit verrottenden, faltigen Zombieschädeln auf schwarzen T-Shirts und mit richtungslosem und uninspiriertem Solo-Gequäle der jammernden E-Gitarrensaiten. Kein Rhythmus, nur Takt. Marschmusik. Musik für hochgereckte Fäuste, schlagend wehende Langhaarköpfe, verzerrte Gesichter, vorne gespannte Lederhosen, sauerschweißige sau-er-schhhhhh h h h h h h h h   h

Sie war allein. Von oben wummerten die hirnlosen Bassläufe ihres Bruders. Vati und Mutti waren noch nicht zu Hause. Mutti würde zuerst kommen, mit viel benutzten Plastiktüten voller lachender Familien und glücklich entpannter Hausfrauen. Mutti würde ins Bad wollen, um sich aufzufrischen, die seifigen Achseln zu waschen, Frisur und Make-up zu kontrollieren. Sie würde schlechter Laune sein, gestresst. »Warum hast du abgeschlossen, Schatz?«, das »Schatz« ganz ohne Wert, »das Bad gehört nicht dir allein!« Sie durfte nichts erfahren. Sie durfte nicht nach Hause kommen. Nicht jetzt schon. Nicht, solange das Wasser noch warm war. Erst wenn es zu orangenem Eis geworden war, sollte sie ihre Tochter daraus hervorkratzen mit roten, leuchtenden Fingernägeln und diesem abgespannten Gesicht. Sie erinnerte sich an diesen Römerfilm, den sie vor Jahren mal gesehen hatte, wo gesagt wird, dass man keine Schmerzen hat, wenn man sich in einem warmen Bad die Pulsadern aufschneidet. Sie hatte ihren Vati gefragt, wie das sein könne, dass man keine Schmerzen hatte, und er hat etwas gesagt von wenn das Wasser etwa die Temperatur hat von Blut fließt das Blut einfach davon und wird von innen heraus ersetzt durch Schlaf, und man merkt nichts, und Mutti hatte dann gesagt, dass eine Kollegin von ihr Schnittnarben an den Handgelenken hätte und deshalb immer irgendwelche rasselnden Armschmuckmengen tragen musste, und wie man nur so blöd sein könnte, sich nicht einmal richtig umzubringen.

Jetzt konnte sie sich das gut vorstellen, so einzuschlafen im Wasser, das von Orange aus immer dunkler wurde und immer schwerer und süßer zu duften begann, bis sie dann schließlich darin versank, die Haare nachziehend wie einen kleiner werdenden Strauß schwarzer Gräser, und unten, in der feuchten Wärme, kein Verlangen mehr nach Luft. Ob dann auch dieser schöne junge Mann kommen würde, der in vielen Nächten bei ihr war, wenn sie die Decke über den Kopf zog und den eigenen Atem spürte und das Rascheln des bunten Nachthemdes? Als sie ihrer besten Freundin Yvonne von diesem Mann erzählt hatte, hatte Yvonne gesagt, sie hätte auch so einen Mann, und ihrer sähe aus wie dieser Junge aus der Jeans-Werbung, der, der seine Jeans begräbt, nur dass er einen unheimlich langen Umhang trüge, in den er sie hüllte, während er ihr Nachthemd langsam hochstreifte, bis sich elektrisch knisternd blaue Funken um ihre Beine legten und seine starken Hände dann an der Innenseite ihrer Schhhhh h h h h h h h h h   h

Yvonne hatte keine Ahnung. Da war kein Mann war kein Mann war kein Mann war kein Mann war kein Mann. Da war überhaupt kein Mann mehr in der ganzen Welt. Nur sie, das warme Wasser, der Schaum, der Geruch, das Alleinsein.

Sie war allein. Von oben wummerten die hirnlosen Bassläufe ihres noch hirnloseren Bruders. Er war nicht allein. Er hatte seine Helden. Die fiesen Poster an den Wänden, von hässlich grinsenden dreckigen Kerlen mit weit gespreizten Beinen und fettig langen Haaren. Am fiesesten waren die alten Typen mit ihren blonden Dauerwellen und den Kettchen, Coverdale, Plant, Page, Tyler, Cooper, Simmons, die Scorpions und wie sie alle hießen. Sie kannte sie auch, aus der Bravo: widerlich feiste Mittvierziger mit lächerlicher Schminke und bösen Gesichtern, die auf ganz junge Mädchen scharf waren, sabbrig scharf, wie Herr Herr Herr

Quietschend rutschte sie mit dem Hintern über den Wannenboden und tauchte ganz ein ins linde Orange. Das Wasser zog sich um sie zu wie eine schmeichelnde Decke, weicher als Angorawolle, weicher noch als wenn man ein Pferd in Fellrichtung streichelt. Sie hielt die Luft an, bekam Wasser in die Nase, Wasser, das nach oben wanderte zwischen ihre Augen. Sie tauchte wieder auf. Weinend. Sie weinte jetzt, zitterte sich lautlos Salzigkeit heraus, »blärte«, wie Mutti sagen würde. Das Weinen tat gut, aber nur so lange, bis es die Nase verstopfte und das Gesicht und die Augen heiß wurden. Dann hörte sie auf, stoppte sich, lauschte. Dumpfes, monotones Wummern. Wenn sie jetzt schwanger war? Unmöglich, er hatte ja sein Ding nicht reingesteckt. Aber Anja hatte mal erzählt, dass es schon genügte, wenn einer so geil war, dass er einen Tropfen vorne drauf hatte und er sich dann den Reißverschluss vorne und der Tropfen auf die Hand und mit der Hand dann so wie er ...

Das ekelhafte alte Schwein. Das ekelhafte ekelhafte ekelhafte ekelhafte fiese Schwein. Alter geiler Bock, der sich heißmachte, wenn er die kleinen Mädchen beim Turnen sah, der sich an den Fingern roch, nachdem er Hilfestellung am Grätschkasten gegeben hatte. Altes, ekelhaftes Schwein, mit seinen fiesen Bemerkungen wie »Heb deinen süßen Popo« oder »Noch weiter auseinander die Beine, dann hast du im Leben mehr Spaß« oder »Du brauchst nicht zu duschen, dein Schweiß ist aufregender als Parfum bei den anderen« oder »Du brauchst dich doch vor mir nicht zu genieren, ich bin doch dein Lehrer«. Dabei das schleimige, widerliche Grinsen mit den Tabakrändern um die Zähne. Der Gestank von kaltem Zigarettenrauch und Apfelkorn. Und die jugendlich-lächerlich eingefetteten Haare. Das Ausgeliefertsein. »Ich bin doch dein Lehrer. Hab dich nicht so.«

Sie kauerte sich wieder hin und hasste. Hasste wie noch nie.

Was für ein Gesicht er wohl machen würde, wenn die Polizei zu ihm ginge, um ihm zu sagen, dass sie tot war? Gar kein Gesicht. »Was geht mich das an, ich war nur Aushilfe, normalerweise unterrichtet Frau Drescher die Mädels.« Und wenn, und wenn sie einen Abschiedsbrief hinterließ? »Herr Kessler ist ein geiles altes Schwein, das den Mädchen beim Turnen in den Ausschnitt schmult oder in den Duschraum kommt und tut, als hätte er sich verlaufen, oder mir beim Umziehen von hinten mit den Fingern

lachend durch das Hö Hö Hhhhh h h h h h h h h h h
Sssssssssssssss. Kein Abschiedsbrief. Sonst würde Mutti sagen: »Die kleine Nutte hat ihn scharf gemacht.« Mutti verstand was davon. Sie sprang dem netten Herrn Kessler, der auch so fachkundig Biologie unterrichten konnte, immer beinahe mit dem Rock ins Gesicht, wenn sie im Lehrerzimmer umeinanderscharwenzelten. Vielleicht war Kessler, das Schwein, deshalb so heiß auf die kleine Mellentin. Weil sie Muttis kleines Mädchen war, Mutti in klein, Mutti noch jünger, noch unberührt, noch wehrlos, noch nicht so gestresst und sehnig am Hals. Mutti als kleinere, engere Gratis-Nutte.

Töten. Das Wort war plötzlich, ganz selbstverständlich, ganz behaglich, in ihrem Kopf. Und verschiedene Variationen dazu: Kessler töten. Mutti töten. Alles töten.

Nur Vati nicht.

Vati. Pappi.

Denn Pappi würde um seine Prinzessin weinen.

Einmal hatte sie Pappi weinen sehen. Das war wegen Herrn Nowak gewesen und dem, was Mutti mit Herrn Nowak in der Waschküche getrieben hatte. Pappi hatte einfach dagestanden und geheult, und Rotz war ihm aus der Nase gelaufen. Da hatte sie auch heulen müssen und war zu ihm hingerannt, und sie hatten sich umarmt und zusammen geheult und gar nicht gewusst, wieso, und am traurigsten und rührendsten war gewesen, dass er versucht hatte zu scherzen, tapfer zu sein, der Pappi. Armer Pappi. Allein seinetwegen durfte sie nicht sterben. Vielleicht auch noch wegen Yvonne. Oder der Pferde in der Reitschule. Oder wegen diesem coolen Erik aus der zehnten Klasse, der mit dem Mofa zur Schule kam.

Nein, nicht wegen dem. Aber wegen Yvonne und wegen Pappi. Und wegen der Pferde. Durfte Pappi erfahren, was passiert war? Nein, er würde es Mutti verraten. Pappi war nie listig genug, etwas vor Mutti zu verheimlichen, während sie ihn nach Strich und Faden verarschte, den ganzen lieben Tag lang. Es war traurig so. Ihrem Bruder Kai war das immer egal gewesen. Er hatte seine Musik, seine Freunde, die alle aussahen wie Kessler in jung. Er kapselte sich ab, zog sich ganz zurück in die Doom-Deathmetal-Thrash-Satan-Goreshriek-Grindcore-Speedwelt aus Waffen, Monstern und Gewalt, las hässliche Comics wie *Judge Dredd* und *White Trash* auf Englisch und träumte unreif von Leder-Gummi-Sex mit Sarah Young, der einzigen Frau, die er jemals nackt gesehen hatte.

Und vielleicht war es besser, sich so abzunabeln, sich in eine andere, einfachere Welt mit begreifbareren Regeln zurückzuziehen, Regeln, die zwar hart waren, aber wenigstens deutlich zu erkennen, nicht so verwaschen und verschwommen und spießig und glibbrig wie die in der Schule oder in der erwachsenen Welt, unter der Pappi so litt. Anja hatte mal gesagt, erwachsene Männer tragen nur deshalb Krawatten, weil es ihnen nicht mehr erlaubt ist, offen rumzuwedeln mit ihren Schhhhh h h h h h h h h h

Vielleicht war es besser, sich abzukapseln, abzunabeln, denn nur die, deren Arme grüßend geöffnet sind, kriegen dauernd eins rein. Versuch, jemanden zu umarmen, und er klaut dir was oder schlägt dich ins Gesicht. Vertrau ihm, lass dich in sein Zimmerchen schicken, wenn der Mädchenumkleideraum schon abgeschlossen ist, zieh dich hastig um und patsch!, schon steht er schnaufend hinter dir und steckt dir seine schmutzigen Finger unten rein und und unnnnn n n n n n n n n

Dieses unglaublich wütende Gefühl. Sie machte »Unnnnnnnn!« und strampelte, plantschte dabei mit beiden Beinen in der Wanne und spürte doch, wie ihre Wut zurückgeworfen wurde, zusammensackte wie ein angestochener Teig und nass auf ihren kleinen, schmalen Leib klatschte, ein Mädchen nur, in dieser Männergesellschaft, wie Anja immer sagte, nicht mehr wert als eine Milchkuh. Sei hübsch und sei nett und lächle, damit sie dir ihre schmutzigen Finger reinschieben können oder ihr Ding oder ihre Zunge oder noch viel ekligere, viel zu dicke Dinge aus hartem, kalten Plastik, von denen Anja mal Fotos gezeigt hatte, Folterwerkzeuge wie aus dem unterbelichteten Bildhintergrund eines Ritterfilms, von Männern entworfen, hergestellt, ver- und gekauft, um Frauen zu demütigen, sie langsam, Stück für Stück zu schlachten, mit jedem Tag ein bisschen mehr. Und mit jedem Tag würde es schlimmer werden. Ihre furchtbaren Brüste würden immer größer werden und immer praller, bis sie unter keins ihrer Lieblings-T-Shirts mehr passten, und bis die Männer mit rauen Stimmen »Titten« oder »Möpse« dazu sagen würden und sabbern und hinter ihr herpfeifen und -johlen und dreckige Witze reißen, und sie würden über sie herfallen und sich auf sie drängen wie eine ganze Horde von wahnsinnig wimmelnden und triefenden Kakerlaken mit Kesslerfingern, so lange, bis sie aufdunsen würde unter morgendlichem Kotzen und abendlichem Schreien, aufdunsen, bis die Bauchdecke fast reißt und sie ein halbmeterlanges blutiges hässliches Etwas durch eine winzige Körperöffnung aus sich herauspressen müsste, das ihr ins Leben kreischen würde und sie aussaugen, bis sie eines Tages alt und hässlich sein würde, mit widerlichem Hängebusen und Schmerzen überall, und dann würden sie sie hassen, denn kein Wesen im ganzen Universum wird mehr gehasst als eine Frau, die dafür nicht mehr zu gebrauchen ist, also für nichts mehr zu gebrauchen, und so stellte sie sich dar, lag sie vor ihr, ihre ganze furchteinflößende Zukunft, von heute an bis zum Tage ihres Abkratzens eine kreischende Talfahrt durch Wände aus fleischfarbenen Messern. Und das Lied fiel ihr ein, das sie eines Nachts vor einer Chemie-Klassenarbeit, als sie vor lauter Angst nicht hatte schlafen können, heimlich mit ihrem Walkradio eingefangen und anschließend mit ihrem Liebsten, dem Nachtkünstler unter der Decke, diskutiert hatte: »Lächeln« von einer deutschen Gruppe namens Seni, von der weder vorher noch nachher jemals jemand etwas gehört hatte. Und sie dachte an den Fön und die Badewanne, an das Ausschäumen des Wassers, das heiße Zucken ihres Sterbens und diese furchtbare, schmerzhafte Traurigkeit, und sie weinte wieder, weil sie sich nicht entschließen konnte, es endlich zu tun und wie, kurzerhand Schluss zu machen, und sie ärgerte sich deshalb über sich selbst, und das war das Schlimmste, denn ihr blieb somit nicht einmal der Trost des Selbstmitleids.

Wie war es nur möglich, dass jemand, der Schluss machen wollte, noch so viel empfand für Pappi oder für Yvonne oder für Pferde oder für richtige Musik? Die Jungs machten sich alle lustig über die Platten von Tori Amos und Jane Siberry und Sarah McLachlan, aber sie hatte heulen müssen, als sie zum ersten Mal das Lied gehört hatte, in dem Tori ihre Vergewaltigung beschrieb. Warum war es so grausam, so schwer, so unmöglich, einfach Schluss zu machen? Das war doch nicht fair. Man hatte ohnehin schon keine Möglichkeit, sich auszusuchen, ob man überhaupt auf diese Welt kommen wollte oder nicht, und jetzt stellte sie verzweifelt fest, dass man auch keine Chance hatte zu gehen, wann man wollte.

Sie bekam die Ahnung, dass es möglich war, vor Schmerz zu sterben.

Das Wasser wurde langsam kalt, trotz ihrer heißen Tränen darin, aber sie war nicht in der Lage, die Wanne zu verlassen, vielleicht nie mehr. Dies war der letzte warme Ort außer ihrem Herzen, und damit es so blieb, ließ sie dampfend heißes Wasser aus dem Silberhahn nachquellen. Als sie den Hahn wieder zudrehte, die Luft neu beschlagen war und sie mit glänzendem Gesicht in den knisternd rauschenden Schaum atmete, stand plötzlich dieser Mann neben ihr.

Es war nicht Pappi, nicht Kai, auch nicht Kessler oder der Nachtkünstler aus ihren Träumen – es war ein Mann, den sie noch nie zuvor gesehen hatte, und er stand hier, in ihrem Badezimmer, angezogen mit dunklen Klamotten neben ihrer Badewanne und sagte: »Hab keine Angst vor mir, Nicole. Ich bin auf deiner Seite.« Er machte einen Schritt auf sie zu, und sie versuchte instinktiv, vor ihm wegzurutschen, war aber in der Wanne gefangen wie ein Goldfisch im Glas.

Der Fremde grinste. »Solange du in diesen Bergen von Schaum verborgen bist, ist das undurchsichtiger als zwei Pelzmäntel übereinander. Ich krieg dich also gar nicht unbekleidet zu Gesicht, mach dir keine Sorgen.«

»Wie ... sind Sie hier reingekommen?«

»Durch eine Tür.«

»Die ist aber abgeschlossen. Das kann gar nicht sein.«

»Ich meinte ja auch nicht die Tür da drüben. Manchmal bringe ich meine eigene Tür mit, wenn ich irgendwo hinwill.«

»Sie sind ein Dieb oder Einbrecher oder so was, aber bei uns gibt's nichts zu holen. Und wenn Sie mich entführen wollen – für mich wird keiner Lösegeld zahlen. Da haben Sie sich die falsche Familie ausgesucht.«

Der fremde Mann lächelte und ging im Badezimmer auf und ab. »Es gibt ganz gewiss eine ganze Menge Männer mit gutem Geschmack, die eine Menge Geld zahlen würden – für ein hübsches Mädchen wie dich.«

»Wenn Sie mich anfassen, schreie ich.«

Er blieb vor dem Spiegel stehen, der so beschlagen war, dass man überhaupt nichts in ihm sehen konnte, und kämmte sich mit den Fingern, in die blinde Fläche schauend, seine schulterlangen Haare nach hinten. »Das ist eine interessante Idee mit dem Schreien. Dein Bruder ist gerade bei Track 6 der letzten Megadeth-CD. Ich denke, er würde es nicht mal bemerken, wenn ein Belugaflugzeug auf euer Haus krachen würde. Die Nachbarn links sind gerade mit Zanken beschäftigt und würden höchstens versuchen, noch lauter zu schreien als du. Und die Nachbarn rechts kommen erst übermorgen aus dem Urlaub zurück.«

»Woher wissen Sie das alles? Beobachten Sie das Haus schon so lange?«

»Gar nicht. Ich bin nicht der beobachtende Typ.« Er wandte ihr sein Gesicht zu. »Ich denke, ich hätt's auch nicht ertragen zu beobachten, was Dieter Kessler heute Vormittag mit dir angestellt hat. Hätt mir das Herz gebrochen.«

Nicoles staunens- und furchtgeweitete Augen tauchten fast im Schaum unter. »Bin ich schon tot ...?«, wisperte sie stimmlos. »Bin ich tot? Bin ich tot?«

»Wieso? Wieso tot?«

»Weil ... weil das doch niemand wissen kann ... außer ...«

»... außer Gott, willst du sagen. Und außer Dieter Kessler, und der hat mit Gott ziemlich wenig zu schaffen. Fast so wenig wie ich. Und ich weiß auch davon.« Er schmunzelte. Wenn er lächelte, sah er ganz nett aus. »Ich habe mich noch gar nicht vorgestellt, tut mir leid. Mein Name ist Bayardo San Roman. Ich bin ein Magier.« Er machte eine übertriebene, musketierartige Verbeugung.

»Ein Magier? So wie ... David Copperfield?«

»Der ist doch kein Magier. Der könnte nur dann überraschend in deinem Badezimmer auftauchen, wenn sein Konstruktionsteam hier vorher 'ne Woche am Fußboden rumgemeißelt und -geschraubt hat.«

»Dann so wie ... Merlin in den alten Ritterfilmen?«
»Genau so. Nur nicht so alt und unnahbar. Und hoffentlich nicht so vertrottelt. Nein, ich bin hier, weil du mich gerufen hast.«
»Ich ... habe niemanden gerufen.«
»Das ist so wie im Märchen. Ich bin deine gute Fee, nur zwing mich bitte nicht, in einem Tüllkleidchen rumzuspringen. Ist das dein Bademantel hier? Wenn du rauskommen willst aus der Wanne, gebe ich ihn dir.«
»Ich bleibe lieber sitzen. Danke.«
»Nicht dass du langsam schrumplig wirst.«
»Ich bleibe lieber sitzen.«
»Mir ist das egal.« Er setzte sich mit übereinandergeschlagenen Beinen auf den mit rotem Schafswollgekräusel bezogenen Toilettensitz. »Mir ist das Thema Dieter Kessler auch nur deshalb nicht egal, weil ich den Eindruck hatte, dass es dir nicht egal ist. Aber es liegt mir völlig fern, dich zu überfallen oder zu nötigen. Wenn du willst, dass deine gute Fee wieder verschwindet, verschwinde ich.«
»Einfach so. Durch die Tür.«
»Durch die Tür.«
»Gut. Dann verschwinden Sie.«
Der Mann verzog sein Gesicht, als hätte er ein Loch im Zahn und heiße Suppe wäre da hineingeraten. »Das hab ich nun davon, was? Man hat mir davon abgeraten, dich in der Badewanne zu erschrecken, aber da ich bemerkt hatte, dass du sogar ... an Selbstmord gedacht hast, hielt ich es für zu riskant, noch zu warten. Ich war auf eine ziemlich blöde Art ziemlich hysterisch darauf bedacht, meine Gelegenheit, dir zu helfen, nicht zu verpassen. Nicht zu spät zu kommen. Tut mir leid. Ich seh schon, dass es dir wieder besser geht. Vielleicht brauchst du mich ja jetzt gar nicht mehr.« Er erhob sich und lächelte wieder, diesmal aber eher deprimiert. »Vielleicht hab ich dir ja schon geholfen. Vielleicht helf ich dir noch mehr, indem ich wieder aus deinem Leben trete. Jedenfalls war es mir eine Ehre, dich kennengelernt zu haben, Nicole. Der Junge, der eines Tages dein Mann wird, falls du nach dem, was wir Männer dir angetan haben, überhaupt noch zu so etwas bereit bist, wird ein Glückspilz sein. Hoffentlich ein verdienter.« Er deutete wieder eine

D'Artagnansche Verbeugung an und machte tatsächlich Anstalten, zur Badezimmertür zu gehen.

»Halt, warten Sie!«, rief Nicole. Als er sie wieder ansah, wurde sie jedoch gleich wieder unsicher und senkte den Blick. »Sie ... reden dauernd davon, mir zu helfen. Was ... können Sie ... denn tun?«

»Kommt drauf an. Was du willst.«

Ihre Augen wurden schmal. »Auch Rache?«

»Rache? Ich bin kein Hitman oder so was.«

»Kein was?«

»Kein Killer.«

»Sie sollen ihn ja nicht töten. Aber ich will, dass er leidet. So wie ich gelitten habe. So, wie all die andern Mädchen leiden werden, an denen er sich noch zu schaffen machen wird, wenn wir ihn nicht stoppen.«

»Wir, das klingt nett. Die Rede ist von Dieter Kessler?«

Nicole runzelte die Stirn. »Von wem sonst? Natürlich.«

»Der armselige Frührentnertyp soll leiden?«

»Ja.«

Der angebliche Magier überlegte. Dann näherte er sich wieder mit langsamen Schritten der Badewanne. Als er den ergonomisch eingebuchteten Rand beinahe erreicht hatte, ging er in die Hocke, sodass seine Augen mit denen Nicoles beinahe auf gleicher Höhe waren. »Ich könnte noch viel mehr für dich tun, Nicole Mellentin, als dich einfach nur bei deinem Peiniger zu rächen. Ich könnte dich den Unterschied lehren zwischen den gut aussehenden Schwachköpfen, die dich dein Leben lang mies behandeln werden, und den versponnenen, unscheinbaren Träumern, die zumindest ehrlich versuchen werden, dich solange sie leben auf Händen zu tragen. Ich könnte dich auf eine Reise mitnehmen zu all den vielfältigen Segnungen, die einer Frau im Leben zustehen, damit du dich später nicht mit weniger zufriedengibst und zielgerichtete Stärke entwickeln kannst. Ich könnte dir zeigen, dass die zauberische und romantische Welt, die ein Mädchen sich im Inneren aufbaut, auch im Äußeren wahr werden kann, wenn man erkennt, dass jeder Einzelne tatsächlich die Gabe hat, die ganze Welt zu verändern, mit einem Lächeln, einer Geste oder einer unerwarteten Hinwendung.

Ich könnte dir beibringen, dass es auch ganz andere Formen von körperlicher Liebe gibt als die, die nur darauf abzielen, dem Mann möglichst schnell oder möglichst umständlich Befriedigung zu schaffen, dass vielmehr ein ganz neuer, andersfarbiger Kosmos verborgen liegt im Mysterium deiner eigenen Sinne. Und ich könnte dich lehren, dass das da draußen, egal, was immer man dir weiszumachen versucht, keine Männerwelt ist, dass es keine Schwäche ist, ein Mädchen zu sein, sondern eine Stärke, ein Vorteil, auch eine Waffe, sei sie biegsam oder mit stahlharter Klinge, ganz wie du willst. Selbst der Mächtigste aller Kriegsfürsten, der Weiseste aller Gelehrten, der Reichste aller Könige und der Größte aller Magier wird sich immer noch nur zu gerne auf die Knie werfen, um die Aufmerksamkeit eines Mädchens zu erlangen.«

»Und wenn ich ihm diese Aufmerksamkeit dann nicht schenke, dann packt er mich und ... und ...«

»Nein.« Niemals, wollte Hiob jetzt sagen, niemals braucht das zu passieren, aber er wusste, dass das gelogen sein würde, genauso, wie es gelogen war, dass es keine Männerwelt war da draußen. Er unternahm den ungeschickten und riskanten Versuch, sie zu berühren, streckte den Arm langsam aus, um Nicoles Wange zu streicheln, und hatte zu viel gewagt. Sie wehrte seinen Arm ab und schrie auf und patschte im Wasser herum, und er zog sich von der Wanne zurück wie ein weggeschickter Lakai. Solange er das große, unmenschliche Spiel nicht gewonnen hatte, solange würde alles, was er hier sagte, nur Worte bleiben. Hirngespinste. Wunschträume. Seine eigenen lang gehegten Wunschträume von einer endgültigen Wiedergutmachung. An allen, die die Historie zum Leiden und Getretenwerden verdammt hatte. Nur mit Mühe konnte er sich davon zurückhalten, zynisch aufzulachen. Da kauerte Montag, der Frauenmörder, und träumte wieder von Wiedergutmachung.

An der Tür war ein Rütteln zu hören und eine dünnhäutige Frauenstimme. »Nicole, beeil dich bitte da drinnen. Tob nicht rum. Andere Leute wollen auch mal ins Bad. Ich bin völlig erledigt, hab wieder sechs Stunden lang nur Krawallbrüder unterrichtet.« Mutter Mellentin war zurückgekehrt, und weder Hiob noch Nicole hatten sie kommen gehört.

Hiob und Nicole wechselten einen erschrockenen Blick. Einen Moment lang schien Nicole mit dem Gedanken zu spielen, den Magier Bayardo auszuliefern, ihn zur Demonstration seiner Fähigkeiten zu zwingen, aber dann entschied sie sich doch, der Unabwägbarkeit eine Chance zu geben. »Ich bin gleich fertig, Mutti. Ein paar Minuten noch.« »Ich hab dir schon tausendmal gesagt, dass du nicht von innen abschließen sollst, bevor du dich in die Wanne setzt. Wenn dir etwas passiert, bist du selber schuld, wenn keiner dir helfen kommen kann. Außerdem gehört das Bad nicht dir allein, Schatz. Und mach endlich den gottverdammten Lärm leiser, Kai, ich bring mich noch mal um deinetwegen!«

»Ich beeil mich, Mutti«, schickte Nicole sicherheitshalber hinterher. Die unbemerkten Auftritte erst des Magiers, dann der Mutter, hatten ihr wie zwei gegensätzliche Stöße wieder ein Zentrum gegeben, so etwas wie Initiative. Sie sprach den Magier erneut an und sah ihm direkt in die Augen. Wenn er wirklich ihre gute Fee war, dann musste er auch für sie durch brennende Reifen springen.

»Der ganze Glücklichkeitsquatsch interessiert mich überhaupt nicht«, sagte sie. »Ich will, dass du Dieter Kessler leiden lässt. Ich will, dass ihm sein ... sein Ding abfault. Wenn du das für mich tun kannst, dann bist du wirklich ein Magier. Ansonsten bist du nur ein angeberischer Einbrecher für mich.«

Der Große Bayardo machte ein merkwürdiges Gesicht, aus dem man merkwürdigerweise sogar Dankbarkeit herauslesen konnte. »Für dich«, sagte er, erhob sich, ging zur Tür, schloss sie auf, öffnete sie, ging hindurch und zog die Tür hinter sich wieder zu. Kein imponierendes Zauberschreiten durch massives Holz. Kein prahlerisches Wort oder Versprechen. Kein Winken zum Abschied. Er war einfach so gegangen.

Aber Nicole wusste, dass sie ihn wiedersehen würde. Denn er war gegangen wie ein Lampengeist, der einen Auftrag hatte.

Sie versuchte, sich selbst zu einer Zuversicht zu überreden, denn Kessler würde leiden. Aber es gelang ihr nicht. Ihr eigenes Leid war weiter bei ihr in der Wanne und hatte es sich mittlerweile wohl auch in ihrer Seele schon bequem gemacht. Der große Magier San Roman hatte nicht daran gedacht, es mitzunehmen.

Der nächste Tag.

Vor dem Kasten an der Wand, in dem der aktualisierte Computerausdruck mit den ausfallenden Unterichtsstunden und Vertretungen aushing, drängten sich wie in jeder Großen Pause die Schüler und redeten fast genauso bunt durcheinander wie die Farben ihrer markenbetonten Kleidungen.

»Yeah, Mann, Französisch fällt wieder aus.«

»Geil!«

»Uahhhh, zwei Stunden Physik bei Dörrhagen. Das gibt doch nur Chaos.«

»Fällt Deutsch wieder aus? Fällt Deutsch wieder aus? Kannst du's sehen?«

»Was soll der Scheiß? Mittendrin fällt Bio weg? Was soll ich in den zwei Stunden denn hier machen?«

»Bio weg? Full effect!«

»Entschuldige«, sprach Nicole den jubelnden Jungen aus der Parallelklasse an, »das Bio, das bei euch ausfällt – hättet ihr das bei Kessler gehabt?«

»Full target, Baby. Kessler is dead.«

»Kessler ist tot?«

Der Junge zuckte die Schultern. »Alle Teacher sind dead. Def, Baby.«

»Was ist los?«, fragte Yvonne, die gerade dazukam. »Ist was für uns dabei?«

»Nee. Aber kann sein, dass Kessler krank ist. Dann fällt Sport morgen aus.«

»Das wäre super. Der fiese Typ hat jede denkbare Art von Krankheit verdient.«

Nicole nickte geistesabwesend. Es war erst gestern. Gestern nach dem Sport die Schande, gestern nach der Schule der Djinn. Arbeitet schnell, so ein Djinn. Fackelt nicht lange. Komisches Gefühl.

»Was ist?«, fragte Yvonne und stupste sie an. Niemals hätte Nicole es fertiggebracht, selbst ihrer allerbesten Freundin von den gestrigen Ereignissen zu erzählen. Es war, als hätte Kessler eine unsichtbare Mauer zwischen den beiden Mädchen errichtet, und der Djinn hätte diese Mauer noch verputzt. »Kommst du mit auf den Hof? Vielleicht ist Erik da.«

»Sei mir nicht böse, Yvonne. Ich will nach vorne gehen, ein bisschen raus aus dem Trubel. Ich fühle mich nicht so gut.«
»Willst du nach Hause gehen? Soll ich dich entschuldigen?«
»Nein, nur die Pause über. Wir sehen uns nachher.«
»Du bist sicher, dass ich dir nicht helfen kann?«
Nicole lächelte. »Ja, ich bin sicher.«

Yvonne trottete davon, ein gütiges Wesen, noch zerbrechlicher als Nicole, die immerhin mit Hilfe eines Magiers den Kampf aufgenommen hatte. Auch Yvonne war in ihrer Kindheit sexuell missbraucht worden, wahrscheinlich waren das die meisten Mädchen heutzutage. Von ihren Vätern, Onkeln, großen Brüdern oder einfach nur von Freunden der Familie. Das war wohl eines der Dinge, die das Mädchensein so mit sich brachten. Aber nichts war so unerträglich, als von jemandem bedrängt zu werden, den alle kannten, darüber konnte man einfach nicht sprechen. Kessler hatte Nicole gewählt, nicht Yvonne, nicht Anja, nicht eins der anderen Mädchen, obwohl viele schon viel größere Brüste hatten als Nicole und viel fraulicher waren. Also war Nicole wirklich seine kleine Hure gewesen, hatte Nicole ihn scharfgemacht, während Yvonne und die anderen sich Kessler gegenüber nichts hatten zuschulden kommen lassen und deshalb auch niemals Verständnis haben würden.

Nicole drängte sich – unbehaglich und mit flauem Gefühl im Bauch – durch den Eingangsbereich der Schule, wo die Größeren, schon Erwachsenen, herumlungerten und nicht nur Zigaretten rauchten. Einige setzten sich in den Pausen auf ihre Motorräder, die ihre wohlhabenden Eltern ihnen gekauft hatten, und gaben im Sitzen damit an, wie wenig sie sich für die Schule interessierten. Nicole dagegen hatte sich immer einigermaßen wohlgefühlt in der Schule, hatte den Reden ihres Vatis geglaubt, dass man fürs Leben lernte. Bis dann gestern das Leben vor ihr aufgeklappt war wie ein fleckiges Buch mit vielen schmutzigen Bildern und nichts mehr hier einen Sinn ergab.

Sie entdeckte ihren Magier in etwa dort, wo sie ihn vermutet hatte: auf der Einfassung einer Fahrradständerreihe sitzend, schwarze Jeans und ein weißes T-Shirt mit einem schwarzen Jeanshemd offen drüber. Er sah zu jung aus, um ein Lehrer zu sein,

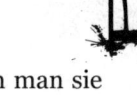

und nur kaum zu alt, um hier zu Schule zu gehen. Wenn man sie zusammen sah, würde man tratschen. Während sie auf ihn zuging, vermerkte sie, wie egal ihr das war.

Sie blieb vor ihm stehen und fixierte ihn. Wenn er eine Zigarette auf der Unterlippe gehabt hätte, hätte er ziemlich cool ausgesehen mit seinen Haaren und den helldunklen Augen. Aber er hatte keine Zigarette und sah deshalb irgendwie unfertig aus.

»Hast du ihn getötet?«

»Hätte dir das gefallen?«

»Ich weiß nicht. Was hast du mit ihm angestellt?«

»Nicht das, was du mir vorgeschlagen hast. Ich hielt die Idee, ihm seinen kleinen Freund abzuzwacken, nicht für sonderlich gut. Das hätte nur zu einem Hormonstau geführt, und früher oder später wäre er als Frauen- oder Mädchenmörder geendet. Nein, ich habe ihn im Gerätelager angetroffen, auf dem Abenteuerspielplatz aller Draufgängerkinder, und ein längeres und eindringliches Vier-Augen-Gespräch mit ihm geführt, in dessen Verlauf ich ihm klargemacht habe, dass er von jetzt an jedes Mal, wenn er einen Ständer kriegt, weil er ein minderjähriges Mädchen sieht oder anfasst, aus dem Arsch bluten wird, so wie Mädchen bluten, wenn sie ihre Tage haben. Nur vielleicht ein bisschen heftiger und mehr. Einen Liter oder so. Entschuldige meine rüde Sprache.«

Nicole verzerrte das Gesicht zu einer undeutbaren Grimasse. »Kessler kriegt seine Tage?«

»Hm-hm, immer wenn er Menschen geil findet, die zu jung sind, um seine Gefühle zu erwidern. Man nennt so etwas ›Konditionierung‹. Mit der Zeit sollte es ihm möglich sein, seinen Drang auf erwachsene Frauen hin umzulenken.«

»Dann fällt er wieder über mich her, wenn ich erwachsen bin.«

»Darüber brauchst du dir keine Sorgen zu machen. Ein Teil dessen, was ihn an Mädchen wie dir anmacht, ist die Macht, die er als Vorgesetzter über dich hat. Gegenüber Erwachsenen fällt seine Überlegenheit weg. Da ist er dann nur noch ein winselndes Würstchen, das die Portokasse einer thailändischen Prostituierten saniert.«

»So ein mieses Schwein. Wäre doch besser gewesen, du hättest ihn getötet.«

»Hm-hm. Für *ihn* wäre das vielleicht besser gewesen. Aber ich wollte nicht zu nett zu ihm sein. Er soll ruhig noch ein bisschen leiden.«

»Na gut, wenn das deine Methode ist, meine Wünsche zu erfüllen, dann kannst du's wohl nicht besser.«

»Tut mir leid. Ich hab nun mal meine eigene Agenda.«

»Deine eigene was?«

Bayardo grinste. »Meinen eigenen Kopf. So wie du. Wir sind keine Befehlsempfänger, du und ich. Und das ist gut so. Es hilft einem im Leben weiter, wenn man selber denkt, anstatt nur auf andere zu hören.«

»Jetzt redest du wie mein Vater.«

»Na ja. Ich könnte ja auch dein Vater sein.«

»So ganz haut das ja wohl nicht hin. Du bist doch höchstens« – sie kniff die Augen zusammen – »so sieben oder acht Jahre älter als ich. Stimmt's?«

Widders Worte (»Mädchen so um die vierzehn sind keine Kinder mehr«) fielen ihm wieder ein. Er lächelte wie jemand, der in die Enge getrieben wird. »Ich bin älter, als ich aussehe«, log er.

»Ah ja.«

»Yap. Nun gut.« Er stand auf, das Mädchen um einen guten Kopf überragend. »Auch wenn der Auftrag nicht hundertprozentig zu deiner Zufriedenheit ausgeführt wurde, hoffe ich doch, dir ein wenig geholfen zu haben. Alles, was ich sonst noch tun kann, ist, dir zu sagen, dass nicht alle Männer miese Schweine sind. Die meisten sind's, zugegeben, aber nicht alle. Man muss sich ein bisschen Zeit nehmen, um den Richtigen zu finden. So Hals über Kopf ist immer schlecht.«

Sie machte ein unzufriedenes Gesicht. »Du bist sicher, dass du nicht mein Vater bist? Hast du einen Reißverschluss hinten oder so?«

»Absolut nicht.«

»Dann war's das also? Du gehst jetzt?«

»Ich geh jetzt, ja.«

»Und was ist mit später?«

»Wie später?«

»Na später. Wenn ich den Magier Bayardo San Roman später im Leben mal wieder brauchen werde, was ganz sicher passieren wird, weil das Leben nichts anderes als eine Hölle ist. Wirst du dann auch für mich da sein, oder bist du gar nicht mein Magier?«

»Ich ... ähh ... ich ... nun ... ich fürchte, ich werde nicht immer für dich da sein können. Das ... wäre auch gar nicht gut. Es ist nicht gut, wenn man sich auf einen Schutzengel verlässt. Man neigt dann zur Unvorsichtigkeit und auch zum Hochmut.«

»Verstehe.«

»Du musst das so sehen: Andere Mädchen haben niemals einen Magier in ihrem Badezimmer.«

»Ja, ich verstehe. Kannst du mir wenigstens ... die Erinnerungen nehmen an das, was Kessler mit mir gemacht hat und was er gesagt hat, oder musst du jetzt zu dringend zum nächsten Termin?«

»Die Erinnerungen nehmen? Nein, ich glaube, das wäre auch nicht gut. Auch wenn es böse Erinnerungen sind ... sie sind doch ein Teil deines Lebens. Du musst davon lernen und daran wachsen.«

Wie blöd das klang. In was für eine altbackene Pädagogenrolle ihn dieses Mädchen drängte. War er nicht wild, war er nicht Magier, Spieler? Warum nahm er sie nicht mit sich fort, leerte ihren Geist von allem Grauen und gab ihr die Kraft, niemals mehr im Leben Ähnliches erdulden zu müssen? Warum half er ihr nicht wirklich? Er hatte doch die Macht dazu.

Die Antwort tauchte in seinem Inneren auf wie ein weißer Hai. Weil er nicht die Macht dazu hatte. Weil er das vierzehnjährige Mädchen eh nur benutzte, um mit ihrem Hoffnung in ihn setzenden Gesichtsausdruck die schreiende Fratze Sonja Zimmermanns zu übertünchen. Weil er kaum in der Lage war, sich selbst zu helfen. Vielleicht war es einfacher, der Menschheit als Ganzem zu helfen als einem einzelnen Menschen. Vielleicht war dies der Grund seines Spiels: die Vermeidung von Schwierigkeiten. Welch absurder Wahnwitz!

Er strauchelte fast, lächelte verwirrt, fingerte hinten in seinem Gürtel nach dem dort steckenden Requisit, das er noch vorbereitet hatte, als letztes Winken einer helfenden Hand.

»Hier ... das wollte ich dir noch geben, als Abschiedsgeschenk sozusagen. Das ist die neue CD von Joni Mitchell. Ich weiß, dass du auf intelligente, melodische Musik stehst, die von Frauen gemacht wird. Joni Mitchell ist schon ziemlich lange dabei bei dem ganzen Zirkus und hat 'ne Menge Weisheit angehäuft. Sind auch sehr schöne Texte dabei. Sogar ein Lied über Hiob.«

»Über Hiob? Warum soll mich ein Lied über Hiob interessieren? Hältst du mich für so eine Art Pechvogel?«

»Ähh, nein, nein. Das ist eher auf mich gemünzt. Hiob ... hat manchmal Ähnlichkeit mit mir. Wenn ich nicht so richtig weiterweiß. Wenn ich die richtigen Worte nicht finde. Hier, nimm. Als Geschenk. Für dich.«

»Mein Vater hat gesagt, ich soll keine Geschenke von fremden Männern annehmen.«

»Ach, komm, das ... das bezieht sich doch nur auf Männer, die was von dir wollen. Ich habe doch nie irgendwelche Bedingungen gestellt ...«

»Ja? Ist das so?«, begehrte sie auf. »Was weiß ich denn schon davon? Ich weiß überhaupt nichts über dich. Nicht wer du bist, woher du kommst, was du alles kannst, und erst recht nicht, warum du etwas für mich tust. Vielleicht ist das ja auch alles nur ein Trick, um mich rumzukriegen. Ein groß angelegtes Spiel mit einem kleinen, dummen Mädchen, das sich nicht wehren kann, weil es schon verwundet worden ist. Als Nächstes gehst du zu deinen Stammtischfreunden und prahlst mit deiner neuesten Eroberung.«

»Eroberung? Aber ich habe doch nicht im Mindesten ...«

»Vielleicht war das alles ja mit Kessler abgesprochen. Vielleicht steckt ihr alle unter einer Decke. Siehst du? Ich beherzige schon deinen Rat. Ich pflege meine Erinnerungen, und ich lerne daraus und wachse daran.«

Das Mädchen wandte sich ab und ging mit schnellen Schritten davon. Hiob stand da wie ein Idiot, die Arme in unverstehend-unschuldiger Geste gehoben und unverständliche Silben murmelnd. Als ein paar Halbwüchsige in der Nähe anfingen, sich über ihn lustig zu machen, überlegte er, ob er einem von ihnen die CD ins Gesicht schleudern sollte. Sie würde mit einigem Glück sogar stecken bleiben, denn CD-Hüllen fliegen gut und gerade und sind ziemlich schwer und hart. Verblödete Kurzwichser. Er steckte sich die CD wieder hinten in den Gürtel und verließ mit grimmigem Gesicht das Schulgelände.

Widder erwartete ihn, so wie er Nicole erwartet hatte, nur dass sie auf der Motorhaube eines parkenden BMW saß und nicht auf einem Fahrradständer. Sie sah heute aus wie die junge Eleonora Duse, Melancholie im Blick.

Hiob ging auf den BMW zu, trat drei Dellen in die Tür und schimpfte dabei »Scheiße! Scheiße! Scheiße!« Dann packte er die Duse am Arm und zog sie mit sich fort die Straße hinunter, denn er wollte hier in diesem pseudoidyllischen Suburbia nicht auch noch einen erbosten Wagenhalter umbringen müssen.

»Was ist denn los mit dir?«, fragte Widder, stolpernd, verwirrt, die perfekte Darstellung romantischer Hilflosigkeit. »Warum bist du so aufgebracht?«

»Weil es nicht geklappt hat. Weil es nicht klappen kann. Ich bin nicht in der Lage, einem Mädchen zu helfen oder irgendwem zu helfen oder überhaupt irgendwas richtig zu machen, das nichts mit dem Abschlachten und Exorzieren von Monströsitäten zu tun hat.«

»Das ist doch gar nicht wahr. Das redest du dir nur ein.«

»Und weißt du, was das Schlimmste daran ist? Wenn ich dieses Mädchen ansehe, wenn es mich fragt, ob ich ihr nicht auch in Zukunft beistehen kann, dann will ich vor ihr niedersinken und sagen: Ja, ja, nur zu gerne, bis dass der Tod uns scheidet, ich danke dir für dein Vertrauen und dass du mir eine solche Aufgabe überträgst, und im selben Moment wird mir klar, was das bedeuten würde, wenn ich so etwas zu ihr sagen würde: ihren Tod.«

»Ihren Tod? Wieso?«

»Weil NuNdUuN sich diese Gelegenheit nicht würde entgehen lassen. Weil er merken würde, dass dieses Mädchen mir am Herzen liegt, dass ich deshalb verwundbar bin, weil ich etwas für sie empfinde, und er würde sie sich schnappen und sie foltern und sie vor meinen Augen totficken, und dann hätte er mich dort, wo er mich schon immer haben wollte.«

Trotz ihrer sie behindernden Tragödinnenschleier und der langen Locken, die ihr vor die Augen fielen, hatte Aries es mittlerweile fertiggebracht, ihren Schritt Hiobs wütendem Marschieren anzugleichen, und sie ging jetzt ohne zu tippeln neben ihm her.

»Es ist etwas Wahres dran, wenn du befürchtest, dass die Menschen, die dir etwas bedeuten, durch dein Spiel in eine gewisse ... Mitgefährdung geraten sind. Aber manchmal glaube ich auch, dass du NuNdUuN unterschätzt oder zumindest völlig falsch einschätzt. Er ist nicht jener Kistenteufel aus den Volkssagen, der immer nur das Naheliegendste und Rüdeste tut und deshalb auf eine Art und Weise berechenbar ist, dass sogar ein dummer Kartoffelbauer ihn um die Ernte betrügen kann. NuNdUuN ist ein Fürst, und er ist ein Fürst seit Jahrhunderten, er hat Stil und Persönlichkeit, und es gibt eine Menge Dinge, die schlichtweg unter seiner Würde wären. Genauso wenig wie er sich deinen Freund Kamber bislang geschnappt hat, würde er sich an Nicole Mellentin vergreifen, wenn du ihr Schutzengel wirst. Davon bin ich überzeugt.«

»Davon, dass du von etwas überzeugt bist, kann ich mir leider nichts kaufen. Nein, es ist besser, ich halte so viele Leute wie möglich aus meinem Leben raus. Der ganze Samariterquatsch bringt nichts. Ich bin ein Hexenverbrenner und Geisteraustreiber, und damit hat sich's.«

»Es ist wirklich schade, dass du heute so versessen darauf bist, dich zu geißeln. Ich hatte nämlich eigentlich gedacht, ich hätte gute Neuigkeiten für dich.«

»Ha, gute Neuigkeiten! Und wie sollen die aussehen? Ist Godzilla wieder aufgetaucht und marschiert auf Tokio zu, und nur ich kann ihn stoppen? Arbeitet Manfred Wörners Geist jetzt in einer russischen Schwulenbar als Transvestit? Oder bringen alle Frauen, die jemals Nasivin genommen haben, plötzlich Babys ohne Schädelknochen zur Welt?«

»Du hast jetzt sieben Punkte.«

»Ich habe sechs Punkte. Sechs.«

»Sieben. Hab ich für dich ausgehandelt.«

Hiob blieb stehen und fasste ihre Hände wie die eines Kindes bei einem Abzählreim. »Widder, ich krieg keine Punkte durch Aushandeln. Ich krieg meine Punkte dafür, dass ich Prognostica oder Manifestationen oder Inundationes wegputze.«

»Was du hiermit getan hast. Du hast dich, indem du dem Mellentinmädchen geholfen hast, mit dunklen Dämonen in deinem Innern auseinandergesetzt und sie jetzt, wenn auch nicht besiegt, so doch akzeptiert und dadurch assimiliert. Es sind jetzt keine Dämonen mehr. Vorher waren es welche. Und alle Dämonen, auch und gerade innere, kommen aus dem Wiedenfließ, sind also Prognostica. Ich habe das den Schiedsrichtern so erklärt, und sie haben gesagt: Ach, macht doch, was ihr wollt, dieser Spieler Montag macht sowieso alles anders als die anderen. Und das bedeutet einen Punkt.«

»Na, und NuNdUuN? Was hat NuNdUuN dazu gesagt?«

»Er ist, wie ich dir vorhin zu erklären versucht habe, ein Mann mit Stil. Unberechenbarkeit ist eine seiner Stärken. Er gewährt dir den Punkt gerne.«

»Dann steckt da sicher eine Teufelei dahinter. Der Punkt ist vergiftet oder so was.«

Aries lachte. »Wie kann ein Punkt vergiftet sein? Ein Punkt ist ein Punkt ist ein Punkt. Er existiert gar nicht wirklich, nur in unseren geistigen Zählertabellen. Sei nicht albern. Nein, NuNdUuN sagte nur: *Er hat jetzt sieben Punkte. Sieben ist eine der altmagischen Glückszahlen, und die wird er in nächster Zukunft nötig haben.*«

»Na wunderbar. Ich liebe es, wenn die Lebensgefahr nicht abreißt.«

»Was hast du erwartet? Du brauchst noch 71 Punkte.«

»Ich weiß. *Nur noch* 71 Punkte.« Hiob grinste und sah Aries an, als nehme er ihre Gewandung erst jetzt richtig wahr. »Das ist wunderschön. Wer ist das?«

»Eleonora Duse, du Banause. So um 1880 herum, als sie um die zwanzig war. Ich wusste, dass sie dir gefallen würde. Ich kenne doch deinen Geschmack.«

»Ich kannte die Duse bislang nur dem Namen nach. Ich hatte ja keine Ahnung, wie hübsch sie war.«

»Die Geschichte eurer Rasse ist voll von aufregenden Frauen. Da gibt es noch viel für dich und mich zu entdecken und zu tun.«

»Kann ich mir vorstellen. Das hast du sehr gut gemacht, Aries. Ich meine, alles, was du für mich getan hast, hast du sehr gut gemacht.«

Sie verbeugte sich graziös wie die große Schauspielerin, die sie darstellte. »Ich danke Euch, Marquis Montague. Habt Ihr nun eventuell noch eine Eingebung, wie zu feiern dem heutigen Sieg angemessen wäre?«

»Selbstverständlich, meine Schöne. Ich bin sicher, mir fällt etwas ein, sobald ich uns eine Droschke organisiert habe.«

Sie fanden tatsächlich einen Taxifahrer, der eine Joni-Mitchell-CD als Bezahlung akzeptierte. Sie fuhren Richtung Innenstadt in einer champagneresken Ausgelassenheit der Lust.

Nicole Mellentin schluckte am Abend desselben Tages einunddreißig Schlaftabletten aus dem reichhaltigen Medikamentenarsenal ihrer Mutter und erstickte komatös an ihrer eigenen schaumig aufgestiegenen Magensäure. Niemand war bei ihr, als sie starb.

EPILOG

Das zehn- oder elfjährige Mädchen.
Sie sitzt auf den fünf Treppenstufen vor dem Mausoleum der Montags. Blätter wehen vorbei und riechen nach Reif.

»*Das letzte Wort in Bezug auf Nicole Mellentin ist noch nicht gesprochen. Gegen Ende des zweiten Bandes wird Hiob erfahren, dass Nicole sich umgebracht hat und dass sein siebter Punkt somit genauso von Bitternis durchtränkt ist wie sein sechster.*«

Ihre langen Haare flattern zerzaust vor ihr Gesicht, sie streicht sie geduldig mit der Hand beiseite.

»*Zuvor jedoch gibt es anderes für ihn zu tun. Hiob wird es mit Hunden zu tun bekommen und mit einem Doppelgänger seiner selbst. Er wird mit Träumen und Polizisten fechten und mit einem jungen Samurai. Er wird sich mit Knecht Ruprecht höchstpersönlich anlegen und Verhaltensweisen und Strategien erproben, die völlig ohne Beispiel sind.«*

Das Mädchen erhebt sich.

»*Und – ich erwähnte es schon: Hiob wird mich träumen. Mich und meinen Namen. Doch für ihn wird dies noch keine Bedeutung haben.*«

Sie lächelt wieder, scheu, und geht zwischen den Grabstätten davon.

Der Wind wird stärker.

Das Zitat auf Seite 48 stammt aus *Die göttliche Komödie* von Dante Alighieri, genauer: aus dem siebten Canto.

Das Zitat auf Seite 297 ist dem Drama *Macbeth* (3. Aufzug, 4. Szene) von William Shakespeare entnommen.